交易

VI

亦 客 ◎ 著

交易有无数种，但有一种交易叫『默契』

台海出版社

图书在版编目（CIP）数据

交易Ⅵ／亦客著. –北京：台海出版社，2013.7

ISBN 978 – 7 – 5168 – 0230 – 4

Ⅰ.①交… Ⅱ.①亦… Ⅲ.①长篇小说—中国—当代

Ⅳ.①I247.5

中国版本图书馆 CIP 数据核字（2013）第 149024 号

交易Ⅵ

著　　者：亦　客

责任编辑：戴　晨　　　　　版式设计：刘　栓

责任印制：蔡　旭

出版发行：台海出版社

地　　址：北京市朝阳区劲松南路 1 号　邮政编码：100021

电　　话：010 – 64041652（发行，邮购）

传　　真：010 – 84045799（总编室）

网　　址：www. taimeng. org. cn/thcbs/default. htm

E – mail：thcbs@ 126. com

经　　销：全国各地新华书店

印　　刷：北京柯蓝博泰印务有限公司

本书如有破损、缺页、装订错误，请与本社联系调换

开　　本：787×1092　　　1/16

字　　数：400 千字　　　　　印　　张：24

版　　次：2013 年 7 月第 1 版　　印　　次：2013 年 7 月第 1 次印刷

书　　号：ISBN 978 – 7 – 5168 – 0230 – 4

定　　价：39.80 元

目 录
CONTENTS

第一章 | 新仇旧恨

这是陈瑶、何英、张伟三个人第一次聚齐。

短暂的谈话过后，三人突然陷入了沉默之中，都感觉自己处于一种尴尬的境地，空气一下子变得微妙起来。

三个人一时都沉默了，只有车子前进的飒飒声。

张伟开着车，心里却不停翻腾，他知道，要来的早晚会来。何英和陈瑶都是有性格有脾气的人，两人都为自己的爱情付出了沉重的代价，遭受了刻骨的磨难，此刻大家处在重逢的欢愉之中。但是，过去的隔阂和伤痕不可能在瞬间消失殆尽，何英不可能在刹那间就从心里割舍自己，陈瑶更不可能为了友谊出让爱情，即使她再容忍和伟大。

现实既然已经走到了这一步，那就勇敢去面对，走一步看一步，认真走好每一步吧。张伟心中暗暗盘算着。

路两边是连绵的群山，夏日的山区已经披上了浓郁的翠绿，到处充满了盛开的生命和活力。

见了何英，陈瑶说话很注意，尽量避免在何英面前和张伟有亲热亲近的表示，为了不刺激何英。

陈瑶托着腮，看着窗外高大的杨树飞快向后倒退，心中思绪万千。见到何英，是陈瑶最渴望又最害怕的事情，她知道早晚会有这么一天，何英会出现在自己和张伟面前，她希望见到何英，和何英一笑泯恩仇，可是内心又很矛盾，一种莫名的情绪驱使着自己不停去抗拒见到何英。她不知道见到何英后将如何去面对，她很多时候不敢想，三个人如何一起相见。

可是，这一天终究是到来了，不可避免地到来了。何英竟然就一直潜伏在自己身边，而且，潜伏得是那么成功，自己和张伟竟然都没有察觉。虽然自己偶尔起过疑心，但是终究没有去想很多。自己是网络聊天的高手，在张伟面前表演得那么成功，但是，螳螂捕蝉，黄雀在后，何英竟然结结实实涮了自己和张伟一把，特别是自己。当然，何英是没有恶意的，直到见了小花，才猛然意识到这里面的玄机，才恍然大悟。

陈瑶有些懊丧，不过也有些欣慰，毕竟小如和自己交往这么久，没有一点对不住自己和张伟的地方，而且，很友好，从这个角度来讲，见面也未尝不是一件好事。

何英逐渐在适应自己和张伟，在逐渐接受这个现实，总比突然让她接受好。

张伟刚见到何英一把将何英搂进怀里的时候，陈瑶正站在门口，正好看到，那一刻，陈瑶心里突然涌出酸酸的感觉，自己的男人，这么亲热地抱着另一个女人，而且抱得那么紧，干吗啊这是！就是再久别重逢，也不用这样啊！

陈瑶那一会儿心中涌起对张伟的强烈不满，但是，又无法去指责他们，只能将不快压在心里。

爱情是自私的，阿英，别的我都可以让你，唯独这个，我不能让。张伟是我的，我不能让给你，绝不！陈瑶在心里默默对何英说。

何英也在出神，今天见到张伟和陈瑶，同样怀着复杂而矛盾的心情，她知道自己早晚是要见到他们的，从自己用小如的名字找陈瑶聊天那天起，她就知道自己早晚要露馅。

何英曾经打算自己永远不再出头露面，就在瑶北这个张伟曾经生活的地方了却残生。可是，心不由己，对张伟的强烈的思念和对他们之间无比的关注，让自己鬼使神差注册了新号码，加了陈瑶为好友。

一开始的时候，何英每每想起张伟此刻正在和陈瑶在一起，心中就充满了无比的嫉妒和哀伤，虽然她知道自己无法阻止，但是心中依然无法接受这个现实，无法接受自己的男人和别的女人在一起耳鬓厮磨的现实，即使是她主动离开张伟的。

何英希望自己能从内心中逐渐平息自己的嫉妒，希望自己能逐渐接受这个现实，逐渐能让自己坦然面对他们的亲热和结合。于是，她多次带着折磨自己的心态，刻意和陈瑶、张伟聊天，听他们讲自己的幸福爱情，听他们陈述自己的幸福往事，在不断的刀割中增加自己的伤口，再自己慢慢去抚平。

我知道爱情是自私的，莹莹，我不会再和你抢夺，属于你的终归是你的，我想抢夺也夺不来，虽然我内心曾经知道现在一直无比渴望，但是，我终归是要面对现实，我会祝福你们，即使我心里是那么不情愿……何英心中默默地说。

为了调和一下气氛，张伟随手打开车内的音乐开关，播放出的音乐又是刘德华的《我和我追逐的梦》。

张伟不由笑了，边开车边说："这歌真好听，我超级喜欢听。"

"是的，我也喜欢！"陈瑶和何英竟然不约而同一起说出这句话。

说完，陈瑶和何英相视一眼，彼此都笑起来。

车内的气氛开始缓和。

"阿伟，公司开业的事情都准备好了吗？"何英还是习惯称呼张伟为"阿伟"，看来她不打算改变这个称呼，这也是张伟留给她唯一的一丝痕迹了。

"万事俱备，只欠东风，"张伟边开车边说，"小郭在家里操持呢，明天正式开业，到时候你和陈瑶来给剪彩，小公司，小门面，别笑话俺就可以……"

"呵呵，好啊，我约莹莹去给你剪彩。"何英笑了，看了陈瑶一眼，陈瑶也正在笑着，"小郭也来了，这小家伙现在担当重任了……"

"嗯……总经理助理，我的助手，"张伟说，"他除了文化水平低一点，其实很聪明，学习很刻苦，接受新事物很快，做事情很负责任，是一把好钢……"

"那你就好好用他，用在刀刃上，"陈瑶插话，"慢慢锻炼，捶打出来……"

"开业邀请的人多吗？"何英又问。

"不多，就我几个朋友和同学，还有你们，我不想搞得太铺张，还是先踏踏实实做业务重要，搞大了没什么必要，而且，树大招风，搞得太大，拉广告的，拉赞助的，收费的，都来了，烦都烦死了……"

"嗯……我看可以，淡定，低调，不要出头，一开始沉稳一点好。"陈瑶说。

何英点点头，看着陈瑶："莹莹，你还打算回东兴吗？"

"暂时先不回去了，公司已经转让给郑一凡了，别的生意暂时不需要回去，就先在这边散散心吧，我这里人生地不熟，张伟的生意我也帮不上忙，就玩吧，在山里住一段时间，有可能就给他打个下手……"陈瑶在这里不再用别的称呼，特意叫"张伟"。

"那也好，山里住厌了，就到城里来，到我这里住几天，"何英说，"正好咱俩多拉拉呱……"

陈瑶笑着看着何英："好啊，说实在的，咱俩好几年没这么近距离在一起交心拉呱了……你来瑶北几天，拉呱这方言也学会了，呵呵……"

"入乡随俗了，我现在也能吃煎饼卷大葱了，也能吃馒头了，这里的气候水土也逐渐适应了。"何英对陈瑶说，"这瑶北啊，其实也蛮不错的一个地方，就是社会治安差，到处都能见到小混混，随处都能见到打架的，经常听到凶杀、绑架、流氓案件，车子晚上在外面大街上放一夜是绝对不敢的……唉……这一点最不好，和咱们那里没法比……"

张伟接过话头："对了，那次你说的那天宇旅游的韩天老板，最近还找你们公司麻烦吗？"

"这个人很横啊，你的前老板，怪不得你辞职走啊，他们习惯强买强卖啊，欺行霸市，非得要我们以高价格接受他们的大峡谷旅游点，给他们带客人。"何英说，"这几天假日停止发团才好些了，不找了……我看这韩天啊，流里流气的，不大像正经人……"

"哦……"张伟很警觉，"他是不是对你有什么坏主意？"

"嗯……不说这个了，"何英看了陈瑶一眼，"反正我是不喜欢这个人。"

陈瑶换了个话题："老郑接手假日了，各项工作估计很快就恢复过来，红色旅游团很快就能继续发，这边的协调工作还是要搞好……"

何英点点头："嗯……我们这边都是固定的接待景点，一直不错的，大峡谷附近的地下画廊溶洞很漂亮的……"

"看来，我是不可避免要去拜访一下我的前老板了，不要怕，何英，在瑶北，咱谁也不怕，他妈的韩天翻不了天，也就欺负外地人，你越软弱，他们越猖狂……"张伟语气很硬，"韩天这样的，虽然也说是混过社会的，但是在瑶北，还轮不到他……"

何英听了这话感到心里很热乎，一种自己人的感觉油然而生："我们就是规规矩矩做生意，谁也不惹的。"

"你别到处惹事，走到哪打到哪，越看越感觉你像小混混……"陈瑶半真半假地说道。

"在瑶北，小混混都自称是混社会的，不叫小混混。"张伟笑了，"陈瑶，我不会乱打架的，咱们不想惹事，但是人家找到我们头上来了，怎么办？要是有流氓骚扰何英，咱不管了？就退缩？"

"没说不管啊，退缩啊，"陈瑶说道，"可以报案啊，打110啊……"

"幼稚，可笑，"张伟冷笑一声，"你太幼稚了，咱们能避开还是尽量避开，我不会没事惹事的，我本善良，我是守法公民……"

陈瑶无语，勉强笑了一下。

何英赞同地点点头。

"北方这么乱，我看我们不宜在这里常留，还是回南方的好。"陈瑶突然闷闷地冒出一句。

"你以为南方就没有恶棍了？相对少就是了。"张伟想起自己的经历，恨恨地说，"那四秃子，那潘唔能，那王军，那高强，哪一个是好东西？哼，妈的，早晚老子得杀回去，一个一个收拾了……不过不用我收拾，高强先自残报废了，报应，这都是报应，这人作恶太多，应得的报应……报应开始了，后面，还会有一个接一个的报应……苍天呐，大地啊，开眼了，报应开始了……"

听着张伟发狠而慷慨的表白，陈瑶和何英无语了。

张伟话匣子一打开刹不住了："唉……可惜了，高强也算是一个男人，一个老板，一个丈夫，一个父亲，最后竟落得个这样的悲惨下场……老婆都跑了，企业完蛋了，最后自己也成了植物人，可悲……可怜那3岁的儿子……"

张伟这话触动了陈瑶和何英两个人的心，陈瑶知道张伟兴奋起来讲话没有闸门，经常走偏激路线，急忙制止他："好了，不要说了，闭嘴……"

张伟猛然意识到自己说得离谱了，当着高强前老婆们的面奚落高强，毕竟不大好，于是闭嘴不言。

何英心里很难受，她又想起了自己的孩子。

陈瑶和何英沉默了一会儿，陈瑶对何英轻轻地说，"去吧，抽个时间去吧，去把孩子带过来吧……"

何英面有难色："就怕他们家不放……"

"那不行，不放不行，孩子不能没有爸爸妈妈，不放，就打官司，走法律渠道……"张伟又插话了。

陈瑶点点头，表示赞同张伟的话，看着何英："我看可以，实在不行只能这么办，当然，能协调好最好……"

何英点点头："嗯……看看再说吧，希望能和平解决，这个时候去不好，都在救人……"

陈瑶表示赞同："有道理，别多想了，事情反正已经这样了，往前看，一切都是天意……"

此刻，在陈瑶和何英这两个女人心里，对自己的前夫高强突然都没有了仇恨，都充满了同情和无奈，还有几分感慨和唏嘘。

当然，这是张伟所不能理解的，他现在同时要面对爱自己的两个女人，而这两个女人，都曾经是自己的前老板高强的老婆，一个是自己深爱的，一个是自己一度为了良心和责任准备奉献的。

但是，在张伟心中，自然地产生了这样一种想法，不管是陈瑶还是何英，不管是自己爱的还是爱自己的，自己都必须要保护她们，这是自己义不容辞的责任。

面对深爱着自己的两个女人，张伟陡然感觉自己长大了。

后面的车上，张少杨和小花喜气洋洋地大侃。

"喂，小花，你怎么会觉得我张伟大哥很熟悉，你说你见过他，到底是咋回事？"张少杨忍不住又问。

"我告诉你啊，我曾经和你QQ聊天时说的我表姐心里的男人，最爱的男人，就是他啊，我表姐办公桌上有他的照片，天天看着发呆，有时候还悄悄掉眼泪呢……"小花神秘地说。

"啊……"张少杨大吃一惊，"晕倒！不会吧，英英姐该不会又要和我大姐抢张伟吧……"

小花愕然，又有些不高兴："你什么意思啊，我表姐咋就和你大姐抢男人啦，你大姐和张伟又没有结婚，没结婚的男人，谁都可以去爱，谁都可以去争取，干吗呢？什么意思啊？不许别人自由恋爱啊……还和你大姐抢？好像我表姐就喜欢和你大姐抢似的，好像她们以前抢过似的……哼，张伟这么帅的男人，别说我表姐，就是我看了都动心……"

张少杨被小花的话逗乐了："你这家伙言之有理，既如此，那你干脆也加入战团吧，我给当裁判……"

小花也乐了，一会儿努努嘴："算了，咱没那本事，我看你也不错，就凑合吧，凑合做我暂时的男朋友吧……"

张少杨："晕倒，有没有搞错啊，我不要做临时的暂时的，我要做正宗的，永久的……"

小花狡黠地笑了："那就要看你表现了，不听话，随时让你下岗，你以为我是我表姐啊，天天看着男人的照片单相思……我告诉你，我才不会呢，不老实，随时炒你鱿鱼……"

张少杨老老实实地说："遵命，保证好好表现，我是最有组织性纪律性的……"

小花一会儿叹了口气说："唉……我表姐命好苦啊……"

张少杨说："咋了？"

小花扭头看着张少杨说："我看出来了，你大姐比我表姐有优势，长得比我表姐好看，气质也好……还有最重要的一点，那张伟，看我表姐和看你大姐的表情眼神不一样……我看啊，我表姐也就只能对着照片单相思了，看来戏不大……唉……真可惜，遗憾啊，遗憾……干吗非要想着这么一个男人呢，男人多的是……"

张少杨忍不住笑了："你还小，这人生啊，很复杂啊，等你长大就明白了，年轻人……"

小花白了张少杨一眼："死一边去，你才多大，就说我年轻人……"

说笑间，车到瑶水，到了伞人经贸有限责任公司门前。

何英下车，抬头看看，突然对张伟说："这夏天多雨，你早上出门怎么不关宿舍的窗户？"

张伟一愣："你怎么知道哪间是我的宿舍？怎么知道我没关窗户啊？"

陈瑶也一愣，不由自主抬头看去。

第二章 | 午夜香榻

陈瑶抬头看，张伟也跟着抬头看，看着三楼的窗户。

何英心里一个咯噔，知道自己无意中说漏了嘴。张伟奇怪她并不在意，看到陈瑶也很关注的样子，她心里突然觉得很别扭，仿佛自己的基本权利或者说本应该属于自己的权利被剥夺的感觉。

何英的心里一下子变得寂寥起来，漫不经心地随手一指三楼，说道："还用问吗，三楼窗台挂着衣服，5个房间，窗户都开着……"

何英说得很随意，很合乎情理。

张伟一听，笑了："你眼睛真尖，一来就看到了。"

陈瑶看着何英的眼神，随即转移开，也笑了笑："是啊，我都还没注意呢……"

不知怎么，陈瑶立马就断定何英在撒谎，直觉何英一定早就知道张伟的宿舍在哪里。但是，她无论如何也不相信张伟和何英之前见过面，她愿意相信直觉。

两种互相矛盾的直觉在陈瑶心头冲突、碰撞，弄得她心里烦烦的。

张伟招呼大家进公司。

小郭从后院跑过来，见了陈瑶和何英惊喜异常，特别是见了何英，分外惊异，他无论如何也想不到何英和陈瑶竟然还能在一起，更想不到她们二人会同时和张伟在一起。

何英见了小郭也很高兴，特别是见了吴洁，喜欢得很，直夸吴洁漂亮。

然后，小郭继续回后院去指挥放货物，张少杨也拉着小花去后面帮忙，张伟带着陈瑶和何英参观公司，先从一楼开始，再到二楼的办公室，逐间参观，边向二人介绍。

最后来到张伟的办公室。

"不错，张老板，公司不大，但是很像模像样，麻雀虽小，五脏俱全，很正规嘛……"坐在张伟办公室的沙发上，陈瑶夸奖张伟，"起步就很规范，真正的企业化运作，很好……"

张伟有些得意，看着何英问："何英，你觉得如何？"

"挺好的。"何英坐在张伟的老板椅上，轻轻地晃动着，"阿伟，自己出来晃悠了这么久，从北方到南方，又杀回到北方，终于有自己的公司了，祝贺你，好好干吧……"

"造化作弄人啊，我本想去南方混，没想到混了半天，又灰溜溜回来了，还是被人家赶回来的，窝囊……"张伟站在何英和陈瑶之间，看着何英，"嘿嘿……你以为我想回来啊，被迫回来的，哼哼……在南方得罪了黑道，……老子早晚还得杀回去……"

何英说："哦……原来是这样啊，你这性格啊，熊脾气，毛躁，天天打打杀杀的，什么时候能长大呢……"

何英的话里充满了疼爱和嗔怪的口气。

张伟听了心里一荡，不由瞥了一眼陈瑶。

陈瑶神色平静，若无其事，附和着何英："是啊，怎么说就是改不了，不自觉的典型……"

张伟稍微心安了些："走，参观职工宿舍兼公司招待所，去看看，今晚你们就住这里……"

到了三楼，何英和陈瑶看了宿舍，啧啧称赞："不错哦，标准间，你们天天住宾馆啊，待遇不错嘛……"

张伟指了指一间房子："何英，你今晚的贵宾间，挨着我的房间，你旁边那间小花住……"

张伟安排了何英和小花的房间，却没说陈瑶的，自然陈瑶是要和张伟一起住的。

何英笑了笑，点点头，心里闪过一丝不快。

进了张伟房间，陈瑶一皱眉头："乱，真乱，狗窝……"

何英也笑了："开着窗户都还有臭咸鱼的味道。"

说完，陈瑶随手就开始收拾张伟的房间，何英也在一边收拾起来，二人都很自然，没有感觉什么别扭。

张伟看了，觉得很刺激，两个女人都对自己这么好，一进屋就好像回到家一样，给自己收拾屋子，真有意思。

女人总是干净的代名词，很快房间里就被陈瑶和何英打扫得干干净净，明窗净儿。

　　然后，陈瑶到卫生间去给张伟洗换下来的脏衣服，何英就坐在沙发上休息一会儿。

　　张伟和何英两人单独待在一起，卫生间里传来水哗哗的声音。

　　何英突然觉得自己又好像恢复了以前的心态，对张伟又产生了畏惧和顺从的心理，坐在沙发上，低着头，仿佛自己犯了莫大的错误，等待张伟发落。

　　张伟突然感觉何英此刻很像以前的样子，一副对自己唯唯诺诺，百依百顺，做牛做马的模样，虽然已经离开了自己，却在自己面前仍然摆脱不了那种习惯。

　　张伟看着何英低眉顺眼的样子，突然觉得何英很可怜，很叫人怜爱，不由又动了恻隐之心。

　　两人沉默了。

　　一会儿陈瑶出来，端着衣服："这里的水池太小了，我去外面的卫生间去洗。"

　　说着，陈瑶看了张伟一眼，端着衣服出去了。

　　房间里只剩下张伟和何英。

　　张伟看着何英，何英不看张伟，顺手打开电视机，眼睛注视着电视。

　　张伟没说话，站起来，走到门口，关上了房门，然后走到何英身边。

　　何英一下子紧张起来，瞪着张伟的一举一动，心怦怦直跳，不晓得张伟要干吗。

　　张伟坐到何英身边，带着粗重的喘息，何英紧张地屏住了呼吸，脸色绯红，不由闭上了眼睛。

　　一会儿，没有任何动静，只听到拉动床头柜抽屉的声音，接着传来张伟的声音，"喂，何英，干吗啊？闭眼睛干吗？等我非礼你啊……"

　　何英睁开眼睛，一看，张伟正规规矩矩地坐在自己旁边，正注视着自己，眼里带着几分调皮的神色。

　　何英松了口气，不好意思地看了一眼张伟。

　　"如果，我是说如果，"张伟突然半真半假地对何英说，"如果我这会儿突然把你按倒在沙发上，脱你的衣服，你会不会反抗？回答我这个问题。"

　　"去你的，胡说什么……"何英脸色红红地瞪了张伟一眼。

　　"回答我！"张伟笑嘻嘻地看着何英。

　　"不知道，我不知道，你是男人，那么大的力气，我怎么会知道！"何英飞快地回答了一句。

"呵呵……"张伟得意地笑了,"不过,你一定知道,我是不会对你那样的,是不是?"

"我不知道!"何英脸色更红了。

张伟看何英很尴尬,也就不再闹腾,将一个大信封递到何英手里,轻轻说道,"谢谢你……这个是你的,完璧归赵……你收着吧……"

何英马上明白这信封里面是什么,急忙推给张伟:"这是我留给你的,我怎么能要回来呢,这是你的,已经属于你了……"

"不,阿英,这不是我的,这是你的,这是你辛辛苦苦赚来的,这是你今后生活的保障,"张伟坚决地推给何英,"这100万和房子我不能要,我一直替你保留着,你收好,听话……"

何英推回的态度更加坚决:"我告诉你,阿伟,我给出去的东西绝对不会再收回来,绝对不……我知道你不稀罕我的钱,但是,我只是想表达一下自己的心意,表达一下我对你的歉疚,我对不住你的地方太多、太多,难道你就不给我一个让自己心理平衡的机会……"

"不,何英,你说错了,你没有对不住我,你追求你自己的爱情,追求你自己的理想,这本身没有错,你也是受害者,对不住你的是我,我没有把握好自己,从一开始就走错了路,误导你,引导你,直到一切不可挽回,直到一发不收……我对不住你,也对不住陈瑶……"张伟诚恳地对何英说,"你的钱,我从一开始就没打算动,我早就想好了,有一天,我要亲手交还给你……"

说着,张伟又往何英手里塞,两人的手握在了一起。

何英心里一阵猛跳,看着张伟,抿了抿嘴唇,脸色涨得通红:"阿伟,如果你认我这个朋友,如果你还当我是朋友,如果你还知道我们曾经有过一段情,那你就不要和我客气,不要再把我当外人……再说,你正在创业,你更需要这笔钱,我没有什么能帮助你的,只希望这微薄的资金能助你一臂之力……我心里,我心里一直……一直希望你能开心快乐地活着,幸福地生活着,你活得开心,我……我就很开心,真的,很开心……"

何英说话的声音越来越低,将手慢慢从张伟的手里抽出来,将信封缓慢而坚决地推向张伟。

张伟咬了咬牙,点点头:"好吧,那好,我先收着,等用不着再还给你……我暂且先收着……"

何英稍微松了口气,抬起头,脸上的红润慢慢消退:"嗯……我现在不缺钱,我开旅行社赚的钱足够我花的,我一个女人家,又没有什么花销,要这么多钱干吗?你是男人,男人是做大事情的,是需要钱的……听话,以后不要在我面前再提这钱……"

张伟收好信封,看了一会儿何英,突然说:"你瘦了好多!但是比以前精神了很多!"

何英伸手摸了摸脸颊,微笑了一下:"是的,北方的饮食刚刚习惯,虽然吃得不多,但是精神很快乐,在这里,就好像每天都能看见你一样……"

张伟说:"以后大家就能经常见到了,我一时半刻不会离开这里的,我们以后大家可以经常一起见面的,我也会经常去瑶北看你的……"

何英没有说话,站起来,打开房门,坐到对面的床上:"那好啊,真的,见到你,见到你们,我很开心,很开心……一下子在这里多了这么多朋友,这么多熟人……"

何英开门,坐到床上,并非她不愿意和张伟坐在一起,并非她愿意开门,而是她心中的理智一直在提醒自己,再不可放任自己的感情。

张伟刚才半真半假的玩笑话,让何英心跳了好一阵子,她知道,如果张伟真的将自己放倒,真的脱光自己的衣服,自己心中一定是一百个愿意,甚至渴望着他这么做。但是,那只是心里在想,自己一厢情愿,她知道,如果张伟真的这么做的话,此地此刻,自己必然不会答应的,毕竟,现实中的这个男人已经不属于自己了,他已经是别人的男人了,他从肉体到灵魂都已经离自己远去,虽然他的躯壳还在自己身边。

何英坐在张伟宽大的床沿上,心里突然想到:今晚,张伟和陈瑶就要在这个床上颠鸾倒凤,耳鬓厮磨,张伟就要像以前对自己那样在陈瑶身上龙腾虎跃,进攻撞击……

这样想着,何英的心里突然无比痛苦,虽然她曾经无数次想过这些事,虽然每一次想起都会让她内心痛苦得无法自己,但是,那毕竟只是想象,见不到,听不到。可是,今晚,他们就要在自己隔壁做爱,自己离他们只有几米远,只隔着一道墙……而这个男人,这种事情,曾经是自己的,曾经是自己和张伟做的,如今,却要无可奈何忍受着别的女人在自己面前享用自己曾经的男人,那是自己一直深爱的男人啊……

何英的内心一阵绞痛,她知道自己的想法是无理取闹,太偏激,她努力不想让自己去这么想,努力想让自己去接受这一切,可是,要战胜自己,真的很难,很难,不仅仅是痛苦，而是更大的痛苦前的矛盾爆裂……

何英使劲抓床单，用力咬咬牙，不让自己去想这些。

张伟在沙发上坐着，看着何英："何英，我很高兴看到你现在的精神状态，看到你很好，我就放心了，以后，我会好好关心你，爱护你，像保护自己的家人一样保护你……不仅如此，我还要安排好你以后的生活，你今后的个人生活，或许，你应该成一个家……"

何英抿抿嘴唇："谢谢，谢谢你，阿伟，我今后的生活，我自己会安排，这一点，不需要你操心，不需要，只要看见你很好，我就满足了，我今后，我的今后……不要提这个了，我现在不想去想……"

何英的表情变得冷漠而痛苦，神色黯淡下来。

张伟心里一阵难过："我不想因为我而耽误你……你应该有新的生活……"

何英看着张伟，表情很复杂，一会儿笑了下："现在不提这个，好吗？张董事长，张总经理，谈谈你的宏图大业好吗？我今天来可不是为了个人成家来的，我是来祝贺伞人经贸开业大吉的……"

张伟也笑了："好吧，不谈这个，谈点高兴的吧，晚上想吃什么？"

"什么都行，随便吧，"何英说，"再说了，这小县城，想吃的东西也不一定有啊，我看啊，干脆就吃点地方的特色农家菜得了，省事，又开胃……"

"我赞同，"张伟刚要说话，陈瑶洗完衣服正好进门，接过话来，"我喜欢吃北方农家菜，煎饼卷大葱，香啊……"

陈瑶一进门，看到张伟坐在何英刚才坐的位置，而何英挪到了床沿，心中微微一怔，不过什么也没表示，只是狐疑地瞪了张伟一眼。

三个人在屋内坐了会，又一起去后院看存放的货物。

后院的货物堆积如山，小郭指挥人员都分门别类摆放好，就等明天装车南下。

陈瑶和何英很喜欢这些手工艺品，拿在手里反复看，爱不释手。

陈瑶满面喜色，看着张伟："终于见了庐山真面目，原来就是这些玩意啊，很好，很精致，很美观，还很实用，太棒了！"

何英也赞同地点点头。

张伟笑了笑，问小郭："这些都检验过了没有？"

"是的，全部都重新检验了一遍，不合格的坚决退回，一点点不合乎要求的也不放过……"小郭说。

"那就好，发货的车联系好了吗？"张伟继续问小郭。

"安排好了，明天准时来配货。"小郭回答。

"嗯……"张伟环顾了一下货物，"安排专人看护，防火防盗防雨……"

"嘻嘻……小郭现在成咱们大总管了……"陈瑶笑着对何英说。

"小郭是个鬼精鬼精的家伙，机灵着呢，好好跟着你张哥干，一定会有出息的……"何英拍了拍小郭的肩膀，"多学，勤学，好学……"

小郭不好意思地挠挠头皮，又连忙点头。

安排好工作，看看时间不早，张伟带领大家去附近的一家地方风味饭店吃饭。

吃饭的时候，张伟对陈瑶和何英说："明天我爹我娘也来，还有我那些堂兄弟，大家一起乐呵乐呵，吃顿饭，热热闹闹，咱这队伍就算开张了……"

"哦……好啊，"陈瑶看着张伟，"你爸你妈什么时间来？怎么来？要不要我开车去接？"

"不用，明天一大早和我那些哥哥一起来，坐村里的拖拉机来。"张伟乐呵呵地说，"进一次城里不容易，我妈得安顿好家里的那些嘴巴……"

"什么嘴巴啊？"何英问道。

"鸡鸭，还有猪羊啊，不安顿好它们，俺娘怎么舍得放心离开家啊……"张伟乐呵呵地说道。

大家都笑了。

"你爸妈身体真棒，精神更好，看起来啊，真显年轻……"何英边吃边说。

张伟和陈瑶对视了一眼，知道何英无意中又把去看自己爸妈的事情暴露了，而她却浑然不觉。

小郭很奇怪，何英什么时候去过张哥老家了呢？

"你爸你妈身体也很棒，精神也很好！"张伟对何英说，"我去过你家，见到过你父母的……"

何英听张伟一说，猛然意识到自己刚才说走了嘴，醒悟过来，不由哑然失笑。

张伟和陈瑶也都笑了，张伟给三个人各倒了一杯白酒，端起来说："陈瑶、何英，来，咱们三个人，喝一杯酒，这杯酒，只管喝，什么也不说，尽在不言中，都在酒里了……"

陈瑶看看何英，何英看看张伟，又看看陈瑶，点点头说："尽在不言中……喝……"

三人一饮而尽。

晚饭后，大家回到公司，累了一天，准备歇息。

何英先回了房间。

陈瑶跟随张伟进了房间。

一进房间，张伟倏地一个转身，伸开胳膊，看着陈瑶，"姐，来……"

陈瑶娇喘一声，扑上前，两人就紧紧抱在一起，互相紧紧拥抱、接吻、揉搓着彼此的身体和衣服，渴望许久的思念瞬间就要爆发……

张伟将陈瑶放倒在床上，撩起陈瑶的裙子，先是摸着小腿，然后逐渐往上，顺势就摸了进去，边亲吻着陈瑶已经被自己刚才揉搓开的胸口……

陈瑶闭上眼睛，微微分开腿，弯起小腿，又用手抚摸着张伟的头发，享受着张伟的激情和温存……

突然，陈瑶感觉张伟的动作变得迟缓，随即停顿，继而僵硬……

陈瑶睁开眼，坐起来，看着张伟，轻声说，"亲爱的，怎么了？"

张伟坐起来，神色突然显得很平静，眼神里充满了迷惘，怔怔地看着陈瑶，"我突然感觉有心理障碍……她就在我们隔壁，我们在这里弄这个……她会不会觉得难过呢……"

陈瑶的脸色一下子变得很难堪，看着张伟，问："哥，你什么意思？"

张伟抚摸着陈瑶的头发，"姐，只是心里感觉，我不想过度刺激她，她……其实，她也够可怜的，我不想今晚，今晚这么刺激她，她此刻一定在想我们正在做爱，正在激烈做爱，她的心里一定很痛苦……她的性格脾气，你应该比我了解……看不见不难受，在自己眼前，近在咫尺，她一定会胡思乱想……"

陈瑶冷静下来，一会儿点点头："嗯……你说得有道理，是这么回事，那你有什么想法？"

张伟看着陈瑶，将陈瑶搂过来，边抚摸陈瑶的胸口，边亲吻陈瑶的耳垂："姐，我听你的，你有什么想法……"

陈瑶明白张伟此刻心里的想法，但是他不说，故意让自己先提出来，这个狡猾的家伙。

陈瑶拿开张伟在自己胸口揉捏的手指："别挑逗我了，弄得我受不了……我知道你的意思，你是不是觉得我和何英这么久不见了，几年没有相见了，今晚应该在一起畅谈，在一起交心呢……这样既是我们姊妹之间感情的交融，也能避免她的尴尬……"

张伟亲了下陈瑶的嘴唇："老婆英明，正是此意，我觉得此事一举两得，既方便你们姊妹的感情恢复和消除隔阂，又能避免刺激何英……何英的脑子有时候很善于意淫的……我觉得，你们之间彻底沟通，彻底交流，有益无害，对我们大家以后都有好处……"

陈瑶拧了一把张伟的大腿："你倒是对她很了解啊，连她善于意淫你都知道，你还知道什么？"

张伟忙赔笑："哎呀，我就是说说嘛，好老婆，我们已经在一起了，虽然我和她以前有过一些事情，但是我现在是绝对忠于你的，从肉体到灵魂……"

陈瑶哼了一声，想起今天张伟抱何英还有自己洗衣服的时候座位的微妙变化，心中不由很不快："你就是一张嘴，我今晚去和何英聊天，你自己睡吧……其实，我本来也有意想和何英今晚住在一起，好好聊聊，可是，我怕你生气，饿了这么久了，怕你吃不到不高兴，我连提都没敢提，这倒好，你先提出来了……"

张伟亲热地抱着陈瑶："不还是你先提的吗？我哪里先提了？"

陈瑶嗔怒："坏蛋，不认账，是不是？你不诱导我，我能提出来？其实，我自己提出来和你提出来，是决然不同的事情，我不喜欢你先提出来，我提是另外一回事，不喜欢你提出……"

"我理解你的想法，亲爱的，好了，别使小性子了……"张伟呵呵笑了，又把手伸进陈瑶下面轻轻抚弄，"给我摸 5 分钟，你再过去……"

陈瑶见张伟这样，也不好真生气，任由张伟的手在自己下面肆虐，不由轻轻呻吟了起来，抱着张伟，"老公，要不，你先做一次，我再过去……"

张伟摇摇头："不好，我不喜欢那么仓促，我喜欢尽情享受，明晚我就可以尽情享受你了，还不是一样嘛，早一刻晚一刻的事，今晚，我不想刺激何英，毕竟她也不容易，我们犯不着再去刺激她……"

陈瑶点点头："老公，你真的长大了，学会体谅别人了，学会理解别人的心思了，几年不见，我其实有很多很多话要和何英说，这些年的经历、孩子的问题、将来的安排……可是，我也有很多很多话想和你说，我好想和你单独说说话……"

张伟低头吻吻陈瑶："姐，我理解你的心情，我们今后有的是时间，今晚，我把你让给何英……"

陈瑶脸色绯红，身体扭动着，轻轻呻吟着："亲爱的，把手拿出来吧……不行了，再弄，我就走不了了……"

张伟得意地笑了，拿出手，对陈瑶说："姐，去吧，今晚姊妹俩好好拉呱吧……她那屋也是一张大床……"

陈瑶坐起来，整理好衣服，理了理头发，然后亲了一口张伟："哥哥，对不起，今晚委屈你了，明晚，我好好给你，让你弄个够……"

张伟挤眉弄眼："不光我委屈，你也得委屈不是……姐，对不起，明晚让你吃饱……"

陈瑶忍不住笑了，恋恋不舍地和张伟又抱了一下，然后去了隔壁何英的房间。

山里的夜晚很凉爽，张伟洗了一个澡，打开窗户，将门开了一条缝，让空气流通，然后在山风的徐徐吹拂下，安然入睡。

张伟睡得很沉，周围很安静，只有隔壁传来陈瑶和何英隐隐约约的说话声。

半夜时分，一阵轻轻的脚步声，有人进屋，关门，没开灯，接着，一阵窸窸窣窣的脱衣声，继而，一个温热柔软白嫩的身体贴到了张伟的身上……

张伟睡得迷迷糊糊，感觉是在梦中和陈瑶做爱，眼睛紧闭，昏沉沉任那嫩滑的身体和自己的轻轻摩擦，任那温热的嘴唇和湿湿的舌头在自己的身体各个部位游动……

张伟感觉真爽，梦中不由自主叫起来："姐，好舒服，继续……"

"嗯……你醒了……"张伟的身体下面传来一个温柔的声音，继而一只柔滑的手游动上来，像蛇一样缠绕在张伟身上。

张伟一下子从梦中醒过来，猛然发现不是梦，黑暗中真的有一个女人正在自己床上。

陈瑶去了隔壁何英房间，自己床上的女人会是谁？张伟大吃一惊，伸手就要去开灯。

刚伸出手，却被一只嫩藕般的手捉住，接着张伟耳边传来一阵娇喘声，"别开灯……"

一听这声音，张伟不动了，放心了，自己身下的女人正是陈瑶。

陈瑶的声音很小，仿佛是怕惊扰隔壁的何英。

张伟感觉十分受用，舒服地舒展开身体，伸手轻轻抚摸着陈瑶的头发和背部，悄声说："怎么搞的，不是过去了吗，怎么又回来了？"

"别说话……完了和你说……"陈瑶停住，悄声说了句，又低头继续……

张伟不想扫了陈瑶的兴，自己也乐得享受，于是重新闭上眼睛，专心享用起来……

久违的温热和柔软在张伟身体下部蔓延和游动，迟缓和快速在交织中跳跃，轻柔和力度在上下间滑动，张伟的快意一阵一阵从身体的最深处向外涌动，向身体的最热点汇集，越来越多……

终于，当张伟的大脑开始眩晕，当张伟的灵魂游荡到巅峰，当张伟的腹部达到最热，一阵悸动，体内的热量开始喷涌，急速喷涌，积郁已久的能量和热量猛烈释放而出……

"噢……"张伟轻声叫了一声，身体猛地开始扭动……

张伟在幸福而快乐的巅峰徘徊，用力按住陈瑶的头部，持续了好一会儿才平静下来。

然后，陈瑶起身下床，去了卫生间，一会儿卫生间传来放洗澡水的声音。

张伟惬意地伸展身体，将自己平放在大大的床上，在夜风的温柔抚摸下，回味着刚才的细节和感受，十分满足和满意，心里对陈瑶充满了感激和爱意。

一会儿，陈瑶洗完澡回来，擦干身体，仍旧在黑暗中悄悄上床，钻进张伟的怀里，两人紧紧搂抱在一起，让彼此的身体尽可能地多接触对方，彼此张开嘴唇，互相亲吻着……

一会儿，两人才平静下来，仍旧抱在一起，互相轻轻抚摸着对方的身体。

"北方的夜晚真好，北方的山区真好，北方的小山城真好……"陈瑶在张伟耳边悄悄说，"哥哥，刚才舒服吗？"

"嗯……舒服，谢谢你，亲爱的，"张伟边亲吻陈瑶的脸颊边搂着陈瑶的脖子，"你怎么回来了？不是说好……"

"唉……"陈瑶拿开张伟的胳膊，轻轻坐起来，披上毛巾被，靠在床背，叹息了一声，"我是这么想的，可是何英……"

"怎么了？"张伟也坐起来靠在床背，揽过陈瑶的身体，"何英怎么了，我开始睡觉前还听见你们俩絮絮叨叨聊天的声音呢，你们聊得不是很好吗？聊了些什么，这么久……"

"是的，聊得很好，我和何英聊了很久，聊了很多，也可以说是彼此开诚布公、袒露心底吧，我们谈到了很多，从很早之前开始……"陈瑶轻声说道，"今晚我过去是对的，我们之间，早就应该有这么一次互交心底的谈话和交流了……我们谈得很舒畅，谈得很轻松，当然，只是谈了一部分，这些年，要是谈完，还早呢……谈到半夜，困了，累了，何英非要我回来，不让我在那边住，说你……"

"说我什么？"张伟问道。

"说你更需要我……"陈瑶又叹息了一声，"她说了，她明白我的心思，明白我过来的意图，她很感激。但是，她说了，她会接受，她会适应，她必须适应，她坚持让我一定回来和你一起住，说如果我不回来，三个人都睡不好，特别是你睡不好，就会影响工作……我拗不过她，只好回来……"

"哦……"张伟有些感动，"何英自己在努力去适应去接受这个现实，虽然以前她已经知道，但是不在眼前，刺激没这么大，现在，她要活生生接受这个现实了，她心中一定很别扭，甚至很痛苦，但是，她仍然能让自己硬生生面对这残酷的事实，去接受它……"

"是的，"陈瑶轻轻为张伟抚弄着，"所以，我进来之后，看你在睡觉，就悄悄给你弄一次，我知道你忍了很久，很想了……我既想让你舒服，又不想让我们出什么动静，尽量还是不要刺激惊扰何英……"

张伟拨弄着陈瑶的嘴唇："我是舒服了，可是，姐，你还没舒服呢……"

"我不要紧，傻瓜，"陈瑶在黑暗中轻轻地笑了，"只要你好，只要你舒服，我就很高兴，再说，我怕你这么久没做，到时候发狂，弄得床吱吱叫，弄得我也忍不住叫，让何英听见，不好。我不想去刺激她，哪怕一点点，她已经很难受了，我都不知道她这会儿到底有没有睡着……再说了，我们来日方长，何必非要在这个时候没事找事呢……其实，我当然也想啦……"

张伟不说话，将陈瑶的脸转过来，用舌头启开陈瑶的嘴唇，纠缠着陈瑶的舌头，用力地吮吸着……

好一会儿，张伟才放开陈瑶，将陈瑶整个抱进怀里，揉搓着陈瑶的身体，在陈瑶的耳边低语："姐，我知道你的想法，我会满足你的，亲爱的……"

陈瑶在张伟怀里娇喘着，任张伟的双手在自己的身体上揉捏，悄声说："别了，明天吧，一会儿弄得到处都是声响，这房间的隔音性不好，床的动静也大，一翻身就响……"

张伟轻笑了一声，低头亲了一会儿陈瑶，然后抬起头："傻孩子，别动，躺在这里，看我的……"

说着，张伟打开床头的小台灯，下床，先轻轻地关闭门窗，然后打开空调，接着，从床下面拉出一床凉席，扑在地板上，又从衣柜里抱出一床被子，平铺在席子上……

陈瑶靠在床头，看着张伟忙乎，嘴角挂着笑，这家伙鬼点子真多。

张伟得意地在地铺上盘腿一坐，冲着陈瑶说，"姐，你看，咋样？这回门窗紧闭，声音出不去，地铺更安全，一点声音也没有，床也不会叫了，只要你别太大声喊就没事……"

"呵呵……"陈瑶笑了，心里也感觉放松了不少，伸出胳膊，"哥哥，抱我……"

张伟重新熄灭了台灯，过去将陈瑶抱起，轻轻放在柔软的地铺上，将陈瑶的身体放平，轻轻伏在陈瑶身上，亲吻着陈瑶的脖颈和耳廓，边说："宝贝，这会儿安全了，放心了，用再大力气也不会有声音的，这会儿该我伺候伺候你了，亲爱的……好不好……"

陈瑶闭上眼睛，搂住张伟的脖子，抚摸着张伟的背，在张伟的脸上和肩膀亲吻着，边喃喃地说："哥哥，你又行了？这么快……"

"亲爱的，别着急，慢慢让你享受……"张伟从陈瑶的上面开始亲吻，慢慢向下，从脖颈到胸部，从胸部又到腹部，很慢，很细致，很柔和……边亲吻，双手边在陈瑶的臀部、腰部和腿部抚摸……

陈瑶轻轻哼了一声，抓住张伟的头发，闭上眼睛，放松身体，用心去释放自己，用灵魂和肉体去迎接另一个心灵的靠近……

张伟亲吻了陈瑶身体的所有部位，轻轻柔柔，飘飘洒洒，循序渐进……

陈瑶快乐地低声呻吟着，享受着男人带给自己的开心和幸福……

陈瑶好一会儿才平息下来，好一会儿才安静下来……

室内陷入了寂静，只有空调发出的丝丝的吐气声。

张伟游上去，趴到陈瑶身上，身体覆盖住陈瑶的身体，亲吻着陈瑶的耳朵，"姐，爽乎……"

陈瑶没有回答，搂住张伟的脖子，紧紧贴住张伟的身体。

陈瑶的身体一动不动，只是搂住张伟的身体，明亮的眼睛在黑夜中一动不动，凝视着窗外无言的大山……

一会儿，张伟觉得有热乎乎的东西从陈瑶脸上流下来，流到自己的脸上，忙将陈瑶放平，一摸，陈瑶泪流满面。

"姐，你哭了……"张伟从陈瑶身上下来，侧躺在陈瑶旁边，搂住陈瑶的肩膀，"姐，你干吗哭了……"

陈瑶不说话，猛然扎进张伟怀里，泪水突然就汹涌而出，像决口的大堤，一发不收，喷洒在张伟的胸口。

张伟的胸口很快就湿了一大片。

陈瑶无声地哭泣着，肩膀剧烈抖动着，哭得十分伤心和痛快，十分淋漓和释放，似乎要将这段时间心中所有的积郁和委屈全部在张伟这里发泄出来，倾吐出来。

张伟明白这段时间陈瑶一定遭受了不少的磨难和压力，心中一定充满了郁闷和憋屈，他没有再说话，轻轻拍着陈瑶的肩膀，抚摸着陈瑶的头发，任陈瑶在自己怀里纵情哭泣。

陈瑶虽然哭得无声无息，但是，听起来比痛哭更让人撕心裂肺，更让人绞痛和心痛。张伟的心中充满了疼爱和爱怜，被陈瑶哭得心都要碎了……

　　好大一会儿，陈瑶的哭泣渐渐平息，仍旧拱在张伟怀里，不时抽搐一下。

　　张伟慢慢将陈瑶放平，贴上去，用舌头舔着陈瑶的脸蛋，吮吸着陈瑶的泪痕，亲吻着陈瑶的眼睛，直到吸干……

　　然后，张伟亲了下陈瑶的额头，轻声说道，"姐，我知道，你这段时间一定受了很多苦，受了很多磨难，你的心中一定有很多的苦，哭吧，哭出来就好了，不要压在心里……"

　　陈瑶擦了下眼睛，看着张伟，嘴角露出一丝笑意："亲爱的，不好意思，我哭了……我刚才哭得好痛快，好久没有这么痛快淋漓地哭了……不知怎么，我好想抱着你流泪，好想抱着你哭，好想在你怀里痛痛快快地哭一场……"

　　张伟笑了，抚摸着陈瑶的脸颊："我喜欢你在我怀里哭，我的怀抱就是你的栖息地，就是你的摇篮，就是你停靠的港湾，哭出来，发泄出来就释放了，最好不过，不要郁闷在心里郁郁寡欢，那样我也会难受了……"

　　陈瑶微笑了，点点头："其实，我是幸福的，能有一个可以哭泣的地方，要知道，很多人想找个地方哭都找不到，多少苦楚，多少悲愁，竟然没有地方可以去倾诉去释放……相比来说，我真的感觉自己好幸福，能有你和我一起做伴，让我释怀……"

　　"我知道最近我走后，东兴一定又发生了很多事情，你一定又承载了很多的痛苦和磨难，你不告诉我，但我猜得到，你不说，我也不问，等你什么时候想说了，再告诉我……"张伟理理陈瑶的头发。

　　"嗯……其实也没什么大不了的事情，你慢慢也就知道了，我现在不想去想那些事，我不想去回忆，我讨厌回忆……我只想现在，想未来，想我们……"陈瑶翻了一个身，伏到张伟身上，在张伟的耳边轻轻说道，"其实，我们真的比她幸福多了，起码我心里难受可以在你面前哭，在你怀里发泄，可是，她呢，她心里一定是很苦很苦的，可是，她向谁说呢，向谁发泄向谁倾诉呢？没有，她没有人可以说，只能自己去咽下，只能深藏在自己心里，只能自己慢慢去消化、吸收……唉……和她相比，我上天堂了……"

　　张伟知道，陈瑶说的"她"指的是何英。

第三章 好事成双

想起何英，张伟心里一阵难言的感慨，一阵无声的叹息。

"她今晚和我简单说了下这么多年来的情况，别的没有多说，关于和你的事情，也没有说，我们太长时间不见了，太久没有在一起说话了，要是都说的话，三天三夜也说不完……以后慢慢说吧，反正以后有的是时间……"陈瑶继续说道，"人生聚散离合，都离不开一个缘……她注定和我们有缘，拆也拆不开，打死分不开，只是以后，不知道她如何安排……"

"你没有问她？"张伟问陈瑶。

"没有，要说的话太多太多，一时都找不到话头了，"陈瑶笑着亲了亲张伟的嘴唇，"聊到半夜，她说她困了，把我赶回来了，让我来陪你睡……"

"她努力想让自己来接受这一切，强制性地改变自己……不容易……"张伟有些感慨。

"她知道你是个馋猫，知道你饿了，只是没明说，所以让我过来喂你的……"陈瑶微笑着在张伟的鼻子上亲了一下，"她毕竟也是领教过你的厉害的，知道你的胃口的……"

张伟不好意思地笑笑："你进来的时候我不知道，感觉就真的是在梦里，呵呵……那感觉真好啊……"

陈瑶笑了，黑夜中的眼神妩媚地看着张伟，"哥哥，你这主意真好，我喜欢在地铺上做，真新鲜……"

张伟伸手摸着陈瑶的胸脯和大腿，又来了感觉，"以后，我让你更新鲜……"

张伟边说边用手按了一下陈瑶的肩膀，陈瑶会意，顺从地俯身滑动下去……

很快，张伟变得很硬，陈瑶翻身下来，躺在下面，等待张伟的进入……

张伟起身从床头柜里摸出一个东西，撕开……

陈瑶睁开眼，在黑暗中悄声说道，"别戴了……"

"那怎么行？"

"可是……"陈瑶搂着张伟的腰，身体随着张伟有节奏地晃动着，"我想啊，我现在没有什么事情做了，我想啊，要是怀上也不错，那就生呗，咱们怀着孩子再结婚，也一样的……所以，我想，以后就不戴了吧，怀上就生下来……我……我很想做妈妈……"

"不行，"张伟语气很肯定，"现在只能生一个，要优生优育，我这段时间忙碌劳累，喝酒又多，小蝌蚪数量和质量肯定不行，等咱们结婚后，我好好养养身体，积蓄好能量，咱们再要……你想做妈妈，我也想做爸爸了，我妈我爸早就盼着抱孙子了……我可是俺们家单传啊，老张家三代单传，到我这一代了……"

边说，张伟边逐渐加快进攻的节奏。

陈瑶轻声呻吟了一下，然后说，"哥哥，慢慢来，别着急……那照你这么说，你爸你妈是不是一定要抱孙子啊，孙女就不行啊……"

张伟听陈瑶这么一说，放缓了速度，边优哉游哉地和陈瑶聊天，"也未必，我前几天还专门批评我妈的守旧思想，女儿也是传后人，哪能非得要男孩呢，我给我妈说了，只要生下个孩子就行，别管男孩女孩，都是老张家的传人……当然，咱们要是不要孩子，老爸老妈那是死活也不会答应的……"

陈瑶心中一愣，眼睛猛然睁开，黑夜中充满了迷惘和疑惑，还有几分隐忧和焦虑……

痴痴地怔了一会儿，陈瑶重新又闭上眼睛，搂住张伟的脖子……

张伟这会儿感觉越来越强烈，节奏加快，速度和力量同时并进，撞击越来越猛烈……

陈瑶很快又进入了状态，咬紧嘴唇，不敢让自己出大声，轻轻地不停呻吟……

张伟第二次的爆发显然是活力四射，无论是时间还是力度强，两人在黑夜中激烈而无声地搏斗着，撕扯着，纠缠着……

终于，张伟终于再一次迸发，迸发出汩汩的能量和火焰……

而陈瑶，也同时到达巅峰状态……

当一切恢复平静，当疲倦的张伟伏在陈瑶的胸口再一次进入梦乡，陈瑶毫无倦意，抚摸着张伟的头发，大大的眼睛瞪着天花板，陷入了沉思……

第二天早上，张伟天一亮就醒了，今天公司开业，兴奋，醒得早。

张伟醒来的时候，陈瑶正睁眼看着自己。

张伟揉揉眼睛，"你醒得这么早？"

陈瑶笑了下，"嗯……比你醒得早……"

张伟爬到陈瑶身上，"在地铺上睡什么感觉？"

"很有意思，很新鲜……"陈瑶疲倦的眼神充满了笑意。

张伟和陈瑶穿衣洗漱，刚洗漱完毕，还没来得及收拾地铺，有人敲门。

张伟随手打开门，一看，是何英。

"懒虫，起来去吃早饭，"何英边说边走进来，一眼看到了地铺，不由脸上闪过一丝难堪和异样，"咦……"

陈瑶正在化妆，从卫生间伸出头，看见何英盯着地铺，心里一阵不安和愧意。

张伟大大咧咧地边收拾地铺边说，"软床我睡不惯，我一直习惯搭地铺，地铺好舒服的……"

"哦……"何英脸色恢复了正常，"你可真没有享福的命……"

陈瑶也松了口气，赞许地看了张伟一眼，继续化妆。

收拾完，大家一起去吃早饭。

三个人刚吃过早饭回到公司办公室坐下，小郭跑进来，"张哥，你家大爷和大娘来了，刚到楼下……"

"俺爹俺娘来了，"张伟站起来看看陈瑶和和何英，"老太爷和老太太来了，去接驾啰……"

陈瑶站起来，看看何英："阿英，走，一起去！去接叔叔和婶子……"

"我是去接叔叔和婶子，你是去接公公和婆婆……"何英微笑着看着陈瑶，"莹莹，别放不开，我想得很开的，凡事总是要面对的，逃不掉的……走，去接你公婆去……"

陈瑶感动地看了何英一眼，又看了看张伟。

张伟没有说话，拍了拍何英的肩膀，带着欣慰的眼神。

何英虽然化了淡妆，但仍然能看出昨晚她睡得并不好，和陈瑶一样。

只是，陈瑶没睡好，是被自己折腾的，而何英呢，是被自己和陈瑶折腾的？

张伟知道何英说出这话，需要勇气和志气，需要面对自我斗争的志气，需要直面现实的勇气。

所以，张伟觉得尽在不言中，只是拍了拍何英的肩膀，没有说话，但是明显带着赞赏的神色。

陈瑶同样很欣慰，她也看出来何英昨晚一定没有睡好，昨晚她赶自己回来，就是在不断挑战自己的底线，让自己坚强去面对现实，另外，她也不想让陈瑶太多看出自己的窘态和尴尬。

陈瑶感动和欣慰之下，不由伸手拉住了何英的手："阿英……"

何英冲张伟和陈瑶莞尔一笑："要来的早晚会来……走吧……"

三人下楼，外面都已经布置好了，邀请的朋友和客人逐渐开始来了。

外面停放着一辆拖拉机，老爸老妈和家里的乡亲们就是坐那个来的。

爸妈刚下拖拉机，小花和吴洁正搀扶着爸妈进公司，爸妈喜气洋洋地左看右看，还不停对小花和吴洁说："不用扶，俺们身子骨很结实，不是七老八十，呵呵……宝宝呢……"

小花和吴洁一愣："宝宝？宝宝是谁？"

妈妈刚要再说话，张伟带着陈瑶和何英过来了，张伟大叫："爸……妈……，你们来了，我在这里……"

小花和吴洁又是一愣，接着捂嘴偷笑，原来宝宝是这个人啊！

妈妈看到张伟，接着就看到了张伟身边一左一右两个美女，两眼发光，一拉爸爸的胳膊："他爹，赶紧看，这两个闺女都来了，一边一个哟……可了不得……咱家宝宝有福气啊……"

张伟一听老妈说出这话，看了看自己两边，左边是陈瑶，右边是何英，两人都风姿绰约，衣着艳丽，就像两朵盛开的玫瑰花。

张伟不由笑了，陈瑶和何英也笑起来，两人不约而同一起上前，一边一个搀扶老妈，不约而同说出，"婶子好，您来了……"

今天开业的主角是张伟，而最亮丽的风景线无疑是陈瑶和何英，大家的眼光都被她们俩所吸引，更多羡慕的眼光都投在了张伟身上。

老妈晃了下胳膊，"不用扶，我这身子骨很结实……"说完，一手一个，拉着何英和陈瑶的手，左看右看，喜不自禁，"今儿个你们俩都来了，呵呵……好，真好，小陈啊，婶子好久不见你了，可想死婶子了……"

到底是自己的儿媳妇，关系就是亲近一层，老妈不自觉就表现出来了，何英很敏感地感觉到了这一点。

"婶子，俺也想您啊，这不，借着这开业的机会，专门回来，也是专门回来看您……"陈瑶拉着老妈的手热乎乎地说道。

"嗯……小陈咋瘦了呢，咋搞的，没吃好？怎么瘦了啊，气色也不好，自己一个

25

人在外面吃住不好，没有人照顾就是不行啊，女人的身子骨啊，要紧着呢……这次回来，先别回去，婶子好好给你调理调理身子……"老妈心疼地对陈瑶说。

"哎……行，婶子，我这次回来在家多住些日子，没事就在家陪您唠嗑……"陈瑶笑呵呵地说。

何英这会儿一直在旁边站着，微笑着。

老妈过问完了陈瑶，才想起自己一直拉着手的何英，转过头问："闺女，你叫什么名字来？"

"婶子，我叫何英。"何英微笑着说道。

"哦，小何，嗯……上回你去俺家看俺，连顿饭都木吃，你说这事弄得，真瞎不（不好意思），还叫你花钱买那么多东西，有空去婶子家，婶子做好吃的给你吃……"老妈又想起了上次还欠着何英的人情。

"哎……好，好，有空一定去……"何英对老妈连连点头。

老妈仔细端详着何英，不停点头："这闺女，长得真俊，和小陈一样俊……"

张伟在旁边笑了，看着何英的表情。

何英脸上带着不变的笑容，眼神里闪出一丝哀伤，挽起老妈的胳膊："婶子，咱们上楼去坐一会儿……"

说着，何英冲张伟点了点头："你去忙你的，我来接待二老……"说完，和老爸老妈一起上楼去了。

张伟感激地冲何英笑了笑，和老爸老妈招呼完，就出去了。

何英和老妈说话的空，陈瑶已经和老爸打完招呼，正在和堂兄们热情攀谈，边拉家常边询问工作进展的具体情况。

张伟走了过去，和大家打招呼。

大堂哥对陈瑶说："大妹妹，你这次能回来可真好，这段时间俺兄弟，不，俺们公司张董事长，可是操心累坏了……你这一来，正好可以帮着一起拾掇拾掇……"

陈瑶听大堂哥的临阵改口，不禁笑了，张伟也笑了，对大堂哥说："大哥，陈瑶不是外人，是咱自己家人，不用这么拘束……"

陈瑶看着众位堂哥，很欣慰："各位老兄，看到你们都这么齐心协力帮助张伟，俺就打实里放心了，俺也没有什么本事，俺比张伟的本事差远了，今儿个以后啊，俺就在家忙乎忙乎家里事就行了，这外面的事啊，这天下，都是你们男人的，还得你们男人闯……张伟年轻，毛躁，还得各位老兄多帮衬，多协助，俺就拜托各位了……"

说着，陈瑶很江湖地拱手作揖。

陈瑶的一席话，张伟和众位堂哥听了心里都很受用，虽然明知道陈瑶是在谦虚，明知道陈瑶的本领比他们大得多，但是还是喜欢一个叱咤风云的女人说出如此小家碧玉的话来，如此有女人味的话来。

大堂哥带头表态："大妹妹你放心，俺们是自己家人，俺们是胳膊肘子绝对不往外拐的，俺们就一个心思跟着俺兄弟出死力，这说书的里面说得好，上阵父子兵，打虎亲兄弟，俺们是一条道走到底……虽说俺们年龄都比俺兄弟大，都是当哥的，但是俺们这现在都是在外面做大事的人了，不是在家打庄户了，不是农民了，叫……叫什么企业……企业员工了……大小都是经理、主任了，也都是场面上的人了……俺们也都知道要遵守规矩，在公司里，都听俺兄弟的，听张董事长的……一切行动听指挥，这公司里定的规矩，俺们这些当哥的，都带头先学习，先遵守，谁不听指挥，我第一个不答应……"

陈瑶听了笑得很开心，又很感动，频频点头道："大哥说得好，俺听了觉得是这个理……这在单位里做事情啊，和在家里打庄户是大不一样，比方说，以前是游击队，现在是正规军了，一切都要改变……"

"是啊……"另一位堂哥接过话来，"俺们现在和在公家里做事差不多，也领工资，还有名片，还有配发的手机，还能报销手机费，还有交通补贴……嘿嘿……蛮正规的呢……"

"这才是刚开始，以后公司发展起来了，大家的待遇会更好，等咱们有钱了，大家一人一辆小轿车……"张伟意气风发地说。

大家听了一个个喜形于色，朴实敦厚的脸上都带着憨厚和开心的笑，带着对美好未来的憧憬和幸福明天的期待……

陈瑶开心地笑着，挽着张伟的胳膊："咱们这自己家门口生产的柳编和草编，咱们自己觉得不起眼，这在外国啊，都喜欢得很啊，很抢手的啊。在欧洲，德国、法国、英国、意大利……以后啊，到处都能见到经过咱们手里出去的产品，都能见到咱这山窝窝里飞出的金凤凰……"

"哈哈……这洋人也用咱们生产的东西啦……咱们现在挣的是洋人的钱哈……真是想不到啊，这世界到底有多大啊，咱们的土家伙能漂洋过海，到欧洲得好几千里吧……"一位堂哥富有想象力地说。

"远着呢，几千里，几万里也不止啊，不过这德国人，其实咱们不陌生啊，咱们王庄村山顶上的那个圣母堂，还有山脚下的那个基督堂，都是以前德国人造的，得100 多年了……"另一位堂哥补充。

"以前是他们给我们输入宗教，传播文化，现在是我们倒过来给他们输入商品，传播我们的民间文化……"张伟笑呵呵地说。

立志哥也来了，看着陈瑶说："大妹妹，你这投资搞度假村和景区的事，打算什么时候动手呢……还弄不弄了……"

陈瑶笑了笑，看了张伟一眼，然后对立志哥说："时机成熟，一定会搞的……"

张伟接过来："立志哥，这饭不得一口一口吃，是不是？"

立志哥笑了，点点头道："对，是这个理儿……"

然后，张伟和陈瑶去了后院，那边小郭正指挥人装车，两辆大货车停在外面。

今天张少杨和小段一人跟一辆车，押车去东兴，去自强外贸公司。

陈瑶看着货物道："这是咱们的第一笔生意，局面打开了，以后还会源源不断的……"

张伟自信地说："产品的质量绝对顶呱呱，编筐的都是些老把式，行家里手，只要哈尔森那边要货，我这边是绝对保证足够的货源……哈尔森这家伙，哥们是哥们，做起生意来一点也不留情，谈起价格和交货环节，正规得要死……严格按程序办事，我还专门给他签了质量保证合同啊，他说要是质量不合格，一律退货，还得找我追讨违约金……"

"呵呵……"陈瑶笑了，"这就对了，做生意就得这样，兄弟是兄弟，生意是生意，两不搭界的，做大事的人，就得有这种概念，这是一种做大事所必须具有的素质和气质，家族企业，尤其需要这样，必须要正规化、制度化、市场化……"

正说着，张少杨过来了，叫着姐姐："大姐，我今天押车去东兴，嘿嘿……"

陈瑶拉着张少杨的手："杨杨，过来，姐和你说说，这押车的责任很重的，首先要注意行车安全，不要让驾驶员疲劳驾驶，其次，路上注意看管好货物，防火、防盗、防雨……还有，交接要仔细，手续要完备，签字要正规……"

陈瑶絮絮叨叨地对张少杨说着，张少杨不住点头："我记住了，大姐，你放心，我一定会注意的……"

"和你大哥这边随时保持联系，手机保证24小时畅通……路上遇到关卡刁难的注意灵活应对，别和那些地头蛇闹……"陈瑶继续说道。

张少杨频频点头："知道了，大姐！"

张伟拉了拉陈瑶："走，去看看老爹老妈，见见你公公婆婆……"

陈瑶笑了笑："算了，这会儿何英正和他们在一起呢，我们反正有的是时间，也不差这一会儿，你说是不是？"

张伟点点头："嗯……这样吧，一会儿开业完就发车，发完车，吃午饭，吃完午饭，下午我和你，还有爸妈咱们一起回家，晚上咱在老家住，好不好？"

陈瑶拍拍手："好呀，你们老家的夏夜一定很美，还有那清清的瑶水河……"

张伟笑了："是的，那河水很清澈，小时候夏天我经常在河里光屁股洗澡，河底的沙很柔软的哦……"

陈瑶带着向往的眼神看着张伟："在河里洗澡，真好啊……在沙滩上戏水，真美……"

张伟笑了："晚上，我看看，领你去一个没人的河段，你也可以下水去洗澡、戏水……"

陈瑶睁大了眼睛，喜不自禁："真的?! 真的吗?!"

"当然，"张伟一拍胸脯，"河道这么长，我领你去村子的上游，记得那里有一大片芦苇荡围起来的空场，水下都是细沙滩，白天啊，水清澈见底，小鱼儿游来游去，在身上一叮一叮的，很舒服啊……

陈瑶开心地笑了，"好啊，咱们赶快回家啊……"

"忙什么，急什么，天黑还早呢……"张伟见周围没人注意，伸手在陈瑶胸口摸了一把，"非礼你一下……"

陈瑶笑了，挽起张伟的胳膊，"你这不叫非礼，这叫耍流氓……"

张伟嘿嘿地笑了，"我妈一见你们两个美女在我两边，都眼晕了，哈哈……"

陈瑶哼了一声，"看你得意的，你以为是东宫西宫啊……你妈还是看重我，都是先和我说话，哼……"

张伟拍了拍陈瑶的屁股："我就是随便开玩笑嘛，呵呵……逗你的……"

陈瑶："何英昨晚和我说，午饭后她和小花先回瑶北，公司里事情也挺多的，以后有时间再专门过来玩，或者咱们也可以去瑶北她那里玩。总之，以后大家有的是经常见面的机会，她今天就不多待了……"

张伟："我知道，我估计啊，她这心啊，不知飞到哪里了，或许，飞到她儿子那里去了，或许，飞到高强那里去了……唉，不容易啊，母子分离，高强生不如死，孩子只能是何英带了，3 岁的孩子啊，可怜的南南……"

陈瑶："高强已经这样了，下场也够惨了的，你以后就别记恨他了，他已经得到报应了……我和何英虽然以前都和高强有过一段，但是，都是过去的事情了，我们俩，还不都和你……何英和你也过去了，我现在不已经是你的女人了，高强也真够失败的，想一想，两任女人都被你……你知足吧，别对他不依不饶了，得饶人处且饶人……"

第四章 | 愿赌服输

"什么知足不知足，这女人又不是商品货物，我和你，和何英，这都是缘分，都是命中注定的，高强就注定得不到你们，特别是得不到你，你命中注定就是我的女人，就得做我的女人……我本来就不打算痛打落水狗，高强作恶太多，报应是必然的，迟早的，只不过现世报应了……别看我们现在暂时在东兴被人暗算，被人欺压，哼……这只是革命处于低潮罢了，只是黎明前的黑暗，我看，黎明前的第一缕阳光很快就会出现……老郑收购了我们的假日旅游，这家伙行，真行，有商机，有眼光，看得准，看得巧，我会记住他的……"张伟说。

"你别胡乱想，老郑收购假日旅游是在帮助咱们，帮我解决人员安置问题，"陈瑶忙说，"是我自愿的，是我乐意的，你不要想多了……"

张伟直勾勾地盯着陈瑶，一会儿叹了口气，"你个傻女人，总是把人家往好处想，换了别人我信，就老郑，能做好事？能主动帮助我们？杀了我也不信，他一定有自己的小算盘……这人，我太了解了……"

"实话告诉你，老郑是有自己的算盘，是有自己的鬼心眼……"陈瑶知道这事早晚瞒不住张伟，索性简单把事情经过说了一遍，然后说，"不管别人如何打算，只要咱们能减轻负担，能解决咱们的问题就行，别计较那么多了，就让他得逞就是了……"

张伟听了半晌没说话，盯着远处的山峦，眼里泛出冷冷的目光，隐隐包含着几分杀气。

陈瑶担心地看了张伟一眼，伸手拉了张伟一把，"不说了，走，去看看开业准备的情况……"

时间到了，开业仪式正式开始，一阵鞭炮齐鸣，鼓乐喧天，气球升空，彩虹门、礼花绽放，大家喜气洋洋。

张伟、陈瑶、何英三人共同为公司开业剪彩，张伟站在中间，左边是陈瑶，右边是何英……

随后，满载大家辛勤成果和希望的两辆大货车徐徐发动，将驶出大山，直奔遥远的江南……

张少杨在驾驶室里伸出手亲切地和大家挥手告别，"亲人们，俺南下了……等着俺们胜利的消息吧……"

随后，伞人经贸有限公司邀请大家一起去饭店共进午餐，宾客和员工共聚一堂，大家举杯共庆这难忘的时刻。

张伟、陈瑶、何英、爸爸、妈妈还有小花、吴洁、小郭几个人一桌。

席间，张伟和陈瑶以主人的身份，起身到各酒桌给大家敬酒。大家一边还礼喝酒一边赞扬女主人的美丽大方和好酒量，毫不掩饰对张伟和陈瑶的羡慕。

何英坐在那里，边讪笑着和大家喝酒吃饭，边用眼角余光看着张伟和陈瑶，心里酸溜溜的，叹息道：或许，这一切本来应该是我的，或许，此刻站在那里敬酒的应该是我……唉……作孽啊……

老妈对何英很热情，不停地招呼何英吃菜，眼珠子除了看着陈瑶，就是看着何英，一会儿问何英："闺女，找主儿了没有？"

"主儿？"何英一愣，没听懂。

小郭在旁边翻译："何姐，大娘就是问你找没找对象。"

"哦……"何英明白过来，忙回答，"婶子，没，现在没有主儿……"

"哦……"老妈点点头，"那女大当嫁，也该找了……多好的闺女啊，可惜，俺就宝宝一个儿子……可惜，这法律规定只能娶一个……"

老爸听出老妈越说越下道，一瞪眼，"老婆子，我看你老糊涂了，你嘟哝个啥啊，净胡说八道……"

何英听了心里很不是滋味，心想：如果没有那些事，如果不是我自己退出，现在，你儿子娶的就是我了，我才是你正儿八经的儿媳妇，我才是为你老张家传宗接代的女人……但是，这一切都无法挽回了，一切都已经无法改变了，一切都是注定的了，认命吧……

看着张伟和陈瑶在附近酒桌前和大家谈笑风生、觥筹交错，何英心里无比羡慕，虽然妒意未消，但是心中仍然不由真诚地为他们祈祷，既然自己已经主动退出，就好好祝福他们吧，接受这个现实吧，虽然现实很残酷……

一会儿，张伟和陈瑶敬完酒回来，陈瑶的电话响了，是丫丫打来的，声音充满喜悦，"嫂子，俺们公司开张了，俺们正在喝酒庆贺，特此汇报……"

陈瑶笑着看着大家，"丫丫，俺们这边也同样，也开张了，货已经发出去了，俺们也正喝酒祝贺……"

"丫丫来电话了……"老爸老妈精神一振，紧盯着陈瑶。

陈瑶冲老爸老妈点了点头，然后对丫丫说："俺们大家都在一起呢，你等等……"

说着，陈瑶把电话递给了老妈。

"丫丫，俺是娘，你在那边怪好（很好）吧？"老妈对着电话就喊。

"娘……"丫丫甜甜地叫着，"俺在这边怪好啊，你和俺爹也怪好吧？"

"怪好，怪好，都怪好，你哥及门（今天）弄了个公司开业了，叫什么伞……公司，俺和你爹开始还以为你哥是要卖伞，后来才知道你哥是要卖筐……"老妈对丫丫说。

"什么卖伞啊，糊涂，糊涂，娘，你真糊涂，"丫丫教训老妈，"叫伞人经贸公司，伞人，知道吗，伞人，不是雨伞，伞人是谁知道不？伞人是俺嫂子哦……哈哈……俺嫂子就是伞人……"

老妈大吃一惊，看着陈瑶，"小陈，丫丫说你是散人，你咋成散人了？散人这个是什么个名字？怪怪的……俺这里有散子（麻花），还没听过什么散人啊……"

"哈哈……"大家都笑了，小郭差点喷饭，陈瑶和何英前仰后合，张伟捂着肚子，"妈，你别逗笑了，这都什么跟什么啊，伞人是陈瑶的一个网上的名字，网上，就是电脑上，不是生活中的名字，知道了吗？真是的，不懂你瞎编什么啊……来，把电话给我……"

老妈槽槽懂懂先是被老伴训，接着被闺女批评，最后又被儿子数落了一通，忙把电话递给张伟，"问问丫丫什么时候家来（回家）看看爹娘……我将忙（刚才）还没来得及问……"

张伟接过电话，和丫丫简单说了下今天公司开张的情况，又把货发出的时间告知，然后才问丫丫何时回来。

丫丫说："徐君正在处理假日旅游的后续事宜，处理完结，我这边忙得差不多，就一起家走看咱爹娘，看看你的公司……"

张伟："那边最近有没有什么新的订单？"

丫丫："暂时没有，不过，德国一个大客户的老板最近就要来中国旅游，顺便要来公司拜访哈尔森，他是哈尔森的老客户了……目前，自强外贸别的对外贸易都没有开展，也无法开展，现在的经济形势很糟糕，特别是外贸……现在公司把宝就压在你这边了，成败在此一举，就看你这边的货能不能打开局面，你这边活了，俺们自强外贸也就活了……还有，哈尔森虽然没有开展起来别的外贸项目，但是，他对咱们这小生意还一直不大在乎，瞧不上眼呢，觉得是小打小闹，没什么意思……"

张伟笑了，"呵呵……这个洋鬼子，我非叫他服气不可，等着瞧，说话靠实力，我就靠我这实力来说话，我一定让他看看，我这小打小闹的威力……"

丫丫："哎……张总，我话先说出来，咱这是各为其主，我是自强外贸的人，我就得忠于自强外贸，别以为你是我哥，就想从我这里得到什么额外的好处哈……提前警告你……"

张伟："呵呵……死丫头，哥当然明白，你这么想是对的，哥支持你，没问题，好好在那里做，要听王炎和哈尔森的话……"

丫丫："是，遵命，听王董事长和哈总经理的话，嘻嘻……哥，我现在是总经理助理，老哈的助理……牛气吧，刚毕业就做官了，比你当年厉害吧……"

张伟乐呵呵地笑了，"牛，真牛，我看你改名，叫牛牛吧，哈哈……"

丫丫："不叫牛牛，难听死了，叫姐姐还差不多……嘿嘿……咱娘见了俺嫂子，很高兴吧？"

张伟："是啊，很高兴，乐颠了……"

"嫂子自从你走后，受了很多苦，"丫丫正色对张伟说道，"嫂子精神受了很大的折磨，身体也拖垮了，你得好好照顾好嫂子，多关心关心嫂子，让她好好调养调养身子，好好恢复恢复元气……"

张伟看了陈瑶一眼，心里一阵发疼，"我知道了，丫丫，你放心好了，我会做好的，你那边和徐君要好好相处……"

打完电话，张伟冲大家一笑，最后眼光落在陈瑶身上，深情而爱怜地注视了片刻。

饭后，何英和小花告辞回瑶北。

陈瑶和何英亲热地说了好一会儿话，才依依惜别。

车子临出发前，何英坐在驾驶室里，摇下车窗户，看着张伟和陈瑶，笑了笑，"我走了……"

张伟默默地点点头，陈瑶举起手挥了挥。

何英抿了抿嘴唇，"我很快要回去南方一趟……"

陈瑶点点头，"随时保持联系。"

张伟："有什么事情随时和我电话联系，一定要把儿子带回来……"

何英哀伤地看了一眼张伟，然后开车离去。

张伟和陈瑶一直目送何英远去，然后张伟叹了口气，"我拿钱要还给她，她不要……坚决不要……"

陈瑶扭头看着张伟，"你坚决还了吗？"

张伟点点头，"我坚决还了，她坚决不要……坚决不要……我最后说先替她保管，先等等再说吧……你看这样行不行……"

陈瑶捋了捋头发，挎着张伟的胳膊，靠在张伟肩膀上，幽幽地说："你是当家的，你说了算，你怎么做都好，我是你的女人，我自然要听你的……"

张伟揽住陈瑶的肩膀，在陈瑶的额头亲了一口，"姐，你累了……我知道，你很累……我带你去休息……去放松身心……"

陈瑶默默地点点头。

然后，张伟安顿好公司的事情，开着车，带着陈瑶和老爸老妈，翻山越岭，直奔瑶水河畔的老家。

当夕阳在远处的山顶摇摇欲坠的时候，张伟带着陈瑶到了自己的故乡，瑶水河边的张瑶村。

家门口的瑶水河依旧那样静静地流淌着，清澈见底；那颗古老的大椿树依旧那样默默地矗立着，绿荫满地。

何英和小花开车走在回瑶北的路上，路上车不多，烈日炎炎，何英开车，速度120迈，疾驶南下，路边的群山和树木纷纷向后退去……

何英的心里沉甸甸的，既有为张伟开业而感到的欣慰和高兴，也有这两天经历的复杂、难言的感受，还有对远方孩子的牵挂和忧虑……

人生就是磨难，一个磨难接一个磨难，无休无止，直到最终人老去，心老去，青春不再，肉体枯萎，灵魂消逝……何英心里一阵叹息：活着，真的是不容易！

小花还沉浸在昨天今天和张少杨的初次相见的兴奋中，喋喋不休地在何英耳边唠叨张少杨的风趣和顽皮，还有单纯和孩子气……

何英微笑着，不答话，只是边开车边点头，眼神看着前方。

"表姐，原来你早就认识杨杨啊，你和那个陈瑶原来是很早就熟悉啊，我竟然都不知道，我还以为你只是业务上认识的陈瑶……"小花大呼小叫地看着何英，"昨晚杨杨带我出去玩，和我说他小时候经常跟你和陈瑶一起出去玩，你还经常从家里偷好吃的给他吃……"

何英点点头，仍然是轻轻地笑着。

"你桌子上的照片就是张伟，那天张伟一来我就认出来了，"小花继续看着何英，"表姐，张伟是有女人的人了，而且还是陈瑶，你们打小就是好姊妹，这男人啊，不想也罢，不要再想他了……男人有的是，追你的男人也不少啊……"

何英苦笑着摇摇头："扯不清的恩怨，道不完的纠缠，一个情字，苦海无边啊……小花，你还小，不懂这人生的苦悲酸甜，这感情的纠葛缠绵，唉……过去的事情了，不提也罢……"

小花看着何英："表姐，看得出，陈瑶是很喜欢这个张伟的，我看她看张伟的眼神就看出来了……还有，看得出，表姐你对张伟也有很深的感情，我现在知道你为什么一定要到这瑶北来开旅行社了……我知道你的心事了……我知道你的心里为什么一直很苦很苦了……表姐，放开吧，放下吧，他不是你的，他是陈瑶的……"

何英凄然一笑："小花，你知道吗……你不知道，他曾经是我的，他的人是我的，是属于我的……只是，是我自己退出，我自己让出来的，我自己葬送了我的爱情和未来，我自己失去了他，也失去了自己，虽然我现在还那么深地爱着他，就像从前那样，但是，我不会再失去理智，也不能再失去理智，我能把握住自己的，我知道自己该怎么去做……我只是在回忆中寻找寄托……在寄托中忘却回忆……仅此而已……"

小花瞪着何英："表姐，爱一个人真能那么深那么刻骨吗？爱一个人很深的滋味是什么样的？"

"等你爱上一个人你就知道了，现在，你还没有体验到，或许，你很快就能体会到……"何英扭头看了一眼表妹。

"你是说杨杨啊，"小花抿抿嘴唇："这个人是不错，我是挺喜欢他的，但是，我就是喜欢而已，好像没有什么爱的感觉啊，这爱一个人是什么感觉呢？我还从来没有爱过一个男人，看你对那张伟思念的样子，真受不了，何必呢，人家名花有主了，还那么执著地去思念，自己找罪受，还跑到这垃圾地方来开店……郁闷，晕倒，想不通，就是想不通，为了失去的爱情，傻表姐……"

何英再度宽容地笑笑："呵呵……小花，有时候离开也是因为爱，失去也是因为爱，得不到的或许会更爱，消失了的是痕迹，永不磨灭的是心里的爱、超越肉体的爱、深深镌刻在灵魂深处的爱……"

小花听得入了神："表姐，你理解真深刻，真透彻，我能听明白，但是没体会……"

何英爱怜地看了一眼小花："你最好永远都不要有这体会，杨杨是个好孩子，我从小就了解他，很单纯很阳光很善良很正直的一个男孩子，好好和他交往，这样的男人值得你去爱，好好把握吧……"

"嗯……"小花点点头，"你知道他最佩服的人是谁吗？"

"张伟！"何英直接回答。

"嘻嘻……你猜对了，你果然对他们俩都很了解，"小花笑呵呵地说，"杨杨昨天晚上告诉我说，他现在最佩服的人就是张伟，说张伟的业务素质和管理能力，以及综合调度协调的能力，让他佩服得五体投地，他现在很注意跟张伟学，他说他大姐也专门嘱咐他要好好跟张伟学，说跟他真的能学到很多东西，除了打架之外……表姐，这张伟打架很厉害吗？"

"呵呵……"何英被小花逗笑了，"他打架是很厉害，他会功夫，而且本领不小，一般人，三个两个，都不在他话下……"

"哦……"小花点点头，"看他一副文质彬彬老老实实的样子，想不到还是个会两下子的人，厉害，不简单……"

何英笑了笑，突然看着小花说："小花，想不想家？"

"想，当然想，一直都想……"小花回答。

"那——我们明天开车回去，好不好？"何英对小花说。

"好啊，好啊，"小花拍着手，"想通了？想家了？咱们终于可以告别这地方了……"

"不，小花，我们不是告别这地方，我们只是回去看看，处理点事情，我想把南南接过来……"何英深深地呼吸一口，慢慢吐出来，幽幽地说："他不在，我来了，他来了，我更不能走，我无法让自己走，我走不了……"

小花瞪着大大的眼睛，同情地看着何英，一会儿看着前方无尽的马路，叹了口气："哎，人生啊……你走不了，我也只好留下陪着你啰……我不能不完成姑姑的任务啊……嘻嘻……留下也不错，有杨杨陪我玩……"

何英微笑着看着小花："一会儿到瑶北了，我安排下公司的事情，今晚收拾好东西，我们明天一早就走，多带点换洗衣物，这一走，不知几天回来……"

小花点点头："哎呀，我的小杨杨这会儿不知到哪里了？"

何英笑笑，没有说话，心里突然在想，张伟和陈瑶此刻在哪里？在干什么呢？

何英知道自己脑子里任何嫉妒和不满张伟和陈瑶在一起的想法都是不对的，既然自己已经退出，就应该祝福人家，就应该安静地一边去。何况，自己是主动将张伟推到陈瑶那边的，张伟本来已经是属于自己的，只要自己坚持，张伟板上钉钉是自己的夫君，既如此，就不该再有这么多乱七八糟的想法……

但是，何英总是无法遏制自己的那些想法往上涌，她终于知道，说起来和做起来一致是多么艰难，感情要战胜理智是如何痛苦……

摆脱不掉张伟和陈瑶的纠葛，脑海里又增加了高强的烦恼，昨晚自己和陈瑶谈论起高强，不禁都有些唏嘘，不管这个男人是如何为人不齿，如何龌龊卑鄙，毕竟是她们生命中走过的男人，毕竟在她们的生活中有过深深的烙印，如今沦落到这步田地，处境如此之悲惨，实在是让人感慨。更让何英和陈瑶共同揪心的是孩子，陈瑶好像对这个比自己还要心切，叮嘱自己一定要把孩子带在身边，决不能让孩子在没有双亲的环境中成长……

第五章 夜荡瑶水

张伟和陈瑶回到张瑶村，回到了张伟的老家。

陈瑶的心情非常好，看着群山环抱的青山碧水，呼吸着新鲜的空气，听着山间的鸟语，舒展开臂膀，站在大椿树下，对着瑶水河，闭上眼睛，陶醉在这动人的大自然乐章里……

老爸老妈专门包了水饺，野菜的水饺，味道很好吃，老妈心疼陈瑶瘦了，一个劲给陈瑶夹菜，又禁不住埋怨张伟："宝宝，这在外面做事情不容易，你是男人，要多出力，你也长大了，要知道疼女人，多干点活。你看看，小陈瘦了这么多，你是咋照顾的？"

老妈责怪张伟的话让张伟心里很惭愧，又很心疼，低头虚心接受老妈的批评。

陈瑶端着饭碗，看张伟窘困的样子，心里暗暗发笑，对老妈说："婶子，你别怪他，他也很忙的，我这瘦啊，不是受累的，是我自己减肥减的，对，减肥……"

老妈看着陈瑶："闺女，这好好的减什么肥啊，我看你以前也不肥啊，可了不得，再减，就剩下骨头了……这女人啊，太瘦了不好，这生孩子啊，就得多吃，胖了营养足……"

老妈说着说着又扯到生娃娃上去了。

张伟白了老妈一眼："这不是离结婚还早呢，你老算计这些干吗啊……"

老妈一拍张伟的头："你这熊孩子，不懂事，这女人，身体是养出来的，身子骨不结实，咋生孩子，这都得提前寻思着……这生孩子，还不是早晚的事？"

陈瑶有些牵强地笑了笑："婶子说得对，是这个理儿……"

老妈满意地点点头："小陈，就在家里好好住些日子，婶子杀几只老母鸡，给你好好养身子……这山里啊，水好空气好，吃得简陋，但是都是些干净菜，没有农药……"

陈瑶点点头："行，婶子，俺就在家里多住些日子，陪您在家唠嗑，做针线活……"

边说陈瑶边用询问的眼光看看张伟。

张伟呵呵笑了，点点头："只要你喜欢，没问题，住哪里都行，我没事就常家来……"

陈瑶高兴了，对老妈说："婶子，以后这家里的家务啊，我给包了，您就不用操心了，我正想跟您学摊煎饼呢……"

张伟一听，吓了一大跳，忙摆手："可使不得，乖乖，这摊煎饼可是个又脏又累的活，可学不得，很累的，还很脏……"

老妈也说："闺女，这摊煎饼啊，很累腰的，一天下来，腰酸背痛，在火边烤啊，都烤烟油了，我摊你看看就行了，不用学这个……"

虽然这么说，老妈心里还是很高兴。

晚饭后，张伟和陈瑶陪老爸老妈在门前的石凳前聊了一会儿天。

夏日的夜晚天空很晴朗，繁星闪烁，门前河里传来孩子们的戏水声。

聊了一会儿，老爸老妈进屋歇息，张伟拉了拉陈瑶的手，对老爸老妈说："我带陈瑶去附近散步，你们先睡吧。"

说完，张伟领着陈瑶，沿着河边的一条弯弯的石子小路，往前走着。

河道弯弯，顺山谷而折，河边生长着茂密的芦苇。

陈瑶看着黑夜中月光下在河里戏水的孩子们，问张伟："这河水不深？没危险？"

张伟揽着陈瑶的腰："这个季节水不深，齐腰，最深的地方一般到小孩胸口，再说，基本都会水，没问题的……"

陈瑶嘻嘻一笑："你答应带我去河里洗澡的……"

"是啊，我这不是在带你去嘛，"张伟对陈瑶说，"这瑶水河最大的好处是冲积河道，河底都是细沙，很舒服的，夏天晚上啊，村里的男女都到这河里洗澡的……"

"啊——露天浴场，公共洗浴？男女共浴？"陈瑶惊奇地看着张伟。

"当然不是，顺河道有各自的区域，男女有别，自行约定习俗，各自为界，不得越轨……"张伟边走边指着前面的一片芦苇，"咱们这是顺着河道往上游走，前面的那片芦苇荡，看见没有，那片芦苇荡围起来一个空场，那是村里的爷们洗澡的地方，劳累了一天，都在那里洗澡、聊天……"

陈瑶看不见空场，只看见一片茂密的芦苇荡，还听见传来男人们的笑谈声。

"那女人呢？"陈瑶问张伟。

张伟继续和陈瑶往前走，走了大约 200 米，拉着陈瑶往河道相反方向走，一指侧前方："我们得绕道走，那边是村里的女人洗澡的地方……村里多年的规则就是女人在上游，男人在中游，小孩子们在下面水浅的地方，很多年就是这么传下来的……"

　　陈瑶兴奋地仔细望去，月光下又一片茂密的芦苇荡，里面传来女人们叽叽喳喳的声音。

　　"啊哈哈——真好啊，这么好啊，"陈瑶边随张伟绕了一个大圈子然后又回到河边，边兴奋地说，"难道就不怕有人偷窥？"

　　"偷窥？"张伟摇摇头，"这山里的民风很淳朴的，世世代代就这么形成的民风，没听说过有偷窥的，我从来就没听说过，本村的男人们是不会偷看的，因为上游洗澡的都是他们的女人，他们是有保护的责任的，外面的男人来这里的很少，被抓住，会被打死……不过，真的还没听说有这么下流来偷窥的……"

　　"真好，"陈瑶和张伟手拉手走在幽静的河边，陈瑶恋恋不舍地看着那月光下的芦苇荡，听着里面女人们欢快轻松的说笑声，"好一幅美丽的田园诗画……和谐，温馨，恬美……"

　　张伟和陈瑶慢慢地走着，远处男人和女人们的声音越来越小了，河边微风吹动，芦苇发出轻轻地飒飒声，不知名的小虫在草丛里奏响了月光曲。

　　陈瑶看着灿烂的星空，还有那徐徐升起的月亮："真美，山村的夜色，真美，山美，水美，人更美……"

　　张伟轻轻揽过陈瑶的肩膀，站住，看着陈瑶，轻声说："姐，月光下的莹莹，最美……"

　　陈瑶明亮的眼睛看着张伟，脉脉含情，伸手搂住张伟的胳膊，嘴唇微微颤动，然后，慢慢闭上了眼睛……

　　张伟低头，慢慢吻住陈瑶的唇，将陈瑶的身体紧紧贴在自己身体上，双手在陈瑶背部和臀部用力揉搓着，舌尖启开陈瑶的唇，和陈瑶搅和在一起，互相吮吸对方……

　　周围一片安静，只有夜风徐徐吹过。

　　良久，两人才分开嘴唇，仍旧抱在一起，互相含情地注视着……

　　"我爱你——陈瑶——"张伟轻轻抚摸着陈瑶的脸庞。

　　"我爱你，张伟——"陈瑶柔情而真诚地看着张伟。

　　然后，两人微笑了，嘴唇又凑到了一起……

两人好像接吻接不够，互相努力吮吸着对方的唇和舌，感受着对方的体温和湿滑……

当月亮逐渐升高的时候，河边安静下来，洗澡的男人和女人们渐渐都回家歇息了。

"哥哥——洗澡的人都走了，我想去河里洗澡，你答应我的……"陈瑶在张伟怀里蠕动着，"我想去刚才那女人洗澡的地方……"

"嗯……我带你去另一个地方，更好的地方，"张伟用手在陈瑶胸前揉搓着，"那地方是我去年夏天发现的，面积小点，但是更优雅……"

"好啊，那我们去，这就去……"陈瑶高兴地说，"远不远？"

"就这在——"张伟一指前面，"这片最浓厚的芦苇荡里面，呵呵，一条小路进去，里面就是个天然浴场，很好的……"

说完，张伟带着陈瑶往前走，走了大约 50 米，在一片芦苇前停下："呶，就是这里了……"

陈瑶一看："这地方真的太好了！"

"脱吧，亲爱的，"张伟对陈瑶说，"我在岸边给你望风，去玩吧……"

陈瑶看了看四周，有些担心地说："不要紧吧？"

"放心，没事，有我在，你怕啥，这个时候了，没人过来，再说，这地方，离村子远了，没人来的，绝对安全……"张伟说。

陈瑶以极快的速度脱下连衣裙和内衣，递给张伟，然后慢慢下水，顺着一条弯弯的芦苇小路往里走。

"哈，水不深，到我腰，很温热啊，好舒服……"陈瑶边走边撩水边赞叹，"下面的沙子好软啊，就好像海边的沙滩……"

顺着小路，陈瑶走进了一个圆形的空场，20 多见方，周围都是一人多高的密密匝匝的芦苇，河水缓缓地流淌着。

这里的水稍微深了一点，到陈瑶的胸部。

陈瑶在里面高兴地游泳，扑腾扑腾地玩起来，极其开心。

陈瑶进了空场就看不见张伟了，玩耍了一会儿，冲岸上悄声喊："喂——"

"喂——干吗？"张伟回答。

"你也过来啊，我看不见你了，自己一个人害怕……你来，咱们一起洗澡……"陈瑶说。

张伟答应着脱了衣服，走了过来："我来了……"

陈瑶一下子扑到张伟身上，搂住张伟的脖子，双腿搂住张伟的腰："亲爱的，天体浴，太爽了……我能感觉到小鱼，好几条小鱼在叮我的脚丫，哈哈……痒痒的，好舒服啊……"

看到陈瑶这么开心，张伟很高兴，搂着陈瑶的身体，亲着陈瑶的脖子，随即撩水往陈瑶身上洒着："这水很干净很干净的，都是山上下来的泉水……"

张伟和陈瑶赤裸着身体一起在水里搂抱在一起，陈瑶感觉很刺激和新鲜，把嘴巴贴在张伟耳边："哥哥，我们上次在海里做过一次，是不是?"

张伟将陈瑶抱住扶正，随即臀部往前移送，双手托住陈瑶的屁股往里猛地一带……

"哎哟——"陈瑶轻声呻吟了一声，搂住张伟的肩膀，娇喘着……

张伟随即在水中运动起来……

周围很静，只有河水被激起水花的声音，还有陈瑶的呻吟声和张伟的喘气声。

张伟和陈瑶在母亲河的环抱里纵情交合，体味着天地合一的震颤和激情，领略着彼此肉体的欢愉和刺激，肆虐着彼此的灵魂和心灵……

两人在水里弄了很久，换了几种不同的姿势，最后张伟是从后面抱着陈瑶的身体，揉搓着陈瑶的胸脯爆发的……

当张伟对准陈瑶的后面最后一次猛烈撞击，迸发最后的火力的时候，陈瑶倏地扭转头，向后仰脖，饥渴的嘴唇寻找着张伟的唇，和张伟紧紧地接吻，深深地吮吸……同时，两人体内的热量同时爆发，深深地交融在一起……

玩了很久，张伟和陈瑶才回家，悄悄溜进西厢房，脱衣，爬到床上，关灯。

两人搂在一起休息，边亲密地接吻聊天。

"姐，吃饱了没有?"张伟问。

"嗯……太饱，"陈瑶说，"可是，明天又想吃了……"

"那我天天来喂你，让你吃得舒舒服服……"张伟笑呵呵地说。

"我的娘啊，你可真厉害啊，种马……"陈瑶笑起来："这以后啊，安全期我给你算着日子，好不好?"

"好啊，太好了……"张伟很高兴："不过，你可得掐准时间啊，我是不懂这些的，你什么时候说能行我就什么时候上……嘿嘿……"

"嗯……"陈瑶随口答应着，眼神在黑夜里扑朔不定，眼珠子滴溜溜转悠着，一会儿狡黠地笑了。

张伟累了，躺在陈瑶怀里，酣然入睡。

陈瑶一手抚摸着张伟的头发，一手轻轻拍着张伟的肩膀，眼睛扑闪着，看着黑暗中的天花板，琢磨着自己的计划。

一会儿，陈瑶眼里闪过几分忧惧，还有几分希冀，轻轻无奈地摇了摇头，随即轻轻叹了口气……

第二天一大早张伟就醒了，陈瑶正在熟睡，睡得很深。

张伟没有打扰陈瑶，知道陈瑶很辛苦很累，悄悄爬起来，洗刷完毕，吃过早饭，叮嘱妈妈不要叫醒陈瑶，让她多睡一会儿，然后开车直奔县城，直奔公司。

从家里到县城开车要一个多小时，都是山间柏油路。

陈瑶确实累了，这些日子的疲倦和紧张，还有焦虑和不安，从昨晚到现在，得到了充分的释放和解脱。在这个山村的农家里，在自己男人的家里，陈瑶酣睡不醒，睡得畅快淋漓，放松了身心去休息。

陈瑶一直睡到下午3点才醒过来，足足睡了10多个小时。

陈瑶醒过来，一睁眼，天色大亮，一看，张伟不在身边，一看时间，哇塞，下午3点了！

正在这时老妈轻轻推门进来看陈瑶是否睡醒，一看陈瑶醒来，忙说："闺女，醒了，饿了吧，婶子熬了老母鸡汤，炖得很烂了，起来吃吧……"

陈瑶不好意思地笑了笑，这才感觉肚子咕咕叫了，忙翻身想起床，一动，光光的一条大腿露了出来，这才发现自己身上盖着毛巾被，下面是光着的，昨晚被张伟剥得一丝不挂。

陈瑶脸腾地红了起来。

老妈看了，装作没看见，边转身往外走边说："闺女，宝宝上班去了，说没事就晚上赶回来，你慢慢起床，那鸡汤我先盛出来晾着呵……"

陈瑶答应了一声，羞得不得了，忙穿衣下床，一看，地上散落着昨晚用过的卫生纸。

陈瑶这个气啊，傻熊真是懒死了，走之前不知道打扫战场，丢死人了！

陈瑶刚打扫整理完房间，徐君来电话了："陈姐，高强的病情基本稳定了，植物人，定性了，下半辈子，他就得躺那里过了……"

陈瑶："哦……你给送钱过去了吗？多少咱表示点心意……"

徐君："送了，老郑这边钱还没到位，我先从王炎那边借了10万，中午送过去了，说是你的一点心意，但是，给扔出来了……"

陈瑶一愣："扔出来了，为什么？谁扔的？"

"一个老太太，听说是高强的妈妈，她一听说是你的意思，脸色突然就大变，把钱往地上一扔，让我滚出去，接着就破口大骂，边哭边骂……"徐君说："这个老太太好泼啊，好凶恶，好不讲理，骂得那个难听啊，不光骂你，还……"

陈瑶脸色一沉，心中一冷，平静地对徐君说："不要紧，你说，她怎么骂的，还骂谁了？"

"骂你和何英啊，说你们两个是克夫的女人，扫帚星，说高强有今天都是你们害的，说何英今天早上打电话想见儿子，没门……说孩子是他们老高家的骨血，不姓何……不许见……"徐君气愤地说，"这个老太婆，真不是玩意儿，自己的儿子作恶多端，反倒怪到别人身上，她还咒骂你……"

徐君突然停了下来。

"说，继续说，没关系！"陈瑶脸色冷峻。

"太恶毒了，不说了。"徐君犹豫了一下。

"我不怕，说吧。"陈瑶沉声说道。

"她还诅咒你……说……说让你一辈子没人要，没人娶，找个男人也还克夫，还……还断子绝孙……"徐君断断续续一口气说完。

"她——她——"陈瑶的脸色煞白，身体摇晃了一下，"她——她为何要如此恶毒？我——我到底哪里得罪她了……这……这和送钱治病有什么关系……"

"这个老泼妇，说你的钱脏……说不用你的钱，她儿子还喘气，用了你的钱，她儿子就会断气，说你送钱存心不良，存心是想要她儿子的命……"徐君继续说道，"这老太太真像个老巫婆……"

陈瑶脸色惨白，无力地喘了口气："嗯……好，我知道了，不要再说她了……不用再去过问了，钱她不要就还给王炎吧，以后，这事也不要问了，就当我们什么都不知道，随他去吧……你继续忙你的事情吧，忙完，带丫丫回家来一趟，来看看爹娘……"

打完电话，陈瑶颓然坐在床边，怔怔发呆，心中一阵悲哀和忧惧。

高强的母亲之前对自己一直很好，体贴入微，特别是自己怀孕后，更是问前问后，呵护有加，但是，自从自己在台风之夜摔掉了那个孩子，进了医院，她突然就翻脸了，突然就变得冷酷无情，不但不到医院看自己，甚至还禁止高强去医院看自己，又突然对何英态度好起来……

而自己，自从嫁到高家，一直孝顺公婆，外忙业务，内忙家务，勤勤恳恳，任劳任怨，从没说一声怨言。

陈瑶心里一阵悲凉，她不明白，高老太太为什么会这么恶毒地诅咒自己，诅咒自己要克夫，诅咒自己要断子绝孙？难道自己的儿子到今天是她陈瑶做的孽？是何英做的孽？

陈瑶本身就信命，就对某些巧合的事情视若天意，此刻听了这番话，一时心乱如麻……

突然，陈瑶又想起了何英，想起何英此时应该正在南下的路上。看来，何英此行不会轻松，老高家不会轻易放孩子走。

陈瑶正在胡思乱想发呆，老妈进来了："小陈，来吃饭了……"

老妈说完看到陈瑶的脸色，忙说："哎哟——闺女，脸色咋这么难看啊，饿的吧，可了不得，赶紧来吃饭，补补身子……"

陈瑶忙恢复正常神色，笑着站起来："哎——婶子，来了——"

第六章 忽软忽硬

何英归心似箭，恨不得一步就回到浙江，路上基本没有停歇，和小花轮流开车。

晚上，当五彩华灯照亮东兴大街的时候，何英抵达东兴。

何英没有先去宁州看孩子，她选择了直接回东兴，先将小花送回家，然后直奔医院，买了一大束鲜花，去看高强。

何英不知道谁在医院里看护高强，但是她最怕见一个人，那就是高强的妈妈，高老太太。

老太太属于那种严厉、苛刻，对儿子百般疼爱，对儿媳百般挑剔，喜欢男孩，厌恶女孩的老古董，把南南视若掌上明珠，高家传人。

当初何英刚怀孕的时候检查说是女孩，老太太脸色立马就黑下来了，嘴里不干不净骂，对何英基本不再过问，天天耷拉个脸。等过了一段时间再一检查是男孩，这老太太就好像演戏一样，马上就换了一副笑脸，对何英照顾有加，又温暖又体贴。

何英知道，高老太太这一切不是做给自己的，她不是疼自己，是做给未来的孙子的，是在疼孙子。如果自己生下的是女孩，自己和未来的女儿在高家都不会有立足之地。当初陈瑶就是个例子，怀孕的时候百般温暖，一旦流产，随即翻脸，管都不管，让人心寒。如此婆婆，倒也少见。

不过有一点不同的是，何英对这个婆婆从来不在乎，你不理我，我也不理你，你给我脸色难看，我直接不搭理。两人针锋相对，寸步不让。

何英的性格和陈瑶不同，陈瑶有时候是逆来顺受，不敢多言语，何英不吃这一套，她亲眼目睹了陈瑶被这老太太折腾的过程，自然也是有心理准备，对这个婆婆始终保持了高度警惕。

一想到高老太太那凶眉大眼、冷酷的嘴角，何英就不禁打了个寒噤。

打听了医院病房，何英过去，直接推开门，首先看到的就是自己的前夫高强，躺在床上一动不动，眼睛紧闭，正在输液，旁边坐着高老太太，还有高强的妹妹和妹夫。

高强在家是独生儿子，没有兄弟，只有一个妹妹。

何英抱着鲜花进门，妹妹和妹夫见了忙站起来打招呼，接过鲜花，老太太冷冷地看了一眼何英，话都没说。

何英站在病床前看了一会儿高强，然后看着高强的妈妈说："事情已经如此了，也是没办法的事情，唉……我也很难过……"

高老太太属于那种性格很强很倔的人，冷眼看了何英一下："怎么？专门来看我们老高家的洋相是不是？我们出事了，你很快意，是不是？"

"你，"何英一下子被噎住了，瞪着老太太，"你怎么能这么说，我和高强离婚了，可也是朋友，朋友有难，我来看看，怎么了？"

何英说话的态度也比较硬。

"既然你和我们家强子离婚了，那就两不搭界了，我们是死是活，都不需要你来管，也不需要你假惺惺的关心，谁知道你怀的什么坏主意……"老太太说起话来很呛人。

"妈——"高强的妹妹也觉得老太太太过分，开始劝阻老太太。

"我能有什么坏主意，我怀过什么坏主意？"何英不客气地说，"人都已经这样了，我能有什么坏主意，你天天这个不好，那个不行，别人都不是好人，就你儿子好，就你儿子行，就你儿子是好人，这回呢，还行不行？"

"你——"老太太瞪着何英，她属于那种天生欺软怕硬的类型，你越软，她就越放肆，这一套在陈瑶身上得心应手，在何英这里，总是疙疙瘩瘩，这会儿听何英这么一说，登时心里发虚，脸上虽然很生气，却没了那么多底气，"你——你今天是专门来吵架的，是不是？来找茬的，是不是？"

何英冷冷地在病房内走了两步，然后看着老太太："我没工夫和你吵架，更没兴趣来找茬，我是来看望病人的，顺便还有个事情……"

"什么事情？"老太太惊恐的眼光看着何英。

何英知道老太太很会演戏，硬的不行，会来软的，所以决定先提示她一下："没什么大事，您老人家也不用这么演戏，一会儿硬，一会儿软，咱们都不是生人，一个屋檐下一起摸过好几年勺子，都彼此了解，不用拐弯抹角，打开天窗说亮话吧，我这次来，除了来看看高强，我还准备把南南带走……"

"你要把南南带走！"老太太失声道，"不行，南南是我的孙子，是我们高家的骨血，你不能带走……"

老太太的态度在何英预料之内，何英没说话，看了看高强的妹妹，她的眼里对何英是支持和同情。

何英随即毫不客气地顶回去："南南是你的孙子，还是我的儿子呢，是我生的，我是他妈妈，是你近还是我近？做娘的带自己的孩子，有什么不妥的？你说，哪里不对了？"

"这——"老太太说不出理由来，就反复强调，"反正南南是我们高家的孙子，说不能带走就不能带走，我说了不行就是不行！"

何英冷笑一声："可惜，很遗憾，这事你说了不算！"

"那谁说了算？"老太太瞪着何英。

"我说了算！法律说了算！"何英硬邦邦地说，"我是孩子的母亲，爸爸不能抚养孩子，我当然要抚养孩子，孩子当然要跟我走，你算老几，嚣张至极，还你说了算，孩子是你生的？不是啊，孩子是我生的，所以，我说了算，法律说了算！"

"你——"老太太一下子急了，"天杀的，你要把南南抢走，就等于要了我们高家的命，你要敢带走，我就和你拼命，法律也不行……"

说完，老太太往地下一坐，开始撒泼。

高强的妹妹和妹夫忙起来劝慰。

"别再演戏了，你这一套我见得多了，从我进你们高家门，你就翻来覆去这一套把戏，能不能来点新鲜的？"何英毫不在意地笑了起来，随即收起笑容，"我不是张小波，小波怕你，顺着你，容忍你，我不吃你这一套，少给我玩把戏，告诉你，我这次回来一定要把孩子带走，不同意，咱们法庭上见！孩子才三岁，我绝对不能让他没了爹又没了妈，你也是当过母亲的，你自己拍着胸脯想一想，讲讲良心，你自己觉得让孩子这么小就没有爹妈合适不合适？"

高老太太被何英一顿数落，一时也没有什么好办法。其实，高强一出事，她就估计到何英要来带孩子走，今天何英一进门，她就猜到何英的目的。她本想唬住何英，没想到何英根本就不在乎，态度很强硬，比和高强离婚的时候态度强硬多了。那时，老太太一句话：南南必须留下，何英无可奈何，因为父亲一样可以抚养孩子。但现在不同了，高强失去了生活自理能力，无法养育孩子，孩子的母亲当然可以带走孩子，无论于情于法都说得过去。

老太太一想到自己的心肝宝贝孙子要被何英带走，不禁悲从心来，号啕大哭。

何英皱皱眉头，提醒自己，必须坚持原则，绝对不能被老太太的眼泪软化，绝对不能心软。

何英冷漠地站到外面的阳台上，等老太太哭完。

高强的妹妹边劝慰老太太边说："妈，您不要这样，其实，南南不管跟了谁，都是咱高家的骨血，都是我哥的儿子，这点到哪里都不会改变的啊。我知道您疼南南，可是，您想想啊，哥这会儿成了这样，南南就等于没有了爸爸，没有了父爱，如果您再不让妈妈带孩子走，南南没爹没娘，缺少父爱母爱，多可怜啊……再说，何姐是南南的亲娘，亲妈妈带孩子，无可非议，您有什么理由阻拦啊？将心比心，要是换了您是何姐，您心里会不会好受？我想，您如果真是疼孙子，真是为南南好，您就让何姐把南南带走吧，南南跟着何姐，当然不会受委屈的，会生活得很健康快乐……还有，南南无论跟何姐到哪里，长多大，他永远是高家的后代啊……"

何英听高强妹妹说了这番话，走进屋，感激地冲她点点头。

老太太被自己的女儿数落了一通，半天不说话。

何英开口了，这会口气稍微缓和了一点："南南不论何时，都是你们高家的孙子，这一点是永远也不会改变的，他永远都姓高，这一点我会绝对保证……孩子才3岁，需要一个健康的成长和教育环境，需要一个正常的爱的环境。以前，因为有他爸爸在，我不会提什么要求，但是，现在，高强不能给孩子正常的父爱，孩子不能在一个缺少父爱母爱的环境里长大……您当然会给南南很多爱，但是，您所给予的爱，是永远也无法代替父母之爱的……因此，孩子，我是一定要带走的，在这一点上，没有任何可以商量的余地……"

老太太一下子没辙了，她其实心里也很清楚，妈妈带走儿子，天经地义，她知道自己的做法有些无理取闹，而且，何英和自己闺女说的一番话，也不无道理。

但是，老太太的脸面一时放不下，仍旧板着脸，起身坐在沙发上一言不发。

高强的妹妹看老太太的神色，知道老太太被说动了。

为了缓和气氛，高强的妹妹冲何英使了一个眼色，说话了："何姐，俺妈妈绝对是通情达理的人，她也是当妈的，当然理解你的心情，当然会替你考虑。但是呢，这南南啊，一直跟着奶奶吃住，这感情呢，很深，要是一下子分开，别说大人，就是南南恐怕一时也接受不了……我看这样吧，你刚回来，先回家休息两天，过个两三天，妈妈和南南呢，都有一个适应过程，然后，你再来带南南走，好不好？"

何英知道高强妹妹是在打圆场，她其实心里很明白，南南见了自己，保准一百个乐意跟自己走，哪有孩子不想妈妈的。当然，对奶奶有感情，也是自然的。

不过，高强妹妹这么一说，何英也觉得有道理，一下子把孩子从老太太身边带走，恐怕闪得慌，有点接受不了，有一个缓冲，倒也是必要的。

何英点点头："行，没问题，我过两天去接南南……以后，南南也会经常回家来看奶奶，看姑姑的，以后，不管南南多大，不管南南在哪里，都是高家的人，都是高强的儿子，都只有一个亲爷爷，一个亲奶奶，一个亲爸爸，一个亲姑姑，南南永远都会姓高，绝对不会改变……"

何英说得很诚恳，老太太和高强妹妹听了微微动容。

高强妹妹冲何英微笑了一下："何姐，南南还只有一个亲妈妈呢……"

何英也笑了，拉着高强妹妹的手："爷爷奶奶想孙子的时候，你随时给我打电话，只要我方便，一定会实现老人家的愿望……"

何英不想和老太太多啰嗦，干脆就通过高强妹妹把自己的意思表达透彻。

高老太太的表情缓和了很多，眼神也柔和起来。

何英知道事情差不多了，冲大家点了点头："那我走了。"

"何姐，我送送你！"高强妹妹送何英出来。

在走廊里，何英掏出一张卡递给高强妹妹："小妹，好歹我和高强也夫妻一场，好歹高强也是南南的爸爸，不管高强过去有多少不是，但是到了今天这样，什么也不说了……高强出了这种事，我也很同情，也很难过，我不想南南失去父爱……但是，事不由人，已经这样了，面对现实吧……这是我的一点心意，希望能缓解一下家里的经济压力，希望能对他的治疗有所帮助，这是 10 万块，你把这转交给南南他奶奶吧……唉，我知道她心情也很痛苦，做母亲的，天下都一样的心情……"

高强妹妹忙推回去："何姐，别，千万使不得，我们家里不缺钱，治病钱是足足的……还有，妈这几天心情很烦躁，今天中午小波姐托人送钱来表达一下心意，被妈把钱扔出去，还大骂了一顿，还是不要再惹她了……这钱不用了，你自己一个人在外也不容易，以后还带着南南，都需要钱，留着给南南用吧……"

何英一听，也就算了，将卡收起，和高强妹妹告别离去，说好过两天去接南南。

从医院出来，时间已经是晚上 9 点多了，何英开车走在东兴大街上，看着熟悉的街景，长长出了一口气，心里感觉轻松了不少。她觉得今天在医院里的斗争还是比较顺利的，幸亏高强妹妹在，不然，可能会闹个天翻地覆而毫无结果。看老太太最后的神态，何英知道她已经默许了南南跟自己走。

老太太是关键，只要拿下老太太，其他的就没有问题了。一想到南南以后就可以和自己长期在一起，天天都可以叫妈妈，何英心里突然涌出了压抑不住的快乐和激动，一股母性的柔情和疼爱洒满心田。

何英觉得自己以前很对不住孩子，这么小就离开自己，但那时她没有办法，她对抗不过老高一家，现在好了，自己可以光明正大带走南南，带着他去外面的世界闯荡。

何英开车不知不觉到了假日旅游门口，放慢了速度，隔着车玻璃窗，看到里面灯火通明，有人正在忙乎着，门口停着老郑那辆黑色的大奔。

何英一下子想起了可恶的老郑，想起了那个迷醉的夜晚，想起老郑带着面具的疯狂……何英心跳加快，感觉无地自容，没有老郑或许自己就不会失去张伟，或许现在自己已经和张伟幸福结合。但是，这事能责怪老郑吗，要是自己能洁身自好，自己能自尊自爱，老郑能得逞吗？

幸福是自己争取来的，也是自己失去的，自作自受！

何英叹息着自己的命运，一加油门，驶过假日旅游，转过一个弯，往前走了一会儿，就是龙发旅游东兴办事处。一楼同样灯火明亮，于琴和于林正在一楼接待厅边吃西瓜边看电视。

何英看见于琴，心中一动，突然就想进去坐坐、看看，这里也是张伟曾经战斗了很久的地方，而且，还是自己的天马旅游一直合作的地方，当然，自从张伟离开，合作就停止了。但是，这龙发的人谁能想到天马是她何英的呢？

何英这么一想，心里又有些得意，带着恶作剧和怀旧的双重心理推开了办事处的玻璃大门。

于林听见动静，一扭头："哎呀——姐，你看，何姐来了！"

于琴一听，扭头一看，立马站了起来："老天——何英，老天——你怎么突然冒出来了！失踪了这么久，你竟然突然出现了……"

何英笑嘻嘻地走过来："于董，吃西瓜也不请我啊，，真小气……"

于琴一把抓住何英的手："你这死家伙，神出鬼没，到哪里去了？又从哪里来？现在干什么？说——不说不让你吃……"

于林也高兴地站起来："何姐姐，坐——吃西瓜——"

何英笑嘻嘻地坐下，拿起一块西瓜就吃，边吃边说："你看，还是你家妹子懂道理，哪里像你，不会招待客人……"

于琴哈哈大笑："哈哈——你这家伙，吃吧，边吃边说，说吧，这么久，死到哪里去了？听人说你自己开了一家旅行社……"

何英看了一眼于林，这天马和龙发的客户对接，一开始就是自己和于林对接的，不过于林只知道小如，不知道是自己，后来由小花和于林联系，后来，就停止了……

"呵呵……是啊，我是开了一家旅行社，在北方……"何英笑着说。

"在北方哪里开的?"于琴问。

"哦……山东……"何英笑嘻嘻地回答。

"山东哪里?"于林问。

"嗯……瑶北……"何英看着于林。

"瑶北……"于林瞪着何英，又看看于琴，"姐，我们和瑶北有合作的大客户，我们前段时间最大的那批客户就是瑶北的……"

"瑶北……"于琴寻思了一会儿，"张伟的老家不是瑶北吗? 你跑他老家去开旅行社了……旧情难舍，是不是?"

于琴并不具体知晓张伟和何英的事情，随口就这么说出来了。

"天下之大，我哪里都能去，嘻嘻……"何英笑道。

"你的旅行社叫什么名字?"于林紧盯着何英。

何英捏了捏于林的鼻子："乖乖小林子，姐的旅行社叫——天马旅行社!"

"啊——"于林一下子蹦起来，"真的啊? 不会吧，我们最大的合作客户就是天马旅行社啊! 何姐，原来是我们一直在合作啊——"

于林惊奇的样子让何英看了很开心。

"是啊，小如是谁啊? 是我啊，哈哈……小花呢，就是我表妹啊……"何英开心地笑着。

"嘻嘻……太刺激了，原来是一直在和你合作啊，"于林看着于琴，"姐，你说巧不巧啊，咱们一直和何姐在合作，天马旅游是何姐的……"

"好啊，你这个家伙，原来一直潜伏在我身边啊，"于琴一捏何英的胳膊，"深藏不露，高级潜伏，到处找不到你，你却一直不露面，让大家着急，哼……"

何英哈哈大笑："我周游列国，自由自在，乐得个清闲自在……"

"何姐，你们那边的业务最近没有了，好久不见你们的团了，咋回事啊，"于林问何英，"以前你们的团可是很多的啊，你们可是我们最大的客户群体……"

何英若无其事："哦……这做旅行社啊，就是这样，客户总是一波一波的，前段时间集中开发客户，把集团客户都开发光了，该来的都来了，新的集团客户没有开发出来，可不就断捻子了……我也想有啊，我也想赚钱啊……"

"就是，这客户就像蛋糕一样，吃光了就没了，得等做出来，再吃!"于琴同意何英的看法。

"怎么？刚才我经过假日旅游，看见老郑的车停在门口，怎么回事？"何英问于琴。

"陈瑶不做假日旅游了，转给我们了，"于琴说，"陈瑶和张伟都走了，不知到哪里去了……"

"哦……"何英点点头，"你们老郑可真有眼光，这假日旅游可是一块肥肉，谁吃到谁发了，这老郑啊，做生意可是比老高强多了……"

何英的话说得于琴心里暗暗惭愧，忙转移话题："老高出事了，你知道了吗？我和老郑今天上午还专门去医院看了……"

"我知道了，我就是为这事专门回来的……"何英说，"我刚从医院出来……"

"哦……"于琴点点头，又叹了口气，"唉……你说这好好的人，摔了一下，就成这样子了，还正好是摔在俺家的车顶上，你说这老郑也该死，停车非得正好停在那地方……这老高人不错的啊，大家都那么熟悉，你说这说不动，就成植物人了……"

何英从鼻子里哼笑了一声，然后说："如果那车不停那里，或许就摔死了，这都是命中注定的，注定有此一劫，这老高在这边做了不少'好事'，我通过各种途径也有耳闻，'好事'做太多了，这就得有回报啊……这回报就来了……"

于琴看着何英："你这次回来是为了孩子？"

"是的，我过两天去带孩子。"何英说。

"你还要回北方？"于琴问道。

"是的，我带孩子回北方。"何英说。

"你——你在瑶北有没有见到张伟，有没有见到陈瑶？"于琴小心地问道。

何英摇摇头："张伟和陈瑶我都没见到，他们为什么要离开这里？到底是怎么回事？"

于琴于是把事情的经过全部给何英说了一遍，末了说："我和老郑还猜测张伟回了老家，陈瑶追随他去了，看来他们是没有回去，不然，张伟应该会和你联系的……"

何英这才知道张伟被黑社会追杀，陈瑶被强权逼迫的事情，心里一阵绞痛和难过，对他们二人充满了同情和祝福。同时，何英猜得出老郑一定是捡了陈瑶的漏子，趁机并购了假日旅游，她太了解老郑了，典型的奸商，无孔不入。

"看来他们远走高飞了，有人追杀他，张伟再傻也不会回家啊，一定是到很远的别的地方去了……"何英漫不经心地说道，"别看这天这会暂时黑着，总会亮的，依照张伟的本事，早晚他得杀回来，杀回来，就开始一个个算账，欺负陈瑶的，一个一个都清算，一个也跑不了……张伟这熊孩子说讲理是很讲理，发起邪来，也是六亲不认的……"

于琴听得心惊胆战，不住点头："是，是，是，这张伟是文武双全，这高强和老郑加在一起，也打不过他一只胳膊……"

何英笑了："干吗拿他们做比喻啊，高强已经废了，老郑和张伟是朋友，张伟对朋友可是很讲义气的哦……"

于琴一愣："呵呵……是啊，张伟和老郑是铁兄弟，老郑现在可想张伟了，有时候自己一个人想得都掉眼泪……"

何英一阵恶心，刚要说话再敲打敲打于琴，手机突然响了，一看，是陈瑶打来的。

何英忙站起来和于琴、于林匆匆告别："我家人找我有事，先走了，回头见!"说完，何英摆摆手，出门上车，接听陈瑶的电话。

于琴看得出何英不想当着自己的面接电话，在避讳自己，又联想到何英刚才的话，心里有些发毛，她觉得何英刚才说没见过张伟和陈瑶的话很像是在撒谎，漫不经心的，对他们的处境好似漠不关心，这说明何英应该知道他们二人的情况。

于琴站在门口，看着何英边接电话边发动车子离去，然后转头看着于林："阿林，何英那边的生意是什么时候停止的，什么时候不给我们做团的?"

于林和何英还有话没说，她还想缠着何英问问张伟的事情，她凭直觉感觉何英应该知道张伟的情况，她这段时间其实很想张伟，虽然一直和赵波在交往着。

何英的突然离去让她很失望，正懊恼，听于琴一问，挠着头皮想了想："大概就是在张伟辞职之后……对，就是那时候，团队先是减少，过了一星期，就没了，我问那边原因，说的和何姐说的一样，说没开发出客户来……"

"真巧……"于琴沉吟了一下，看着窗外发怔，"就和约好的一样……"

"你是怀疑张伟捣鼓事?"于林看着何英，"姐，别乱猜疑，张伟根本就不是那样的人……他这人我最了解，心眼最直了……"

"你小孩子知道什么，别乱掺和，"于琴冲于林摆摆手，一会儿又看着于林，"你是不是还是很喜欢他?"

"废话，当然，这样的男人谁不喜欢?"于林大大咧咧，"难道你不喜欢他?"

"少给我贫嘴，"于琴拧了下于林的耳朵，"那你不喜欢赵波?"

"一般，说喜欢没什么心动的感觉，说不喜欢呢，又找不到叫人讨厌的地方，麻木了，没感觉，就这么稀里糊涂谈恋爱就是了，过一天算一天……"于林用自暴自弃的语气说道。

"嗯……那就好，你心里还有他，那就好，"于琴自言自语地说，"或许到时候，你会起到重要的作用……"

"你嘟哝什么，什么意思?"于林看着于琴。

"没什么，"于琴醒悟过来，看着于林，"没事和天马旅游的那个叫什么小花的计调多联系，买卖不成朋友在嘛，刚才何英说那小花是她的表妹，是不是?"

"是。"

"OK，"于琴拍了拍于林的肩膀，"亲爱的阿林，没事你就和小花多聊天，说不定这小花啊，能知道关于你的心上人的情况! 你的心上人此刻说不定正亡命天涯，正需要你的拯救，想一想啊，美人救英雄……你要是能在这样的时候，拉他一把，他还不对你死心塌地，感恩戴德……"

于林瞪大了眼睛看着于琴，伸手摸摸于琴的额头: "你不是在说胡话吧……"

于琴拍打了一下于林的手: "去，我清醒着呢，按我说的去做，你难道不想知道张伟的情况吗，这小花就是个最好的渠道……你随意和她聊天，说不定能有意外收获……有什么消息，及时和姐姐通报啊，姐和你一起分享快乐……"

于林无精打采，随意点了点头，小声嘟哝了一句: "一定有不可告人的目的……两口子一个德性……"

于林说完刚要上楼，于琴突然想起了什么，叫住于林: "阿林，回来，姐问你个事。"

于林又回来，坐在沙发上: "什么事，说。"

于琴谨慎地看了于林一会儿，琢磨着用词，然后搂着于林的肩膀: "阿林，告诉姐，你姐夫是不是欺负你了?"

于林脸色一下子红了，一会儿又煞白，看着于琴，口气有些惊恐: "姐——我——"

于琴口气很温和: "阿林，别怕，告诉姐，有没有……"

"我——我——"于林摇头不是，点头不是，只是嘴里支支吾吾说不出什么，浑身颤抖。

老郑自从从澳门回来之后，又伺机利用带着于林外出的机会在车里硬逼着于林弄了几次，还威胁于林不准告诉于琴。不过，自从老郑从戒毒所里出来后，就一直没有得逞，于林一直躲着他。

但是，这些于林怎么能和于琴说呢，她怕于琴骂她。

于琴看于林的神色，没有再问，她基本都明白了，心里恶狠狠地咒骂老郑……

一会儿，于琴搂着于林的肩膀，拍拍于林的脑袋轻声说："阿林，姐不怪你，你永远是姐的好妹妹，没什么事了，上楼去玩去吧……以后，要是有谁欺负你，记得告诉姐姐，有姐在，谁也甭想欺负你……"

于林脸色稍微缓和，逃也似的上了楼。

于琴坐在楼下，点燃一根烟，将脚放在茶几上，往后面沙发上一靠，狠狠抽了几口烟，琢磨起老郑，琢磨起公司，琢磨起家庭，琢磨起孩子……

正琢磨着，外面传来停车的声音，一会儿，老郑满面春风地回来了。

于琴一见老郑，脸上露出似笑非笑的表情："郑老大，回来了！"

老郑几步走到沙发跟前，坐下，拿起西瓜就吃，边吃边说："渴死我了，累死我了，整他妈的账，真累人……"

于琴没说话，靠在沙发上抽烟，嘴里一会儿吐出一串烟圈，冲老郑飘去。

于琴怔怔的眼神看着烟圈在老郑面前慢慢游荡，慢慢扩大，最后，一个个烟圈套进了老郑的脖子……

第七章 | 同床异梦

被于琴的烟圈套住脖子的老郑依旧兴致盎然，边吃西瓜边对着于琴神侃，大谈今天在假日旅游的收获。

于琴脸上依旧带着似笑非笑的表情看着老郑，倚靠在沙发靠背上，跷着二郎腿，看着这个让她既爱又恨的精明男人，她爱老郑的精明、敬业和执著，恨老郑精明太过和色迷心窍，对自己的小姨子也下了手。

一直以来，于琴觉得她和老郑好像是相互寄生的关系，彼此谁都很难离开谁，几年来，两人在感情和事业以及现实生活中配合一直颇为默契，特别是这次在龙潭景区的开发上，一个主内，一个主外，一个外交，一个管理。

于琴虽然嘴上发狠，但之前心里一直没有真正想过要离开老郑，不过，刚才自己独自抽烟的时候，这个想法却第一次开始真正在心里涌出来……

于琴被自己的这个想法吓了一跳，随即心里又沉稳下来。

自从张伟离开龙发以后，于琴就敏锐地感觉到了公司员工的变化，包括于林、赵波、小阮和赵淑，大家虽然依旧在兢兢业业地工作，但是那精气神儿、那看着老板的表情，都已经是大不如从前。于琴知道这是张伟离开的缘故。

不知怎么，自从张伟走后，于琴就经常拿张伟和老郑比较，他觉得张伟和老郑都是精明能干的男人，有能力有魄力的男人，敢闯敢做、勇于拓展创新的男人，但是，两人做事情的风格却又迥然不同。他们属于两类完全不同的风格，老郑走的是邪路子，张伟走的是正路子，做一个事情，虽然结果是一样的，但是两人的过程却可能会截然不同。这就是两人本质的区别。

于琴自己在风月场混了那么多年，该玩的都玩够了，该放纵的都经历了，累了，现在内心里最渴望的就是安稳居家过日子，生个孩子，组成一个完整的真正的家庭，而她心中一直以来唯一的男人就是老郑。

虽然老郑和张伟放在一起，她更钟爱张伟，但是，她很有自知之明，知道自己和张伟显然是不可能的，别说自己已经和老郑结婚，就是自己独身，和张伟也绝无可能。张伟当然也看不上自己，自己这种风尘女人，也配不上人家。

想来想去，人以类聚，物以群分，自己和老郑是一路货，搭配最合适，只要老郑别超越底线，能将就就将就吧，这过日子，就得将就，哪里能十全十美呢……

至于于林这事，于琴打算暂且装作不知，在老郑面前装聋作哑，暂且压下，只要以后别再招惹，也就先忍一忍……

在于琴眼里，男女之间的事情并不是那么大惊小怪，不缺胳膊不少腿，不伤什么皮毛……过去了也就算了。

而且，她也知道于林是个疯丫头，什么事情都敢干，难保她不诱惑老郑，这年头，男人，哪有不吃腥的？

这么想了一会儿，对老郑的愤怒和愤恨逐渐减轻了一些，想一想，这日子还得过，这孩子还得生，这钱还得赚，这家还得要……

待老郑吃完西瓜，抹抹嘴唇，点燃一根香烟，于琴懒洋洋地半躺在沙发上："狗日的，说完了？吃完了？"

"说完了，没吃完，待会儿上床上去吃你……"老郑笑嘻嘻地："好几天没弄你了，你下面是不是饥渴了？想过没？"

"想你妈啊，你这几天只顾忙着去接收，像个爆发的土财主，哪里想得到来伺候老娘？"于琴半真半假地骂道。

"这就快结束了，忙乎得基本差不多了……"老郑吸了一口烟，喷出一团浓浓的烟雾："有空伺候你了……"

刚从戒毒所出来那会儿，老郑的性能力曾经衰落过一阵，于琴知道，这是缺少了毒品刺激的必然结果，戒毒后，总有这么一个阶段。不过最近，老郑的能力又开始恢复了，别看老郑精干精瘦的，干起那事来，他妈的有的是劲儿。

想到这里，于琴小腹部有些发热，站起来："上楼，试试你狗日的火力……"

二人关上大门，上楼进了宿舍，脱衣上床。

于琴直接往床上一躺："少他妈的磨磨唧唧搞什么前奏了，直接进来吧，到你老家来看看……"

老郑关掉床头灯，俯身上去，然后，全身压在于琴身上，慢慢活动起来……

"不要着急，慢慢弄，悠着点，"于琴搂着老郑的肩膀，亲了亲老郑的脖子，将

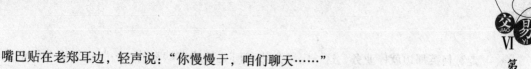

嘴巴贴在老郑耳边，轻声说："你慢慢干，咱们聊天……"

"你当这是散步啊，还边聊天边干……"老郑在于琴耳边骂道。

"呵呵……玩花样嘛，老是以前那样上来就一门心思干这个，腻歪了，今天咱就当聊天散步，轻点，别那么用力，多弄一会儿……"

"也好，你嫌我把握不好，你上来……"老郑一个翻身，将于琴扶了上去："这样，你在上面，你想咋弄就咋弄……"

于琴笑了，悠然趴在老郑身上，漫不经心地说："你猜刚才谁来了？"

"谁？"老郑问。

"何英！"于琴低头亲着老郑的肩膀和脖子。

"什么？何英！"老郑眼前一下子浮现出何英那俏丽妩媚的面容，下面立时增加了感觉，不由一挺。

"妈的，一提何英你就硬了几分，你是不是和她有过了？"于琴嗔怒道。

"你放什么狗屁，我哪里干过她……"老郑急忙说，"我和她绝对是清白的。"

老郑并不知道那晚那个带面具的女人是何英。

"你敢发誓不？"于琴在黑暗中仍旧慢慢蠕动，很享受地动着。

"当然敢发誓，"老郑心里很坦然，"我要是干过何英，让我断子绝孙，让我家财散尽……"

"嗯……"一听老郑发了如此狠毒的咒，于琴相信无疑，将身体贴紧老郑的身体，"妈的，看来你真的是和她没事，你他妈的玩的女人太多，你周围的女人竟然还有遗漏的，也算是一个奇迹……"

"何英怎么出现了？她现在干吗？从哪里来？是不是老高出事，她知道了，过来看看的？"老郑一连串疑问。

"是的，何英是为老高这事才出现的，不过呢，她来还有别的事，为了孩子，她在北方，在张伟的老家开了一家旅行社，还和我们很有渊源……"

"在张伟的老家开了家旅行社？"老郑吃了一惊："不会吧，她跑那里去干吗，为情而去？张伟和陈瑶已经好上了，她一无所获……渊源？和我们有什么渊源？"

"她的旅行社是瑶北天马旅行社……"于琴继续不紧不慢地说。

"什么!？"老郑又是一惊："天马是我们的大客户啊，最近不发团了，我正疑惑是怎么回事，原来是何英的……"

于琴点了点头："是的……"

"哦……我明白了，张伟和何英早有联系，这天马的业务是张伟承揽的，张伟一走，何英那边就停业务，这一定是张伟和何英早就有默契的……"老郑有些恨恨地说，"妈的，你还天天说我对不住他们，你看看，到底是谁对不住谁？他狗日的一走，把我最大的一个客户毁了……这一定是他们商议好的，何英和张伟早就是情人关系，两人早就有一腿，何英听张伟的……"

于琴这才知道张伟和何英的关系："真的啊，原来如此，怪不得何英跑到瑶北去开旅行社，那这何英和陈瑶又热闹了，以前争高强，现在争张伟……"

"我对张伟不薄，他就这样对我下黑手，这还是我知道的，那些我不知道的，那些他走后流失的大客户，肯定也是他捣鼓的……"老郑很气愤，"当面一套，背后一套，他说得好听，两口子都说得好听，背后给我这样玩……"

老郑一席话说得于琴无言应对，她也觉得老郑说得有道理。

老郑烦躁了，一把推下于琴，打开灯，坐起来，开始抽烟，又递给于琴一支，点着火。

"何英消息很灵通啊，老高一出事她就知道了……"老郑慢悠悠地吐着烟圈，"她怎么会知道的呢？会不会是陈瑶告诉她的呢？"

"你是说陈瑶和何英现在和好了，在一起了？"于琴看着老郑，"既然何英和陈瑶在一起，那张伟……"

"在一起倒也未必，但是她们一定在联系，保持密切联系，张伟在忙乎什么呢？在哪里呢？何英一定知道……"老郑边思考边说，"但是，她不说，咱们是不可能知道的……"

"其实，想知道也不一定很难，天马旅游的计调是何英的表妹，和于林联系一直比较密切，我让于林和她闲聊，说不定能套出什么话来……"于琴说。

老郑眼前一亮，一拍于琴光光的大腿："对！你做得很好，很好！一定让于林办好这件事，打听到张伟最近的动向，打听到了张伟，就打听到了陈瑶，他们俩现在一定在一起的……于林打听到后马上告诉我……"

"你要干吗？"于琴看着老郑。

"不干吗，什么也不干，"老郑漫不经心地说，"就是多掌握一些情况，多掌握一手资料……"

"你该不会把张伟的动向捅给四秃子他们吧……"于琴担心地看着老郑，"咱可不干这缺德事啊……"

"缺德也是他张伟缺德，我没有什么对不住他的，是他对不住我……"老郑恨恨地说，"我现在不会捅出去，我只是想掌握着他的去向，说不定什么时候就用得着，说不定什么时候就能利用这个控制住他们……记住，臭娘们，在江湖上混，一定要尽可能多地抓住别人的把柄，反之，一定不要被别人抓住把柄……手里攥着别人的把柄，我们就会很主动，就会立于不败之地……"

"我怎么感觉张伟不会干那么缺德的事啊，何英来的时候我还问她，她说是没有客户了……"于琴心有不甘地说。

"你懂个屁啊，女人家，这个还用问吗，他一走，天马就不发团了，傻子也知道是怎么回事啊……还有，那几个外省的大客户都不来了，我之前就一直在怀疑，但是没说，怕你说我，现在你明白了吧，这一定是张伟干的，他一股脑把大客户给我捣鼓光了……大客户啊，你知道咱们得少挣多少钱啊，钱啊！钱啊……几十万的损失啊……"老郑有些歇斯底里地喊起来。

于琴一时无语。

"我做了半辈子生意，一直都是我要别人，我算计别人，没想到这次竟然被他要了，算计了……这后面说不定还有陈瑶的主意，这陈瑶，心眼多着呢……"老郑发狠道，"哼……别以为我是吃软柿子的，跑得了和尚跑不了庙，男人跑了，还有女人，女人跑了，还有资产……妈的，想玩我，没那么容易……我那边的损失一定要从这边补回来……"

老郑说着，脸上露出了得意的冷笑，边将烟头重重地摁在烟缸里，用力摁死。

于琴看着老郑，也熄灭了烟头："你什么意思，要从陈瑶的公司这边下手？"

"这事你不用管了，你少掺和，你不是说假日旅游的所有事情你一概不问的吗……"老郑主意已定，将灯关掉，翻身将于琴压住："婊子，看看你天天夸的好男人，背后对咱们下黑手，靠……我给你说，天底下最好的男人就是老子我，对你最好的男人也是老子我……"

于琴在老郑突然而猛烈的冲击下，身体很快就有了反应，配合着老郑动起来……

两人都很快进入癫狂状态，突然，老郑脸上挨了一记狠狠的耳光，接着传来于琴狠狠地低吼："郑一凡，你说你欺负过于林没？！"

老郑一下子被打醒了，"我真没有……"老郑一口咬死。

"没有？"于琴一把抓住老郑，"再骗我，老娘给你剪掉……"

老郑吓坏了："别，别，可别剪掉，剪掉了就安不上了，我真的和于林没什么啊……"

于琴想了下，一时也找不到合适的理由来反驳，闷闷地呆在那里，又一想，自己一个劲追问这个，对自己有什么好处呢？其实弄没弄，大家心里都有数，就算说出来，对自己有什么好处……

于琴闷了一会儿，松开老郑的家伙："行了，算你狗日的运气，没说漏嘴……"

"我没干，你让我说什么漏嘴。"老郑委屈地说。

于琴在黑暗中盯着老郑，一字一顿地说："郑一凡，我警告你，我不管你怎么说，我也不管你到底干没干，如果以后，以后要是被我发现，我告诉你，我让你后悔死——我让你死都没地方死——"

老郑打了一个寒噤，弱弱地说道："你以前说过嘛，我知道的，我早就不找别的女人了，我现在只有你一个女人，两口子之间，信任是必须的，你咋能老这么怀疑我呢，我现在正巴望着攒足力气，好让你怀孕生孩子呢……"

于琴听老郑可怜巴巴的声音，有些心软了，毕竟这个男人是自己的老公啊，唉——

于琴满意地睡去，老郑坐在床头，点起一支烟，琢磨起假日旅游交接的事情……

你先不仁，别怪我后不义，咱们是一报还一报，以前我还觉得有点对不住，哼哼……现在，我看得倒过来了……老郑一咬牙，黑暗中的眼睛滴溜溜转了一阵，然后直勾勾不动了，发出坚定的目光。

陈瑶给何英打电话的时候，正和张伟穿着休闲短裤和背心，在村外河边幽静的小道上散步。

张伟在公司里忙完了一天的业务，下班后直接开车赶回了老家，饭后和陈瑶陪爸妈聊完天后，一起到河边溜达。

河边静悄悄的，和昨晚一样，明月高悬，繁星闪烁，空气清透，隐约传来远处男人和女人们戏水的欢笑……

两人手拉手，散漫地走着。

村外很静，只有附近的山林发出飒飒的声音，还有河边的芦苇在摇摆。

张伟把公司情况和陈瑶聊了一些，从财务到政务，从收购到供应，从工商到税务，从人员安排到内务管理……

陈瑶听得很仔细，不时提出一些问题。

时间就这样慢慢过去。

然后，张伟告诉陈瑶，张少杨已经平安到达东兴，货物已经全部移交，验货全

部合格，货款已经全部打到公司财务。

第一笔生意很顺利，一下子赚了几十万，让张伟很高兴，同时，更大的野心开始膨胀。

"哈尔森算是开了眼界，见到货物才知道原来还有这么精美的东西，之前只看照片没有现场感，这下，这洋鬼子算是服了，他说这玩意在欧洲一定很受欢迎的，纯天然，无污染，绿色产品……"张伟对陈瑶说。

"这一次不仅仅是对你，对哈尔森都是很重要的，他的公司开局能否顺利，就看这第一把火能否烧好，"陈瑶说，"你和哈尔森，是利益共同体，互相紧密关联，保持密切的合作很重要……"

"我现在就等他下一个订单了，同时，我这边正在琢磨开发更多的新产品，发动更多的家庭主妇和闲散劳力加入这个行列，"张伟说，"知道吗，姐，我收购的价格比以前小贩子收购的价格高出很多，老百姓都愿意卖给我，现在，大家生产的热情很高啊……我正计划发动一场大生产运动……"

"你还南泥湾好地方呢……"陈瑶笑了，"就按照你自己的思路，大胆闯就是，不要怕摔跟头，只要你觉得可行，只要你认为是对的，就大胆去做，不要瞻前顾后……"

"嗯……"张伟揽着陈瑶的腰，"有你在我身边，我心里踏实多了……"

陈瑶温情地笑了，转身看着张伟："乖宝宝，有想不开的事情就问姐……"

张伟停住脚步，将陈瑶揽在怀里，低头亲吻着陈瑶的唇……

一会儿，两人分开，陈瑶摸出手机："我给何英打个电话，问问她的情况，不知是否顺利。"

然后，陈瑶给何英拨通了电话。

电话响了好一会儿何英才接："莹莹！"

"干吗呢？这么久才接我电话。"陈瑶责怪何英道。

"呵呵……我刚才在于琴的办事处，路过，口渴，进去讨了一块西瓜吃，在她面前，我不方便接电话，我不想让她知道我们之间在联系，"何英边发动车子边说，"我刚上车，嘻嘻……"

"哦……你跑那边去了，呵呵，不让她知道也好，你考虑得很周全，"陈瑶笑了，"医院那边，孩子那边，咋样了？"

何英把情况简单和陈瑶说了一遍，然后说："看老太太最后的样子，好像是默认了……总之，我两天之后就去接南南，我自己的儿子，我接走，天经地义……她再凶，我也不怕……不过，我觉得问题不大了。"

陈瑶眉头紧皱："但愿一切顺利，别掉以轻心，小心点，注意细节……南南带回来，你要是没时间看孩子，我带他，我这段时间正好闲着没事……"

何英在电话那边呵呵笑了："好啊，没问题，只要你愿意，我是一百个放心，呵呵……干脆，让南南拜你为干妈吧……"

陈瑶眉头一皱："干妈？不喜欢，不好听，什么干啊湿的，不行，南南要是叫就得叫……"

陈瑶一时也想不起来。

何英乐了："不喜欢干妈，那就叫你亲妈得了，亲妈妈……"

"哈哈……"陈瑶开心地大笑，"行啊，叫你妈妈，叫我亲妈妈……亲妈妈，好，这称呼好……"

张伟笑了："什么亲妈妈，别扭，你是老大，何英是老二，叫你大妈妈得了……或者大娘……"

陈瑶伸手在张伟屁股上拧了一把："你少胡扯……"

那边何英听见了张伟的话，突然说："大娘……我看不如这样，叫我妈妈，叫你呢，叫娘娘……好不好……"

"娘娘……"陈瑶重复了一遍，抬眼看着张伟。

"好——"张伟使劲鼓掌："一个妈，一个娘，就和丫丫一样，多好啊……"

"那好啊，叫娘娘，就这么定了……"陈瑶笑嘻嘻地对何英说。

张伟看着陈瑶开心地和何英打电话的样子，突然感觉到陈瑶无限的母性，还有对做妈妈的渴望之情。

不要紧，年底就结婚，明年陈瑶就可以做妈妈了，张伟在心里对自己说。

陈瑶给何英打完电话，心情格外高兴，拉着张伟胳膊："哥哥，我有儿子了，我做娘娘了……"

张伟看着陈瑶的神态，心里充满了感动，微笑着将陈瑶抱在怀里："那我是南南的什么人？是爸爸？"

"何英是妈妈，高强是爸爸，你当然不能是爸爸，"陈瑶一敲张伟的胸口，"我是娘娘，你啊，就是爹爹，哈哈，你做爹爹……"

"我靠，好古老啊，爹爹……真难听啊，靠……"张伟愁眉不展，"唉——还是等咱自己的儿子生出来，光明正大做个爸爸好，你呢，就是妈咪了……"

陈瑶微笑着看着张伟，没有说话，眼神闪烁了一下。

"走，咱们去老地方洗澡去……"张伟指指前面，"又到了昨天那地方了……"

陈瑶又兴奋起来："好啊，这水里的小鱼真好啊，叮在身上痒痒的……"

"以前放暑假，我都是带一张挂丝网，在这一带下在河里，然后，带一张凉席，躺在岸边树林里看书，1个小时去收一次鱼，网挂住的都是2寸多长的草鱼，一次就能收20到30条，真过瘾，"张伟边走边说，"晚上回家，我妈就做一大盆鱼汤，很鲜的鱼汤……"

陈瑶听得很神往："那我也想捉鱼，反正我这几天没事干，你家这网还有没有？"

"有，等我抽空带你来，教你，一学就会，学会了，你就可以没事自己来捉鱼了……"张伟说，"不过，这捉鱼啊，都是男人干的活，还没听说女人下河捉鱼的呢……"

"没关系，我就到这小树林里来，这里的人白天是不是很少？"陈瑶问张伟。

"不多，这地方白天人很少过来，但是，也有上山的人走过这里……"张伟说。

"嗯……那好办，如果村子的人经过这里，我就说我是跟宝宝来玩的，宝宝到水里去了，我帮他忙的，哈哈……"陈瑶笑着，"这么说行不行，好不好？"

"嗯……"张伟沉吟了一下，"可以，可以这么说。"

"哇——太好了，我要过真正的田园生活了……"陈瑶舒心地笑起来，拍了拍手。

"过些日子就有知了了，以后晚上我带你去树林果园里用手电照知了，白天带你粘知了……"张伟笑嘻嘻地说，"这田园生活，丰富着呢……"

陈瑶喜不自禁地抱着张伟的肩膀跳跃："太好了，太棒了！"

说话间，二人到了老地方，开始脱衣，准备下河。

张伟看着月色中陈瑶洁白苗条的身体，心神荡漾，一把抱过来，双手揉搓着，有些忍不住了……

陈瑶闭上眼，任张伟的双手在自己身上横冲直撞，低语道："哥哥……我喜欢到水里去……"

张伟抱起陈瑶，进了水里，很快到了昨天的芦苇空场，将陈瑶放下来，翻转身，扶着陈瑶的臀部，一手抓住陈瑶的胳膊，急不可耐，身子一挺……

陈瑶后仰脖颈，嘴唇寻找着张伟的嘴唇："哥哥，吻我……"

张伟一手摸向陈瑶的前胸，边吻住陈瑶的唇，两人的身体在水里极力纠缠起来……

事毕，陈瑶转过身，搂着张伟的脖子，看着张伟，脸上的表情似笑非笑："奸夫——淫妇！伤风败俗——"

张伟忍不住笑起来。

陈瑶憧憬道："咱们生一个好可爱好可爱的小娃娃……男孩子像你一样英俊，女孩子呢，就像我一样漂亮……"

陈瑶喃喃地说着，声音越来越小，像是睡着了一样。

"不管是男孩子还是女孩子，最好能综合咱们俩的优点……"张伟说。

陈瑶没有做声。

张伟借着月光一看，陈瑶竟真的睡着了，躺在张伟坚强的臂弯里。

皎洁的月色洒满山川，洒在陈瑶赤裸美丽的胴体上，清清的瑶水河静静地流淌，拂过陈瑶柔嫩的肌肤……

张伟注视着陈瑶安然的神色，那里充满了恬静和美丽，还有几分让人心悸的感动……

静谧的夜，温柔的夜。

第八章 | 夺子大战

两天的时间很快过去了。

一大早，何英先起床去舅妈家接了小花，然后两人开车直奔宁州高强家。今天是约好接南南的日子。

很快到了宁州，去高强家之前，何英又专门到超市买了一大堆南南喜欢吃的东西，还有玩具和衣服。

到了高强家门前，何英看着周围熟悉的马路，熟悉的景物，熟悉的房子，颇为感慨，带着一种复杂的心态，让小花在车里等候，自己上前敲门。

敲了半天，门开了，高老太太来开的门。

看到何英，老太太脸上没有一丝笑容："你？什么事？"

老太太仿佛早已忘记两天前的约定，仿佛根本和何英就没有什么约定，说话的语气冷淡而陌生。

何英心里一沉，觉得情形不大对劲，老太太经常翻手为云覆手为雨，在高家几年，何英是了解的，但是，已经说好的事情，难道她又要要赖？

"您好，我……"何英斟酌了一下词句，"我来接南南……"

"接南南？"老太太白眼皮一翻，堵住门口，没让何英进去，而且，看她的神态，根本就没有打算邀请何英进门的意思，"南南是我孙子，谁让你来接南南的？"

"你——"何英一下子有些发懵，她心里一阵冷意，知道老太太要开始要赖，"两天前我在医院不是说过要来接南南的吗？当时就在高强跟前，还有高强的妹妹，咱们都说好的……"

"说好的？"老太太双手往腰间一叉，神色冷峻，"谁和你说好的？我点头答应了吗？"

"高强的妹妹和我说好的，你当时在场！"何英理直气壮。

"高强的妹妹，那丫头说的算数吗？嫁出去的闺女泼出去的水，她出嫁了就不是我们高家的人，说话能算数吗？能做我们高家的主吗？"老太太的语气比何英更理直气壮。

"我是南南的妈妈，我有权利带孩子走。"何英不想和老太太斗嘴，又简单说了句。

"那高强还是孩子的爸爸呢，孩子判给了爸爸，孩子爸爸没发话，你凭什么带孩子走？你这是违法你知道不知道？"老太太针锋相对。

"孩子的爸爸已经失去了能力，失去了抚养孩子的能力，我当然有义务有权利带孩子走，"何英硬邦邦地回答，"怎么？你想耍赖？想反悔？"

"我本来就没有答应你，谈什么耍赖、反悔？孩子爸爸还在医院，不能自理，你就乘人之危，想把孩子夺走，你这个恶女人，真狠毒啊，不讲一点儿良心……"老太太指着何英开始骂起来。

"正因为孩子的爸爸病成那个样子，不能自理，我才要带南南走，抚养孩子，你撒什么泼，少给我来这一套，"何英一指老太太，"南南呢，把孩子给我，孩子是我生的，是我的骨血，你凭什么撒泼霸占孩子！？"

"你这个挨千刀的贱女人，你休想把南南带走，南南是老高家的骨血，南南不在这里，有本事你自己去找，少在我家耍横！滚——"老太太怒骂着向外推何英。

"你——好啊，你们给我孩子！"何英气疯了，"你把孩子藏起来了，南南是我的儿子，你凭什么藏孩子？还我孩子——"

"滚——滚——滚——你这个臭女人，没有你们这两个臭女人，我们家强子哪里会落到今天这般田地，都是你们两个狐狸精把强子害到今天这一步，"老太太怒吼道，"骚狐狸精，克夫的婊子，滚出去，不准再进我们高家大门一步！把我们家强子害得还不够啊，还要来带孩子，孩子岂能跟你走，受你的祸害……"

何英气得浑身发抖，指着老太太："你——你——血口喷人，恶毒之极，你——你这个老妖婆——"

老太太的目的是保住孙子，不想和何英多费口舌纠缠，见何英这个样子，也不想硬碰硬，反手就想关门。

何英一跺脚，一脚顶住门，对着老太太恶狠狠地说道："我告诉你，不用你再给我耍泼，我不是张小波，我不吃你这一套，行！你有种，你把孩子藏起来！好！咱们等着瞧！你不仁，别怪我不义……我告诉你，我不但要把孩子带走，而且，我还要让孩子和你们高家断绝来往，以后南南不再姓你们高家的姓，你们高家任何人也休想再见到南南……咱们走着瞧吧，我看是你硬还是我硬……"

说完，何英转身就走，看都不看一眼老太太惊惧的老脸。

何英刚转身，身后的门"砰"的一声重重关死。

何英气得浑身发抖，上车对小花说："开车！"

"去哪里？"小花已经在车里看到了何英和高老太太争吵的一幕，没有问何英别的，边发动车子边说。

"天一广场东南角的那家律师事务所……"何英边摸手机边说。

小花发动车子，直奔天一广场方向而去。

一会儿，何英拨通了电话："喂——方律师，我是何英，你在办公室吗……好的，我一会儿到你办公室去，有事情……"

打完电话，何英看着小花："看来，我们暂时是回不去了，得在宁州多住几天了……带不走南南，我绝对不离开宁州……"

小花点点头："嗯……一定得把南南带走，你打算打官司……"

何英："我先咨询下律师，看他有什么好办法，能调解就调解，实在不行，就法庭上见……就是再费力气，我也得把南南争取过来……我还就不信这个邪了，我的儿子我不能抚养，见鬼了……"

小花："可是，表姐，公司那边，时间长了你不回去，公司那边的事情……群龙无首，不行啊……"

"这倒也是，现在是旅游旺季……"何英陷入了沉思，也有些发愁，沉思了一会儿，突然眼前一亮，"有了！有办法了！"

小花看着何英："什么办法？"

何英没有回答小花的话，又摸起手机打通了电话："莹莹，我是阿英！"

陈瑶正在睡懒觉，昨晚和张伟又是折腾到半夜才睡，今天早上张伟起床前又把自己按在床上弄了一次，张伟上班走后，她才又重新睡着，正睡得香呢，何英的电话来了。

"阿英啊——"陈瑶打个哈欠，"几点了？哦……9点多了啊，这么早打电话骚扰我，是不是有什么好消息要报告我……"

"什么好消息啊，坏消息……"何英气愤愤地说，"那个老妖婆不肯放南南，反悔了，气死我了……"

说完，何英把刚才发生的事情和陈瑶说了一遍。

"嗯……我觉得没这么简单，她可不是善茬，"陈瑶听完，不动声色地说，"那是南南的奶奶，别叫人家老妖婆，显得多不尊重……既然她不放，那就走法律程序吧，找律师出面……"

"是的，我也这么想的，我现正在去律师事务所的路上……"何英说："只是这么一来，我恐怕三天两天回不去了，得耽搁几天……"

"哦……"陈瑶坐起来靠在床头，拉了拉毛巾被。裹在身上，"那你的公司咋办？都安排好了吗？小花也和你一起吗？"

"就是为这事我才找你的……小花不回去，在这里和我做伴，不然我自己一个人闷死了……"何英说，"公司那边不能群龙无首啊，我想这样，你这几天不是没有事情吗，你去给我管理几天，代行总经理职责，行不行？"

"呵呵……我就知道你在打我的主意……"陈瑶呵呵笑起来，"小花留在那里和你做伴也好，省得你孤独寂寞，这边，既然你诚意邀请，那俺就辛苦辛苦，出马一趟，杀奔瑶北，替你看管后院……"

何英放心了："那就好，我一会儿给公司里打电话安排好，你去后直接接管全部事务，就当自己的公司管理好了，别见外……我办公桌右边下面第三个抽屉里有个小方盒子，里面有一串钥匙，最大的那个就是我宿舍的钥匙，我宿舍地址在……那地方你一说，张伟肯定知道，他是老瑶北，本地通……"

"知道了……别净说废话，我不当自己公司管理还当别人公司管理啊，谁跟你见外？别操心了，你安排好你公司人员就行，别让我去了人家都不搭理我，不听我使唤……剩下的你就别管了，专心办你的事情，我这边你一百个放心，咱别的本事没有，管理一个旅行社还是绰绰有余的……你抓紧把咱儿子带回来，娘娘很想宝贝啰……"

陈瑶轻松的语气让何英安稳了不少："那好，有你在，我就放心了，幸亏有你在，呵呵……来得早不如来得巧……"

"哎呀——我正在睡懒觉啊，被你搅醒了，真讨厌啊——"陈瑶懒洋洋地对何英说，"别跟我废话了，去忙你的吧，我吃过午饭就去你公司，今天下午，我就上任……"

何英大为宽心："太好了，公司人、财物都归你支配，你就赶紧走马上任吧，我这边就没有后顾之忧了……"

陈瑶："好了，别啰嗦了，知道啦——"

刚和何英打完电话，张伟的妈妈听见声音进来了："闺女，醒了，起床喝鸡汤，我正给你热着……"

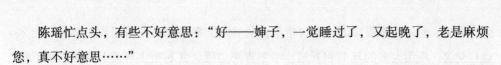

陈瑶忙点头，有些不好意思："好——婶子，一觉睡过了，又起晚了，老是麻烦您，真不好意思……"

"可别这么说啊，闺女，宝宝专门嘱咐过了，说你这些日子吃了很多苦，身体劳损得厉害，要好好补养补养身子……我还怕你睡不好觉，一大早就把院子里的鸭子和鹅都赶到河里去了，省得它们嘎嘎乱叫……"妈妈笑呵呵地说，眼睛往地下看了一眼，然后出去了。

陈瑶眼神往地下一扫，脸色登时又红了，真该死，地上用过的卫生纸张伟又没有打扫，又被老妈看见了。

陈瑶忙起床吃饭，饭后，和老妈聊了会儿天，帮着打扫卫生，整理家务，看看时间快到中午，给张伟打了电话："老公，你现在忙不忙？"

"刚忙完，正开车在山里转悠，快转悠到咱家那地方了……"张伟回答。

"很好，那你走咱家，午饭后拉我到瑶北。"

陈瑶接着把何英的事情和张伟说了下。

"OK！没问题！"张伟答应着，又说，"我看你啊，就是操劳的命，刚有机会休息几天，又来事了——"

"嘻嘻——忙惯了，其实要是太松闲了也不行，难受得慌，有事情做，充实！"陈瑶说，"本想做几天姜太公，在家捉鱼，看来又得推迟计划了……"

"呵呵……没关系，时间有的是，机会有的是……"张伟笑了，"人啊，就是忙不完的事，永远都忙不完……"

"开始感慨人生了，是不是？哈哈……小屁孩，真正的人生还早呢，你才过了几天……"陈瑶哈哈大笑。

午饭后，张伟和陈瑶开车直奔瑶北。

路上，张伟边开车边对陈瑶说："姐，少杨开始往回走了，很顺利……"

陈瑶看着张伟："嗯……那这第一批货就算结束了，是不是？"

"是的，开门红，两家公司的开门红，哈尔森赚的好像比我多呀……"张伟说，"我好像听少杨说，他们出口的利润也很丰厚的，单价比我们的还要多出一块钱，而且，他们还有出口退税的部分……要是我自己能拿下出口的经营权，那多好啊……"

"宝宝，不要这么想，"陈瑶正色看着张伟，"人心不足蛇吞象，钱赚多少是个足？你这笔生意说实在的，已经赚不少了，我真的没想到这营生的利润这么大，老百姓赚，你赚，哈尔森赚，三家都赚了不少的，这年头，你们这样高的利润，很少见的，你知足吧，别胃口太大……当然，没有你的货源和产品，哈尔森是不可能赚到这么多，但是，你要知道，没有哈尔森的客户，你的产品往哪里卖？你只和哈尔森打交道，不用太多的环节和开销，哈尔森那边呢，要和很多客户打交道，要有很多额外的开销的，他现在呢，其实实质上就是你的总代理，总经销商，相对来说，你舒服多了……再说了，自营出口权，很难拿的，凭你现在的能量和资质，是拿不下来的……"

陈瑶一席话，说得张伟有些不好意思："哦……我知道了……我还真没想到这么多，我就只感觉我辛辛苦苦收购、生产、策划、运输，很繁琐的，我还真没想到哈尔森那边也要付出很多的……"

"你打交道的只是一家，哈尔森打交道的是众多的分销商，众多的客户，他所操的心，所付出的人力和财力，比你这边大多了……其实，算起来，你纯利润，比哈尔森要高的，呵呵……我发现啊，你这生意确实是好，比做旅游利润高多了，高出不止10倍……"陈瑶用赞赏的眼光看着张伟，"不错，老公，你很有眼光，选准了这个项目，这道菜被你做好了……我估计，只要开头踢三脚，后面的就顺理成章了，客户会源源不断而来的……哥们，咱们发了……"

张伟得意地点点头："这个在我的预料之中，我估计下一步订单还会更多，我已经开始预谋扩大生产规模，发动更多的老百姓参与进来，千家万户大生产，家家搞柳编，户户大生产。我不但要在我们乡各村里普及，下一步，我还要扩大到全县，我要培植柳编专业户、专业村，走产供销一条龙的路子，培植稳定的销售渠道，稳定的原料基地，稳定的生产农户……姐，到时候，咱们可就真的发了，俺这一方山里的老百姓可就真的在家门口赚外国人的钞票了……"

陈瑶听得眼神发亮，她没有想到张伟的计划这么细致，这么踏实，她意识到张伟的综合管理营销能力正在一个快车道上飞速前进。

"你真棒！你很棒！"陈瑶由衷地夸赞张伟，"我发现你的知识面很广，你考虑的东西很实际，很全面……我对这些东西就不懂，我只在旅游营销和管理这方面懂点……我要向你学习，虚心学习……张老师……"

张伟扭头看了陈瑶一眼："是真话呢，还是讽刺我？"

"真话！"陈瑶忙说，"老公，我这次是真的心里话，绝对不是讽刺你，我真的觉得你这次的选择很正确，要是按我当初的计划投资度假村和景区，或许我们这会儿就陷入资金和资本的泥潭了……你选的这个项目，投资少，见效快，资金回笼迅速，有利于快速积累资金，确实是个优秀的投资项目……这一点，我很服气你……"

张伟得意地笑了："老婆，能得到你的赞扬，很难得啊，俺很高兴啊，希望以后能得到老婆更多的表扬……"

"失意莫气馁，得意莫忘形，记住，戒骄戒躁，脚踏实地……"陈瑶又告诫张伟。

"嗯……我会的。"张伟连连点头。

说话间到了瑶北，刚进城，陈瑶又接到何英的电话："莹莹，我刚和律师吃过饭商议完，律师说了，先去法院起诉，起诉后，再调解，先发制人，下手要快……唉——我不管了，让律师操作吧，他说他有足够的把握……还有，公司里我安排好了，他们都在等你呢，各个部门负责人我都打了电话，从现在开始，莹莹就是天马旅游的老板了……"

"我们马上就到你公司门口了，哈哈……"陈瑶对何英说，"公司的事情你不用操心了，有我，你放心，你那边，要小心，注意照顾好自己，别把关系弄得太僵，不要把话讲得太绝，毕竟，那也是南南的奶奶啊……打断骨头连着筋……何况，现在他们家中又出了高强这事，正是大祸临头，所以，注意方式，委婉点……"

"委婉点？你当年被这老太太欺压得还不够啊，算了吧，你的处事方式对这老太太不适用，我要是照你当年的路子走，还不被她压死……"何英直截了当地说，"对这样的人，你越软她就越强，你可怜她，她根本就不可怜你，你照顾她，她根本就不领情……有其子必有其母，一路货……我不给她机会在我面前耍横，绝不退让……"

陈瑶默然无语，一会儿对何英说："嗯……那你自己把握吧，我也不好多说了，毕竟我是一个失败者……或许你经验丰富……"

第九章 | 自娱自乐

挂了何英的电话，张伟和陈瑶到了天马旅游，大家都在公司等候，几个部门的负责人都在，见了陈瑶，都毕恭毕敬，笑脸相迎。

张伟在外面大厅里喝茶看报纸，陈瑶召集部门负责人进了总经理办公室，简单见面交接，互相认识之后，陈瑶安排大家先按照已有的工作计划照常开展各项业务。

张伟看各部门负责人下来，知道会开完了，就上楼去了总经理办公室。

陈瑶正在看公司的业务报表，见张伟进来，笑脸相迎："哟——张董事长来了，欢迎！欢迎！热烈欢迎——"

"少给我弄这个里格楞——"张伟笑嘻嘻地走过去，从陈瑶后面搂住陈瑶的脖子，边低头亲了一口陈瑶，轻声说："都交接好了？"

"好了，轻车熟路，老行当，很简单，小意思！"陈瑶边说边拍拍张伟的手，"张董事长，你看，桌子上那照片是谁？"

张伟抬头一看："啊——这是我的照片啊，何英把我的照片放自己办公桌上了……这——这是怎么回事？"

"情人的浪漫和思念啊，还怎么回事？"陈瑶慢条斯理地说，"这照片好像是今年春节的时候，在你老家拍的，还是我的技术呢……"

张伟有些尴尬，伸手去拿："收起来，收起来，不要放这里了……"

"干吗啊，放这里嘛，不要动——"陈瑶拉住张伟的胳膊，"干吗要收起来啊，阿英能看，我就不能看啊，现在可是我在这里坐镇，我来了，就不让我看了？"

"哦……"张伟挠挠头皮，"那——那就放这里吧，你看吧，天天见，有什么好看的……"

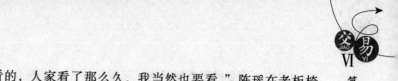

"看傻熊啊，当然有好看的，人家看了那么久，我当然也要看，"陈瑶在老板椅里晃悠着，"这照片就放这里，不许动，我没事上班就看傻熊玩……"

"那——随你吧……"张伟无奈地说。

陈瑶低头拉开下面的抽屉，找到钥匙，站起来："走，带我去宿舍看看，我得先安居，再乐业啊……"

张伟问了下宿舍的地址，晃晃脑袋："就在我以前的宿舍前面，两座楼紧挨着，我住的是单身公寓，她住的是套房，直线距离不到50米……"

陈瑶看着张伟，伸手在张伟腰里掐了一把："缘分呐，大哥……缘分呐……"

张伟努了努嘴巴："巧合，什么缘分！"

"巧合就是缘分，世界上所有的巧合，都是缘分！"陈瑶推着张伟的后背往前走："走，傻熊！"

张伟开车很快就到了何英的宿舍，开门进去。

陈瑶看了看："挺好的，面积不大，很干净敞亮，生活设施齐全，行了，从现在开始我就开始独居的生活了……"

张伟打量着房间："我没事会经常来看你的……"

陈瑶笑着看着张伟："晚上也在这里陪我住……"

张伟摇摇头："不——不在这里和你住，如果我们要做爱，我就出去开房间，接你出去住……"

陈瑶问："傻熊，为什么？"

"不为什么，就是心理上不适应，在这里和你做爱，我无法接受……"张伟边说边推开何英卧室的门，陈瑶跟在后面进去。

一进去，张伟和陈瑶都吃了一惊，何英的床头侧面的墙上，贴着一张大大的张伟的特写照片，和办公桌上的那张是一样的，经过了剪辑，特意放大，突出了脸部，旁边还用随意的红笔在墙上歪歪斜斜写着一行字：微笑的阿伟……

而张伟照片的旁边，贴着何英的一张大照片，不是开心笑的，是沉思的，旁边同样是蓝色的一行字：期盼的阿英……

"老天——这都是搞的什么啊，晕倒——"张伟一见懵了，在陈瑶面前有些尴尬。

"好深沉的思念，好感人的怀想……"陈瑶不无醋意地说了一句，酸溜溜的，"真有创意……"

张伟上前要把照片揭下来，陈瑶忙阻拦："别介，留着，我要看的，我躺在床上，一睁眼就能看见你的笑脸……唉……阿英啊，真是难为她了，也不容易，人家对你这般用情，你知足吧……"

　　张伟一时不知如何说话，心里充满了不安："这——我哪里会知道这个啊……"

　　"我知道你不知道，你不用这么急着解释，我又没责怪你什么，我也不怪阿英……爱一个人是没有错的，爱一个人不是罪过，自娱自乐更不能指责……"陈瑶看着张伟的大特写照片，喃喃地说，"你看你，笑得多开心，一看就是发自内心里的笑……你的笑很有感染力，看见你的笑，就会感觉很快乐……你是快乐的源泉，你是幸福的起点……"

　　说完，陈瑶转身抱着张伟："亲亲我——"

　　"这——"张伟觉得在何英的房间里和陈瑶亲热，心里很别扭，不由迟疑了一下。

　　"抱着我，亲我——"陈瑶用命令的语气说。

　　张伟不再迟疑，伸出胳膊，抱住陈瑶，在陈瑶的唇上亲了一口。

　　张伟感觉内心很别扭，毫无感觉，他看着墙上的大照片，看着何英那伤感而又期待的眼神，感觉自己仿佛是在何英面前和陈瑶亲热。

　　"你不适应，你很别扭，你不喜欢在何英面前和我亲热，你不想让她看见，是不是？"陈瑶在张伟怀里轻声说道。

　　"是的——"张伟回答，"我不想让大家都不开心……"

　　"唉——"陈瑶叹了口气，从张伟怀里出来，"好了，不让你为难了，放你一马，以后我就在何英的床上住了……你以后来瑶北，真的不和我一起在这里住吗？"

　　"是的，绝不，或者我们去开宾馆，或者我在这里可以睡沙发，但是，我绝对不会在这个房间里和你一起睡在何英的床上，绝不！"张伟回答陈瑶。

　　"嗯……那好吧，"陈瑶笑了笑，"有种，张董事长，佩服……那样吧，等你来了，我在客厅搭地铺，咱们俩都睡地铺吧……行不行？"

　　"其实，我觉得还是去宾馆舒服些……"张伟说。

　　"不去宾馆，这里有宿舍，干吗要去宾馆，你别想太多了，是不是觉得我们两个都是你的女人，你心里觉得太幸福，太自豪……"陈瑶调侃张伟，"别身在福中不知福，你知道，有多少男人在羡慕你……学会适应，就这样吧，不让你住何英的床，你来了，咱俩就在客厅打地铺……今天晚上你回去不？不回去，今晚咱就在地铺上战斗……"

"今晚我得回去，我晚上约了地税局的人吃饭的……"张伟说。

"那好，现在时间还早，再陪我一会儿……"陈瑶说着拉开窗帘，"喂——张老大，看，对面就是你的老窝……"

张伟随意往外一看："是的，我说了，离我以前的宿舍很近。"

陈瑶出神地看了一会儿："唉——睹物思人，以后可以经常瞻仰张董事长故居了……这间房子，以前都发生过什么事情呢？"

"最起码发生过摇色子随意组合号码上 QQ 泡 MM，"张伟笑了，"那一天的下午，我就在那房间里，在电脑前，盘腿坐着，手里握着色子摇晃……结果，就把你摇晃出来了……"

"额……"陈瑶出神地听张伟说着，看着那房子，突然一把拉住张伟的手，"走——你带我过去看看……我要去睹物思人……"

"什么睹物思人啊，人这不是在你跟前吗？"张伟没动，"破房子，有什么好看的，再说了，这会儿也没准有人啊……"

"此人非彼人，我要去思一思当时的人，走啊——"陈瑶拉着张伟的胳膊，"不管有没有人，去看一看嘛……"

张伟拗不过陈瑶，就带着陈瑶下楼，转过一个楼角，接着上了那单身公寓楼，很快到了自己以前的房间门前。

楼道里静悄悄的，房间里传来一阵音乐声，看来是真的有人。

张伟站在门口看着陈瑶："人家里面有人，你还要进去？进去干吗啊，都换主人了……"

"嗯……我想进去看看，看看你生活的地方是什么样子的，说不定里面还保持着你当年的影子呢……"陈瑶沉吟了一下，"不过，得有个借口啊，没借口，贸然敲门，人家会讨厌的，说不定还会被骂一顿，嘻嘻……"

"那当然，你总得找个合适的理由再敲门吧……"张伟靠在墙上，摇晃着脑袋，"算了，里面人家肯定早就重新收拾布置了，别折腾了，看到这里就行了，一个破屋子，有什么好看的……"

"我不，我既然来了，我就要看——"陈瑶不从，眼睛眨眨，看着张伟，突然有了主意，"你先到旁边去，走到 20 米开外，我来敲门，就说是找人的，女人家敲门一般都会开的……嘻嘻……一开门，我就可以看到屋子里面了……"

"可别开门的是个男的，一开门就把你捉进去……那可就得不偿失了……"张伟忍不住笑了。

"胡说八道，你那天不是说住的是个女的吗，那天咱们在对过吃饭的时候……"陈瑶说。

"是啊，我看不清楚，大概判断的，看里面有个长头发……或许是留长头发的男人呢，小心点……"张伟吓唬陈瑶。

"你给我一边去，20米开外，我敲门，真有事，你就过来救驾……"陈瑶一推张伟，"过去——"

张伟慢悠悠地走到附近20米开外，站在那里看陈瑶如何表演。

陈瑶看张伟走开，理了理头发，挺了挺胸脯，又冲张伟做了个鬼脸，然后轻轻敲门："笃——笃——"

"谁啊？"里面一个女孩子的声音，音乐声音小了一点。

"嗯……你好——"陈瑶的声音变得很柔和，"我——是找人的。"

陈瑶希望女孩就此开门，可是那女孩并没有过来开门，问道："找人的？找谁啊？"

"这——"陈瑶一时语塞，接着说，"你能开下门吗，我再和你说。"

陈瑶一心想让女孩打开门，她观赏一下，满足好奇心就离去。可是那女孩更不开门了，声音骤然提高了分贝，停止了音乐，用充满警惕的声音说："你到底找谁？干吗要我开门说？你直接说不就得了……"

张伟看着在门口陈瑶着急的样子，心里大乐，憋不住想笑出来，此刻听到房间里女孩提高分贝的声音，突然感觉有些耳熟，但一时又想不起在哪里听到过。

张伟当年在瑶北认识的女孩真不少，除了外面的网友，还有本公司的，包括营销部的美女，有的明追，有的暗恋，不过，最后都没有结果，无言的结局。

千万别是自己以前交过的女朋友啊，要是那样，可就真的糟糕了。张伟暗暗祈祷，不过随后就否认了自己的想法，不会有这么巧的，只不过是自己的错觉罢了。

陈瑶一听女孩对自己的企图有了误解，也急了，脱口而出："哦……我是找张伟的，张伟不是住在这里吗？"

"什么？你找张伟的？"里面的女孩显然有些意外，接着传来下床穿鞋的声音，一会儿女孩又问，"你是张伟的什么人？你怎么知道张伟住这里？"

听声音女孩已经到了门口，听口气这女孩竟似好像知道张伟。

"我——我是张伟以前的老客户，好久不见了，我去他单位找他，他们说他辞职了，我就到这里来了，很早以前我给他送过资料，送到他宿舍的……"陈瑶现编现用，现场发挥。

"哦……"女孩好像松了口气，"他——他早就辞职了，他——他早就不在这里住了，我是后来搬进来的……"

听女孩的口气，好像充满了眷恋和怀念，但女孩仍然没有开门的意思。

"哦……你和他认识吗？"陈瑶来了好奇心，兴趣大增，边问边冲附近的张伟做鬼脸。

"嗯……"女孩低声答应了一声。

"那——你知道他到哪里去了吗？"陈瑶问道。

"不知道，听说去南方了……"女孩的口气变得柔和，边说边打开门。

老天，终于开门了，陈瑶松了口气，看见一个文静柔美、20多岁的女孩站在门口，穿着长袖睡衣，齐耳的头发微微蓬松，一看就是刚才躺在床上听音乐睡觉。

女孩看到陈瑶，显然是被陈瑶的美丽和气质镇住了，一会儿才缓过神来："你是张伟的老客户？"

"是啊，"陈瑶笑容可掬，边用眼睛看着室内，"我可以进去说话吗？"

女孩看着陈瑶和善的表情，闪开身体："请进吧！"

"谢谢！"陈瑶说着进屋，女孩随手关上门。

张伟凝神思虑，慢慢走到门口，侧耳倾听。

陈瑶进屋环视了一下，一个简单的单间，一张床，一个低矮的电脑桌，上面放着一部笔记本电脑，连着两个音箱，两张单人沙发，一个床头柜，一张写字台，别无其他，房间很简陋，但是收拾得很干净，典型的单身宿舍。

女孩请陈瑶在沙发上坐下，然后自己坐到床边，理了理头发，两手放在两腿膝盖之间，害羞地看着陈瑶笑了笑。

陈瑶友好地笑了下："你和张伟熟悉？"

"是的，"女孩笑了，脸上飞起两朵红云，"我和张伟很熟悉……很熟悉……"

陈瑶心中一动，随即又笑了："那你一定是张伟的女朋友了？"

女孩的眼神又亮了一下，刚要回答，门突然被推开了，张伟满脸喜色地站在门口，大叫道："小燕子——俺来啦——"

陈瑶一愣。

门突然被推开，吓了女孩一跳，女孩随即看到张伟，浑身一震，目瞪口呆，惊喜异常。

"大个子——"女孩一下子站起来，快乐地冲张伟喊道，"大个子——张哥！"

然后就是张伟和女孩乐颠颠地欣喜相逢的场面，虽然是很激动，但是，两人都没有什么激烈的肢体接触，女孩好像一直在兴奋中控制着自己的举动。张伟呢，时刻没有忘记陈瑶就在旁边，不然，照他以前的习性，早就把女孩抱起来转三圈了。

张伟知道陈瑶现在虽然口头上不说，但是对自己和异性的接触还是很在意的，那天自己忘形抱住何英，陈瑶虽然没有怎么责备自己，只是稍微轻描淡写提了一下，但是张伟还是感觉出了陈瑶深深的不满。所以，张伟小心翼翼地和小燕子紧握了一下手，然后就分开了。

陈瑶坐在旁边傻乎乎地看着二人久别重逢的场面，心里很惊奇，又很诧异，搞不清楚怎么回事。经过张伟简单的陈述和介绍，陈瑶才知道这个叫小燕子的女孩原来是张伟在天宇旅游的同事，张伟营销部的兵，老部下，怪不得如此熟悉，如此热乎。

"小燕子，黎燕燕，是我当年亲自带出来的营销部骨干，很能跑的，刚来的时候做业务倒数第一，天天挨骂哭鼻子，我走之前呢，正数第一，天天挨表扬发票子……"张伟在另一张沙发上坐下，边向陈瑶继续介绍边看着房间，"哇塞！这房间和我走之前一模一样啊，除了主人换成了女的，别的都没有变化，摆放的位置也没有变啊……"

陈瑶一听，大感兴趣，原来这摆设竟然还是张老大离开前的，那么就是一切照旧了。

黎燕燕微笑着，眼里透出一股温情和伤感，她自从进了营销部，就一直暗恋着张伟，就深深被张伟的魄力和活力所吸引，但是，她是个表面外向其实性格内向的女孩，不敢也不善于表达自己的情感，只能在心里默默地爱着他，却从没有去向张伟表白。

而张伟呢，那时正春风得意，周围追他的女孩子排着队，天天忙得不亦乐乎，自然不会注意到她的一番心思。直到张伟突然辞职离去，黎燕燕才急了，想找张伟倾诉衷肠，可是已经晚了，张伟已经不知去向。

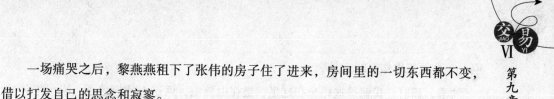

一场痛哭之后，黎燕燕租下了张伟的房子住了进来，房间里的一切东西都不变，借以打发自己的思念和寂寥。

她以为再也见不到张伟了，没想到张伟突然从天而降，又出现了。

黎燕燕看着张伟和陈瑶："你——你们？刚才——"

"哈哈——"张伟大笑起来，一指陈瑶，大大咧咧地说，"小燕子，我给你找了个嫂子，陈瑶，我的野蛮女友，刚从南方过来，今天非要过来看看我以前的故居，不知道你在这里啊，怕住进来的人误解，就……"

"哦……"黎燕燕又重新打量着陈瑶，眼里露出绝望和羡慕，"原来是这样……你们真好，你女朋友真漂亮……"

黎燕燕说这话的时候，心里突然又充满了自卑，确实，在陈瑶面前，她自叹不如。

张伟哪里想到黎燕燕有这么多心思，在他眼里，黎燕燕就是自己的一个老部下，一个活泼可爱的小妹妹，故人相见，格外亲切，这会儿听黎燕燕夸赞陈瑶，大方地一摆手："还行吧，凑合，我去南方打工，在路边捡来的……没找到更合适的，就先将就着用吧……"

陈瑶忍不住咯咯笑起来，黎燕燕刚才神情的变化都在她的眼里，这会儿她盯住黎燕燕的眼神："小燕子很可爱，好漂亮，原来是你的老部下啊，真好啊，一看就很能干……"

黎燕燕不好意思地笑了笑，没说话。

"你怎么住在这里了？"张伟又问黎燕燕。

"你走后，这房子空了，我那会儿正好没地方住，就租过来了……"黎燕燕撒了个谎。

"真有你的，"张伟伸手捏了下黎燕燕的鼻梁，这是以前他们之间经常的动作，"这房间保护得这么好啊，什么都没有改变，就是比我以前住的时候干净了很多，嘿嘿……"

"你那时住的啊，就是个猪窝，我打扫了半天，才打扫出来……"黎燕燕说着站起来，"你们坐一下，我去洗把脸。"

说着，黎燕燕拿了毛巾和脸盆去了走廊里的公用卫生间。

黎燕燕走后，陈瑶在房间里左看右看："傻熊，原来这就是你当年居住的地方啊……这就是你作恶的老巢啊……"

"看，那时，我就是这样坐在这里，坐在电脑前，就这么样掷色子，凑出来你的号码……"张伟盘腿坐在电脑桌前，比划着给陈瑶看，"然后，我加你，你没反应，我就往后一仰，就睡着了……然后再醒过来，天已经黑了，听见电脑里声音叫，才又起来，发现你加我好友了，然后就开始和你聊天……"

陈瑶目不转睛地看着张伟比划，听着张伟叙述，仿佛昨日重现，眼里充满了憧憬和温情。

"在这里，好像又感觉到了你的过去，感觉到了你的意气风发和蓬勃活力……"陈瑶抚摸着电脑桌，抚摸着沙发扶手，看着简陋的房间，"多么快乐的日子，多么让人向往的时刻……"

张伟笑了："现在的房间很干净，我那时啊，就是个标准的猪窝，乱得很……"

"是熊窝吧……"陈瑶含笑地看着张伟。

"呵呵……认识你之前是猪窝，认识你那一刻，就变成熊窝了……"张伟会意地笑了。

然后，陈瑶托着腮帮，默默注视着室内的一切，几件简单的家具，一眼尽收眼底。但是，陈瑶仿佛是怎么也看不够，久久地注视着，直到黎燕燕洗刷完毕回来。

"张哥——"黎燕燕很有心数，知道陈瑶是张伟的女朋友之后，就改口不叫"大个子"了："你这次回来探亲的？你现在在南方哪里做事情？"

张伟抬起手腕看看时间，站起来说："黎燕燕，我今天还有事情，约好见客户，这么着，咱们约个时间慢慢谈，很久不见了，我也正好有事情想问你，也想知道老朋友们现在的情况……"

陈瑶也站起来说："小燕子妹妹，我最近在瑶北，在天马旅游做事情，有空闲的时候，你到我那里坐坐……"

"对，对，小燕子，你抽空可以先去你陈姐那里玩玩。"张伟说。

"天马旅游？"黎燕燕吃了一惊，"天马旅游最近业务做得很猛啊，韩天老板很注意呢，天天念叨着，这公司的老板好像是姓何吧，一个美女，南方人，韩老板很关注呢……"

张伟皱皱眉头："是的，姓何，是陈瑶的朋友开的，韩老板关注天马旅游的事情我刚知道，我也正想找你了解下这事……改天我抽空专门过来，咱们细谈，这几天你没事就找你陈姐玩好了，何老板有事回南方了，陈瑶主持天马的工作……"

"哦……"黎燕燕点点头，"那陈姐就是现在天马的老板了？也是做旅游的啊，好厉害……陈姐多指教……"

"指教不敢当，大家互相交流切磋……"陈瑶伸出手，"小燕子，后会有期。"

和小燕子告别，张伟和陈瑶出来，张伟把陈瑶送到宿舍楼下："姐，时间不早了，我得回瑶水去，今晚请客的。"

陈瑶看着张伟："傻熊，你以前的老板是不是在打何英的主意？"

"这事我不是很清楚，何英没大明说，我听少杨说过一次，他听小花说的，好像是有些不怀好意……何英倒是告诉了我天宇旅游强行找天马拉客的事情，强买强卖，欺行霸市，我正想找个机会去会会我的前老板韩天……你放心，何英的事情我会管的，我不会让人欺负何英的……"

"嗯……"陈瑶点点头，"到了瑶北，俺们就是外地人了，你就是地头蛇了，在你这一亩三分地，还得张老大多多照顾……回去吧，路上开车小心点，慢一点……"

张伟点头，开车离去。

第十章 乘人之危

目送张伟远离，陈瑶没有上楼回宿舍，而是打车去了天马旅游，回到办公室，继续熟悉公司的各项工作，同时安排内勤通知公司各部室负责人，晚上一起吃饭，大家加深加深感情。

安排完，陈瑶看着办公桌上相框里张伟的照片，不由出了神。

陈瑶知道何英心里还是一直很爱很爱张伟，但是，何英变了，不再像以前那样横刀夺爱，而是自己主动退出，在张伟不舍不弃的情况下主动让给了自己。

陈瑶理解何英的心思，世上有万般情意，只有爱是永远不会忘记的。爱过，就是一辈子，不管得到得不到，一辈子都会在心里，永远也无法消逝。

既然如此这般地爱着，却又不能得到，却又主动舍弃，却又要面对残酷的现实，这是一件多么痛苦而无奈的事情，这需要多大的勇气和决心，陈瑶心里深深地感激何英。她知道何英这么做的背后，是出于对张伟深深的爱，是出于对自己以往作为深深的忏悔，是出于对良心的自责和弥补……还有，何英没有忘记和自己的姐妹情谊，没有忘记两人的情同手足，为了成全自己，为了成全他们，她主动放弃了已经到手的男人和已经到手的幸福。

陈瑶看着张伟的照片，出神地想着。

正在这时，徐君打电话过来，声音里充满了愤怒："陈姐，郑一凡真不是个东西！"

"怎么了？慢慢说，不要紧。"陈瑶沉着地说。

"他不讲信用，原来你和他商议的80万的转让费用，他只答应给50万，也就是在旅游局的那30万押金和部分固定资产折旧，其余的30万，他突然变卦了，说不值得，不能给了……"徐君说。

"什么理由？他什么理由不给的？"陈瑶连问了两遍。

"他说那30万里包括固定资产和无形客户资源资产，说他开始不了解情况，现在公司停业这么久，客户都跑光了，而且，他接手之后，为了维护员工队伍稳定和公司正常运转，还有去办理经营许可证，都要花费很多钱。所以，他不同意再给了……这狗日的不早说，在我交接完毕，签完字后才说，这明摆着是在坑人，耍赖皮……"徐君很气愤地说，"我刚和他吵完架，差点打起来……"

陈瑶一听，知道老郑在耍手腕，自己和老郑在协议的时候就明说了，客户资源全部免费移交，这50万其实全部是公司的房租和固定资产。老郑走这么一招，是典型的乘人之危，利用徐君的幼稚和自己不在身边的良机，得寸进尺。

陈瑶一阵心寒，气恼之下想让徐军撕毁协议，甚至想立刻给老郑打电话过去，但是一想徐君已经签订了移交手续，老郑现在把柄在握。而且，此时正值非常时期，不宜大动干戈，还有，公司这几十口子人的饭碗，不能就这么轻易给端了。

陈瑶脑子里迅速做出了决定，对徐君说："千万不要和他打闹，你打不过他的，吃亏的是你自己，这事这么办，你不要多说，也不再表态，先让他把那50万划过来……"

"他说了，只要我们同意，那50万马上就可以给我们……"徐君说，"他巴不得呢……"

陈瑶说："嗯……沉住气，先把50万拿过来再说，我和他签订的协议你那份一定保管好，不要给他……"

"好的，我一直说我这里有，他说要撕毁老协议，重新签订新协议呢！"

"你这么说，就说我现在在外地回不来，老协议在我这里，新协议等我回东兴和他签……"

"我说了，他说你既然回不来，那就让我代替你签字，说我是你的全权代理人，说他有你写的全权代理书，我签字也可以……"

陈瑶凝神仔细回忆了一下全权代理书的内容，突然笑了："迫不及待，急不可耐了……他既然这么说，那好啊，那你就签……"

"这——"徐君有些迟疑，"真的我去签啊……"

"嗯……听我的安排，签！"陈瑶毫不犹豫。

"那好，那我就去办理了！"

"没问题，去办理就是！"陈瑶对徐君说，"办完这事，你直接来瑶北，如果丫丫能有空闲，就带她一起回来看看……"

徐君答应着挂了电话。

然后，陈瑶脸上露出一丝苦笑，摇摇头，自言自语了一句："郑老财啊郑老财，聪明一世糊涂一时……可悲……"

很快到了下班时刻，陈瑶带着天马的中层人员一起去附近的一家酒楼吃饭。

酒楼生意很好，陈瑶他们在大厅里的一个隔断围成的半开放的单间里，要了酒菜，大家边吃边聊，其乐融融。

正吃着，公司计调部的经理扭头看了下隔壁邻桌，悄声对同伴说："咦，那不是天宇旅游公司的老板韩天吗？"

陈瑶一听韩天，扭头往隔壁邻桌看去，边问："哪位是韩老板？"

"就是肥头大耳的那个，理光头的……"计调部经理悄悄指了下，"这家伙正一心想让我们公司给他那大峡谷溶洞拉客人呢，门票价格很高，硬让我们接受……经常打电话来纠缠，还找何董……"

陈瑶特意看了几眼这个张伟的前老板，此刻正乍呼呼地和几个人在一起举杯喝酒，大侃大聊，嗓门高高的。

陈瑶看了一眼大家穿着的带有"天马旅游"字样的工作服，转过脸来："不说这个，来，我敬大家一杯酒，按你们北方的风俗……"

陈瑶边说边用眼角扫描着韩天，她担心这帮人穿的后背带有天马旅游标志的衣服让韩天看见。

事实证明，陈瑶的担心不是多余的，一会儿陈瑶看见韩天的脑袋转向自己这桌看了一会儿，甚至盯着自己看了几眼，接着，端起酒杯，倒满，站起来，向自己这桌走过来。

陈瑶看他摇摇晃晃走过来的样子，心里一紧，装作若无其事的样子和大家谈笑。

"各位天马旅游的同仁，大家晚上好！"韩天腆着大肚，举着酒杯，站在大家面前。

大家面面相觑，都默不作声，不知道该如何应付韩天，眼睛一齐看着陈瑶。

"韩总好！"陈瑶站起来，微笑着，"这么巧，在这里遇到韩总！"

韩天一时有点意外，看着这个美少妇，眼珠子都不会转了："你——你认识我？"

"瑶北鼎鼎大名的韩总，谁不认识啊，"陈瑶不慌不忙，"自我介绍一下，我叫陈瑶，是天马旅游何董的朋友，何董有事外出，我来给帮忙管理公司……"

"哦……陈总，陈总你好，幸会，幸会！"韩天的气焰被陈瑶一下子压住了，其实他本来就是属于那种外强中干的主儿，就像那杨家将上的孟良、焦赞，就会那三招两式，一上来能唬住人，唬不住来回还是那些招数，这会儿听陈瑶是何英的朋友，顿觉尊重了三分，何英可是他从心里佩服的女人，又漂亮又能干，充满南方女人的风情和妩媚，他正一门心思琢磨想办法接近何英，很想和何英做个情人，而且还能把客人拉过来。

"我从南方来，韩总的地下大峡谷可是名扬江南啊，老早就听说有这个溶洞，今天能有幸见到韩老板，正是我的荣幸！"陈瑶说着举起杯子对大家说，"来，咱们一起敬韩总一杯，祝韩总身体健康、四季来财！"

大家一起站起来举杯："敬韩总！"

韩天忙举杯，笑着说："你看，我这是来敬你们天马旅游的，怎么倒过来了……来，我敬你们……"

陈瑶微微一笑："韩总，别客气，彼此彼此！互敬吧！"

大家一起干杯。

然后韩天拱手作揖："各位同行，今后我的生意还得大家多多支持帮助，你们天马旅游的客源很广，南方的客人在瑶北是最多的，多多照顾啊……"

陈瑶也同样拱手作揖："韩老板客气，你的营销工作做的可是闻名四海，到处都能见到，我们天马是个小旅行社，哪里敢劳韩老板这么高看呢？"

韩天有些沮丧，摆摆手："唉——别提了，那都是以前，自从去年下半年，我那营销部经理一辞职就完了。现在啊，是金玉其外败絮其中，江河日下啰……陈总，你们南方的客人那么多，都是有钱的主儿，一定得多照顾照顾我啊……"

陈瑶一听韩天说到辞职的营销部经理，知道指的是张伟，心中暗笑，忙说："彼此彼此，大家的利益是相互的，只要大家都有得钱赚，都能彼此照顾好对方的利益，合作不是不可以的……我刚过来，先了解了解情况再说……再说了，目前我们天马的南方旅游团也没了，因为对方的组团社出了一些问题，这个事情以后再说了……"

韩天听陈瑶说得天衣无缝，不由暗暗赞叹这个美女不光长得漂亮，还很会说话来事，不由感慨了一句："你们天马出人才啊，你们的营销部经理比我现在的营销部经理强多了，唉……要是当初我营销部经理不走啊，这就不是我求着旅行社帮我拉生意了，而是旅行社求着我和我合作了……唉……此一时彼一时啊……我那边在招待客户，你们吃吧，走了……"

韩天和大家挥挥手回去了。

韩天这话陈瑶绝对相信，她知道张伟绝对有这个能力，龙发旅游的漂流就是一个证明，买方市场被他硬是操作成了卖方市场，旅行社都倒过来去找龙发合作，这是很少见的事情。

陈瑶看着韩天的神态，知道他是在说心里话，她没想到张伟走了这么久，韩天还对他有这评价。

陈瑶感觉，张伟和韩天的会见会很有意思，韩天在打何英的主意，而张伟是绝对不会让他得逞。韩天欺负何英是外地人，想强行让天马给他高价拉客，有张伟在，天马当然不会屈从。张伟辞职的时候是一个落魄的穷小子，而此次回来，俨然是一个老板，做上几笔大生意，就是一个大老板了，回来见韩天，也算得上是衣锦还乡，派头不会比韩天小。

想到这里，陈瑶嘴角不由露出了笑意，瞥了隔壁的韩天一眼，却看到韩天正色迷迷地盯着自己高耸的胸脯。

陈瑶一阵气恼，头一扬，两眼盯住韩天。

韩天一见陈瑶盯住自己，忙装作若无其事的样子将目光移开，和客户继续聊天。

陈瑶心里冷笑一声，继续和同伴喝酒吃饭，交谈公司的情况。

饭后，陈瑶回到宿舍，躺在何英的床上，看着墙壁上张伟和何英的巨幅帅哥美女照，心中一阵感慨，摸出手机，给张伟发短信。

"傻熊，喝完酒了吗？"

一会儿张伟回复："刚喝完，喝多了……"

陈瑶笑了笑："记住，以后喝酒不要开车，记住咱俩的约定。"

张伟："俺没开车啊，俺是让小郭开车的，俺只负责喝酒……"

陈瑶忍不住笑出声："傻熊，今天我见天宇旅游的韩老板了。"

张伟："咦？韩天？你见韩天了？咋遇见他了呢？"

陈瑶："员工聚餐，吃饭正好邻桌，他过来敬酒……肥头大耳的，好肥啊……"

张伟："呵呵……我还没拜见我前老板，倒是让你抢了个先。"

陈瑶："他很怀念你，一直在念叨你的好，念叨你的营销盛世……当家的，我看你再回去做营销部经理吧，他肯定欢迎你……他是做梦也想不到你回来做老板了……"

张伟："嘿嘿……我胡汉三回来了，老子自己也有队伍了，想当初……看今天……哈哈……可惜啊，我培养的那只营销队伍，个顶个都是高手，不知道现在还剩下几个了，改天我好好问问小燕子……"

陈瑶："小燕子好像对你很有意思呢。"

张伟："别胡扯，当年好几个女的对我有意思，唯独没小燕子，我和她一直是老大哥和小妹妹的关系……"

陈瑶："傻熊，你太粗心了，你伤害了人家一颗纯洁的心……她住到你房间里，摆设一点不变，就是在缅怀你啊，张老大，今天我一看小燕子看你的眼神，就明白了……你们男人不懂，女人看女人，能明白女人的心思……"

张伟："哦……有这种事，那她从来没有和我说过喜欢我啊，也没说过爱我……我什么也不知道啊……可惜，当初这小美女……嘿嘿……"

陈瑶："人家女孩子是暗恋你哦，傻蛋，没好意思向你表白，只好在那里等待你的归期……你归来了，可是带了女朋友回来了，她彻底绝望了……我能看懂这女孩子的眼神……不容易，不简单，难得哦……"

张伟："暗恋？原来小燕子暗恋我？有意思，她咋不早说啊，早说，我还不早就把她拿下了……还用等到今天啊……"

陈瑶："你个花鬼，恐怕那时你女孩子扎堆，忙不过来，没空搭理人家吧……现在，你甭想了，做梦去吧，做做梦，我还是允许的……"

张伟："哦……姐，我连梦也不做，我谁的梦也不做，我就守着你，海枯石烂过一辈子。"

陈瑶："小嘴巴真甜，很会哄女人……唉，明知道你在故意哄我，可是呢，我还是很喜欢听，这女人啊，都喜欢男人哄哦……虽然知道是假的……"

张伟："我说的是真的，我不哄你。"

陈瑶："嗯……我信，你说的就是假的我也当真的，我也信，你尽管放心，张老大！"

张伟："嘿嘿……"

陈瑶："傻熊，睡觉吧，明天我就又要上班了，天马的很多业务等待我去开拓……小同志，努力吧，新的征程又开始了！"

张伟："我就知道你闲不住，总说自己想休闲休闲，一听有事情做就忙乎了……我看你啊，就是一辈子操心的命，改不了了！"

陈瑶："呵呵……生命不息，奋斗不止，人生就是奋斗，为了理想、事业和爱情……我现在很幸福啊，有梦想有事情做还有爱情……"

张伟："我也是。"

陈瑶："我们都是！"

张伟："我的理想是组建伞人集团，跨行业跨区域的伞人集团……"

陈瑶："我知道你肚子里的算盘，我明白你的心思……不管你想怎么做，我都相信你，我都支持你！"

张伟："呵呵……我知道瞒不过你的，我在做着现在的事情，还在思考着明天的蓝图，我不能没有理想，那是我奋斗的支柱，失去了理想，我就颓废了……你说，我是不是心太野了？"

陈瑶："不，不野，胸无大志的男人永远都不可能有什么出息，只能做一个默默无闻的平凡角色。想做一番事业，必须得有野心，得有与天斗与地斗的意志……"

张伟："我明白了……"

陈瑶："当然，我说的是你，不是我，我没有野心，如果我有的话，那就是生娃娃养孩子，相夫教子，嘻嘻……但是，你不同，因为你是男人，男人是要有责任的，社会责任，家庭责任……对女人而言，男人是一座山，男人是一个天，男人就要做事业，就要承担社会和家庭的责任……都说女人累，其实，这个社会，男人其实比女人要累……"

东兴，郊外别墅。

潘唔能溜完冰，在二楼卧室里和宋佳刚结束了一个回合的战斗，就接到了李燕的电话，她说一会儿要到别墅来找他。

潘唔能其实不想在这个时候再招惹李燕，不过想想就这么几天了，多忍让她一下吧，她蹦跶不了几天了。

潘唔能起身去洗澡，吩咐宋佳把卧室打扫干净，抓紧穿衣服走人。

宋佳正巴不得离开，局长正在她家里等她呢，这段时间局长溜冰上瘾很快，对于溜冰后做爱无比痴迷，宁愿损伤身体也要寻求这无与伦比的享受和快乐。

宋佳看到局长溜冰的量越来越大，一包冰竟然自己一个人就能溜下去，心里有些发怵，劝他少吸几口，但是他根本不听。

一想起前几天的一幕，宋佳就害怕，局长溜完冰，突然眼神变得有些忧惧，独自坐在卫生间里的马桶盖子上一言不发几个小时，然后又趴在10楼的阳台上，一个劲往下看，嘴里一直念叨说有人要追杀他……

宋佳知道局长的精神已经被冰毒摧毁了，当时她真有些害怕，她知道很多人都是这样，耗尽了之后就跳楼自杀，她怕局长也会这样。

不过，宋佳又抱着一丝侥幸心理，因为她看到局长很快就完全恢复了正常，第二天还能精神抖擞地去主持会议，讲话颁奖，她觉得或许局长的抗药性强，应该不会有事。

潘唔能去洗澡的时候，宋佳收拾好了房间，她知道一会儿会有新的女人过来。

宋佳才不在乎这些呢，她和潘唔能是各取所需。潘唔能得到了性的满足，她呢，既得到了性的满足，还实现了一个重要目的，潘唔能答应将自己的哥哥推荐到旅游局做副局长，听他说已经基本操作差不多了。

宋佳觉得自己很值得，既享受了性的快乐，又办成了事情，一举两得。

收拾好房间，宋佳拉开床头柜抽屉，悄悄摸出几包透明的 2 厘米见方的小塑料袋，里面装着白色透明的颗粒晶体，迅速装进自己的手包里。

这玩意可是比黄金还贵，关键是最近查得紧，不好买，以前一包 300 多，现在 1000 也买不到了。

宋佳弄完这些，潘唔能也洗完澡出来，宋佳打个招呼就急忙离开了。

宋佳走后，潘唔能穿上睡衣，下楼来到客厅，点燃一根烟，心事重重地开始思考起来。

他又将事情的所有环节全部过滤了一遍，确保每一个环节都没有遗漏，确保这事情能和自己完全没有干系……

自己出差到北京，四秃子躺在医院疗伤，王军在暗处操作……潘唔能认真细致地想着……

潘唔能终于想完了，心里轻松起来，他觉得计划应该是天衣无缝了，可以说是很完美。

潘唔能悠闲地伸出脚，平放在沙发前的茶几上，有节奏地摇晃着，开始琢磨李燕来之后怎么玩的事情。这个女人得抓紧玩，再不玩没机会了，要尽可能利用好现有资源。

等了一会儿，听到有人敲门。

潘唔能以为是李燕，不假思索就打开了门，一看却是老郑。

"潘市长，打扰你休息，不好意思！"老郑看潘唔能穿着睡衣，忙致歉。

"没关系，"潘唔能回身走进客厅，"进来坐，你今天怎么有空来我这里呢？是不是有事？直接说，什么事，少废话！"

老郑进来坐下，忙说："没什么大事，主要是来看看您，顺便附带一点小事……"

潘唔能看着老郑笑了："郑总，难得你来看看我，呵呵……是不是心里痒痒了，想到我这里呼噜呼噜了……"说着，潘唔能做了一个溜冰的动作。

"不，不，"老郑摆摆手，"我不弄这玩意了，我得准备要小孩了，戒了，不玩了……"

"嗯……倒也是，等于琴怀孕了，你再玩也不迟，这段时间先忍忍吧，难得啊，你这个小淫虫，竟然能忍住……"潘唔能又笑起来，"这人生啊，就得及时享乐，不然，最后落得个高强那样的下场，什么福都还没享受就没了，他现在这样和死了有什么区别，我看啊，还不如让他安乐死算了……"

老郑没说话，沉默了。

"你最近去医院看高强了没有？"潘唔能问老郑。

老郑点点头道："去了，于琴也去了，带了点东西，送了一万块钱……"

"嗯……不错，大家毕竟兄弟一场，都不容易，高强这人很不错，我很欣赏他，很有能力，又会来事，可惜，天有不测风云……"潘唔能沉痛地叹了口气，"我本想这几天去医院看看他的，可是一直开会、出差，没有抽出时间……你说大家都是这么好的兄弟，我不表示一下怎么说得过去呢……"

老郑立刻会意："你事情这么多，工作这么忙，不用去看他了，明天我代替你去看，我给准备2万块钱，以你的私人名义送给他家人，算是代表市领导的关切和关怀……"

潘唔能高兴地点点头："嗯……好，郑总，你很会办事情，这样吧，明天你去的时候，我让王英和你联系，你们一起去……"

狗日的，不相信我给钱，派人监督我啊。老郑心里怒骂，嘴上却说："好，嫂子一起去，更好，更加温暖人心……"

潘唔能笑着说："好了，这事就这样，说说你的事情……"

"潘市长，陈瑶不干假日旅游了，她离开东兴了……"

"哦……真的不干了？我这两天也有耳闻风声，还以为是谣传，原来是真的……她不在东兴了，到哪里去了？"潘唔能的神情有些沮丧。

"真的不干了，她到了哪里，我也不知道，她谁也没告诉，就走了……"

"哦……那你来找我的意思是……"

"我把假日旅游收购了，我接过来了，"老郑看着潘唔能，"假日旅游是东兴的品牌企业，很出名，如果突然倒闭，会极大影响东兴的旅游形象，也会影响您的名声，毕竟您是分管旅游的领导……我想来想去，不能让这面旗帜倒下，我就找到陈瑶，再三做动员说服工作，分析利害，又出了高于它实际价值一倍的钱，将假日旅游收购了过来……"

"唔……你说得有一定的道理，假日旅游要是真的关闭，是会有很大的影响的……"潘唔能点点头，"你做得不错，很好，我支持你收购，只要你来做，我立马给你签字，马上就可以营业……"

"太好了，"老郑没想到潘唔能答应得这么痛快，"我今天来就是为这许可证的事

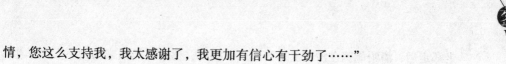

情，您这么支持我，我太感谢了，我更加有信心有干劲了……"

"咱们这也是互相支持啊，你能为我考虑，我当然也会为你考虑……"潘唔能晃悠着二郎腿，"唉——可惜，陈瑶不见了，你说这女人，咋这么死心眼啊，宁可不要公司，也不愿意和我交个朋友……我这么大一领导，委曲求全，和她一小市民交朋友，她竟然就不给我面子，竟然就对抗到底……唉——没见过这死心眼的，这人办事情这么不活络，这假日旅游啊，在她手里早晚也得废，你收购过来，正好……你能不能想办法打听打听，这陈瑶去哪里了？"

"这个——"老郑为难地说，"我也不知道啊，不过，我觉得她应该去找张伟去了吧……"

"张伟？就是那个小兔崽子，逃跑的那个？"

"是的，就是打伤了四秃子逃跑的那个。"

"妈的，他触犯法律，还没归案呢，陈瑶竟然去找他，想做同案犯啊，哼，到时候找到张伟，两人一起抓起来……"潘唔能狠狠地说，"张伟你有没有什么线索？"

"没有什么线索，他辞职后把我几乎所有的大客户都搅散了，不知道到哪里去了……"老郑说。

"哦……"潘唔能很失望。

"不过……"老郑边想边说，"张伟有个妹妹，在东兴，今年大学刚毕业，听说长得很漂亮，刚从德国留学回来，在一家外贸公司做总经理助理……找到她，或许能知道张伟的下落……"

"哦……留学回来的！"潘唔能眼睛一亮，"打听清楚具体单位，具体情况，剩下的我安排，我想，通过她应该能找到张伟，找到张伟，就找到了陈瑶，哼哼……同案犯，包庇犯，一起抓回来……"

"不用再具体打听了，公司名字叫自强外贸有限责任公司，位置在中山南路39号，张伟的妹妹小名叫丫丫，公司里的人都知道……"老郑说。

"OK！我记下来！"潘唔能摸出纸和笔写了下来，边说，"你的消息倒是很灵通啊！"

"呵呵……我这是通过他妹妹的男朋友知道的，这丫丫的男朋友在假日旅游工作，这几天负责和我交接……"老郑说。

"嗯……好，很好！"潘唔能一拍巴掌，"郑总，还有什么指示没有？"

"哪里敢给您指示啊，您真会开玩笑！"老郑知道潘唔能要下逐客令了，起身告辞。

老郑走后，潘唔能躺在沙发上琢磨起来：妈的，德国留洋回来的……女大学生，味道一定不错，老子还没玩过留过洋的呢，玩起来一定很舒服，得想办法把她弄过来……玩完小姑子玩嫂子，利用这张伟的妹妹找到张伟和陈瑶，定陈瑶一个包庇犯的罪名，就不信她不服，非得把她剥光了压在身子下面尽情玩弄不行，最好是同时玩嫂子和小姑子两个……

这样想着，潘唔能脑子里充满了淫邪的想象。

潘唔能此刻急需要李燕来让自己泻火，偏偏李燕还没见影。

潘唔能正着急，李燕来电话了："我遇上几个同学，一起去迪吧玩，不去你那里了！"

说完，李燕挂了电话。

"妈的！"潘唔能气得把电话摔到沙发上，一会儿又捡起来，打给宋佳："你火速过来，老子还要泻火……"

打完电话，潘唔能狠狠地在心里骂李燕：妈的，死到临头了，让你去纵情寻欢去吧……

第十一章 泰斗出山

潘唔能又重新躺在沙发上，关掉大灯，瞪着迷惘浑浊的眼睛，看着窗外黑洞洞的夜空，看着没有星星的夜空，眼前一阵虚幻……他突然觉得心中一阵恐惧，感觉一只无形的大手正在黑暗中向自己慢慢伸过来，并且张开五指，用力地扼住自己的脖子，狠狠卡住自己的喉咙……

"啊——"潘唔能大叫一声，一下子从沙发上蹦起来，急忙打开客厅所有的灯，倨缩到沙发上，浑身发抖，一双恐惧的眼睛环视着四周，心中怦怦激烈跳动不停……

潘唔能感觉还是不行，这房子里还有让他恐怖的地方，便又赤脚跑到楼上楼下，把别墅所有房间的灯全部打开，所有的门窗全部关掉，所有的窗帘全部拉死。

然后，潘唔能站在客厅的中央，握紧拳头，嘴里念念叨叨："这世上从来没有鬼，怕的人多了，便就有了鬼……鬼都是人编出来吓唬人的，不可信，我不怕……我不怕，我不怕——"

最后，潘唔能歇斯底里喊起来："我不怕——"

"梆——梆——"突然传来敲门声，吓了潘唔能一跳："谁——"

"是我——"门外传来宋佳的声音。

"妈的，吓死我了！"潘唔能忙过去开门，心里安慰了一些。

张少杨回来了，和小段一起回来的，两人圆满完成了押车任务，回来受到张伟的表扬。

张少杨带回来一个让人振奋的消息，送货去的当天，正逢德国一个大客户来华洽谈其他业务。这客户是哈尔森的老朋友，专程来哈尔森的公司走访，看到送来的这些草编和柳编，大感兴趣，仔细询问了张少杨一些生产流程和工艺方面的问题，包括选材和制作方式，随后对哈尔森表示要商谈要货事宜，准备大批量要货。

这无疑是一个好消息，张伟感觉很振奋。

"质量是我们的立足之本，创新是我们的动力之源，我们要一手抓质量，一手抓新产品研发，两手抓，两手都要硬！"张伟对大家说，"只要我们的品牌打出去，我们的客户就会越来越多，我们的产品就会越来越畅销，我们的日子就会越来越好！"

随后，张伟召集公司中层部门负责人开会，就目前的产销形势进行了分析，做出了三个决定，一是巩固好已经有的专业村，确保各村的柳编专业户稳中有升；二是以现有生产村为中心向外辐射，扩大柳编专业村的区域，发展更多的农户加入这个行列；三是着力培育柳编和琅琊草种植户，规模种植，确保原材料来源。

"这三步，既着眼于当前，又放眼于长远，我们不能沾沾自喜于目前的一点小成绩，我们要有远大的理想，我们要有野心，我们要大力培植专业村、生产基地，公司带基地，基地带农户，农户抓生产，形成一个产业链，这样，我们不但有一个广阔的市场，我们还有一个坚实的后备基地，只有这样，我们才能形成一个产供销的良性循环，才能在激烈的市场竞争中立于不败之地……"张伟侃侃而谈，大家频频点头。

"我们现在不缺精神和干劲，缺的是经验和知识，全方位的经验和知识，想学，有时候找不到老师……"小郭说了一句。

张伟点点头，笑了："我也是这么感觉的，不过，你放心，老师很快就到……"

开完会，张伟打开电脑，登陆QQ，看到伞人姐姐正在上面忙乎。

张伟："姐，在忙呢?"

伞人："是的，傻熊，在忙，怎么，你忙完了? 开始骚扰我了?"

张伟这两天事情比较多，白天忙业务，晚上请客户吃饭，一直没有抽出时间去看陈瑶。

张伟："呵呵……我刚忙完，你那边忙得咋样了?"

伞人："还好，我接手后才发现，这个何英啊，一直走的是无为而治的路线，求稳，就是那么一批老客户在手里转悠，新客户很少，营销部的主要任务就是经常拜访老客户，新开发的客户很少……"

张伟："咦，这不大符合何英的脾气啊，她做生意赚钱也是很有一套的，开发新客户，也是很有一些道道的……"

伞人："傻熊啊，你难道不明白，这何英跑到瑶北来，不是为了赚钱的，是为了你啊，她开这么一家旅行社，就是想有个依托，有个落脚点，不亏就行，能赚多少就赚多少，她的心思根本就没有全部放到生意上……"

张伟："嗯……我想也是这个道理，我也有这个感觉……"

伞人："我给她把公司捣鼓起来，我叫它生气勃发，嘻嘻……"

张伟："天马和假日旅游的红色旅游线还做不做？"

伞人："只要老郑那边开始发团，就做。"

张伟："天马旅游和龙发旅游的那个漂流团还发不发？"

伞人："你走后，何英就停发了，改到别的漂流去了。"

张伟皱皱眉头："这个何英啊，这样做不好的，老郑还以为是我给捣乱，何英的团队是老郑最大的大客户，我一走就停发了，老郑本来就多疑，这下保证会以为我在捣乱……"

伞人："你怕老郑？"

张伟："靠——怕他个鸟，我只是不想让他误会。"

伞人："其实，就是何英的天马不停止发团，老郑该误会的还是会误会，我估计，你以前手里的那些龙发漂流的大客户，也随着你走得差不多了，这换人就是这么一个坏处，很多有了感情的客户，你一走他就跟着不做了……"

张伟："那你这边做着人家的红色旅游团，那边不给人家发团，合适吗？人家会答应吗？"

伞人："我想这样，下一步推出的南方旅游线路，在保持原有线路的基础上，再增加一条带有白云山漂流的线路，再详细介绍下白云山漂流和其他漂流的特点，让顾客自己选择……这样，虽然达不到原来的游客数量，但是，还是多多少少会有客人的，这就要看老郑的漂流做得好坏了，做得好，客人会越来越多，做得不好，客人去一次就不去了，而且还会进行负面宣传……"

张伟："嗯……这样也好。"

伞人："我又跟宁州、温州、金华、嘉兴、衢州、丽水、台州的几家旅行社老总联系了，他们都是我总经理培训班的同学，我动员他们开发瑶北红色旅游线，在当地做独家，我把我做的经验和内容都和他们说了，他们都很高兴，都愿意做……嘻嘻……这样，即使没有东兴这边，我们的客源还是要成倍增加的……我这边要马上扩招地接导游，为即将到来的客人做好准备……"

张伟吃了一惊："哇塞——姐，你这一招太厉害了，要是你的这几个同学做起来，那天马只做地接就赚大了……"

伞人："是的，就等于又增加了7个东兴的客源，你想想，哈哈……我对我这几个同学都还是很有信心的，既然我能在东兴做成功，那么，在其他地市，也一定能成功，他们听我说了东兴的经验，都骂我私心太重，早不和他们说……呵呵……"

张伟："天马真的要腾云驾雾，飞到天上了……我看咱们下一步就专业做地接，开个专业地接社好了……"

伞人："我也有这个想法，瑶北人穷钱少，出去旅游的不多，但是山好水好，红色旅游资源丰富，大有开发潜力。下一步，我想天马旅游重点以地接为主，我带着天马旅游的兄弟姊妹们以后就天天接客了……等何英回来，她就高兴吧……"

张伟："呵呵……天天接客？你要做老鸨啊，哈哈……"

伞人："滚——你净胡扯，坏蛋……不说这个了……你和哈尔森那边的合作还算顺利吧？"

张伟："还行，最近可能还要有大客户，我这边正在为扩大生产规模积极做准备呢……"

伞人："嗯……哈尔森这人做起生意来，丁是丁卯是卯，不会和你讲什么兄弟情义的，这是他们老外做生意的风格，你有点思想准备……"

张伟："我知道，我早就有思想准备，大家都是一个集体的带头人，都得对这个集体负责，这么做是对的，应该的，理解！我正打算和他谈判，双方签订长期合作协议，两家单位结成战略合作伙伴关系……"

伞人："可以，你要先征求他的意见，你先不要直接和他谈，先和王炎接触，试探下口风，万一他不同意，也好有个退路……"

张伟："这么好的事情，他干吗不同意？"

伞人："你信任他，相信他的实力，但是，他未必能完全信任你啊，在他眼里，或许以为你们是一帮土包子，农民，或许以为你们成不了什么大气候……所以，我想，先不要谈，先做，做出名堂，扩大实力，或许他就会主动找你谈……信誉来自于实力……"

张伟："嗯……你说的有道理，不过，不管怎么说，我还是会和自强外贸通力合作的，毕竟，我妹妹王炎和丫丫都在那里……"

伞人："呵呵……亲不亲，一家人，赚钱是很重要，但是亲情更重要，有很多东西是钱买不到的，失去了，就再也不会回来，而钱呢，没了可以再赚……徐君忙完了，等丫丫也忙完，两人最近几天就回来，看看咱爹咱娘……"

张伟："我这个当哥哥的没尽到责任，不合格啊，把妹妹扔在东兴，自己跑了……"

陈瑶："傻熊，别自责了，没有人责怪你，丫丫也没有责怪你，她在东兴很好的，住在哈尔森家里，徐君每天都陪着她，很安全很快乐，你放心好了……"

张伟："说是这么说，总不如在自己身边放心，特别是在外地。"

陈瑶："她总是要长大的，你不可能一辈子都看护她，她总是要自立的……"

张伟："唉……很想丫丫了，爹娘也很想她了……"

陈瑶："别叹气，很快就会见到丫丫了，丫丫很快就会回来的……"

张伟在电脑前忍不住笑起来，他想起了丫丫可爱的模样，想起爸妈见到丫丫高兴的神态……

和陈瑶聊完天，张伟直接开车去了老段家，他早就和老段约好了，请他们老两口旧地重游，去他老家做客。

开业的那天，张伟没有请老段来，他考虑到老段以前是在官场混的，讲排场讲面子的开业庆典见得多了，对自己这么简单的开业场面会嗤之以鼻，会因此而小视了自己。

但是，第一笔生意做成之后，他就感觉胆子大了，气粗了，而且，还有小段南方一行，所见所闻一定会回家和老段说的，也让老段知道自己不是吹牛皮的，是实干家。

果然，老段再次见到张伟，在和老伴一起去张瑶村的车上，对张伟表示了赞赏："小张，我听说了，你这公司开张第一笔生意做得不错啊，你把咱这瑶蒙山里的土货卖到外国去了，开始挣外国人的钱了，不简单，想不到你小子还有这本事，怪不得你前段时间我打听工艺品出口的事情那么上心，那么仔细，原来是有目的啊……"

张伟开着车，谦虚地说："段叔您过奖了，我这是刚开始做生意，第一次做，没经验，也摸不到头绪，先探探路子……您做这一行有多年经验，您多指点……"

"江山代有才人出……你们这年轻人敢闯敢干，脑子活络，视野开阔，我老啰……不行啰……"

"段叔，您谈何老呢，你现在正当健壮之年，阅历丰富，经验老到，正是大有作为的时候，这时候谈老，为时过早吧……"

老段听了很高兴："呵呵……说实话，小张，我是人老心不老，我一辈子做事情，最不服的就是老，看到你们年轻人这么热火朝天地干，我心里都直痒痒……"

张伟听了更加高兴，有门儿！

来到张伟家，村里的很多乡亲都在那里等着，见了老段格外亲热，问长问短。

时隔10多年，老段又回到当初搞社教的地方，又见到乡亲们，听到乡亲们淳朴的问候，喝到山里甘甜的白开水，心里热乎乎的，很有兴致。

待乡亲们散去，老爸老妈早就做好了全羊，专门招待老段。

席间，爸妈和老段两口子举杯话当年，不胜感慨唏嘘，张伟在旁边伺候倒水倒酒。

"时间过得真快啊，老张，你看看，当年你这孩子还上学，还是小孩，你看看现在，都这么大人了，都自己开公司做老板了……"老段很有感触地对老爸说，"一晃10多年了，10年，整整一代人啊……"

老爸老妈早就事先得到了张伟的面授机宜，此刻老爸开始实施张伟的安排，听老段这么说，也就趁机说道："是啊，老段，孩子长大了，不过，还是幼嫩得很啊，自己做这生意，以前没有弄过，没经验，我是打心眼儿里不放心啊，你说这万一要是弄砸了……"

"哎，老张，别这么说，你这孩子很能干，有闯劲，有我当年的那股劲，呵呵……"老段说，"孩子大了，总是要出去闯的，早晚都要闯的，没经验，学啊，谁一生下来就有经验的，还不是慢慢在实践中积累起来的……"

"对，对，对，"老爸附和着，"不过，孩子善于学习，却没有懂行的把舵指点呢，要是有个懂行的掌舵，那就好多了……"

"是的，是的，"老段点点头，"这就是为什么说现在的领导班子都要老中青结合的原因，老的经验丰富，掌握方向，中年人身强力壮，出力，年轻人有闯劲，敢接班但毛嫩，所以，三结合最好，哈哈……"

"是啊，段同志说得有道理，"老妈插话了，"俺家宝宝开的这个公司啊，俺也想找个顾问，给俺宝宝掌舵把关，你说能行不？段同志。"

"嗯……"老段点点头，"以老带新，很有必要，说是顾问也行，说是幕僚也行，还可以说是个管家，总之，年轻人血气方刚，容易冲动，有个老人看护着，可以少走不少弯路，我看你们可以找一个……"

张伟闻听，毕恭毕敬站起来，拿起酒瓶，给老段倒满一杯茅台酒，双手端起，弯腰举到老段面前："段叔，晚辈给您端一杯酒，还请您老人家重出江湖，出山辅助晚辈成就一番事业……"

老段愣了，看着张伟，又看看老爸和老妈："哎——这是——"

老爸和老妈笑了，老爸然后说："老段，实说了吧，俺家孩子早就仰慕你，早就想请你出山，可是，孩子又底气不足，自己的个人企业，规模小，怕你不放在眼里，一直不敢开口，可是孩子这心里的想法呢，经常给俺和他娘说，俺就琢磨着啊，这一是请你来看看，聚聚；二呢，俺想请你出山帮助俺家宝宝，到他的公司做个顾问什么的，掌舵……"

老段摆摆手："哎——我哪里有这本领啊，孩子这么有出息，我是退休之人，脑筋老化，思想陈旧，哪里能有这本事啊……我干不了……"

"段同志，你就别谦虚了，俺们都了解你，你在俺庄上这么久，都知道你这人人品正，性格直爽，做事稳重，考虑周全，有你给俺家宝宝当顾问，俺和孩子他爹都放心……你就别推了……"老妈也诚恳地说。

"段叔，如果您老人家不嫌弃，瞧得起晚辈，晚辈想高薪聘请您担任我公司的特别顾问，重大问题出谋划策，重大事项参与决策，希望您能扶持晚辈一把……"张伟仍然弯腰站在那里，手里捧着酒杯，满脸的尊敬和祈盼。

"这——"老段心里很感动，他扭头看了看老伴，"老伴，你看——"

"你的事情你自己做主，只要你身体能行，我是没问题……我看啊，你有点事情做也好，省得天天在家闲得屁股疼，老和我吵……"老伴说。

老段凝神思虑片刻，眼睛一张，下了决心："行！大侄子，只要你瞧得起你段叔，我答应你！"

说完，老段接过张伟手里的酒杯，一扬脖，一饮而尽。

张伟和老爸老妈顿时喜形于色，张伟心里的一个重大问题终于有了着落："段叔，太好了，有您在，我就更没什么顾虑了，就可以放开手脚大干了……"

老段抹了抹嘴唇："你段叔不在乎什么高薪不高薪，只要能有个事情做，能活得充实，能发挥一下余热，足矣！我就喜欢和你们年轻人在一起，和你们在一起，我觉得我还年轻，还有活力，还能有意气风发的感觉……"

大家都笑了，老爸说："老段，我看你就是不服老。"

"最美不过夕阳红……我这才是下午两三点钟的太阳，还不算夕阳，既然你们这么诚心邀请我，那我就出山，我帮大侄子掌舵，我给你做顾问，做幕僚，不管这官场还是商场，我都熟悉，需要我打通的地方，尽管说就是……"老段一挥手，痛快淋漓地说。

张伟大喜，又倒满一杯酒，端起来："段叔，晚辈敬您两杯酒。"

老段这次痛快地接过来一口喝光，然后说："这事就这么定了，我和你婶子在你家住两天，看看乡亲们，回城后，段叔就去你那里报到，找大侄子报到！"

老爸老妈很高兴："老段是得住两天，这么多年不回来了，乡亲们都很想你呢……"

趁大家吃饭聊天的空，张伟跑出来给陈瑶发短信："姐，我把段叔搞定了，段叔答应到我公司做顾问了……哈哈……"

一会儿陈瑶回短信："呵呵……好啊，太好了，我终于放心多了……老江湖坐镇，小江湖闯荡，太棒了！"

张伟："原来你一直对我不放心啊……"

陈瑶："不是不放心，是担心你冲动鲁莽，毕竟你经验不丰富，阅历肤浅，我也一样，有一个经验丰富的人做顾问，当然是一件好事，而且，段叔在当地人脉关系很广，对政府部门又很熟悉，社会资源丰富，又熟悉柳编草编行业，是最适合的人选！祝贺你，张董事长，得贤者得天下！"

张伟："呵呵……真开心！"

陈瑶："光开心还不行，还要学会使用好顾问，段叔是在政府部门做过多年的，这一代人都是比较正统的思想，在他面前不要多提钱，不然会伤他自尊……要尊重段叔，特别是在一些细节上注意，尊重前辈、尊重长辈，是一种美德，也是做人的一种品质，遇事多请教，态度要谦虚，最忌在长者面前年少轻狂，大吹大擂……"

张伟认真看着陈瑶的短信，心里牢牢记住这些话。

徐君把交接的事情都办妥当了，然后就等着丫丫忙完，一起回瑶北。

丫丫是哈尔森的助理，协助哈尔森处理业务上的很多事情，特别是跑外。

张伟发过来的第一批货很顺利地发了出去，接下来又要有几个订单，特别是哈尔森的德国朋友来华，来公司亲眼看到货物，一开口就要30万件货。哈尔森和王炎亲自出马，正在和他洽谈具体细节。

王炎今天告诉丫丫："这几天具体的事情不多，我办就行，你和徐君回瑶北吧，回去看看咱哥，还有咱爹咱娘……"

丫丫很高兴："OK！那我吃完午饭就走。"

王炎点点头："我去超市买点当地的土特产，你回去的时候经过我家，带给俺爹俺娘……午饭后我们在公司楼下会合，我送送你们……"

丫丫嘻嘻笑着："王董事长，俺要回家探亲，你不表示表示？"

王炎瞪着丫丫："什么意思？揩我油？"

丫丫："当然，我回去的路上要走很久，去超市的时候，顺便给我买好吃的，多多益善，我路上好吃……"

王炎歪歪嘴巴："嗯……好吧，我也想吃，我多买一些，给你一半吧……"

丫丫："搭我顺风车啊，好吧，我找徐君吃午饭去了，待会儿见……"

午饭后，徐君和丫丫在自强外贸公司门前和王炎会合，哈尔森在接待他的德国朋友，不能来送行。

王炎买了一大堆好吃的和饮料给丫丫，边放进后座，边说："我看你们不用下车吃饭了，这些足够你们吃一星期的……"

丫丫很开心看到这么多吃的："王董真大方，贿赂员工哦……"

徐君把王炎买了带给父母的东西放进后备箱，然后和丫丫上车："王炎，我们走了，你和哈尔森多多保重！"

丫丫挥挥手："王董，俺走了，很快就回来，别想我哦……"

王炎趴在车窗前："路上开慢点，小心走，悠着走，别着急，一路保重……"

"你放心，我带丫丫边玩边走，中途去几个地方游玩……"徐君笑呵呵地说。

然后，大家挥手告别，徐君开车徐徐离去。

王炎看着徐君和丫丫开车走远，转身刚要进公司，一辆警车突然开过来，停在路边。

"丫丫——"车里突然有人喊。

王炎闻听一愣，丫丫刚走，谁在找她？不由停住了脚步，转身看了一下。

警车上随即下来两名警察，走近王炎："请问你是张伟的妹妹吗？"

"是啊……"王炎随口答应着，看着他们，"你们找我哥？有什么事情吗？"

"我们找你哥，也找你……我们是公安局治安科的，请你跟我们走一趟！"一名警察客气地说道，出示了警官证，边拉开车门，"请吧！"

"你们——"王炎突然意识到什么，转身要进公司，"你们要干什么？我要回公司说一下——"

"不用了，你到公安局去说吧！"

警车随即疾驶而去。

第十二章 吉凶未卜

这一幕，恰好被出来的公司员工看见，急忙跑回公司向哈尔森报告……

哈尔森正在南苑大酒店的商务客房内和老友克林斯边叙旧边谈业务。

克林斯是和哈尔森小时候在孤儿院一起长大的伙伴，在哈尔森出走孤儿院被张妈妈街头收留的那年，克林斯也跑出了孤儿院，和一帮野孩子混迹在一起，没事就在街头踢足球、玩耍。自身的足球天赋造就了他日后的足球职业生涯，他逐渐从业余队踢到职业队，最后踢到德甲，后来还踢过意甲、西甲。因为他一头金色的头发，外人称之为"金色轰炸机"，国内球迷则称之为"金毛狮王"。

2006年德国世界杯之后，克林斯突然销声匿迹，消失在大众的视线之外，虽然偶尔会在某些足球电视节目中担任解说嘉宾，但更多的时间是无声无息。

哈尔森和克林斯一直保持着私下联系，只有他知道克林斯在干吗。他现在对做生意有了浓厚的兴趣，不做体育改做进出口贸易，开了一家贸易公司，五花八门，什么赚钱做什么，最近以旅游品为主。他这次到中国是悄悄以私人身份来的，除了在这个神秘而伟大的东方国度旅行之外，就是探访老友哈尔森，顺便看看有什么赚钱的买卖。

见了面，克林斯才知道哈尔森刚刚经历了一场从生到死的历练，听哈尔森叙述了他周围这些人的故事，克林斯很感慨，耸耸肩膀："哈尔森，你很幸运，你遇到了有人情味的中国人，这在德国是不可想象的……祝贺你，又获得了新生……"

"是的，克林斯，"哈尔森边喝咖啡边说，"这个古老的东方国度，深厚的文化底蕴孕育了优秀的民族精神和道德品质，我在这里无时无刻都感受着温暖和滋润，伟大的中国女人给了我两次生命，我在德国没有了亲人，在中国，却有了更多的亲人……我的中国母亲，我的中国未婚妻……"

"说实在的，哈尔森，我很羡慕你，中国的女人是世界上最优秀的女人，最贤惠的女人，这个民族的优点在女人身上表现得特别突出，你是幸福的，有了中国妈妈，又有了中国未婚妻，还在中国有了自己的事业……"

　　说到事业，哈尔森切入正题："我不明白，你真的对我们公司里刚运到的大货车上的那些柳编和草编感兴趣？我觉得那都是些树枝和草堆砌的玩意，没什么大价值……"

　　虽然第一笔生意让哈尔森赚了不少钱，但是哈尔森依然对这生意的前景不大看好，总觉得还是做纺织品正规，有前途。

　　"不，不，不，"克林斯连连摆手，"你还不是很了解旅游品市场，我最近一直在欧洲和美洲考察，现在最时髦最流行的是绿色无污染的原生态的东西，特别是进入家庭的这些摆设，我看了你公司的产品，太棒了，精美、精巧、别致、实用，在我们那里，是非常受家庭主妇们的欢迎的……哈哈……告诉你，我以前是靠脚来挣钱，现在呢，我是靠这个来赚钱……"克林斯指指自己的脑袋。

　　"哦……你真的这么看？"哈尔森点点头，"你现在一直在研究旅游品市场？不研究足球了？"

　　"足球研究得太多了，我现在最感兴趣的是做旅游品生意，我用踢足球的毅力和精神来研究旅游品市场，研究国际市场的需求，我第一眼看到你那些树枝和草编的时候，就被打动了，太完美了，自然和人的完美结合，我走了那么多地方，考察了那么多旅游产品，这是最让我一见钟情的东西，它让我一见就不可思议地爱上了……哈尔森，我要买你的货物，有多少我要多少……"克林斯摇头晃脑地说着，一头金色的头发很飘逸。

　　"我手头的货物是另一家客户预定的，已经发往欧洲了，现在手头没有了。"哈尔森说道。

　　"那你赶快组织生产，抓紧生产，我第一批货物最起码要这些，"克林斯伸出3个手指头，"30万件。"

　　"30万件！这么多？"哈尔森吃了一惊，大喜过望，这可是一笔大买卖。

　　"是的，这仅仅是第一批，以后，我每个月都要这么多，我们可以签合同，我给你支付订金，"克林斯对哈尔森说，"以后，我还会根据市场的需求，提出新的产品式样和模型，你们给我加工就可以……我想，如果可能，我想买断你们的产品在欧盟的经销权，做你们的独家代理，当然，价格绝对不会低于你的任何一家客户，价格由你定……"

　　"哇塞！搞大了！"哈尔森心里有些兴奋，想不到张伟捣鼓的这个土玩意能让克林斯这么钟情，能有这么大的市场开发潜力。

"我先做你们的欧盟总经销、总代理，等我在美国办完手续，我把美国的总经销权也拿下来，怎么样？老伙计，咱们可以签订协议，相信我的眼光，相信我的能力和财力，我能踢好足球，也一样能做好生意……"克林斯盯着哈尔森。

"我当然相信你，老朋友，"哈尔森高兴地站起来走到酒柜前取出两个高脚杯，倒上两杯白兰地，递给克林斯一杯，"这生意很好谈，我能保证你的货源和质量，要多少都没有问题……我相信你的实力和能力，我们可以合作，咱们随后可以草签一个合作协议，然后，咱们再安排具体人员商谈详细合作细则，我这边，也好抓紧安排生产，确保及时供货……"

"好，哈尔森，成交！"克林斯站起来，举杯相碰，"为我们的合作成功，干杯！"

"干杯！"

喝完酒，克林斯坐下，问哈尔森："你的车间在哪里？"

哈尔森诡秘地笑了笑："我这里没有车间，我的车间在山里，在中国的北方……"

"什么？在中国的北方，这么远的地方，干吗要这么远？"

"因为原材料的生长习性，只有北方能种植，而且，只有那个区域的山里能种植，所以，我们的车间在那里，就地生产，就地加工……"哈尔森信口开河，心中暗笑。

"哦……"克林斯更高兴了，"那就是说，这是世界上独一无二的产品，太好了，就好像中国的人参，只有长白山才是正宗产地……对了，你们这个产品的品牌叫什么名字？"

"伞人，伞人牌！"

"伞人？"

"是的，中国话里雨伞的伞，雨伞——明白？"哈尔森看着克林斯，做了一个打雨伞的动作，"美国有个电影叫《雨人》，我们这个产品叫伞人，明白了？"

克林斯似懂非懂地点点头："哦……雨伞下面的人，简称伞人……不错的名字，很有创意，为什么叫这个名字？"

"这个话就长了，简单说吧，我的未婚妻之前有一个男朋友，在网络上结识了一个叫伞人的奇女子，这女子美丽惊人，才能超群，聪慧过人，然后，这男人和女人，由虚拟而现实，就发生了一系列婉转的爱情故事，很凄美，很感人……然后，这个男孩回到北方去创业，组织山里的山民，利用当地的原材料，生产这些工艺品，为了表达他对那女人的忠贞不渝的爱情，给产品注册商标叫伞人……他负责生产，我负责对外出口，我等于是他的对外销售公司……"

"啊哈——太好了，一个美丽的传说，一个关于东方美丽女孩和男孩的动人爱情故事……"克林斯拍拍手，"我想，是否可以将他们的爱情故事写下来，和这个伞人牌工艺品一起，印制在产品宣传画册里，让他们感人的爱情故事随着这精美的伞人牌产品传播到世界各地，进入千家万户，让西方的人们认识这个美丽东方国度的优秀文化……"

"不错的创意，给这个纯商品赋予了更多的爱情和文化色彩……"哈尔森笑了，"这个我们可以尝试，我会告诉他们的……"

"这次我的行程满了，没时间了，"克林斯拍拍哈尔森的手，"下次来，我希望能见到传说中的男孩和女孩，我要当面亲自祝福他们……"

"没问题，他们和我就像兄弟姊妹，感情很深厚，到时候我会安排的……"哈尔森说："那男孩是球迷，一定知道你的大名，要是亲眼见到你，不知道会有多高兴……"

"那我一定会亲自和他合影留念，还会送他一个我亲自签名的足球……"克林斯微笑着，"我明天就要离开这里，去别的地方转转，下午我们就草签协议，晚上，我想请你吃饭，请你和你美丽的未婚妻一起来……"

"按中国的风俗，还是我请你吧，你是客人，我是主人，"哈尔森说，"晚上，我请你到我家吃中国餐，我未婚妻亲自下厨做给你吃，她会做很多中国菜，很好吃的……"

其实，哈尔森在王炎那里吃到的中国菜基本就是西红柿炒鸡蛋，别的王炎都不会做，平时都是张妈妈做的。

"谢谢——"克里斯曼很高兴，"哈尔森，我真的很羡慕你，你真的和中国有不解之缘……"

"我这就给我未婚妻打电话，提前安排……"哈尔森得意地说，"在中国，男人地位很高的，我是老爷们，我未婚妻私下说我是当家的……"

哈尔森边说边给王炎打电话，却一直没有人接，随后，电话关机。

哈尔森有些奇怪，正要再拨，却有电话打进来，是一个员工打来的："不好了，刚才王董事长被警察带走了，不知什么原因，车号是……"

哈尔森陡然变了脸色，王炎没做过什么犯法的事情，怎么能随便抓人？一定是因为张伟和陈瑶的事情……胡闹！

"怎么了？"克林斯问哈尔森。

"哦……没什么，我公司里有点事情，我回去先处理一下，那协议草案你先拟好，回头我过来签字。"哈尔森不想让克里斯曼知道警察乱抓人的事情，毕竟家丑不可外扬。哈尔森已经不知不觉把自己当成了中国人。

"好的，那我这就开始草拟协议……"

"一会儿见！"哈尔森告别克林斯，急匆匆出了南苑大酒店。

出来上车后，哈尔森思忖片刻，直接开车奔东兴市政府而去。

进了市政府大楼，哈尔森直接去了梁市长办公室。他以前在合资公司做总裁的时候，梁市长去公司视察过几次，彼此熟悉，他也来过梁市长办公室几次。

王炎嘴里不停抗议："你们要干什么？凭什么抓我？"

警车直接开进了一个院子。

两人将王炎带进一间屋子，问王炎："张伟是你哥，是不是？"

"是！"王炎回答。

"姓名，说，你叫什么名字？"

"王炎！"

"什么？你叫王炎？"两名警察都很意外："你不是张伟的妹妹吗？"

"是！"

"你小名叫丫丫？"

"不叫丫丫，我小名叫炎炎……"

"你不叫丫丫，那你怎么是张伟的妹妹？张伟在这里只有一个妹妹，你到底是谁？"两个警察有些摸不到头绪。

"我不是丫丫，我是张伟的妹妹……我知道张伟在哪里……"王炎艰难地说。

笔录警察松了口气："你是不是丫丫无关紧要，只要你是张伟的妹妹就行，告诉我，张伟在哪里……"

就在这时，审讯室的门"咣当"一声被推开了，一群人出现在门口，梁市长怒气冲冲站在最前面，后面跟着哈尔森和市公安局局长，再后面，是区公安局局长和治安科长……

梁市长大怒，问治安科长这是怎么回事？

治安科长大叫冤枉："冤枉啊，领导，我这么做也是领导安排的……"

梁市长一听，扭头看着两位局长。

两人都摇头："我们确实不知道此事。"

"那就查——彻底给我查，这就给我查——一定要查出个来龙去脉，彻底查清，直接给我汇报，24小时内，我要结果！不管涉及到谁，不管多硬的后台，都要一查到底！"梁市长怒不可遏地对区分局局长说，又看看市局局长。

"是，马上就查！"两人连连点头。

"一定要追究所有有关人员的责任，从重从快，严肃处理！"梁市长转身往外就走。

接着，梁市长紧紧握着哈尔森的手，表情沉痛地说："哈尔森先生，我很抱歉，也很难过，我代表东兴市政府，向您及您的未婚妻表示真诚地歉意，对不起……"

哈尔森此刻已经大概了解事情的原委了，知道这事是对着张伟来的，简单思考之后，他对梁市长摆摆手道："梁市长，我现在需要的不是道歉，我需要的是你们找出事件背后的凶手，给我们一个满意的答案……一切都真相大白之后，我才会考虑接受你们的道歉……"

梁市长点点头，"哈尔森先生，你放心，我一定安排他们调查清楚，一定给你一个圆满答复……"

市局局长和分局局长也过来，想伸手和哈尔森握手，哈尔森一看他和区分局局长都穿着警服，摆摆手："不，不，我不和你们握手……"

二位局长一时面红耳赤，尴尬地站在梁市长旁边笑着。

哈尔森的话很直白，说得梁市长脸上都挂不住了。梁市长年富力强，雄心勃勃，是一个有远大政治抱负的人，他决不想因为这件莫名其妙的事情影响自己的政治前途，所以，他准备安抚好哈尔森，把这事压下去。

于是，梁市长不仅又安慰了哈尔森几句，同时还要考虑给予补偿。

梁市长直接回办公室，他又指示市局局长："你也去参加调查，结果你亲自给我汇报，要快……"

然后，梁市长回了办公室，处理政务。

晚饭时分，梁市长接到秘书的电话，已经安排专车把王炎和哈尔森送回家了。

"王炎怎么样了？"梁市长问道。

"还好，主要是造成了精神伤害，一个女孩子，哪里受得了这种惊吓？"秘书愤愤地说。

"混蛋！"梁市长愤怒地说道，"你转告市局局长，就说我说的，这两个警察，包括那个治安科长，要立案从重处理……"

秘书答应着挂了电话。

放下电话，梁市长继续处理政务，忙完后，站在窗台，看着外面，正琢磨着要不要把那分局局长撸了，市局局长就打电话过来，汇报突击审讯的情况。

梁市长眉头紧锁，认真地听着局长的汇报……

听着，梁市长眉头突然舒展，眼前猛地一亮！

第十三章 惊魂未定

　　梁市长的心中突然感到了几分轻松，这个分局局长，给他创造了这么一个绝杀的机会！

　　梁市长听着市局局长在电话那端继续汇报着案情，心思已经不在这上面了，他的大脑飞速运转着，一阵喜悦涌进心头……

　　但是很快，梁市长就冷静下来，打断市局局长的絮絮叨叨："他们已经触犯了法律，移交检察院吧，这不是你们的职责范围了，你马上安排人，把调查的书面结果给我送过来……我在办公室……"

　　"行，我马上给您送过去！"

　　"记住，这事注意保密，移交检察院的部分，就事论事，只当做一个普通的案件来处理，至于他们交代的背后人物，先不要牵扯进去。这事除了我，不要和别的人说，这牵扯到市领导的威信和市政府的威望，我要安排专人核实验证，不能他们说什么我们就信什么……"梁市长拿出一副维护当事人利益的口吻说。

　　他当然不想让局长知道自己的算盘。作为一个市长，市政府的头，他是要讲团结讲大局的，是要维护各位副市长的名声和信誉的。

　　打完电话，梁市长叫来秘书："你安排好车，和哈尔森先生联系一下，就说我一会儿要专门去他家去看望王炎，同时，要咨询一些事情。"

　　秘书刚问清哈尔森的家庭地址，局长就安排人送来一个密封好的大信封。

　　梁市长接过大信封，先没有看，放进文件柜里，对秘书说："走，去哈尔森家。"

　　"可是，梁市长，您还没有吃晚饭。"秘书迟疑了一下。

　　"不吃了，回头再吃！"梁市长对秘书说，"你给我好好用脑子记，不要掏纸和笔……还有，先走超市，买点礼物带过去……"

秘书答应着，借口拿包，随即回办公室带上一支录音笔，他怕自己的脑子记不全，到时挨批。

然后，梁市长出了办公室。没走几步，正好遇见潘唔能也关门向外走。

"梁市长忙完了？吃饭去？"潘唔能见了梁市长，脸上笑得很灿烂，就像这六月的天。

"呵呵……唔能啊，你也才忙完？"梁市长笑呵呵地，"我这有个朋友从外地来了，我得去陪他吃饭去……"

"明天有个全市的旅游招商见面会，我刚刚又把注意事项和各个环节顺了一遍，"潘唔能和梁市长边向外走边说，"咱们市今年旅游形势很火爆，各项指标都高于去年同期……"

"都是你老兄领导有方，分管得好啊，"梁市长亲热地拍拍潘唔能的肩膀，"这旅游工作是一个很有前途的春天行业，咱们市的旅游资源很丰富，山水资源很多，我看这下一步开发的潜力还很大，这可就要看你的了……"

得到一把手的赞扬，潘唔能心里很受用："这哪里是我分管得好，还不是梁市长一把手领导得好，高瞻远瞩、高屋建瓴，对我分管的这块工作关心得好，这下一步的旅游开发工作，还得梁市长给予更多的领导支持……"

"没问题，下周我去旅游局调研，你安排下具体时间，调研的主题是全市旅行社发展的现状和存在的问题，以及解决的办法，"梁市长说，"加强旅行社队伍建设是我市发展旅游的一个瓶颈，一个重要的突破口，要以点带面，抓典型，树标兵，这项工作一定要走在景区建设的前头，不然，你开发出了景区，卖不出去，还不是白搭……"

"对，对，梁市长指示得对，我们也是一直在按照这个方针在做，下一步我看看采取一些措施，进一步落实你的指示……"潘唔能忙说。

"我记得那个龙发旅游公司开发的漂流景区是做得很不错的，生意很火爆，要积极引导他们做好下一步整个龙潭景区的开发工作，咱们政府部门的职责是引导、服务，最基本的职能就是服务，龙潭景区是咱们东兴市最大的旅游招商引资项目，一定要做成一面旗帜……"梁市长脸上的表情看不出任何异样，像以往一样的沉稳平和，"还有，旅行社，除了几家国营旅行社，要大力扶持发展民营旅行社，我记得有个叫什么假日旅游的，做得相当火爆，除了做传统线路，还自主开发了一个瑶蒙山红色旅游线，火爆得很啊。我在报纸和电视上都看过报道，这可是旅行社当中的一个标兵，一个典型啊！对这个典型，要积极维护、培养、爱护、引导，要在全市树立起这个典型，要推到省里去……"

潘唔能脸上的肌肉抽搐了一下，他没想到梁市长通过新闻媒介已经了解了假日旅游，忙说："嗯……啊……这个，是的，是的，要树典型，我早就已经安排旅游局把材料整好了，正有这个打算……"

"听说这个假日旅游的老板是个女同志，不简单啊，一个女人能做到这个程度……"梁市长看了潘唔能一眼，"唔能，我建议，你们旅游行业再选行业标兵，再推三八红旗手，我看，可以考虑这个女同志，这个假日旅游的老板，她叫什么名字来……"

潘唔能脸上的表情有些紧张，其实心里更加紧张，他意料不到潘市长会对这个事情如此关注，他不禁后悔自己下班不该和梁市长一起下楼，招来这么多话。

"哦……叫……叫……哎呀，你看我这记性，我一时也想不起来了，要不，我这就打电话给旅游局，问问……"潘唔能边说边摸电话。

"对了，我想起来了，叫陈瑶，对，陈瑶，大瑶山的瑶……"梁市长兴致勃勃，看着潘唔能微笑着，"唔能，你看，我的记性咋样，比你的强吧……"

"那是，那是，领导的记性当然比我的强了……"潘唔能笑着，"对，是叫陈瑶，这个女同志很能干，很能干……"

说话间，到了楼下，梁市长的小车已经在楼门口等候，秘书正站在车旁拉开车后门。

梁市长和潘唔能点点头："好了，唔能，那下周的事情你具体落实好了，我听从你安排……"

"好，好，我抓紧落实梁市长指示……"潘唔能频频点头，额头出了一层细汗。

上车前，梁市长又意味深长地看了一眼潘唔能，嘴角露出不易察觉的笑容。

傍晚时分，王炎醒了过来，看到守护在身旁的哈尔森，眼泪哗哗地流出来，脸上仿佛是受伤的孩子找到父母的表情，趴在哈尔森怀里哇哇哭了好大一会儿。

王炎终于哭完，感觉精神好多了，虽然下午的经历让她感觉仿佛是一场噩梦，但是，此刻，有自己爱的人在身边，心里有了极大的安慰。

刚才回家的路上，王炎第一件事就是让哈尔森抓紧给丫丫打电话，嘱咐她最近不要回来。

丫丫问为什么，哈尔森没说，让她不要多问，记住最近不要回来就好了。

丫丫又问出了什么事情，哈尔森看看王炎，王炎摆摆手，哈尔森就对丫丫说：

"没出什么事情，你就记住，最近先不要回来，最近东兴的天气不大好，等什么时候好了，我会通知你回来的……"

打完电话，也就到家了。

哈尔森搀扶王炎进了家门，张妈妈看了王炎的情形大吃一惊，忙问何故，哈尔森简单说了一下，张妈妈气得浑身发抖，又疼得心里难受，忙将王炎扶到沙发上，去厨房给王炎弄吃的。

在家里，王炎感觉安全多了，眼神里逐渐充满了安然和平和，大脑又感到一阵高度的疲劳，躺在沙发上昏昏睡了过去。

哈尔森坐在沙发上，将王炎的头放在自己怀里，让王炎睡得更安稳一些。

张妈妈做好饭，出来问哈尔森要不要现在吃饭，哈尔森轻轻"嘘"了一声，指指怀里的王炎，示意让王炎睡醒了再吃。

王炎沉沉睡去，大脑皮层却一直在活跃着，梦见张伟正在被坏人追赶，在拼命往前跑，满脸是血……

"哥——快跑——"王炎猛地抽搐了一下，失声大喊，猛然醒了过来，满头大汗，眼神惊恐地看着天花板。

"亲爱的——别害怕，我在你身边，"哈尔森擦着王炎额头的汗，边轻声安慰王炎，"乖，宝贝，别害怕，这是在咱们家里……你哥很安全，没事的……"

王炎一会儿回过神来，知道刚才是在做梦，心里安稳了一些，将脸埋到哈尔森怀里："这个世界，怎么有那么坏的人，怎么有那么多的坏人……这个社会，好人难做，好人难生存，好人就得受欺负……这到底是为什么？为什么……"

哈尔森抚慰着王炎的肩膀和头发："亲爱的，没什么，哪里都有坏人，自古以来就有坏人，但是，坏人总是要受惩罚的，坏人的日子是长不了的，作恶多端的人总是要有报应的……我们一定会看到坏人受到报应的……欺负你，欺负我们的坏人是一定要受到惩罚的……"

王炎稍微平静了一会儿，在哈尔森怀里又哭了一场。哭完，心里的抑郁减轻了一些。

然后，王炎坐起身，理了理头发，神色平静了很多，说话的语气也变得正常了："你今天不是接待客户的吗，你那个老朋友克林斯……"

"哎哟——我忘记了，克林斯下午要和我签合作协议的……"哈尔森一拍脑袋，"我还答应今晚请克林斯来咱们家吃晚饭的……"

"那你还不抓紧给他打电话联系……"王炎对哈尔森说。

"算了，协议我待会儿和他电话说一下，明天传真吧……"哈尔森说，"吃饭的事，算了，你现在这个样子……"

"人家大老远从德国来一趟，答应了的事情就一定要兑现，我没事了……"王炎对哈尔森说，"婆婆已经做好菜了，也不在乎多一双筷子，去，给克林斯打电话去吧，时候不早了……"

"对了，梁市长还说要过来看一看的……"哈尔森说。

"当官的忙，事情多，谁知道他什么时候过来……"

说完，王炎起身去换衣服，刚弄完，门口传来敲门声。

哈尔森以为是克林斯来了，忙跑过去开门，边用德语说道："克林斯，你这家伙，一听吃中国餐，腿跑得很快哦……"

打开门，哈尔森一愣，不是克林斯，是梁市长，还有秘书，提着一大包礼品。

哈尔森忙将梁市长让进来，请梁市长和秘书在客厅坐下，又把王炎叫过来和梁市长见面。

梁市长见了王炎，突然站起来认真地弯腰，给王炎和哈尔森鞠了一躬。

"这——"王炎一下子愣了，这么大的领导，给小老百姓鞠躬，如何承受得起，忙说："梁市长，您这是——"

"我代表市政府，再次给二位赔礼道歉，对于今天发生的事情，我表示极大的遗憾和自责，"梁市长表情严肃，眼神凝重，紧紧握着王炎的手，"在我的管辖区域内，光天化日之下，竟然出现这种事情，我心里非常沉痛，我对王小姐受到的伤害，表示最大的歉意，并向哈尔森先生表示深深的遗憾……"

梁市长一番诚恳的话，让哈尔森和王炎深受感动，忙请梁市长和秘书再次坐下，张妈妈给泡了茶。

"梁市长对今天发生的事情非常愤慨，非常重视，专门安排人处理这个事情，并通知了相关部门，追究相关人员的法律责任……"秘书边喝茶边对哈尔森和王炎说。

"梁市长，对不起，我下午对局长们说的话过重了，我太气愤了，也有些冲动，"哈尔森揽着王炎的肩膀，坐在对面的沙发上，"但是，他们的人对我的未婚妻太过分了，他们必须为他们的作为付出代价……"

"哈尔森先生，你说得对，你下午批评得对，他们该挨批评，"梁市长对哈尔森说，"不仅仅是他们的责任，我作为市长，我也有责任，我也要检讨……"

"我不想听这么多道歉了，市长先生，"哈尔森摆摆手，"我想知道，幕后凶手到底是谁？你们准备怎么处理？"

"请哈尔森先生和王小姐放心，凶手一定会得到严惩，按照我国的法律进行严惩，"梁市长微笑着，"同时，为了确保两位今后的彻底安全，消除今后的隐患，我们不仅仅要严惩那几个警察，我们还要找出这个案件的根源和来龙去脉，揪出幕后的指使人……我们今天下午已经初步审问出了结果，为了得到进一步验证，我今天来除了看望王小姐，还想就一些问题进行征询……"

"炎——你说吧！"哈尔森拍拍王炎的肩膀。

"这——"王炎有些迟疑，她不敢确定梁市长话里的含义，不敢确保如果自己说出事情的全部真相，梁市长会不会相信，会不会真的出手。

"王小姐，请你放心大胆说，"梁市长用鼓励的目光看着王炎，"我可以给你保证三点，第一，今天我们的谈话内容，除了我们四个，不会有第五个人知道；第二，今后，绝对不会有人再敢对你们进行骚扰和威胁；第三，这个事情，不管牵扯到东兴的任何人，只要是东兴的人，不管多大的官，不管多大的势力，我都会为你们做主！"

王炎心中一动，将信将疑地看着梁市长："真的?"

梁市长笑了，秘书也笑了，秘书悄悄将录音笔打开……

"君子一言，快马一鞭，"梁市长收起笑容，语气认真而严肃，"我以我的人格担保，我保证我说的话一定会兑现。"

"你能向上帝发誓吗? 市长先生。"哈尔森显然对上帝的信任度更高一些。

梁市长又笑了："哈尔森先生，我是一名中国共产党员，我们的上帝就是马克思，也是你们德国人，我可以向马克思发誓……"

"好吧，我说——"王炎对陈瑶和张伟的遭遇了解得最清楚，陈瑶曾经详细和她说过，于是她终于下了决心，"他们今天抓我，不是因为我做错了什么事情，是因为他们要找我哥哥，要抓我哥哥……"

"他们为什么要抓你哥哥?"

"因为我哥哥和当地的黑社会势力发生纠纷，当地的黑社会势力打砸我哥哥女朋友的店……"

"你哥哥的女朋友开的什么店? 叫什么名字?"

"假日旅行社，陈瑶。"

"假日旅游，陈瑶?"梁市长脸上的表情很关注。

"是的，假日旅游，陈瑶。"王炎重复了一遍。

"为什么要砸店?"

"因为得罪了大人物的老婆，那大人物的老婆怀疑陈瑶勾引她老公，指使黑社会报复……其实，陈瑶根本没有那么做，相反，是那大人物一直在纠缠陈瑶，强迫陈瑶就范，使用了各种卑鄙的手段。他想先把我哥哥干掉，就利用黑社会发出了追杀令，利用警察搜捕……根本目的就是想霸占陈瑶……"王炎一口气说出来，"陈瑶的假日旅游被迫转让，陈瑶和我哥哥被迫出走，离开了东兴，他们还不罢休，现在还想跨地区捉拿我哥哥，以便抓到陈瑶，实现他的卑鄙目的……他们找不到我哥哥的下落，就跑来抓我，想让我说出我哥哥的下落……"

梁市长的神色严峻起来："竟然有这样的事情……假日旅游转让了？陈瑶不在东兴做了？"

"是啊，他们利用职权，抓住假日旅游没有及时更换经营许可证的把柄，想强迫陈瑶就范，做那个大人物的情妇，陈瑶坚决不从，公司无法经营，只能被迫转让给了龙发旅游的郑总……由于黑社会的追杀，陈瑶也不能再在东兴待下去，只得远走他乡……"王炎悲愤地说道。

"啪——"梁市长一巴掌拍在茶几桌面上，脸色激动，"欺压民女，为非作歹，勾结黑道，无法无天，败坏风气，败类！败类！在东兴，竟然会发生这样的事情，竟然会有人敢如此大胆……这个大人物是谁？"

"他——他是——"王炎还是有些迟疑。

梁市长心里已经基本明白，用坚毅地目光看着王炎："王小姐，相信我，说吧，大胆说出来，没关系……"

"潘唔能！潘市长，潘副市长——"王炎终于狠狠地说了出来，"他是个玩弄女性的大流氓，除了玩弄女人，他——他还吸毒、赌博、受贿、涉黑……"

梁市长的心快速跳动，从王炎口里说出的事情，超出他的意料，刚才市局局长也不过仅仅告诉自己说这案件的背后指使人是潘唔能，可现在王炎说出的东西，太让人兴奋了，如果顺藤摸瓜，那潘唔能就彻底完了。

梁市长心里很冲动，很久以来一直盘算的事情，很可能就要因为这个小小的案件打开突破口。

梁市长的眼神发光，看着王炎："王小姐，你说得很好，你放心，不管涉及到谁，就像我刚才给你保证的，我们都会坚决依法办事，我们是社会主义法治社会，我们绝不姑息纵容一个坏人，甭管他有多么高的职位，多么大的势力，多么强硬的后台……对于这些，你能不能具体谈一下，便于我们掌握确凿的证据……"

"他玩弄女人的事情，知道的人很多，地球人都知道……他吸毒的事情，你们给他做尿检，一下子就能查出来……涉黑的事情，他小舅子王军和黑社会头目四秃子之间关系非常密切，"王炎说，"赌博和受贿的事情，我也是听说的，没见过，但绝对会有的……"

"哦……"梁市长看着王炎。

"但是，我知道有两个人，知道得更清楚，他们最了解情况。"

"哪两个人？"

"龙发旅游的老板郑一凡和于琴两口子，他们最了解潘唔能吸毒、赌博、受贿的事情……"

梁市长心中一动，郑一凡，看来这个家伙还是个重要的突破口。

梁市长有点后悔没带纸笔，但是又担心王炎和哈尔森顾忌，心里很担心这么多内容秘书会记不住。他看了看秘书，秘书会意地微微点头，手随意摸了下手里的公文包。

梁市长明白了，心里放了心，赞叹秘书会办事。

"王小姐，你继续说。"梁市长表情很严肃，很认真。

王炎恨在心头，话匣子一打开，干脆豁出去了，把她平时从张伟和陈瑶那里听到的所有关于潘唔能的事情像倒竹筒子一样，哗哗全倒了出来。

王炎是想到哪里说哪里，没有次序和条理，足足说了半个多小时没停下。

梁市长凝神听着，心中大为敞亮，王炎的话里虽然显得有些杂乱，但他还是听出了这其中有很多重要的线索和证据，有这些，再进行一些秘密调查，扳倒潘唔能小菜一碟。

梁市长从心里感谢王炎，这真是天赐良机啊。

王炎说累了，也基本说完了，端起水杯喝水。

"说完了？王小姐。"梁市长微笑着看着王炎。

"嗯……我现在能想到的也就是这么多了，"王炎看了看哈尔森，"反正我是豁出去了，我不怕，大不了我跟他去德国，不在国内待了……"

"王小姐，你放心，没有任何人敢对你怎么样，你在国内绝对是安全的，我可以保证，言者无罪，你能如实向我说出这些事情，足见对我的信任，我很感谢你……"梁市长诚恳地说，"我们的队伍里确实存在着不正之风和败类人物，我会认真对待你的反映，会借这次事情的由头，认真开展一次内部的整顿，对于作恶多端的不法分子，我们党和政府一贯的政策是绝不姑息纵容，绝不姑息养奸，绝不任其自流。我们在调查清楚之后，一定会给你，给你的哥哥，给你哥哥的女朋友陈瑶一个圆满的答复……今后，你还有什么新的线索，随时都可以给我打电话，如果再有什么事情发生，也可随时找我……"

王炎听了很欣慰："梁市长，我哥和我嫂子，特别是我嫂子，被他们整得太惨了，潘唔能横行跋扈，旅游局助纣为虐，黑社会狗仗人势，某些警察黑白通吃……感谢您能为我们做主……"

"我是东兴的父母官，这些事情的出现，我有不可推卸的责任……"梁市长自责地说道。

正说着，克林斯到了。

哈尔森忙给大家介绍："我的朋友克林斯先生。"

梁市长和秘书忙站起来和克林斯握手："欢迎克林斯先生。"

梁市长和秘书都是铁杆球迷，两人和克林斯握完手，秘书看着克林斯，对梁市长悄悄说了句："梁市长，这克林斯长得真像前德国国家队那"金色轰炸机"克林斯啊，名字都一样……"

梁市长端详着克林斯，突然说了句："你是不是踢足球的那个克林斯？"

克林斯听不懂汉语，看着哈尔森和王炎。

王炎忙过去担任翻译。

克林斯听了，微微一笑："市长先生，您看像吗？"

梁市长又看看克林斯的身材，和秘书对了对眼神，对克林斯说："我看像，很像，对，对！你就是那"金色轰炸机"，你就是克林斯！"

梁市长突然兴奋起来。

克林斯听王炎翻译完，笑了，点点头："我很荣幸，市长先生，在这个遥远的国度里，竟然能被您认出来……是的，我就是克林斯，踢足球的那个克林斯……"

"哈哈——我们市长可是你的忠实粉丝啊，太棒了！"秘书很兴奋，"马特乌斯、沃勒尔、克林斯，德国队三大主力……哇塞，真是想不到，能在这里见到……这——这太神奇了……马特乌斯和沃勒尔还好吧，都在忙什么？"

克林斯听了，点点头："还好，沃勒尔还是那般冲动的脾气，当年和里杰卡尔德口水大战的性格没改多少，最近开了一家中餐馆，我们没事常去蹭顿饭吃……马特乌斯嘛，在家看孩子，洗尿布，她老婆又给他生了对龙凤胎，正幸福地做爸爸……"

梁市长竟然也像年轻人那般冲动起来，对哈尔森说："快，给我们照个像，合影留念，可以吗？克林斯先生？"

"当然可以，我很高兴能和你这位中国的市长合影留念！"克林斯比划着双手。

于是，哈尔森找出相机，大家高兴地合影留念。

然后，梁市长和秘书谢绝了王炎就餐的挽留，和秘书一起告辞出来。

临走前，秘书还不忘让克林斯在自己的衣服上签字留念。

临走前，梁市长把自己的电话留给了王炎："王小姐，祝你早日恢复健康，我的电话随时为你开机，有什么事情，你和哈尔森先生随时都可以找我……"

王炎和哈尔森再次表示感谢。

从王炎家出来，梁市长对秘书说："都录下来了吗？"

"是！"

"不错，很好，你回去马上整理出来，给我，"梁市长说，"然后，今晚小王谈的事情，你综合一下，弄一个情况反映，以群众来信的形式，我亲自给你修改，改完后，你找一个别人的名字，寄给省纪委……下一步，听我安排……"

"是，我今晚回去马上就弄……"秘书很利索地答应着。

梁市长接着摸起电话，打给市局局长："前段时间发生了一起黑社会打砸假日旅行社的治安事件，你马上安排人员调查清楚，把结果直接报给我，你亲自安排人去调查……"

"是，我马上安排。"

打完电话，梁市长拍拍秘书的肩膀："饿了吧，走，上车，我们吃饭去，我请你吃大排档……"

第十四章　欲擒故纵

梁市长走后，克林斯和王炎、哈尔森详细商讨了合作协议的事情，最终达成一致。

克林斯看着王炎："美丽的东方姑娘，漂亮的王董事长，我今天来可不是专门谈生意的，我是带着肚子来的……"

王炎在面部施了一些脂粉，面部的伤痕被遮住了，虽然面容有些憔悴，但仍然很动人，克林斯不由得猛烈夸赞王炎的美丽，毫不掩饰对哈尔森的妒忌和羡慕。

王炎笑了，邀请克林斯去餐厅吃饭，那边张妈妈已经备齐了菜肴和美酒。

席间，王炎看着克林斯，举起酒杯："克林斯先生，我哥哥也是一个超级球迷，如果他能见到你，那一定会非常非常激动……"

"你哥哥？"

"就是我给你说的那传奇爱情故事的男主角，也是我未婚妻的前男朋友，我未婚妻一直叫他哥哥，他们的感情很深，就像亲兄妹一样……"哈尔森对克林斯说。

"哦……好，好，很好，我也很希望能见到你哥哥……见到传说中的英俊男孩和漂亮女孩……我很想让他们的爱情故事伴随我的商品流传到全世界，让这个来自东方的童话般的美丽而凄美的爱情故事走进所有人的心中……"克林斯高兴地说。

王炎举杯："让我们祝福所有美好的爱情，祝福所有善良的人都有美好的爱情……"

克林斯："来，干杯，也同样祝福你们，我的兄弟姊妹……"

哈尔森："共祝愿，希望你也能娶一个东方姑娘……"

克林斯皱皱眉头："可惜，晚了，我在本土已经解决了……而且，我还很幸福……"

哈尔森故作遗憾状："我真同情你，你没福气，唉……你看我，多幸福！这才叫幸福呢!"

克林斯:"兄弟,别幸灾乐祸,我能看到你们幸福,我就很幸福,上帝说过,能为别人的幸福而幸福的人,一定会升入天堂,能看到你们的幸福,我还是很有福气的……"

"克林斯说得对,来,祝福你和你的妻子!"王炎说。

"干杯!"大家一起碰杯。

潘唔能坐在办公室柔软高大的老板椅里,身体随着两腿的晃动在椅子里轻轻转悠,胳膊搭在椅子扶手上,两手轻轻敲着扶手,一会儿,身体猛地一用力,真皮转椅转了一个 180 度,椅背对着门口。

潘唔能看着窗外阴霾的天气,这该死的六月,天天阴雨连绵,不见风丝儿,不见阳光,空气阴沉沉的,压得人心里堵得慌。

潘唔能仰起脖子,用力使劲喘了口气,仿佛要把昨夜吸进来的白色烟雾都吐出来。

潘唔能看起来一副很悠然自得的样子,其实他的心里充满烦恼,他不知道自己为什么有这么多烦恼,功成名就,意满志得,多好的中年男人啊,多么让人羡慕的人生啊,要权力有权力,要金钱有金钱,要女人有女人……潘唔能确信,即使古代的皇帝过得也不一定比自己舒服。既如此,为什么要有这么多烦恼呢?

潘唔能寻思了半天,终于确信,他的烦恼来自于治安大队这三个不争气的警察,无能,废物!让他们去找丫丫,找张伟的妹妹,竟然把一个老外的女人给抓来了,还给人家用了酷刑,招来了梁市长的关注。

这洋人是能惹的吗?弄不好就是一个外交事件,弄不好就得上升到国家高度,弄不好就得捅到北京去。如果真的造成了重大影响,牵扯出自己,那自己就真的完了,得罪谁也不能得罪洋人啊!

从自己目前得到的情报看,这事似乎还稍微有一点转机,梁市长得报及时赶到制止,没有让事态进一步扩大。这三个警察也就只有自认倒霉了,到看守所先待着去吧。

不过,得到梁市长插手这事的情报时,潘唔能除了庆幸之外,还有隐隐的担心,他怕梁市长知道自己是背后主谋,从而牵出这一连串的事情。

他希望公安局能把这事就事论事,作为一个普通的警察职务犯罪案件进行处理。另外,他觉得这治安科长是自己的表弟,无论如何也不会供出自己是背后主使的,那两个警察什么都不知道，更不会说什么。

为了确保万无一失，潘唔能觉得自己有必要救出自己的表弟，让那两个警察做替死鬼好了。

但是，现在的关键是，自己不知道这三个人被弄到哪里去了，打听不到，找公安局长问这事吧，又怕露馅，再说了，这公安局长眼里只有书记和市长，哪里会有他这分管旅游的副市长呢？

实在不行，就只有委屈老表了，等出来后再补偿吧。潘唔能觉得这事对自己的表弟也影响不到哪里去，顶多挨个纪律处分。

潘唔能还确信，到目前为止，没有任何人知道自己和这事有关，他派人打听到的零碎消息也是这样反馈的，说梁市长指示了，不要扩大化，就案办案，快速结案。

联想到梁市长这几天见了自己的态度，一如往常一样的热乎和近乎，仍然亲昵地称呼自己为"唔能"，潘唔能也放心不少。他分析来分析去，最后的结论是，梁市长从全市发展的大局出发，从维护全市大好发展形势出发，维护东兴市的整体形象出发，不会把事情扩大化，这事很快就会大事化小小事化了了，安抚好那老外，然后就慢慢平息了。

这样想了半天，潘唔能又从心里埋怨起老郑来。提供的什么情报，这张伟到底几个妹妹，怎么除了丫丫，还有一个王炎？而且这王炎竟然还有一个老外男人做靠山！如此一来，这张伟岂不是也有海外关系了？张伟姓张，王炎姓王，这二人又怎么成了兄妹关系呢？据刚得到的情况，那个丫丫也不姓张，而是姓刘，这又是怎么回事？一家人三个姓？

潘唔能想来想去，觉得老郑提供的情报大大不准，老郑在糊弄自己，自己一心一意对待老郑，那假日旅游的许可证早就给签批了，老郑却对自己耍花招。

潘唔能觉得自己一颗真诚而炽热的心受到了愚弄，被老郑这个狡猾的商人狠狠伤了自尊和威信。

潘唔能的心里甚至涌出几分伤感，这年头，做领导容易吗？操心出力还不讨好。

潘唔能正在默默注视着窗外雾气蒙蒙的天气，突然听到有人敲门。

"进来！"潘唔能转过身，一看，来的是老郑，真是想谁谁到。

"潘市长，不忙啊！"老郑边热情地打招呼边随手关上办公室的门。

老郑这两天的日子不好过，于琴在得知老郑告诉潘唔能张伟妹妹的事之后，将老郑痛骂了一顿："操你妈，郑一凡，你这是自己给自己树仇家，你恐怕得罪不到张伟，是不是？我告诉你，张伟总有一天得杀回来，如果他知道你出卖了他妹妹，如果他妹妹有什么不测，他非得杀了你，到时候，你连高强的下场都不如……张伟的妹妹要是真被潘唔能给糟蹋了，我第一个就揭发你，我立马就休了你，你等死吧，……"

于琴一顿话说得老郑心里惴惴不安。

接着，就发生了王炎的事情。老郑是昨晚从于琴那里知道王炎的事情的。

昨晚，于琴一回来就冲老郑开骂："狗日的，你作死去吧，潘唔能安排的人没抓到丫丫妹妹，却抓到了王炎妹妹……行了，你等死吧，张伟回来，打听到是你提供的线报，第一个就先拿你开刀……"

"你他妈少胡扯，他现在自己自身都难保，四秃子他们还在追杀他，哪里还敢回来，哪里还敢在东兴露面？何况，警察也在找他……都在找他，他再有能耐也不敢露面……"老郑自己给自己壮胆，"我只是告诉老潘说张伟的妹妹叫丫丫，他们现在抓的是王炎，和我何干……对了，后来怎么样了？"

"后来？"于琴斜眼看了下老郑，"人家王炎的老公是个老外，和梁市长有交情，而且这交情还不浅，梁市长亲自带着两级公安局长去治安大队救人，救出了王炎，把那几个警察连同那治安科长一起抓了起来，听说要移交检察院……然后，梁市长还亲自带着公安局长去医院给人家赔礼道歉……这么隆重，想不到吧？"

"啊……原来是这样，"老郑一听傻眼了，"张伟竟然还有个妹夫是老外，他竟然还有海外关系，这以前可从来没听说过啊……那，这几个警察被抓了，会不会牵扯出老潘呢，要是牵出老潘，可就坏了，老潘一定会出卖我，说出是我提供的情报，那到时候梁市长和那老外一定会找我算账……"

老郑心里真的有些害怕起来，潘市长惹不得，老外和梁市长更惹不得。

"怎么？害怕了？"于琴有些幸灾乐祸，"既然你敢做，就得敢当啊，咋了？说你不是个男人，你还不服，看看你这胆子，你有人家张伟那胆量吗？我他妈幸亏没和你一起遇到流氓，真遇到了，你一定跑得比我还快……"

老郑没有心思再和于琴拌嘴，忧心忡忡地一夜没睡好，第二天一起床就直接奔了潘唔能办公室。

"你个蠢货，你提供的什么情况，"潘唔能一见老郑就气不打一处来，"你是不是想要我？我真心实意给你办事，你竟然给我来这一套……"

"您千万别误会，"老郑急忙解释，"我也不知道这张伟竟然在东兴有两个妹妹，而且这个还是外宾夫人，我以前可从没有听说过，再说，也算巧了，他们正好找到了王炎，没有找到丫丫……我再去给你打听丫丫的下落……"

"住嘴，你还嫌事情闹得不够大啊，丫丫的事情先放下，别在我面前再提丫丫，"老潘烦躁地挥挥手，"能擦净这次的屁股，我就谢天谢地了，你还是少给我出那些馊主意，弄那些骚事……"

　　"那——这次的事情没有牵扯到您吧?"老郑压低了嗓门，悄悄地问潘唔能。

　　"废话，这事怎么会牵扯到我? 人家是公安机关正常办案，找当事人的亲属询问当事人下落，与我何干?"潘唔能一本正经，"这是梁市长亲自抓的一起涉外案件，此事和我没有任何瓜葛，你明白不明白?"

　　老郑一下子明白过来："对，是，和您没有任何关系。"

　　潘唔能换了一个口吻："梁市长亲自督办的案件，是一定会办得很透明、透彻的……梁市长对我们旅游工作，是很关心关注重视的，这几天，一直和我在探讨全市旅游发展的大计，马上就要到旅游局去调研……我这几天也很忙的，要陪同梁市长下去调研……"

　　老郑一听放心了，梁市长对老潘还是很信任的，那就说明这事没有牵扯到老潘，牵扯不到老潘，自己自然也就是安全的。

　　"梁市长对旅游工作的重视，其实还是出于对您的信任……"老郑不失时机拍了一下。

　　"那是，"潘唔能点点头，自信地说，"梁市长不但和我在工作上是上下级，好同事，在工作之外还是哥们呢，昨天梁市长还私下亲热地叫我老兄，唔能老兄……喷喷，你听听，多亲热，我听了心里感觉热乎乎的……别看他官比我大，论年龄，还比我小两岁……"

　　老郑听了心里更踏实了，他其实心里明白，梁市长并不喜欢潘唔能，不信任潘唔能，刚才说的这不过是潘唔能自我感觉良好罢了。但是，这起码能说明一点，老潘没有被这事牵进去，能证明这一点就足够了。

　　老郑达到了目的，于是辞别老潘，起身匆匆离去。

　　刚下楼梯，正好在楼道走廊楼梯转弯处里遇到正在上楼的梁市长。眼看无法躲避，老郑硬着头皮和梁市长打招呼："梁市长，您好!"

　　梁市长看见老郑："好，郑总好，好久不见了。"

　　梁市长边说边用审视的眼神看着老郑。

　　"是啊，好久不见了，梁市长有空到我们公司去指导检查工作。"

　　"怎么? 今天来有事情? 办完了?"

　　"哦……是啊，我去找潘市长办了点事情，办完了……"老郑说话的语气有些局促。

　　"嗯……你去唔能那里了……"梁市长慢条斯理地说道，"听唔能说，你们公司最近发展得不错，规模和效益都很好啊……"

　　"哪里？一般一般，还凑合吧，都是领导们关照得好，"老郑忙说，"没有市领导的大力支持帮助，哪里会有我们的今天啊……"

　　"听说你最近又接手了一家旅行社，咱们东兴最好的一家民营旅行社，叫什么假日旅游的，你接手了？"梁市长装作刚知道的样子问老郑。

　　"哦……是啊，梁市长消息真灵通啊，我这刚办理完交接手续，假日旅游之前是很好的，很红火。但是，今年以来，因为资金短缺和自身经营不善，濒临倒闭，老板想关掉公司，我考虑到那么多职工的饭碗，不能让大家下岗啊，现在经济形势这么严峻，怎么着我也得替政府分忧吧，于是我就毅然投入大量资金，注入假日旅游，接管了这批职工和这家公司，现在还没有正式运转，还希望您有时间去指导工作，去莅临检查……"

　　梁市长听老郑说完，没说话，眼睛直直地盯住老郑，足足看了有10秒钟，看得老郑心里有些发慌。

　　然后，梁市长笑了，笑得很宽厚："郑总，好啊，你真的是一个优秀的民营企业家，有经营头脑，精神境界高，能够主动为国家解难，替政府分忧，你真是一个有责任心有良心的企业家，很好，很好……我过两天去旅游局调研，会去你的公司看看的……"

　　"太好了，欢迎，热烈欢迎您去视察……"老郑脸上带着无比荣幸的笑容。

　　"你工作中有什么难处，可以直接向唔能市长汇报，唔能办不了的，我给你办，"梁市长慢条斯理地说，"郑总，我发现你不但是一个精明的企业家，而且还是一个聪明的外交家，你协调各种关系，游刃有余哈……"

　　"梁市长过奖，小郑无能，水平不行，比领导们差远了，还得多向您学习……"

　　"别向我学了，我看哪，你就学唔能市长得了，"梁市长一语双关，"站得正，走得直，从来不做亏心事……"

　　说完这话，梁市长脸上没有了笑容，眼神变得捉摸不定。

　　老郑心里开始打鼓，不安地站在那里。

　　"郑总，我一直很看好你，我对你一直抱有信心，东兴是一个投资兴业的好地方，我希望你能在这里永远扎下根，赚大钱，为东兴当地的经济发展贡献一份力量，同时自己也有丰厚的收益……"梁市长的口气变得有些冷淡，"但是，路是自己走出来的，是走阳关大道还是走独木桥，你自已得掂量好……你是个聪明人，话我就不多说了……"

老郑的心里一下子很慌乱，梁市长话里的意思再明白不过，他有些不知所措，东张西望，好像怕被熟人遇见的样子。

"好了，你回去吧，回去好好想想！"

老郑忙告辞离去。

目送老郑离去，梁市长摇摇头，上楼进了自己办公室。刚坐下，秘书送来一份密封的材料，说是公安局长刚安排专人送来的。

梁市长点头，示意秘书关好门，然后打开信封，仔细阅读那材料。

看完后，梁市长给公安局长打了电话："材料我看了，证据很充分，此事我的想法是继续侦查，不要打草惊蛇，获取更多关于四秃子和王军的证据，特别是他们手里的命案，还有和他们关系密切的政府官员、警察等，包括上层官员，甚至市领导……此事还是你亲自抓，安排市局得力的、政治素质高的人秘密调查，不要惊动区公安分局的人，我不相信下面的基层警察，我怀疑有不少警察和黑道有密切关系……案情进展随时向我汇报，还是单线联系，暂时不要告诉任何人，包括市级其他领导……"

"是，继续侦查！随时向您汇报！"公安局长爽快地回答，虽然他不明白梁市长为什么会对这个普通的案子这么重视，但是他心里很明白，他今后需要跟定的人是梁市长，梁市长才是他今后的坚实靠山。

梁市长虽然是市里的二把手，但是他还年轻，而一把手市委书记的年龄已经到了退居二线的时候了，这就好比梁市长正是正午的太阳，而市委书记已经是日落西山，虽然是夕阳无限美，但已经近黄昏了，没几天干头了，自己以后的前途要从梁市长这里开始，梁市长早晚是市里的一把手。

打完电话，梁市长拉开办公桌的抽屉，拿出一份材料，对秘书说："这材料我看了，我琢磨了下，现在只有小王提供的那些口头资料，这些情况很多比较笼统，缺乏确凿的证据，虽然也有几个是很切实的，但是，为了让材料更加有力，我想，还是再补充一点，省纪委每天接到的举报信很多的，他们是注重证据的，材料越详实，就越有说服力……"

"嗯……您的意思是？"秘书看着梁市长。

"如果你能联系到几个旅游公司的老板，增加一些新的证据，那就更好了……比如，龙发旅游的郑总……或者其他人……当然，这事不能拖，如果一周内实在不能找到新的证据，就把现在这材料寄出去，凭这些，应该也能引起省纪委的重视……"梁市长说。

"好，我明白了！"秘书答应着。

正在这时，有人敲门，秘书忙去开门，一看是潘唔能。

"潘市长，您请进！"秘书毕恭毕敬地请潘唔能进来，然后关门出去了。

"来，唔能兄！"梁市长乐呵呵地说道，"有什么指示？"

"呵呵……梁市长您可真幽默，您是领导，我哪里敢指示您啊，我是来请示您的，"潘唔能说着递过来一个文件，"这是您去旅游局调研的计划安排，请您过目……"

"这种事还用你亲自跑过来啊，安排办公室送过来就行了，你可真是，不嫌麻烦……"梁市长笑看了一眼潘唔能，"坐，老兄！"

听梁市长如此热乎地称呼自己，潘唔能心里很受用，很感动，很安稳。

"行，不错，就按照你安排的办，"梁市长看完，在文件上签上字，递给潘唔能，"老兄你办事，我是放心的……"

潘唔能接过文件，看了一眼："呵呵，关键是您领导的好，没有您这领头羊，我们那里能干出点事情来呢？工作不到之处，还得您多批评……"

潘唔能很有数，虽然梁市长一口一个"老兄"叫着自己，但他是绝对不会也不敢叫梁市长"老弟"的，不仅不会叫，而且还一口一个"您"地称呼梁市长，他很明白梁市长今后是要飞黄腾达的，自己的老靠山虽然还在台上，但眼看已经到了日暮时分，奄奄一息了。

"嗯……说到批评，我还真有个事要批评你，"梁市长笑呵呵地看着潘唔能，"老兄，你手下的一个重要旅游公司发生了变动，你竟然还不知道，我要不是刚才在楼道遇到龙发旅游的郑总，也还不知道……"

"梁市长，你说的是——"

"假日旅游啊，我那天还和你说起的假日旅游啊，原来我还以为这家公司效益一直很好的，刚才碰到郑总才知道因为经营不善，已经接近倒闭的边缘，被龙发旅游给收购了，这事你不知道吧？"梁市长眼神捉摸不定，托着下巴，看着潘唔能。

"哦……"潘唔能作吃惊状，"这事我还真不知道，刚才郑总到我办公室也没提起过啊，这假日旅游的老板我也不熟悉，也没人会告诉我，是什么时候的事情啊？"

"就是最近几天的事情，刚发生的，"梁市长饶有兴趣地看着潘唔能，"你说，老兄，你分管的这一块发生的事情，还没有我知道得快，你说这事你该不该批评？"

"该，该批评，梁市长批评得对，"潘唔能连连点头，"在我眼皮底下的事情我竟然不知道，我深入基层不够，工作作风不够扎实，我向梁市长检讨……"

"呵呵……老兄不必如此，我就是开个玩笑，这年头，公司开业倒闭的多了，不必大惊小怪，只是这假日旅游这么快就完了，很出乎人的意料啊，幸亏龙发旅游接手了……"梁市长晃悠着二郎腿，"这假日旅游的老板经营这么困难，没找你请求帮助过？"

"这个……没有，我对这个老板还真对不上号，只知道是个女同志，很能干，别的没什么接触……呵呵……"潘唔能笑笑，"梁市长，我工作失职啊，调研力度不够……"

"没事，我就是随便提提，没多大的事情……"梁市长轻描淡写地说，"对了，你内弟叫什么来着？我这记性，又想不起来了……"

"王军，您找他有事？"

"是这么回事，我记得他开了一家礼品公司的，是不是？我老婆明天要到宁州去看一个朋友，想买点礼品过去，问我哪里有卖那种特色礼品的，这不，我突然想起你内弟开着一家礼品公司，咱这叫肥水不流外人田啊，哈哈……"梁市长笑着，"你把你内弟的公司地址和电话号码给我，我到时让你弟妹过去……"

"好，好，"潘唔能十分高兴，甚至有一种受宠若惊的感觉，忙写了地址和号码给梁市长，这梁市长这么做，明摆着是看得起自己，和自己套近乎，这么大的官，到哪里买不到礼品啊。

潘唔能脑子里迅速盘算着，得马上给小舅子打电话，明天梁夫人去公司，看中什么给什么，一分钱也不能要。这么好的机会，上哪里去找啊，人家能到咱这里，是给咱面子。

能得到顶头上司的揩油，潘唔能的心情变得很快乐，有时候人就是这么贱，就好比妃子被皇帝临幸了一样。

潘唔能出去后，梁市长悠闲地往椅背上一靠，忍不住从心里发出一阵冷笑，一切都在按照他的计划进行。

第十五章 祸不单行

何英这几天一直和小花住在宁州，住在自己送给张伟的那套房子里，等待律师的运作结果。

高老太太竟然也不简单，毫不畏惧，也找了律师，双方开始对簿公堂。

何英对打胜这场官司志在必得，告诉律师，不惜任何代价，只要求能把孩子要回来，即使多花点钱，多给对方一些补偿，也无所谓。

同时，何英还授权律师一个杀手锏，如果对方答应给孩子，大家和气做朋友，孩子仍然姓高，对方随时都可以探视孩子，如果对方坚决不给孩子，那么，就明确告知对方，第一，孩子坚决要回来，第二，要回来后孩子将改姓何，不再和高家有任何关系，也不再接受高家的探视。

何英其实心里并不是真的想这么做，只是一个策略而已，为了要回南南，她决计不惜任何代价。

律师告诉何英，这官司绝对能赢，没问题，对方找的律师和何英的律师很熟悉，只不过大家各为其主，在公堂之上据理纷争，私下那律师也承认这官司是打不赢的，但是他拿了人家的钱，明知打不赢，也要无礼讲三分，能拖延一天是一天，这也算是职业道德。

听了律师这话，何英心里有底了，看来速胜不行了，得有持久战的准备。

既如此，那小花就没有必要陪自己在这里干耗着，何英上午给小花买了回瑶北的机票，送小花去了机场。

"回去后一切服从陈瑶的安排，协助陈瑶做好公司的工作，"何英和小花分别前说，"陈瑶在和我在一样，我不在，陈瑶就是老大，就是老板，你要带头遵守公司的各项制度，带头服从陈瑶的管理……"

"是!"小花调皮地敬礼,又笑着说,"那陈瑶很可能以后是我孩子的大姑哦……我可不能得罪……"

"小屁孩,还没结婚呢就说这个,不知羞……"何英笑话小花,捏了捏小花的鼻子,"和杨杨好好发展啊,这个小男孩很好的,我觉得很适合你……"

"唉……你什么时候也找个大男孩啊,别老挂念那张伟了,他已经有主了,是陈瑶的了……"小花说,"表姐,别在一棵树上吊死,天下男人多的是,趁年轻,抓紧再找一个吧……"

送别小花,何英开着车在市区内逛游,不知不觉来到了天一广场,看到了熟悉的天主教堂,往前走了一会儿,又看到了熟悉的中天旅游。

正是旺季,中天旅游门口却很冷落,营业厅内也空荡荡的。

何英一阵感慨,走过门前,往里仔细看,却猛然发现门口玻璃上写着四个大字:吉房转让。

怎么了?不干了?何英有些疑惑,停车进去,直奔总经理办公室。

"王总好!"何英推门进去的时候,王总正在办公室内无聊地抽烟,一副闷闷不乐的样子。

见何英进来,王总忙站起来招呼,倒水。

"怎么了?要转让?"何英坐下,问王总。

"唉……是啊,要关门啰,不干了,房子转租……"王总无精打采地说。

"怎么?为什么?经营不好?"何英问。

"是啊,经营不好,我这可真是赔了夫人又折兵……"

"怎么了?说说,"何英说着指指那边的董事办公室,"怎么?董事长换了?"

"换什么啊,离婚了,我现在是董事长兼总经理……"王总悲愤地说:"妈的,我真是引狼入室啊,我招聘了一个营销部经理,时间不长,和那小贱人勾搭上了……然后,那贱人就和我离婚了,分走了我一半家产,和那狗日的男人出去自立门户,开旅行社去了……"

"哦……"何英心里一真感慨,人生就是轮回,上演着一幕幕何其相似的剧目,无休无止……

"两个贱人走了,把骨干和客户基本都带走了,你说我还怎么干?现在是门庭冷落,天天亏损……唉……我打算关掉公司,去旅游局拿出押金,转掉房子,拿钱走人,去海南混去……这告示贴了10多天了,连个问的都没有,唉……人要倒霉啊,什么都不顺……"王总唉声叹气。

何英低头沉思了一会儿，抬起头："王总，公司先别关，给我一天时间，好不好？"

"什么？你要？你要接手中天？"王总瞪着何英，"咱们丑话说在前头，这公司现在可是一穷二白，什么都没有了，就剩个空壳，你要是要，我白送，只要不让我倒贴就行，你只要给我固定资产折旧、剩下的房租和旅游局押金就可以，别的统统白送……"

"我不要，我哪里能有这工夫忙乎啊，我给你找个买主，我有个朋友，很好的朋友，想自己开一家旅行社，我问问他，如果他愿意，我可以做他的全权代理，接手中天……"何英笑笑。

"行，你的朋友就和你一样，我刚才说的条件不变，但是必须现款交易，一把清。"王总来了精神，仿佛在黑夜里看到了光明。

"好，那就这样，说定了，我最迟明天给你回话！"何英站起来，走出总经理办公室，看着熟悉的办公环境，"唉……铁打的营盘流水的兵，物是人非事事休，翻身奴隶当主人哦……"

何英出来上车，摸出手机，给陈瑶打电话。

陈瑶正在瑶北天马旅游何英的办公室里忙乎着振兴天马的宏图大业，按照她的个性，做事情是要么不做，要么就做第一流。之前的天马一直被何英当做一个寄身和养命的工具，一直没有把它做大，现在在陈瑶这里，是不甘心让它默默无闻的。

天马有个好处，就是队伍很完善，人员很团结，管理制度很合理，何英做了这么多年旅行社，弄这个自然不在话下，唯一遗憾的就是开展业务的力度小了点。所以，陈瑶管理起来很得心应手，可以一门心思在拓展新业务上下功夫。

陈瑶的第一把火就烧在做大地接业务上，在浙江6个城市同时煽风点火，每个城市确定一家旅行社，老总都是自己在总经理培训班的同学，将自己在东兴做瑶蒙山红色旅游的整体资料和经验以及做法都传授给了他们，让他们如法炮制。

除了宁州的一位师哥，其他5位师兄妹们都热烈响应，相知恨晚，立马就开始了各项工作的实施和准备，在当地的媒体上开展了大规模的宣传活动，动作快的嘉兴甚至下周二就可以发过来4个团了。

这些都在陈瑶的意料之中，东兴的成功经验是可以在各地推广普及的，因为各地的条件基本都相似，东兴能行，别的地方当然可以，特别随着建党节和建军节的临近，红色旅游方兴未艾，正是好时机。

唯一让陈瑶感到不快的是宁州，这位师哥嫌做旅游不赚钱，正计划要改行做房地产，对陈瑶转发过来的资料和计划迟迟没有行动，陈瑶催了他几次，他终于说让陈瑶另找别家做，他不想做旅游了。

强扭的瓜不甜，人各有志，陈瑶也不想勉为其难，于是作罢。

这会儿，陈瑶正琢磨着在宁州寻找新的合作伙伴，正好何英就来电话了。

"莹莹，公司管理可顺？"何英在电话那端笑嘻嘻地说。

"顺，很顺，基本上我的精力就放在做业务上，别的我不用操心，你之前管理得井井有条，队伍建设不错，有一支高素质的旅游从业队伍哦……"陈瑶说。

"做什么业务啊，你没事就在那里看家玩就是了，做业务太累，就等客户上门得了，反正能挣出吃的来，我让你来接管天马可不是让你来受累的，是让你看门的，"何英对陈瑶说，"我本来就没指望这个天马挣大钱，就放那优哉游哉玩就是，呵呵……累着你，那个小男人还不找我算账啊……"

"呵呵……"陈瑶笑了，"我这人闲不住，太闲了手痒痒，见了业务就想做，就想做大，你放心，我不会给你拼命挣钱的，我就顺手牵羊给你扩大点业务，做做地接就行了……嘻嘻……孩子的事情咋样了？"

"正在进行时，那老妖婆就是不给，我找了律师，她也找了律师……郁闷……看来是要打持久战了，烦人，我自己的儿子我竟然还需要打官司才能抚养……反正我是志在必得，坚决奉陪到底，坚决战胜老妖婆……"

"别这么说，阿英，毕竟这也是南南的奶奶，长辈，"陈瑶笑呵呵地，"官司赢的希望大不大？"

"大，官司必赢，我的律师打了包票，说就是个时间问题，对方的律师私下也透露，自己赢的希望不大，也就是为了赚个钱，才接的这活……我现在坐镇宁州，律师出头，我不和那老妖婆打交道，一看见她那双眼睛，我就心悸……对了，小花今天坐飞机回去了……"

"嗯……好，还有什么事吗？"

"当然有，正事还没说呢，刚才说的都是次要的事……莹莹，我刚才去中天了……中天旅游……"何英边开车边说。

"哦……高强不是不做了吗，转给一个姓王的了？你去那干吗？没事找事啊……"

"我没事经过那里，就进去问了问，那王总我熟悉的，一问可不得了，这王总不是离婚找了个美女老婆做中天的董事长吗，那美女董事长很快又和公司里营销部经理联合，给王总戴了顶绿帽子，然后就是离婚，分割财产，自立门户，将公司里的业务骨干都带走了，现在中天就剩下一空壳了，……"

陈瑶眼前一暗："哦……一幕人间活剧又在上演，总是在重复着昨天的故事，前赴后继，一波又一波……"

"哈哈，莹莹，你是不是又想什么了……"何英哈哈大笑，"我刚一听说的时候，也是想起了我们，还有那小男人张伟……很相似哈……"

陈瑶笑了："何其相似啊，呵呵……那公司现在咋样了？"

"正打算关闭，房屋转让……然后王总人财两空去海南，重新做人……"

陈瑶眼前一亮："要关掉中天？这么久的品牌，多好的资源啊，关掉很可惜的哦……"

"是的，中天的手续、资源、基本框架都还在，关掉太可惜了……我这不打电话和你商议，"何英的口气变得认真起来，"张伟很早就有一个愿望，想拥有自己的一家旅行社，现在，机会来了……"

"这是他以前的想法，现在，他开始做旅游品生意了，不知道他还想不想做，这事我不能替他做主，得问问他……要不，你直接给他电话，问问他……"

"你净废话，我要是想直接给他电话，还和你说干吗？我不和他说，你说，如果他不干，你来干？"

"我们俩都不能接手中天，这道理明摆在这里，现在不接手南南的奶奶都在诅咒我们，再接手中天，那还不炸锅了，翻天了……少惹点事吧……我去和张伟说，如果他干，就收过来，如果他不愿意干，就算了，该关的就关吧……"

"那你快点，我答应人家最迟明天给回话的……"

"好了，别催我，我本来就是急性子，你这一催，我更急了……"陈瑶正在电话里对何英说着，张伟推门进来了。陈瑶看了一眼张伟，忙压低声音说："巧了，傻熊来了，先这样。"

说完，陈瑶挂了何英的电话，看着张伟："傻熊，今天怎么有空来这里，指导工作？"

"来看你啊，咋了？不欢迎？"张伟过来，抱住陈瑶的脑袋，亲了下去，"过来，让我亲亲……"

两人好几天没在一起了，主要是张伟那边忙，忙于扩大再生产，哈尔森的大单子无疑对张伟是极大的刺激，而且，哈尔森说以后每月最少都要30万件产品，提前支付50%的订金。

这可太好了，这可是一笔长期的大买卖，而且，预付订金，自己就不用担心资金周转的问题了，有这笔订金自己就可以提前预付给生产户购买原料了。

张伟立刻就安排公司全体人员下到各村户，蔓延到周边4个乡镇，大规模开始张罗生产，公司只留下老段和内勤看守。

从各路人马反馈回来的消息看，较高的收购价格保证了农户的生产利润，极大地刺激了老百姓加工柳编和草编的积极性，一个千家万户大生产的热潮正如火如荼地在古老的瑶蒙山区轰轰烈烈开展起来。

陈瑶依顺着张伟，两人好好亲热了一会儿，然后，张伟放开陈瑶，坐在陈瑶对面的转椅上，来回轻松地晃悠着，将这几天的战果告诉了陈瑶。

陈瑶很高兴："好啊，咱发财了，当家的，你真棒！"

张伟最喜欢陈瑶夸奖自己，心里甜滋滋地问："丫丫和徐君到哪里了？"

"到苏州了，在苏州玩呢，早上给我电话了，"陈瑶笑呵呵地说，"我让他们不要着急，玩几天再说，放松放松……"

"嗯……也好，丫丫还没去苏州玩过呢吗，这丫头就喜欢旅游，但是呢，又不喜欢做旅游，偏偏喜欢做外贸……"

"她学的就是这个专业，当然喜欢做外贸了，现在哈尔森那边，她可是顶梁柱呢……"陈瑶用赞许的口气说，"去德国没白学，对欧盟市场的行情很了解……现在哈尔森的精力还是没有都放在你的产品上，他正准备做其他大规模的出口生意……"

"哦……人各有志，咱不勉强啊，"张伟笑呵呵地说，"哈尔森是有大志向的人，想做大买卖，咱这小打小闹，他不一定放在眼里……"

"虽然他有大志向，但是你的这个生意却是他公司目前唯一的收入来源，其他的大买卖，都还是兵马未动哦……"陈瑶看着张伟说，"一切顺其自然，你只管和他做好你的生意，他公司别的事情，你不要插手……"

张伟点点头道："我知道……对了，你这边怎么样？"

"这边一切顺利，摆弄个旅行社，对我来说，小菜一碟，别的咱侍弄不了，弄这个还是可以的……"陈瑶看着张伟，脸上似笑非笑，"当家的，做旅游品生意了，还想不想做旅行社生意？还有兴趣吗？"

"废话，当然有了，旅游品和旅行社是两码事，我当然还想开一家旅行社了，不过，我不在北方开，北方组团不赚钱，我要在南方开……"

陈瑶笑了，把何英刚才电话告诉自己的内容和张伟说了，然后说："当家的，何英在宁州等着给人家回话，她让我问问你，你想不想做？想不想接手中天？"

张伟考虑了一分钟，一扬头："干——老子做，告诉何英，老子收了中天……"

"小屁孩，一口一个老子，嘻嘻……"陈瑶看着张伟，"老子，你决定了？"

"决定了，干——没二话！"张伟的口气很坚决，"我马上安排一个全权委托快递给何英，何英在宁州代表我收购中天，资金我这边马上打过去，打给何英……"

"接手了，谁来管理？"陈瑶看着张伟，"你去宁州管理？"

"我哪里有时间，你也不能去，"张伟沉吟了一下，"徐君——徐君去！让徐君去中天做总经理，你看怎么样？"

"啪啪——"陈瑶拍了两巴掌，"对了——呵呵……和我考虑到一起了，徐君做总经理是很合适的，让他去招兵买马，拓展业务，我相信他能做好……正好我这红色旅游宁州的空了，那就成为新中天的第一笔业务，让徐军去操作最合适，以前东兴的红色旅游就是他操作的，熟门熟路……"

"那好，那就这么定了，我这就给徐君打电话，让他不要回来了，直接去宁州……"张伟说。

"那俺的宝马呢？不回来了？也一起去你新公司服役？"陈瑶委屈地看着张伟，"俺这几天天天打车，好不舒服哦……"

"你先委屈几天，嘻嘻……非常时期，等过一段时间，我再给你买一辆新的宝马，那旧车就收归我公司了……"

陈瑶很高兴，又说："算了，不要新的了，还是旧的有感情，这车就先借给你公司用吧……那丫丫也回不来了？"

"时间紧迫，让丫丫到宁州坐飞机回来吧，徐君先坐镇宁州，全面经营管理，我过几天忙完之后去宁州……"

张伟边说边给徐君打了电话，说明情况。

徐君一听很兴奋，他自然是愿意的。

张伟和徐君打电话的同时，陈瑶也打电话告诉了何英，何英听了很高兴，说这边她给弄好一切手续和交接事宜。

张伟叮嘱徐君直接去宁州找何英联系，一切听何英安排。

然后，张伟看着陈瑶，口气有些得意："妈的，高强的女人被我收了，公司最后也被我收了……唉……人生呐……"

"当家的，得意莫猖狂，讲话注意别太损人，高强现在已经受到惩罚了，就算他以前有再多的不是，再多的罪孽，他已经这样了都……算了，得饶人处且饶人吧……你刚才这样说，我听了感觉好别扭啊，什么女人被你收了……好像我跟何英成了商品，好像何英现在好像还是你的……哼……"陈瑶半真半假地说道。

"我就是随便开个玩笑，你别当真，"张伟站起来，走到陈瑶身边，伸出胳膊，弯腰一用力，将陈瑶抱起来，搂在怀里，走到沙发上坐下，"宝贝……生气了？别啊，我逗你呢……"

"要死啊，你别让人家看见……"陈瑶忙从张伟怀里挣脱出来，在沙发上坐下，"满足了吧，人成了你的，公司也成了你的……你马上就是两家公司的老板了，很有成就感吧？"

张伟摇摇头道："初步的小成就感，但是，离我的目标还差得很远，很远，这只不过是万里长征走了第一步，后面的，还早呢……"

陈瑶用赞赏的眼神看着张伟："男人总是有野心，你的野心好像还特别大……当家的，记住，稳住，不要着急，欲速则不达，要走稳步开拓、踏实进展的路子……"

张伟点点头道："我有数，我知道，你放心……"

"你今天来真是专门来看我的？"陈瑶又问张伟。

"是啊，专门来看老婆的！"张伟微笑着看着陈瑶。

"撒谎，我一看你眼珠子就知道你在撒谎，说，老实交代，到这里来干吗了？"陈瑶伸手就掏张伟的腋窝，"说不说？"

"哈哈——我说，"张伟靠在沙发背上笑着，"宁州一家外贸公司的老板也不知道怎么打听到我的电话，今天中午到瑶北，说要请我吃饭，哈哈……我这外贸生意刚一开始做，我就成名人了，宁州做外贸的都知道……"

"哦……我就知道你不是专门来看我的，"陈瑶撇了撇嘴巴，又说，"人家是远道而来，你应该请人家吃饭，哪能让客人请吃饭呢？没礼貌。"

"我是要请他吃饭的，但是他坚持说他请，必须由他，摸不透他葫芦里卖的什么药……"张伟说。

陈瑶眨了眨眼睛，然后说："我中午没地方吃饭……"

张伟拍了拍陈瑶的肩膀："傻瓜，我过来就是带你去吃中午饭的啊，你跟我一起去……"

陈瑶笑了："好啊，那我以什么身份过去？你的秘书？"

张伟："那哪行，你以张太太的身份，我老婆的身份……"

陈瑶顽皮地笑了下："我不，我想以秘书的身份，嘻嘻……小秘……让那宁州的老板羡慕死你，一看你找了这么俊的一秘书，多给你长面子啊……唉……可惜，就是年龄大了点，老了点……你将就吧……"

张伟忍不住笑了："那就随你了，你就折腾吧……来，过来，小秘，让大爷摸摸……"

说着，张伟伸手将陈瑶搂过来，一只手伸进了陈瑶的衣领里面："我可是好几天没动你了……"

陈瑶笑着逃开："办公场所，不行，今晚还回去不？"

"暂时还没有理由回去。"

"那好，晚上吧，晚上咱们一起……"陈瑶用期待的目光看着张伟。

"嗯……暂时是可以的，只要下午别再有什么急事。"

"张董事长现在是日理万机啊，以后奴家要见你是不是也得预约啊……"陈瑶笑嘻嘻地说。

"不用预约，你直接在我床上等着就行，我可以随时来活动……"张伟用暧昧的眼神看着陈瑶。

陈瑶看看时间："走吧，中午了。"

走到门口，张伟用身体顶住房门，一把将陈瑶拉过来，抱在怀里，双手摸了进去，边亲吻着陈瑶的脖颈："宝贝，我亲一会儿，摸一会儿再走，这会别人进不来……"

陈瑶搂住张伟的脖子，让张伟亲了好一会儿，上下摸了一个尽兴，直到快忍不住呻吟叫出来，才松开张伟的脖子："亲爱的，好了，走吧……晚上让你尽情弄……"

然后，陈瑶和张伟去了瑶北最好的一家三星级天鹅大酒店，去赴宁州外贸那老板的约。

宾主相见，都很热情，张伟也就按照陈瑶的要求介绍她："我们公司的陈秘书，小陈……"

对方果然很高看一眼，对张伟说："张董真是厉害，有这么漂亮的秘书，而且，陈秘书高贵雍容，气质不凡，一定很有能力，很能干的……"

张伟和陈瑶心里都乐得哈哈大笑，张伟微笑了下："还行，凑合吧……"

然后，张伟大模大样地坐在主宾位置，又指指自己旁边："小陈，坐！"

"哎——"陈瑶嘴巴甜甜地答应着，将张伟的包接过来放好，坐在张伟身边，立刻又起身，给张伟倒茶，拿水果，端饮料，活生生一体贴入微的小随从……

宁州外贸的老板姓秦，秦老板，40多岁的样子，一看就很有派头，也同样带了一个漂亮的女秘书。

四人坐在一起，秦老板的女秘书显然就比张伟的"陈秘书"差远了，秦老板用羡慕的眼光看着张伟和陈瑶。

四人边吃边喝边谈。

张伟很奇怪，看着秦老板问："秦董，我们以前不认识啊，你是怎么知道我的呢？"

秦老板感慨地点点头："是的，张董，我们以前是不认识，我为了找你，可是费了九牛二虎之力啊……"

张伟看了一眼陈瑶，两人都有些迷惑。

第十六章 独家垄断

"素昧平生，找我干吗?"张伟很奇怪。

"为了我们大家的共同发展，"秦老板说着递过一张资料，"张董，我们公司是宁州响当当的外贸企业，我们在欧美市场有大批的客户群，我们的出口产品是专做工艺品、旅游品……"

张伟接过来看了下，听明白了秦董的意思："哦，你是专做旅游品出口的，咱们也算是同行了……"

"是啊，同行，只不过你是内贸，我是外贸，"秦老板笑呵呵地说，"我前几天在集装箱码头见到了你们的产品，伞人牌旅游产品，有柳编，还有草编，我立马就开始打听你们，我先是派人找到东兴暗访，找到那家外贸公司，然后又费了好大劲才找到你的号码，接着，我就直接飞到这里来拜见张董了……"

"哦……你的意思是? 我们合作?"张伟微笑着看着秦董。

"张董果然是爽快人，"秦老板一拍巴掌，"是的，我直说吧，我这次来的目的，一是结识张董，二是想和张董谈生意，大家共同发财，我们是有着 10 多年旅游品出口经验的老外贸企业，是宁州明星外贸企业，信誉好，资金雄厚，客户资源广，遍及五大洲……"

张伟暗中在桌子下面握了下陈瑶的手，然后对秦老板说："哦……很荣幸结识您，我们伞人经贸是刚注册成立的小公司，刚起步发展，你的具体想法是……"

"你们现在的生产能力能有多少?"秦老板问道。

"目前每个月生产30万件没有问题，如果有需要，还可以扩大，"张伟一挥手，"有多大的市场，有多大的需求，我就能有多大的生产能力……"

"好，张董，"秦老板点点头，"直说吧，我打听了你们给自强外贸的交货价格，也知道东兴自强外贸是一家综合外贸公司，旅游品只是附属内容，主要是想做大宗的纺织品……我想，我们是否可以合作，建立独家供销关系，你们的产品，有多少我要多少，敞开收……价格呢，比起自强贸易给你们的，我再加10个百分点……以后，下订单预付60%订金，货到立马支付全部……我带来了合作协议，你自己看一下，如果你觉得合适，我们现在就可以签，一签三年……"

显然，秦老板是一个精明的商人，来之前摸透了自己的价格底细。

显然，秦老板给出的条件大大高出自强贸易，利润也丰厚得多。

显然，秦老板志在必得，很自信，因为他知道自己的实力和优惠条件，张伟没有理由不接受。

秦老板满怀信心地等待张伟作出热烈而真诚的反应，然后双方举杯共庆，展望合作的美好未来。

张伟仔细看了看秦老板的协议，然后抬起头，没有看陈瑶，直接看着秦老板，笑了："秦老板果然是大手笔，老外贸，老做旅游品出口的，一看这内容就很老道……而且，你这合作条件，很诱人，很丰厚……"

秦老板也笑了，轻松地笑了："张董的产品更诱人啊，我做了这么多年旅游产品出口生意，还从来没见过这么精致这么具有市场前景的产品啊，特别是那琅琊草编，精巧绝伦，独一无二的工艺，极具开发前景……你有雄厚的生产基础，我有深厚的客户资源，咱们强强联手，必定会有美好的前景……"

陈瑶在旁边默不作声，乖乖地听二人谈话。

张伟笑着扭头看着陈瑶："陈秘书，你看这买卖怎么样？"

"一切听董事长定夺……"陈瑶用信任地目光看着张伟。

张伟和陈瑶对了一下眼神，彼此会心地交流了片刻，彼此读懂了对方的含义。

张伟转头看着秦董："秦董，让你大老远跑这么一趟，真不好意思，千里迢迢……这么着，今天这顿饭，我请客，秦董你们二位回宁州的机票，我给买……"

秦老板看着张伟，有些迷惑："张董，你这是——"

"秦董，抱歉了，公司不能和你们合作……"张伟直截了当地说。

"啊——"秦老板大为意外，"为什么？你嫌价格低？这个我们还可以再商议，在往上加……"

"不——"张伟摇摇头，握住陈瑶的手，"秦老板，我很感谢你对我的器重和高看，可是，真的，我不能和你合作……"

"为什么？你和东兴的自强贸易签订了合作协议了？"秦老板很失望地问。

"没有签订书面合作协议……"张伟认真地看着秦老板，"但是，在心里，有一个感情的合作协议，无形的合作协议，这无形的协议超越书面的签字画押，超越口头的信誓旦旦，而且，没有期限，是一个永远的协议……只要自强贸易还在，我的商品就只给它做，只通过自强贸易做，哪怕价格再低，利润再薄……"

　　"张董，我听不懂你的意思，我们做生意，为了就是赚钱，只要能赚更多的钱，谁的价格高就给谁做，这天经地义啊……"秦老板看着张伟。

　　"嗯……秦老板说得对，我做生意也是很注重赚钱的，我也是在疯狂追求利润，"张伟微笑着，"但是，在我看来，还有比追求金钱更重要的东西，和这个东西相比，赚钱只能退而求其次……再次表示遗憾，对不起，秦老板……"

　　"什么东西这么重要？还能比赚钱更重要？"秦老板看着张伟。

　　"感情——"张伟握住陈瑶的手，看着秦老板，"亲爱、友爱、至爱、亲情、友情……情义无价……"

　　秦老板明白了："哦……自强贸易和你是……"

　　张伟点点头："是的，和我有超越血缘的亲情……这就是我为什么只和自强贸易合作的理由，这就是为什么我只能拒绝你的理由……希望秦老板能理解……"

　　秦老板遗憾地摇了摇头，一会儿举起酒杯："张董，我佩服你，我敬重你……你是个有情有义的人，我做了这么多年生意，还是第一次遇到……来，我敬你……希望我们以后还能有合作的机会……"

　　陈瑶一直没有说话，脸上挂着欣慰和感动的笑。

　　辞别秦老板，张伟开车带陈瑶回公司，路上，陈瑶突然说："停车！"

　　张伟忙将车靠在路边停下："怎么了？"

　　陈瑶不说话，伸手抚摸着张伟的脸，双眼含情脉脉，然后就扑到张伟怀里，吻住了张伟的唇，深深地……

　　好一会儿，陈瑶才松开，看着张伟："当家的，我爱你——"

　　张伟摸了摸嘴唇："你是不是被我今天的表现打动了……"

　　"不是打动，是感动，是征服……"陈瑶温柔地看着张伟，"你总是一次又一次地征服我，征服我的身体，征服我的心……刚才，你又一次征服了我的心……"

　　张伟嘿嘿一笑，看看时间："那我们先回宿舍吧，我想再一次征服你的身体……然后你再去公司上班，我怕晚上万一公司有事情，来不及……"

　　陈瑶莞尔一笑，算是默认。

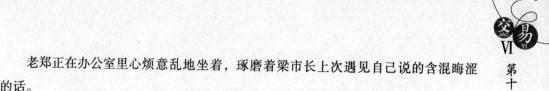

老郑正在办公室里心烦意乱地坐着，琢磨着梁市长上次遇见自己说的含混晦涩的话。

梁市长话里的意思很明白，就是想让自己揭发潘唔能，提供证据。

老郑琢磨来琢磨去，反复权衡利弊，觉得事情很棘手。不揭发吧，得罪梁市长，揭发了吧，万一潘唔能倒不了，自己就是死路一条。

进一步想想，若是不揭发呢，顶多只会让梁市长生一阵子气，他不关照公司了，总不会导致更加严重的后果；可一旦揭发了，潘唔能后面的大人物很可能会被牵扯出来，那个大人物要是被激怒了，一个指头就能让自己倾家荡产、立马卷铺盖滚蛋……而且，就目前的情势判断，潘唔能很可能倒不了，到时候梁市长说不定还会自身难保，哪里能顾及得了自己。

就目前潘唔能和自己形成的互相制衡的关系看，自己攥着潘唔能的小辫子，潘唔能会为自己做很多事情，揭发了，潘唔能倒了，自己什么好处都弄不到了……

老郑就这么忐忑不安来回思量着。

正在这时，有人敲门，一看，是梁市长的秘书来了。

老郑忙起身迎接，让座。

秘书随手关死办公室的门，打过招呼之后，对老郑说："郑总，我今天来是受梁市长委托，做一个调查，希望你能配合……"

老郑心里一紧，嘴上赶紧说道："你说，我一定配合……"

"是这么回事，梁市长想摸一摸各位投资商对市政府服务职能的意见，听取大家心里的真实想法，接受大家对政府的投诉……"秘书紧盯着老郑的眼睛，不紧不慢地说，"梁市长只安排我单独进行此事，此事只有梁市长和我知道，保证不会再有其他人晓得……梁市长特意提到你，说你是外来投资的楷模，所以，我就先来找你了……我希望能听到你对政府不正之风的真实反映……梁市长说了，不管涉及到市里多大的人物，有意见有情况都可以反映，而且，绝对会保证你的安全，保证不会泄露出去……"

"哦……"老郑点点头，"哦……很好啊，没有什么不好的啊，我们来东兴投资，得到东兴各级部门的照顾和关心，很好的……"

秘书用犀利的目光看着老郑："郑总，我想你不会不明白我今天来的意思，我想你不会不明白梁市长的意思……拐弯抹角，没什么意思……"

老郑头上一下子开始冒汗："真的……真的没有什么啊……你，你想要我说什么？"

秘书眼神变得很冷："你确定？"

老郑唯唯诺诺："确定……以及肯定……"

秘书站起来，点点头："告辞——你好自为之吧，告诉你，你不是唯一的，没有你，我的任务一样能完成，找你是给你面子啊！"

说完，秘书冷笑一声，转身离去。

老郑站在办公室里木呆呆地，脸上的汗珠子噼里啪啦往下流。

于琴正好进来，看见老郑的样子很奇怪："屋里空调这么冷，你出这么多汗干吗？"

老郑怔怔地看着于琴，突然大脑一阵眩晕，倒了下去。

于琴摇摇头，蹲下身子，拍拍老郑的额头："妈的，不知道又受了什么惊吓，堂堂大男人，就这么点胆子，还不如一个女人……"

说完，于琴去卫生间接了一盆冷水，照着老郑的头就浇了下来："妈的，你这样的，要是打仗，一准是个逃兵，要是闹革命，一准是个叛徒……"

于琴以为老郑又是想起王炎那事，自己在吓自己。

一会儿，老郑悠悠醒来，爬到沙发上躺下，对于琴说了刚才秘书来的事。

于琴听了，也出了一头汗："妈的，怪不得你吓晕啊，这事是挺棘手的，不过我觉得你这么做也正确，咱不能被别人当枪头子使，到时候卸磨杀驴，吃亏的还是我们……从目前来说，梁市长是远水解不了近渴，而潘唔能呢，是眼前最实用的，我看，咱们他妈的还是得过且过，做一天和尚撞一天钟，小日子就这么熬吧……最好能把老梁熬到外地当书记……"

老郑听于琴一番话，心里稍微安定："咱不做亏心事，不怕鬼叫门……"

"啊呸——"于琴唾沫星子飞到老郑脸上，"你他娘的真好意思说，脸皮真厚，厚颜无耻，你要没做亏心事，这天下就都是好人了，你做的缺德事比老高少不了多少，这老高现今不死不活，你也有一份功劳，说，你到底坑了老高多少钱？如果老高要是那一天突然苏醒了还好，要是哪一天突然完蛋了，他就变成小鬼来找你索命，谁让你把车停那里的？谁让你坑他那么多钱的？谁让你坑他前妻陈瑶的公司的……"

于琴说着，张开十指，对着老郑的脸比划着。

老郑眼里发出惊恐的目光，心里一阵紧张，脸色煞白，脑袋一歪，又晕了过去。

张伟这两天很忙，忙得甚至都没有去陪陈瑶。

哈尔森的大订单来了，订金也来了，这让张伟很振奋，段老顾问也大吃一惊，说没想到一开张就有这么大的订单，自己的工艺品公司一年的业务量也不过这一笔数量。

张伟和小郭在征询段老的意见和建议后，迅速做出决策，将生产的范围由一个新瑶镇扩大到周边五乡镇，以点带面，向外辐射，张伟抓总，小郭和大堂哥分头领人宣传发动，确定生产户，采购原料，段老在家坐镇，同时负责和五乡镇的政府部门协调沟通。

在此基础上，张伟作出一个重要决策，为了能让家境贫穷，买不起原料的农户也能参加这个致富项目，对经济困难户实行免费供应原料，等收购成品时再扣除原料费用的办法。

"一方面我们要赚钱，另一方面要让更多的老少爷们都赚到钱，这样，咱们赚起钱来，心安理得，不觉得心里有愧……"张伟对大家说。

"这一笔单子就是30万件，任务很艰巨，但是咱们只要做好发动工作，利益拉动农户的生产积极性，在交货期内完成任务是完全没有问题的，而且，只要咱们发动工作做得好，咱们的生产能力还可以再扩大，继续辐射瑶蒙山区的周边乡镇，下一步别说30万件，50万件，100万件都没有问题……"段老对大家说。

张伟很受鼓舞，这30万件，公司就可纯收入400多万元，以后每个月都是30万件，那这生意可真的是发了，何况，以后还要有新的大订单源源不断来到。

张伟那天拒绝了宁州秦老板的合作提议，心里就打定了主意，不管赚钱多少，伞人经贸唯一的合作伙伴就是自强外贸，或许在哈尔森心里，伞人外贸不是他的唯一供货渠道，因为他还要做别的生意，但是在他张伟心里，不会再选择别的销货渠道，没办法，感情决定的。

张伟有意识要锻炼小郭，布置完总任务，就由小郭抓落实，吩咐他遇到不懂的就问段老。小郭工作很勤奋，很负责，很认真，很敬业，就是文化水平低一点。

"勤能补拙，不懂不要紧，不会不要紧，只要肯学，勤学，就没有克服不了的困难。"张伟经常这样鼓励小郭。

对张少杨，张伟要求同样很严格，公司整个的对外联络和协调，张少杨负责，张伟经常过问他的工作，同样要求他要勤学好问，对工作中出现的问题，耐心给他解释、引导，对于因为工作态度出现的问题，张伟就很严厉地批评他。张少杨对这个未来的姐夫是既爱又怕，还又不敢给大姐说，怕遭到大姐更严厉的批判。

在张伟的严格要求下，张少杨的进步是显而易见的，对业务的各个环节迅速掌握起来，带领手下的小段等员工干得热火朝天。

段老来了之后，张伟松了一口气，感觉心里很踏实，工作忙完之后，就和段老侃大山，当然，不是随意侃的，侃的都是经验，都是经历和阅历，都是做人和做事的方针原则，都是公司发展的前景和管理。

张伟专门召开公司各部门负责人会议，安排大家传达下去，任何人都必须尊重段老，敬重段老。段老虽然在公司是个顾问，没有实际的事情，但是，段老是公司的一面旗帜，一个招牌，一个资深的老师傅。

"尊重长辈，尊重前辈，尊重师傅，是做人做事的一个基本原则，也是做人的基本品质，大家一定要切记，我们用人，是德才兼备，这'德'字是首位的，无德之人，再有才我也不用，我也不要！"张伟郑重地告诫各位中层管理人员。

公司内外安排停当，张伟就打算南下去视察自己的新公司了。何英已经将公司接了过来，手续基本办妥，还剩最后一个关键环节需要自己去签字。徐君已经赶到宁州，开始全面接手公司，开始招兵买马、建章立制、理顺基本业务。

丫丫在徐君抵达宁州的第二天就飞回了瑶北，在陈瑶处住了一天，然后又来公司见了哥哥，现在正在家里优哉游哉陪爹娘玩。

丫丫很懂事，和徐君商议之后，没把王炎打电话让自己暂且不要回去的事和张伟、陈瑶说，特别是没和陈瑶说，她怕陈瑶再担心忧虑。

张伟先到了瑶北，先到了天马旅游，来见陈瑶。

小郭开车送张伟来的。

到天马后，小郭在楼下等张伟，张伟直接上了总经理办公室。

陈瑶刚忙完，自己怂恿几位师兄妹开发的瑶北红色旅游团，除了宁州之外，都大放光彩，北上的团队一个接一个，有时一天5个团。

陈瑶忙并快乐着，有条不紊地安排天马的地接事宜，扩大地接导游队伍，提高服务质量，优化地接旅游线路，特别是优化景点，绝对不进店，不建议游客烧高香。

陈瑶对公司全体地接导游发出命令：凡是有导游和景点联合勾结，让游客烧高香的，一律辞退。

陈瑶来公司时间很短，但威望却迅速树立起来了，很简单，别的不说，单就这几日激增的游客数量，就直接镇住了全体人员。

客人多，公司的生意好，挣的钱多，大家的收入就会高。这个浅显的道理大家显然都明白。

公司买卖兴旺，大家的干劲也很足。

宁州没有发展起来红色旅游线路，陈瑶却并不着急，中天在呢，中天成了傻熊的了，正好让傻熊做这生意，正是肥水不流外人田。

徐君到达宁州之后，陈瑶迅速给徐君取得了联系，告诉徐君放开手脚大胆干，就按照假日旅游的模式来运作中天旅游，中天旅游现在一穷二白、家底空空，正好一张白纸从头做起，没有负担。

陈瑶唯一需要顾虑的是天宇旅游的韩天老板，天马的客人一多，他会不会再找上门来拉客人。

陈瑶最近几天和小燕子吃了两次饭，通过小燕子了解了天宇旅游的一些情况和韩天做事情的一些特点和风格，对韩天的人品也有了初步了解。当然，陈瑶最感兴趣的事情还是听小燕子谈张伟以前在天宇和她做同事时候的一些趣事，经常听得入了迷。

小燕子对陈瑶抱着无限的羡慕，但又自叹不如，心里对陈瑶倒也不排斥，两人每每相见，相谈甚欢，其乐融融。

张伟一直想和小燕子抽空聊聊，却一直没有找到机会。

此刻，陈瑶正在办公室的转椅里转悠着，张伟推门进来了。

陈瑶一看："哟——张董事长驾到，稀客，稀客，两天不见了，不想陈董事长了……怎么？今天是不是又进城办什么事，来顺便拜见洒家？"

张伟将办公室门关死，走过来，将陈瑶又一把抱起来，直接去了沙发，平放在沙发上，嘴巴直接贴上陈瑶的嘴唇，两手在陈瑶的身上就揉搓起来，边揉搓边伸进了裙子里面……

"非礼啊——非礼啊——"陈瑶悄声呼叫，嘴巴憋不住要笑。

"你叫唤什么？老子是你老公，亲一亲摸一摸是合法的，正大光明……"张伟的手指在下面稍微一用力。

"哎哟——你要死啊——"陈瑶笑盈盈地打了一下张伟的手，"起来，没洗手，不干净，有细菌……"

张伟笑呵呵地坐起来，将陈瑶搂在怀里，两人亲热地接吻、互相抚摸……

一会儿，两人分开，陈瑶整理了一下裙子和衣领，捋了捋头发，然后过去打开办公室的门。

"老大，这不是俺的公司，在这里不能太放肆，注意影响……"陈瑶笑嘻嘻地说，"你现在大小也是个老板了，张董事长，多气派啊，想当年，俺也是个董事长，唉……现在没落了……"

"傻丫头，我这董事长是暂时的，等发展起来，咱们这伞人集团成立起来，等咱们结婚后，这董事长就是你的，陈董事长在家边生孩子边遥控指挥……"

"嘻嘻……你真要兑现当初在 QQ 聊天时候的诺言啊？"

"当然，我所有的梦想和理想都会实现，我所有的诺言都会兑现，我当初对你说过的，一定能够实现……"

"嗯……嗯……是的，真快……没想到，这么快，你发展得这么快……看来，还得感谢这四秃子，要是没有他的追杀令，你或许也不会这么快来老家创业……所以说，凡事要从两面看，事物总是在矛盾中发展的，总有矛盾的两个方面，好事和坏事是可以互相转化的，塞翁失马，焉知非福……"陈瑶坐过来，拉着张伟的手，柔柔地看着张伟："说，今天来瑶北什么事情？"

"没什么事情，来看你的！"张伟抚摸着陈瑶的手背，"唉——又渴又饿，来这里吃你，喝你……"

"呵呵……调皮鬼，不正经，公司那么忙，做老板那么多琐事，鬼才相信你会专程来看我，"陈瑶笑得很开心，"说啊，到底干吗来了……"

"我一会儿就去机场啊，去视察我的新公司，看看中天旅游去……"张伟笑嘻嘻地说，"我这就要走了，时间快到了……小郭开车在下面等我的……"

"我和小郭一起送你去机场，"陈瑶站起来，"送我的郎啊去南方……"

张伟站起来，和陈瑶走到门口，随手将门关死，又像上次一样，身体抵住门，将陈瑶又抱在怀里，亲吻、抚摸、揉搓，边在陈瑶耳边悄声说："姐，我很想弄你，可惜没时间了，等我从宁州回来……"

"嗯……"陈瑶被张伟搓得浑身起火，又不敢大声呻吟，颤声道："好……我等你回来……别揉搓了，我受不了了……冤家……"

张伟笑了，放开陈瑶，在陈瑶的唇上又吻了下，将陈瑶的乱发捋直，然后拉开门，和陈瑶一起下楼，上车，直奔机场。

"我打电话和徐君联系了，徐君目前的工作开展得很顺利，人员已经基本全部到位，各项内部管理制度和结构框架也都按照假日旅游的模式搭建起来，马上就可以开展新业务了……"路上，张伟对陈瑶说，"瑶北公司这边小郭抓，宁州公司那边徐君抓，我两边抓，现在的情况就是这样……"

"嗯……先按照目前的架构运转，不求快，不求快速扩张，稳步推进，组建一个兴旺一个，逐渐构架企业集团的框架，"陈瑶笑哈哈地说，"你放心，我不急着做董事长，你慢慢来，别想一口吃个大胖子，一定要克服前进道路上的急躁心理、速胜心理，既要防右，更要反左……"

"我知道了，你和我说过的，女人家，啰嗦！"张伟故作不耐烦地说。

"重复就是力量，我和你说话，你不许不耐烦，不许嫌我啰嗦……讨厌……"陈瑶拧着张伟的耳朵。

"哟——好，好，我以后耐烦，耐烦……"张伟连声说。

小郭开着车笑了，心里很幸福，为陈姐和张哥的幸福而幸福。

很快抵达机场，张伟和两人挥手告别："张太太，郭助理，拜拜……祝我一路平安……"

"一路平安，落地请开机，给我来个信……"陈瑶整理了下张伟的衣领，"出门在外，照顾好自己……"

张伟又一次挥手："走了！"

第十七章 步步紧逼

一个多小时后，张伟降落在宁州机场，何英在机场迎接。

"阿伟——"何英一见张伟，显得很高兴，老远就冲张伟挥手。

"南南他妈，我是南南他爹，哈哈……"给陈瑶发完短信，张伟冲何英打哈哈。

"唉……南南还没回来呢，还在斗争进行时……"何英说。

"别着急，该是你的一定会是你的，跑不了……"张伟拍拍何英的肩膀，"当娘的要不回自己的儿子，这到哪里也说不通啊……"

然后，两人上车。

"先休息呢还是先去公司？"路上，何英问张伟。

"去公司。"

"也好，各种手续都办完了，就还差最后你的一个签字，王总今天在公司等着的，签完字，我把钱给他，就完结了，这公司就彻底姓张了……祝贺你，阿伟，你终于有了自己的一家旅行社……徐君这两天已经开始提前介入，提前开展各项工作了，这小伙子很能干，很有管理头脑……"

"我给你打的钱够不够？"张伟问何英。

"够了，转让费用加上固定资产、工作车辆、剩余房租，总共45万，你给我打的款还剩25万，我都转给徐君了，留做公司启动资金了……"

"嗯……好，"张伟点点头，"这旅行社赚钱显然不如我的柳编赚钱快，希望今年下半年能把我的本赚回来……"

"呵呵……阿伟，旅行社就看你怎么操作，做得一般，一年赚个10万8万，做得好的，一年赚几百万的也不少，这个是没有什么模式的。我在瑶北的天马，基本不上心去做，一个月还能净赚个5万多……莹莹的假日旅游，我估计一年100万是很容易的，不用查账，一看发团的数量就知道……"何英对张伟说。

"嗯……"张伟点点头，"你打算在宁州住多久?"、

"不知道，住到南南跟我走为止。"

"你这些日子在哪里住的?"张伟又问何英。

"在锦绣前程你的那套房子里住的。"

张伟笑了："何英，这是你的房子，虽然名义上是我的，但是，这终归是你的。"

"不，这就是你的，房产证上写得明明白白，就是你的……"何英坚持。

张伟笑了笑，没说话。

"我知道你不稀罕，但是我只是想表达我的心意，你不要一个劲再和我推脱，你要是觉得这钱脏，这房子肮脏，你就还给我……"何英幽幽地说，"我已经这样了，你还要我怎么样，我已经无路可退了，只有孩子了……你还要我退到哪里去……"

张伟忙说："好，好，阿英，这钱和房子我都要，都要，我绝对没觉得这钱和房子不干净的，我没有嫌你不干净的，我知道，现在的阿英是和莹莹一样一样的纯洁……"

"你真的这样认为?"何英看着张伟。

"真的，何英，"张伟诚恳地说，"忘记过去，将回忆埋葬，不管过去你做了什么，我都不怪你，我都会将你作为我最好的女朋友，最好的知己，不仅仅是我，陈瑶也是这么想的，我们，都爱你……"

何英默默地听着，没有再说话。

半晌，何英说了一句："我多么想忘掉所有的所有的过去，除了你……"

张伟接过来："我多么想记住所有的过去，只有你……"

何英忍不住笑了，张伟也笑了。

车到公司，王总正在那里等着。

办完手续，王总握着张伟的手："张董，祝你生意兴隆! 我要去海南了，去南漂了……"

张伟看着王总，他知道高强那时报复自己，找的东北打手其实就是这王总找的。但是，张伟不想再追究往事了，过去的就过去吧。

张伟微笑着对王总说："王总，祝你旅途顺利。"

然后，王总告辞。

然后，张伟听徐君详细汇报了公司的现状和基本情况，查看了公司的全部客户资料和账目，又见了公司的现有全体人员。

"都是陌生的面孔啊，"张伟对何英说，"怎么一个熟悉的人都不见了?"

"你辞职后走了一批，我离婚后走了一批，高强转手后走了一批，王总老婆离婚后又走了一批，你想想，还能有老人吗?"何英说。

"也是，铁打的营盘流水的兵，一茬又一茬，只有这公司还在，也是换了主人了……"张伟很感慨，"这是我南漂的第一个落脚点，现在没想到我成了它的主人了……"

"这就叫此一时彼一时，正常……"何英笑着，"那时我还是董事长呢，你还是我的小随从，现在呢，你翻身了，我成客人了……"

"你要是要，我现在就可以还给你啊……"张伟笑看何英。

"别折腾我了，我没那本事和功夫收拾这烂摊子，还是你来吧……"何英在办公室内转悠着，"这办公室可是换了好几个老板了……"

然后，张伟和徐君、何英一起出去吃饭，边商谈公司的事情。

张伟对徐君说："你是总经理，你常驻宁州，我以后得两地跑，不可能天天在，这担子就得你来挑，大胆干，放手干，咱在管理和内部考核等方面先不创新，就照搬假日旅游的，就把假日旅游那一套都搬过来，反正你是很熟悉的……我对你，是绝对信任的……"

徐君点头道："陈姐也和我说了，也是这个意思，先照假日旅游的模式运作，省时省力，而且效率也高……"

张伟和何英都笑了，何英说："这莹莹啊，就是操不够的心，忙碌着那边，挂念着这边……"

张伟摇摇头道："这人啊，就是操心受累的命，闲不住……"

徐君也笑了："陈姐就是这脾气，这性格，越忙越欢，越忙心情就越好，就越有精神……"

张伟哈哈笑了："我有福气，娶了个勤快媳妇……"

何英神色黯然。

张伟才发现自己又得意忘形，说话又刺激了何英，于是不说这个，开始和徐君谈业务的总体思路："我琢磨了，咱们目前的现状，先来点见效快的项目，快速抓钱，提高员工士气，让公司快速进入状态。首先呢，先投入部分资金，在宁州的当地媒体上做广告，主要是宁州晚报和中邮广告，告之大家，咱们的中天易主了，又活了……其次，这业务，我想第一抓组团，除了常规的长线和中线，重点做独一无二的瑶北红色旅游团，独家，就按照假日旅游在东兴的路子来做，这一块你应该是很熟悉的……第二抓散客，通过广告招揽散客，散客能极大提高公司知名度，无散不活；这地接业务，不要投入太大精力，任其自然发展……"

徐君不停点头："好，目前公司各岗位的人员基本到位，就是营销人员还欠缺……"

"没关系，只要广告打出去，在广告里打上张伟的名字，张伟以前在中天的老部下就会陆续找来的，投奔旧主……以前那一批业务骨干可是你带出来的……"何英说。

"嗯……这样也好，"张伟点点头对徐君说，"就按何英说的办。"

"对了，这车子放在这里没用了，公司里有接过来的两台车，这车给陈姐吧……"徐君说。

"行，我走的时候走陆路，开车回去，"张伟说，"你住宿怎么安排的？"

"公司有员工宿舍，我自己一间，呵呵……"徐君笑了。

"呵呵……那好，以后也给我准备一间，我来的时候好住。"张伟说。

何英在桌子底下狠狠踩了张伟的脚一下，张伟才想起自己在宁州还有一套房子。

吃过饭，张伟又去公司和徐君具体商讨下一步的工作，对公司的人员配置和各部室人员安排做了商讨，最后确定下来。

何英没事，就在外间和内勤聊天，等张伟。

看看时间到了下午5点，张伟和徐君从办公室里出来，张伟伸伸懒腰，对何英说："我要走了！"

"走？"何英看着张伟，"去哪里？"

"回瑶北啊，这边的事情忙完了，我那边还很多事情啊，我这要开车回去，还有很长的路要走呢，跋山涉水……"张伟说。

"不行，这会儿你不能走！"何英干脆地说，"忙了一天没休息，再连续开夜车，不行，休息一晚，明天走，再忙也不行！"

"是啊，我看你还是休息一晚明天再走不迟，不能太拼命了！"徐君也劝说张伟。

张伟还想坚持，何英又说话了："你再犟我就给莹莹打电话。"

"好，我听话，明天走！"张伟投降。

何英笑了："这还差不多，走，去你家，我烧饭给你吃！"

徐君还有事，不去了，张伟于是开着陈瑶的宝马车和何英一起去了锦绣前程那套房子。

进了房子，张伟对何英说："我给你写的那张纸条，你看见了没有？"

何英点点头，关上房门："看见了。"

"你早就看见了，是不是？你上次回宁州就看见了，是不是？"

"是的，我刚离开，你和陈瑶就来了，我亲眼看着你们走进来的，我就在门口电梯的安全出口楼梯门后……"何英笑着看着张伟。

"嗯……"张伟点点头，走进卧室："咦，那张纸条呢？没用了，扔了算了……"

"我不，我干吗要扔，我保存起来了，"何英笑嘻嘻地说，"我要永久保存着，等南南大了，我就给他看，说你看看，看看你爹爹当年发情给你妈咪写的情书……哈哈……"

张伟哈哈大笑："要是我再生个儿子，要拜你为娘娘，你也给他看看……"

何英看着张伟："嗯……你和莹莹生个儿子，我做干妈，做娘娘……唉……要是我不退缩，不退让，你现在就是我的，你以后的儿子就是我给生……"

张伟拍了拍何英的肩膀："都过去了，别想了，一切都是命中注定的，如果你不退让，你不退缩，或许你一辈子都不得安宁，而且，这也不是你的性格……"

"性格决定命运，我信了，我服了……"何英说。

"陈瑶也经常这么说，性格决定命运！"张伟拉开窗帘，站到阳台上，俯瞰灰蒙蒙的宁州大地，"世界是如此小，我们注定无处可逃……"

何英围上围裙："阿伟，今晚我做几个小菜给你吃，咱俩喝一杯！"

张伟："好啊，这几天我忙坏了，可是好久没有休闲喝酒侃大山了。"

很快，何英就做了几个小菜，开了一瓶白酒，两人边吃边喝边聊。

"以后你会更忙的，"何英边给张伟夹菜边说，"男人，总是喜欢累，喜欢忙，不过，充实，我相信你以后会作出一番大成就，我很喜欢你这么做事情，你成功了，我心里感到很欣慰的……"

"你和陈瑶都是这么想，我很高兴，"张伟说着举起杯子，"来，何英，咱俩干一杯，祝你快乐！"

何英笑了笑，干掉白酒，然后看着张伟说："看到你的成功，看到你的理想能够逐步实现，看到你每天都这么开心，我真的是很快乐，你虽然没有成为我的男人，没有最终成为我的男人，但是，我毕竟拥有过你，我们毕竟有过肉体和灵魂的交流，我心里实在是想让你好，想为你好。你现在不是我的男人，但是，在我心里，我不可能再装下别的男人，我会将你存放在心里，看着你一天天长大，一天天成熟，一天天发展壮大……"

"谢谢你，何英，你很好，"张伟感动地说，"我和莹莹都爱你，都很爱你，都把你当做自己的亲姊妹一样的爱，别老想着我，毕竟，我和莹莹已经这样了。我们已经都结束了，你的路还很长，很长……有合适的男人，找一个，再建立一个家，过正常的生活……"

何英凄然一笑："阿伟，让你离开莹莹，然后再对你说，再找另外一个女人建立一个家吧，你能做到吗？"

"当然不能，这不可能，我做不到！"

"为什么做不到？"

"因为我爱莹莹！"

"这不就是了，"何英笑了，倒满酒，举起杯，"阿伟，不要强我所难，我祝福你和莹莹，并不代表我不爱你，我只是会把爱放在心里。我的心里，真的装不下别的男人，因为，在我的眼里，没有任何男人能超过你，能让我用心去爱……记住，阿伟，真正爱过，真正的爱，一辈子都不会泯灭……我不奢望得到你，只要能经常看到你，看到你的幸福，看到你的快乐，看到你的成功，足矣……"

张伟举起杯，和何英碰杯："何英，你是个好女人，可惜，我不能分身，可惜，爱是双向的，不能勉强，也不能分享……"

"我知道，呵呵……别想多了，别为我担心，我很快乐，自从见到你，见到你和莹莹，自从我和莹莹又重归于好，我真的是很开心，很开心……许久的一个结，许久的一个疙瘩，都解开了，你说，我能不开心吗？"何英一仰脖，酒杯见底。

张伟心里很宽慰，何英的心态摆得很正，能有今天的心态，不知在这期间经受了多少痛苦的思考和艰难的自我斗争。

张伟伸出手："何英，把手给我。"

何英顺从地把手放在张伟的手里。

"何英，我们大家在一起，共同进步，共同做事情，就像兄弟姊妹一样，如果，你有什么快乐，说出来，我们和你一起分享，如果你有什么不快乐，也说出来，我们和你一起分担……"张伟诚挚地看着何英。

何英感动地看着张伟，点点头。

饭后，张伟要睡沙发，何英不答应，坚持要张伟睡大床。

"你还要赶路，休息不好，会影响明天开车的，"何英说，"我睡沙发好了。"

张伟拗不过何英，也就点头答应。

张伟累了，很快就在卧室的大床上四肢大开，鼾声响起。

何英却并没有睡着，直到半夜仍在沙发上翻来转去。

看着窗外皎洁的月色，听着张伟熟悉的鼾声，呼吸着熟悉的男人气息，何英心中感慨不已，想起了过去的一幕一幕，想起了同样的月光下，同样的大床上，自己和张伟耳鬓厮磨、身体纠缠、灵魂升华的情景……想起了张伟强健的身体，坚硬的生命，猛烈地撞击……何英的心猛烈跳动起来，脸颊滚烫，浑身发热，此刻，这个男人是离自己如此之近……

何英鬼使神差爬起来，穿着睡衣，赤脚悄悄推开卧室的门，走了进去。

何英站在床边看着张伟，在月光下，看着张伟熟睡的样子，看着张伟幼稚而成熟的脸，看着张伟健壮的身躯，心再次狂跳不已，这个男人和自己近在咫尺了……

何英默默地看着，最后，伸出双手捂住脸，慢慢转身走出了卧室，悄悄关上门，回到沙发上……

第二天早上 8 点，张伟睡醒了，休息得很好，精神很足。

张伟一骨碌爬起来，接着就闻到厨房里饭菜的香味。

张伟冲进洗手间，快速洗刷完毕，跑进厨房："哈哈……好香啊……"

何英正在忙乎，冲张伟莞尔一笑："张董，睡醒了？"

"醒了，睡得真好，一夜无梦，一夜到天亮，你几点起来的？"

"我早就起来了，出去买了菜，然后又开始做，这都快做好了……"何英笑呵呵地说。

"不错，真是个勤快的女人，我记得你以前好像没这么勤快，提出表扬……"张伟嘿嘿笑着。

"那要看对谁，对你，我喜欢勤快，能有机会伺候伺候你也不错，这机会毕竟也不多……"何英冲张伟歪歪嘴巴，"得意吧，美女都求着伺候你……"

张伟傻呵呵地笑着，不说话了。

这是张伟惯用的手段，没话说的时候就装傻。

何英看了张伟一眼，抿嘴笑了："你这次来很匆忙啊，来也匆匆，去也匆匆……"

"唉……人在江湖，身不由己，没办法。"张伟晃晃脑袋。

"此次南巡，很简短啊，唱着夏天的故事，在宁州画了一个圈，走进新时代哦……"何英调侃道。

"唉……以前是南漂，现在成南巡了，身份一变，这同样的一趟行程，感受就不一样了……"张伟感慨万千，"那我前段时间回老家，应该叫北逃，逃犯的逃……"

"你这不叫北逃，叫战略转移，叫北撤……哈哈……"何英哈哈大笑："我呢，叫北漂，漂流的漂……"

"那陈瑶叫什么？叫北投，投奔的投……投奔老大我来了……"张伟得意地说。

"臭美！陈瑶这叫北巡，去巡视你小子，巡视咱们俩……"何英亲昵地在张伟屁股上拍了一巴掌，"饭好了，帮我端出去，开饭咯……"

饭后，张伟辞别何英，开着陈瑶的宝马，要回瑶北了。

何英恋恋不舍地和张伟告别，又给张伟准备了很多吃的喝的放在车上，叮嘱张伟路上要小心。

上车前，张伟拍了拍何英的肩膀："何英，孩子的事情不要着急，我用莹莹的一句话送你：坚持韧性的战斗！要有耐心，讲策略，别弄顶了，毕竟，对方是南南的奶奶啊……"

何英点点头："阿伟，我知道了，我知道该怎么做，你好好做你的事情，有空多去看看莹莹，陪陪她……"

张伟笑了，意味深长地看看何英，点点头，钻进车里："好，我走了，再见！"

然后，张伟驱车北上，径直奔瑶北而去。

梁市长办公室，梁市长正坐在宽大的办公桌后面那张柔软的黑皮转椅上，边看手里的材料边听秘书汇报。

"这材料我又补充了一些证据，都是东兴市几家旅游公司的，他们手里都有确凿的证据……"秘书站在梁市长旁边，细声软语地说道。

"嗯……很好，这样这材料就详实多了，有血有肉，"梁市长满意地看着，"咦，你没有去龙发旅游问问那郑一凡老板？"

"去了，第一家就去的他那边，这家伙，很犟，死不开口，装聋作哑，"秘书气愤地说，"我警告他了，给他脸他不要，别怪以后……"

梁市长抬起头，面有不快之色："你怎么能这样？你是哪一级领导干部？敢这样对人家说话？你这是什么作风？人家不愿意说，你就威胁要给人家小鞋穿？胡闹！岂有此理！"

秘书知道错了，低头不敢再说话。

梁市长看秘书的样子，也没有再多说，低头继续看材料，一会儿说："行，就这样，找一个普通人的名义，寄到省纪委，同时，给省人大、省检察院都寄一份，别的我来操作，你就不用管了……"

秘书唯唯诺诺答应着，接过材料。

梁市长看着秘书说："郑一凡是个生意人，生意人都是唯利是图的，没有我们要求的这等觉悟，他不愿意揭发就算了，不要强人所难。你这么一吓唬他，不就等于把我们和那个人等同了？你要知道，你是我的秘书，你本身是没有什么权力的，但是我有权力，我有巨大的权力，你说的话，人家会很容易以为是我的意思，是我要拿他干吗……你说，你这不是吓唬人家吗？"

"我错了，梁市长，以后我改正！"秘书低头说道。

"你和驾驶员都是我身边的人，我首先要求你们两个要端正作风，要走得直，站得正，不要给我丢人……"梁市长严肃地说。

"是……"秘书继续点头答应。

其实，老梁还有一层意思没有说出口，老郑一再拒绝和自己配合，这里面是不是有什么玄机？老郑是不是和老潘走得太近，有事情纠结在一起，扯不开了呢？举报老潘估计会危及他自身的利益，所以他才会一直抵触。

秘书刚转身要出去，梁市长又叫住秘书，递给秘书一张纸，"这是那个人的小舅子开的礼品公司的所有商品价目表，你嫂子前天去弄来的，你不要声张，暗访一下市里的政府部门，特别是旅游口的，看看都有哪些单位从这里采购过商品，价格是多少，采购的用途是什么？注意保密，悄悄的，打枪的不要……"

秘书答应着出去了。

一会儿，秘书又进来，拿着一个密封的大信封，"梁市长，这是公安局刚送来的材料，直接送您的。"

梁市长接过来，秘书转身出去，并关好房门。

梁市长打开信封，仔细看了半天，然后摸起电话打给公安局长："这个四秃子现在在哪里？"

"医院，他带人砸假日旅游的时候，和张伟等人发生冲突，被张伟把肋骨打断了，在医院正疗伤呢……我看，这张伟要抓，这四秃子和王军也要抓……"

"错！张伟他们是正当防卫，不该抓；这四秃子是危害社会治安，和王军同样具有黑社会犯罪性质，该抓，被打断肋骨，活该！"梁市长坚决地说。

局长立刻明白过来："对，对，张伟他们是正当防卫，四秃子和王军该抓，四秃子是活该……张伟是为民除害……"

"嗯……"梁市长说，"你这样说还差不多，你看看，你们这些基层干警是怎么搞的，一个见义勇为的好青年，你们却到处抓捕，真正的作恶者，却逍遥法外……荒唐，荒谬……"

"我们错了，感谢市长批评和指点，我们这就改正错误，撤销对张伟的抓捕，现在马上安排人抓王军和四秃子……王军还和其他几起命案有关……"公安局长立马表态。

"不，不，等一等，"梁市长不想过早打草惊蛇，"我看，先不要惊动他们，要继续侦查，不仅仅要侦查这两个人，还要深挖团伙，要追究根源，最好能挖出他们的背景和后台……明白我的意思吗？"

局长会意："好，坚决贯彻您的指示，继续侦查，深挖后台……"

"嗯……"梁市长满意地说，"记住，证据要确凿，事实要充分，行动要谨慎，此事万万不可声张，你和我仍然是单线联系……"

"是！谨慎小心，单线联系！"局长回答说。

"那几个衣冠禽兽呢？"

"已经移交检察院，现在关在看守所，检察院正在准备提起公诉……"局长回答，"按照您的指示，三个人分开关押……"

"就该这样，这几个畜生，让他们在里面多待几天吧……"梁市长又说。

局长连连答应。

打完电话，老梁沉思了一会儿，把前后各环节疏通了一遍，确信没有什么疏漏，才放心起身出去，开一个会议。

老梁做事情有一个特点，要么不做，要做就要干净利索，不留后患。

第十八章 大难将至

潘唔能今天很有精神，一大早就来了办公室。

今天是梁市长到旅游局调研的日子，潘唔能早就给旅游局局长打了招呼，准备好了充分的汇报材料。旅游局那边从会议室到汇报内容，从参加人员到就餐安排，都计划得很周详。

潘唔能对此事十分关注，十分重视，亲自跑了两趟旅游局，将会议和接待的每一个细节都亲自过问了，甚至连梁市长爱吃的几个菜都吩咐弄好了。

"潘市长做事情真是细致，事无巨细啊。"局长等人恭维。

"细节决定成败，你们做工作，做事情，也要注重在细节上下功夫……"潘唔能说道。

"还有，安排的几个旅游公司老总，他们的发言稿你们都给写好了吗？"潘唔能又想起一个重要的事情。

"都写好了，徐主任和办公室几个秘书加班加点弄出来的，我亲自审定的，保证没问题……"局长说。

"嗯……告诉参加座谈的几位老板，照着稿子念就行，别说什么离谱的话，梁市长是下来走形势的，领导都有调研任务，不完成不行，解决不了什么问题，真正有问题，解决还得咱旅游局，还得分管旅游的市领导……这一点，务必让他们理解透彻。"潘唔能意味深长地对局长说。

局长点点头道："都安排好了，我都亲自给他们打了电话了，没问题，保证不出漏洞。"

"那就好，我们要确保梁市长这次的调研座谈会顺利成功，完美圆满结束……"潘唔能挥动着胖嘟嘟的大手。

潘唔能这几日心情很好，眼看市委书记干不长了，再有个把年就要下台，自己急需在东兴市政坛最具潜力最具卖点的梁市长面前出彩。而梁市长，对自己好像是越来越信任，越来越热乎，虽然前几天王炎的事情把自己吓了一大跳，但是好像是一场虚惊，这几天听不到一点儿关于这事的动静了，仿佛这事根本就没有发生过一样。

潘唔能想想也觉得有道理，一个市长，天天日理万机，哪能有这么多时间在这屁事上忙乎呢？恐怕梁市长早把这事忘记了。

潘唔能本来挺担心老梁会穷追不舍牵连到自己，但现在，他心里终于放下了一块石头。

潘唔能其实也知道梁市长很想做一把手，这当官的，最难受的就是万人之上、一人之下的感觉，特别这市长和市委书记还是平级，都是地级，压在人家下面一定是难受的。还有，梁市长年轻有为，雄心勃勃，意气风发，很想有一番作为，但是市委书记呢，属于无为而治，典型混日子的政客，他知道自己的政治生命已经到头，混一天是一天，只要多享受权利一天，他什么都愿意干。

即使潘唔能都能感觉到，市委书记是梁市长施展政治抱负的一个阻碍，一个绊脚石，梁市长绝对有取而代之的强烈冲动。

在市委书记和市长之间，潘唔能决定加速拉近和市长的关系。既然市委书记已经日落西山，市长就是自己今后的坚强靠山。当然，市委书记对自己一直有提拔知遇之恩，也是不能得罪的。

而加速和梁市长的关系，最重要的一点就是做好工作。老梁经常在大小会上说："大家都是干革命工作的，工作之外大家都是兄弟姊妹，我知道大家都想和我拉近个人感情，因为我是市长啊，市政府一把手啊，有权有势啊……但是，我有一个观点，如果大家想和我套近乎，拉感情，就应该先把自己的本职工作做好，你们的工作做好了，就等于我这个市长的工作做好了，你们的政绩，就等于是我的政绩……干不好工作，就等于是想拆我台，也别和我套什么近乎了……干不好工作的，不要和我谈什么个人感情啊！"

老梁这话说过很多次，潘唔能几乎都能一字不差背出来，他明白老梁的意思，所以决心在工作上博取老梁的喝彩。

那天，老梁说起假日旅游易主的事，让潘唔能心里很吃惊，他感觉到梁市长对全市的旅游工作很关注，投入了特别的注意。

这也难怪，旅游行业是目前全国国民经济发展的朝阳产业，也是东兴市振兴全市经济的突破口，还是全市的一面镜子、一个窗口，老梁当然要格外注目。

最近老梁对旅游工作的重视和对自己的热情让潘唔能很爽，感觉自己政治生命的春天依然是那么充满活力，那么生机盎然。

是啊，自己年龄也还不大，正是创业的好时候，要是下次调整，能把自己调成常务副市长，那该多好啊，自己就是市委常委，进了市委领导班子了，权力就更大了，想弄更多的钱，想弄更多的女人，就更加容易了。

潘唔能这一辈子就爱两样东西，钱和女人，而这两样东西的获得，必须有权力作为保证。

而要保证自己有稳定并不断扩大的权力，就一定要站好队，跟对人。目前，整个东兴市级领导班子中，最大的绩优股无疑是老梁了。

不过，还有一件事让老潘觉得心里不大踏实。前几日梁太太去了王军的礼品公司，自己专门关照王军要特别热情接待，看中什么给什么，一分钱不收。王军满口答应，像接天神一样接待了梁太太。哪里想到，这梁太太眼眶子太高，在公司待了半天，也不要人家陪着，自己琢磨看礼品，看了两个多钟头，愣是没看中一件，空手而归。这让潘唔能心里多少有些歉意，王军的礼品公司有很多价值不菲的礼品啊，怎么就是没看中呢？

说是王军的礼品公司，其实这里面有自己一半的股份，市里大小单位的采购，有50%自己都打了招呼，那些单位的头头们，谁好意思拒绝副市长的招呼呢？明知道这礼品的价格远远超出市场价，也都安排来这里采购。

有时候市里旅游公司的老板给自己送礼，自己就故意点名说，那礼品公司有一幅画不错，暗示人家高价买回来送给自己，然后再安排王英把画送回去，再卖。这画每卖一次，就能给自己增加5万块的收入，很合算。

但是，梁太太竟然在礼品公司没有看中任何东西，这让老潘有些遗憾。

所以，在和梁市长一起去旅游局的路上，老潘满怀歉意地对老梁说："梁市长，真不好意思，我小舅子那公司开得太破，没什么好东西，你家太太去看了，结果失望而归……唉，我心里很有愧……"

梁市长打个哈哈："不要这么说，唔能老兄，我家那女人啊，眼高手低，买东西就是喜欢挑剔，不去管她，随她去好了……"

听梁市长这么一说，潘唔能心里安慰了一些。

很快到了旅游局，直接去了会议室，安排好的与会人员都在那里等着，座谈会如期开始。

一切都按照潘唔能的计划进行，会议进行得很顺利，潘唔能主持，局长做全市今年以来工作汇报，几个旅游公司的老总做各自公司的情况汇报。

出于对假日旅游的敏感，老潘特意没有安排老郑来参加这个座谈会。

梁市长听得很专注，不停翻看手里的材料，不时在笔记本上记录着，不时询问发言者一些事情。

大家发言完毕，按照会议安排，该梁市长做重要指示。谁知梁市长摆摆手，对老潘说："唔能，我有个小小的请求，我想先下去看看，看几家旅游公司，然后咱们再接着开会，我再发言，好不好？"

潘唔能一愣："好，好，梁市长深入实地调研，实地调研，工作作风扎实，是我们学习的榜样，好啊……"

梁市长一挥手："参加会议的人员一起，大家去看几家旅游公司，实地增加现场感……"

潘唔能心里很无奈，又没有什么办法，马上叫人安排车辆，准备出发。

大家上车后，梁市长对局长说："先去龙发旅游的那个漂流公司看看，中午就在那里吃饭。"

局长忙安排老徐落实，老徐忙通知了老郑。

老郑正巧就在山里的漂流景点那里忙乎着，一听梁市长要来视察，一下子傻眼了，对旁边站着的于琴说："行了，老梁来了，来收拾我了……"

"说这些废话都没有用，赶紧准备接待。"于琴说。

"我打电话问问老潘，老梁来这里是什么目的？"老郑说着就摸出手机给老潘打电话："潘市长，我是郑一凡啊，听说梁市长要来我这里视察，什么内容？"

老潘正和老梁坐在同一辆车上，接到老郑的电话，口气温和而沉稳地说："嗯……好，好，就这样，这个事情我回头再研究一下，我现在和梁市长一起在调研……"

说完，老潘挂了电话。

老郑一听傻了，对于琴说："他们俩在一起的，正在往这里来的路上，到底搞什么动静？"

"不就是来个市长视察吗？兵来将挡，水来土掩，少胡思乱想了……"于琴说。

老郑也就不再多说，安排大家收拾接待室，等候市长大人光临。

很快，老梁的车队到了，前面警车开道，后面各级随从跟着，浩浩荡荡，威风凛凛。

老梁下车后见了老郑，面带笑容："郑总，我们今天来看看你，看看你的公司，看看你的漂流，来学习取经啰……"

老郑握着老梁的手："欢迎各级领导莅临视察，指导工作，请大家到接待室坐，我给各位领导汇报工作……"

"不用，我看就在这里好了，"老梁走到漂流溪道旁边，"边走边聊，边看边说，有什么问题，咱们现场解决……"

大家簇拥着老梁，电视台摄像记者的镜头在老梁前面开道。

老郑随即就开始汇报整个龙潭景区的开发现状，然后是漂流开业后的运营情况。

老郑很乖巧，只字不提困难和问题，只提老潘、旅游局和各级领导的光辉业绩，只谈他们是如何指导，如何帮助的，特别是多次提到老潘，说老潘如何亲自过问景区开发进展情况，如何亲自带着自己去省里跑手续，如何亲自下来解决实际问题……

老潘听得心里飘飘然，暗自夸这老郑真会来事，眼睛不由又看着旁边丰腴娇嫩的于琴，心里又想入非非起来。他想起，自己好久都没有干于琴了，好久好久了。

老梁认真听着，脸上带着和善的笑容，沿着漂流溪道实地查看，又去和游客交谈。

然后，老梁当着大家的面对老郑说："我们市里欢迎郑总这样的外来投资者，我们大力支持你的事业，希望你能现身说法，吸引更多的外地投资者来东兴投资旅游……"

老郑心里安稳多了，老梁对自己依然是如此热情和真诚。

然后，梁市长对郑总说："午饭后，去看看你最近接手的假日旅游吧，你的框架是越来越大了……"

老郑心里一紧，看了一眼老潘，老潘若无其事。

午饭后，大家又直奔市区，直奔假日旅游。

梁市长在假日旅游看得很仔细，办公室内的营业条例、管理制度、各岗位职责、考核管理办法等等都看了，随后，梁市长又安排大家在外面等候，他单独和部分员工座谈，随同人员，包括自己的秘书，一概不得入内。

老潘和老郑交换了一下眼神，两人坐在外间的沙发上，心里都有些紧张。

梁市长这一举动十分出乎所有人的预料，大家都不明白梁市长葫芦里卖的什么药。

"梁市长是想调查一下旅游系统从业人员的基本状况，比如家庭情况、工资发放情况、'三险'缴纳情况等等……怕领导们在面前，他们不敢说，所以单独会谈……"秘书轻描淡写地说。

老郑一听心里放心了，假日旅游的员工福利陈瑶弄得很好，没有问题的。

老潘看老郑神色缓和，也松了口气。

一小时后，梁市长满面春风出来，和员工们握手告别。

和老郑握手告别时，梁市长看着老郑："我和你的员工谈了些什么，不要在我走后去追问员工哦，没人告你的状，呵呵……"

"不会，不会……"老郑笑着对老梁说。

然后大家离去，又去看了市里的其他几家旅游公司。

下午5点回到旅游局会议室，梁市长做了总结发言，发言中对全市旅游工作给予了充分肯定，对潘市长和旅游局的工作给予高度赞扬。

潘唔能心里像吃了蜜，乐滋滋的，完全放心了，心里开始琢磨晚上找李燕玩一玩的事情，毕竟这个女孩子能玩的机会不多了，在她有限的时间里，要尽量多开发多利用，这个女孩玩起来的感觉特爽，要不是她逼自己，还真的是舍不得。

王军和四秃子都已经准备好了，就等自己发话了。

潘唔能对此事很慎重，他打算找一个自己不在东兴的时间来做这件事，事情发生的时候，自己走得越远越好。而对王军和四秃子，他要求他们加强保密工作。

一切都在有条不紊地进行着。

梁市长在最后的发言中说道："……我看我们东兴旅游有一支高素质的从业队伍，这和我们的管理队伍是分不开的，和我们旅游局的管理工作是分不开的，里面凝结着旅游局全体干部职工的心血和汗水，我代表市政府，对旅游局全体干部职工提出表扬……当然，我们的唔能副市长，不可不说，领导得当，领导有力，领导有方，分管到位，落实到位，服务到位……呵呵……群雁高飞头雁领，这领头雁的作用是十分重要的……"

潘唔能眼里充满了欣慰和感动，老梁真好，对自己真好！

会后，梁市长谢绝招待，说还有事，和秘书告辞。

回去的车上，梁市长的脸色阴沉了下来，对秘书说："你暗中打听一下陈瑶和张伟的下落……唉……多好的人才，多好的旅游管理者，开拓创新，敢作敢为，员工拥戴……竟然被逼到这个份上，被棒打鸳鸯不算，还被迫背井离乡……岂有此理，这群混蛋！"

"那龙发旅游收购假日旅游，我也感觉很蹊跷，这假日旅游经营一直很好的，很红火，怎么就突然垮了呢？"秘书说。

"整个事情的基本情况我脑子里有数了，完全可以串起来的，不管是砸假日旅游还是收购假日旅游，不管是张伟被追杀还是陈瑶被迫出走，不管是王炎被刑讯还是老郑不配合提供情况，这后面，都有一只手在操纵，有一只恶魔的手在肆虐……哼……"

秘书小心翼翼地看着梁市长："那……收网？"

"等等，现在找不到最有力的突破口，我要全盘考虑，不可鲁莽，不可冒进，先等等，看省纪委那边有什么动静……信寄出几天了？"

"三天了，估计应该收到了……"

"嗯……还得有几天的缓冲……等等看吧……现在这就是我案板上的肉，我随时都可以下刀……我要等待出手的机会……"梁市长志在必得，话里充满了自信，他现在掌握了充分的证据和材料，完全明白了这事情的来龙去脉。本来是一个极其普通的案件，却让他老梁有了一个扳倒对手的机会，真是天赐良机，机不可失，失不再来。

现在，老梁就像一只在捕食的雄狮，潜伏在猎物附近，让猎物感觉毫无危险，等到猎物真的以为自己很安全，出来继续活动的时候，也就到了最佳的捕猎时机。那时，狮子就会猛然扑跃出击，一招击中，不容愚蠢的猎物再有任何反抗和喘息的机会。

官场如战场，出手必须要稳准狠，切不可做东郭先生。混迹官场多年的梁市长当然深谙官场斗争的艰难和风险。

王炎在家只歇息了几天，就去公司上班了。

经历此事，王炎精神上受了刺激，半夜经常惊惧而醒，幸亏有哈尔森在身旁体贴周到地呵护照顾，才让王炎慢慢在精神上恢复缓和下来。

哈尔森的身体恢复得非常好，定期去医院检查，医生每次都对哈尔森表示祝贺，祝贺他一次比一次健康。

小两口的公司刚开张，事情很多。

哈尔森除了和张伟那边联系，还一直在联系着欧洲其他的商品客户，最近国际纺织品价格回升，让一直关注这一块的哈尔森跃跃欲试。

王炎看事情基本摆平，市长都出面了，觉得不会再有什么危险，就和哈尔森商议着让丫丫回来，毕竟丫丫现在是公司的骨干，对外贸易是丫丫的特长，离了她，哈尔森和王炎感觉吃力不少。

哈尔森也同意，于是王炎就给丫丫打了电话："丫丫，在家玩够了吗？"

"嘻嘻……"电话里传来丫丫开心轻松的笑声，"没玩够，再玩一年也玩不够，天天这么玩就好了……"

"呵呵……"王炎笑了，"回来吧，公司需要你……"

"不是你要我不回来吗？怎么？没事了？"

"嗯……没事了，回来吧，徐君呢？回来不？"

"徐君到宁州去了，我哥收购了宁州的中天，徐君去做总经理去了……"丫丫骄傲地说，"徐君高升了……"

"哦……"王炎很高兴，"这么大的事情，咱哥怎么不告诉我，哼……到底不是亲妹妹，隔了一层啊，唉……"

"你别这么小心眼，我也是因为徐君高升提拔才知道这事的，最近刚收购的，我们还在苏州玩呢，就被征调到宁州去了……"丫丫快人快语，"对了，我在宁州遇到何英了，她正在打官司，要找高强的妈咪要自己的儿子呢……高强已经废了，不能抚养孩子了，他妈咪不给孩子，何英正在宁州战斗……"

"哦……何姐又出现了，我好久没有见何姐了……"

王炎其实上次已经从张少杨口里知道了张伟和陈瑶在瑶北和何英见面的事情，但是她确实是很久不见何英了，她觉得何英也真够惨的，老公没了，孩子没了，喜欢张伟，却又惨败给了陈瑶，现在落得个孤家寡人，想要回孩子，却又得打官司……

其实，王炎后来从心里感谢何英，自己离开张伟投奔哈尔森怀抱以后，那段孤苦的日子，幸亏有何英陪伴张伟，照料他，有了何英的填补，张伟从心理到生理都暂时得到了慰藉，而王炎心里的愧疚也得到了某种补偿。

当初，王炎以为张伟会在何英离婚后和何英结婚，虽然她也很喜欢陈瑶，但是她觉得何英已经把身体给了张伟，张伟应该娶何英的。只是她没有想到张伟竟然还一直有一个伞人，一个深爱的虚拟网友，而这个伞人竟然就是现实中的陈瑶。

当后来发生的一切都明了时，王炎接受了陈瑶，接受了伞人，她心里很同情何英，毕竟，何英是深深爱着张伟的，为张伟做出了巨大的奉献，付出了巨大的代价，最后一无所有，这很不公平。但是又想一想，如果张伟和何英结合了，这对陈瑶、对伞人公平吗？

王炎想来想去，觉得一切罪魁祸首就是张伟，是张伟的性格造就了这复杂而难以解决的一切。她觉得，要是能让张伟同时娶了陈瑶和何英是最好的办法，一个东宫，一个西宫，二女侍奉一个男人。

王炎觉得自己的想法很荒诞，没有敢告诉任何人，怕挨骂。

王炎又觉得张伟其实是一个很有福气的人，周围都是美女环绕，而且个个都愿意为他奉献肉体和灵魂。这样的男人，真是掉进福窝了。

王炎问了半天张伟和陈瑶的情况，确定了丫丫回来的日期和接机事宜，才和丫丫挂了电话。

王炎突然很想何英，想抽空去看看何英，她觉得何英是一个命苦的女人。

这会儿哈尔森一直坐在王炎的办公室里，看着王炎沉思的样子。

王炎现在是自己一间董事长办公室，哈尔森的总经理办公室在隔壁，两人的办公室和公司其他办公室一样，装饰都很有品位和档次，哈尔森是把这公司当做一个外资企业来经营的，把自己在外企的管理办法都用在了自己的公司上。

"炎——你在想什么？"看着王炎沉思的神态，哈尔森担心王炎又在回忆那过去的噩梦，轻轻揽过王炎的肩膀，抚摸着她的秀发。

"哦——"王炎一下子醒悟过来，看着哈尔森，摇摇头，"我——没想什么，没什么，我在想丫丫回来后公司的工作呢……"

"哦……丫丫回来后的具体工作我和她一起商议，你这几天主要的任务就是休养，休息，保养，"哈尔森握住王炎的手，"炎——你对我很重要，真的，我不能没有你，没有你，我会死去……"

王炎感动地握住哈尔森的手，心里为自己刚才的想法很羞愧："老哈，你对我真好，谢谢你！"

"我对你不好，我没有保护好你，让你受了坏人的欺负……我不会疼女人，我只会用心去爱你，可是，你对我太好了，你是真正的东方女人，你给了我第二次生命，我没有什么可以回报你，只有用我的心，去好好爱你……"哈尔森诚挚地说着，轻轻吻了下王炎的额头，"亲爱的，我越来越爱你，你是我生命中不可分割的一部分，不管有多大的风雨和磨难，我都会和你在一起，我都会保护你，甚至付出我的生命……"

王炎轻轻捂住哈尔森的嘴："亲爱的，不要这么说，这不怪你，这都是那些坏蛋的阴谋，他们都会受到严惩的……我爱你，我不让你为我付出生命，我要我们都好好地活着，虽然生活是那么不容易，虽然生命里充满荆棘……正因为活着不容易，所以，我们要更好地活着……亲爱的，过几天，我们就去领结婚证，先把证领出来，等到你身体允许了，等到我们忙得差不多了，我们就结婚，举办结婚仪式……"

"太好了，亲爱的，我一直在等着这一天，我们先领证，等到春节的时候，我们回你爸爸妈妈家，举办婚礼……"哈尔森很高兴，"明年你就可以做妈妈了，生一个漂亮的小娃娃，我就做爸爸了，我妈妈就可以做奶奶了，你妈妈就可以做姥姥了……"

看着哈尔森眉飞色舞的样子，王炎觉得哈尔森有时候很孩子气，很单纯可爱，其实很多老外都是这样，他们的头脑很简单，没有中国人那么复杂细腻的思考和顾虑。

"老哈，领了证，我就是你的人了，就是你法律上的女人，你的妻子，你未来孩子的妈妈了，我们的家就真是一个家了……"王炎往后一仰脖，靠在老板椅靠背上，笑嘻嘻地看着哈尔森，"以后，要是生了孩子，姓什么呢？"

"当然是姓张，我叫张子强，孩子姓爸爸的姓……"哈尔森认真地说，"中国的传统就是这样的，不可以违反的……"

"怎么不可以违反，傻蛋，"王炎把腿一跷，放在办公桌上，"我嫂子陈瑶就姓妈妈的姓，以前姓张，后来姓陈，谁说不可以随妈妈的姓？"

"哦……是这样啊，"哈尔森挠挠头皮，"那——那就随你的姓吧……"

"嘻嘻……"王炎开心地笑了，"老哈，到时候咱俩抓阄，抓到什么就是什么……"

哈尔森也笑了，一会儿伸出胳膊，轻轻给王炎捶腿："唉……想当初，我得病的时候，我还以为我这一辈子就完了，哪里还敢想以后，还敢想结婚、生子……没想到，我竟然真的还有明天，还有未来……"

"你现在已经不是病人了，你已经是一个种马了，"王炎舒服地闭上眼睛，"别把自己当病人看，你在外面是一个总经理，一个男子汉，一个大老板，在家里呢，是一个好丈夫，一个好儿子，一个好男人，上了床，你就是一个健壮有力、充满活力的种马……"

哈尔森笑了，其实这几天的性生活对减轻王炎的精神负担和压力也很有好处，他每晚都温柔地和王炎温存，尽量让王炎有舒适安逸和轻松的感觉，放松王炎的身心……

王炎闭眼休息了一会儿，对哈尔森说："哈总，回你办公室去吧，上班时间，不要打扰董事长工作，乖……"

哈尔森站起来："是，董事长，我回去了。"

哈尔森回办公室后，王炎拨打了徐君的电话，问到了何英的电话号码，随即给何英打了过去。

"你好，哪位?"电话里传出何英熟悉的声音。

"你好，你是何董吗?"王炎捏着鼻子，压低了嗓门。

"是啊，我是何英，请问你是——"何英没听出王炎的声音来。

"我是王董事长啊，简称王董，小何，你听不出我来了?"王炎笑得浑身发颤。

"没听出来啊，您是王董?请问贵公司是——"何英一听对方叫自己小何，不由自主把"你"改成了"您"。

"唉……这才几天啊，你竟然就听不出我是谁了，唉……伤心哦……"王炎继续捏着鼻腔，压低嗓门。

"不好意思，您看，我这记性不大好，我真的没听出来……"何英笑着，"您能告诉我贵公司是——"

"公司不贵，价格适中，我要是告诉你公司的名字，你就能知道我是谁吗?"王炎乐得嘴巴都合不拢。

"能——您说吧。"

"自强外贸!"王炎正色说道，"知道俺是谁了吗?"

"你——啊哈哈——"何英一下子反应过来，"死鬼王炎，闹了这半天是你在折腾我，哈哈……"

"嘻嘻……"王炎开心地笑着，"何姐，很久不见了，想死妹妹了，你现在在宁州?"

"不啊，我在东兴，今天中午来的，刚刚去医院看了看高强，这会儿正愁没地方吃饭呢……"何英笑呵呵地说道。

"嗯……洒家招待你，咱一起吃饭，晚上你到我家，住在我家，"王炎对何英说，"今晚我们请客，我和我那口子说下，等会咱们在天天渔港会合……"

第十九章 | **窃窃私语**

30 分钟后，哈尔森、王炎和何英在天天渔港酒楼会合，一起坐在一个单间里。

何英和王炎许久不见，亲热得不得了，大家都很兴奋。

王炎来之前已经把何英的情况和哈尔森简单说了下，哈尔森这会儿看着何英道："怎么我遇见的都是美女，还都是和张伟有关系的美女，唉……张伟真有福气……"

王炎照哈尔森后脑勺就是一巴掌："臭洋鬼子，你胡说什么，把你发配回德意志去……"

哈尔森赶紧闭口，看着何英发笑。

大家都大笑起来，很放肆很开心的那种笑，充满了挑逗和暧昧。此刻，大家都不约而同想起了张伟。

说来奇怪，不论谈什么事情，总是离不开张伟，在大家谈论的事情里，几乎随处都有张伟和陈瑶的影子在飘动……

梁市长走了之后，老郑一颗悬着的心终于放了下来。

为什么梁市长要到自己的公司来视察，为什么要来假日视察？老郑坐在办公桌前冥思苦想，他想为自己找到一个合适的答案。

从老梁的语言和神态看，对自己好像并没有什么不满，好像并没有对自己的不配合而有什么怨愤，难道真如于琴所说，人家大人物，怎么会在这种小事上计较。

于琴走了进来，眉飞色舞地说："不错，很好，老梁今日来视察，等于给咱吃了定心丸，没事了……"

"何以见得？"老郑懒洋洋地看着于琴。

"换位思考啊，把你放在老梁的位置上，你会怎么做？"于琴看着老郑。

"不听我的话，和我对着干，我利用职权弄死他！"老郑说。

"狗日的，怪不得你这样的人是小人，鼠肚鸡肠，做不成大事！人家老梁可不是你那样的人，"于琴骂道，"老梁此行，很明显，调研是一个幌子，真正的目的是要做给全市的旅游从业者看，做给所有来投资的外地商人看，做给你这个狗日的看，安抚你，让你不要担心被打击报复……"

老郑一听，也觉得于琴说得有道理："老梁果真有如此胸怀？"

"人家是干大事业的，有大气魄、大胸怀，真正的大男人，哪里像你，也就生理上是个男人，和高强是一路货，心里啊，连个女人都不如……"于琴讥笑道。

"妈的，我不是男人你干吗还找我？"老郑很不服气，又很委屈。

"当年老娘瞎了眼呗，看你龟儿子有钱呗，你以为看中你什么？要不是死皮赖脸天天到夜总会给老娘捧场，许诺给老娘多少多少钱，让老娘当家作主，咱能跟你这龟儿子？别看咱做夜总会的女人，那是不偷不抢，靠劳动和身体挣钱，钱来得正大光明，说话办事那是一个'爽'，再贱都比你这等男人强，白长了一副男人的躯壳，骨子里还不如一个女人……"于琴肆意挖苦着老郑。

老郑被于琴说得有些气馁："你人都嫁给老子了，怎么，后悔了？"

"后悔个屁啊，老娘做事情就没后悔过，男人我见得多了，什么样的货色都有，你这样的，也就算不错了，总比那些没钱的强，"于琴漫不经心地说着，"看在你让老娘当家作主的份上，咱就跟你过下去了。妈的，我容易吗，不但要伺候你，陪你吃，陪你睡，让你干，还得给你生儿子，养儿子，还得伺候你老爹老妈……"

老郑笑了："于琴，听你这说法，你越来越像个家庭妇女，良家妇女了……"

"真的？感觉像？"于琴笑了，"咱以前是个风尘女子，跟了你，先是成了个不良少妇，现在呢，想做个好人，向良家妇女转变，我还一直对自己信心不足，听你龟儿子一说，成，那就继续往良家妇女上做下去，以后就做一个相夫教子的家庭妇女吧，伺候公婆……"

老郑："很好，你这么想，我就放心了，其实啊，男人都希望自己的女人规规矩矩，在家安分守己，呵呵……今天我看老潘那眼神，老是不怀好意地看来看去……"

"他还不是白看？"于琴不屑地说，"他给老娘打了多少次电话了，让我到他那别墅去，我都没答应，我直接告诉他了，以后别想了，老娘以后要生孩子了，不吸毒了，不乱搞了，只供你狗日的一个用，供郑一凡专用了……"

老郑满意地点点头："很好，既往不咎，看以后表现，犯了错误，改正了就是好同志，我们一贯的方针就是惩前毖后，治病救人……我以前也曾经走过弯路，这不，我现在也变好了，我一不吸毒，二不乱搞女人，三没去赌博……"

于琴："你没吸毒没赌博我相信，你没搞女人，我总有点怀疑，我又不能天天看着，谁知道到哪里抽空弄了呢……前些日子和高强去广东，有没有玩女人？"

"没有！"

"再说一遍，真没有？"于琴紧盯着老郑的眼睛。

老郑心一横，鼓足勇气，看着于琴的眼睛："没有，就是没有，坚决没有，打死也说没有，就是不说有……"

于琴笑了："狗日的，眼不见为净，我就装作相信你没有吧，再一次警告你，别让我发现你吸毒，赌博我不管，再发现你溜冰，你就死定了，我说到做到……"

"吸毒不可以，那找女人可以？"老郑嬉皮笑脸。

"不吸毒一般是不会乱搞的，我知道你，只要吸了毒，你必定找女人乱搞，你以为我不知道你以前那些事……"

"保证不吸毒，绝对保证。"老郑有口无心地说道。

正说着，于林进来了："姐，姐夫，我饿了，想吃海鲜了！"

"那好，咱们去吃海鲜，可不能让阿林饿着！"老郑对于琴说。

"行，去天天渔港吧，那里的海鲜最好了，"于琴说完又看着于林，"叫着赵波一起去吗？"

"不叫，"于林满不在乎地说，"他吃完了大碗面，在电脑前玩呢……"

老郑看看于琴，于琴看看于林，都没说话。

于琴知道于林虽然和赵波好上了，但是在于林的心里，一直还想着张伟，或许她唯一爱的人就是张伟。

生活就是这么奇怪，得到的不一定是最爱的，最爱的或许一辈子都得不到，只能埋藏在心里。

"那好，走吧，去天天渔港。"于琴搂着于林的肩膀，"陪咱们乖乖阿林去吃海鲜啰……"

于琴对于林很疼爱，她从小就疼爱这个妹妹，自己在夜总会挣的钱很多都给了父母，供妹妹和弟弟上学、生活之用。就在她觉察老郑和于林有了那事之后，也没有怨恨于林，而把怨恨发到了老郑身上。

路上，于林叽叽喳喳和于琴说话。

"姐，我和瑶北天马的夏花联系了，知道张伟和陈瑶的下落了，嘻嘻……何英姐那天是骗你的，她也知道张伟和陈瑶在哪里的……"于林笑着对于琴说，"唉……好久没见张伟了，知道他平安也就好了……"

"哦……"老郑精神一振，"他们在哪里？"

"都在瑶北，在瑶北扎根做企业呢，张伟做了老板了，开了自己的公司……"于林说。

"那——陈瑶呢？"于琴看着于林。

"陈瑶没事，就在家玩……哦……也不对，这几天何英在宁州打官司要孩子，陈瑶在帮助管理天马……"

"哦……怪不得天马这几天又发团了，"老郑沉吟了一下，"原来是陈瑶在管理天马……那假日旅游的红色瑶北线路，也要很快发给天马了……"

"张伟做什么生意？赚不赚钱？"于琴显然对张伟更感兴趣。

"开了一家伞人经贸公司，专门经营旅游产品，通过东兴的一家外贸公司出口欧盟，赚大了……"于林说。

"通过东兴的外贸公司？"老郑心一紧，"哪家外贸公司？"

"名字我忘记了，好像是张伟的一个义妹开的，叫王炎的开的……对了，张伟的一个亲妹妹，也在这公司里干呢，这几天回老家探亲去了……"于林继续说。

老郑心里猛地一抽，哦，原来这王炎是张伟的干妹妹，丫丫回老家探亲了，怪不得那天弄错了人。张伟既然在老家落叶扎根，那就不会再回来了，陈瑶夫唱妇随，自然也会在瑶北，自己在东兴就没有什么后顾之忧了。

老郑这么想着，心里放松起来。

"啧啧……张伟真不简单，做起了旅游品出口生意，这个可是赚大钱的项目，老外的钱好赚啊……"于琴赞不绝口。

"对了，"于林猛然又想起来，"张伟现在可牛了，刚刚在宁州又收购了一家旅行社，高大哥以前的那个什么中天旅游，现在被张伟收购了，张伟成了老东家的老板了……"

"啊——"老郑和于琴大吃一惊，于琴是兴奋和激动，老郑是震惊和忐忑。

张伟竟然如此迅速地开始扩张，而且还往南扩张，不安分守己在本地，既然他能收购老高的中天，那么，胃口一定会越来越大……下一步他就很可能要瞄准假日旅游，甚至……

老郑不敢往下想了，越想越怕，不由开始冒汗……这个张伟早晚对自己是一个巨大的祸害，是自己前进道路上的绊脚石。

老郑凝神思虑，不由想起了潘唔能……

"真有这个张伟的，"于琴很高兴，"这家伙真的有本领，这么短时间内组建新公司，收购老公司，动作真快啊，迅速扩张……他哪里来这么多钱啊……"

"自己赚的呗……"于林说，"在我们这里做的时候就赚了不少，开新公司又赚了不少……"

"我看不一定够，做旅游品生意要占用很多资金的，"于琴对于林说，"我看啊，是陈瑶注入了大量的启动和流动资金，陈瑶别看开了家旅行社，其实手里钱不少的，她除了旅行社，还有别的赚钱项目……"

"唉……这两口子真厉害，"于林酸溜溜地说，"我看，也就只有陈瑶能和张伟匹配了，也只有陈瑶能让张伟动心，别的女人，都白搭啰……"

于林亲昵地搂着于林的肩膀："阿林，别想多了，这人啊，都是命中注定的，得不到得到都是天意，我知道你的心思……乖，别想了……"

于林被于琴说得更加伤感了，默然无语。

"对了，关于张伟和陈瑶去向的事情，可千万别告诉别人啊，他现在可是还在被黑社会追杀呢……"于琴郑重地叮嘱于林，又戳戳老郑的肩膀，"喂——还有你，听见没有？"

"啊——什么？什么听见没有？"老郑这会儿正在琢磨张伟的事情，根本就没注意听于琴和于林在说什么。

"张伟和陈瑶的事情，保密，你听见没有？狗日的？"于琴又说了一遍。

"哦……保密……好，听见了！"老郑连忙回答。

"唉……这也是因祸得福，好人有好报，人家两口子是好人，所以走到哪里都能发财，都能发展……"于琴又感慨地说。

于琴这句话老郑听见了，脸色阴沉着，心里一阵冷笑。

到了天天渔港，三人上楼找单间，正在走廊里站着等服务员安排呢，于琴背后被人拍了一巴掌："于董！"

于琴一看，是何英，刚从洗手间里出来。

老郑一看是何英："咦，何英，你不是在宁州吗？"

"俺家在东兴，就不兴俺回来看看了？"何英说。

老郑见了何英，就想起她肚子里那孩子，就想起那放纵迷情的夜晚，心里一阵猛跳。

"你来这里吃饭的？"于琴问何英。

"是啊，你们就 3 个人？"

"是的，就我们3个，你们几个？"

"我们也是3个，我和我一个妹妹一起的，干脆，咱们一起吧，6个人，凑一桌，到我们的房间吧，别再另开单间了……"何英说。

"好啊，好啊，"于林鼓掌热烈赞同，"我好久不见何姐了，想死我啰……"

于琴也赞同。

老郑一看，也不好再说什么。

何英领大家进了单间，向王炎和哈尔森介绍："龙发旅游的郑总和于董，这位是于董的妹妹，都是我的老熟人，咱们一起吃吧……"

王炎和哈尔森一听是张伟的前老板和老板娘，忙起身欢迎。

大家坐定，然后何英继续介绍："这是我的小妹，王炎，那是王炎的未婚夫，德国友人，哈尔森……"

三人一听，吃了一惊，于琴看着王炎："小妹，你——你是不是张伟的妹妹？"

"是啊，"王炎笑了，"于姐知道啊，是不是我哥以前告诉你的？"

"啊……呵呵……"于琴不置可否地笑笑，又问王炎，"小妹现在做什么事情呢？"

"小妹现在可厉害了，和洋鬼子一起开了一家外贸公司，自强外贸，专做出口生意……"何英接过来说，"王炎是董事长，哈尔森是总经理，夫妻公司呢……"

老郑看着哈尔森和王炎，呆了半天才回过神来，主啊，怎么会有这么巧的事情，怎么遇到这两口子了！

于琴看着老郑的神色，知道老郑懵了，不仅仅是老郑，于琴心里也很意外，她知道老郑向潘唔能透露情况，才让王炎受了一遭折磨，现在人家两口子就坐在自己面前，怎能心里不尴尬呢。

于林很乖，在这个场合不说话了，只管吃。

王炎和哈尔森哪里想到这么多，看于琴和老郑坐在那里心神不定的，还当是拘束，忙招他们吃菜："别客气，吃啊！"

于琴用脚踩了老郑的脚一下，拿起筷子："好，好，别客气，吃，吃……"

老郑回过神来，忙点点头："好，好……不客气……"

何英在旁，冷眼看着老郑和于琴的神色，感觉有些异常，心里不由犯起了嘀咕……

晚餐进行得比较尴尬，老郑和于琴都没有了说话的兴趣和欲望。王炎和哈尔森看人家不说话，也不多说，偶尔和大家举杯喝酒。

何英边吃边琢磨，眼睛的余光不时扫到老郑那心事重重的脸上。

晚饭终于进行完了，大家分手告别，老郑和于琴无精打采地驱车离去。

何英和哈尔森、王炎一起去了哈尔森家，王炎有很多很多话要和何英说，安排哈尔森自己睡，她和何英睡客房。

夜深了，大家都睡了，只有何英和王炎的卧室里还传来两人轻轻的絮语……

老郑和于琴回到办事处，进了宿舍，往沙发上一坐，重重出了口气："出鬼了，怎么这么巧遇到他们俩……"

"看今天这模样，王炎的伤势和精神都好了，恢复挺快的……"于琴看着老郑，"你狗日的提供情报给老潘，祸害人家，丧尽天良，这事要是那一天泄露出来，张伟不挑了你的筋……"

"别吓唬老子，老子这是正当防卫，谁让那兔崽子断了老子的财路，把我的大客户搅没了……"老郑理直气壮地说，"再说了，这事只要老潘不说，谁也不知道是我提供的情报，神不知鬼不觉……"

"你以为老潘嘴巴就严实啊，说不定哪天他落网了，要是追究这事，第一个就说出你，说是你提供的情报……"于琴幸灾乐祸地看着老郑，"到时候就是法律追究不到你，张伟也会来找你复仇，替他妹妹出气……"

"老潘怎么会倒？我看他现在好像是越来越壮实了，不单单一个市委书记赏识他，现在老梁好像也转变态度了，今天开会还一个劲夸他……估计是老梁从我这里没有得到证据，拿不下老潘，干脆就转而拉拢老潘了……"老郑点燃一支烟，"这官场啊，和商场一样，没有永远的朋友，也没有永远的敌人……"

第二十章 阴谋已定

瑶北，一家西餐厅的二楼，一个安静的角落，张伟和小燕子在一起边喝咖啡，边交谈。

张伟简单和小燕子说了下自己在老家投资的情况，至于南漂的事情，说得更加简练。

张伟和小燕子一起共事几年，一直把她当做下属和小妹妹看，从来没有感觉她对自己有什么特别的意思，那天陈瑶说了之后，张伟才开始留意这些。

这一留意才发现，小燕子还对自己真的有过那种意思，只是自己那时马大哈，不在乎罢了。

为了不让小燕子有多余的想法，张伟着重给小燕子说起自己和陈瑶的关系。

"行了，不用你一个劲提醒，陈姐和我都吃了几次饭了，我早就知道了，你们俩是情浓似火的一对，没人打算去拆散你们，搅和你们……"小燕子酸溜溜地说道。

张伟笑了："小燕子，是不是很想我？"

"大个子，你说呢？辞职了，说走就走，营销部的哥们儿姐们儿本想给你送个行的，结果，隔了一天来找你，一看，人没影了，房子也退了，没良心的……"小燕子幽怨地看着张伟。

"呵呵……落魄辞职，落荒而走，无颜见你们了，"张伟笑着说，"所以，我选择了打枪的不要，悄悄地溜走……怎么样，大家都还好吧？来，和我说说，大家伙都咋样了？"

"你找我就是为了问这个，是不是？"小燕子嘴巴一撇，"你们两口子啊，典型的实用主义，都是带着目的来找我，约我喝茶、吃饭……"

"哎——这是什么话？咋了？大家见面，总要有话说的嘛！陈瑶约你吃饭，都问你什么了？"

"还能问什么？还不就是你在天宇旅游公司，在瑶北这几年的那些破事，什么都问，就差吃喝拉撒了……我看啊，这陈瑶对你是很关注的，很够味，你的什么事她都感兴趣，我说什么她都竖起耳朵听，只要是你的事……"

"你没说我什么坏话吧？小燕子同志，咱们可都是一个战壕多年的革命战友，咱可不带出卖战友的……"张伟神色故作严肃。

"我说什么你坏话？我就实事求是地说你了……"小燕子装模作样地看着张伟："不做亏心事，不怕鬼叫门，你紧张什么……我告诉陈姐，你从来不带女孩子唱歌、跳舞、开房间，从来不喝酒、打架，从来不见女网友……"

"晕倒……"张伟扶着额头做痛苦状，"还不如不说这些……"

"嘻嘻……好了，逗你的，我就是和陈姐不停夸你啦，说你又能干又勤快，又会带队伍又会做业务，个人不计小利，团结大伙，带出了我们一批营销队伍……还说你性格爽直，讲义气，路见不平拔刀相助，主持正义……行了吧，没说你那些花事……"

"哈哈……好，够味，小燕子，说得很好，提出表扬，"张伟开心了，"我就知道你不会出卖我的……"

"大个子，你还真有能耐，出去了这大半年，一回来成阔佬了，财色双收，做了大老板，有了绝色美人，"小燕子看着张伟，"陈姐可不是一般的女人，不光长得漂亮，人心眼也很好，很善良，很宽厚……而且，还很有能力，管理企业，很在行……"

"这你都看出来了……"张伟颇为自豪，"陈瑶那是叱咤风云的女浙商，在浙江，也是响当当的一个人物，嘿嘿……咱找的这个老婆，还行吧？"

"那是相当地行，哎——我等望尘莫及啊……"小燕子笑了，"祝福你，大个子，好好待人家，别再像以前那样玩世不恭了，换了一个又一个……"

"嗯……一定，小燕子，你放心，我绝对不再花心了，我以后这辈子就守着陈瑶过了，海枯石烂，地老天荒……"

"行了，别给我来这一套，有这话你冲陈姐说去吧，和我说没用，我不吃你这些……"小燕子说。

"呵呵……对了，那批老伙计都还在吗？"张伟关心地问起了天宇旅游的那批营销部老部下。

"都还在呢，一个没走……"

"哟——不简单啊，都能呆住，韩老板还真不简单……"

"什么不简单，一个是经济情势不好，走了找不到合适的工作，第二，韩天在你走后，扣除了营销部所有人员的一个月工资和奖金做押金，走了，这钱就没了，不走，这钱最后还给……所以啊，大家伙敢怒不敢言，都在这里吊儿郎当混着呢……"

　　"哦……我牵累了大家，真不好意思……"张伟点点头，"韩天做事情够狠的，行，有种！这天宇旅游开发的那景区咋样了？"

　　"你说那大峡谷地下溶洞啊，你没走的时候很好啊，红红火火，你走后，韩天的妹夫接了你的位子，不懂管理，不懂业务，大客户都跑了，新客户拉不过来，日渐惨淡，现在也就勉强维持经营……这么好的一个景区，弄成这个样子，可惜了……"

　　"哦……你们营销部的人员怎么都不出去拉业务？"

　　"你走了，大家伙儿都没干劲了，老韩又迟迟不兑现提成，都在那疲疲沓沓磨着呢……混天聊日，如果经济形势能好转，如果有好的单位要人，说走人就刷走光了……"小燕子做了一个生动的手势，"要不，都到你公司里干去？"

　　"我那里？不行不行，"张伟摆摆手，"我那里行业不对口，另外，我那里现在销售是定点外销，不需要这么多营销员，我看哪，你们还是先耗着吧，或者去附近别的景区……"

　　"别的景区不行的，他们不敢要的，挖韩天的人，他会找黑社会上门的……"

　　张伟哈哈大笑："那些景区太老实了，被韩天这个纸老虎吓怕了，韩天也算黑社会？就他认识的那几个人，也能算黑社会？哈哈——真好笑！"

　　"呵呵……咱们公司也就你不怕韩老板，敢和他摔桌子，别人，谁敢啊？"小燕子笑着说，"你辞职时候那劲头，让大伙乐了好几天呢，都说真解气……"

　　"这么着，小燕子，你回去和大家伙儿先打个招呼，说我回来了，改天我忙完手头的事情，专门请大家伙儿一起吃顿饭，大家好好叙叙旧，聊聊天，好不好？"张伟伸手捏了捏小燕子的鼻梁。

　　"好啊，太好了，大家伙都很想你，没事的时候在一起聊天常常聊起你，现在见到你，别提多高兴呢……"小燕子高兴地说。

　　接着，张伟又详细询问了天宇旅游公司的经营情况，特别是营销方面的情况，包括那大峡谷地下溶洞经营中出现的问题和漏洞。

　　小燕子对张伟是知无不言言无不尽，炒豆子一般，哗哗都倒给了张伟。

　　张伟问完，小燕子傻乎乎地看着张伟："大个子，你问这些干吗？"

　　"不干吗，关心关心呗，老东家了，念着呢……"张伟皮笑肉不笑地看着小燕子，嘴巴半张，做出一副傻呵呵的样子。

"我一看你装傻的样子就知道你不怀好意，哈哈……"小燕子调侃道。

"呵呵……"张伟更傻了，嘴巴仍旧半张，眼睛直勾勾地看着小燕子，"呵呵……"

"哈哈，说你傻你更傻了……"小燕子被张伟的神态逗得笑个不停。

和小燕子分手后，张伟直接来到陈瑶的办公室，敲门，捏着鼻梁："请问，陈董在吗？"

"谁啊？请进！"陈瑶在里面说。

"门关死了，打不开呢——"张伟压低嗓门。

室内传来陈瑶走路的声音，边说："门没关死啊，一推就能开……"

说着，陈瑶打开门，一看是张伟，正笑得浑身发抖："陈董好，俺是张董，来拜访您老人家……"

"傻熊——你敢逗我——"陈瑶一伸手，拧住张伟的耳朵就往室内拉。

张伟乖乖弯下腰，跟着陈瑶走进屋里："哎哟——不敢了，疼哦……"

闹腾了一会儿，两人安静下来，陈瑶说："怎么？今天下午咋有空来了？"

"想你了，专门推开一切事务，专门来陪老婆，今天是周末啊……"张伟认真地说，"我刚把丫丫送上飞机，又和小燕子喝茶叙旧，接着就奔你这里了……"

"丫丫回去了？"

"是的，王炎来电话催了，那边公司的事务忙，哈尔森正在搞多种经营，急需丫丫回去，我送她到机场的，时间来不及，没过来和你打招呼，下午2点的飞机……"

陈瑶抬起手腕看看表："哦……这会儿应该到了……哈尔森这家伙，野心不比你小，一心想做纺织品……不过我不大看好……"

"这时候他正在兴头上，谁说了也不会听的，让他去闯吧，"张伟坐在沙发上晃荡着二郎腿，"今晚我不走了，和你一起住……哎——姐，咱俩好久没有在一起过夜了，就算那天中午紧急弄了那么一会儿……不过瘾……"

陈瑶抿嘴笑了："难得你还能想起老姐在瑶北孤苦伶仃……对了，宁州那边，中天旅游全面启动了，目前我让徐君先做瑶北旅游线，以此为突破口，先把公司启动起来，然后再逐渐开展其他业务……"

张伟点点头："很好，和我的想法是一样一样的……我这边正在开展大生产运动，千家万户都发动起来了，如火如荼啊，那个火热劲，看了让咱老百姓今儿个真高兴，真高兴啊真高兴……"

陈瑶哈哈大笑："看把你乐的，能保证按时保质保量供货吗？"

"没问题，别说一个月要30万件，就是要60万件，我也能保证，我这里的劳动力资源和原材料资源太丰富了……姐，你猜，这批30万的货，我能净赚多少？"

"多少？"

张伟伸出4个指头："说出了吓你一跳，400万，整整400万！"

陈瑶真吓了一跳："好厉害，这生意怎么利润这么高？"

"老外要的价格高啊，哈尔森给我的价格就高，我给老百姓的价格也就高，大家都有得赚，"张伟很得意，"关键是咱这产品好，生态的，无污染的，绿色的，古老的……"

陈瑶思忖着："这么下去，一年可不就做大了……"

"是的，只要国际市场需求不变，只要国内政策稳定，我争取两年做个亿元户！"张伟野心勃勃地说，"现在我们的资金很充足，老外做生意讲信誉，都是提前预付资金，正好我用来采购原料，家庭困难的农户，我全部赊欠原料钱，等收成品的时候再扣除……姐，我们的明天无限好，无限美好来……"

张伟又忍不住唱起来。

陈瑶笑起来："好，傻熊，戒骄戒躁，稳步推进，扎实奋斗，你的理想很快就能实现……"

"呵呵……我的理想很简单，就是事业和爱情，有一个体现自身价值、实现个人奋斗目标的事业，有一份幸福的爱情，现在，我的爱情已经实现了，我的事业正在进行时……"张伟拉着陈瑶的手，抚摸着陈瑶纤细白嫩的手背。

"傻熊，你对理想的追求和执著，正是因为你的执著，你才会有今天，才会有今天的良好开局，只要你继续坚韧不拔，继续为理想而执著奋斗，你的理想一定会全部实现……"陈瑶微笑着看着张伟。

"我从初中的时候就崇拜切·格瓦拉，我崇拜的就是他为理想而奋斗的执著和毅力……他的那种精神一直鼓舞着我，成为我人生漫漫旅途的一盏明灯……"张伟沉思地说，"人生，必须要有一个目标，没有目标的人生，就仿佛是在没有航标的河流上行驶的小舟，最终只能是在原地打转，最终只能是一事无成，碌碌无为……"

陈瑶用赞赏的眼神看着张伟："切·格瓦拉鼓舞了一代又一代青年人为了理想而拼搏、奋斗，他同样是我的偶像，同样在我迷途的时候，在我沮丧和悲观的时候，给我勇气，给我力量，让我勇敢呼吸，走出泥潭和迷雾……人生一定要有理想，你说得很对！"

张伟看着陈瑶，觉得心里暖暖的，不由将陈瑶的身体拉过来，两人缓缓地将嘴唇凑在一起，深情地接吻……

正在这时，陈瑶的办公电话响了，陈瑶从张伟怀里出来，去接电话："您好，我是陈瑶！"

"陈总，你好，我是天宇旅游的老韩啊，韩天，"电话里传来韩天的大嗓门，"那天吃饭我们见过面的，我去你们那桌敬酒……"

"哦……天宇旅游，韩总，您好！"陈瑶冲张伟挤了挤眼睛。

张伟一听是自己的前老板韩天来的电话，站起来走到陈瑶旁边，将耳朵贴过去。

"陈总，我找你求援来了！"韩天在电话里说话的声音很霸气，充满北方人的鲁莽和爽直。

"呵呵……韩总夸张了，哪里能说求援呢？大家彼此都是利益相关的，韩总有什么指示，请讲？"陈瑶不紧不慢，不冷不热地回复过去。

"我那景区啊，地下大峡谷溶洞，那可是中国江北最好的溶洞了，我看天马最近南方的旅游团又来了，而且一天比一天多，这么着，你把客人统统带到我那里去，怎么样？把我的景区加进线路，我那附近还有一个宾馆，吃住玩一条龙，我都包了……"韩天的口气依然很冲，不容置疑的样子。

张伟肚子里的火腾就上来了，刚要发作，陈瑶伸手就拧住了他的耳朵，挤了挤眼睛，让他安静。

"哦……是这个事情啊，咱们瑶北呢，溶洞有好几个，我们的客人呢，来瑶北旅游，只能在线里安排一个溶洞景点，所以，我们要从中选择，在景点质量、价格、服务等各方面进行比较，然后才能确定下来……"陈瑶温和地说道。

"你刚来瑶北，不知道，我的景点是最好的，我的溶洞是最好的，我的服务、价格都是最好的……"韩天蛮横地说，"陈总，你可能还不了解我们本地的社情民情，在我们这里，我的景区是第一流的……还有，你们外地人来瑶北做点小生意也不容易，我这人呢，最喜欢结交外来朋友，喜欢帮助外地人，所以呢，我专门给你打这个电话，大家最好能合作合作……"

陈瑶继续笑着说："这么样子吧，你安排一个人，将你们景区的基本资料、价格、服务流程等传过来，我们看一看，然后，我们会将你们的资料和其他的景区的资料同时提供给游客，让游客来自行选择……也就是说，去哪里游玩，我陈瑶说了不算，你韩总也说了不算，游客说了算……呵呵……至于我们是外地人的问题呢，我更加相信韩老板了，相信韩老板是热心肠，我们就是知道山东是礼仪之邦，孔孟故里，所以专门来这里投资做生意的，果然，遇到韩老板这么有素质、文明礼貌的热心相助的人……"

陈瑶的声音虽然很委婉很和气，但是话里明显开始变硬。

"你——"韩天可能没有想到陈瑶来这么一手，把选择权推给了游客，又给他戴了这么一个高帽，一时有些无可奈何，闷声说，"好吧，我这就安排人把材料给你们前台送过去！"

"好的，韩总，欢迎有时间来天马指导工作！"陈瑶依然笑容可掬。

然后，韩天挂了电话。

打完电话，陈瑶笑看张伟："傻熊，你们瑶北人可真好客啊，俺一来就恐吓俺……"

"这个韩天，我看他是活腻了，改天我得专门去会会他！"张伟恨恨地说道，"瑶北怎么有这样的败类，专门欺负外地人……他就是抓住一点，南方人胆子小，怕打架，才越来越肆无忌惮……典型的软的欺，硬的怕……"

"我不怕的啊，"陈瑶转身搂住张伟的脖子，"有你在，我不怕的……"

"当然不用怕，"张伟拍拍陈瑶的肩膀，"坏人再凶恶，其实都是胆怯的，都是不敢见阳光的……"

陈瑶点点头："走，咱们吃饭去，下班了，回家吃，我回宿舍做光棍鸡给你吃，刚学的手艺……"

张伟笑了："本地名吃，你这么快就学会了……"

"那是，聪明啊，没办法！"陈瑶得意地说。

二人下楼，陈瑶开着宝马，张伟开着切诺基，直奔陈瑶的宿舍。

东兴，梁市长刚回办公室，秘书送过来一个信函："梁市长，大下周要在北京召开一个全国旅游城市发展研讨会，邀请您去参加，您看——"

"我没空了，大下周省长要来视察，我哪里能脱身呢，这么着吧，我签个字，你给潘市长，让他去参加吧……"梁市长说着拿过信函，签了一句话：请唔能市长参加。

然后，梁市长签上名字递给秘书："唔能市长刚才还在办公室的，你直接去吧，给他就是！"

秘书急忙拿了信函去了潘唔能办公室，递给他，然后转身离去。

潘唔能一看，会议10天之后召开，会期一周。这会议是要求各城市的市长参加，梁市长让自己代替参加，这不充分说明了梁市长对自己的重视吗？

潘唔能拿着信函反复看，心里很高兴，同时还琢磨着其他事情。

潘唔能眼珠子转悠了半天，眼前猛然一亮，有了，就这么办，机会来得太好了，天助我也！

潘唔能屏住呼吸，将计划又想了一遍，再仔细琢磨了一遍，终于放下心来。

今天是周末，潘唔能打算欢度周末，现在他最主要的就是想和李燕玩，这女人是玩一天少一天了，得抓紧时间玩，一想起李燕，潘唔能就起性，真他妈的是个尤物，玩起来太爽了，唉——就是心太贪，不知足，不然，自己也不会舍得让这么一朵鲜花陨落。

不过，潘唔能心里其实最想要的还是陈瑶，念念不忘，刻骨铭心，他觉得自己都快为陈瑶发疯了！自己如此痴迷陈瑶，陈瑶竟然不理解自己，一甩手远走他乡，将自己抛在这里，想到这里，心里阵阵意冷，一股淡淡的伤感和幽怨涌上心头，唉——多情总被无情伤！

从来没有一个女人能让潘唔能如此上心，如此迷恋，他觉得陈瑶就是自己的太阳，自己的月亮，自己的女神，他疯狂地想把女神蹂躏和占有……可是，人生就是如此不公平，如此无奈，一个乡下穷小子竟然博得美人的欢心，自己一个堂堂的大领导她竟然就是看都不愿意看一眼……还有，高强那狗日的也尝了好几年的鲜味，也比自己幸福……潘唔能想到这里，心中的妒忌和愤怒一起涌出来，他妈的！这世道太不公平了！

潘唔能又想起自己安排给老徐的事情，摸起电话就打了过去，"老徐，我的照片呢？我的美人呢？我的瑶瑶呢？你这么久了，弄得怎么样了？"

老徐正在办公室里昏昏欲睡，无精打采，他现在对这官场是越来越厌恶了，今天刚刚听说，局里这次党组调整，自己进党组的希望落空了，宋佳的哥哥调到本局任工会主席，党组成员。

奋斗了许久的梦想又一次破灭了，老徐心如死灰，他知道这是宋佳积极运作潘唔能的结果，是宋佳用身体换来的。这一点自己没法和宋佳比，潘唔能不喜欢男人，只喜欢女人，自己的身体潘唔能显然不稀罕。

老徐在办公室里闷闷不乐地抽烟，看着窗外灰蒙蒙的天空。

这几天发生了很多事情，特别是老高的事情对老徐触动很大，他觉得老高是自作孽的报应！

一想到报应，老徐心里一颤，自己做的孽也不少，迟早也会有报应！

本来老徐想让顾晓华接手老高的大地旅行社，顾晓华不要，说晦气，大地一直经营很差，而且，老高也不是好人，接过来不吉利，会倒霉的！

老徐只得作罢，但他想辞职下海的念头越来越强烈，他想远离这个圈子，这帮人。

虽然心里这么想，但是一接到潘唔能的电话，老徐还是习惯性地用尊敬的口气回答："哦……潘市长，我也在催他们，骂了他们好几次了，他们也很急，说一直在深圳制作，确保质量……我再催他们一次，实在不行，我带人把那店砸了……"

潘唔能一听："别，别，现在是非常时期，你还是少给我惹点事吧……那——那就再等等吧……唉……"

潘唔能不由叹了口气，挂了电话。

老徐一听感觉很奇怪，这狗日的叹什么气啊！

他立马想起，这一定是溜冰溜的，常吸毒的人，精神伤感、犹豫、自闭、恐惧、多疑……老潘一定也是到了这个阶段了。还有局长，这半个月，人瘦得有10多斤，眼神天天直勾勾的，也一定是溜上了。

唉——就为了提个神，图个玩女人爽快，就把身体折腾成这样子，值得吗？老徐也叹了口气。

老徐又想起了张伟和陈瑶，这两口子不知道到哪里去了，陈瑶自走后一直没有和自己联系，陈瑶走之后手机号码就换了。她不和自己联系，自己是找不到她的。

老徐高度评价张伟和陈瑶，觉得他们是好人，一对善良的好人，只是因为陈瑶长得太漂亮了，才惹来这么多祸端。自古红颜多薄命，看来女人漂亮了不是好事。

老徐认真盘算了下，自己周围部委办局的头头们，明的暗的，没有情人的还真没有。

老徐突然很想张伟和陈瑶，很想和他们一起说说话。他们是被强权和黑恶逼迫出走的，一个背井离乡，一个被追杀亡命，此刻，不知他们在何方，不知他们还好吗？

正在这时，老徐接到老郑的电话："徐主任，潘市长可能想知道张伟和陈瑶的下落，我无意中听别人说起，我想，你要是方便，就转告潘市长吧，我呢，因为前几天办事不周，惹火了潘市长，潘市长对我不大满意，一直不接我电话……"

老郑聪明了，他既想借潘唔能之手干掉张伟，起码让张伟和陈瑶不敢再回东兴来，又担心万一不成牵扯自己，就想了好办法，通过老徐转告潘唔能。

老徐精神一振："嗯……潘市长最近是很迫切地想知道他们的下落，你说吧，我记一下……"

第二十一章 | 物是人非

张伟迈着沉稳的步伐走进了天宇旅游公司。

看着熟悉的办公场景和处所，看着周围一张张熟悉的和陌生的面孔，张伟感慨万千，这是自己奋斗了几年的地方，这是自己成长的地方，这是自己打基础的地方，自己走了，自己的一批狐朋狗友还在这里，处在水深火热之中。

张伟和看见自己的熟人打着招呼，大家见到张伟都很惊奇，又很意外，但是在公司里，却也都不便多说话，怕招致老板怀疑。谁都知道张伟是和老板闹了别扭走的。

张伟不介意，他理解下属的感受。

经过营销部的时候，张伟特意停住脚步进去看了看，很遗憾，自己的死党们都不在，只有小燕子在那里看报纸。

"咦——大个子，你说来就来啊，怎么？来看兄弟们啊还是看韩老板？"小燕子问张伟。

"看兄弟们我得下午来看，下午快下班的时间来看，顺便去吃饭，有这么一大早来的吗？我今儿个来拜会韩总的，韩董事长兼韩总经理……"张伟悠然自得地说。

"去吧，韩老板刚进办公室，脸色阴沉沉的……不知道是谁又惹他了……"

"反正不是我，呵呵……我今天是以客人的身份来的……"张伟边说边和小燕子告别，去了韩天办公室。

韩天的办公室还是在那个地方，张伟在门口敲了敲门，接着就推门进去，一如自己在天宇工作时候的习惯。

韩天性子比较糙，不喜欢文绉绉的那一套，如果你是公司的员工，在办公室门口敲门，非要等到他说"请进"再进去，他就会说你这人娘们，啰嗦，他在办公室听到敲门声从不会说话，就等你直接进来。

张伟推门进去的时候，韩天仍然还是和以前那样，身体泡在宽大的老板桌后面柔软的黑皮大转椅里，手里端着刚泡好的一杯茶，正在转椅里转悠，脸色果然耷拉着，阴沉沉的，又无精打采。

"韩总好！"张伟恭恭敬敬地站在韩天面前，一如以前那样称呼韩天。

韩天不喜欢别人称呼他为董事长，而是让大家称呼他为"韩总"。

韩天看见张伟，一下子愣了，这个家伙不是辞职走了吗，听说去了南方打工去了，怎么这会儿又突然冒出来了？

自从张伟走后，韩天公司的生意一落千丈，江河日下，新换的营销部经理管理不善，压不住张伟的那帮老部下，整个营销部散了架。

其实，张伟一辞职韩天就后悔了，不管怎么说，张伟也是从自己公司一步步成长起来的，从一个小业务员提升到营销部经理，这小伙儿特别能干，进步很快，业务能力很强，还很会带队伍，就是性格有点犟，脾气有点偏，上了那股劲，谁都不服，谁说都不听。那次被自己酒后一顿臭骂，第二天就给自己摔了辞职报告书。事后，韩天也有些后悔，后悔自己被妹夫糊弄了，但是韩天也是有性格的人，让他去给下属道歉，门都没有。

韩天这会看见张伟，第一个判断就是：张伟回来了。

随后第二个判断是：南方不好混，又来找我要工作了！

接着第三个想法是：真他妈的棒！

韩天喜从天降，见到张伟后，脸色迅速从阴转晴，一下子站起来，放下水杯，隔着老板桌冲张伟伸出手："张伟，你小子这么久不见，又出现了……"

张伟伸手和韩天握了握，韩天一指自己对过的椅子："坐，我给你老弟泡杯茶！"

张伟忙说："韩总，可使不得，怎么能劳您泡茶……"

韩天大大咧咧给张伟倒了一杯茶，端过来："你少给我弄这些客套话，去了南方，学会娘们了，是不是？"

张伟微笑着接过水杯："你知道我去南方了？"

"废话，你刚走我就知道你去南方了，"韩天又回到转椅上坐下，轻轻转悠着，"怎么样？南方好不好混？"

"这别人不知道您还不知道啊，经济形势这么差，到处都在破产、下岗，南方比北方更厉害，您说好混不好混？"张伟笑嘻嘻地看着韩天。

"哈哈……我猜也是，我当然知道，这南方经济发展快，但是受国际形势影响也

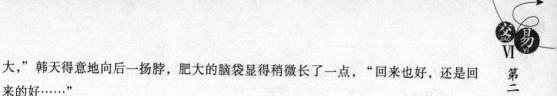

大，"韩天得意地向后一扬脖，肥大的脑袋显得稍微长了一点，"回来也好，还是回来的好……"

"您这边一定还不错吧……"张伟正儿八经地问韩天："我看咱们那地下大峡谷生意一定很好的……"

韩天一怔，随即笑起来："呵呵……还行，马马虎虎还算说得过去，我这投资，成本早就收回来了，现在都是纯赚，赚一分是一分……"

张伟知道韩天做事情最大的特点是目光短浅，吃了今天不想明天，景区收回投资后，就不愿意再继续加大投入深入开发维护，就想凭老底子，吃老本，赚一点是一点，结果导致景区设施陈旧落后，安全性差，游客逐渐减少。

"哦……那恭喜韩总，这等于是一棵摇钱树，持续增加收入，好啊！"

"你什么时间回来的？"韩天不想谈这个话题了，越谈越心虚。

"回来有一段时间了，个把月了吧。"

"回来这么久，到现在才来看我，张伟啊，你小子不够意思，"韩天伸出一个手指指点着，"怎么着咱俩也一起在一个公司战斗过好几年啊，怎么着你小子也是在我公司成长起来的，这去南方回来，到现在才来看我……怎么样？去了南方这么久，发了大财吧？"

"发什么大财啊，这不是刚才还和你说难混吗，在南方没混好，和人家打架，奶奶的，被追杀了，跑回来的……"张伟愤愤地说。

"干——你他妈的真窝囊，竟然被南方人打回来，真丢人……还被人追杀……"韩天摇了摇头，"我说，兄弟，你混得也真够惨的……你那身手应该还算不错的，咋就会败给南方人了呢？"

"伸手再不错也白搭，寡不敌众，靠——他们人多，我打不过，只能跑啊，好汉不吃眼前亏，我这一跑，一口气就跑过长江，回来了……"张伟笑嘻嘻地说。

"没出人命吧？"韩天看着张伟。

"没有，就是把一社团的头目打折了几根肋骨……"

"社团？"

"就是咱们这里混社会的头目，带小弟的。"

"哦……多大事？几根肋骨，无所谓，又没死人，跑什么？要是我啊，妈的，我从北方调人去，踏平他的老窝……"韩天满不在乎地说着。

"强龙难压地头蛇，没办法，我一个人，他们是警匪一家，我不跑等死啊……"

"哦……警匪联合就不好说了，南方人聪明，虽然怕死，但是脑瓜子好使，买通警察，还真不好办，"韩天点点头，"兄弟，回来有什么打算？"

"没什么打算，想自己做点小生意……"

"这年头自己做生意很难啊，你有资金吗？"

"有一点，在南方打工攒了点钱，俺娘又给了我一部分，想自己琢磨个生意做……"

"哈哈……"韩天爽快地笑起来，"兄弟，做生意是要很多本钱的，就凭你那点小钱，能做什么生意？"

"我想收筐卖，收柳编和草编的筐卖……"

"哈哈……"韩天又大笑，"张伟，几天不见，你成小贩子了，收筐卖，嗯……这生意不大，资金不需要很多，倒是好流转……可是，老弟，这收筐，收那些破烂玩意，什么时候能攒钱娶到媳妇啊……"

"那有什么办法，总不能坐吃山空，天天在家混吧，要不，拜个大哥，去混社会……"张伟笑呵呵地说。

"我看你要混社会，不需要拜大哥，你直接带小弟就好了……"韩天摇头晃脑，"不过，就是混社会也得有个营生啊，总不能天天打架吧，还得找个生意做，而且要找个合法的生意做，不然，你怎么养活小弟？"

"是的，韩总说得对，韩总最近对混社会这一块了解不少啊……"

"当然，我现在和平三是拜把兄弟，从他那里了解了不少……"韩天有些炫耀地说。

张伟闻听吃了一惊，平三是最近两年瑶北新崛起的黑社会头目，势力很大，三进三出了，手下小弟很多，主要靠争工地、揽建筑活来作为主要收入来源，而且，这平三为人讲义气，出手狠，谁得罪了他，在劫难逃。

张伟没想到韩天竟然和平三结拜了把兄弟，实在是出乎意料。

"没想到吧？"韩天得意地看着张伟，"平三哥现在是我们天宇旅游最得力的靠山，我韩天现在在瑶北跺跺脚，瑶北的旅游界都得晃一晃……以前那些来捣鼓我公司，挖人的，现在一个都不敢了，就是我公司的员工找上门去，他们都不敢要……嘿嘿……"

张伟点点头，收敛了不少："平三现在主要还是做工地？"

"做，但是又开发了很多新项目，洗浴中心、夜总会都有，还有，他从银行弄了不少钱出来，还放高利贷……"韩天羡慕地说，"平三是越做越大了，手里流动着上亿的资金，黑白通吃，咱比不上啊……"

看韩天说话的神态，根据他对韩天的了解，韩天说的这事应该是真的。

张伟心里涌出一个很大的疑团，韩天究竟是如何和平三挂上钩的呢？妈的，这平三可是真的不好惹，韩天挂上平三，膀子就粗多了，怪不得现在讲话这么牛！

张伟不由对韩天多了几分尊重，不敢再继续调侃耍弄韩天了。

"有平三罩着，那您这生意应该好做多了……"张伟说。

"也不能这么说，除了大事找平三帮忙，小事还得咱自己解决，"韩天端起水杯，喝了两口茶，"最近咱们瑶北旅行社里出现了一匹黑马，叫天马旅游，南方人开的，还是个美女老板，生意特别火，做地接很在行，把他妈的南方有钱人一批批往这拉，来这里游山玩水，看红色景点……就是不愿意到我的大峡谷来……这纯粹是故意和我过不去，找我难看……"

张伟心一沉："人家不愿意来，那一定是有原因的。"

"是的，说我的景点设施陈旧、安全性差、门票价格高……反正就是不如那地下画廊溶洞好……"韩天很气愤地说，"这南方小娘们，一个比一个能，原来的老板有事回南方，找了另一个女的代替管理，这女的还狡猾，直接往游客身上推，说让游客自己选择，游客不选择，她也没办法……"

"有道理，这么做是对的，不然，得罪了游客，游客回去一宣传，人家就都不来了。"张伟说。

"正好今天你在，帮我出出主意，看看想什么办法把客人拉过来，这小娘们可不简单，不但长得水灵，而且还很能干，这客人啊，越来越多，太火爆了……"

张伟直接说："很好办，投资改善景点设施，进行安全加固，门票挂牌价不变，但是团队价下调，最起码和地下画廊一个样，然后，再加大宣传力度，提高服务质量……"

"老弟，那要很多钱的……"韩天摆摆手，"你想一想，看还有什么办法？"

"那就安排小弟上门把那天马旅游砸了，让她做不成生意。"张伟盯着韩天的眼睛。

"不行，现在还不到那一步，犯不着，还没撕破脸皮，咱们都是文明人，哪能说砸就砸啊，还没有了王法啊？"韩天阴阳怪气地说着。

韩天其实现在最想做的就是把何英弄到手，这女人实在是水灵，妩媚中透着南方女人的娇柔，反正自己是离婚的单身，而且据他打听的情况，这女人也是离婚的，正好组合。只要把人弄到手，这公司，这生意不都是自己的了。

韩天盘算得很完美，但是他现在没有由头接近何英，只能通过生意来作为媒介，而且，天马的生意这么火，这么多客人都被地下画廊拉去了，韩天看了心里也着实着急。

韩天的策略就是软硬兼施，双管齐下，生意和个人感情同步进行，软的和硬的一起来。

韩天见了陈瑶，同样被陈瑶的美所震惊，这南方的女人，怎么一个比一个漂亮。但是，韩天见了陈瑶的感觉和见了何英的感觉却不同，他在陈瑶面前，总感觉自己很低下，陈瑶的优雅和高贵气质让他竟然不敢有非分之想。

同时，韩天今天见了张伟，又萌生出将张伟拉回来的想法，特别是听说张伟现在很落魄，在家收柳编，做小贩混日子。

"那您打算怎么办？"张伟问韩天。

"我也没什么好办法，先吓唬吓唬他们，南方人怕吓唬，看能不能唬住，哈哈……边打边拉……"韩天笑着，"这天马旅游的老板叫何英，长得真好，你老哥我正打算追她，娶回来给你做嫂子……我得通过这生意和她挂上钩，最好能财色双收啊……哈哈……"

"怎么？韩总，您离婚了？"张伟故作惊讶，其实他早就知道韩天的老婆在外面给他戴绿帽子的事情。

"离了，春节后离婚的，这婊子给我戴绿帽子，和一家旅游公司的老总勾上了，我他妈的一狠心，通过我表妹的关系，花了10万块，拜了平三哥，平三找人出马，把那狗日的整惨了，掉了一个耳朵，滚出瑶北了……那婊子也不知道哪里去了……"韩天恨恨地说。

张伟明白了，韩天的表妹一定和平三关系密切，韩天通过这层关系，和平三挂上了。

张伟有些忧虑，韩天已经不是去年的韩天了，这狗日的和黑道有些真正的渊源了，不可小视，特别是他正在打何英的主意，打天马的主意。

张伟不由陷入了沉思。

"张伟，我看你别做小贩子了，回来跟我干吧，怎么样？"韩天大手一挥，"以前咱哥们的事，别往心里去，过去就过去了，不提了，你回来，还是做你的营销部经理，你的老人马我都给你留着呢，一个没走……"

张伟没说话，笑着看着韩天。

"干脆，你做常务副总，兼营销部经理，待遇按副总待遇，我再给你配个专车，行了吧？"韩天继续拉张伟，"以前哥哥对不住你，别记恨哥哥，咱们兄弟再携手，把生意做大……"

张伟拱手作揖致谢："谢谢韩总高看，以前的事是我不好，太冲动，太倔强，我早就忘记了，哪里还会记恨呢……只是，我现在的小买卖已经开始了，摊子铺开了，无法收了，我还是继续做我的小贩吧，等我做不下去了，再来找韩总讨一杯残羹……"

韩天一听，无可奈何："那——那好吧，人各有志，不能勉强……你这次回来，我希望大家能一笑泯恩仇，大家能做朋友……"

韩天知道张伟身手厉害，而且，在瑶北也认识不少道上的人，也有同学在公安混，虽然自己现在结识了平三，不怕张伟，但是，他还是不想去惹张伟，少一事总比多一事好。

张伟话中有话："只要大家彼此体谅，彼此照顾，就像今天韩总这样，我感激还来不及，哪里还能有什么别的想法呢……"

"是的，是的，"韩天呵呵一笑，"哥哥和弟弟你可是只有共同的利益，没有什么可以发生冲突的地方的……"

张伟微微一笑："但愿如此，韩总现在是平三的人，小弟以后还得多多仰仗韩总照顾哦……"

"你这话说的，张伟，别跟我弄这个，我知道你在瑶北道上也认识不少人，这混社会的也不是就只有平三这一帮，说不定，老哥我还得你多帮衬呢……"韩天客气地说着，"中午别走了，我给你设宴接风，把你以前的老部下都叫来，大家热乎热乎……"

张伟不想占韩天的便宜，欠他的人情："不了，韩总，我今天还有不少事情没去做，我这是专门抽空来拜访您的……至于喝酒吃饭，咱们改天吧，改天我请你……"

"既然你今天没时间，那就改天。"韩天也不强留，他感觉张伟出去这一段时间，虽然落魄而归，但是气质和办事的架势成熟了不少，说话的气势颇有个老板的派头。

韩天很想用张伟，又有些忧张伟，这种矛盾心理多年来一直伴随着他，至今仍没有改变。

第二十二章 借机上道

张伟辞别韩天，直接去了陈瑶办公室，二话没说，劈头就问陈瑶："韩天那边的资料送过来了吗？"

陈瑶正在安排南方来瑶北的红色旅游团，听见张伟问这话，抬头看着张伟："送过来了啊，咋了？"

"没什么，他们那边什么情况？"

陈瑶摇摇头："不行！他们的资料我详细看了，又找几个导游具体问了下，天宇的景点不仅仅是价格和服务的问题，更重要的是存在安全隐患，地下河漂流的防护措施很不完善，暗河的水道改造不合理，水流太急，又很深，弯道太猛，到处都是巨石，很危险……就凭这一点，别说游客不选择，就是游客选择了，我也不会答应，不能拿游客的生命开玩笑，这一点，没有任何商量的余地……"

陈瑶的语气很坚决。

"哦……"张伟点点头，"原来是这样，那是不行，安全第一。"

"你今天去拜访你前老板了？他说起这个事情了？"

张伟又点点头："是的，我从他那里刚回来，他很想让天马给他拉客人，看到这边这么多红色旅游团的客人，眼热了，心急了，利益驱动啊……还有，这小子看中何英了，想追何英呢……"

"这人到底怎么样？"陈瑶问张伟。

"不怎么样，他追何英的目的不纯，除了想得到人，还想得到财，我刚才在他办公室，他就直接赤裸裸告诉我了，他妈的，他没想到我和你们的关系，做梦也没想到……"张伟说。

"再说了，何英也看不中他啊，你看他长得那样啊，光脑袋，肥头大耳的……"

陈瑶笑着说，"哪个女人会喜欢这样的男人呢？"

"这家伙现在倒也不可小视，几天不见，挂上了一个大痞子……"张伟对陈瑶说，"既然咱们不想和他合作生意，那就不做，但是，尽量注意不要发生冲突，能解释的尽量解释，冤家宜解不宜结，有什么事情，随时和我联系，特别是你和何英，尽量要避免和韩天直接接触，那家伙很色的……"

陈瑶点点头："嗯……我有数了。"

"以后有时间我会再劝他加强景区的改造，提高安全系数，改进其他的项目，真要是符合要求了，我们倒也可以考虑给他做几个团的……"张伟说，"这样做，也有利于其他景点有紧迫感，提高服务质量，降低价格……"

"别的不说，只要是安全这一项符合要求，服务再跟上，就是价格高一点，我们不赚钱，我也可以给他发团，"陈瑶感觉到了张伟话里的意思，"但是，安全没有保证，绝无可能，他就是再牛，再施压，就是找再大的势力来威胁，我也不会答应，就是把店砸了，也甭想……"

张伟再次感觉到陈瑶柔中的刚韧和不屈。

"嗯……你就正常按你的思路经营吧，有事随时和我沟通联系，我和韩天现在泯恩仇了，他又叫我兄弟了，"张伟笑着说，"我很了解他，他同样很了解我，我们俩现在都想井水不犯河水……"

"那样最好！"陈瑶笑呵呵地扬起手里的一张纸，"傻熊，你的中天旅游开始发团了，4 个团，200 人，明天到，下午接机，我刚安排完……"

张伟很高兴："我的旅行社第一桶金……真棒！哈哈，徐君做得不错……"

"徐君操作旅行社有着很成熟的经验，做事情很沉稳，目前第一步走得很坚实，局面初步打开了……"陈瑶笑了。

"嗯……我以前的老部下听说我接手中天旅游，哗哗地回来了 10 多个，都是以前的业务骨干，我告诉徐君了，只要是老中天的人，不管是导游、计调，还是营销，只要愿意回来，统统接收。"

"那以前捣鼓你的林经理和李经理呢，要是他们愿意回来，你要不要？"陈瑶笑嘻嘻地看着张伟。

"要！"张伟毫不犹豫地说，"只要他们愿意回来，我绝对要，他们做业务都是很棒的，只要不再搞那些背后的阴谋，我绝对要的！现在，找份合适的工作，很不容易……"

陈瑶赞赏地点点头："不错，气量不错，做大事的人，成大业的人，'量'字尤其重要，要有虚怀若谷的气度和气魄……我们做人，要多记住别人对我们的好，忘掉别人对我们的不好，不要记仇，要给人家改正和自新的机会，人心向善，我相信，没有人会故意想做坏事的……"

张伟点点头，没有反驳，但他心里并不赞同陈瑶的观点，只是不想同陈瑶争论这些，由她去吧。

何英这几天很郁闷，老高家那边虽然也知道这官司打不赢，干脆就来了个拖延战术，一个劲往下拖。

何英听律师说了，是他们聘请的那律师的主意，说是以时间换亲情，给何英实施持久战。

何英也觉得应该是那律师的主意，老太太没这么高的智商。

除了那律师，听说对方还花了不少钱给法官，不是为难他们判决，而是让他们拖延时间。

高老太太打算拖死何英。

拖拉是法官们的拿手绝活，收了钱，自然乐得，于是这案件就迟迟不开庭，今天推明天，明天推后面，不是条件不成熟，就是案件太多，排不上号。

何英等不起，拖不起，她不可能就这么无休止地等下去。

何英坐在一家茶馆的单间里，边喝茶边等一个人。

一会儿，那人如约而来，一进门就很客气："何小姐，你好！"

何英请他坐下，又泡上茶，然后对他说："山律师，我今天找你来，你应该知道是为什么事。"

山律师笑着点了点头："知道，你聘请的那律师是我同学，我们都很熟悉，但是，我们是各为其主，大家都得吃饭，是不是？"

何英笑了："山律师，你很实在，其实你也知道，我就这么一个儿子，他爸爸成了植物人，我作为妈妈，必须对孩子尽起抚养的责任，我必须得带走孩子，你也是为人父母的，你应该理解做父母的心情……"

山律师连连点头："何小姐说的事情我完全理解，完全同意，我很同情你的处境，但是……我毕竟是受了高老太太的委托，我拿了人家的钱，就要给人家办事啊……"

"我同样理解你的心情，理解你的难处，山律师……"何英笑了笑，从身边的包里摸出一个信封，推到山律师面前，"山律师，请你理解一个母亲的心情，请你帮助

194

一个可怜的妈妈，这事我知道是你操作的……我想，或许这个信封里的一张卡，能让你帮助我……里面是 20 个，密码是 6 个 8……如何分配，你看着办，我不管，我只要结果……我想，这大大超出高家给你的……另外，此事只有我一个人知道，我并没有告诉我的律师，我以我的人格保证，此事绝对不泄露……"

山律师稍微犹豫了片刻，立即将信封收起，放进包里，然后喝了两口茶："何小姐，你很聪明，我知道我该怎么做了……"

说完，山律师站起来："告辞！"

何英也站起来，向山律师伸出手："山律师，我觉得，你的那位同学是一个好律师，一个合格的律师，你呢，算不上是一个好律师，但是，你绝对是一个成功的律师……"

山律师笑了："这就是适者生存吧，呵呵……大家都是这样，生存发展，上有老下有小，养活家人，都不容易啊，都想多赚点钱……"

"理解！山律师，这事就拜托你了！"何英笑着。

"你等好消息吧……"山律师说完告辞。

何英看律师走远，摸出手机，打给自己的律师："准备好材料，可能很快就能开庭判决……"

然后，何英喟然长叹："妈的，这世道……"

出了茶楼，何英开车往中天旅游而去，她在宁州没有别的地方可去，没事就到中天旅游逛游。

随着广告的发布和业务的开展，回归的老中天人越来越多，特别是张伟以前的老部下，老营销部的业务精英，听说张伟杀回来，接管了中天，都陆续回来，要求在中天干。

徐君按照张伟的安排，一律接收。

中天的门庭又热闹起来，组团、散客、地接、车辆、机票、导游等业务全面恢复，老中天的繁华景象依稀可见。

昨天，何英接到了以前老中天的导游部李经理和计调部林经理的电话，两人在外流落多时，也没有找到合适的工作，走投无路，到中天旅游找徐君打听到何英的电话，请何英帮忙找张伟来说项，想回中天来工作，毕竟，他们对中天还是有感情的。

何英有些踌躇，告诉他们这事得张伟决定，自己只能帮忙问问。

何英没有完全的把握，毕竟当初这两个小兔崽子把张伟整得很惨，张伟离开中天，就是这俩人的功劳，虽说他们的业务很棒，但是，张伟肯不肯给他们这个机会，就难说了。

路上，何英给张伟打了电话，说了这事。

张伟听完说："呵呵……我和莹莹刚说完这事呢，可巧你就打电话来了，行，不管怎么说，看你的面子，让他们找徐君报到去吧……"

"啊……"何英有些出乎意料，"你别看我面子啊，这事你自己要考虑清楚，这两个人的行为你是知道的……"

"呵呵……你开口的，我不说看你面子还能看谁的面子？这么着，你告诉他们俩，只要尽心尽力工作，不要在公司里搞排挤打击、不团结、阴谋诡计，就可以去报到上班，我相信他们会接受以前的教训，会好好努力工作的……你就说我不会把以前的事情放在心上，不会记仇，我对他们是信任的……我公司的计调部和导游部经理职务都还空着，只有副经理，我马上给徐君说，让他们俩还担任原来的职务……"张伟对何英说。

何英听了很高兴："阿伟，你真伟大，心胸这么宽广，我这就告诉他们俩，你这么宽宏大量，他们一定会感动的，会好好珍惜的……"

接着，何英立刻就给他们俩打了电话，转达了张伟的意思，这俩小子果然感动得在电话那边涕泪交加，保证好好做人，改正错误，努力工作，绝对不辜负张伟董事长的期望。

何英又叮嘱了他们半天，然后让他们明天去公司找徐君报到。

办完这事，何英心里感到很欣慰，张伟越来越成熟了，能以恩报怨，难得！

到了中天旅游，何英下车进门，看到那么多熟悉的面孔在来回忙碌，听到耳边熟悉的声音在叫"何董"，心里暖融融的。

她觉得此刻真有意思，自己的公司转眼成了张伟的，而自己在这里还被叫做"何董"；陈瑶呢，此刻却在自己的天马坐阵，正运筹帷幄，大干快上；张伟呢，决胜于千里之外，这里面都不露，在家里做贩卖柳编的小贩。

何英在营业厅看了半天，客人川流不息，散客很多，大家虽然都很忙碌，但是井然有序，各尽其责。

何英进了徐君的总经理办公室，这里以前是高强办公的地方，此刻坐着张伟未来的妹夫。

徐君此刻正在审核报价单，去瑶北的红色旅游团报名越来越火爆，因为临近七一和八一，各单位都组织出去红色旅游，老景点都厌了，一听有这么一个新鲜出炉的瑶蒙山红色旅游，都积极踊跃报名。

何英没有打扰徐君，坐在沙发上，从开着的办公室的门看出去，正好能看到外面营销部的办公区域，正好能看到张伟当时的座位……

此刻，这座位是空的，营销部只任命了副经理，还没有任命经理。

想当初，张伟来中天报到，毛头毛脑的一个小伙子，是自己亲自接待的，自己亲自带领张伟去和营销部的同事们认识熟悉的，是自己亲自带着张伟去了白云山里，去了老郑的龙发公司……

可是，这一切现在都消失了，都成为了过去，张伟已经风卷残云般收拾了中天，卷走了老高，卷走了王总，收编了陈瑶，收编了自己，过去的打工仔张伟如今成了中天的主人，过去的同事们，如今成了张伟的下属……

这个座位，是张伟南漂的第一个位置，以此为起点，张伟意气风发地开始了打拼……

张伟已经收拾了中天，会不会有下一个？下一个又会是谁呢？

何英托着腮帮，怔怔地看着张伟曾经坐过的空座位，入了神……

天气越来越热了，气温每天都在35度以上。

伴随着火热的夏季，张伟的生意也红红火火，生产、收购、销售一条龙，公司连基地，基地带农户，山里的生产越来越向规模化、集体化发展，张伟重点培植的专业村已经由开始的2个发展了20多个。虽然还处于萌芽启蒙阶段，但是毕竟是一个良好的开端，而且，这些专业村一开始就迸发出蓬勃的生机，老百姓的生产热情和积极性那是相当地高！

张伟很高兴，信心十足。

今天忙完山里的事情，张伟赶到瑶北，和陈瑶相会。

张伟终于要宴请过去的老同事了。

为了避免动静搞得太大，张伟没出面邀请，而是由小燕子下通知，请大家到刚开业的一家海鲜酒楼吃饭。

张伟带着陈瑶提前赶到，在预定的最大的一个豪华房间里等候。

"衣锦还乡，抱得美人归，这美人就是你了，张太太……"坐在装饰豪华、灯火通明的大单间里，张伟对陈瑶说。

"呵呵……你那帮死党见了你，是不是得高兴死？"

"差不多，今晚是一场血战，这酒是一定少喝不了的，所以我把车放下，咱们打车过来，就是为这。"张伟笑嘻嘻地说。

"那到时候你怎么介绍我？"陈瑶看着张伟。

"我就说你是我女人啊，我去南方泡来的女人啊……"张伟大大咧咧。

"不行，不能这么说，"陈瑶拧了一把张伟的胳膊，"泡来的，好难听啊……人家还以为我是什么人……"

"嗯……也是，"张伟一本正经，"那就说是我新纳的偏房……"

"坏蛋——"陈瑶用力拧着张伟的胳膊，但是在张伟感觉起来和挠痒痒差不多。

"姐，好痒啊，再用力……使劲……"张伟看着陈瑶，眼睛都在笑。

陈瑶拧累了，松开手："不理你了！"

张伟嘿嘿地笑了："姐，你放心，到时候我自然会隆重推出你的，让他们羡慕死……"

"今晚来多少人？"

"10个，加上咱们俩，12个，我做主陪，你给我做副陪，今晚咱俩是主人啊……故人相逢，唉……心里一想很冲动很兴奋……"张伟按捺不住心里的高兴。

"你请他们吃饭，不怕韩天知道？"陈瑶说。

"老同事老朋友吃饭，怕什么？又不是做贼？"张伟说，"不怕，我不怕韩天……不过，这韩天现在也不怕我……但是，我们又都互相忕对方，都不想招惹对方……"

张伟想起这一点，心里就很遗憾，韩天这狗日的竟然挂上黑老大了，今后是个要注意的角色。张伟对韩天很了解，看起来马大哈似的人物，其实心里很精明，很细致，盘算事情精打细算，心眼也很多，不然，也做不成这么大的生意。

张伟是一个有野心的人，这韩天的旅游公司，当初基本就是他和韩天一起打开局面的，整个营销工作都是他负责，所以，这公司里的所有运营环节，张伟都十分熟悉，经营不善的问题在那里，如何解决，张伟都很明了。曾几何时，张伟的脑子里冒出这样一个念头：等老子发达了，让你带着公司乖乖来投靠老子。

但是，也只是想想而已，少年的心比天高，梦想总是大于理想，理想总是高于现实。

所以，张伟也只是想想而已，他觉得自己目前当务之急是经营好已有的两个公司，然后再伺机膨胀拓展。

穷小子走的时候一无所有，再回来，不到一年，已经是两个公司的老板！

张伟自得地靠在椅背上，颇有成就感。

陈瑶看张伟悠然自得的样子，心里笑了，张伟的事业发展如此之快，出乎陈瑶的意料，看来张伟的选择是对了。如果按照当初自己的想法投资度假村和景区，现在必定还在办理手续、打报告、跑关节过程中，等到开始施工，恐怕要到秋天，开业，就要到明年了，收回成本，更是要后年大后年的事情。

现在张伟搞的这个短平快的项目，投资不大，短期内竟然创造出巨大的效益，而且，还带动了哈尔森的公司，一举两得。

陈瑶对张伟那天婉拒宁州外贸秦老板开出优厚条件的事情很赞赏，张伟的举动很符合自己的办事思路。自己的公司没有了，陈瑶希望张伟能起一个龙头作用，除了带富乡里乡亲，还能带动哈尔森的公司的发展，甚至包括天马旅游和中天旅游今后的发展……

陈瑶没有阻拦哈尔森坚持要做其他外贸项目的想法，也没有让王炎坚持反对，因为她觉得哈尔森是一个外贸经验和外企管理经验丰富的人，他这么做，一定有他的想法，不让他做，他永远都会不甘心，永远都会觉得是一个遗憾。

再说了，这哈尔森的牛脾气和张伟差不多，认定的事情，是一定要做的，很难改变他。

陈瑶其实很欣赏张伟和哈尔森的性格，她觉得男人就得有脾气，有脾气才会有性格，有性格才会出活道。世界是男人的，女人在理论上是半边天，但是在实际上，终究是一个陪衬，真正闯世界，还得靠男人。这也许就是社会分工不同吧，女人天生就要生孩子、做家务、相夫教子。虽然陈瑶觉得自己的能力不比任何一个男人差。

"姐，天马旅游最近怎样了？"张伟打破了沉默。

"如日中天，哈哈……"陈瑶笑看张伟，"张老大，比你的中天红火，我老陈亲自坐镇，你想想，能差得了吗？"

"嘿嘿……我的中天以前还不是你的？现在才刚开始启动呢，等运作起来，不比天马差，我对徐君还是很有信心的……"张伟也乐了，看着陈瑶。

"天马的队伍真好，何英组建了一支高素质的队伍，还基本都是你们瑶北人，我看北方人还是很好的，都很有素质，"陈瑶由衷地赞扬着，"最近我的红色旅游团开始收获了，北上的团队越来越多，可以说是急速增长，哈哈……俺们天马要发大财了……"

张伟皱皱眉头："这么多客户，天马的资金能运转过来吗？"

"运转不过来，我接手的时候，天马账户上就 50 万流动资金，早就流动进去了……"陈瑶说，"目前的规模，最起码要 100 万才可以流转开。"

张伟打开包，从包里摸出一张卡，递给陈瑶："呶，拿着。"

"干吗？"陈瑶看着张伟。

"何英的那100万，到了需要的时候了，何英正在南方开展夺子大战，不要打扰她，这钱，就用在她公司上吧，我给她，她又不要……"张伟说。

"你不用？你用不到？"陈瑶问张伟。

"用不到，我现在手头的订金就足够了，绰绰有余……"张伟说，"这钱早晚得给何英，何不趁此机会……"

陈瑶接过卡，寻思了一下，又还给张伟："算了，这是何英给你的，你留着吧，如果我收了，她知道了，说不定会很不高兴……"

张伟："那天马的运转资金……"

陈瑶："我手头还有公司转让的50万，原本想留着给你的，既然你现在用不着，我就用到天马上去，有这些，基本就够了，资金一回笼，就运转开了……"

张伟见陈瑶执意不肯收下，也就不再勉强，收起来卡说："那好吧，这100万我继续保留着，就当是何英的储备基金吧……"

陈瑶笑了，看着张伟："留着当定情物吧……"

张伟："你——胡说什么？"

"开个玩笑啦，傻熊！"陈瑶笑嘻嘻地，"我看这要是在古代啊，你就可以娶两房了，两房正室……要不，再加上于琴、于林、王炎、小燕子……你可以当韦小宝了……"

张伟哈哈大笑："如此倒也不错，逍遥啊，逍遥……我很向往哦……"

张伟还没笑完，陈瑶早已站起来，伸手就拧住张伟的耳朵："你还真有这想法啊……"

张伟连忙告饶："这不是你说的吗，又不是我的主意，是你提出的建议……"

"我给你个竿子，你就顺着往上爬啊……"陈瑶一用力，张伟龇牙咧嘴。

第二十三章 温故知新

两人正在闹着，传来敲门声。

接着，张伟的死党们来了，6男4女，清一色年轻人，都是张伟营销部的老兵。

大家涌进来，一阵欢呼，一阵拥抱，一阵嬉闹，一阵笑骂……

陈瑶不说话，静静地站在旁边，双手交叉在小腹前，微笑着看着这喜相逢的场景，心里充满了感动和欣慰，自己的男人这么有人缘，自己当然很自豪和高兴。

好不容易大家闹腾完，稍微安静下来，张伟招呼大家入座，他做主陪，陈瑶做副主陪。

这时大家才看到这里还有一位陌生的绝色美人，除了小燕子之外，谁都不认识。

小燕子不说，等着张伟给大家介绍。

陈瑶往副主陪那地方一坐，大家霎时基本明白是怎么回事，但又都不敢确定。同时，陈瑶高贵典雅的气质，一下子让这帮小伙子和小姑娘变得鸦雀无声，大家一会儿看看张伟，一会儿看看陈瑶。

张伟得意地一笑："弟弟妹妹们，我想死你们了……今儿个哥哥我设宴请你们吃饭，除了我请你们，还有这位——"

说着，张伟一指陈瑶："给大家介绍，这位是我的未婚妻，陈瑶女士！"

大家的眼睛一齐看着陈瑶。

陈瑶和气地冲大家点头笑笑："大家好，早就耳闻各位，今日得以相见，分外高兴！分外荣幸！"

"陈姐好——"

"嫂子好——"

大家七嘴八舌地打着招呼，男士们看完陈瑶，接着羡慕地看着张伟，女士们看完张伟，接着羡慕地看着陈瑶。

张伟的死党们和张伟年龄差不多，都比张伟小，但是也小不到几岁。

今天是张伟第一次郑重地对陈瑶使用"未婚妻"这个称号，陈瑶听了心里很温暖，很亲切。

接着，张伟吩咐服务员上酒上菜，酒是茅台酒，菜是高档的海鲜。

"老张，你发财了，请我们吃饭这么破费……"

"张伟，你现在做什么工作啊，怎么回来了？"

"喂——张伟，说说，现在在干吗？"

大家边喝酒，边七嘴八舌问张伟。

"我现在在瑶水我老家那地儿做点小买卖，当小贩子了，贩卖柳编草编，就是没发财，也得好好请哥们儿姐们儿好好撮一顿啊……"张伟乐呵呵地说。

"你小子不够义气，说走就走，我们想给你送个行，都找不到……"

"呵呵……这个你们得问她啊，"张伟指指陈瑶，"责任在她……"

大家一起看着陈瑶："咦，和陈姐有关？"

陈瑶笑了："呵呵……你们张哥哥辞职后找我聊天，问我去哪里好，我说去南方好，他接着就走了……"

"呀——原来你们早就认识啊，我们以前怎么没见过呢？"一个女生奇怪地看着张伟，"你保密工作做得真好啊……"

"嗯……这个，也不是早就认识，我不辞职呢，就不认识陈瑶，我辞职呢，就认识了陈瑶……"张伟冲陈瑶挤挤眼睛，"所以呢，我辞职后，就问她了……"

"说得很莫名其妙啊，稀里糊涂的……听不懂……"女生继续看着张伟，"老实交代……"

"傻丫头，听不明白就不说了，嘿嘿……你只要知道现在就行了，只要知道她现在是我未婚妻就行了……"

陈瑶笑着问大家："你们张哥哥当年是不是有很多小妹妹啊？"

大家都笑了，女生们都不做声，一个男生冒出来："那是，俺们张老大没辞职的时候，那是一个厉害啊，后面追的小姑娘都排队啊，这队伍，前面有头，后面啊，看不见尾哦……陈姐，你很识货啊，相中了他……"

大家都笑了，陈瑶笑了半天，说："可不是啦，我死缠烂打，要死要活，才将他追到手的哦……我……我不容易啊……"

"真的？"女生们瞪眼看着陈瑶，心里那个后悔啊，后悔自己当初怎么就不能拿出陈瑶的这股劲头来追张伟呢，唉——可惜，已经晚了，张大个子有主了。

"张哥，你真有福！"男生们一起瞪着张伟，"这等好事，怎么就不落到俺们头上啊，俺们这个恨啊，真恨不得把你抬起来扔下楼去……"

张伟哈哈大笑，举起酒杯："哈哈……兄弟们，姐妹们，我和陈瑶，俺们两口子，今儿个约大家伙吃饭叙旧，今天，咱们喝个痛快，喝个一醉方休……来，这杯酒，哥们儿都干掉，姐们儿随意，哥们儿谁不干掉，谁就是——"

这是张伟和他们以前喝酒的老把式，大家听了心里格外亲切，格外熟悉。

"来，干——"

大家一起举杯，痛饮了这杯酒。

放下杯子，张伟一看，不但哥们儿，就连姐们儿也都干了，陈瑶也干了。

"够味——"张伟一抹嘴唇，"真给我面子，几位妹妹，行！"

"大个子，你什么时候再领着我们干？我们可就等着你呢……"

"干脆，我们都辞职，跟着大个子进山当小贩，贩卖柳编去……"

大家又纷纷说着。

张伟看了看陈瑶，陈瑶正温情地看着他。

张伟笑了下，拍拍手："各位，我刚开始做了点小买卖，我这行当呢，你们也不熟悉，大家的心意我明白，我张伟今天说这么一句话放在这里，只要有我张伟一口饭吃，就保证不会饿着兄弟们，只要我张伟在，就绝对不会不管兄弟们……别的话我不好多说，也不能说得太具体，我只能说这么多，往后，大家伙有什么难处，直接找我，找陈瑶也行，陈瑶现在就在瑶北，在天马旅行社，替她的一个朋友管理天马旅游……"

大家又看着陈瑶："陈姐和我们是同行啊……"

陈瑶笑笑："是的，大家都是旅游人，天下旅游是一家，今天能认识你们，我觉得特高兴，我看到你们和张伟这么亲密，很感动，张伟能有你们这么一帮朋友，我为张伟自豪和高兴……刚才张伟说了，往后，有机会，大家还是有可能在一起的……我呢，替一个朋友看店，大家伙儿有空多来玩，正好我一个人在瑶北，人生地不熟，张伟在瑶水忙乎，我闷得慌，你们没事就到我这里来坐坐好了，不要见外，大家如果有什么需要帮助的，尽管和我说……"

大家看着陈瑶，听陈瑶说完，又一起看着张伟："大个子，你老婆不但好看，心也好啊，很善良，好人啊……"

张伟大大咧咧地说："嗯……还行，凑合吧，关键我是好人，所以她呢，也就变成好人了……"

小燕子："阿呸——大个子，你还是像以前那样，厚颜无——"

"耻——"大家一起接过来。

陈瑶哈哈大笑，感觉好开心。

然后，大家伙放开痛饮，痛聊……

酒足饭饱，大家意犹未尽，告辞离去。

张伟和陈瑶喝得也很尽兴，在楼下和大家告别，然后两人在路边等候出租车。

此时，韩天正好驾车经过，随意一扭头，看见了路边正在等车的张伟和陈瑶。

看见他们俩站在一起，韩天不由一怔，不由放慢了车速。

张伟醉眼蒙眬，看见前面一辆车车速突然放慢，不由盯住看了几眼："咦，这车牌咋像是韩天的呢？"

张伟正想细看，车子突然加速离去。

"妈的，这车好像是韩天的，"张伟嘴里嘟哝着，"是不是这小子看见我了？见了老子，不来打招呼，跑个鸟啊……"

"张伟，来，上车——"那边陈瑶已经拦住了一辆出租车。

张伟上了出租车："师傅，到一中……"

"到一中干吗？"陈瑶问张伟。

"带你去看看我的成长足迹……"张伟说。

"嘻嘻……好啊……"陈瑶很乐意。

很快，到了瑶北第一中学门口，张伟和陈瑶下车走进去。

刚下晚自习，学生们正陆续骑车出校门，校园里一片喧闹。

张伟带着陈瑶："跟我来……"

"瑶北一中是全国重点中学，升学率很高，进了一中，就等于进了大学的门槛，"张伟边向陈瑶介绍，边领陈瑶到了教学楼区，指着其中一座教学楼，"看，3楼最东头那教室，就是我以前的教室，从高一到高三，我就是在那里上的……"

这会儿学生们都走得差不多了，教室里还有部分住校的学生在学习。

陈瑶入神地看着那灯火通明的教室："王炎是不是也和你一个学校毕业的？"

"是的，王炎和我是一个班主任老师，马老师，她比我低几届，呵呵……"张伟笑着，"王炎是我正宗师妹……"

"我想去你教室看看，看看你曾经坐的位子……"陈瑶看着张伟。

张伟看着安静下来的校园，点点头道："好，我带你去，咱们从教室后门看就行，我高中一直就坐在教室最后一排，靠近后门的那个课桌……"

陈瑶显然很兴奋："走，看看去……"

张伟和陈瑶上了3楼，接近教室后门，伸着脖子，从教室后门的玻璃框里看。

教室里还有几个学生，正在埋头温习功课。

张伟和陈瑶将脑袋凑在后门玻璃框里，张伟悄声给陈瑶指点："看，就是这个座位，这张课桌……对，就是这张，桌面上刻了一个法西斯符号的，那是我没事用小刀刻的，快10年了，还在啊……"

"哪里？我看看……"陈瑶攀着张伟的肩膀，伸直了脖子："哦……看见了，真的啊，一个法西斯的符号，是你刻的啊，破坏公物……"

两人挤在一起，叽叽喳喳，边看边说。

"我想进去坐一下，行不？"陈瑶又问张伟。

"胡闹，你进去还不被人家赶出来啊，人家知道你是谁啊？"张伟说。

"要不，咱俩冒充老师，进去坐一会儿……"陈瑶拉着张伟的胳膊，"求你了，俺想进去坐一下嘛……"

张伟还是摇头："看看就行了，非得进去干吗啊？"

"我不嘛，我就是要进去……"陈瑶说着，脱身就要往里跑。

张伟忙拉住，悄声说："疯了啊，人家还有学生在学习……"

"我进去不做声，我就安静地坐在那里，你也来，来……"陈瑶拉了拉张伟，"好人呢，求你了，和我一起进来啊……我自己害怕……"

张伟拗不过陈瑶："好吧，打枪的不要……"

"嘻嘻……鬼子进村了……"陈瑶做了个鬼脸。

然后，张伟和陈瑶理了理头发和衣服，端正表情，张伟在前，陈瑶在后，两人推门进了教室。

教室里有几个同学正在学习，连头都没抬，只有一个戴眼镜的男同学抬头看了看张伟和陈瑶，脸上露出几分疑惑。

张伟表情认真地冲他点点头，又摆摆手。

那眼镜同学看张伟和陈瑶衣服板板整整的样子，也不明白张伟的手势是什么意思，扶了扶眼镜，干脆不管，继续学习。

张伟和陈瑶径直走到最后排，来到自己的座位，让陈瑶坐上去，自己坐在同桌的座位上。

陈瑶兴奋得满脸通红，坐在张伟的座位上，趴在课桌上，仔细端详着张伟10年前的雕刻手艺，伸出手慢慢抚摸着……一会儿，陈瑶又像学生一样，双手放在课桌上，坐得很端正，像在听课的样子，体会张伟当时的感觉……

张伟感慨地看着老教室，10年了，物是人非，铁打的营盘流水的兵……

两人正在教室后排怀旧的时候，教室的门开了，一位头发白了一半、面容慈祥、50多岁的男人走进来……

陈瑶没看见，正趴在课桌上找寻张伟过去的踪迹……

张伟一见那男人，却腾地站了起来："马老师——"

陈瑶闻听一愣，抬起头，也不由自主站起来。

被叫做马老师的男人看见张伟和陈瑶，不由一愣，接着反应过来："张伟——你怎么在这里？"

正在学习的几个同学此刻正准备回宿舍休息，见老师来了，也就走了。

张伟迎上前几步，伸出双手，握住老师的手，"马老师，这么晚了，您还来看看？您还带毕业班？"

"是啊，我还是这个班的班主任，你怎么跑到这里来了？"马老师显然很意外张伟的出现。

"呵呵……"张伟挠挠头皮，"我是想母校了，来看看……"

"哦……这位是？"马老师指指陈瑶，"这个也是咱们班的吗？我怎么好像记不得了？"

"哦……这个不是，马老师，这个是我的朋友陈瑶，今天陪我一起来看看的……"张伟忙拉过陈瑶，"这是我的班主任马老师……"

"马老师好——"陈瑶恭恭敬敬给马老师鞠躬。

"哦……好，好，"马老师明白了陈瑶的身份，连连点头，"好，好孩子……"

"马老师，这么晚了，你怎么还来教室里？"

"我每天都来锁教室门，有的住校的同学喜欢加夜班，学到深夜，那不行的，身体会拖垮的，我来监督他们早些回去休息……"马老师说，"这些孩子都是长身体的阶段，不休息好怎么行……"

马老师看着陈瑶坐的地方说："张伟，你当年就坐在这里吧，我记得你和大军同位，你们两个调皮鬼……"

张伟笑了："呵呵……是啊，我和大军同位，大军还好吗？"

"还好，还在刑警大队，三中队，当上中队长了，天天不着家……"

"呵呵……这家伙提拔了啊，改天我找他玩去，蹭他一顿……"张伟说。

"你们在一起玩可以，但是不准多喝酒啊，喝坏了身子可不好……"马老师警告说。

"大军有女朋友了没有？"张伟又问。

"哪里啊，"马老师看了看陈瑶，又对张伟说，"干警察，特别是刑警，职业不安全，找对象，难啊，这个大军，眼眶子又高……唉……你家大姨可是急坏了……"

"嘿嘿……大军这么帅的小伙子，找对象不愁的，您和大姨别担心，我回头找他聊聊……"张伟安慰马老师。

陈瑶在旁边听明白了，大军是马老师的儿子，张伟的同桌，现在是刑警大队的一个中队长。

"你现在忙什么？"马老师问张伟，"听大军说你去南方了，这不是又回来了？"

"是的，我回来了，回来做了点小生意，呵呵……我和小陈一起回来的……"张伟又指了指陈瑶。

马老师慈祥地看着陈瑶："小陈，有时间跟着张伟到我家里去吃饭……以前，张伟经常在我家吃饭……这孩子，饭量大，和大军一样，晚上经常要加餐……"

陈瑶感动地对马老师说："谢谢您，马老师，有空一定去拜访您……对了，这张伟当年上学的时候，一定给您添了不少麻烦吧……"

"呵呵……"马老师笑起来，"张伟和大军两个调皮鬼，当年没少挨我打屁股，张伟啊，比大军还聪明，学习也好，就是喜欢玩……张伟考了本科，大军才考了个专科警校……呵呵……现在都成大人了，都长大了……"

"呵呵……再大，也永远是您的学生，再大，在您面前也永远是孩子啊……"陈瑶笑着，"您可真的是桃李满天下了……您还记得王炎吗？"

"王炎？记得啊，比张伟低几届，一个蛮不错的小孩子，经常扎着两个小辫子，个头不高，学习很好，外语特别好，考上了本科，外语专业……"马老师记忆力惊人。

"王炎现在也在南方，做大买卖，成董事长了，还找了个外国的男朋友……"张伟说。

"哦……这孩子出息了……"马老师脸上露出了欣慰的笑容，"好，好，有出息了就好！"

说着，马老师站起来，走到前面，指着一张中间划了一道线的课桌："呶，这就是王炎那时候的座位，她同桌是个小男孩，两人老是闹别扭，王炎干脆把桌子上划了一道线，不准那小男孩越线，越线就用铅笔扎，把那男生的胳膊都扎破了……呵呵……我那时批评王炎，王炎还哭过鼻子……"

张伟和陈瑶都笑了。

和马老师聊了半天，张伟和陈瑶告辞回到宿舍。

因为张伟坚持不和陈瑶在何英的床上睡，陈瑶也就只好将就陪张伟睡地铺了。

陈瑶在客厅里收拾弄地铺，张伟半躺在沙发上念叨："妈的，这马大军挺牛啊，这么快就在刑警大队混上中队长了……行，真牛！"

"那有什么啊？"陈瑶边跪在地铺上拾掇边说，"一个中队长，级别太低了……"

"哎——可别这么看，这年头，不看你什么级别，而要看你有没有实权，"张伟摆摆手，"别小看这中队长，实际的权力不小啊……公安、税务，基层的这些派出所长、税务所长，级别不高，个个都是牛哄哄的人物……改天去看看大军这小子，去祝贺祝贺，说不定以后有什么地方用得着他……"

"你倒是看得挺透彻，挺现实……"陈瑶直起腰来，"好了，床弄好了，去洗澡去，准备休息……"

"你和我一起洗……"张伟站起来，抱住陈瑶，边动手脱陈瑶的衣服。

很快，张伟和陈瑶一起进了卫生间……

20分钟后，两人洗完擦干出来，一起躺在柔软宽大的地铺上。

"嘻嘻……地铺的感觉真好，"陈瑶在地铺上打了一个滚，"天当房，地当床……"

张伟脑子里还在寻思事，这会又冒出一句话："大军这小子竟然还没有找到女朋友，眼眶子忒高了吧……"

"他多大？长得如何？"陈瑶趴在张伟胸前问。

"比我大几个月，长得嘛，和我差不多，个头挺高的，身体很结实，这家伙脾气好，性格好，为人憨厚，比我强，嘿嘿……"

"你还有自知之明啊……"陈瑶的手指在张伟的前胸比划着，"看机会，我给你这兄弟物色一个女朋友……"

"嗯……大军不急，可是马老师和我师母急啊，家里就这一个儿子，你想想吧……"张伟轻轻抚摸着陈瑶的身体。

"可以理解，是应该急，这大军也不一定不急啊，你怎么知道人家不急呢？"陈瑶笑嘻嘻地说着，手在张伟身上温柔地滑动。

"呵呵……这家伙是慢性子，我估计的。"

完事后，张伟突然想起来什么："咦，你今天是安全期还是危险期……"

"安全期……"陈瑶转了转眼珠子说道:"刚才其实你可以不戴套的……"

"唉——你咋不早说呢,弄完了你才说……"张伟是不知道女人的安全期和危险期怎么算的,懊丧地对陈瑶说:"早知道俺就不穿这袜子了……算了,明天吧,明天俺就不戴了……"

"明天?你不回去?"陈瑶问张伟。

"回去,明天一大早回去,明天晚上专门过来幽会你……"张伟说:"趁着是安全期,好好过过瘾……,明天还是安全期吧?"

"是!但是,明天你不准再喝酒了,喝那么多酒,味道难闻死了……"陈瑶用狡黠的目光看着张伟。

"行,没问题,听老婆的话跟党走,明天保证不喝酒,明晚咱再去吃海鲜,吃海蛎子,壮阳……"张伟呵呵笑了。

陈瑶没有再说话,将脑袋靠在张伟胸前,眼睛怔怔地看着天花板。

陈瑶决定不告诉张伟,决定试一试,看自己到底会不会怀上。

一想到自己有可能怀不上孕,陈瑶心里就一阵恐慌,难道真的是那次摔伤流产,留下了什么后遗症,还是自己的身体内部生理机能发生了别的变化?

自己和张伟之前做爱一直没有采取任何措施,但是却没有怀孕,这让陈瑶心里很忐忑不安,她不能想象自己不能生育的后果,不能接受自己不能做妈妈的现实,她不敢去想象那一幕……

陈瑶又怀着侥幸心理,她觉得那段时间做爱太频繁,或许真的如张伟所说,小蝌蚪都耗光了,数量很少了。她很希望是那种原因。

怀着矛盾而不安的心理,陈瑶决定试一试,决定在危险期试一试。

她不打算先把这些告诉张伟。

陈瑶在无边的忧惧和强烈的期待中渐渐睡去,而她身旁的张伟,早已鼾声响起。

第二天一大早,天还没亮,张伟就起床回了瑶水,那边正是生产和收货的忙碌时期。

陈瑶本来要给张伟做早饭,张伟阻止了,说他出去吃早点,让她多睡会。

张伟弯下腰,亲了亲陈瑶的脸蛋:"姐,好好睡吧,我走了!晚上我来陪你……"

说完,张伟走了。

随着门"砰"的一声被关上,陈瑶的精神头一下子来了,不困了,自个躺在大大的地铺上,打了几个滚,抱着张伟的枕头,眼睛睁得大大的,出神地想着……

第二十四章 任人唯亲

下午，陈瑶正在办公室里，刚接到6个南方来的红色旅游团，地接导游们都带团下去了，先在市区游览华东革命烈士陵园，明天进山。

每接到一批团，陈瑶都要仔细过问所有的接待环节，从接机到入住，从大巴车型、新旧到饮食配备，从景点门票到导游讲解，从团队年龄结构到男女比例……事无巨细，都要详细掌握。而在这所有的工作中，陈瑶最为重视的还是安全，安全第一，不管是行车安全还是住宿安全，还是景区游览安全，陈瑶都要亲自过问，确保没有任何隐患。

"钱没了可以再赚，团队没了可以再拉，生意垮了可以再来，但是，人的生命只有一次，没了，就永远没有了……安全上的任何一点疏漏，都有可能危及游客的生命安全，都有可能造成不可逆转的损失……所以，在安全上，没有任何可以讨价还价的余地，任何人不得懈怠，安全责任重于泰山……"陈瑶在公司导游全体人员会上郑重地叮嘱大家。

目前，陈瑶安排的几个城市的旅行社，都已经开始了瑶北红色旅游团的运作，开始发团了，最近几日，每天平均要接6至8个团，300至400名游客。

持续火爆的游客热潮，在瑶北旅游界引起了极大震撼，同行们虽然以前也知道天马旅游有地接的南方红色旅游团，但是那时毕竟只有假日旅游一家发过来的，现在，是浙江6个地级市同步发团，规模和人数都激增，照此算下，一个月将会有10000多名南方游客来观光红色旅游。不用计算，单看这每日地接的人数，就知道它的效益如何了。

瑶北的同行都带着羡慕、嫉妒的心态注视着天马。

陈瑶掀起的这股风暴惊动了整个瑶北旅游，也惊动了瑶北市旅游局，甚至引来瑶北市分管旅游的副市长的注意。

毕竟，一个北方的小地级市，经济发展默默无闻毫无特色，旅游工作极其落后，竟然突然冒出这么多南方的旅游团来，不能不让瑶北市旅游方面的领导瞩目。

副市长特意嘱咐局长，将这家新成立旅行社的成功经验进行整理归纳，在全市旅游界进行推广，要竖起一面旗帜，一个典型。

旅游局局长对这家新成立的旅行社竟然还不知道，忙找市场科的人过来，安排他们抓紧去天马旅游调研，落实副市长的指示。

陈瑶刚忙乎完，瑶北市旅游局市场科的王科长就到了。

王科长是一个年轻的小伙子，戴着眼睛，文质彬彬，态度很谦逊，一进来先自报家门。

陈瑶一听是瑶北市旅游局的，忙热情招呼，请坐、倒茶。

王科长直接说明来意。

"哦……"陈瑶没想到自己操作的事情在瑶北竟然引起这么大的动静，引起了高层领导的关注。

陈瑶不想出头，不想被别人瞩目，她在东兴被整怕了。

"其实，我们也没什么经验，我们就是扎扎实实做了一点工作，地接了部分客人，比起东兴市的其他同行，我们还差得很远，还有很多需要去学习的地方，我们真的没有什么经验可以介绍的，真的……"陈瑶诚恳地对王科长说。

王科长看陈瑶不愿意说，有些着急，这可是领导安排下来的任务，完不成任务，不好交差啊。

"我们没有别的意思，就是想推广你们的好做法和好经验，共同推动全市旅游工作的开展……"

"真的很抱歉，我不是这家旅行社的负责人，我是暂时代替我朋友管理的，我朋友有事回南方了，我真的说不出什么的……"陈瑶委婉地解释，她实在是不想和政府部门打交道。

"那您起码也是懂得旅游的，要不，您就随便谈点感想吧，随便说，结合这南方旅游团……"王科长实在不甘心就这么空手而归。

"嗯……"陈瑶看王科长着急的样子，也有些于心不忍，"那……我就班门弄斧，随便说两句？"

"哎——好，好，陈总，您说，"王科长打开笔记本。

"我是南方人，但是呢，我又是半个瑶北人，因为我未婚夫家就在瑶北市瑶水县，所以，我对瑶北的旅游资源现状，有一些初步的了解……"陈瑶娓娓道来，"我这次回来，是随同我未婚夫一起的，我朋友开的这家天马旅行社，她因为有事情回南方，我就代管几日。

"这个南方旅游团的项目，天马旅游早就开发了，只是最近我接手后，又扩大了一点规模……瑶北是革命老区，红色旅游资源极为丰富，这里的抗战红色景点、解放战争红色景点，都是全国第一流的。同时，瑶蒙山区丰富的自然风景，山水风光，绮丽秀美，还有质朴醇厚的民俗，在北方也是一道亮丽的风景线……几者结合起来，无疑就是一个很好的旅游项目，无疑会对南方的游客具有极大的吸引力……"

王科长快速记录着。

"……瑶北属于经济欠发达地区，国民收入水平不高，外出旅游的市场也就不会很大，如果大家都盯着组团、散客，无疑竞争会很激烈，蛋糕就是这么大了，大家都在里面搅和，只会增加内耗。但是，外面的市场很大，甚至可以说是无限大，从地接来看，外面的市场是无穷的，关键是要怎么走出去，引进来……我们天马所做的，只不过是小打小闹，和外面几个浙江的城市联系了下，找那边熟悉的旅行社在当地宣传瑶北红色旅游，推出瑶北红色旅游线，他们组团，我们地接……"陈瑶尽量说得简单而具体，"其实，咱们瑶北的旅行社在外地都有很多合作伙伴，大家要是将这个优势利用起来，一定会比我们做得好，我们是在瑶北的新旅行社，初来乍到，还得领导和同行多关照，多指导……我们真的谈不上什么经验，只是浅显的几点做法，其实就是一个开放思路的问题……我要说的就是这么多，让王科长笑话了……"

王科长记录完，满脸兴奋地说："陈总，您太谦虚了，您谈得太好了，非常切合实际，非常有参考价值……您是代管的，都这么厉害，那等何董回来，岂不是更厉害了，到底还是你们南方人头脑活络……原来您未婚夫还是我们瑶北人，那您就是俺们瑶北的媳妇了，呵呵……欢迎，欢迎……"

"谢谢，谢谢王科长！"

"不客气，谢谢陈总对我工作的支持，我在旅游局市场科，今后我们还要多打交道，发现典型，推广经验，培植先进，这是我们的职责，目的就是推动全市旅游营销工作更快更好地发展……"王科长笑着说，"最近瑶北旅游出了两个典型，都是市领导关注的，你们就是其中一个……"

"哦……"陈瑶起了好奇心，"王科长，那另一个典型是……"

王科长往鼻梁上推了推镜架："另一个典型不是旅行社，是做旅游产品开发的……我还没来得及去呢……"

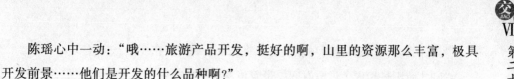

陈瑶心中一动："哦……旅游产品开发，挺好的啊，山里的资源那么丰富，极具开发前景……他们是开发的什么品种啊？"

"是柳编和琅琊草编，"王科长说，"那公司在瑶水，叫什么伞人经贸，很好听的名字，伞人……呵呵……很有诗意，听说那老板也是从南方打工回来的，打工回乡创业，这本身就很有宣传价值，再加上因地制宜，立足本地优势，利用当地资源开发旅游产品，开发山区经济，带动村民致富，更具有典型意义……领导很重视呢，过段时间可能要联合市里的新闻部门联合去采访……"

陈瑶心里大乐，张伟这小子要出名了。

正在这时，张伟推门进来了，一看屋内有客人，忙又准备退出去："不好意思，你们先谈。"

"没关系，进来吧！"陈瑶招呼道，边给张伟介绍王科长，"这位是市旅游局市场科的王科长……王科长，这是我未婚夫……"

"王科长好，"张伟和王科长热情握手，"我姓张，叫我小张好了……"

"哦……张师傅，你好！"王科长和张伟招呼了下，"听陈总说你是瑶水人……"

"是啊，正宗的瑶水人，新瑶镇张瑶村的……"张伟对王科长说，"您来这里是……"

"来学习取经啊，奉领导之命，整理归纳天马旅游的先进经验和好的做法，想在全市进行推广，刚听你屋里的说完经验呢……"王科长用瑶北方言和张伟攀谈起来。

"哦……"张伟笑起来，看看陈瑶，"这么快就成出头鸟了……唉……枪打出头鸟，等着吧……"

"哎——不能这么说啊，张师傅，咱们市里专门有出台的政策，对先进典型是要保护的，"王科长说，"下一步，市里打算在旅游行业树立几个典型，大张旗鼓进行宣传推广，重点保护……"

张伟不想和王科长争论这个问题，呵呵笑笑。

陈瑶看着张伟，心里琢磨，不用你小子说枪打出头鸟，说不定你下一步就是出头鸟。

王科长看人家两口子在一起，也不好再多打扰，起身和张伟、陈瑶握手告别："欢迎有时间去局里做客。"

"欢迎王科长有时间继续来指导工作！"陈瑶笑笑。

"王科长，后会有期！"张伟对王科长说。

王科长走后，陈瑶冲着张伟笑："傻熊，祝贺你，你出名了！"

"出什么名?"张伟傻呵呵地笑着,将陈瑶从后面搂在怀里。

"刚才听王科长说,过段时间要带着市新闻单位去采访瑶水伞人经贸,采访带领山区乡亲脱贫致富的带头人,呵呵……你就要成新闻人物了,老大!"陈瑶对张伟说。

张伟一听:"嘿——哟——老子要出名了?哈哈……这个有什么意思呢?不稀罕……"

"用处是有的,不说带动推广宣传的大道理,但就对咱们公司来说,起码可以扩大知名度,提高公司的信誉,对于公司下一步的扩张和发展,具有不可多得的好处……"陈瑶说。

"嗯……倒也有道理,我真的一下子就成新闻人物了?我没做什么事情啊,只不过做了点赚钱的行当,咋就成了典型了呢?"张伟挠挠头皮。

"先进总是在平凡中成长起来的,典型是要发现和培养的,你以为雷锋、张海迪都是自己冒出来的,都是经历了发现、培养的过程,"陈瑶哈哈大笑,"典型还是需要保护的,傻熊以后就是市级保护动物……哈哈……"

张伟笑着坐到沙发上:"无心插柳啊……我还担心一出名,税务、工商、各种捐献、收费、赞助都来了……"

"有得必有失,想树立你典型,你跑也跑不掉,不想树立你典型,你努力也白搭,你这个是市里的领导点名的,下面肯定要落实,你就等着吧,不要得罪地方政府势力,能结交的还是要结交……"陈瑶站在张伟前面,来回踱步。

正说着,陈瑶的办公电话响了,是韩天打来的:"陈总,你们公司的南方客人越来越多了哈……怎么着?就是匀也得给我这边匀一点吧,怎么都跑到地下画廊那边去了,这不是成心让我难看吗?实在不行,我把票价降一降……"

"韩总,你的资料我详细看了,也安排人实地去你的景区查看了,不说价格,不说服务,但就你公司的这个山洞内部的安全设施,地下河漂流的安全防护,就不行!"陈瑶的口气很坚决,"游客的安全第一,我必须为游客的安全负责,只要是对游客的安全构成威胁,绝对不行,没得商量!"

"你——"韩天一下子被噎住了,一会儿说,"我的景区最安全了,现在天天有客人玩,哪里出过安全事故……"

"过去没出安全事故不代表以后不出,不出安全事故不代表没有安全隐患,韩总,钱不是主要的,人命关天……我必须为游客的安全负责,只要你们的景点不符合安全要求,我是不允许安排客人的……"陈瑶口气很硬,"在这一点上,没得商量！"

"你不是天马的老板，我不和你讲了，我要和何英小姐讲话，请把何英的电话号码给我，我和她联系……"韩天有些不耐烦了。

"何英把公司委托给我了，她暂时不管理公司，去外地了，她手机号码我不能告诉你，有什么事情你可以等她回来再说，只要我在公司管理一天，我就负责一天，我就说了算一天……"陈瑶说，"希望韩老板能抓紧整改你的景区，只要景区安全条件达到了，我马上就可以给你安排客人……"

"你说得容易啊，整改景区？得要钱啊，你给我钱？"韩天耍起了无赖，"看来陈总是不给我韩天这个面子了，是不是？"

"错！是韩老板不给我面子，我们的客人是很想去你的景区玩的，但是你那里不安全，所以不能去！"

"好，好，陈总，好一个伶牙俐齿，佩服！"韩天有些无奈，又说，"那我要是马上进行整改了，合格了，你得把你的客人全部都安排我这边，地下画廊那边不能再去了？"

"为什么？凭什么都安排到你这边，凭什么不能去人家那边？"陈瑶反问。

"就因为我为了你们专门进行了整改，我投资了，所以客人就得全部来我这里！"

陈瑶又好笑又好气："你这是什么逻辑？你整改是为了你自己，干吗说是为了我们？假如真有客人在你那里出了危险，你损失会很大的啊，我这么做，都是为你好……所以，你的要求我是不可能答应的，我们反对垄断，我们是敞开门做生意，和所有符合条件的商家做生意……"

韩天恼了："陈总，你不要把事情做绝了，有生意大家做，有钱大家赚，兄弟我也要养活公司，也要生存下来，你这么多客人，一点也不给我，是存心要和我过不去，是不是？"

"韩总，我们都是生意人，大家都想做生意，只要赚钱，和谁做都是做，我和你韩总无冤无仇，干吗要和你过不去？"

张伟这时要把电话筒接过来，被陈瑶阻止住，用眼色示意他不要乱动。

"你……"韩天憋了半天，不说话了，猛地把电话挂死。

陈瑶放下电话，看着张伟："你的前老板好无赖啊，硬要从我这里要客人，好霸道——"

张伟点点头："这个狗日的，看来我有必要和他谈谈……"

"没必要，越谈越麻烦，不理他就是，"陈瑶说，"你一找他，他更来劲了，说不定还要通过你的关系来走我的后门呢……"

张伟忍不住笑了："呵呵……还真有这个可能……"

陈瑶说："绝对的，所以啊，别理他，反正我这边是一条不可逾越的红线，那就是游客安全，这是毫无商量余地的……都是爹娘生下来的，都是娘的心头肉，没了，就永远消失了，生命高于一切……咱得尊重生命，你说是不是?"

"嘿嘿……这也是人权，安全的权利……"张伟点点头，"姐，待会儿咱们去吃西餐，我带你见一个人……"

"谁?"

"大军! 我的老同桌!"

"哦……呵呵，见你的老同桌，好，见见这位警察队长……"陈瑶边收拾办公桌边说，"晚上不喝酒啊，记住。"

"知道，今晚不喝酒，昨晚我喝多了，今天胃还难受呢，大军今晚值夜班，也不喝酒的……"张伟说。

"那就好，"陈瑶狡黠地看了一眼张伟，"今晚你真的不回去了，是不是?"

"当然，我说了，今晚陪你住的。"

"那明晚呢?"陈瑶又问张伟。

"明晚? 我不知道啊……"张伟看了一眼陈瑶，"好吧，只要你要求，我每晚都来陪你住!"

陈瑶笑了："不要你每晚，我只要求这个星期，这几天内，你每晚来陪我……"

"为嘛?"张伟摸摸脑壳。

"这几天我一个人心里老是很烦闷，特别是晚上的时候……"陈瑶转动着眼珠子，"所以我想让你陪我几天……"

"没问题……"张伟抚摸着陈瑶的头发。

"那你不怕耽误生意?"陈瑶歪着脑袋看着张伟。

"钱重要啊还是老婆重要?"张伟一拍胸脯，"钱是装在口袋里的东西，老婆呢，是装在心里的，当然是老婆重要了……"

陈瑶笑了："傻熊真好，好男人一个!"

两人下楼，陈瑶问张伟："你的车呢?"

"我让小郭送我来的，小郭开车回去了……"

"那你明天怎么回去? 我送你……"

"不用，坐公共汽车，很方便，半个小时一班……"

陈瑶开车，两人很快来到一家西餐厅，找了一个靠窗户的位置坐下。

刚坐下一会儿，从楼梯上走上来一个结实粗壮的青年男子，一身便服，平头，脸上胖乎乎的，面善，眼神比较犀利，个头和外形比张伟显得还要彪悍，腋窝里夹着一个公文包。

他站在大厅里四处看。

"大狗熊，过来！"张伟大声招呼。

陈瑶一听乐了，张伟叫得还真贴切，很形象，张伟是傻熊，这位是大狗熊，哈哈，两只熊。

"呵呵……张伟，你个鸟人，不许叫我外号……"大狗熊乐呵呵地走过来，脸上露出憨厚的笑。

"这是给你的昵称，你还不服啊！马大军！"张伟站起来冲马大军胸口就是一拳："来，坐下，我给你介绍……"

大军坐在张伟和陈瑶的对面，礼貌地冲陈瑶笑了笑："你好！"

陈瑶也报以和善的笑。

"大狗熊……哦……不，大军，我给你介绍，这是我女朋友，或者说是我老婆，陈瑶，我从南方拐回来的……"张伟搂着陈瑶的肩膀，又对陈瑶说，"这就是著名的马大军同学……"

陈瑶主动冲大军伸出手："大军同学，你好！"

大军忙伸出手："嫂子好！"

张伟笑了："很会叫吗，哈哈，嫂子，你比我还大几个月……"

"先入为主，我还是王老五，你有了老婆，我自然叫嫂子了……"大军呵呵笑着。

陈瑶叫来服务员，点了咖啡和西餐。

"昨晚遇见马老师，才知道你荣升中队长了，祝贺！"张伟笑嘻嘻地说。

"呵呵……无所谓啊，有什么祝贺的……还不都是出力干活，刑警是清水衙门，穷死了，工作还危险……"大军说。

"公安里面像你们这样的职务，干什么最好？"张伟问大军。

"当然是派出所最好了，"大军回答，"油水大，危险性小，相对轻松，而且，下一步，派出所的所长要升格，从现在的股级升为副科级……"

"那你想办法到派出所当所长啊，反正现在都是平级调动……"张伟说。

"呵呵……你说得轻巧，"大军看着张伟，"前段时间被抓了一个所长，知道不知道？"

"知道，那派出所就是管陈瑶现在的天马旅行社那片的……"张伟拍了拍陈瑶的肩膀。

"那个所的所长位子现在还空着，好些人想去呢，局党委考虑到影响，想选拔年轻安分点的人去，物色了几个人选，其中就有我……"

"太好了，好好努力，祝贺你，狗熊，虽然是平级调动，但是下一步一升格，你就等于提拔了……"

张伟又对陈瑶说："姐，大军还没女朋友，抽时间给他物色一个。"

陈瑶笑了："大军兄弟，你想找什么样子的，昨天可是听马老师说了，你眼眶子很高的呢……"

大军挠挠头皮，看着陈瑶："嫂子，我条件不高，就想找……找……"

"有屁快放，这么磨叽……"张伟不耐烦地说。

"就想找……找嫂子这样的……"大军终于说出来。

"这是我老婆了，你想干吗？"张伟瞪着大军。

"不是说找嫂子，我是说找嫂子这样的，这么漂亮的，说话这么温柔的，南方女人……"大军吭哧吭哧地说，边嘿嘿笑着。

"那可难了，"张伟对大军说，"我去南方这么久，就才发现这一个，费了好大的力气才找到这一个啊，很稀有的，再想找这样的，难！"

陈瑶看着大军，笑了："行，我给你物色着，或许很难，或许呢，很容易……"

大军瞪了张伟一眼，冲陈瑶忙拱手："谢谢嫂嫂……"

刚说完这话，大军的手机响了，他接完电话，对张伟说："不行了，你们吃吧，刚接到一个案子，一个杀人案，我得走了，去看现场……"

说完，大军急匆匆拿起公文包走了。

大军走后，陈瑶和张伟边吃边继续攀谈。

第二十五章 一举攻下

吃过饭，张伟和陈瑶又在外面玩了半天，直到晚上 9 点才回宿舍。

洗完澡，收拾好地铺，两人亲亲热热地抱在一起……

"安全期，真好……"张伟伸手关了灯，托起陈瑶的臀部，压到陈瑶身上……

"等一下！"陈瑶拿过枕头垫到自己的臀部，然后搂住张伟的脖子："宝贝，好了……"

"干吗？"

"这样舒服！腰部舒适，感觉好……"陈瑶温情一笑。

……

完事后，张伟爬起来去洗手间，等洗完回来，陈瑶依旧垫着枕头躺着，不由有些奇怪："姐，干吗不去洗一下？"

"累，被你弄得没力气了，起不来了……"陈瑶嘻嘻笑着。

"要不我抱你去卫生间……"张伟说着，弯下腰要抱陈瑶。

"别，"陈瑶忙摆手："我自己这样躺着很舒服，你少折腾我……"

张伟摇摇头："嘿嘿，你还真玩出花样来了……"

陈瑶抿嘴一笑，不说话。

然后，张伟就躺在陈瑶的怀里睡了。

张伟最喜欢的姿势就是将脑袋放在陈瑶的胸前睡觉。

陈瑶抚摸着张伟的头发，轻轻拍着张伟的肩膀，大大的眼睛在黑夜里眨呀眨……

第二天早上，张伟起床之前，又和陈瑶做了一次。陈瑶仍然是同样的姿势。

"我最近喜欢这种姿势，喜欢垫着枕头，今晚我们还这样做……"陈瑶在张伟耳边轻轻地说。

"好，我也喜欢，很舒服，就是怕把你弄疼了……"张伟埋头干活，气喘吁吁。

"不疼，傻瓜，用力……亲爱的……"陈瑶轻声呻吟着。

做完后，张伟起床去车站，坐车赶回瑶水。

陈瑶保持着原有的姿态，又躺了一个多小时，才起床去上班。

上班的路上，陈瑶看着前面一个年轻妈妈抱着小娃娃在路边花坛里玩耍，心里一阵巨大的羡慕，不由将车靠在路边，痴痴地看着……

希望这几天能有收获，希望我还能做妈妈，希望我能做一个正常的女人……观音菩萨保佑我！陈瑶坐在驾驶室里，看着面前幸福的一对母子，心里一遍遍虔诚地祈祷……

东兴。潘唔能要去北京开会了。

下午3点，潘唔能离开了东兴，直达萧山机场，登上了去北京的飞机。

坐在飞机上，潘唔能透过窗户看着外面漫卷的云海，心里感觉很轻松。大家都知道我潘唔能在北京开会，梁市长亲自安排的，为时一周。这一周内，东兴发生什么事，那和我潘某人是无关的。

潘唔能扭过头，面前走过一名婀娜多姿的空姐，看着那丰满的臀部和高耸的胸脯，潘唔能不由涌起一股淫邪的想法，妈的，这空姐真嫩，干穿制服的女人，更有味道！

何英终于赢了，法庭很快做出了公正的判决：在爸爸无力抚养孩子的情况下，孩子必须归妈妈所有。

当何英将南南从高家接出来，当南南扑在怀里叫妈妈的时候，何英情不自禁流下了热泪，母子终于团圆了。

何英将南南抱在怀里，亲不够，直到南南抗议自己脸上都是妈妈的口水的时候，何英才将南南放进车后座。

然后，何英看着自己的前婆婆，还有小姑子，深深鞠了一躬："对不起，请原谅，我知道你们也爱孩子，但是，我是孩子的妈妈，我必须带孩子走……请原谅我以前的冒犯，孩子永远姓高，永远是高家的骨血，这永远不都会变，请放心……想孩子的时候，请和我联系……"

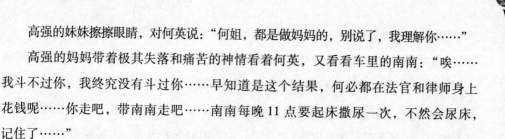

高强的妹妹擦擦眼睛，对何英说："何姐，都是做妈妈的，别说了，我理解你……"

高强的妈妈带着极其失落和痛苦的神情看着何英，又看看车里的南南："唉……我斗不过你，我终究没有斗过你……早知道是这个结果，何必都在法官和律师身上花钱呢……你走吧，带南南走吧……南南每晚 11 点要起床撒尿一次，不然会尿床，记住了……"

何英表情复杂地看着高老太太："谢谢您，您永远是南南的奶奶……南南会经常回来看您的……"

高老太太目光呆滞，怔怔地看着前方，不再说话。

小姑子怕再出什么变故，冲何英使个眼色，示意不要再磨蹭了。

何英会意，转身上车，摇下后车窗户玻璃："儿子，和奶奶、姑姑再见……"

南南从车窗里伸出胖嘟嘟的小手："奶奶，姑姑，再见，南南要和妈妈一起走了……南南要想奶奶的时候，就来看奶奶……"

何英等南南说完，摇上车窗，一踩油门，绝尘而去，随后，传来高老太太不可遏制的哭叫声。

何英在车后面放了一堆儿童玩具，有大布娃娃、小汽车、变形金刚、大力水手等等，南南高兴地在后面玩着，嘴里还依依呀呀地唱个不停："世上只有妈妈好，有妈的孩子像块宝……"

何英听着南南稚嫩的声音，久违的母爱和幸福感涌上心头，心里充满了欢乐，脸上露出了发自内心的笑容。

何英开车直奔东兴，车上有足够的饮料和食品，足够娘俩吃的。

阳光灿烂，空气清新，绿树掩映，生机盎然，何英带着儿子，走在幸福的大道上。

南南的归来让何英突然感到了生机和活力，感到了动力和希望，孤独和寂寞感没有了，何英想，或许自己带着南南，就这么一直过下去，也不是不可以的事情。

"快使用双节棍，吼——哈——嘿——哈……"南南在后座拿着一个充气的小金箍棒手舞足蹈，对着何英的脑袋敲个不停："妈妈，快使用双节棍……吼——哈——嘿——哈……"

何英乐不可支，边开着车边问："宝贝，这歌你都会唱啊……跟谁学的？"

"电视上学的啊……"南南在车后座又蹦又跳，"妈妈不要开车嘛，南南要妈妈一起玩……"

"好，妈妈和南南玩……"何英看前面有一个服务区，直接开了进去。

停车一看，好熟悉，这服务区竟然就是自己和张伟第一次做爱的地方，那时自己将张伟拉到了这里，醉酒迷蒙中两人有了第一次。

旧地重游，想起那迷醉的往事，何英不禁有些心跳，忙摇摇头，晃晃脑袋，将过去挥去，开开车门，抱出南南："儿子，走，咱们下去玩去，去买好吃的……"

南南一下车就欢呼雀跃，就往服务区餐厅里跑，何英忙拿包，锁车门，紧跟在后面追赶："南南，慢一点，别摔着。"

南南一头拱进大门，正好撞到正在进门的一个女人腿上，差点摔倒，被那女人一下子抱住。

和那女的一起的是一个胖胖的男人，40多岁，在后面提着东西。

那女的也就二十五六岁，一看南南，乐了："乖乖，好可爱的孩子，真好玩……"

那男的也乐呵呵地弯下腰："小朋友，你叫什么名字？多大了？"

"我叫南南……嘻嘻……今年三岁了……"南南毫不惧生，大大的眼睛看着他们。

那女孩亲了亲南南的脸蛋："乖乖，你妈妈呢？"

"妈妈在那里——"南南一指后面正气喘吁吁跑过来的何英。

"哎呀——你这孩子，累死妈妈了……"何英边跑过来抱起南南，边冲这对男女礼貌地说了声："谢谢——"

说着，何英抱起南南去买好吃的。

看着何英抱着南南走了，那女的羡慕地对男的说："有个孩子真好，好羡慕，什么时候咱也要个孩子呢？"

"等咱们结婚了就要孩子，不要着急，快了……"男的催促女的，"好了，饿了，先进去吃点东西……"

何英给南南买了吃的，抱着南南进了餐厅，找个了空位子，给南南喂饭。

一会儿，刚才那对男女也端着饭菜过来了，正好坐在何英和南南的邻座，边吃边低声交谈，声音隐隐约约传入何英的耳朵。

女："国旅那边我不想干了，做再大的总，也是给人家打工，我想，咱们自己开一家旅行社，自己做老板……"

男："嗯……你的想法我赞同，但是要看时机，开新旅行社很麻烦的，手续很繁琐，拖的时间很长，而且，关键是新旅行社没有客户，没有社会知名度，一切从零开始，业务开展很慢的……要是能接手一家转让的，最好不过……"

何英一听，这一对男女好似是同行啊，真巧。

何英给南南喂着饭，那男女的对话声又传过来。

女："那大地旅游，咱们是死活不能要，白给也不能要，甭说业务没有几个，单就是高强那副德性，咱也不要，晦气！"

何英一听，愣了，他们认识高强，不由竖起耳朵注意听。

男："嗯……高强已经废了，这旅行社现在没人管，人也走光了，就等着关门了，唉……这都是高强作孽太多啊，张伟被逼走，和他也有很大关系，这个人助纣为虐，为虎作伥，残害良家女子，丧尽天良，这都是报应啊……"

女："你以前也做了不少恶，以后多做点善事，积积德，也保佑咱们生个人家那样的儿子……"

男："嗯……我知道了，潘唔能一心想让我弄陈瑶的裸体照片，我始终没给弄，把图片删除了，骗他说正在做，一直拖延的……"

何英心跳加速，侧耳倾听。

女："老这么拖着也不是个办法啊，最后怎么办？"

男："最后？我也不知道，这官场拖拉都成习惯了，拖一时是一时吧，说不定时间长了，他就忘记了……"

女："潘唔能真不是个东西，一心要打陈瑶的主意，逼得陈瑶背井离乡，张伟被追杀出走，不知去向，唉……作孽……陈瑶走了，倒是便宜了那郑一凡，捡了个大便宜，假日旅游成他的了……"

男："郑一凡，这个家伙最差劲，比高强还坏，我打听过，他收购陈瑶这假日旅游，纯粹就是趁火打劫，价格很低，而且，最后还又耍赖，少给了陈瑶30万。"

女："郑一凡是生意人，鬼精鬼精的，他是从来不吃亏的，陈瑶这会儿正在难处，他还不趁机多捞点啊……"

男："不仅仅如此，郑一凡这个人心眼很坏，很恶毒，前几天王炎被警察抓进去遭毒打侮辱的事情，就是郑一凡提供的情报……而且，这狗日的很狡猾，怕万一出事牵扯到他，他不直接给潘唔能提供张伟和陈瑶的落脚点，却想通过我，让我转告潘唔能……潘唔能现在正到处找寻张伟和陈瑶的下落，郑一凡这招狠啊，借刀杀人……"

女："啊——郑一凡和张伟有什么仇恨？"

223

男："具体我也不知道，可能是生意上的吧，张伟一辞职，老郑的生意就差了很多，大客户走光了……我觉得张伟不会干搅和老郑生意的事情，但是老郑不一定这么认为，说不定就把这帐算在张伟头上了……还有，郑一凡趁火打劫陈瑶，告密王炎，光这两件事，张伟回来还能和他算完？依照张伟的性格，非得剥了他的皮不可……"

女："咱可不能再干缺德事啊，你没告诉潘唔能吧？"

男："没，我是不会告诉的，张伟和陈瑶现在在哪里，只有我知道，别的人谁也不知道，不过，我给郑一凡回复了，说告诉潘唔能了……我这是稳住他，省得他再捣鼓事……"

女："嗯……那就好，张伟和陈瑶两口子现在在哪里啊？在干吗啊？"

男："你也别问，这事知道的范围越小越好，等以后时机合适了，我会告诉你的……"

女："死鬼，你连我也不相信？"

男："不是不相信你，问题是这事你知道多了不好，这两口子还没脱离险境呢，四秃子还在追杀张伟，潘唔能还在找陈瑶……真的，别问了，听话，乖老婆……"

女："哼……知道了……晚上不让你上床……"

男："呵呵……谢谢老婆，我正好休息一下，休养生息……"

女："哼……那今晚罚你加一次……"

男："哎哟——求求你，老婆，饶了我吧……"

两人开始打情骂俏。

何英在旁边听得心惊肉跳，暗中打量这对男女，自己不认识，但是他们认识张伟、陈瑶以及郑一凡、高强等人，而且，他们对张伟和陈瑶好像并无恶意。

原来在张伟和陈瑶遭难的背后，还有高强和郑一凡在推波助澜，高强倒下了，郑一凡还在继续战斗；原来王炎遭受的毒打和侮辱，是郑一凡告的密；原来这郑一凡还在继续作恶，并且把张伟和陈瑶的栖息地都打听到了，幸亏是告诉了这个男的，而不是潘唔能本人。

何英对郑一凡恨得咬牙切齿，又寻思起这个男的，看来是一个相当有来头的人物，能和潘唔能挂上钩，能糊弄潘唔能，应该是有两把刷子。

何英不由对这对陌生的男女生出几分感激之情，这世上到底还是好人多啊。

一会儿，那一男一女吃过饭，结伴走了。

南南调皮，边吃边玩，吃得慢。

等南南吃完了，又在服务区玩耍了一会儿，何英才带南南上车，继续奔东兴而去。

路上，南南吃饱喝足玩累了，躺在后座舒舒服服睡了。

何英开着车，想起今天偶然遇到的这两口子的谈话，心绪难平，她再一次感到，郑一凡不是个善茬，这家伙能玩，也能作。

何英开着车，先给王炎打了电话："王炎，还记得那天吃饭时介绍你认识的那龙发公司的郑总吗？"

王炎正在办公室里，刚忙完就接到了何英的电话："何姐，记得啊，是我哥的前老板，那天还有老板娘……"

"我给你说啊，那郑一凡不是个好东西，以后你注意提防着点。"何英说。

"哦……怎么了？"王炎问道。

"具体事情你不要问，我也是刚知道的，他做了一些对张伟和陈瑶包括你都不利的事情……总之，现在是非常时期，你们做事情，小心谨慎就是……"

"嗯……好的，何姐，我和哈尔森还有丫丫会注意的……"

"丫丫是重点，她的身份特殊，要格外注意……"何英说。

"行，没问题，我从现在开始，上下班和哈尔森、丫丫都一起，一起来公司，一起回家，呵呵……何姐，你放心好了……对了，孩子怎么样了？要过来了吗？"

"要过来了，这会儿正在车后座睡觉呢，呼呼地……"何英笑嘻嘻地说。

"啊哈——太好了，何姐，祝贺你，"王炎欢叫起来，"快，把他带过来，我玩玩……"

何英本打算直接带南南回爸妈家的，一听王炎这么说，也不好拒绝："好，我带过去，不过，只能玩一会儿啊，我还得带他去姥姥家……"

"好啊，你们多久到？"王炎乐得哈哈的。

"大约再有 1 小时就到东兴了。"

"好啊，等你来咱们一起吃午饭，午饭后你再回你爸妈家，行不行？"

"行！等到了东兴，南南也就睡醒了，也能和你们玩了……"

"嘻嘻……好的，等你们娘俩啊……"王炎笑嘻嘻地挂了电话，跑出去，叫着丫丫，"丫丫，走，咱们去买玩具去，一会儿来一个小朋友，哈哈……何姐的儿子过来，才三岁……"

丫丫一听也来劲了："好啊，哈哈，何姐的儿子一定很好玩啊，走，买玩具去……"

王炎和丫丫兴冲冲地跑出去，去了超市，买了一大堆玩具，还有很多好吃的，又给南南买了几套高档的衣服。

王炎和丫丫回到公司的时候，何英的车也下了高速，南南睡醒了，揉揉眼睛，想爬起来，才发现自己被安全带扣在里面了："妈妈——南南醒了，要起床床，尿哗哗……"

"乖儿子，醒了啊，"何英忙将车靠边，解开南南的安全带，带南南下车撒尿。

南南边撒尿，边问何英："妈妈，咱们要到哪里去？在车上走了好久好久了哦……"

"南南，咱们到姥姥家去，想不想姥姥、姥爷啊？"南南撒完尿，何英将南南抱上车。

"噢——太好了，我好想姥姥啊，我很久很久没见过姥姥了……"南南在车上又蹦又跳。

自从离婚后，高家就剥夺了何英的探视权，南南当然见不到姥姥和姥爷。

何英有些心酸，笑了笑："乖儿子，今天就能见到姥姥了，妈妈先带你去个地方玩，有两个漂亮阿姨在呢……"

很快，何英带南南到了王炎的公司，到了王炎的办公室。

王炎、丫丫、哈尔森都在，一见南南，王炎和丫丫喜欢得不得了，两人你抢我夺抱南南，弄得南南哇哇大叫："阿姨不好玩，南南被扯两半了……"

何英笑得合不拢嘴："南南，这个是你炎炎阿姨，那个呢，是你丫丫阿姨……"

"炎炎阿姨、丫丫阿姨好！"南南被丫丫抱了过去，抓着丫丫的马尾辫，笑嘻嘻地叫着。

"南南在瑶北还有个爹爹和娘娘，等妈妈过些日子带你去见见……"何英笑呵呵地说。

王炎眉头一皱："既然叫我哥为干爹，叫爹爹，那么还是不要叫我们阿姨了，阿姨关系太远了，谁都可以叫阿姨，干脆，叫姑姑，嘿嘿……南南，叫炎炎姑姑……那是你丫丫姑姑……"

南南不叫，在丫丫怀里挣扎，看着何英："妈妈说了，叫阿姨……不叫姑姑……"

何英一听，王炎说得有道理，对南南说："南南，那就叫姑姑吧……"

"炎炎姑姑好，丫丫姑姑好……"南南最听妈妈的话，随即改口。

"哎——好南南，乖南南，来，让炎炎姑姑抱抱……"王炎抱过南南，给哈尔森看，又对南南说，"乖南南，叫叔叔，叫哈叔叔……"

南南看着哈尔森金色的头发，满脸络腮胡，摇摇头："不叫叔叔，叫爷爷，哈爷爷……"

大家哈哈大笑，哈尔森把南南接过来，举起来："小男子汉，我不是爷爷，我是叔叔……"

南南伸出胖嘟嘟的小手，摸着哈尔森的络腮胡："哈爷爷，你脸上怎么长了这么多草啊，要经常浇水吗……"

"哈哈——"大家笑得前仰后合，王炎笑得捂着肚子半天没起来。

然后，大家一起去吃午饭，丫丫将买给南南的礼物放到何英车上："呶，这是哈爷爷和炎炎、丫丫二位姑姑的心意……"

第二十六章 爆炸疑云

午饭后，何英带南南直接回了乡下澄潭镇的爸爸妈妈家。

爸爸妈妈见了外孙，自是喜不自禁，妈妈高兴得老泪纵横，抱着南南："乖乖宝贝，姥姥终于又见到你了……"

南南懂事地抱着姥姥，伸手给姥姥擦眼泪："姥姥，南南可想可想姥姥了……姥姥不哭，见了南南，姥姥不哭……"

"哎——乖孩子，姥姥这是高兴啊……好，姥姥不哭，来，看看姥姥给你买的玩具，还有衣服，来试试……"

何英乐了，南南这下可丰收了，发财了。

晚上，何英搂着南南睡。

南南许久没有和妈妈在一起，很兴奋，又显得有些陌生，趴在何英怀里，看着何英的乳房发呆。

"南南，还记得以前喝妈妈的奶吗？"何英问南南，以前，南南晚上睡觉，总要习惯趴在何英怀里，吮吸一会儿没有乳汁的乳头，然后摸着何英的乳房进入香甜的梦乡，不然就睡不好。

南南伸手摸摸何英的乳房，一会儿又摇摇头："妈妈，不记得了。"

"那妈妈走了之后，你晚上怎么睡的呢？"何英心中一阵酸楚。

"跟爸爸睡的时候，就喝爸爸的奶，可是，爸爸的奶好小啊……妈妈，我可以喝你的奶吗？"南南边说，边试探性地张开嘴，接近何英的乳头。

何英心中猛地搂住南南，潸然泪下……

何英带着南南在父母家住了两天，决定带南南北上，回瑶北。

走之前，何英带南南来到东兴市中心的广场，打算走之前给南南照几张相。

何英把车开到广场外围的停车场，将车停在一辆红色的奥迪 A4 旁边。奥迪车上坐着一位打扮入时的女孩，正戴着耳机听音乐，摇头晃脑的。

何英拿着相机和南南下车，看了看周围的景物，轻轻走到那位女孩旁边，打着手势。

女孩摇下车窗："有事吗？"

"我想麻烦你一下，帮我和孩子照张相，以这后面的雕塑为背景……"何英牵着南南的手对女孩说。

"行，没问题，"女孩下车，看了看南南，"好可爱的孩子……"

南南看着这女孩："姐姐漂亮……"

那女孩笑了："姐姐老了，叫阿姨，乖……"

"阿姨，阿姨漂亮……"南南又说。

女孩亲了南南额头一口："真乖，乖孩子……"

女孩给何英和南南照完相，继续回到车上，靠在座位上，闭目听音乐，看来她是专门来广场散心的。

何英又带着南南去附近玩，边玩边照相。

一会儿，何英准备带南南走了，牵着南南的手，往车的方向走。自己轿车旁边的那辆红色的奥迪 A4 还停在那里。

正走着，迎面走过来两个人，何英一看，竟然就是那天上午遇到的那一男一女。

两人也同时看见了何英和南南，向何英和南南一笑，女的弯下身子："小朋友，还认识阿姨吗？"

南南点点头，又说："我还认识这个胖胖叔叔……"

大家都笑了，何英对这两口子有说不出的好感，主动和他们攀谈起来，这才知道，男的是市旅游局的办公室主任老徐，女的呢，就是顾晓华。

何英没有说自己和张伟、陈瑶的关系，也没有提及他们那天说的事情，就只是和顾晓华随意聊起了旅游的事情。

"听起来你对做旅游很熟悉的嘛，"顾晓华对何英说，"何姐，你以前也开过旅行社？"

"呵呵……是的，我现在也开旅行社啊，"何英笑着，"不过，我不在本地开，在外地开……"

"嗯……在外地好，本地的旅游投资环境不好，乌烟瘴气。"顾晓华说。

"是的，我也听说这里旅游投资环境很差，不过，我觉得早晚还会有改进的……"何英笑呵呵说道。

女人说话，老徐就逗南南玩。

南南闲不住，到处乱跑，这会儿朝何英停车的地方跑去，老徐忙过去追他。

"南南，不要乱跑，到妈妈这边来，我们和阿姨玩一会儿再走……"何英冲南南喊道，边随意抬起手腕看了一下手表。

此刻，是上午11点37分。

夏日的上午，烈日炎炎，广场上人不多，很安静，正有三三两两的行人从那辆红色的奥迪A4前走过，安静的广场和周围喧闹的大街形成了鲜明对比。

奥迪A4车内，那听音乐的女孩正怡然自得，随着音乐摇晃着身子……

南南调皮地在奥迪A4附近绕圈子，老徐跟着转圈圈，逗他玩……

一群信鸽在头顶盘旋飞过……

一切，都显得是那么和谐而平静。

就在这时，奥迪A4车体下部突然火光一闪……接着，就是一声震耳欲聋的巨响……

东兴市政府办公大楼，梁市长办公室。

梁市长和市公安局局长正在办公室里轻声交谈，秘书坐在旁边。

"他大概要几天后回来？"公安局局长问梁市长。

"去北京3天了，还得4天回来，时机正好。"梁市长坐在沙发上，把玩着手里的水杯，"听说省纪委那边在调查他的事情，不知道是谁检举的……"

"嗯……时机是不错，不过，四秃子和王军的其他几个案子证据都还不充分，目前四秃子能抓住把柄的就是砸假日旅游这一个，王军呢，掌握了他带人砸一家饭店的事……"局长沉思着说。

"这就行，只要有一个事情就足够了，逮起来再问，慢慢就什么都招了……这一套，你这个局长应该比我懂吧……"梁市长微笑着看着局长。

"呵呵……我明白您的意思……"局长笑了，"您不干公安，却也很在行啊……"

"这一点你们得学学检察院办案，他们办的贪污受贿案，很多就是把人抓进去，不说什么事，让你自己交代……"梁市长拍拍局长的肩膀，"还有，老弟，我特意派他去北京开会，就是为了给你创造一个顺利安稳的办案环境，少一些干扰……"

"感谢梁市长的支持和理解，唉……你们都是领导，我这个县级的公安局长都不能得罪啊……"局长的口气里有些无奈。

"其实呢，我很早就有一个想法，这其他地市的公安局长都是副厅级了，要么是挂市长助理，要么是副市长兼着，就咱们东兴，迟迟没有解决这个问题，"梁市长一挥手，"为经济建设保驾护航，公安工作十分重要，不重视公安队伍建设，不提高公安的地位，是十分错误的……我一直在考虑怎么解决这个问题……你也知道，咱们市里，我是老二，不是老大……"

局长一下子兴奋了，又很感动："梁市长，谢谢您对公安工作的重视和理解，其实呢，我个人的级别待遇无所谓，关键是这关系到整个公安在全市政府各单位中的地位，公安的级别提高了，我们的工作就更好开展了……"

"你说得很对，这个事情是一定要解决的……我的脑子里始终没有放下这个事情……"梁市长点点头。

"您年轻有为，能力超群，这东兴市的老大还早晚不是您的？我可就巴望着您早日扶正，带领我们走进新时代了……"局长奉承了一句。

梁市长笑了："只要咱们同心协力，这一天说不定会早日来到。"

"梁市长，您放心，我就是您的兵，您指哪我打哪，绝不含糊……"局长连忙表态。

"嗯……那就好，我是一直很看重你的，"梁市长微微颔首，"我看这个四秃子和王军，今晚可以开始动手了，连夜突击审讯，速战速决，重在挖幕后指使人……"

"是！"局长答应着，"晚上我亲自监督行动，审讯工作严格保密，只是这四秃子还在医院里……"

"在医院里也没关系，抬走，这样的人渣，让他受点罪也没什么不可以的……"梁市长又是一挥手，"我要结果……"

局长会意，点点头："我明白您的意思，坚决挖后台老板……"

梁市长点点头，又问秘书："在检察院的那3个警察怎么样了？"

"都在看守所，检察院很快就提起公诉，"秘书回答。

"活该，应得的报应，就让他们受受报应吧……"局长说。

"这可是你的部下啊……"梁市长笑看局长。

"我的部下也不行，现在，能管住这些警察的也就检察院了，抓这么一下子，对其他警察也是个震慑……对我们下一步即将开展的队伍整顿工作也是一个良好的警示……"

"嗯……队伍建设很重要，是做好公安工作的关键，你这个领导，最主要的工作就是抓队伍建设……"梁市长对局长说。

局长频频点头。

梁市长看看时间："11 点 37 了，别走了，中午咱们一起吃快餐吧，我请你，到市政府对面吃拉面……"

梁市长刚说完话，突然从市政府西面的广场方向传来一声闷响："轰……"

梁市长看看外面的天气："太阳这么好，怎么晴空霹雳啊？打雷了？要下太阳雨啊……"

秘书也伸头看看外面的天空："这天气这么好，不像有雨的样子……"

局长的脸色却突然一变："梁市长，这不是打雷，这声音，是爆炸声，从广场方向传来的爆炸声……"

"哦……"梁市长脸色也是微微一变，"你敢肯定？"

"肯定是，"局长肯定地说，"广场那边一定出大事了……"

"抓紧派人过去看看……先问一下是怎么回事……"梁市长说。

局长马上给 110 指挥中心打电话，一会儿给梁市长汇报："梁市长，110 指挥中心接到报案了，一起汽车爆炸案，好像是汽车炸弹，目前伤亡情况不详，广场地面被炸了一个大坑……"

"你们的人去了吗？"梁市长问道。

"正在往那赶。"

"先救人要紧，要马上通知医院去救人……"梁市长说。

"通知了医院，救护车也正在赶过去……"局长说着打电话给局指挥中心进行紧急安排，"立即通知武警去封锁现场，通知刑警、治安警、派出所去现场勘察、同时维护好秩序……"

说话间，只听外面救护车和警车的警报声响成一片，都在往现场赶去。

"要严格封锁消息，不经市里同意，不得随意接受外界新闻媒体的采访……"梁市长看着局长。

"是，我马上安排，一律不准新闻记者靠近，一律不接受新闻记者采访……"局长说。

"你马上通知市里各家新闻单位，不经市里审查，一律不得发布爆炸事件的任何消息，包括电视、报纸、广播、网站……"梁市长又对秘书说道。

"好，我马上就通知。"秘书即刻开始忙乎。

然后，局长对梁市长说："市长，我先去现场看看……"

"去吧，我也不去吃了，让人把饭送办公室里来。"梁市长冲局长摆摆手，"看完现场你抓紧过来……"

局长走后，梁市长给市委书记去了电话，汇报了刚才发生的事情，书记属于典型的奉行黄老之术之人，一听有事情就头疼，这会儿对梁市长说："这事你负责安排好了，全盘由你负责，别出漏子，注意封锁消息，让公安局抓紧破案……"

梁市长走完书记这道程序，放心了。官场，程序最重要，千万不可越级，千万不可冒犯上级，市委书记虽然是和自己平级，但是，自己在党内是市委副书记，当然要听市委书记的。

梁市长没有离开办公室，安排人送了饭来，和秘书一起吃了，然后就等局长的消息。

一小时后，局长回来了，一进门，来不及喝水，就开始汇报："……一起汽车炸弹爆炸案，属于定时炸弹，塑胶炸弹，威力相当于两个普通的手榴弹那么大……被炸的车是一辆红色的奥迪A4，根据车牌号所查，车主名字叫李燕，是今年东兴学院刚毕业的大学生，其他情况不详……"

"伤亡情况怎么样？"梁市长亲自倒了一杯水端给局长。

局长忙伸出双手接过水杯："车里坐了一个女的，搞不清是不是车主，需要进一步调查核实，此女人被炸得尸身支离破碎，尸首异处，大腿飞出20多米，脑袋炸得面目全非，胳膊挂到了附近的树杈上……同时，附近经过的游人也有死伤，初步查明，除了车上的那个女人，还有有4人当场死亡，8人受伤，其中有一名是重伤，正在医院抢救……"

梁市长眉头紧锁："有没有什么线索？"

"目前还没有，技术侦查部门正在现场搜集线索，同时，刑警正在对车主和受害人身份进行调查，要等等才能有结果……"

"此案影响极为重大，一定要快速侦破，集中你们公安的全部精华力量，成立专门专案组，你任组长，"梁市长对局长说，"我已经和书记汇报了，此案我亲自督办，你直接和我汇报，要争取在最短的时间内侦破，给世人一个交代……"

"是，我马上安排，"局长答应着，又想了下，"梁市长，那……那个今晚准备抓四秃子和王军的事情……"

"暂时推后，先办理这个事情，那事你等我安排……"梁市长说着站起来，"走，你和我一起去医院看看伤员……"

梁市长一行赶到医院的时候，老徐正在急救室抢救，顾晓华和何英正在急救室门口焦急等待，南南抱在何英怀里。三人均安全无恙。

爆炸发生的时候，南南距离那红色的车不到 10 米，而老徐正好赶到南南身边，在爆炸发生的一刹那，老徐以极快的速度扑到了南南身上，用自己肥胖的身躯将南南盖了个结结实实，南南安然无恙，老徐却被爆炸的热浪烫伤了整个后背。

同时，一块汽车的外壳铁片击中了老徐的后背，扎进了老徐的身体里面。老徐瞬间成了一个血人，立时就昏迷过去。昏迷之中，老徐还死死抱着南南，用身体压住南南的身体。

顾晓华和何英离得较远，当爆炸发生时，她们只是被气浪掀翻在地，并没有受到什么伤害。

何英亲眼看到了刚才给自己和南南照相的漂亮女孩，瞬间和汽车一起被炸得粉身碎骨，而在车前经过的几名游人也立刻死于非命，还有自己的那辆白色丰田汽车，也被炸得支离破碎。

何英第一个念头就是南南，她发疯一般从地上爬起来，扑向南南的位置，却只看到了血人和火人老徐，看不到南南。

当何英和顾晓华扑灭老徐身上的火，何英在老徐身子下面，发现了被老徐完全覆盖住的南南，毫发无损。

南南被爆炸声吓呆了，一会儿醒悟过来，抱着何英哇哇大哭。

何英和顾晓华急忙打了 120 急救电话和 110 报警电话，等救护车一到，急忙随同救护车赶到医院，对老徐进行急救。

梁市长来到急救室门口，医院的院长早就在门口等候。

"伤势怎么样？"梁市长问院长。

"高度烧伤，外伤被爆炸残片伤及内脏，正在手术……"院长回答。

"其他伤员什么情况？"

"其他人除了当场死亡的车内的一个，还有 4 名游客死亡，另外几名都是轻伤，简单包扎之后就可以出院回家……"院长回答。

"我的人正在对他们进行现场情况调查，"局长对梁市长说，又指指何英和顾晓华，"这两位女同志也是目击人……"

梁市长转过头，看着何英和顾晓华："爆炸的时候，你们也在现场？"

"是啊，"何英抱着南南，激动地对梁市长说，"梁市长，当时我和孩子都在现场，我的孩子幸亏里面那位好人相救，及时将孩子压在身下，不然……"

说着，何英热泪盈眶。

梁市长伸手抱过南南，看着孩子惊惧的目光，亲了亲南南的脸蛋："乖孩子，别怕，有妈妈和伯伯在，不怕……"

梁市长看着何英，将南南还给何英："你和里面的伤员是……"

"我和他不熟悉，这位是那位好人的家属……"何英拉过顾晓华。

"哦……原来你们不熟悉，但他救了你的孩子……"梁市长大为感动，握着顾晓华的手，"伤员是你的丈夫？"

"是的，"顾晓华哽咽着说："我们很快就要结婚了，他是我未婚夫……"

"他做什么工作？"梁市长问道。

"在市旅游局办公室做主任，姓徐……"顾晓华回答。

"哦……"梁市长想了下，虽然自己前几天去市旅游局做过调研，但是对一个办公室主任，实在是没有印象。

梁市长松开顾晓华的手，转过头对院长说："你们一定要尽最大的努力，抢救这位重伤员，用最好的药，找最好的医生……这位同志生死关头救护儿童，舍生忘死，他是我们东兴市公务员的优秀代表……"

院长连连点头："梁市长您放心，我们一定尽全力……"

梁市长又安慰了半天顾晓华和何英，然后离开医院。

路上，梁市长对秘书说："马上给我搜集市旅游局这个办公室主任的材料，准备树这个典型，我要为全市人民树立一面旗帜，一面真善美的旗帜……这个人，如果能抢救过来，要提拔，要重用……"

秘书点头答应着。

梁市长又对局长说："迅速全面开展对此案的侦查，对全市的黑社会势力进行布控，深入走访调查，发动群众检举揭发……不管用什么办法，此案必须在10天之内告破！必须给全市人民一个交代！"

局长感觉到了巨大的压力，但是还是一口答应："是，10 天之内一定告破！"

梁市长眉头紧锁，本想利用这几天时间动手解决四秃子和王军，然后顺藤摸瓜扳倒潘唔能，之后再干倒市委书记，可是，突然出了这事，一下子把原来的计划全部打乱了。

真是计划不如变化快！

梁市长心里感到了隐隐的遗憾。

同时，梁市长心里有了一个想法，这起爆炸中的闪光点，老徐，这个旅游局的办公室主任，危急时刻不顾自身安危，抢救儿童的生命，这是多么感人的英雄事迹，如果救不过来，牺牲了，就申报追认烈士，如果救过来，要树为典型人物，大力宣传表彰，提拔重用，现在世风日下，太需要这么一个真善美的好人形象来鼓励大家了。

第二十七章 按图索骥

瑶北。

张伟正在组织装车发货，由于30万件货物占用的空间太大，没有合适的空场存放，张伟采纳了段老的意见，边生产、便收购、边检验、边装车、边发货。

今天发3车，6万件，还是张少杨押车去交接。

张伟这几天都是白天在瑶水，晚上在瑶北，因为陈瑶这几天一直说自己一个人在瑶北住寂寞，张伟忙完公司的事务，就赶紧去瑶北陪陈瑶。

陈瑶这几天好像特别黏糊，而且每晚都喜欢在下面垫个枕头，说这样刺激、舒服。

张伟心疼陈瑶，只要陈瑶喜欢的事情，张伟从不说一个"不"字。

发完车，天色接近日暮，张伟开车直奔瑶北，在夕阳的斜照下，穿过翠绿的群山去见自己的女人。

只要陈瑶有要求，张伟天天这么跑也愿意，虽然这样多少会影响自己的工作，因为在瑶水的一些事情是需要晚上在酒桌上解决的。

快到瑶北的时候，张伟接到了马大军的电话："张伟，在哪里？"

"在山东！"

"你去死，说，在哪里？"

"在瑶北，哈哈……快到市区了……"

"你小子天天来回跑，去会女人啊？真幸福，"大军羡慕地说，"你找的这个陈瑶太漂亮了，什么时候我也能找个你这样的啊，就是能有陈瑶的一半，我也知足了……"

"有福之人不用急，慢慢来，陈瑶不是答应给你物色的吗？"张伟对大军说，"再说了，等你当上派出所所长，工作内容改变了，稳定了，老婆也就好找了，另外，你小子也别眼眶子太高，能生孩子，能做饭洗衣服，就行了……"

"嘿嘿……"大军傻呵呵地笑起来，"到了市区，今晚我请你们两口子吃饭，吃烤全羊……"

"哈哈……好啊，终于可以宰你小子一顿了，"张伟笑着说，"那好，我带了陈瑶直接去，到哪里？几点？"

"巴国人烤羊，7点。"大军说。

"行！没问题，我准时到。"张伟回答。

挂了电话，张伟很快就到了天马旅游门前，陈瑶正在门口等候。

"今天我的中天发过来几个团？"张伟边开车边懒洋洋地问陈瑶。

"7个！"陈瑶回答。

"哇塞——"张伟一下子精神起来，"不会吧，咋这么多啊？"

"多了好啊，说明你的总经理能干啊……"陈瑶笑看张伟，"你这个董事长咋当的，自己公司的业务都不了解，还得问客户……"

"呵呵……从你这里知道的和从徐君知道哪里知道的差不多，"张伟笑笑，"怎么这么多客人？7个团，350多人，一个人赚毛利200元，毛利润就是就是7万块……哎呀，要是天天都这么多，多好啊……"

"嘻嘻……操作好了，也不是不可能啊，"陈瑶说，"关键是你有一个好的总经理啊，徐君可是我亲手带出来的，操作这组团，全部流程，十分熟悉，得心应手……还有，我听徐军说，之前高强的老人马李经理和林经理又回了中天，工作特别卖力，你还又让他们官复原职了……"

"是的，我特意安排的，这两个人做业务是可以的，有能力，虽然他们对我有过一些下三流的手段，但是，我不记恨……"张伟说，"我不但不记恨他们，而且我还重用他们……"

"你真的相信他们不会再捣鼓别的事情了？"陈瑶斜眼看着张伟。

"不是我真的相信还是假的相信，既然我给了他们这个机会，我就必须得相信他们，"张伟扭头看了一眼陈瑶，"我是给人家做过多年员工的，我深深知道一点，老板信任员工，是员工为老板出力的必须的前提，老板对员工一分好，员工会给老板十分的回报……出来打工，混生活，都不容易，这一点，我深有体会……"

陈瑶点点头："好，张老板，说得好，在下佩服！"

"别夸我，我这是受你的思想影响，与人为善，给人方便，等于方便了自己……"张伟说，"我深深地体会到，出来打工，为了生活而拼搏，是多么不容易……没有我的南漂，就没有今天的我，就没有我今天的思想……"

"还是那句话，经历造就阅历，阅历成就思想……"陈瑶莞尔一笑。

"姐，你说得很对，其实，你的很多话都影响了我，特别是我刚到南方时，我们网聊时，你对我的思想影响是很大的……"张伟诚恳地说，"可以这么说，没有你的引导和教导，就没有今天的我……你是我前进的明灯和方向……"

"言过了，傻熊，其实，师父领进门，修行在个人，"陈瑶笑嘻嘻地看着张伟，"关键是你自己有这个素质，你不具备这个素质，我再引导你也白搭，明白了吗？"

"也许吧……"张伟点点头，"南漂改变了我的人生，南漂成为我人生中的一个重要转折点，在我的生命旅程上写下了重重的一笔……"

陈瑶看着张伟，温情地笑了："俺家傻熊越来越有思想了……"

说话间，到了烤全羊店。

大军早就到了，一只小羊羔已经烤好，发出诱人的香味。

陈瑶欢呼一声："啊呀——好香啊……"

大家坐下，开始吃烤全羊。

"你们还想吃什么，再点。"大军对他们说。

"大军，我还想吃烤熊掌……"张伟边吃边说。

"没有，太贵了！"大军一口拒绝。

"有，怎么没有？"张伟狞笑了一下，指指大军的脚，"这不是吗？"

大军领悟过来，"你做梦去吧……"

那边，陈瑶踢了踢张伟的脚："傻熊，这里也有熊掌……"

张伟瞪了陈瑶一眼："你想谋害亲夫啊……"

三人边谈笑边开心吃饭。

"嫂子，你是南方哪里人？"大军问陈瑶。

"浙江，东兴，去过吗？"陈瑶说。

"去过，我去年办案子，去东兴抓过逃犯……"大军回答，"东兴那里治安挺好的，不过，黑社会势力也不少，都很有组织，叫社团什么的……"

"你和东兴的黑社会打过交道？"陈瑶问大军。

"是啊，不过不是打交道，是通过他们找线索，让他们提供情报……"大军说，"有时候，很多大案子都得靠黑社会内部的情报来侦破……"

"你知道的东兴黑社会都有哪些？"张伟问道。

"也不多，都是和公安关系比较紧密的黑社会组织，都是黑白两道通吃的……"大军说，"比如，一个叫四秃子的，还有一个叫波哥的……对了，还有一个叫王军的，最牛，是东兴一个市领导的小舅子……"

张伟和陈瑶对看了一眼，都没做声。

大军边啃羊腿边又突然想起一件事："对了，今天我下班前看了公安网内部情况通报，东兴今天中午 11 点 40 分左右发生了一起汽车炸弹爆炸案，就在东兴市中心的广场，当场炸死了 5 个……"

张伟和陈瑶一起停住了嘴巴，看着大军："真的？今天？死了 5 个？"

"是的，一辆红色的奥迪 A4，车里的一个女人和车一起粉身碎骨了，人的肢体都挂到树上去了，附近的行人被炸死了 4 个，还有一个重伤……"大军说，"现在正在侦查阶段，地方政府封锁消息，对外还没有报道，不清楚是情杀还是黑社会仇杀……"

张伟和陈瑶面面相觑，目瞪口呆。

陈瑶半天冒出一句："好可怕——"

经过紧急抢救，到第二天的晚上，老徐终于脱离了危险，从死神那里被救了回来。

得益于梁市长的亲自过问，医院给老徐安排了最好的病房，单独一个大单间，里面还专门有陪护的床。

何英一直没有离开医院，带着南南和顾晓华一起，南南困了就在床上先睡，她和顾晓华紧张地在急救室门口等候。

当大夫从急救室里出来，告诉病人脱离危险时，顾晓华和何英终于松了一口气，这才感到浑身没有一点力气。

"我们给病人安排的房间是本院最好的，家属也可以休息的，"院长热情地对她们说，"病人还需要在急救室监护一段时间，你们先到病房的床上去休息一会儿吧，放心好了，我们会照顾好伤员的……"

何英和顾晓华点头向院长致谢，回到病房。

虽然很累，但是真要休息了，却又都不困了，这就是极度紧张、极度疲劳的症状，物极必反。

何英和顾晓华索性半躺在床上，开始聊天。

"真的太感谢你们家徐主任了，他可是俺家南南的救命恩人啊，孩子要是真有个三长两短，也等于要了我的命……徐大哥也算是俺娘俩的救命恩人了……"何英搂着南南，侧身躺着，对顾晓华说。

"何姐，别这么说，像这种情况，任何一个人遇到，都会这么做的，我们家老徐只不过是做了一个正常人应该做的事情而已，也算是做了一件大善事，"顾晓华对何英说，"多积德行善，也算是为后世造福吧……"

"你们两口子都是好人，真的，好人会有好报的，"何英看着顾晓华，手轻轻抚摸着南南的背部，"能遇到你们两口子，也算是造化，缘分……不然，这孩子……"

"这孩子可爱……"顾晓华羡慕地看着何英，"孩子随你啊，这眼睛，这鼻梁，这嘴唇，这脸型，呵呵……长大了一定是一个英俊后生……"

何英笑了："呵呵……真不知道该如何报答你们……让你们家徐主任差点搭上一条命……"

"何姐，不要这么说，我相信一点，老徐在救孩子的时候，是绝对没想要你的报答……"顾晓华摇摇头，"你想想，还有比生命更可贵的东西吗？老徐要什么能抵得上自己的生命呢？所以，何姐，不要说什么报答的事情了；大家能在一起认识，也算是个缘分……缘分，比什么都好……"

何英感动地看着顾晓华："是的，缘分……"

顾晓华笑了："唉……何姐，我要是有一个能像你这么漂亮的儿子就好了，这辈子，我宁可什么都不要，满足了……"

"会的，一定会的……"何英微笑着冲顾晓华点点头，"对了，晓华，我想问你个事情……"

"你说。"

"嗯……这个，那天我和孩子在高速服务区吃饭的时候，偶尔听见你们两口子交谈，提到两个人的名字……"

"哦……"顾晓华的眼神顿时警觉起来，"谁的名字？"

"张伟、陈瑶。"

"哦……"顾晓华吃了一惊，用警惕的眼神看着何英，"怎么了？"

"你和徐主任和张伟、陈瑶很熟悉吗？"何英看着顾晓华。

"你打听这个干什么？"顾晓华带着戒心问何英。

"呵呵……没什么，我……我就是随便问问……"何英笑着说。

"我……我不熟悉……我们家老徐也不熟悉，只不过因为是工作关系，听说过他们的名字而已……"顾晓华摸不清何英的底细，自然不肯多说。

"呵呵……"何英笑了，知道顾晓华对自己有很强的戒备心理，"妹子，张伟和陈瑶是我的朋友，我那天听你们聊起他们俩的名字，觉得你们也认识他们，所以我才问问……"

　　"你……真的是张伟和陈瑶的朋友？"顾晓华半信半疑。

　　"是的，"何英笑了，"实话告诉你，我是张伟在宁州的第一任老板娘……"

　　"啊——"顾晓华脱口而出，"你——你是高强的老婆？"

　　"是的，我是高强的前妻，中天旅游的前董事长，何英……"何英微笑着。

　　"哦……这么巧啊，原来你是张伟的前老板娘啊……"顾晓华点点头，笑了，"何姐，我们真的很有缘分啊，我和张伟曾经在龙发旅游是同事……"

　　"不仅如此，我还是张伟曾经的女朋友，还是陈瑶从小到大的小姐妹，"何英继续说，"我，还有张伟、陈瑶，我们现在是非常好的关系，亲密无间的关系……"

　　"哦……那你现在和他们……"顾晓华问何英，她很意外何英和张伟有过一腿，更意外何英竟然自己说了出来。

　　"我随时都跟他们保持着联系，他们现在在一个安全的地方，生活得很好，很快乐，很幸福……"何英说，"那天我不经意间听到了你们的谈话，我知道你们对张伟和陈瑶都无恶意，徐主任也一直在想方设法帮助陈瑶和张伟……那时起，我就对你们很有好感了……"

　　顾晓华笑了："何姐，张伟现在好吗？"

　　女人们最先关心的总是男人，顾晓华不先问陈瑶现在好吗，倒先问起了张伟。

　　"好，很好，自己开了了两个公司，一个旅游品贸易公司，一个旅行社，这旅游品贸易公司你们家徐主任可能知道，这旅行社是刚接手的，徐主任可能还不清楚……"何英说。

　　"啊哈——这家伙，真厉害！"顾晓华由衷地赞叹，"我和他在一个公司的时候，就看出这家伙本事不小，有鸿鹄之志，是干大事情的人……这短短几天时间，竟然成为两家公司的老板了……"

　　"呵呵……这只是个开端，这位张老板啊，胃口大着呢，谁知道他下一步要发展到多大……"何英轻轻地抚摸着南南的头发。

　　"无志之人常立志，有志之人立长志……"顾晓华赞赏地点点头，"这张伟属于后者，是个能干的男人，不仅如此，陈瑶也很能干，张伟从陈瑶身上，应该能得到不少教益……"

　　正说着，有人敲门，进来两位警察，客气地说："我们是市局刑警支队的，想找你们二位了解一下当时现场的情况，因为之前看你们都在关注抢救伤员，没有打扰二位……"

顾晓华和何英坐起来，请两位警察坐下，然后两人把当时现场的情况详细说了一遍，何英甚至把那女孩帮她们照相、夸南南漂亮、坐在车上听音乐等细节都说了。

两位警察记录得很详细，又问了下顾晓华和老徐还有何英的姓名、年龄、职业等基本情况。

何英的车在爆炸中基本毁掉，幸亏何英将银行卡、证件等物都放在随身的小包里，照相的时候一直随身带着，车里随同被毁掉的就是一些食品和南南的玩具。

车子的事情何英不用担心，有保险公司。

顾晓华突然又想起一个细节："对了，我和老徐在往广场外走，遇见何英和南南之前，我老公在远处看见这辆红色的奥迪A4了，说他认识这车的主人……"

"噢——"两位警察精神一振，"请继续讲。"

"当时我问他怎么认识的？我说这车很贵的……老徐说这车的主人是今年刚毕业的女大学生，但是已经提前在旅游局营销中心上班了，还是事业编制呢……工作是一位市里的高官亲自给安排的，这车呢，也是那位高官给买的……老徐还让我不要乱说，说这女孩子年幼无知，贪得无厌，不一定有什么好下场……"两位警察飞快地记录着。

"那老徐现在能讲话吗？"两位警察问。

"不能，刚脱离生命危险，还在急救室呢……"顾晓华说。

两位警察对看了一眼，站起来道谢离去。

警察刚走一会儿，敲门声又起，这回进来的是梁市长的秘书，带来了梁市长的亲切问候和良好祝愿，然后说奉梁市长之命，要单独先了解一下老徐救孩子的详细过程。

顾晓华和何英于是把事情经过又说了一遍，秘书认真地记录着。

顾晓华和何英说完后，秘书觉得有些简单，意犹未尽，问她们："徐主任在救孩子的一刹那，有没有什么语言啊？"

"语言？"顾晓华和何英看着秘书。

"嗯……是啊，"秘书进一步阐述，"就是在爆炸前后，老徐同志把孩子严严实实盖住之后，有没有说什么？"

"没有啊，没有说什么啊……"顾晓华说。

"哦……"秘书有些失望，又不死心，进一步开导，"你们想啊，英雄在做伟大的壮举时，就像我们在电视和电影上看到的，都有伟大的语言的啊，这都是英雄发自内心肺腑的感人之句，都是英雄高尚品德的闪光点……所以，我觉得徐主任也应该会有的吧……"

秘书这么一说，顾晓华有些迷惘："哦……当时我和何姐在远处聊天，没有注意听老徐说什么啊……"

何英眼睛眨巴眨巴，灵机一动，突然做凝神思虑状："咦，你这么一提醒，我倒还真想起来了，徐主任在救孩子的前后，是说了几句话，不过当时大家都吓傻了，没注意听……"

秘书大喜，一拍大腿："你看，让我说对了吧，这英雄都是有豪言壮语的……何小姐，你别着急，仔细回忆一下，具体想想，当时徐主任说的什么……"

何英的脑子飞快地旋转，边认真想边说："……在爆炸发生的一刹那，我仿佛听见徐主任大喊一声'孩子，快趴下……'接着就朝孩子扑过来，把孩子紧紧搂住，用背部遮盖住孩子的身体……当爆炸发生后，我们赶过去的时候，徐主任脑子还保持清醒，他不知道孩子是否受伤，睁开血迹模糊的眼睛，看着我们，说'别管我，先救孩子要紧……'说完，徐主任才昏迷过去……"

"太棒了，虽然是短短两句话，但是太精彩了！"秘书边记录边神采飞扬地说，"英雄啊，英雄……多么朴实无华的语言，多么朴素纯真的情怀，多么高尚圣洁的精神，感人啊……感人……"

何英表情很认真地点点头："我能记得的就是这两句了，够不够？要是不够，我再想……"

"够了，这两句话顶平时200句话，分量太重了，"秘书很兴奋，"现在案件还没侦破，不能公开对外披露，等侦破了，梁市长要在全市树典型，要大力开展向老徐同志学习的活动，争做好公务员，好市民……"

何英一听，很高兴，又问秘书："那案件要是不侦破，就不能公开对外披露，那就不开展这个典型学习活动了？"

"嗯……这个事情，我没有想过，"秘书想了想，"何小姐，请放心，这个案件是市长督办案件，要求10日内必须侦破，一定会侦破的……所以，这个学习活动是一定会开的，我这是前期先搜集材料给市长汇报，下一步，等案件公开了，市里的报纸、电视、广播等新闻单位，都要来采访报道老徐同志的光荣事迹的……"

何英一听，欣慰地笑了。

秘书走后，顾晓华看着何英："何姐，你真的听见老徐说那两句话了？我咋没听见呢？"

何英笑了："傻妹子，只要那秘书需要，我还听见老徐说很多话，只要是他需要的话，我都能听见……哈哈……"

顾晓华忍不住笑起来："何姐，你真……哈哈……"

两人的笑声把南南惊醒了，南南光着屁股爬起来："妈妈，南南尿床了……"

何英伸手一摸："哎哟，儿子，这才10点钟啊，你奶奶不是说你半夜11点才起床撒尿的吗，咋就提前了呢？"

南南站在床上，一手拍着自己的小屁股，一手攥住小鸡鸡，东张西望……

何英和顾晓华都哈哈大笑起来。

第二十八章 抽丝剥茧

市政府办公大楼，梁市长办公室里灯火通明，梁市长和公安局长正在汇总情况。

"梁市长，目前能掌握的情况是这样的，死者李燕，本地人，今年21岁，东兴学院应届毕业生，本科，旅游专业，目前在市旅游局营销中心实习，毕业后就可正式去那里上班，事业编制……被炸毁的车是一辆奥迪A4，购买的时间很短，不到2个月，车主也是李燕……同时，还查清，李燕在东兴市区还有一套价值100多万的商品房……据查，李燕家庭出身平民，父母以打工为生，没有什么显赫家庭背景，也没有什么额外收入……这是目前为止得到的关于死者的情况，其他的正在进一步调查中……"市局局长向梁市长汇报。

梁市长坐在宽大的老板椅里，双手放在扶手上，右手中指轻轻地敲击着真皮扶手："奇怪，一个普通家庭长大的女孩子，一个刚毕业的学生，哪里来的这么多钱买车子和房子……这里面大有文章，一定要继续调查，这是案件的一个重要突破口……"

正说着，局长接到电话，边听边记录，接完后，将记录结果递给梁市长："梁市长，又获得一个重要线索……"

梁市长接过来，仔细看着，眉头凝成一个深深的"川"字，半晌没有说话，凝神思考……

局长站在梁市长前面，紧盯住梁市长脸上的表情。

一会儿，梁市长抬起头，看着局长："这女孩学什么专业的？"

"旅游……"局长回答。

梁市长："在哪里实习？"

局长："旅游局营销中心……"

梁市长继续问："准备分到哪里？"

局长："旅游局营销中心……"

梁市长："有没有编制？"

局长："事业编制。"

梁市长："事业编制好不好弄？"

局长："很难，人事局编委卡得很死。"

梁市长："什么人能弄过来？"

局长："反正我这个局长去，人家是不会给的，只有市级领导才能有这个面子……"

"这就对了！"梁市长一拍扶手，站起来，抖落着手里的纸条，眼神发亮，"局长大人，这工作，这车，这编制，这旅游行业，还有这高官……明白了吗？"

局长猛然醒悟："梁市长，您是说……"

"你说呢？"梁市长反问。

"我……"

"这是一个重大线索，或许，这就是整个案件的突破口，"梁市长的口气有些兴奋，"局长大人，开动脑筋，琢磨琢磨，这里面有什么玄机，有什么内在的联系……"

局长考虑了一下，一拍脑袋："我明白了，我马上安排人去查李燕的手机通话记录，还有他的通话记录……"

"嗯……还有呢？继续说……"梁市长又坐在转椅上，看着局长。

"还有……"局长思考了一下，"此爆炸案具有典型的黑社会作案性质，既然背后有他的影子，那就要密切调查和他关系密切的黑社会成员……好了！我明白了，要把这起案子和那起案子挂起钩来……"

"我亲爱的局长大人，你终于说到点子上了……"梁市长微笑着，"我们昨天差点犯了大错误，差点漏掉了大鱼……"

局长看了看时间："现在是晚上 11 点，我看今晚就部署行动，秘密抓捕四秃子和王军……"

"对，为了不打草惊蛇，要做到绝对保密，派便衣去抓，人不要多，不要开警车，不要暴露身份，让他们的家人和团伙弄不清楚是什么人把他们带走的……"梁市长说，"抓起来之后，异地关押，秘密审讯，要让他们开口……"

局长笑了："行，我派几个身手好的，分两组，开便车，抓到人后，直接送丽水公安局看守所……至于审讯，就学检察院的办法，看他们能交代出什么来……或许会有意想不到的收获……"

"就是没有额外的收获，起码也能从假日旅游被砸这事入手，开始深入调查……"梁市长笑呵呵地说。

"好，我这就安排人员，秘密抓捕……"局长随后就开始电话部署行动。

部署完行动，老梁拿出一盘跳旗："跳棋，来，局长，咱俩杀一盘……"

局长一看，"晕倒，梁市长，你这么大人了，还玩跳棋啊，怎么不玩象棋呢……"

"哎——象棋太累脑子，这跳棋是我陪闺女玩，我闺女教我的，很简单，不大用动脑子，很好玩的，哈哈……"梁市长边铺棋盘边说，"这可是我和女儿父女情深的见证啊……"

局长笑笑，陪梁市长下起来。

一会儿，秘书回来了，开始向梁市长汇报："今天我找旅游局的部分领导和职工进行了单独座谈，找徐主任的家人和朋友进行了了解，老徐的基本情况搜集得差不多了，我一会儿系统整理一下，给您看……"

"嗯……行，整理出来，先不要声张，等局长大人破了案子，咱就来一个新闻媒体地毯轰炸，把咱们的老徐同志树起来……我回头仔细看看这个老徐的工作表现和能力反映，看他的政绩如何……英雄嘛，典型人物嘛，总是要十全十美的……这个典型，我们一定要培养好，保护好……要推到省里去，甚至全国……"梁市长慢条斯理地边下棋边说，"回头，我还要给省文明办的郝主任打个招呼，他是我的中央党校的同学……"

"呵呵……梁市长，您这又给我加压了，看来这案子我不破是不行了，您的学先进、树典型活动都预备好了……"局长笑着说了句。

"井无压力不出油，人无压力不出活……我不给你压力给谁压力？谁让你给我惹事的，不好好维护好治安……"梁市长捏起一粒棋子，"我要跳了……我要跳到最上面去，做老一……"

局长也捏起一粒棋子："我也跳，我跟着您跳，您到哪我就到哪……跳到您下面去，让您踩着踏实……"

秘书坐在旁边，无声地笑了，一会儿又给二位领导的水杯满上水。

又过了一会儿，当梁市长和局长下到第5盘的时候，办公室的挂钟指针指向了12点，局长的电话响了。

局长接完电话，笑看梁市长："一切顺利，小鸟在笼子里了，您放心吧……我安排我的心腹去审问……"

梁市长站起来，伸个懒腰，看看秘书："通知驾驶员，备车，我请局长大人去杭州大浪淘沙洗浴中心泡澡去……"

北京，某夜总会。

潘唔能这几天在这里乐不思蜀，白天开会，晚上就泡在这里玩，喝完酒，溜完冰，然后再带上两个小姐去开房间。

昨天中午，潘唔能接到事情已经办成的电话，彻底放心了，玩起来也自然更加轻松。

此刻，潘唔能正在包间里和一个小姐溜冰，旁边还蹲着一个小姐……

正溜着，潘唔能的电话响了，是王英打来的："不得了了，王军和四秃子被人抓走了……"

潘唔能吓了一跳，手一哆嗦，手里的电话都险些掉下来："这……这是怎么回事？是白道干的还是黑道干的？"

"好像是黑道的，都用黑布蒙着脸，穿着黑衣服，把人带上没有牌照的黑车，一溜烟就不见了……"王英在那边说。

"哦……"潘唔能松了口气，黑道没关系，只要不是白道就行，他对王英说，"好了，我知道了，我想想办法……"

放下电话，潘唔能闭上眼睛，靠到沙发背上，边享受胯下小姐精致灵巧的服务，边沉思起来。

潘唔能知道，此刻自己虽然身在北京，东兴的一点一滴可都是严密关注的，现在是非常时期，最近出了王炎之事，虽然目前没有累及自己，但也不可不防。同时，昨天虽然接到了一切顺利的电话，但也不能不小心一点。

潘唔能这两天一直在通过各种渠道严密注视着东兴的一举一动，任何一点风吹草动都会让他惊心，更何况是自己此次行动的两名主要干将，竟会被来历不明之人突然带走。

潘唔能想来想去，想不出黑道上的人谁会把他们带走，为什么恰恰是他们俩，为什么恰恰是在东兴爆炸案发生之后？

潘唔能这么一想，心里不由有些发慌，可别是公安的人干的，要是公安的人干的，那就意味着这案子告破了，这俩小子在里面一定受不了折磨，一定会出卖自己……

不过，又一想，可能性不大，一是自己这么久的策划，每一个环节都很缜密，每一个行动都反复斟酌、反复掂量过，而且，行动者都是自己的死党，做事情都很稳重，按理说是绝对不会出什么漏洞的；如果是公安，犯不上扮成黑社会，而且，开的车也不是警车。

那么，会是谁呢？潘唔能冥思苦想……

突然，潘唔能脑子里一闪，猛地睁开眼，对了，还有一个人，很有可能是这个人，这个人的可能性极大！

这个人就是张伟，是不是这小子明着斗不过，暗地里带人来复仇的呢？一来为自己复仇，二来为陈瑶出气。

潘唔能眼前一亮，心里又一次肯定，一定是这小子，他的可能性最大。

兔崽子杀了个回马枪，要回来复仇了！

潘唔能心里突然有些轻松，又有些高兴，这不等于是张伟在自投罗网吗？进了东兴，就等于小鸟进了笼子，笼子门一关，你往哪里跑？

张伟回来了，那小美人陈瑶也一定回来了，是啊，故土难离，自己的老家，岂是说走就走的，思念家乡的情结谁没有啊，人之常情。

陈瑶回来了，太好了，小美人儿终于又可以回来再见面了，这次一定不能让她跑了，一定要想办法把她弄到手，实在不行，就下药，来个霸王硬上弓……

潘唔能闭着眼睛，脑子仍在琢磨刚才那些事。

大本营出了事，自己不能再在北京待下去了。潘唔能突然做了一个决定，决定明天就赶回去。

潘唔能摸出手机，马上开始订机票，他决定明天就走，反正参加会议的人很多，自己又不用发言，自己离开无所谓。

订完明天一大早的机票，潘唔能心里稍微安慰了一些，看着正在服侍自己的两名小姐，决定今晚在首都再放纵一夜。

唉，最后的晚餐了，明天就吃不到了，潘唔能暗暗叹息一声。

一回到东兴，潘唔能没有回家，也没有告之王英自己回来的事情，他不相信这个女人的嘴巴。潘唔能悄悄住进了自己的郊区别墅。

自己回来的事，不但不能告诉家人，在后天之前，还不能让市政府的人知道，大家都知道自己在北京开会的。

回到别墅第一件事，潘唔能就是给梁市长打电话。

"梁市长，您好，我是唔能啊……"潘唔能对老梁说。

"哦……唔能兄，"老梁的声音很平静，"在北京开完会了吗？"

"没有啊，还得 3 天散会，"潘唔能笑呵呵地说，"我是在会场开着会，惦念着家里的工作，还记挂着给您汇报这会议的精神……"

"呵呵……唔能兄的敬业负责精神真是让人钦佩，"梁市长爽朗地笑着，这笑声让潘唔能产生了极大的安全感，"不着急，等你开会回来再汇报，你就好好在北京开会吧，安心开会，家里一切都很好……"

"哎——好，好，"潘唔能连连答应，又说，"对了，梁市长，我听说咱们市里前天发生了一起汽车爆炸案，死了 5 个……"

"呵呵……你消息真灵通啊，"梁市长笑了，"这事弄得整个东兴市老百姓惶惶不安，我已经从内部往上汇报了，对外还是严密封锁消息，官方渠道暂不对外发布消息，等案子告破了再说吧……"

"哦……这案子目前还没有线索？"潘唔能屏住呼吸。

"是啊，毫无头绪，这公安局啊，都是吃白饭的，说是炸弹威力太大，又起火燃烧，整个焚尸灭迹……到现在，连这死者的身份都还没确定下来，至于破案的线索，过去两天了，竟然什么都没找到……唉……我看这案子，差不多又是个死案了，折腾半天又得不了了之……"梁市长说话的语气里充满了生气和无奈。

潘唔能心里暗暗大喜，却又装出一副很同情的口气安慰老梁："唉……您也别生气了，气坏了身子，可是要影响全市的工作的，东兴人民离不开你啊……"

老潘这话越说越不着路，后面的话听起来好像要和老梁诀别。

老梁笑了一下，换了个话题："怎么样，今天北京的天气很好吧……"

"是啊，还行，比较凉爽，不过，前两天很热……"潘唔能说。

"呵呵……那你就在北京好好享受吧……"梁市长说，"开完会，还要不要在北京多逗留几日，走访走访？"

潘唔能脑子一转悠："嗯……国家旅游局的几个处，还有东兴籍的几个在职高官，我看都需要去跑一跑，您说呢？"

"要得，要得，我看你就借着这次进京的机会，跑跑吧，以咱们市政府的名义……多多辛苦你了，再给你 10 天时间，怎么样？"梁市长说。

潘唔能心中大喜："行，那我就在北京多逗留几天……"

"好，唔能兄，等你回来，我给你接风……"梁市长爽快地说。

"那我开会去了……再见，梁市长……"潘唔能在客厅的沙发上晃悠着二郎腿。

"再见，唔能兄……"

打完电话，梁市长接着拨通了市公安局局长的电话："马上给我进行手机定位，查清这个号码现在在什么位置……"

放下电话，潘唔能接着又拨通了老郑的电话："你抓紧来我的别墅一趟……"

"咦——你不是在北京开会吗，这么快回来了？"老郑有些奇怪。

"少他妈废话，过来再说。"

"好，我马上去。"

"我回来的事情，任何人都不要告诉，绝对保密，高度机密！"

"好，没问题，我谁也不说。"

"你老婆也不能说。"

"好的。"

放下电话，老郑对于琴说："老潘突然从北京回来了，鬼鬼祟祟的，还不让我给人说，包括你……这狗日的肯定是想玩女人了才跑回来的……让我过去一趟……"

于琴看了一眼老郑："你他妈嘴真贱，没有保密意识，不是不让你乱说的吗？"

"他说不让我说我就不说了？我管他呢，我和他亲还是和你亲……"老郑笑了笑，夹起公文包，拍了拍，"现在我每次去老潘那里都带着这个，多给老潘留点影视资料……"

第二十九章 | 终成妖孽

老郑进了老潘的别墅，老潘忙招呼老郑坐下："来，给我说说，这两天东兴有什么新鲜事？"

"呵呵……哪有什么新鲜事，天天都这样……"老郑在老潘对面坐下，小心地将公文包放在茶几上，"对了，前天市中心广场发生了一起爆炸案，当场炸死了5个，很恐怖……"

"哦……死者何人？"

"不知道，市里封锁很严密，我就知道死者是个女的，那尸首都炸成无数块了，真个是粉身碎骨……那车也烧成一堆废铁了……"

"哦……这么严重啊……真是胡闹，怎么出了这样的事情，这治安越来越差了……"老潘神色严肃。

"还有，炸伤了一个咱们的人……"

"咱们的人？谁？谁是咱们的人？"

"老徐啊，听说老徐正好经过附近，被炸成了重伤，生命垂危，正在医院急救呢……"

"老徐？"潘唔能心里大吃一惊，老徐经过附近，那一定看见李燕的车了，恐怕不仅仅看见车，还看见李燕本人了……

"是啊，老徐，听说现在还没脱离危险，正在市人民医院急救……"老郑说。

"救过来没有？"潘唔能看着老郑。

"不知道。"

老潘沉吟了一下，接着就拨通了王英的电话："我刚听说东兴发生了一起爆炸案，老徐被炸伤了，在医院里，你代替我去医院看望一下，就说我在北京开会，回不来……看望完，你给我回个电话……"

潘唔能策划的这个行动，一直瞒着王英。

老徐的生死对老潘很重要，起码他能说出这车的主人是谁，被炸死的是谁，老潘想，既然现在公安局都不知道这情报，决不能让老徐说出来。老徐一苏醒，公安局很可能要询问情况。最好老徐救不过来死掉，那就太好了。

打完电话，老潘看着老郑："知道我为什么从北京突然回来吗？"

"不知道，我开始还以为您是因为那爆炸案回来的呢。"

"放屁，那爆炸案与我何干？我又不分管政法。"老潘骂了一句老郑，接着说，"昨晚出了一件蹊跷事，王军和四秃子被人绑架了，现在不知去向……"

"啊——"老郑吃了一惊，忙说，"这事和我无关啊，不是我绑架的……"

"靠——看你这熊样，我知道不是你干的，你想干也干不了啊，你有这胆吗？"老潘骂道，又说，"我现在怀疑这事是一个人干的！"

"谁？"

"张伟！"

"张伟？"老郑吃了一惊，"他回来了？他什么时候回来的？"

"我想很可能是他，同时绑架四秃子和王军，目的很明确，明显是对着前段时间砸假日旅游的事来的，我想，应该是他，也只有他才有这个胆子，一来报自己的仇，二来报陈瑶的仇……"老潘说，"这个兔崽子是亡命徒，一旦他动了手，就一发不可收拾，下一步说不定就拿你我开刀……"

老郑一个寒噤："我又没得罪他，他干吗拿我开刀？"

"去你妈的，你的屁股也不干净，王炎被抓进去，谁提供的情报？假日旅游成了你的，你当我不知道这其中的道道？"老潘斜眼看着老郑，"别的不说，就凭王炎这一件事，张伟就会弄掉你的膀子……"

老郑脸白了："这——这咋办？"

"他一个小兔崽子，我就不信收拾不了他，"老潘晃悠了一下脑袋，"我得先打听清楚这两个奸夫淫妇在哪里藏身，找到他们的藏身地，就能救出四秃子和王军，还能将张伟一网打尽……"

"啊——"老郑呆了一下，"老徐没告诉你？"

"告诉我什么？"老潘看着老郑。

"张伟和陈瑶的藏身地啊……"

"没有啊！"

"我晕，我专门告诉了老徐，让他转告你的，他竟然没有告诉你，是忘记了还是故意没说呢？"老郑有些发懵。

"你这个笨蛋，你干吗不直接告诉我，你通过他干吗？这个人不可靠，我一直在怀疑他的忠诚度……"老潘又骂老郑。

"我看你对他挺好的啊，很信任他啊，我才告诉他的……"

"你是怕沾染到你吧？"老潘讥讽地看了老郑一眼，"我看你是聪明过头了……"

老郑边擦额头的汗边扫了一眼茶几上的公文包。

"抓紧告诉我他们藏身的地方……"老潘说。

老郑想了想，从公文包里摸出一个纸条，递给老潘："呶，就是这里。"

"山东瑶北天马旅游……"老潘念道，"跑这里了，我的美人……想死我了……"

老郑点点头："是的，他们俩一个在瑶水，一个在瑶北，听说还开了家公司……"

"一对野鸳鸯，跑到天边我也能找到，四秃子和王军基本上就是被他们抓走的，这会儿说不定早就被带到山东了……"老潘将老郑的纸条装进口袋，"好了，你今天提供的情报很重要，很好，剩下救人的事情，我来做，等把人救回来，你可是大功一件……"

老郑本想把纸条要回来，看到老潘装进了自己口袋，也不好再开口，怕老潘再骂自己狡猾，于是站起来，拿起公文包，告辞。

老郑现在偷拍偷录上瘾，和客户谈生意也喜欢这么做，他觉得这很好，尽量多掌握别人的一些证据，有百利而无一害。

老郑走后，老潘没有停下，摸起电话："刚子，我是潘唔能……"

"哦……潘哥，什么事？您说！"

"四秃子和王军昨晚被人绑架了，我打听到绑架人的地址了，是一个小兔崽子带人干的，我要你去把他们救回来……"

"行，潘哥，您吩咐的事情，绝对没问题……"

"这次行动，除了给我救出这两个人，还要再抓两个人回来……一个男的，一个女的……男的叫张伟，女的叫陈瑶……"

"行，没问题，我多带几个人去……"

"来回所有费用算我的，完成任务，我再额外给你 50 万，这事就拜托你了……"潘唔能说，"此事要保密，不可走漏半点风声……另外，那张伟如果反抗，就把他做掉，那陈瑶，无论如何要给我弄活的回来，任何人不准碰她，弄回来直接带到我别墅去……"

"行，潘哥，您就等好吧，我准备准备就带人出发……"

"嗯……我过会儿安排人给你送钱去，先给你20万，作为路上的花销……"

"潘哥做事情就是大方，痛快，给潘哥您做事情，就是一个字，爽！"

"另外，我再安排一个漂亮的女学生，给你带着，路上用……"

"好嘞——谢谢潘哥照顾……"

安排完这些事，潘唔能总算松闲下来，给宋佳打了电话："贱人，老子回来了，别声张，速速过来，到我别墅，让老子玩玩你这个婊子……"

潘唔能也没有白玩宋佳，宋佳的哥哥到旅游局任副局长的事情，自己专门给梁市长推荐了，梁市长很痛快就答应了，说过些日子就提名。

老潘洋洋自得地想，自己是办事玩乐两不误，玩得舒服，还不耽误正事，这正事安排完了，再玩女人，也舒服，没有后顾之忧。

宋佳接到老潘电话的时候，刚被局长弄完。

到了老潘哪里，老潘已经弄好了冰壶，烤好了锡纸条。

两人吞云吐雾溜起来……

一会儿，老潘说："妈的，一个太少，再找个来……"

宋佳说："潘哥，要不叫李燕来……"

李燕也曾经答应潘唔能玩多人的，潘唔能就叫了宋佳一起玩。所以，这次宋佳又提起了李燕。

潘唔能一听宋佳提起李燕，身体猛一哆嗦，一下子萎了。

宋佳很奇怪，看着潘唔能："咋了，潘哥？"

"没——没什么——"潘唔能说："算了，不叫她了，还是你自己吧……"

"嗯……"宋佳点点头，"说来也怪，我好几天没见李燕了，她好几天不去局里上班了，唉……实习生，就是不守纪律，说不来就不来了……或许找到更好的单位，不来这里上班了吧……"

"嗯……很有可能，"潘唔能点点头："佳佳，不要提她了，她要是嫌这个工作不好，不愿干，那也没办法，反正还没办理正式手续……走就走吧……可惜了那个编制……"

"潘哥，我求你个事……"宋佳脑子反应很快，突然想起一个事情。

"说——"

"我姐姐的孩子今年大学毕业了，还没找到工作，"宋佳跪在潘唔能两腿之间，抬头看着潘唔能："潘哥，你看，能不能把这个编制……"

"行，没问题——"潘唔能点点头："反正浪费也浪费了，就给你姐的孩子吧……"

"真的?!"宋佳很高兴，感激地看着潘唔能："潘哥，你真好，你真的是个好人……"

"呵呵……这都是你服务得好啊，"潘唔能笑了笑："好了，这是我说了算，回头我就安排……来，好好干活吧……"

半个小时过去了，还是没有任何效果……

潘唔能的心里越来越慌。

又是半个小时过去了，宋佳再一次累瘫了，还是没有效果。

潘唔能额头冒出汗来。

折腾到天黑，潘唔能终于绝望了，一脚蹬开宋佳，摇摇晃晃站起来，抓起茶几上的烟灰缸，狠狠砸向天花板上的吊灯……

"轰隆——哗啦——"伴随着吊灯落地的巨大声音，潘唔能发出了歇斯底里的嚎叫："啊——"

宁州，中天旅行社，总经理办公室。

徐君正在和导游部李经理、计调部林经理谈话。

"李经理，林经理，你们二位都是老中天人了，也是张董事长的老同事，你们来之前，张董事长专门给我打电话说过，说你们业务精，工作效率高，善于做管理，而且，你们俩和张董事长以前合作得都很不错，同为当年中天旅游的领导骨干……"徐君认真地看着他们，"张董对你们二位的加盟是非常欢迎的，他坚信，新中天旅游有你们二位的加盟，一定会迅速让公司发展起来……总之，张董对你们二位就是两个字：信任!"

李经理和林经理面有愧色，又很感动，连连点头，林经理说："徐总，你放心，我们一定不辜负张董事长的期望，我们一定会做好我们的本职工作……"

"非常感谢张董事长对我们的信任，对我们的既往不咎，不仅接收我们，还让我们做部门管理负责人，我们没有别的可说的，只有三个字：好好干!"李经理诚恳地说。

"好！好！好哥们儿——"话音未落，随着办公室的门被推开，张伟走了进来。

"咦——你来了，怎么也不打个招呼？"徐君高兴地站起来。

李经理和林经理也忙站起来和张伟打招呼。

"哈哈……我这是飞行检查，突击检查你的工作……"张伟打个哈哈，"飞检……"徐君笑了。

张伟分别和李经理、林经理握手，边亲热地搂住肩膀："老兄弟们又在一起了，我刚才在大厅里见到了好些老同事，哈哈……咱们的队伍又开张……二位老兄弟，我张伟记性不好，记不得以前的那些事，很多我都忘光了，不过，我记得很清楚的是咱们哥们儿一起合作，共同经营中天旅游的痛快劲儿……这不，又把二位请回来，还指望老哥们儿帮兄弟一把，把咱这新中天旅游做起来……"

李经理和林经理一时感动得说不出话来，只是一个劲儿地点头。

然后，张伟转身，对徐君说："我刚才突然有了一个想法，咱们公司的名字，就改叫新中天旅游，咱们是旧貌换新颜了，得换个名字，我看就叫新中天……"

"好，不错，新中天！既有新意又不失掉原来的名声……"徐君、李经理和林经理都赞同。

"此事你安排去办，越快越好，往后咱们在宁州就打新中天的牌子……"张伟立时就决定下来。

然后，张伟召开公司全体中层会议，听取各部室负责人工作汇报，对公司前段的工作进行了总结，并就下一步的工作做了安排。

关于今后旅行社的工作重点，张伟依然确定以组团为主，散客为辅，地接再次，重点突出了组团，特别是独具特色的线路组团，目前主要是瑶北红色旅游团。

"其实，大家都知道，这做旅游，常规线路，几乎所有的旅行社都在做，竞争压价很厉害，利润几乎都没了，甚至很多线路都是零团费，甚至还有负团费，咱们做这样的团，做得再多也没用，除了赚个好名声，得不到什么实际的利益。但是，咱们独家开发的这瑶北红色旅游线，一个游客就有200元的纯利润，这是什么概念？如果我们平均一天能发一个团，50人就是一万元，那光凭这一条线，咱们一年就赚个三四百万，没问题哪……而且，照目前咱们的经营状况，何止一天一个团啊，最多的一天，咱们发了7个团……各位，只要大家同心协力，咱们新中天的日子会越来越好，咱们大家的口袋也会越来越鼓……"张伟挥动着手臂，侃侃而谈。

258

大家听得很专注，眼睛都在发光。

忙完公司的事情，张伟和徐君一起吃了晚饭，然后直接回了何英的房子去住。

问过徐君，张伟才知道何英已经把孩子要回来了，带孩子回了东兴父母家。

张伟很欣慰，为何英感到高兴。

第二天，张伟直奔宁州机场，赶回瑶北。

张伟乘坐的飞机刚刚呼啸着离开地面，冲向蓝天的时候，地面上，两辆白色的面包车也从东兴出发，上了高速。

车上，坐着刚子和他的一帮小弟，还有潘唔能专为刚子安排的女人。

车后备箱内，放着清一色的马刀。

"往北走，一直往北，昼夜兼程，兄弟们，咱北上救兄弟，杀兔崽子去……"刚子冲他的这帮小弟发出了动员令。

两辆面包车杀气腾腾，径直往北扑去。

第三十章 | 午夜出击

张伟飞抵瑶北的时候，陈瑶开车在机场迎接。

陈瑶这几日神采奕奕，张伟在自己体内播下了希望的种子，陈瑶满怀对未来的憧憬和期待，心中充满了一种特别的感觉。

接到张伟，两人开车往市区走。

"姐，何英把孩子要回来了……"张伟坐在副驾驶位置，看着窗外。

"哦……"陈瑶没有表现出多大的意外，但是充满了喜悦，"怪不得何英这几天不给我来电话了，原来只顾和儿子亲热了哈……南南回来了，咱们这爹和娘也得准备一下，不能空手认儿子吧……"

"呵呵……我估计啊，何英快带南南回来了，咱们给南南准备什么见面礼物？得抓紧筹备了，提前准备好……"

"嗯……我看啊，去买一个长命锁吧，祝孩子健康平安，长命百岁……"陈瑶扭头看了一眼张伟。

"行，你去办吧，我不懂这玩意……"

"嗯……明天我就到黄金珠宝店去看看……"陈瑶开着车，"等何英回来，我这临时大总统也就卸任了，物归原主，嘿嘿……我带南南去游山玩水去……"

张伟也笑了，"你执掌天马这些天，天马走上了快车道啊，这何英回来少不得奖赏你一个红包……"

"嘻嘻……这段时间每天的纯利润都在一万元以上，是何英走之前的 10 倍……怎么样，你女人厉害吧？"陈瑶得意洋洋。

"非常棒！"张伟伸出大拇指："和我的中天差不多了……"

"比翼齐飞，共同进步……"

"对了，姐，中天我给改名了，叫新中天，新中天旅游，咋样？"张伟看着陈瑶。

"新中天旅游……"陈瑶念叨了一遍，"好！很好，寓意明显，充满斗志，不错！"

"很多老员工都回来了，甚至还有最早的一批老员工，你那个时代的……"张伟对陈瑶说，"你不想抽时间回去看看……"

陈瑶沉默了一会儿，喃喃自语："好几年没回去了……"

"下次我去的时候，带着你一起，咱们一起回去，你去看看你的老人马……"张伟说。

"不——"陈瑶摇摇头，一会儿又说："暂时不，等以后再说吧，我现在不想回中天……"

张伟看着陈瑶的神态，理解陈瑶此刻的复杂心理，点点头："也好，等你什么时候想回去了，告诉我，我带你回去，反正这公司已经是咱们的了，反正以后你还是这公司的老板娘……"

陈瑶笑了："小李和小林工作得还好吧？"

"不错，我和他们也单独交流了，他们官复原职，还是担任导游部和计调部的经理，干得很带劲……大家都是出来混的，都不容易，既然他们俩能找上门来要求工作，既然他们俩能开得了这个口，我就能有这个气度接纳并使用他们，就能信任他们……"

"嗯……你也不错，有气度，有气魄，像个男人，"陈瑶赞赏地点点头，"男人，就应该能包容，男人是一座山，男人是一片海，男人的天空永远是无尽的……对了，大军的事情咋样了？顺利不？"

"不知道，我没问，钱已经给他了，不知道到什么程度了，这内部，我估计也斗争很复杂，争得很厉害，要比关系、比财力，还得比能力和业绩，也并不是单纯有关系和金钱都能办得了的，不然，草包也能当官了！"

"嗯……大军是你恩师的独生子，办成这事，也算是对你恩师有点回报，有个交代。"陈瑶点点头，"我感觉大军这人不错，很憨厚诚实，虽然也多少带有点痞子气……"

"干警察的，天天和痞子人渣打交道，难免要有霸气……"张伟说，"但是，大军和很多警察不同，他的本质很好，但是要想在警界生存并发展，有些事情是不得不学，不得不做的，这也是适者生存吧……"

"大军委托我给他找女朋友呢？呵呵……说找我这样的，哈哈……"陈瑶笑道。

"他羡慕死我了，看我找了你这么一个南方美女，大美人，"张伟很自豪，"你看看你东兴的美女同学和朋友，扒拉扒拉，找个漂亮的给他……"

"何必非要到东兴呢？"陈瑶停顿了一下，又说，"眼前不就有一个人选吗？"

"谁？"张伟看着陈瑶。

"你说呢？"陈瑶看着前方，把着方向盘。

"你……你是说……何英？"张伟嘴里艰难地吐出何英的名字。

"你看行不？"陈瑶说得很简洁。

"我……这个……"张伟心里突然很别扭，她没想到陈瑶在打何英的主意，其实从心里讲，他也觉得大军和何英蛮相配的，但是，不知怎么，张伟心里一想到何英和大军在一起，就感觉很别扭，很不能接受。

一个是自己曾经的女人，一个是自己的兄弟，自己的女人让自己的兄弟去拥有，张伟觉得心理上很难适应，心中突然酸溜溜的。

"你——你什么？磨磨蹭蹭，你想说什么？"陈瑶转头看了张伟一眼，眼神很犀利。

"我……我觉得也还行吧……"张伟吭哧了半天，说出口来，"就……就是……怕……"

"怕什么？"陈瑶又看了张伟一眼，眼神依然很锐利。

"怕……"张伟鼓足勇气，"就怕何英是结过婚的，有孩子的，怕大军看不上何英……还有，何英……何英也未必就一定能接受大军……"

"哦……说了半天你弄了个两头怕，"陈瑶嘴角露出一丝笑意，"我看还有一怕，就怕你心里不能接受，不愿意，是不是？"

张伟脸上一下子有些尴尬："哪里？我没有什么不愿意的，我有什么不愿意呢？这当然是好事。"

"那就好，你自己心里想通了最好！"陈瑶目视前方，淡淡地说："何英早晚是要成家的，早晚是要再结婚找男人的，她不可能一辈子这样，不可能一辈子在你身边这样下去……"

张伟的脸有些红："我……我当然知道……我又没有什么想法，你是不是很想何英有个男人成家？"

"是的，"陈瑶神色突然有些冷，口气很淡，"我当然希望何英早日有个好的归宿，我不希望自己身边一直埋着一颗定时炸弹……我没有你想象中的那般伟大，那般宽容，我一样有小心眼，我一样犯小嘀咕……"

"哦……我知道了……"张伟老老实实地回答道。

"当然，成与不成，那要看他们他们两人，我呢，只是牵线搭桥，一个巴掌拍不响，"陈瑶口气稍微缓和了一下，"让大家做朋友，能做到什么程度就算什么程度好了……"

"嗯……"天不怕地不怕的张伟此刻在陈瑶面前成了小绵羊，他知道，陈瑶平时对自己百依百顺，那是疼自己，一旦陈瑶要是较真起来，那不是自己能轻易改变的，也不是自己能对抗了的。

陈瑶扭头看了一眼呆头呆脑坐在那里的张伟，忍不住"扑哧"笑起来。

陈瑶一笑，张伟心里轻松了，也傻呵呵地跟着笑起来。

"对了，大军那天说起的那个爆炸案，最近有没有什么新的进展？"陈瑶换了个话题，问张伟。

"好像没什么进展吧，案子肯定还没有侦破，要是侦破了，早就到处宣扬吹嘘了……"

"可怜，5条无辜的生命，就这么没有了……"陈瑶唏嘘了一下，"傻熊，你说，这案子能不能侦破？"

"这个爆炸案发生在闹市区，影响太大，我估计东兴的领导压力不小，一定会全力侦破……"张伟对陈瑶说。

"嗯……能侦破，抓到凶手，多少也是对死者的告慰，给死者家人一个交代……"陈瑶叹了口气，"可是，人死而不能复生，好好的血肉之躯，就这么没了……"

"这个世界上每天都有人在死，每天都有人在生，就像我们身上的细胞一样，新陈代谢，旧的不去，新的不来，很正常，死就死吧，早晚得死，有什么大不了的，只能说明他们命不好，倒霉！"张伟满不在乎地说："见惯了，听多了，其实，都没有感觉了……"

"你——你这个冷血！"陈瑶瞪了张伟一眼，"那是因为那些死者和你没有关系，假设受害者都是你的朋友，你的亲人，你还会这么想吗？"

张伟哑口无言，赶忙闭嘴。

说话间，车到天马旅游，张伟和陈瑶一起上楼，坐在陈瑶的办公室里。

一会儿小花上来了："陈姐，刚才我表姐来电话，说让我去一趟东兴，把南南接回来。"

"哦……"陈瑶看着小花，"她干吗不回来？"

"表姐说她要在家里陪我姑姑和姑父，还有，她在东兴有些事情要做，南南带在身边，不方便，让我先把南南接过来……"小花说。

陈瑶立马想到了高强，何英可能还有些和高家的恩怨没有了结，于是点点头："好的，什么时候走？"

　　"表姐在东兴那边刚给我订好了机票，下午就飞杭州，我直接到瑶北机场上机就可以。"小花说。

　　"嗯……好，路上注意安全，带好南南……带回来，我看着。"陈瑶说。

　　小花下楼后，陈瑶拨通了何英的电话："死丫头，这么久也不给我电话，我儿子都要回来了，也不给我报喜……怎么？要小花先去把南南接回来？"

　　何英此时正在医院里，老徐暂时脱离生命危险，在病房里躺着，仍旧昏迷不醒，处于24小时监护当中。何英决定陪护老徐到康复，南南在医院里不方便，就决定让小花带回去。

　　怕陈瑶担心，何英决定暂时先不告诉老徐遇险的事："呵呵……是啊，莹莹，我这边还有些事情要处理，这大热天的，带着南南不方便，所以……"

　　"嘻嘻……好啊，把儿子先弄回来，我带着，呵呵……"陈瑶很高兴，"你忙你的好了，儿子跟着我，你放心……"

　　"我当然放心，呵呵……"何英说。

　　"对了，听说东兴发生了大爆炸，是不是？"陈瑶说。

　　"嗯……是的，全东兴都知道了，"何英说，"可怜啊，一个如花似玉的女孩，被炸得尸骨不全，唉……"

　　何英怕吓着陈瑶，没说自己和南南在旁边的事情。

　　"案子破了没有？谁干的？"陈瑶问。

　　"不晓得啦，这是公安的事情，咱上哪里知道啊。"何英说。

　　"你外出可要小心啊，特别是这公共场所……"陈瑶叮嘱。

　　"晓得了，晓得了，"何英说，"我们会小心的，这瑶北社会治安也很差劲，你和阿伟也要小心，特别是这阿伟，管好他，别让他出去惹事，注意别让他喝太多酒，还有，晚上睡觉，别让他老开着空调死吹……"

　　"哦……我知道了。"陈瑶答应着，没再说什么，突然觉得心里怪怪的。

　　打完电话，陈瑶看着正坐在沙发上看报纸的张伟："傻熊——"

　　"在——干吗？"张伟答应着。

　　"你——你下午还回瑶水不？"陈瑶问张伟。

　　"不回去，下午公司里没什么事情，我明天再回去，今晚在这里，和你一起住……"张伟说，"欢迎不欢迎？"

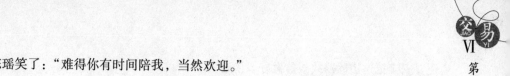

陈瑶笑了："难得你有时间陪我，当然欢迎。"

"南南带回来，你有时间看？"张伟问陈瑶。

"没关系，我带他上班好了，呵呵……跟着我上下班，晚上跟着我住，我晚上就搂我儿子睡……"

"哦……那你不搂我了？"张伟瞪着陈瑶，"晚上谁搂我睡？"

陈瑶哈哈笑起来："傻熊，你这么大，你搂我还差不都，晚上你搂我们娘俩睡吧……"

"这还差不多……"

一会儿，陈瑶又拿出手机摆弄："打电话老拨那么多号码好烦人啊，我设快捷键，拨号按一个键就好了……嗯……傻熊是老大，那就设为 1 键……2 键设谁呢？"

"设大军吧，往后你有什么事，我不在身边，特别是有小混混来捣乱，你一拨 2，大军就接到了……"张伟说。

"嗯……好，那就 2 键设大军……"陈瑶很快就设定好了。

张伟下午果然没有回瑶水，陈瑶在办公室里忙乎业务，他开陈瑶的车去了刑警队，找大军玩。

大军见了张伟开的宝马，很羡慕："哎——找个有钱的老婆真好，咱什么时候有这福气啊……"

"你以为我现在发财是傍富婆的成果啊，去死——我这可是靠自己的本事一点一点打拼出来的……陈瑶很有钱，是不错，但我可是自己自力更生的……"张伟对大军说，"不过，我是陈瑶教导出来的……"

"哦……那你就是在精神上傍富婆，这可是更幸福了……"大军无比羡慕地对张伟说，"你老婆这样的女人，我还从没有见过，这样的女人，哪里有？如果不是我亲眼见到，我会以为只有天上有……过几天咱们高中同学聚会，你把陈瑶带过去，馋死他们，哈哈……"

张伟看着大军傻呵呵的样子，想起陈瑶说要把何英介绍给大军的事情，心里突然有一种说不出的滋味。

张伟觉得自己好像是挺自私的，又很无理。

张伟没了在大军那里玩的兴趣，告辞回到陈瑶办公室，躺在沙发上看报纸、睡觉。

陈瑶下午业务很多，忙得不可开交，也来不及招呼张伟。

晚饭是在陈瑶办公室吃的，陈瑶在等外地两家旅行社传真几个大团的报价单，还要安排把这边的路线报价做好，传过去。

陈瑶吩咐计调部的人下班回家，她亲自加班做。

公司里只剩下张伟和陈瑶两个人，张伟跑到楼下去看电视，陈瑶在楼上忙乎着。

一直忙到晚上 12 点，陈瑶才总算忙完，下楼叫了张伟，关上公司的门，准备回宿舍。

陈瑶的车停在离公司大门口 30 米左右的地方。

张伟关掉公司的灯光，又将卷帘门拉下来，陈瑶弯腰锁上。

然后，两人直起身，转身，准备走向自己的车。

陈瑶今天没带包，随意将手机塞进牛仔裤口袋里。

时间不早了，大街上车辆渐渐稀落，行人不多。

宝马车停靠在路边，车后面还停着两辆白色的没有牌照的面包车。

陈瑶挽着张伟的胳膊，两人散步往车跟前走。

刚走到那两辆面包车跟前，面包车的门突然"哗啦"一下子拉开，从车上跳下 10 多个带着黑色眼罩的壮汉，手里都握着马刀，将张伟和陈瑶一下子围在中间。

张伟来不及反应，一下子将陈瑶搂进怀里，护住陈瑶，看着这帮人："哪里的朋友？你们要干什么？"

"南方的朋友！来带你回去享福！"一个平头敦实的壮汉将马刀架在张伟的脖子上，另外还有两把马刀架在了张伟的胸口和后背，刀尖戳进了张伟的皮肤，张伟感觉到了鲜血在往外渗透。

"有什么事冲我来，一人做事一人当，和她无关！"张伟明白了，沉着地回答，"我跟你们走！"

陈瑶被张伟的胳膊搂住靠在怀里，对准张伟前胸的马刀就横在中间自己眼前。

陈瑶在短暂的惊慌过后，手伸进牛仔裤口袋，摸到了手机，摸索到数字 2 键……

"你他妈的还挺英雄啊，一人做事一人当，今儿个老子是男人女人都要带走……"那平头用力将马刀一压，"识相的就马上上车！"

"好啊，追杀到这里来了，你们这些狗日的杂种，"张伟怒骂，眼睛四处看，刚想大声呼喊，后脑勺突然被一个人用马刀背重重地磕了一下，随着鲜血迸射出来，张伟失去了直觉……

随即，陈瑶的嘴巴被一团软布塞进去，两个黑色的头罩迅速套到了张伟和陈瑶的头上，两人被架上车。

张伟随即被捆绑住手和脚，扔到后座，陈瑶被架到前排，一左一右两个人在中间夹住她。

"对这个女人客气点，不许乱来！"平头坐在副驾驶位置，回头对马仔厉声吩咐，接着对司机说："走，回东兴，带这两个人领赏去，兄弟们，咱们发财了……"

车上的人都哈哈大笑，其中一个人说："大哥，这小子头上在冒血，要不要……"

"要个屁，让他流血好了，流光算了……"平头满不在乎地说："这狗日的功夫很厉害，留着早晚是个祸害，等过长江的时候，找个麻袋装起来，把他扔下去，扔到长江喂鱼去……"

"行，听大哥的！"众马仔纷纷答应。

"走，开车！"平头又对驾驶员说。

"老大，走那条路？"开车的问道。

"为了以防万一，不走高速，从这里奔瑶南，走东红公路，然后从红花埠进入江苏新沂，再奔徐州……"平头边翻看地图边说："通知后面的车，跟上来……"

两辆白色的面包车拉上车门，出了瑶北市区，向南疾驶而去……

第三十一章 注射投毒

大军刚带着中队的队员们执行完任务回来，抓获了 3 个越狱在逃犯，大家心情都很高兴，将犯人移交羁押完毕，正要散去休息，大军的手机突然响了。

大军一看是陈瑶的电话号码，深更半夜打电话，难道有什么事情？

"喂——嫂子！"大军对着电话说道。

没有回答，电话里却有异样的声音。

大军摆摆手，让周围正吵吵嚷嚷要出去吃夜宵的队员们安静下来，将电话贴紧耳朵，仔细倾听。

听着，大军的脸色陡然一变，冲队员们说："不休息了，有紧急情况，抓紧上车，带上家伙，跟我走，出发——"

瞬间，4 辆警车呼啸着冲出刑警队的大门。

大军坐在最前面的面包车上，边指挥行车路线，边将电话贴在耳边倾听，同时安排人员向大队汇报。

出了瑶北市区，大军边听电话边突然对驾驶员说："上京沪高速，抄近路，从苏鲁交界的出口下，然后直接奔省道苏鲁收费站。"

两辆白色面包车一小时后到达瑶南，大家纷纷叫嚷肚子饿了，平头一看，就找了一家小餐馆，安排好看守人员，其他人下车吃饭。

平头这吃饭一耽误时间，大军又走高速抄了近路，这一拖一紧，时间差就打出来了。大军争取到了宝贵的时间，从电话里听到他们在吃饭，大军稍微松了口气。

凌晨 2 点，大军带人赶到了苏鲁交界收费站，将人马布置在山东一侧，同时，接到通知的当地警方也安排人马赶到，设好了堵截卡。

当大军的人马荷枪实弹在等候他们时，平头一帮正在瑶南吃夜宵。

瑶南市区，离苏鲁交界处还有 30 公里。

吃完夜宵，平头打个酒嗝，上车，对驾驶员说："出发，前面转弯，向左转，向东去，奔日照方向……"

"怎么了？刚子哥，前面马上就到江苏地界了。"驾驶员有点意外。

"叫你怎么走你就怎么走，哪来这么多废话，这叫迂回前进，多个保险系数，懂不懂？"刚子瞪了驾驶员一眼。

驾驶员不敢再多言，驾车到了前面，转弯东去。

"大哥，后面这小子估计快完了吧，干脆，提前解决了算了……"一个马仔对刚子说。

"嗯……等到了日照岚山头，扔海里，不喂淡水鱼了，喂咸鱼吧……"刚子哈哈大笑，"这女人耳朵太尖，不能让她听见太多，让她睡一会儿吧……"

坐在陈瑶旁边的一个马仔摸出一个毛巾，倒了一点液体在上面，一把揭开头套，捂住陈瑶的鼻子。陈瑶立时就昏迷了过去。

"抬到后面去，省得在前面不安全……"刚子吩咐。

大军在电话里听得真真的，敌变我变，忙指挥人马抄近路赶赴日照到连云港的沿海公路交界处守候。

陈瑶一被抬到后面，大军就听不见前面车里人说话的声音了，不由心里有些着急，怕再出变故，自己又带了 2 辆车，往北赶往瑶南，从瑶南下东，兜住刚子他们的后路。

午夜的鲁南大地，一场紧急追击战在紧张进行中。

大军坐在车上，头上有些冒汗，他知道张伟现在处于极度危险中，一是脑袋受伤生命危险，二是面临被抛下海的危险。

追击到凌晨 4 点，当大军的车拐上东部沿海公路，看到了波涛汹涌的大海，无边的浪涛尽头，天空出现了一丝鱼肚白，天就快亮了。

继续追击，继续南下。

终于，在日照市和连云港市的交界处，在苏鲁最靠近东部的交界处，大军的车看见了前面的两辆面包车，正停在临近大海的路边，几个人下来，正在抬着被捆得结结实实的张伟，想扔到大海里。

看到后面远处来了两辆警车，刚子他们做贼心虚，来不及扔到深水里，慌里慌张往海滩上浅水处一扔，撒腿就往车上跑，疾驶而去。

大军带车迅疾赶到，忙让后面的车下海去救人，他带着一辆警车继续追赶，陈瑶还在车上。

发现前面的面包车可能觉察到了自己的意图，大军干脆打开警灯警笛，同时鸣枪警告。

再牛的黑社会都怕警察。刚子听见枪响，知道被察觉，害怕了，命令驾驶员死命往前跑。

跑到前面两省交界处的收费站，刚子倒吸一口气，前面警灯闪烁，警车一堆，路边站满了警察和武警，个个荷枪实弹。

"快，掉头——"刚子指挥车辆掉头，想从大军那里杀出一条出路。

大军将警车往路中间一横，带人下车，站在路上，举枪瞄准越来越近的面包车。

这时，收费站处的警车也追了过来。

开面包车的马仔一看那么多枪口在对着自己，吓坏了，一个刹车，打开车门就跑。

刚子喝骂也没人听了，大家都打开车门，跳下公路，四处奔跑，有的跑到路西面的田野里，有的跑到路东面的大海里……

一场阻击战成了追击战，大批警察赶到，像打猎一样，开始在马路两边追击刚子的马仔。

刚子没有下车跑，他知道这里人生地不熟，不是东兴自己的一亩三分地，在这个北方之地，逃出去，不是被警察抓住，就是被当地的老百姓活捉。这里是革命老区，老百姓觉悟高，还不怕死，最擅长配合政府抓坏人。

刚子看着自己的马仔在四处奔跑，心里涌起一阵悲哀，关键时刻，无组织无纪律，成了乌合之众，平时社团的规章制度都背得滚瓜烂熟，真正落实到实处就完了。

刚子来不及想更多了，现在最重要的是自己要逃出去。

刚子爬到车后面，将陈瑶一把提出来，用胳膊搂住陈瑶的脖子，将雪亮的马刀架在陈瑶的喉咙处，坐在车里最前排，对着门口。

刚子刚刚把陈瑶弄到门口，大军带人赶到了。

刚子大声喊："退回去，不然我做了她！"

大军一看这场景，急速让大家后退，然后对着刚子喊："小子，放下刀，你跑不了了……"

"我跑不了了，好，那就过来啊，来啊——"刚子喊道："来，我就杀了她，不信就试试……"

"好，不过去，我们不过去，"大军冲后面的人挥挥手，"你想干吗？说——"

"你们闪开，放我走——"

"放你走，当然可以，只要你不伤害人质……拿女人当挡箭牌，算什么本事，有种放了她，我给你当人质……"大军边说边将手枪扔到地上，慢慢走近面包车，"如果你不放这女的，我是绝对不放你走的，没有讨价还价的余地……"

"那好，你上车，开车——"刚子喊道："让他们退后，让开路——"

大军回头冲自己的兄弟们使了一个眼色："大家退后，让开路——"

然后，大军上车，坐到面包车驾驶员位置，双手握住方向盘："这样你放心了吧！我开车送你走……"

刚子看了看，一手将刀架在大军脖子上，一手将陈瑶松开，推下面包车。

陈瑶一被推出面包车，马上过来几名警察，将陈瑶架走。

就在陈瑶被推出面包车的一刹那，刚子架在大军脖子上的马刀稍微松懈了一下，大军突然以迅雷不及掩耳之势，用左手一把伸手握住了马刀的刀身，往外一顶……

刚子一愣，手猛地一用力，一旋转，马刀在大军手里转了90度，锋利的刀锋立刻就将大军的手割开了几道血口子，鲜血噌就出来了。

大军没有感觉到疼痛，一声怒吼，没有松手，同时伸出右手，往后一抓，正抓住刚子的脖子，在大椎处用力一捏，刚子"哎哟"一声，拿马刀的右手没了力气，不由松了手……

大军这会儿仍没有转身，腾出血淋淋的左手，会合右手，从背后抓住了刚子的脖子，猛地往前一拉，刚子的身体好似腾云驾雾一般，被大军硬生生从后座拉飞了起来，往前猛地冲出去，直冲面包车的挡风玻璃飞去……

稀里哗啦——随着玻璃的破碎声，刚子竟然被大军从面包车里揪住脖子给摔了出来，从破了的前挡风玻璃处飞出去，重重地摔在车前面的水泥地面上，当时就头破血流，晕了过去……

大军咬着牙从面包车上下来，忙有人用纱布缠住他的手。

大军看着微明的马路两边正在四处追逐马仔的警察，还有附近早起的村民，听见枪声，都拿着家什出来协助抓人。

大军安排下属善后，自己忙过去看望陈瑶。

陈瑶正坐在警车上，刚刚苏醒过来，脸色惨白，看见大军，一把抓住大军的胳膊："大军，张伟怎么样了？张伟呢？"

大军还没来得及问张伟的情况，这会儿安慰陈瑶："嫂子，别急，我问下。"

大军接着打电话问了下，对陈瑶说："张伟失血过多，正就近在镇上的卫生院抢救包扎……"

"快——快带我抓紧去看！"陈瑶焦急地说。

大军安排了一下这边的事情，开着警车，带着陈瑶，直奔附近的镇医院。

赶到镇医院的时候，张伟头上的伤已经包扎好了，但是因为失血过多，仍处于昏迷状态。

陈瑶一看张伟躺在病床上的样子，眼泪刷就下来了，对医生说："求求你们，抓紧抢救啊！"

"现在需要马上输血，伤者是 B 型血，可是，院里的血正好用光了，正派人去县里血库拉……"医生说："大约再有 1 小时就回来了……"

"不等了，抽我的血，我是 O 型血，"陈瑶使劲擦了一把眼泪，一撸袖子，"人命关天，还等什么，快——"

大军看了看一声："就按她说的办！"

医生点了点头："好吧！"

很快，10 分钟后，陈瑶身体里的血液开始一滴一滴进入张伟的血管……

陈瑶坐在张伟床边，紧握着张伟的手，看着张伟的脸上逐渐有了血色，松了口气。

一会儿，大军包扎完伤口过来，轻声问："嫂子，怎么样了？"

"还好，"陈瑶感激地看了一眼大军，"大军，你的伤口咋样了？"

"没事，没伤着筋，就是把手割了几道口子，"大军笑笑，"过几天就好了。"

"大军，太感谢你了，今天要不是有你，还不知道会怎么样呢？"陈瑶说。

"这是我的职责，即使换了别人，我也会这么做，我就是吃这碗饭的，呵呵……"大军笑了，又说："嫂子，这到底是怎么一回事？"

"说来话长，我大概能知道是怎么回事，不过，这帮人到底是什么来头，我也不是很清楚……"陈瑶轻轻抚摸着张伟的脸颊。

"幸亏了你的电话，不然，我上哪里知道你们的处境……"

"这都是巧合吧……"陈瑶想起自己昨天中午把大军的号码设为快捷键的事情。

"嗯……"大军点点头，看张伟脱离了危险，说："嫂子，我留下一辆车，两个警察跟着你，我先回去，带疑犯回去审讯……"

"嗯……"陈瑶点点头，"天快亮了，等张伟苏醒过来，我带他回瑶北，好好治疗一下，你先回去，回头再联系……"

东兴市第一人民医院住院部特护病房。

在张伟和陈瑶遇险脱险的时候，何英和顾晓华正在医院陪护着老徐，此刻正是凌晨3点。

老徐暂时脱离了险境，却仍然是一直沉睡。

小花下午到了东兴，带走了南南，明日坐飞机回宁州。

何英嘱咐小花回去不要说老徐的事情，她担心陈瑶和张伟沉不住气跑过来，那会很危险。

何英决定留下来和顾晓华一起陪护老徐，老徐可是南南的救命恩人，大恩难报，能尽一份心意，也算是一个安慰。

上午，王英来了，说是代表潘市长来看望老徐。

何英不认识王英，顾晓华却知道潘市长和王英，忙道谢。

王英问寒问暖，客套了半天，然后离去。

上半夜何英睡觉，顾晓华看护老徐，下半夜，何英让顾晓华睡觉，她看护老徐。

老徐一直在输液。

凌晨3点多的时候，整个住院楼静悄悄的。

老徐的情况比较稳定，沉沉地睡着。

何英觉得有些闷，就到走廊里走一走，又和护士站的小护士聊了几句。

医生值班室里传出电视机的声音，那是值班大夫在看电视。

何英一会儿看见一个提着包、留小胡子的年轻人走过去，拐了走廊里的卫生间。

何英没有在意，和护士又聊了几句，就往老徐的病房走。

刚走几步，看见卫生间里走出一个带口罩，穿白大褂的人，径直走向老徐的病房。

何英一怔，这值班大夫不是在看电视吗，怎么这里又出现了一个。

何英疾步跟过去，悄悄地没有作声。

那白大褂鬼鬼祟祟悄悄推开病房的门，走了进去。

何英觉得这人有些不大正常，就跟在后面悄悄看。

病房里很静，顾晓华在熟睡中，老徐也睡了。

白大褂迅速从口袋里摸出一个很小的注射器，对准老徐正在输液的小壶，就要将针头扎进去……

"住手——"何英大喝一声，推门进去，一把抓住那人拿注射器的手，"你要干什么？你是什么人？"

何英一喊，顾晓华也醒了，从床上爬起来："怎么了？"

"我是大夫，给病人加药呢！"白大褂吓了一跳，迅速镇静下来，一把摔开何英的手，还想继续将针头扎进去。

"胡说，你不是大夫，值班医生在看电视，"何英一把抓住注射器，用力摔到地上，"来人呐，有坏人——"

白大褂一听何英喊叫，吓坏了，又一看注射器被何英摔坏了，忙挣脱想跑。

何英死死抓住白大褂的外套，被拖到了门口的走廊里，边大声喊："抓坏人啊，抓坏蛋——"

白大褂急了，一脚踹倒何英，想要跑。

何英觉得这人很可能是要谋害老徐，一定有某一种来头，不能这么轻易放跑，就抱住那人的双腿，继续大声喊："快来人啊——"

寂静的凌晨，何英的声音分外响亮。

白大褂急了，摸出一把匕首，冲何英的手臂狠狠扎了下来，何英一声惨叫，松开了双手，倒在地上……

白大褂挥舞着匕首，吓得那些医生、护士都不敢靠近。

白大褂迅速逃掉。

顾晓华和吓呆了的医生护士们，急忙冲血泊里的何英跑过去……

凌晨4点钟，梁市长被电话声从睡梦中惊醒，接听完电话，眉头紧锁，接着大声说："马上在医院加派警卫，双岗，24小时保护……这事一定和爆炸案有关，抓紧调查这事的原因，还有，将那装着氰化物的注射器保管好……"

第三十二章 血色晨曦

张伟在小镇医院醒过来了，后脑勺有些疼。

张伟一睁开眼，看到的就是陈瑶关切而焦急的眼神，他不知道刚才陈瑶的鲜血流进了自己的身体，是陈瑶用自己的鲜血唤醒了自己。

张伟觉得自己的身体没什么大碍，一下子坐起来："莹莹，怎么回事，怎么在这里，这里是哪里？"

"快躺下，别折腾，再休息一会儿，"见到张伟醒过来，陈瑶笑了，一指窗外蓝蓝的天空，"你看，这里的空气好不好？这里是海边的天空……"

接着，陈瑶把事情的经过大致和张伟说了下，张伟闻听大为赞叹："莹莹，真有你的，你这存大军的手机号码看来是天意，咱们冥冥之中有神灵相助，阿弥陀佛……"

说着，张伟又坐起来："我没事了，你的鲜血在我的体内流淌，我越发有精神了，走，我们回去！"

陈瑶拗不过张伟，扶他起来走了几步："试试感觉咋样？"

"没问题，很好！"张伟晃晃脑袋，"就是他妈的后脑伤口疼，这狗日的，人呢？"

"都让大军带回瑶北去了，"陈瑶扶着张伟，"你要是真的感觉没事，咱们就回瑶北休养，大军在这里留了一辆车，还有两个警察……"

"不用休养，我很好，就一点皮外伤，不要大惊小怪，"张伟推开陈瑶的手臂，活动了几下，还在地上蹦了蹦，"你看，没问题，走，上车，回去。"

出了门，大军留下的两名警察和警车正停在门口，那两名警察已经知道了张伟和大军的关系，大军走之前专门关照了，此时见了张伟和陈瑶，分外热情客气，"张哥，陈姐，上车吧，咱们回去。"

张伟和陈瑶上车，警车直奔瑶北。

路上，张伟问警察："大军现在在干吗？"

"正在审讯，这个案子属于黑社会性质的绑架案，局领导也很重视。"坐在前面的警察回过头来，"犯罪嫌疑人全部落网，无一逃脱……还有，如果你们身体允许，可否到队里去，配合一下，提供点资料……"

"没问题，你不说我也要去的，我也想见见那个小头目，问问他究竟是谁指使的，来干吗的……"张伟说。

警车很快抵达瑶北，直接去了刑警队。

张伟和陈瑶见到了大军，大军正在审讯室审问刚子。

刚子有些恐慌，他知道北方的警察比南方的警察更狠更野，进了刑警队，不死也得少层皮。

大军并没有对刚子用刑，询问刚刚开始。

刚子看大军比较面善，干脆一言不发。

大军不着急，他在等张伟来。

张伟和陈瑶进来，大军冲刚子笑了笑："认识他们不？"

刚子还是不说话。

张伟看了看刚子："我不认识你，你受谁指使？绑架我们的目的是什么？"

刚子头一扭，仍旧不说话。

大军笑了，站起来，对陈瑶说："嫂子，走，到我办公室喝杯水。"

说完，大军拉着陈瑶，还有负责记录的警察，一起出去了，将审讯室的门关死。

室内只剩下张伟和刚子。

张伟蹲在刚子面前："是不是潘唔能指使你来的？是不是四秃子指使你来的？"

刚子看着张伟："你他妈没死，是你造化，老子疏忽了，早知道提前把你弄死……"

张伟微微一笑："我告诉你，这里是北方，不是东兴，好好配合，别看这一会儿没动你，那是看在我的面子上。你不说我也知道，潘唔能派你来的，想弄死我，想绑架那女的，对不对？"

"你既然知道，还问什么？你说我绑架，你不也是绑架了四秃子和王军吗，你以为你是什么好人？"

张伟一听，愣了："哟——四秃子和王军被绑架了？谁干的？"

刚子一听，也毛了，难道是弄错了？

张伟拍拍刚子的肩膀："说吧，都说出来，到底是怎么回事？"

刚子不说，嘴巴紧闭。

张伟站起来："哥们，别怪我不客气了，我今儿个要发泄私人仇恨，我不问你了，待会让警察问你，你就生不如死了……"

说完，张伟对着刚子抡起了拳头……

10分钟后，张伟走进了大军办公室，摩擦着拳头："行了，我弄完了，你去问吧……"

大军扭头看着副队长："先不问了，用点家法，下午再问……"

副队长答应着下去了。

陈瑶坐在旁边："太残忍了……"

张伟："这小子不说，我也能大概猜到了……"

"那不行，得让他亲口说出来，签字画押，这才算是证据，"大军笑着说，"你说了不算，这案子属于典型的黑社会性质犯罪，现在咱们市里正开展打黑集中行动，正犯在枪口上……"

张伟站起来："好了，我私愤也泄了，你忙吧，审问出结果来告诉我一声，我去医院重新包扎一下伤口……"

大军也站起来，对陈瑶说："嫂子受惊了……"

陈瑶笑笑，挽住张伟的胳膊："没事，倒是麻烦你了……"

大军："哪里，职责，应该的，亏了你机灵，拨了我的电话，不然啊……我想一想，还真有点后怕。"

"是啊，俺这条命也是你救回来的，"张伟揽着陈瑶的肩膀，"不然，我可能就到黄海里喂鱼去了……"

陈瑶微笑了一下。

然后，张伟和陈瑶告辞去了医院，重新对伤口进行了包扎，陈瑶又开了一些补血的营养品给张伟。

下午回到办公室，小花上午就把南南带回来了。

张伟和陈瑶见到南南，格外高兴，陈瑶抱着南南，亲个没够："乖儿子，乖南南，叫娘娘……"

南南和陈瑶很有缘分，一见陈瑶就很热乎，搂住陈瑶的脖子就不放："娘娘——"

张伟伸手摸了下南南的小鸡鸡："南南，叫爹——"

"爹——"南南很乖，看着张伟笑，"不许摸南南小鸡鸡……"

"哈哈……"张伟乐了，看着陈瑶，"咱们还没给儿子买礼物呢！"

"走，这就去！"陈瑶抱着南南，"走，儿子，娘给你出去买东西去……"

张伟开车，带着陈瑶和南南，去珠宝店给南南买了一个长命锁，又去商场给南南买了玩具和衣服。

南南的出现，给张伟，特别是给陈瑶带来了无限的欢乐。

买完东西，张伟和陈瑶刚回到公司办公室，大军过来了。

"什么情况？招了没有？"张伟劈头就问。

"招了，全部都招了，"大军看着张伟，"你这几天去东兴绑架人了没有？就是那四秃子和王军……"

"你去死，我天天在瑶北和你一起鬼混，上哪里去绑架人。"张伟瞪了一眼大军。

大军笑了："呵呵……那刚子说是来东兴救人的，说那四秃子和王军被你绑架了，王军的姐夫叫什么潘市长的，委托他带人来救小舅子……"

"这俩人被绑架了？"张伟沉思了半天，"在东兴，潘唔能是遮天老大，谁敢在他头上动土呢，还有四秃子……"

"这事是很蹊跷，是谁干的呢？"陈瑶抱着南南坐在沙发上边玩边说。

"潘唔能让刚子来救他小舅子，干吗要把我们绑架去？"张伟说。

"两个任务，一个是救人，一个是绑人，绑的是嫂子，至于你，准备在路上就把你做掉，先是准备扔长江，后来打算扔海里……你啊，福大命大造化大……"大军说。

陈瑶皱皱眉头："难道东兴这些日子也没有安宁？"

"肯定的，东兴这些日子一定出了不少事情。"张伟说，"我凭直觉，感觉东兴不太平……"

陈瑶看着大军："大军，那些人呢？"

"我们和东兴警方联系了，对方要求将这些人羁押到东兴去，说是上头的指示，他们在东兴有案子，"大军说，"我们局里也同意了，已经安排了几辆警车，押送这些人去了东兴……"

"别——"张伟急了，"你上当了，去了东兴，这些人马上就被放掉了……那里是潘唔能的天下……"

"不会，什么潘唔能的天下？是共产党的天下，公安再胡来，也不敢这么随意就放人的，再说了，这个案子好像是东兴市高层领导亲自指示的，要求将他们押送东兴，说什么好像还有几个案子一起，合并在一起……"大军说，"再说了，我马上就要飞东兴，他们在陆上走，我在天上飞，今天晚上我就抵达东兴，办理移交……"

张伟一听，看了看陈瑶，神色凝重，思考了一下："我和你一起去，现在我就定机票……"

陈瑶一听急了："不行，那不安全，你不能回去。"

张伟摇摇头："不，我必须回去，我的直觉告诉我，东兴最近出了很多事情，而且，很可能和我们都有关联，我们在这里什么都不知道，闷在葫芦里，太被动……"

陈瑶："不行，我不放心，你要去，我和你一起回去。"

"开什么玩笑？你去了，南南谁看？公司谁看？"张伟急了。

陈瑶也急了："那你就不能去，你和我一起待在这里，哪里也不准去。"

张伟："不行，我必须得去，再不去，说不定还得出什么漏子……"

"嫂子，没事的，让他去吧，还有我呢，俺们兄弟两个在一起，你放心好了……"大军插话了。

陈瑶不说话了，一会儿说："那——好吧，我不拦你了，但是，你手机必须24小时开机，随时和我保持联系……"

张伟点点头："嗯……知道了，那我这就订机票了。"

陈瑶忧心忡忡地看着张伟："嗯……"

张伟订完机票，看陈瑶一副闷闷不乐的样子，笑了笑："莹莹，你放心，我会小心的，再说了，还有大军和我一起呢，别担心……"

陈瑶点点头："不可鲁莽，切记！"

"嗯……一定不再鲁莽。"

"我和儿子在家里等你呢……"陈瑶将脸贴在南南的脸上，喃喃地说。

看着陈瑶充满了母性的温存，张伟心中一动。

然后，张伟和大军直奔瑶北机场，直飞杭州萧山机场。

下飞机后，大军直接去联系接洽东兴警方，张伟则联系王炎和丫丫。

"我现在还是东兴警方抓捕的对象，你小心点啊……"张伟对大军说。

"啊——"大军吓了一跳，"晕倒，你在东兴犯事了？"

张伟说："就是那潘唔能指使的……"

"嗯……小心点，随时保持联系。"大军和张伟告辞。

张伟直接去了王炎家里，知道了何英昨晚受伤的事情，急忙赶去了医院。

在医院老徐的病房里，张伟见到了何英，见到了老徐，见到了顾晓华，知晓了这几天东兴发生的事情，不由大为震惊。

如果真的如顾晓华所说，被炸死的是李燕，那么这事会不会和潘唔能有联系？如果不是和潘唔能有联系，又有谁要想害死老徐？王军和四秃子突然被绑架，是谁所为？王英来看望老徐，说潘唔能在北京开会没回来，怎么会这么巧？王炎被抓进治安大队遭到毒打和侮辱，是不是有人指使……

一系列的问题在张伟脑子里转悠。

何英的胳膊被扎了两刀，所幸没有伤及要害，经过包扎，打了绷带，慢慢恢复。

何英受伤后，告诉了王炎，王炎安排丫丫在医院陪同。

张伟来后，让丫丫回去，自己在医院陪同何英，同时照顾老徐。

病房门口坐着两名警察，老徐和何英住在一个病房，这是梁市长专门安排的。

张伟给陈瑶发短信报了平安，他没有提及发生的这些事情，怕陈瑶担心。

见到张伟，何英心里踏实多了，也安慰多了，将这几天发生的所有事情又仔细讲述了一遍，特别提到老徐救了南南的事情。

张伟很感激地看着病榻上沉睡的老徐，又看着顾晓华："晓华，世界很大，世界又很小，人生都是缘分，徐大哥救了我干儿子，这个恩情是一辈子也报答不了的……"

"张伟，别这么说，"顾晓华笑了，"换了是你，也会这么做的，人的本能吧，人之初，性本善……"

张伟点点头："晓华，我还不知道，你和老徐走到一起了，好啊，老徐是个好人，忠厚善良之人……"

顾晓华："你最近折腾得挺厉害啊，做大老板了，又开旅游品贸易公司，又开旅行社的，好羡慕你，你们男人啊，做事情野心就是大，我们女人就是赶不上……"

张伟笑着看了一眼何英，知道何英把自己的事情告诉顾晓华了："呵呵，瞎折腾呗，趁着年轻……"

顾晓华："张伟，等你做大了别忘记咱旧毡帽朋友哈，我到时候吃不上饭，可要到你那里去讨一杯残羹的……"

"哎——晓华，看你这话说的，有什么事，只要你一句话，我绝不含糊，绝不推辞……"张伟一拍胸脯。

何英笑了："阿伟，晓华也很想开一家旅行社呢，就是没有好的机会。"

张伟一愣："开旅行社，好啊，晓华，自己做老板……不过开新的跑手续太麻烦了，要是接手一个现成的，最好不过……"

"是啊，本来你们家陈瑶的假日旅游转让，俺们想接过来的，没想到晚了一步，让郑总接过去了，呵呵……咱是没那福气……"

一听顾晓华提到郑总，张伟肚子里就来气了，何英刚才已经将王炎被老郑出卖的事情告诉了自己，张伟心里升起一股恶气，老郑你敢对我妹妹下手，那就不要怪我不客气了。

越想，张伟越愤怒，不由恶向胆边伸，狗日的，诈了陈瑶的假日旅游，还陷害王炎，光这两条就足以找他算账了！还有，他还将自己和陈瑶的处所透露出去……

张伟随即想到，此次自己被绑架，自己的位置一定是老郑透露的，老徐倒下了，老郑很可能会直接把消息告诉潘唔能。

张伟暗暗点点头：老郑，你不仁我也不义了，咱们等着瞧吧。

张伟恨不得这就去找老郑，一顿痛打，解了心头之恨，起码将他两条腿打断。

又想起临走前陈瑶的千叮咛万嘱咐，切记不要鲁莽。

张伟咽了咽唾沫，将心头的怒火硬压了下去。

"呵呵……老郑很幸福啊，接手了陈瑶的假日旅游，赚了个大便宜……"张伟微笑着，"我觉得啊，老郑以后会越来越幸福，我会让他越来越有福气……"

张伟说着，眼里不自觉露出了杀气。

何英看到张伟的眼神，心里一个寒噤，对张伟说："阿伟，这几天你来东兴，哪里也不准去，只准在这里陪我……答应我，好不好？"

张伟晃晃脑袋："老把我在病房里闷着，憋死我啊，我不干！"

"我这伤口很快就会好的，你要是想出去走，也行，我得和你一起，行不行？"何英看着张伟。

"干吗啊，当我小尾巴，盯梢啊，"张伟嘟哝道，"我自己单溜，行不行啊？"

"不行！"何英的口气很坚决，"你必须得听我的，否则，我就打电话给莹莹……"

"行——好了，好了，我听你的，听你的，别告我御状了……"张伟忙答应下来。

何英满意了，点点头："等我伤口好了，就到王炎家去住，你和我一起去，不许乱跑……我这伤口恢复很快的，每天及时换药就可以，不需要住院……"

张伟："嗯……我知道了，真烦人，我没自由了，这东兴什么破地方啊，一来就失去了自由……"

何英："给你自由你就作，我告诉你，你还没落地，莹莹就给我打电话了，让我看住你……"

张伟心里暗暗叫苦，可又没办法，只得诺诺点头。

顾晓华看着张伟和何英，心里很奇怪，这两人现在到底是什么关系啊，怎么这么黏糊。

"对了，莹莹还说，还有一个和你一起来的，叫什么大狗熊？"何英看张伟很听话，笑嘻嘻地说。

"哦，大军啊，他去办理公务去了，到东兴公安局那边，"张伟坐在何英床边，"大狗熊是我对他的昵称，你们不可以叫的，他叫马大军，刑警中队长……"

"呵呵……听莹莹说，长得还很帅啊，和你差不多……"何英依旧笑嘻嘻地。

张伟听了心里有些不舒服，支吾了一句："哦……嗯……"

"抽时间我请他吃顿饭，人家是客人，又是你兄弟同学，外地来的，咱们尽尽地主之谊，"何英继续说，"你约好他，我安排地方。"

张伟心里更不舒服了，可又说不出什么："嗯……知道了！"

张伟知道陈瑶给何英提起大军的用意，无非就是想让他们接触见面认识。

张伟不知道何英是怎么想的，看何英这么感兴趣，心里突然酸溜溜的。

正在这时，老徐醒了，大家忙过去看望。

老徐眼睛睁开，看着大家，微微笑着，嘴巴微微张了几下，发不出声音。

"老徐，先不要说话，看着我们就行！"张伟知道老徐是因为身体太过虚弱，讲话要很吃力，就阻止了老徐的讲话。

"我们大家都在旁边陪着你，孩子很安全，安然无恙，放心吧……"顾晓华握着老徐的手，柔声说道。

"徐大哥，感谢你给了孩子第二次生命，你是孩子的救命恩人，真不知道该怎么感谢你才好！"何英感激地看着老徐。

老徐继续微笑，眼神四处打量。

"徐哥在找南南呢？"张伟说。

"徐大哥，南南送到北方去了，陈瑶在看护南南呢……"何英忙说。

老徐听了，放心地又闭上了眼睛。

"他身体太虚弱，不要和他说话，也不要打扰他休息，"张伟对何英和顾晓华说，"徐哥现在需要的是静养……"

顾晓华和何英点点头。

正在这时，病房的门被推开了，一个警察进来，悄声说："刚才局长来电话，梁市长和局长一会儿要过来看看……"

张伟一听，坏了，老子是在逃犯，公安局长来了，跑不掉了……还有，这个什么梁市长，该不会也和老子过不去吧……

第三十三章 | 步步为营

梁市长是下午才知道瑶北绑架案的事情的，接到局长的电话，梁市长精神一振，这事竟然真和四秃子、王军挂钩了，他们去绑架张伟、陈瑶，老潘指使的，看来老潘很不安分啊。

梁市长对局长说："把那帮人引渡到东兴来。"

"正在办理手续，那边答应了，马上就开始往这边送人。"

"太好了，老潘现在在哪里？"

"在郊区的一座别墅里，手机定位确认，他一直在那里，没有出去。"

"嗯……果然从北京回来了，好家伙。"梁市长沉吟了一下，"你抓紧过来，路上带点饭过来，要20块的盒饭，别那么小气……"

"行，给你多放一个鸡腿，我吃10块的，你是领导，和你拉开档次……"

局长一会儿到了梁市长办公室，两人边吃边聊。

"我看这事很好，几个案子并在一起，穿成串了……"梁市长说，"老潘不简单啊，我正愁找不到张伟和陈瑶，他竟然能知道他们的处所，不简单呐……"

"现在几个案子的思路越来越清晰，线索越来越明确，越往上查越清楚，都在往一个线头上拱……"局长说。

"爆炸案是关键，查出那李燕和老潘的关系没有？"

"还不能确定，不过，听人说，好像是两人来往很密切，但是，没有确凿证据……"局长说。

"男女关系，什么叫确凿证据？难道非得在床上捉奸，才算证据？"梁市长瞪了一眼局长。

"或者是当事人自己交代，或者有什么视频资料，否则，真的不好认证……再说，这男女通奸不犯法啊，顶多是道德问题……"

"嗯……也是，那么，你在丽水关押的四秃子和王军咋样了？老潘可是不知道这俩人的去向，还以为被张伟绑架走了……"

"还在突击审问中，交代了几起无关痛痒的小案子，别的没说。"

"砸假日旅游的事情交代了吗？"

"交代了。"

"为什么砸？"

"说是想收保护费，就先砸假日旅游，敲山震虎……"

"嗯……嘴很硬啊，看来是得下点功夫了。"

"是的，我安排了，熬大鹰……"

"呵呵……你知道，我们现在最需要的是什么？王军和四秃子那里很关键，我希望我们有足够的确凿证据，不出手便罢，出手就要必胜！"梁市长盯着局长，"我可不希望弄个冤假错案出来……到时候说你们诬陷好干部……"

局长点点头："我明白。"

"还有，他是省里管的干部，是副厅级，对他动手，还需要请示上面的，这一块，你要和省公安厅那边做好工作，至于省里的渠道，我会安排……"梁市长又说，"正因为他的地位显要，所以我们一定要掌握足够多的证据，足够确凿的事实……"

局长又连连点头。

"昨晚，那对老徐下手的人，抓住了没有？"梁市长又问。

"没有，现在到处搜寻小胡子特征的人。"

"你真傻，小胡子几分钟就能刮掉！"

"呵呵……明白的，我现在安排的是通过黑道在找这个小胡子，不管他刮掉不刮掉，只要他留过小胡子，就能查出他是谁……"局长说。

"这个小胡子很重要，他要害死老徐，一定是被老徐掌握了什么把柄，而且，很可能是和爆炸案相关的把柄。他们做贼心虚，急于杀人灭口……"梁市长看着局长，"局长大人，我的意思你明白不？"

"我的明白，大大的明白！"局长忙说。

梁市长吃完了，擦擦手，站起来："走，咱们去医院看看，看看老徐同志，还有昨晚抓小胡子受伤的何女士……"

"好，那旅游局的徐主任恢复得还算顺利，为了防止再出意外，我安排了双岗，昼夜在门口值班……"局长对市长说。

"嗯……徐主任是个好同志，我这几天已经把他的各方面的情况都了解了，他是一名优秀的共产党员，一名优秀的国家公务员，一名优秀的好市民，同时，我相信，他也一定会是一名优秀的领导干部……"梁市长说，"这种德才兼备的好干部我竟然从来都没听说，真不知道市委组织部的人都是干什么吃的，要不是出了这事，我还发现不了这个人才……"

"岂止是市委组织部，这省委组织部的人也是吃白饭的。"局长说，"您看看，像我这么优秀的人才，还不赶快重用，还不赶快挂个副市长……"

"哈哈……我看你小子不是批评组织部，你是在冲我发牢骚，是不是？"梁市长拍拍局长的肩膀，"我听你可是话中有话哦……"

局长忙笑着说："不敢，不敢，小的不敢……"

梁市长豪爽地大笑："兄弟，等办成了这件事，你就是我老梁的人了，还愁以后没机会吗？"

局长大喜。

两人嘻嘻哈哈地到了医院。

推开病房的门，老徐又睡着了，何英、顾晓华和张伟正在谈天。

见了梁市长和局长，大家都站起来打招呼。

梁市长关切地询问了老徐和何英的情况，又仔细听何英讲了昨晚的事情，然后对局长说："告诉你的人，不准擅自脱岗，一定要保护好徐主任，否则，我拿你是问。"

"是，一定，保证不出事故。"局长忙答应。

然后，梁市长看着张伟："咦，这个小伙子是第一次见，你是——"

"呵呵，他是我们的朋友，今天过来看看的。"顾晓华忙说。

"哦……"梁市长看着张伟，"小伙子很帅气嘛！"

"谢谢梁市长夸奖！"张伟回答。

梁市长一听张伟说话的口音："小伙子是北方人吧，听你这普通话，好像是山东普通话……"

"是的，我是山东人！"张伟回答。

"嗯……山东人好啊，山东人直爽，豪气，讲义气，全国闻名，颇有好评……"梁市长点点头。

局长在旁边盯着张伟，突然说："你山东那里？"

"瑶北！"张伟心里有点紧张，妈的，这公安局长紧追不舍，是不是怀疑自己了。

"瑶北？那可是革命老区啊，呵呵……"梁市长笑着，突然想起来什么，"对了，那假日旅游，那陈瑶开辟的红色旅游线不就是瑶北的吗？"

"是啊，"张伟随口就接过来，"这条线很热，假日旅游独家做的，梁市长对旅游很关心啊……"

"嗯……还行，咦——你对这条线也熟悉？你还知道假日旅游？"梁市长问张伟。

"哦……我……我是听说的。"张伟突然意识到自己说漏了嘴。

"张伟——"一直在看着张伟的局长突然喊了一声。

"在——"张伟身体一震，不由自主答应了一声，随即就后悔了，坏了，露馅了，身份暴露了，外面就有俩警察，跑不掉了！

"你就是张伟!？"梁市长大为惊讶，看着张伟，"咦——你真的是张伟？"

张伟一想，反正身份暴露了，一不做二不休，大不了被抓进去，头一扬，"是，我是张伟。"

"你就是陈瑶的男朋友张伟？"局长盯着张伟，"是你踢断了四秃子的肋骨？"

"是，我就是，是我干的!"张伟手一伸，"都是我干的，和他人无关，我就在这里，哎——拷上吧!"

梁市长一愣："你——怎么出现在东兴了？干吗铐你？你是被绑架来的？"

张伟脸不改色心不跳："我是自投罗网来的，不是被绑架来的，既然来了，既然被你们发现了，我认倒霉，来吧，带上手铐吧。不然，小心我出门就跑掉，我要是想跑，你们几个人，是抓不住我的……"

梁市长又是一愣，看了看局长，两人突然都哈哈大笑，笑得张伟莫名其妙。

笑毕，梁市长猛地一拍张伟的肩膀："好哇——小子，我到处找你，你自己送上门来了，哈哈——得来全不费工夫……"

张伟一怔，身体开始运气。

公安局长伸出手在张伟的腋窝一掏："小子，别折腾了，怎么？你还要把市长放倒？"

局长这么一掏，张伟腋窝一痒，"扑哧"泄了气。

不过，张伟仍然用敌视的目光看着市长和局长，两手暗暗发力。他心里充满了敌对和桀骜不驯。

何英一拍张伟的胳膊："阿伟，不准胡闹!"

张伟一听何英的话，老实了。

梁市长还是笑着："张伟先生，我可找到你了!"

张伟看着梁市长："您找我干吗啊？我这不是来了吗，省得您费力气了……"

局长不乐意了："喂，小伙子，说话客气点，好好说话！"

梁市长没有介意张伟的无礼，看着何英和顾晓华："你们……和张伟都认识？"

"是的，我们和张伟都认识，老朋友了。"顾晓华说。

"嗯……阿伟是我的好朋友……"何英也说。

"那——你们都认识陈瑶了？"梁市长看着顾晓华和何英。

"是啊，我们都很熟悉啊。"

"哎哟——你看我，差点漏掉了大鱼——"梁市长拍拍脑袋，"太好了，你们都是张伟和陈瑶的朋友，很好……"

局长也很高兴："很巧啊，梁市长！"

梁市长点点头，然后看着张伟："小张，你放心，我没有恶意，我不会怎么着你的。"

何英也在旁边拉着张伟的胳膊："阿伟，梁市长是好人。"

张伟看着梁市长的敌视目光渐渐消失，但是一看到局长，眼里又提高了警惕："我现在还是你们公安局要抓捕的对象，你们的人正到处抓我呢……"

梁市长扭头看着局长："你手下干的好事！"

局长一阵惭愧，忙说："小张，误会，真的是误会，从现在开始，我给你保证，全东兴，你无论到哪里，都没有任何一个警察敢动你一根毫毛……"

"真的？你说话算数？"张伟将信将疑。

"我是公安局长，说话绝对算数！"局长连忙打包票。

"好，你说的，我去试试！"说着，张伟出门就走。

何英忙拉住："你干吗？"

"没事，我30分钟之后回来！"张伟拉开何英的手，看着局长，"我这就去那天抓我的派出所去自首，我看你说话算不算数……"

局长忙点头："行，我下面有车，送你去！"

"不用，我自己打车去！"说完，张伟就出去了。

梁市长看着张伟出去的身影，点点头："这小伙子有个性，很犟，唉……局长啊，我看你啊，要好好检讨……"

"是的，梁市长，我会好好检讨……"

"张伟和陈瑶被折腾苦了，根本就没有什么信任了，梁市长不要见怪……"何英对梁市长说。

"不会，哪里能怪他们，他们没有错，是我们有错……"梁市长连连摆手，扭头对市长说："走，我们去看看这小子……"

"嗯……保证不会有事，通知都下到各个所长一级了……"局长说。

"我和你们一起去！"何英不放心。

"好，一起上车吧。"梁市长点点头。

张伟已经打车去了那家抓捕他的派出所，进去直接奔值班室。

值班室里一位副所长正在值班，还有1名警区的警长，两人正在下棋。

"干吗的？"警长头都没抬，问了一句。

"来自首的！"张伟站在门口。

"咦——自首？"副所长抬起头，"进来——"

张伟走进来，站在桌子前面。

"犯的什么事？"副所长继续问。

"打架！"

"在哪里打架？"

"假日旅游！"

"哦——假日旅游？"副所长精神一振，"说，你叫什么名字？"

"张伟！"

"张伟！！！"副所长眼前一亮，"你叫张伟？"

"是的，我叫张伟！"

副所长腾地站起来，摸出一副手铐，"咔嚓"就把张伟拷上了："到处找你找不到，你自己送上门来了……蹲下……"

"住手——"一个炸雷般的声音在门口响起，门被一脚踹开，梁市长和局长站在门口，怒气冲冲。

何英跟在身后，一看这阵势，吓得脸色发白，急忙跑过去扑到张伟身上。

警长一看，老天爷，这不是局长和市长吗？他们怎么突然出现在这里了？！

梁市长怒火中烧，看着局长："这就是你的好兵！"

局长脸色铁青，看着警长："你——谁让你抓他的？"

"我——"警长腿肚子打转："我——是副所长让抓的！"

"副所长呢？"局长怒吼："把他给我叫来！"

"是，是，我这就去叫！"警长哆哆嗦嗦跑上楼，一会儿把只穿了裤衩的副所长拽下来。

"谁让你抓他的？"局长冲着副所长怒叫。

"我……我……所长以前安排的……"副所长有些弄不明白这阵势，"所长很早就安排抓这个人了……"

"混蛋——把你们所长叫来！所长呢？"

"在办公室！"

"把他叫过来！"

两分钟后，喝醉了正在酣睡的所长被副所长架着跌跌撞撞走过来，一看面前站着市长和局长，吓得倒吸一口气，酒意全消。

"我问你，谁让你们抓张伟的？你没有接到通知？"局长问所长。

"接到了啊，我下午刚接到的，还没来得及传达，我们没抓张伟啊……"所长愣愣地看着市长身后的张伟和何英，问副所长："那……那戴手铐的是……是谁？"

"他说他是张伟！"副所长结结巴巴说。

"啊——咋把他抓来了！不能抓了啊！"所长满头大汗。

"混账！"局长一声大喝，一脚就把所长踹倒在地，"不争气的东西，怎么说就是记不住！"

踹倒了所长，局长转头去踢副所长，副所长很刁，局长脚还没到，自己就倒下来："唉哟——好疼啊！"

"妈的，老子还没踢到你，你叫唤什么？"局长指着地上的两个所长，"你们两个混蛋，明天就撤销你们的一切职务，到乡下派出所去当普通干警去……"

"局长，冤枉啊，我真的不知道张伟不用抓的事情啊，所长一直没告诉我们啊……"副所长一听要撤职，感到前途一下子又渺茫了，不由一把鼻涕一把泪地哭起来，十分冤枉。

所长一听，更懵了，自己这职位可是好不容易得来的，就因为这么一点屁事就黄了，太不值了，心里不由后悔自己晚上不该喝酒，早传达这事不就得了。

想到自己的仕途从此步入阴沟，想到自己这些年的心血都付诸东流，所长也不由悲从心起，嚎啕大哭，抱住局长的右腿连连求饶："局长，您给我一次机会，我一定好好干，绝对不再喝酒了……"

副所长见状，也爬过来，抱住局长的左腿："局长大大，求求您，给俺一次机会啊，俺家上有老，下有小……"

"滚——老子给你们机会，谁给我机会！"局长怒吼连连，用力拔出脚，"看你们两个龟孙的样子，还像个男人吗？"

那警长见势不妙，这会儿早就跑到张伟跟前，赶紧打开张伟的手铐，边陪不是："您别计较，我给您赔不是了，我没长眼，您大人大量……"

张伟本来是不想让他给打开手铐的，想再拿捏一把，何英拉了拉他的胳膊："阿伟，得饶人处且饶人吧……"

张伟想了想，也就罢了。

那边局长在怒吼，市长在冷眼旁观。

等局长发作够了，市长发话了："好了，局长大人，别演戏给我看了，这队伍建设再不抓，我看你的队伍就是一群土匪了！天天就知道欺压百姓，胡作非为！真要作出什么大事，我就是想保你，也没办法了！"

局长头上一阵冷汗，忙拿出纸巾边擦汗边说："是，梁市长，我明白！"

然后，局长看着张伟，走过来，突然就是一个鞠躬："小兄弟，对不住了，我的人，我没有管好，我说的话，我没有兑现……"

人都怕敬，局长这一鞠躬，张伟受不了了，论层次，人家是官，自己是民，论年龄，人家是老大哥，自己是小弟，这一鞠躬，一下子把张伟的满腔怒火抵消了，忙伸手扶着局长："局长，您别说了，我不怪您，这可能真的是个误会……"

"你看人家小张，多通情达理，"梁市长站在旁边，"局长，你看人家小张，多好的市民，多好的青年……他妹妹王炎被你的治安大队给抓了，哥哥张伟要是再被你的派出所给折腾进去，我看你如何交代……"

局长尴尬地笑着："梁市长，我失职，我检讨！"

梁市长没理局长，看着张伟："小张，呵呵……受惊了，没想到咱们局长败给你了……该，他活该……呵呵……小伙子，很有骨气，不错，我很欣赏！"

"谢谢梁市长夸奖，那俺走了，这回不会再有人抓俺了吧？"

"小张，我给你保证，从现在开始，在东兴市区之内，你是绝对自由的，如果再有警察敢抓你，我这个市长立马辞职！"梁市长表情突然严肃起来，"你想到哪里就到哪里，不仅如此，如果需要，我会安排警察专门保护你……"

"对，小张同志，如果再有今天这样的事情发生，我自动辞职，不用市长撤我职，"局长连忙表态，"从今晚开始，我就安排专人保护你，安排两名特警，再给你安排好专门住宿的地方……"

"谢谢市长和局长，不用保护，我自己能保护自己，"张伟淡淡地说道，拉了拉何英的手，"那我们走了……"

"等等——站住——"梁市长突然又喊住张伟。

"怎么？您不是说我自由了，还要干吗？"张伟心里有些反感。

"哦……呵呵，小张啊，我早就想找你了，很想和你专门聊聊天，就咱们俩聊天。"梁市长笑呵呵地说，"这么样好不好，我给你专门安排好住处，住咱们市里的五星级酒店，咱们抽空聊聊天，好不好？"

张伟看看何英，何英摇摇头，挽住张伟的胳膊："你不能单溜，你必须和我在一起，咱们到王炎家去住。"

张伟会意地点点头，拍拍何英的手背，然后对梁市长说："不好，我不喜欢被别人安排，我想去哪里住就去哪里住，您要召见我，可以说好时间、地点，我会过去……但今晚不行，今晚我要和我的朋友们在一起，我要住我朋友家里……"

梁市长看着何英和张伟亲密的样子，心里有些奇怪，这小子到底几个女人，好像这何英对他也有那种意思，难道是脚踩两只船？陈瑶怎么没有出现？

"哦……那也好，"梁市长微笑了下，"今晚你太累，先休息，明天，明天我和你联系，好不好？我有很多问题想和你交流……"

"行！"张伟点点头，"我就住在我妹妹王炎家里，随时听您的召唤！"

然后，张伟和何英离去，先回了医院。

梁市长和局长目送他们离去，梁市长点点头："这小子和我当年差不多，很刺头啊，天不怕地不怕的架势……"

"这张伟是个不错的小伙子，我一看就很喜欢他，一看他身手就不错……"局长附和着。

梁市长看着蹲在地上等候发落的所长和副所长，对局长说："你看看你这几个窝囊废，一撤职就尿裤子，这样的警察，留着何用？丢人现眼！"

局长脸红了："我明天就安排这事！"

"对了，张伟刚才说了，他晚上要住到王炎家里去，就是他妹妹家，就是那老外的别墅，你马上给我安排两个特警，在他家附近放暗哨……必须绝对保证张伟在东兴的安全，如果再出了事，我绝对要处分你……"梁市长严肃地说。

局长额头又开始冒汗："是，马上就安排。"

等局长安排完，梁市长问局长："瑶北押送的人马到了没有？"

"带队的一个刑警队中队长叫马大军的，先到了，在和我们的人预备交接，大队人马大约再有一个小时到东兴！"局长看了看手表，晚上9点。

"秘密关押，不要走漏风声，连夜突击审问，还是那句老话，第一，你亲自审问，第二，不要就案办案，要挖后台，挖背景！"

"是!"局长忙答应。

"还有,代表我好好感谢人家瑶北警方,办完交接,请人家好好吃喝玩,住宿安排好,再到附近的几个景点去游览游览……回去的时候,给带上咱们当地的土特产……人家山东是礼仪之邦,咱们不能让人家说咱是南蛮子,不懂礼节……"梁市长说。

局长继续点头答应。

"还有,继续抓紧搜捕加害徐主任的小胡子,继续加紧对四秃子和王军的审讯力度……同时,监视那座郊区别墅,放暗哨……监听电话,随时定位,随时查通讯记录……"梁市长边和局长往车跟前走边说。

"我马上就安排!"局长说着,又摸出电话。

两人上了车,局长安排完梁市长的指示,梁市长突然叹了口气:"局长啊,我就奇怪了,你这个局长怎么办事就这么磨叽,落实个事情老是拖泥带水,总让我不放心?你这么个样子,你说说,让我怎么给你往上面说话?我这天天就剩下追在你屁股后面擦屎了……"

局长的汗继续往下掉,虽然车内的空调冷气很充足。

"梁市长,我会努力改进工作中的错误和缺陷,我是始终忠于您的,您可不能不管我,您可不能放弃我啊,我这下辈子就跟定您了,我对您是忠心耿耿啊……"局长又开始表忠心。

"行了,我知道了,你别再给我海枯石烂、至死不渝了……"梁市长说。

第三十四章 统观全局

张伟和何英直接回了医院，和顾晓华说起了刚才的事情，大家都乐坏了，何英又很后怕。

"要不是他们跟了去，你今晚又得吃苦头了！"何英看着张伟说。

"吃就是，我这两天吃的苦头也不少，妈的，昨天刚从生死线上回来，也不差今天这一遭……"张伟忍不住把昨天和陈瑶的遭遇告诉了何英和顾晓华。

何英吓坏了："这到底是怎么回事，这两天怎么东兴和瑶北都出事，还都是冲我们来的，是谁要这么干？"

"这几件事，我分析，都是一个人在后面操纵，"张伟眼神阴沉了下来，"哼——这事，我看是开张容易收场难，咱们走着瞧……"

"你这几天绝对不准乱跑，绝对不准惹事！听见没有？"何英看着张伟。

"听见了！"张伟老老实实回答，他怕何英找陈瑶告状。

"你现在就走，去王炎家住，我和你一起去。"何英说。

"嗯……你们去吧，这边我自己能照应好，再说，门口还有两个警察……"顾晓华看到何英为了老徐受伤，很过意不去，"何姐，要不是你，俺家老徐也许就……"

"晓华，不要客气，老徐还是俺家南南的救命恩人呢，我这点伤算什么？"何英笑笑，"明天白天我再过来换药，陪你聊天……"

然后，张伟和何英去了哈尔森家。

路上，张伟和大军联系了下，大军正在市公安局刑警支队等大队人马到来，住宿的地方东兴警方已经安排好，大家约定明天一起吃晚饭。

"明天晚上请大军来哈尔森家吃吧，大家一起，热闹……"何英说："让大家都看看这只彪悍的狗熊……"

"你好像对大军很有兴趣啊，是不是？"张伟扭头看了何英一眼，眼神怪怪的。

"要不是因为是你的哥们，我才不会感兴趣呢。"何英说："你这么看着我干吗？好像我是在做贼一样……"

"嘿嘿……"张伟怪笑一声，不说话了。

"我看是你在做贼，看你那眼神……"何英说。

张伟心里一个咯噔。

到了哈尔森家，哈尔森、王炎、丫丫都在家等着，大家见面有说不完的话，王炎和丫丫坐在张伟两边，挽住张伟的胳膊，一边一个。

丫丫抱着张伟的胳膊不放，脸靠在张伟的肩膀上，幸福地听大家聊这些日子的情况。

"小郭很能干，我们订的那30万件货，今天最后一批发出了，两天之后到！"王炎说，"哥——你要发了，下个月的预付款明天就打给你们，嘻嘻……"

张伟看着王炎和何英，两人最近都伤痕累累，不由心里一阵心酸："唉——这赚钱是很重要，可是，你们的安全更重要，如果没有了幸福和快乐，我宁可不赚这钱……我们赚钱的目的是什么？是为了更好地活着，而不是单纯积累财富……你们，最近都受苦了，特别是王炎……都是我害的……"

"哥，你不要这么说。"王炎晃了晃张伟的胳膊，"人无害虎意，虎有伤人心，我们不想去惹事，但是，总有人想害我们……有时候，躲是躲不掉的……那天，幸亏丫丫和徐君回了北方，不然……"

张伟狠狠攥起了拳头："这事情的后台一定是潘唔能，告密者一定是老郑，这两条老狗，我非得杀了他们不可……"

"你不要鲁莽，凡事要有确凿的证据，不能光凭臆想，"何英对张伟说，"还是要靠法律，你个人的力量，你能斗得过他们吗？他们作恶，是他们违法，你私自杀了他们，那就是你违法……不要冲动，要学会用脑子思考……"

"明天梁市长约我面谈，还不知他打的什么主意……"张伟说。

"哥——这梁市长我觉得人不错，能主持正义，我被打的事，他专门关注的，而且，他好像对那个潘唔能有些成见，在询问我的时候，特意专门问了关于潘唔能的事情……"王炎说，"说不定这梁市长正想放倒姓潘的……"

"哦……"张伟沉思了一下，"这倒好了，那明天我还要见机行事……"

"这梁市长还要树老徐的先进典型呢，等老徐伤愈出院，等这爆炸案破了，老徐就要开始飞黄腾达了……"何英笑着说，"梁市长的秘书悄悄告诉我，说老徐以后会有重用……"

"好哇——"张伟一拍大腿,"最好让老徐当旅游局局长,把那狗日的局长换下来……最好是老潘进去,局长也一块进去……"

"不过,听说老徐和姓潘的走得很近,是潘唔能和局长的心腹,他们俩做的腌臜事,说不定老徐也有掺和呢,别到时候把老徐牵出来,那就不好玩了,先进当不成,却跟着进去……"王炎说。

王炎这么一说,大家都觉得很有道理,一时又变得沉默起来,都为老徐担心。

"嗨——想那多干吗,随它去,爱咋地咋地,说不定这老徐一立功,将功折罪了,就没事了……"丫丫说。

哈尔森插进来:"如果梁市长想保老徐,就一定没有问题的……"

"老哈说得很有道理,你个洋鬼子,看中国的事情倒是很透彻……"王炎说。

"入乡随俗嘛,我很注意观察的。"哈尔森说。

看看时间不早,张伟说:"大家睡了吧,时间不早了。"

丫丫和何英一间屋,张伟仍旧睡他和陈瑶之前的卧室。

躺在床上,张伟睡不着了,脑子里乱糟糟的,摸起手机给陈瑶打电话。

这会儿,陈瑶正搂着南南睡觉。

今晚,南南离开妈妈还不大适应,睡不踏实,光着小屁股在床上打滚,辗转反侧睡不着。

"乖乖,你不会失眠了吧?"陈瑶没有带孩子的经验,看着南南直嘀咕。

折腾了半天,南南突然找到睡不着的原因了,原来是没有摸着奶奶睡。

南南自然而然地一头拱进陈瑶怀里,嘴巴和小手一起乱找……

陈瑶顿时明白了南南的意思,心里涌起一阵母性的温情,解开乳罩,将南南搂进怀里……

果然,南南很快就睡着了,嘴巴叼着一个,小胖手摸着一个。

陈瑶温情地注视着熟睡的南南,想起了自己流掉的那个孩子,如果生下来,得比南南要大一岁,说不定,也是个儿子……

想起那心头肉从身体内剜掉的剧痛,想起那从心灵到肉体的伤痛,陈瑶心里一阵剧烈的抽搐和酸楚,不由伸出胳膊搂紧了南南……

南南刚睡熟,张伟的电话就到了。

陈瑶将南南放好,盖好毛巾被,悄悄走到客厅接张伟的电话。

"姐,我这一趟来对了,这些日子,东兴发生了很多事情……"张伟对陈瑶说。

"别着急，慢慢说给我听……仔细说……"陈瑶凝神皱眉。

张伟于是将这段时间发生的王炎被抓、李燕被炸死、老徐被暗害未遂、何英受伤，包括今晚自己遇见梁市长和在派出所的经历，原原本本说给了陈瑶。

陈瑶脸色很严峻，心潮起伏，竟然发生了这么多事情，而且，这些事情几乎都和自己和张伟有关。

张伟说完，陈瑶沉默了半天，然后说："李燕被炸死，这事大军怎么没有说？"

"这事是对外高度保密的，不对外宣布死者身份，听顾晓华说是梁市长专门安排的，但是，老徐知道是李燕，因为爆炸前他和顾晓华说起过……"张伟说："所以我想，这杀老徐的人，八成就是冲老徐知晓死者身份来的……"

"你感觉这事的主谋是谁？"陈瑶问张伟。

"当然是潘晤能！"

"嗯……我也怀疑是他，但是，对这种大人物，必须得有充足的证据，他们不是老百姓，这种人，要么不抓，要抓就让他出不来，这样的案子是必须要办成铁案的，是翻不了案的……"陈瑶说。

"嗯……明天市长要约我面谈，不知道他打的什么主意？"张伟说。

"到时候你要见机行事，知道的可以不说，但是不知道的一定不要乱说，没有证据、猜疑的也不要说，"陈瑶叮嘱，"你要注意观察这市长的语言导向，看他的个人思想倾向……"

"嗯……我知道了！"张伟答应。

"我打电话嘱咐何英了，让她看住你，你一定要听她的话，不准惹事，不然我会很生气很伤心……"陈瑶说。

"我知道了，姐，我保证不惹事的！"

"我告诉你，你现在绝对不准去找老郑算账，你见了老郑也装作什么都不知道……"

"为什么？我正打算明天就找他，揍死他狗日的，给王炎出气……"

"绝对不可以，傻瓜！现在是非常时期，我们面临的事情远比老郑那边重要，你应该明白主要和次要的关系，你应该能知道如何处理主要矛盾和次要矛盾，不要因小失大，更不要打草惊蛇！记住，傻熊，君子报仇，十年不晚，要学会宏观分析问题，全面分析问题……你要学会做一个将军，而不是士兵，你改天可以去见他，但一定要做出什么都不知道，什么都不晓得的样子，要表现出重逢的喜悦和高兴来……我想，你应该明白我的意思……"陈瑶语重心长地说。

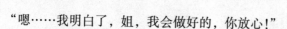

"嗯……我明白了，姐，我会做好的，你放心！"

"小不忍则乱大谋，要学会沉住气，要做谋略家，做战略家，而不是单纯的战术家……"陈瑶继续说，"还有，我提醒你，千万不要小瞧了老郑，老郑不是老高，3个老高也比不上老郑，老郑是一个很有心术的人，你一定不要对他轻举妄动……"

张伟继续答应。

陈瑶这么考虑是有道理的，她知道张伟斗心计是斗不过老郑的，老郑是个笑面虎，张伟不知深浅去触动他，说不定会有什么危险。

陈瑶再也不能让张伟在危险中折腾了，她虽然身在瑶北，但是张伟在东兴的一举一动都牵挂着她的心。

她恨不得立刻飞到东兴去，和张伟一起去面对这一切，她觉得出现的这一系列事情，或许就是大乱必有大治的征兆，或许东兴的天真的要亮了。但是，她不能走，伞人经贸、天马旅游，还有宁州的中天旅游，都需要她调度协调，都需要她综合掌控，这个时候，她走不开。

而且，还有南南。

陈瑶又告诉张伟："随时和我保持联系，遇事大家多商量，你不要住外面，就住在哈尔森家里，何英也住在那里，你们有什么事情，及时沟通……"

"嗯……没问题，我会的。"张伟回答。

"我估摸啊，这些事情的出现，说不定是个好事，物极必反，乱到极点了，就要治理，今晚你在派出所的经历就很能说明问题……"陈瑶笑了笑，"傻熊，记住，任何时候都要乐观，保持清醒头脑，坚持韧性的战斗……"

"呵呵……没问题，坚持韧性的战斗，我改天专门去拜会老郑和于琴，老朋友重逢，你放心，我会做好的，我会牢牢记住你的话……"

"嗯……那就好，我相信你的……"陈瑶又想起什么，"对了，何英见到大狗熊没有？"

张伟一听，情绪低落下来："没有。"

"怎么搞的，你没安排见面？"陈瑶有些不快。

"明天晚上请大军来哈尔森家吃饭，何英邀请的。"张伟垂头丧气地说。

"呵呵……好啊，很好，你把这事安排好哈……乖……"陈瑶在电话里笑嘻嘻地说。

"知道了！"张伟闷闷不乐。

"怎么？听你声音好像不大痛快？有情绪？"陈瑶问道。

"没情绪，我很高兴，哪里不痛快了……"张伟说道。

"嗯……那就好，最好是你没情绪……"陈瑶不紧不慢地说："有些事情我会由你，你想怎么折腾都行，但是，有些事情，我不会做任何让步，不会由你的，张董事长，你自己心里有数吧……"

"哦……我有数，我有数……"张伟装作很精神的样子说道，心里愈发低落和失落。

"还有，你抽空去医院，去看看高强吧，代表我和你……"陈瑶说道："唉——活死人了，行尸走肉了，好好的一个人，就这么完了……不管怎么说，他也是你的前老板，不管怎么说，他也是南南的爸爸，是你干儿子的亲爸爸……去看看吧，如果可以，带点钱去，不要提我的名字，就说你和高强是朋友关系，尽朋友之谊……"

"好吧，我去看看他，"张伟说，"其实，他这一天是早晚的事情，他们这一天是早晚的事情，高强只不过是早了一步，后面，那些狗日的，一个一个，早晚得完蛋，我们就看着好了，潘唔能、王英、王军、四秃子、旅游局长、老郑……都他妈的会完蛋……"

"对了，我估计这老郑知道我们行踪的事情，应该是从小花那里知道的，小花和于林一直保持业务联系……"陈瑶说，"她们都是无意的，以后你不要责怪她们……"

"我不责怪她们，我明白。"张伟说，"老郑真厉害啊，两招软刀子，就把王炎折腾个半死，差点要了我的命……行，够狠，我会记住的！老郑的帐，我会一笔一笔慢慢给他算……"

"唉——冤家宜解不宜结，冤冤相报何时了，"陈瑶叹息一声，"傻熊，不要被仇恨蒙蔽了眼睛，多想想人家的好……于琴是帮助过我们的，你们离开东兴的车，就是我买了于琴的……"

"于琴是于琴，郑一凡是郑一凡，有恩报恩，有仇报仇，我有数的！"张伟语气很坚定，"在这个事情上，你不要拿你那套佛教理论来教训我干扰我……我有我处理问题的方式……"

陈瑶没有再反驳张伟，只一声叹息："阿弥陀佛……因果报应……"

第二天早上，张伟和何英吃过早饭，两人在哈尔森家门口的草地上边散步边聊天。

张伟说："你胳膊上的伤口快好了吧？"

何英说："就是伤了皮肉，没有伤及筋骨，勤换药就没问题的，恢复很快的。"

张伟说："你也有毛病，既然已经把老徐救下来了，他要跑就跑呗，你想一想都能明白，你能抓住那种亡命之徒吗，你这就是做无谓的牺牲哦……"

何英说："当时没想那么多啊，脑子里就一个念头，老徐是咱家的救命恩人，害老徐就等于害咱，不能让他跑啰……"

"你当时害怕不害怕？"张伟站在草地上，做着扩胸运动。

"不害怕，一丁点害怕的感觉都没有……我这才知道，很多英雄人物临危不惧的原因，因为到了这个时候，早就把害怕忘记了，呵呵……"何英笑着说。

"但是你这么做是很危险的，一个徒手的女人和一个带凶器的歹徒搏斗，战斗还没开始，胜负就出来了……以后可不要这样，这幸亏只是扎在你胳膊上，要是扎进后背……"张伟戳了下何英后背心脏的位置，"那可就惨了……"

"嗯……我知道了……"何英对张伟对自己的关心很高兴，"不过，当时我们的心态不一样，我是追，他是逃，我是正义凛然，他是惊慌落魄，在正义上，我先占了上风……"

张伟微笑了下："这个凶手不知道跑哪里去了？"

"听公安局的那局长说，正在全城大搜捕，出城的路口都封锁了，估计他跑不出去的……"何英说。

"那他一定还在东兴城里，龟缩在一个见不得阳光的地方。"张伟说，"要是我能遇见他就好了，亲手擒获他……"

"没那么巧的事情，最好让警察去抓吧，我可不想你再有什么闪失，想一想前天你和陈瑶的遭遇，我就吓死了，心惊肉跳……"何英心有余悸地说，"你要是真有了什么闪失，我带着南南，可怎么活下去？"

张伟心中一动，何英这话讲的，咋越听越值得琢磨呢。

"我对你真的就那么重要？"张伟半开玩笑，"我有什么好的？"

"我不管你对我怎么样，我不在乎你要不要我，我不去想明天会怎样，我只要能看见你，看见你活蹦乱跳地快乐幸福地活着，我就满足满意了，我不再有什么奢求……"何英平静地说，"不要以为我离开你，心思就会变，很久以前，我和你说过的所有的话，永远都不会变……你永远是我生命的支柱，支柱要是断了，天就塌了……"

张伟心里很安慰，又很感动："阿英，可是，你总不能一辈子就这样下去，我现在已经和陈瑶在一起了，我不可能和你再有什么了，你总是要成家的吧……"

"我知道你和莹莹已经在一起了，不用你一遍遍提醒我，既然我当初能主动离开，今天我就不会再打你的什么主意……"何英冷冷地说，"我自己的未来我自己安排，不需要你操心……该成家的时候我自然会嫁人，不想成家的时候，谁说都白搭……"

张伟默然无语，在草地上来回踱步。

何英看了一会儿张伟："你干吗不说话？"

"我……我说什么？"张伟双手一摊，"唉——你一发火，我就害怕，不敢说话了……我可不想惹你不高兴……"

"你还知道害怕……哼……"何英抿嘴笑了，"好了，送我去医院……"

"对了，今天那梁市长要和我见面，约我面谈，不知道什么时候过来……"

"管他呢，反正到时候我和你一起去。"何英说。

"我和梁市长见面你要跟着我？"张伟说，"你就对我这么不放心？"

"非常时期非常措施，你们家那口子专门叮嘱我的，我得尽好义务，谁让你老是惹事让人不放心呢？"何英说，"事实多次证明，没有约束的阿伟必然要作事……"

"呵呵……那你就跟着吧，人家还以为你是我马子……"张伟傻呵呵地笑了。

"马子就马子，反正咱自己心里明白就行！"何英满不在乎地说，"咱俩谁跟谁啊，什么事情没有干过，还在乎他们这点'以为'……"

这会儿，张伟的眼神突然被30米左右停放的一辆黑色普桑吸引住了，车里坐着两名青年男子，平头。

张伟想起今天一大早起床，自己从卧室窗口就看见这车停在这里，这么久了，这车还停在这里不动，那两名男子偶尔下车转悠一下，接着就坐在车里不动。

张伟有些警觉，第六感观告诉他这两名男子来者不善。

张伟不动声色继续和何英说笑："你回房间换衣服吧，我在门口等你……"

何英答应着进了别墅，张伟则径直冲那普桑走过去。

第三十五章 | 踏破铁鞋

车里那两名男子见张伟走过来，脸上的表情有些局促不安，但并没有离开，反而打开车门，站在车旁，看着张伟，脸上似笑非笑。

张伟摇摇晃晃走过去，脸上的表情也很轻松，心里则戒备起来，身体暗暗在运气。

"早上好，两位！"张伟走到他们跟前，"我看二位在这里一个早上了，在等人？"

"岂止一个早上了，已经是一个晚上加一个早上了……"其中一个平头慢条斯理地说，两手插在裤子口袋里。

张伟有些意外，这俩鸟是干吗的，在这里待这么久，而且，还大言不惭。

"哦……是吗？那一定是冲我来的了？"张伟皮笑肉不笑。

"岂止是冲你来的，是冲这别墅里的所有人来的……"另一个平头眼皮都不抬，靠着车跟前站着。

张伟一听，没说话，面带微笑，突然迅疾出手，一脚踢向一个平头的胸部，另一只手急速扼向另一个平头的喉咙……

出手是极快的事，正是说时迟那时快。

哪知，这两小伙反应竟然是快得出奇，一个仿佛钉住不动，任张伟的脚踢在胸口，另一个则是出手比张伟还快，右手一下就攥住了张伟的手腕……

张伟出手后心里突然大惊，踢在胸口的那一脚突然像踢在棉花上，软绵绵竟然没了力气，而且，脚腕随即被那人的双手封住……扼住另一个喉咙的手被那人攥住，力气竟然比自己还大，丝毫动弹不得……

张伟知道遇上了高手，还不是一般的高，一招之下能致自己毫无反抗能力，自己还第一次遇到。

张伟像一个造型一般，凝固不动。

张伟立刻运气想挣脱，哪知对方的力气也随即增加，而且比张伟增加得更快更大。

张伟依旧动弹不得。

双方就这么僵持住了。

片刻，一个平头松开张伟手腕，另一个也松开张伟的脚。

"兄弟，身手不错，有内功！"一个平头微笑了，拍了拍张伟的肩膀。

"你小子脚上功夫可以啊，出手很快！"另一个平头也说。

张伟看着他们俩："还不是比不上你们？你俩功夫不简单啊，谁派你们来的？"

平头笑了："市领导派我们来的。"

"市领导？哼，又是那个姓潘的，是不是？你们到底是哪部分的？"

"错，是姓梁的。"平头笑了，掏出一个证件在张伟面前一晃，"我们是这一部分的……"

张伟定睛一看，原来是警察。

"我们是特警，市领导专门安排了来保卫你们的，"一个平头说，"真没想到，你还有这好身手，今日幸亏俺们是两个人，要是一个，还不一定能这么快制服你呢……"

张伟觉得不好意思，人家是来保护自己的，自己却把他们当做了老潘的走狗，不由拱手作揖："不好意思，有眼不识泰山，大水冲了龙王庙……多包涵……"

"没关系，我们俩是故意想试试你身手的，早就听说你会两下子，哈哈……"平头们都笑了，"你这么好的身手，到我们特警队来吧，不做特警可惜了……"

张伟笑了："呵呵……我还有一摊子生意呢，再说了，家里还有老婆孩子一大堆，没那精力啊……"

"呵呵……看不出，你这么年轻，竟然就当爹了……"

正说笑间，何英换了衣服出来，看张伟和两名陌生人交谈，有些愕然，走了过来。

张伟和何英做了介绍，何英冲他们点点头："辛苦了，到屋里坐会儿吧……"

"那可使不得，我们的岗位就在这里……"一个平头说，"你们这是要去医院换药？"

"是的！"

"那好，我送你们去，"一个平头说，"他在这里值班，我开车送你们。"

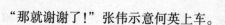

"那就谢谢了！"张伟示意何英上车。

到医院换完药，又清洗了一次伤口，包扎完，何英和张伟还有顾晓华在病房内聊天。

老徐又醒了过来，眼神好多了，嘴巴轻轻蠕动，差不多能说话了。

大家看了都很高兴，老徐康复得越来越快了。

张伟握着老徐的手："徐大哥，好久不见了，没想到再见面会是在这样的场合……"

老徐没有说话，眼角涌出两滴眼泪。

张伟无法理解老徐此刻的心情，只是轻轻握住老徐的手……

少顷，梁市长的秘书推门进来，对张伟毕恭毕敬地说："张先生，梁市长有请，派我来接你！"

张伟站起来点点头，冲何英一笑："跟屁虫，走吧。"

张伟和何英跟着秘书下楼，上了楼下的一辆轿车。

张伟本以为是要去市政府大楼，轿车却直接驶出了市区，直接开进了山里。

轿车在山里开来开去，蜿蜒曲折，但却是一直往上。

张伟突然发现这里的景物和路线有些熟悉，却又一时想不起何时来过。

当轿车终于开到山顶一片翠绿掩映的别墅群前的时候，张伟恍然大悟，这不是陈瑶的山顶别墅坐落的地方吗，那座竹林掩映中的小楼，不就是陈瑶的别墅吗？

想起来，自从两人来这里玩过一次，好久不来这山顶别墅了，陈瑶曾经说希望把这里当做婚房，而张伟心里却有些别扭，希望自己能买一套房子，在自己的房子里娶陈瑶。

当时张伟一无所有，觉得买房子是个梦想和理想，但是，现在，这不是梦了，这是唾手可得的事情了，自己一个月赚的就可以买一幢高级别墅了……

张伟怔怔地看着别墅群，恍然如梦……

轿车拐进别墅群，在竹林中穿行，并在最后在一座欧式别墅前停下来。

秘书引导两人进去。

这座别墅离陈瑶的别墅不远，直线距离大约有 200 多米。

何英第一次来这里，显然被这别墅群的档次镇住了，在张伟身后说："我竟然不知道，这里还有这么一个高级别墅群，梁市长也真会享福，在这里还有个安乐窝……"

"这不是梁市长的房子，这是开发商贿赂梁市长的，梁市长交公了，作为市领导休闲的地方。"秘书说，"这里风景优美，景色怡人，山水俱佳，梁市长平时累了，就在这里休养……这座房子的产权是公家的，只不过梁市长在这里偶尔小憩罢了……"

"还是梁市长会当官！"张伟由衷地赞了一个。

秘书笑了："呵呵……"

进了别墅，梁市长正坐在宽大敞亮的客厅里，见到张伟和何英，上来握手欢迎，并对张伟说："张伟先生，欢迎你光临我的临时别墅……来，咱们好好聊聊，我有很多话想和你说……你放心大胆说，把你想说的都说出来，我今天是带着耳朵来的……"

秘书侍奉好茶水，悄悄关门，到门口守候，张伟和何英坐在梁市长对面，张伟对梁市长说："市长，我们聊什么？"

"我想知道你是如何离开东兴，为什么离开东兴，包括陈瑶，包括假日旅游，包括你在东兴的所有恩怨情仇……所有的过程和细节。"梁市长微笑着，"从头开始讲，想到哪里你就说哪里，不要拘束，放开说，不要担心牵扯什么人，牵扯到谁都没问题，不要紧，我要听的是你的心里话，实话……敢不敢讲实话？敢不敢说心里话？"

"当然敢，我为什么不敢？"张伟被梁市长一激，来劲了。

"好，"梁市长一拍手，"那咱们就开始，你说吧，我听着，我向你保证，今天不管你说的什么内容，第一，不会受到任何打击报复，第二，内容绝对保密，除了我、你、何小姐，不会有第三个人知道。"

"行——梁市长，我相信你，我说……"张伟来劲头了，憋在肚子里的东西一个劲儿开始往外倒……

何英也不是很了解其中的这些事情和细节，这会儿也抱着极大的兴趣，听张伟开始讲述……

大军移交完刚子那帮人之后，东兴警方表现出了异乎寻常的热情，安排专人接待他们，住的是四星级酒店，吃的是山珍海味，然后，带领他们逛东兴的著名旅游景点。

大军带着他的那帮兄弟们，在东兴警方专人的陪同下，玩得很尽兴。

看完名人故居，又乘坐乌篷船，这可是大家小学课本里就渴望的东西。

两人一艘，在旧毡帽朋友的摇橹下，乌篷船在东兴古老的水道里飘摇，弯弯曲曲的小河，千姿百态的小桥，无不衬托出古城的迷人风韵。

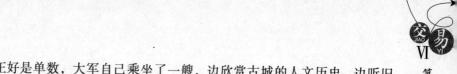

因为人数正好是单数，大军自己乘坐了一艘，边欣赏古城的人文历史，边听旧毡帽用东兴普通话讲解……

不知不觉，大军的船落在了其他人的后面。

在一个古老的民居前，大军让旧毡帽停下，久久凝望着这江南风味的民居，流连忘返……

这时，在大军的侧面，一艘乌篷船正停在哪里，船上只有一个头戴旧毡帽的船夫，窝在船篷里面，正在打电话。

大军有些奇怪，今天游客这么多，大家都忙得不亦乐乎，这个船夫怎么在这个僻静的角落里悠闲呢？

警察的职业习惯，使得大军对任何不正常的现象都非常警觉。

大军让船夫将自己的乌篷船悄悄靠近，侧耳倾听那船夫打电话的声音……

船夫讲的是东北口音，这让大军更加警觉了几分。

"……丫的，你他妈的说得轻巧，老子那天能跑掉就不错了，那娘们差点把我腿抱住，幸亏我冲她胳膊来了两刀……就为了这5万块钱，老子差点掉进去……"

大军一听，哈哈，果然这家伙不正常，有事。

"……什么？再给我5万？不行，没门了，就是再给10万也干不了了，门口放了双岗，24小时值班，还有，我听打探的人说，被我捅的那女的男朋友来了，从山东来的，那狗日的功夫不错，四秃子的肋骨就是他踢断的，刚子带人到山东想把他绑来，结果也失手了……我是不干了，最近全城都在搜捕我，我他妈的成了丧家犬，只能躲在这小船里……你就告诉委托我的那人，这事我干不了，老子要走人，要离开东兴……"

大军一听，哇塞，一条大鱼，还和张伟有关啊。

大军站起来，一个箭步跳上那条小船，打电话的船夫还没有反应过来，乌黑冰凉的枪口已经抵住了他的后脑勺。

"小子，别动，动就没命！"大军不紧不慢地说道。

旧毡帽慢慢举起双手，抬起头来，嘴唇上一撮精制的仁丹胡。

"妈的，你留的这是什么胡子，像日本人的模样……"大军骂道，"一看就是伪满洲国的……"

"大哥，别这么说行不？咱这胡子是刚修理的，之前可不是这样的，之前是萨达姆那样的……"这船夫无疑就是东兴警方正在四处抓捕的小胡子了，此刻哭丧着脸，"我在这里躲了好几天了，大哥你是咋找到我的呢？"

"兔崽子，你听听老子的口音，老子是从北方来抓你归案的……"大军估摸这小胡子一定还有别的案子，就诈了他一下。

　　小胡子一听，瘫了："完了，我还以为你是因为东兴这事来抓我的，原来你们是因为那起邯郸杀人案的事情……"

　　大军一听大喜，说："小子，算你倒霉，今儿个碰上哥，嘿嘿……老子又多了一个立功的机会……走，上我那艘船，陪老子逛完风景……"

　　大军用枪指着小胡子的脑门，两人坐在乌篷船里，面对面，一起继续游览美丽的东兴古城。

　　游览结束，大家在码头会合，一看大军用枪押着一个小胡子，都很奇怪。

　　大军把事情简单一说，东兴警方的人乐坏了："乖乖，我们正全城搜捕呢，可巧就被你抓到了，太感谢了……"

第三十六章 螳螂捕蝉

接着，东兴警方迅速调集人员，将小胡子押走。

大军又嘱咐东兴警方人员，小胡子还有命案在身。

东兴警方逐级汇报抓住小胡子的消息，很快就汇报到了市局局长那里，局长不敢怠慢，忙打电话告诉了正在和张伟何英一起吃午饭的梁市长，梁市长闻听大喜，筷子一放："太好了，抓住小胡子很关键，局长啊，你要亲自出面，中午好好宴请人家瑶北警方的人马，特别是那个队长，叫马大军的，这个可是对我们帮助很大啊……"

张伟和何英闻听不禁喜形于色，大军竟然在这里又立了一功。

"是，我中午亲自去宴请他们，表示谢意！"局长回答。

"还有，要以公文形式函告瑶北警方，请求嘉奖马大军队长……"梁市长继续说。

"好的，下午就安排！"局长回答。

放下电话，梁市长看着何英："何小姐，那小胡子抓住了，被瑶北来押送犯人的马队长抓住的……"

"大军真是好样的，他是我同学，铁哥们！"张伟自豪地说。

"是吗？呵呵……你们兄弟俩都是好样的，真不错！"梁市长高兴地赞扬道。

"不过，我觉得抓住小胡子也不一定就能揪出幕后黑手，这幕后主使人很可能是通过第三方找的小胡子……"张伟分析。

"有道理，我们现在就好像是在剥蚕茧壳，一层一层往里剥，只要我们有决心，有耐心，就一定能剥出最里面的核心……"梁市长语气坚定地说。

"您果真有决心有信心铲除东兴的毒瘤？"张伟看着梁市长。

"对，坚决铲除，绝不姑息，不管牵扯到谁！"梁市长说。

"好，既然如此，那我吃完饭，就再给你多讲一些……"张伟上午因为有顾忌，讲得不是很多。

"呵呵……"梁市长用手指点点张伟，"你小子一直信不过我，不够意思，我可是把你当朋友待的，对朋友，要讲义气，要坦诚，你们山东人的豪气我可是一直很敬佩的……"

"嗯……行，那我也把你当朋友，下午我给您托盘子，全部都倒出来……"张伟利索地说。

"够味，这才是爷们，来，吃饭！"梁市长招呼张伟吃饭。

饭后，张伟和梁市长继续交谈，何英在旁边专注倾听。

何英听得惊心动魄，她这才知道，自己走后，张伟和陈瑶遇到了这么多的磨难和凶险，在恶势力的威逼下，张伟和陈瑶又是怎样坚强和不屈。

何英心潮澎湃，柔肠万转，泪眼婆娑。

何英昨日接到陈瑶电话，陈瑶在电话里隆重推出马大军同志，虽然陈瑶没有明说什么，只说是张伟的好哥们，但是，聪明的何英还是听出了陈瑶的意思，陈瑶是想让自己和大军多接触，是想把大军介绍给自己。

何英理解陈瑶的想法，知道陈瑶心里对自己和张伟仍然不是很放心，特别那天初次相见，张伟一下子把自己搂进怀里，那么久，那么紧，而陈瑶就在门口看着，这怎么能不让她多想呢？

但是，何英也有自己的思想，她经历过物质的爱情，也经历过肉体的放纵和身体的磨难，她想通了，她决意不再接受没有真情的爱，决意不再勉强自己，决意要为自己而生活……

在何英的心里，正如她自己很久前就说过的，她永远只爱一个人，那就是张伟，没有任何男人能代替张伟在自己心中的位置。虽然张伟已经不再属于自己，虽然张伟已经和陈瑶在一起，虽然自己主动离开了张伟，但是，这份感情，这份爱，丝毫没有泯灭，反而越发执著。

但是，也不能责怪陈瑶的好意，陈瑶是自己最亲的姐妹，自己现在对陈瑶和张伟抱着真诚的祝福，希望他们能幸福快乐一辈子。

看到自己所爱的人和最亲的人幸福快乐，自己也一定是幸福快乐的。

何英决定就这样执著地守候在陈瑶和张伟身边，守候着他们的甜蜜。

看着张伟英俊的面容和伟岸的身躯，何英心里一阵宽慰，傻小子长大了。

何英又想起，今晚要请张伟的哥们儿大军吃饭，就出去给王炎打了电话，让她们下班回去准备好。

晚上，哈尔森家里，大军准时来到。

大军的兄弟们下午开车回瑶北了，东兴警方盛情款待，每人又送了很多当地土特产。大军坐明天的飞机回去，为了今晚的宴请特意推迟了时间。

大军一来到哈尔森家，见到何英，立刻就被何英吸引住了。何英俏丽的面容，优美的身段，略带忧郁的眼神，成熟的气质，自是那些女孩子所不能比的。

大军听说何英在瑶北开旅行社，是天马旅游的老板，很高兴："何董，我的三中队辖区就包括你的天马旅游啊，呵呵……以后你那边要是有什么事，直接找我……"

何英见了大军，心里先赞了一个，不错，陈瑶说得确实不错，一个魁梧精神的小伙儿，很优秀。不过，好像比张伟还是差了点儿。如果没有张伟，如果没有张伟先占据了自己的心，大军还真是个不错的人选。

何英看着大军笑了笑："谢谢马队长，那以后要多多关照了……"

大军憨厚地笑笑："何董不要客气，叫我大军就好了，张伟和陈瑶嫂子都是这么叫的……"

"你也不要客气啊，不要叫我何董了，叫我何姐就是，我比你和张伟都大……"何英微微笑笑。

"嗯……好，何姐，何姐好！"大军忙说。

"大军队长好！"何英说，"阿伟和陈瑶亏了有你啊，要是没有你，真不知道……还有，你今天还抓了那个小胡子，当时他去投毒，我没抓住他，反而被他捅了两刀……你真不简单，好样的！"

"今天，梁市长还当着我和何英的面大大夸赞你小子了，"张伟接过来说，"东兴警方函告瑶北警方，为你请功！你小子等着回去受奖吧……"

"今天也是巧了，算是巧掉了鼻子，要是这家伙是东兴人，讲当地方言，我是听不懂的，偏偏他是东北人，一口地道东北话，"大军笑呵呵地说。

"好了，大家吃饭，喝酒，吃菜……"何英数落张伟，"讨厌呢，我一听黑社会就烦，你少说这些……来，给你一块鱼，吃掉……"

张伟笑了笑，不说这事了，招呼大军喝酒，还有哈尔森。

大军看着何英和张伟说话的态度很奇怪，好像是在训斥自己家的男人一样的亲昵和随意，这种无间的亲密让大军很羡慕。

何姐要是能这么骂我，该过好啊，她什么时候能这样骂我啊……

大军看着何英和张伟，痴痴地想着……

"狗熊，快喝酒啊！"张伟催促，"嘴巴傻呵呵地张着，想什么呢？该不是想女人了吧……"

大军瞪着张伟："你咋知道的？"

"你看看，你看看，还真让我说着了，"张伟哈哈一笑，"我一看你那眼神，就知道你开始做美女梦了，哈哈……"

"呵呵……"何英、王炎和丫丫都笑起来。

大军也不好意思地笑了。

"哥——你不许这么欺负大军哥哥哦，"丫丫对张伟说，"大军哥哥是警察，你再惹事，把你抓进去……"

王炎看到家乡来人分外亲切，举起酒杯："小马哥，敬你一杯酒！"

大军看着王炎："我怎么感觉你很面熟？"

王炎呵呵笑了："小马哥，你应该觉得面熟啊，我春节经常去你家拜年的呢，马老师还好吗？"

"哦……"大军醒悟过来，"你是我爸的学生啊，呵呵……怪不得我看你面熟……"

"我比你们低几届，你算是师哥了，呵呵……"王炎笑着说。

"没想到在这里遇到小师妹了，来，张伟，咱们师兄妹三个喝一杯！"大军对张伟说。

"好的，来，哥，咱们三个一起喝一杯！"王炎也说。

大军又是一愣，这个小美女师妹怎么叫张伟"哥"，而且还很热乎。

大军心里又是一阵羡慕，难道是张伟跟王炎拜了干兄妹？

看到张伟身边都是美女，大军好生眼红，这好事都让张伟这小子占了。

不过，大军最注意的还是何英，他有事没事地偷眼看一眼何英。

这看来看去，大军发现了一个问题，何英在看自己的时候，眼里充满的是友情和客气，而看张伟这小子的时候，眼里却分明是温情和关爱。

大军嫉妒死了张伟，恨不得把张伟拉出去单挑。

王炎眼尖，很快就发现了大军看何英的眼神，心里一动。

然后，王炎很快就发现了何英关注张伟的眼神，心里一沉。

饭后，大家在客厅喝茶聊天，天南地北，海阔天空，很是尽兴。

然后，哈尔森挽留大军在客房住宿，明早送他去萧山坐飞机。

大家休息后，张伟躺在床上给陈瑶发了短信："姐，我刚上床，我们刚吃过饭，大军在哈尔森家住下了，明早回瑶北！"

陈瑶正搂着南南睡觉，南南正趴在陈瑶的胸前用嘴巴拱，弄得陈瑶痒痒，老想笑。接到张伟的短信，边拍着南南睡觉，边给张伟回复："哦……今晚你们吃得怎么样？"

张伟："很好啊，大军这小子今天白天在乌篷船上抓到了刺伤何英的凶手，真是巧，这边的警方正要给大军请功呢……"

陈瑶："好啊，大军真是好样的……"

张伟："是的，今天那市长和我谈话了，我就按昨天你嘱咐的谈的，谈的效果很好，那市长我觉得人不错，看他的架势，是想放倒潘唔能……"

陈瑶："那就好，大乱必有大治，或许是到了时候了……对了，何英见了大军，感觉如何？"

张伟："不知道，我怎么会知道？反正大家见了面都客客气气，很热情，很友好……我看人家已经认识了，至于后面会咋样，你不要闲扯萝卜淡操心了……"

陈瑶："嗯……我晓得了，我知道你不喜欢我关注这事，哼……我偏要关注……"

张伟："随你便，我不管，你不要想多了，反正我是什么事都没有，什么想法都没有的……"

陈瑶："好了，傻熊，我知道的，我没有怀疑你什么，我就是觉得何英需要找个伴，成个家，我不希望她一辈子就这么一个人过下去……"

张伟："凡事顺其自然，这可是你常说的话，何英心里想什么？你知道？"

陈瑶："知道！"

张伟："知道什么？"

陈瑶："她一直想的是你！"

张伟："你——你不要这么说，她已经主动退出了……"

陈瑶："唉……我知道，她主动退出了，但是，她心里还在想着你，甚至只有你，就像我的心里一样，容不下别的男人……"

张伟："我不知道该说些什么……"

陈瑶："你不需要多说什么，我没有责怪你，也没有责怪何英，这感情的事情，不是说忘记就能忘记的，需要时间……当然，要是能有人能代替你，自然是最好不过……我心里也是一个安慰……"

张伟："你认为大军能不能代替我？"

陈瑶："你希望不希望大军代替你？"

张伟："我——我不知道。"

陈瑶："既然你不知道，我也不知道……"

张伟："呵呵……狡猾的家伙……南南呢？儿子呢？"

陈瑶："呵呵……正在我怀里玩呢，正在喝奶奶，摸奶奶呢……不然睡不着……"

张伟："好小子，那是老子的专利，怎么能让他占用了……"

陈瑶："哈哈……坏蛋……坏蛋傻熊……"

第二天，早饭后，大军告辞回瑶北。

送走大军，张伟开着哈尔森的车和何英一起去医院换药。

何英换完药，张伟突然说："何英，我想去看看老郑！"

何英一愣："什么？你再说一遍？"

何英闻听张伟说要去看看老郑，心里一抽，冒出的第一个念头就是：张伟要去惹事。

何英很明白，老郑是老油条，老江湖，老滑头，张伟现在去挑战老郑，去斗老郑，显然还很嫩，是没有多少胜算的。

何英不假思索地说："不行，不准去。"

张伟有些烦躁地说："郁闷，为什么不准去？我就是去看看他。"

"因为你太嫩，因为你太冲动，因为你沉不住气，不是我打击你，阿伟，你现在和他斗，单枪匹马和他斗，你是斗不过他的……"何英说。

"我斗不过他？"张伟一下子火了，"我揍不死他我改姓！"

"你看，又来了，你除了会打架还会什么？"何英看着张伟，"你把他打死了，你出气了，你不用偿命了？你偿命去，你家人咋办？陈瑶咋办？我咋办？"

张伟一时语塞。

"做事情要学会全盘考虑，要学会动脑子，要意识到自己的责任，你现在不是在为你一个人活着，你爹娘，你的亲人，都在关注你，牵挂你……"何英语气稍微缓和，"不战而屈人之兵方为上策，武力是最最下策，明白了吗？"

张伟闷头："嗯……那我去和他当老朋友聊天，总可以吧。"

何英："你能和他做老朋友聊天，你能做到？"

张伟大笑："老子能，当然能，你别把我看得那么弱智，你们两个女人啊，一个你，一个莹莹，恨不得把我当小南南来养……真烦人……"

何英忍不住也笑了："谁让你老是惹事呢……"

"我总是会成长的嘛，我这么大人了，老是对我这么不放心，这还了得？"张伟不耐烦地说："我讨厌老这么约束我……"

"讨厌也不行，你要是这么说，我这就给莹莹打电话，说你不服……"何英说着就摸电话。

"好了，好了，我服，我服……"张伟忙握住何英的手，"我服还不行，别打电话，我不想没事找事……"

顾晓华在旁边看得笑个不停："张伟，你够幸福的了，两个女人都宠着你，这样的好事，哪里去找啊……"

老徐早就醒了，半靠在床头，看着张伟笑，嘴里轻声说："张兄弟是有福之人啊……"

顾晓华看着老徐："咋了，你也羡慕了？"

老徐笑笑："是个男人都想。"

何英捂嘴偷笑。

张伟一脸苦相："苦哇——我被管死了，徐大哥，这自由越来越少了……"

老徐轻声笑了："兄弟，这是你的福分，你以前没人管，像脱缰的野马，缺乏调理，现在好了，有两个美女都对你这么好，都在精心呵护调理你，你啊，是身在福中不知福……"

张伟嘿嘿一笑："那——徐大哥，咱俩换……"

顾晓华冲张伟屁股就是一巴掌："你这个死张伟，什么你都换啊，这女人也能换啊……亏你能想出来……"

何英哈哈大笑："阿伟，别折腾了，你要真想去看老郑，可以，我和你一起去。"

张伟一听何英让步了："好，好，咱们一起去，最好不过。"

"不过，我不进去，我在下面车上等你，我们俩不宜同时出现在老郑面前，明白不？"何英看着张伟。

张伟点点头："我明白！"

老徐又叮嘱："小张，记住，要学会伪装自己，伪装自己就是保护自己，真正的高手都是最善于保护自己的人……不要争一时之气，要学会运筹……"

张伟："徐大哥，我记住了！"

然后，张伟下去开车，拉了何英一起去龙发旅游办事处。

路上，何英突然想起一个问题："阿伟，你说，如果老郑把你回来的事再捅出去，咋办？他会不会去告诉潘唔能呢？"

　　张伟自信地笑笑："你以为我弱智啊，我这次去见老郑，当然不是为了一时的发泄，我是有目的的，呵呵……我就是要让他去给潘唔能打小报告……"

　　"为什么？那你不是很危险？"何英说。

　　"不会，目前东兴的形势是山雨欲来风满楼，潘唔能现在躲在暗处，走一步坏一步，他现在是穷途末路了，不敢再折腾了，尤其是他派去瑶北的人马被抓，估计潘唔能现在还摸不透情况，不知道这帮人被抓的事情，心里正不安呢……这会儿，他要是知道我突然出现在东兴，哈哈……你说，他会怎么想？他会想，四秃子和王军被我绑架了，刚子的人马一去无消息，说不定被我反抓了，他还不惊慌坏了……老郑去告诉老潘，正好给老潘一个信息，老潘还敢再对我动手？恐怕他以为我是来东兴找他复仇的，他躲藏还来不及呢。"张伟对何英说。

　　何英点点头："有道理！"

　　"而且，老郑去找老潘告密，正好也让我再抓老郑一个把柄，在他的账本上再加一笔，到时候老账新帐一起算……哼，妈的，我给老郑也玩玩阴的……我就不信我玩不过他……"张伟恨恨地说。

　　何英看着张伟："我的神，阿伟，切记，一定要冷静，可不要上去就开打啊……"

　　张伟笑笑："不会啊，我今天是来拜访老朋友，同时感谢于琴在危难时候伸出援助之手，感谢老郑收购假日旅游，帮助陈瑶解除后顾之忧……今儿个，老子是感谢之旅……"

　　何英一瞪张伟："你还没我大，得叫我姐，少在我面前称老，还老子老子的……哼……"

　　张伟呵呵笑了："习惯用语，老子就这么着了，你得习惯，适应……"

　　何英嗔怒地看了张伟一眼："小屁孩，装大！"

　　说话间，车到了老郑的办事处门口，张伟将车停在离门口 30 米远的地方，对何英说："你在车上等我，我坐坐就下来。"

　　"嗯……去了好好说话。"

　　"知道了，我是来拜访老朋友的。"

第三十七章 心乱如麻

张伟迈着轻松的步伐，走进龙发旅游办事处，轻轻推开门。

里面很静，虽然是炎热的夏季，却没有了春末张伟还没走的时候的热闹和喧哗，客人看来很少了。

接待柜台后面，坐着一个小姑娘，正在埋头看书。

张伟一看，是于林。

张伟不做声，走到柜台前，静静地站在那里。

张伟知道是于林从小花那里知道了自己和陈瑶的行踪，然后告诉了老郑，才导致了自己和陈瑶的一场劫难。

不过，张伟和陈瑶都是一个想法，并不怪于林，她还是单纯的女孩子，没有那么多阴险的想法，只不过是被利用罢了。

张伟伸出手，摸摸于林的头："小鬼——"

"啊——"于林吓了一跳，抬头一看，是张伟，又不禁惊喜交加，"啊——你——你——"

"我，我，怎么了？"张伟笑嘻嘻地摸摸于林的头发，"你不认识我了？"

"你——张哥——你——你来了——"于林半天说出话来，竟然喜极而泣，"这么久不见你了，你——你还记得来看看我——"

"唉——傻孩子，你哭个啥子哟——"张伟摇摇头，"见了大哥还不笑，还哭？有什么好哭的……"

"嘻嘻……呵呵……"于林嘴巴一咧，"张哥，见到你好高兴啊，你是专门来看我的？"

"是啊，我千里迢迢，专程来看你一眼的，"张伟夸张地说，"然后，我顺便捎带，看看我的老东家，看看你姐和你姐夫……"

"哦……真的是专程啊，"于林激动地不能自已，恨不得以身相许，高兴得一蹦老高，"我姐和我姐夫在楼上，我带你去……"

"不用，我自己上去就行，哪能烦劳你啊，再说，我是专门来看你的，附带看看他们，你就在下面安坐吧……嘿嘿……"

于林听话，在下面坐下。

张伟晃晃悠悠上楼，直奔总经理办公室。

老郑办公室里，于琴正躺在沙发上看报纸，老郑正在抽闷烟。

这夏季本应是旺季，可是这些日子客人反而越来越少了，幸亏团队客户提前拍卖代理了，旱涝保收，但是，散客却大幅度减少，一天比一天少。

"好好的丰收局面，你狗日的把张伟一撵，什么都变了，这换了李经理，整个就是一窝囊废，什么都不懂，真不知道你他妈的是怎么想的，这么好的漂流，这么好的开端，这么好的形势，到现在成了这个局面……"于琴一看不到客人就怒火中烧，冲老郑骂个不停，"还真不如你狗日的待在戒毒所不出来，让张伟继续执掌公司……我这是瞎了眼了……"

于琴的一顿责骂，老郑哑口无言，他现在是哑巴吃黄连，有苦说不出。这个新换的营销部经理，自己也没想到他这么狗熊，和张伟没法比。平时听他说起来是一套一套的，可是，做起来就不行了，不懂营销，不懂管理，不懂协调，下面的那些业务骨干根本就不买他账，赵淑、阮龙、赵波见了他就扭头，就连于林都不喜欢他。

还有，那些代理商更是和营销部矛盾很尖锐，当初合同里的服务和善后都不能兑现，弄得好些代理商要起诉公司违反协议。

老郑现在是后悔莫及，但是一切都晚了。而且，在这节骨眼上，换营销部经理也不好换了，一时没合适的人选，二是现在换会影响军心，影响业务。

后悔的同时，老郑又很恨张伟，要不是张伟将自己的大客户搅散，也不至于到今天这样。虽然这个漂流赔本是不可能，光拍卖代理就赚回来成本，但是，谁会嫌钱多呢，谁和钱有仇呢？钱，当然是赚得越多越好。

当然，在恨张伟的同时，老郑又有些惧怕张伟，这个愣头青，做事太冲动，万一要是知道了自己给潘唔能通风报信的事情，还不整死自己……

一想到传说中的张伟整老高和打四秃子的身手，老郑就直冒冷汗。

昨晚，老郑去了老潘龟缩的别墅。刚子的人马一去不返，杳无音讯，让老郑和老潘都忐忑不安。

"别让那张伟把刚子这一伙也捂进去了，"老潘有些烦躁，"妈的，别是他们十多个人废物，几个山东人就收拾了……"

老郑一听就慌了："那四秃子、王军、加上刚子这一伙，不都让张伟给逮住了……这如何是好？"

"不行就报案啊，安排家属到瑶北警方报案，到东兴警方报案，先到东兴报案，就说人员失踪，怀疑是被张伟绑架……"潘唔能说，"关键时刻，还得靠政府……"

"那万一要不是张伟绑架的呢？我们岂不是背个诬陷的名号？"老郑说。

"你傻啊，你想一下，还有谁会这么巧绑架王军和四秃子啊，只有张伟和他们俩同时有仇，张伟这小子很愣，他被追杀，被赶跑，你想想，他能咽下这口气？这事，必定是张伟所为……还有，刚子这伙，是去抓张伟，这倒好，没影了，一定是被反抓了……这个没问题吧，一定是张伟干的……"潘唔能说。

"嗯……这个倒是，一定是他干的！想不到张伟现在有这么大的能耐……"老郑有些汗颜。

"这有什么奇怪的，回到山东了，他的老地盘，肯定有自己的势力，找几个人还不容易……"潘唔能点燃一支烟，"我现在倒是担心他别继续势力膨胀，别清算到我头上，妈的……不过，想一想，他没这胆量……"

"那是的，你大小也是个市级领导，他还真吃了豹子胆，敢在您头上动土？"

"明着他肯定是不敢，我就担心这兔崽子给我玩阴的，暗箭难防啊……"潘唔能有些心神不定，看了看老郑，"到时候我看你也逃不脱，你是消息的主要来源……"

老郑一下子慌了，他知道自己被绑上了老潘的战车，下不来了。

老潘一看老郑那神色，笑了："你慌什么，这不过是个设想而已……我就不信这张伟有这么大的胃口，能吃得进四秃子、王军和刚子，我想啊，他说不定很快就得放人……他老这么关着他们，有什么用？还真能把他们都宰了？"

听老潘这么一说，老郑心里稍微安慰了一些。

此刻，老郑坐在办公室里不停抽烟，心里很不安稳。

于琴心情烦躁，不愿意搭理老郑，干脆躺在沙发上看报纸。

张伟敲了敲门，然后就推门进去。

"郑总、于董好！"张伟笑呵呵地站在门里面，随手带上门。

老郑一抬头，看见张伟，一下子呆了："啊——小张——张总——"

于琴一下子坐起来，拉住张伟的胳膊就让座："哎哟——我的天啊，你怎么从天而降……快坐下！"

"对，对，快坐！"老郑压住内心的极度惊慌，忙让座。

张伟笑嘻嘻地坐下："别客气，都是老朋友了！"

老郑看张伟的神色很友好，心里稍微安宁了一下："张总，什么时候来的？"

"前天，前天来的，"张伟接过于琴递过来的水杯，"谢谢于董。"

"哎哟，叫什么于董啊，叫姐，叫于姐，跟我还这么见外——"于琴见到张伟分外高兴，亲昵地拍打着张伟的胳膊，"这么久不见，想死我们两口子了，怎么样，陈瑶还好吧……"

"好，很好，"张伟笑着说，"这多亏你和郑总的帮助啊，这不，我这次来，陈瑶专门让我来拜谢二位，要不是那天您的车，还有郑总在陈瑶公司危及时刻伸出援助之手……"

"哎呀，别客气了，都是自己人……应该的……"于琴笑着，看了看老郑，"你说是不是，一凡。"

"是啊，是啊，大家都是朋友，应该的！"老郑心里有些发虚，忙说。

"怎么样？最近还算平安顺利吧？"于琴又问。

"还好，基本还算顺利，除了遇到一点小麻烦……不过，都摆平了……"张伟轻松地笑着，"于姐，你想想，要是摆不平，我还敢出现在这东兴吗？"

老郑一听，看来张伟真的是把王军和四秃子摆平了，把刚子也摆平了，这家伙这么大的能量啊！看张伟的神色，好像张伟没有对自己有什么敌对情绪。张伟是那种性情直爽的人，肚子里藏不住东西，看来张伟对自己的作为是不知道的，说明自己是安全的，张伟对自己仍然是当朋友的。

想到这里，老郑心里安稳了许多，他想，自己通风报信的事情，只有极少数人知道，张伟上哪里去知道呢？还有，自己收购假日旅游，确实是帮了陈瑶的忙，解决了职工的就业问题。

老郑放心了，看着张伟："摆平了好啊，我觉得也都是些小毛贼，哪里是你的对手呢……怎么？这次来东兴是……"

"呵呵，来看看我妹妹，顺便处理点个人私事……"张伟说。

"哦……看你妹妹，看丫丫啊还是看王炎？"老郑脱口而出。

说完，老郑就后悔了。

"呵呵……郑总对我很了解啊，我这里有两个妹妹你都知道……"张伟笑看老郑，眼睛里充满了友善。

"哦……啊——这个——呵呵——我是听他们说的，刚听说你在这里有两个妹妹……"老郑忙掩饰地回答。

于琴在旁边听得心惊胆战，暗骂老郑说话没数，差点露出破绽。

于琴见到张伟，一方面很高兴，一方面又很惭愧，同时，心里还有几分惊惧。

老郑坐在张伟对面，心乱如麻。他知道，张伟此次来东兴，绝对不是看两个妹妹这么简单，更不会是来拜谢他们这么简单，一定是有着重要的事情。

可是，张伟究竟是有什么事情呢？

既然自己做的那些事张伟没有觉察，那就说明起码现在自己是安全的，张伟不会与自己为敌。

那么，张伟是不是借放倒刚子之余威，杀奔东兴，来找老潘算账的呢？这老潘可是张伟的死对头。

如果老潘真的被张伟暗算，老潘会不会说出自己通风报信的事情呢？

老郑心里反复琢磨掂量着。

张伟和老郑、于琴谈笑风生，一副老朋友重逢的亲热和喜悦，丝毫看不出有什么间隙。

东扯西拉随便聊了半个多小时，张伟最后站起来告辞："于姐，郑总，我得去忙乎了，以后再聊。"

"多坐会吧，这么久不见了，怪想的！"老郑诚恳地说。

"是啊，才刚聊了一会儿，还没说够话呢！"于琴也站起来。

"今儿个我是专程来拜谢于姐和张总的，改日有空再专门来玩……"张伟微笑着说，"我这人呢，其实你们也知道，头脑简单，四肢发达，不会拐弯，知恩图报，有仇必报……你们这恩我是一定要报的，所以呢，先来拜谢二位，日后还要再报……至于在东兴对我和我的亲人当面下黑手的人呢，我当然不会放过，一个一个算账，我要让他们加倍偿还，血债血还……"

张伟后面的话很硬，充满了腾腾杀机。

"呵呵……是啊，是啊……"老郑满面笑容，连连点头，心里惊惧不已。

于琴勉强地笑着，心里也不由发怵起来。

送走张伟，老郑和于琴回到办公室，老郑关上门，无力地坐在沙发上，不停擦汗。

"狗日的，算你幸运，张伟还不知道你干的这些好事，如果他知道了，今天你恐怕就要血溅办公室了，恐怕你就走不出这办公室了……"于琴有些幸灾乐祸地看着老郑，"你和潘唔能搅和在一起吧，哼哼，早晚你得倒霉，张伟要是真找到潘唔能，他说不定第一个出卖的就是你……"

老郑一听，心里更加烦乱："妈的，你给我闭嘴！你以为老子是吃素的，只要不来武力，来文的，老子谁都不怕！"

"嘻嘻……偏偏就碰上这个愣头青，不喜欢来文的，就喜欢动手，你还能咋办？我知道你喜欢耍心眼，害怕挨揍，那就看你这心眼耍得如何了，看你能不能躲过这一劫了……"于琴笑着说，"这张伟此次来东兴，我感觉他就是来复仇的，这王军和四秃子不是失踪了吗，说不定早就被张伟剁碎扔到长江里喂鱼了……说不定，下一个就是你……"

"妈的，你少吓唬老子……老子被干掉了，你就成寡妇了，你还能高兴起来？"老郑大骂于琴道。

"多大点事，看你吓的，妈的，整个一酒囊饭袋，老娘我混夜总会的时候，打打杀杀的见得多了，有什么了不起的……"于琴不屑地说，"你完蛋了，老娘当两天寡妇也没什么大不了的，大不了再坐山招夫，给你找个继承人……你就放心地走吧……哈哈……"

"臭婊子，你诅咒老子……"老郑气哼哼地躺到沙发上。

"行了，别吓破胆子了，"于琴踢了老郑的腿一脚，"张伟今天来是好事，最起码证明他没对你有敌意，还没对你起疑心，你啊，我劝你一句，既然怕死，怕挨揍，就不要和张伟斗了，你去找那些喜欢文斗的耍心眼吧……比如老高这样的，被你耍死了还不知道怎么死的……"

"我现在还有退路吗？我不想和他斗，他一味糟蹋我，两口子联合起来败坏我的生意，这是他逼我和他斗，"老郑愤愤地说，"欺人太甚，自己不干就不干好了，还把我的老客户大客户搅没了，太过分了……这能怪我吗？"

于琴叹了口气："郑一凡，你走到今天这一步，有两个原因。"

"说，哪两个原因？"

"一是你多疑，喜欢臆想，你有张伟搅散你大客户的真实凭据吗？还不是想当然地就加以肯定了……二你是个财迷，死抠，钱就是你爹，比你命还重要，为了钱，你可以六亲不认，可以出卖良心，可以丧尽天良……就凭这两点，你如果再不收手，和张伟必有一斗，你必死无疑……"于琴慢条斯理地说。

"骚货，你胡扯八道，胳膊肘子往外拐……"老郑气哼哼地说，"我绝对不是多疑臆想，他背后捣鼓我这是肯定的……我承认我是财迷，这难道有错吗，谁他妈的不喜欢钱，谁做事情的目的不都是为了钱……我不想和他斗，我从来就不想和他斗，是他逼着我，我没办法……"

"唉——你个狗日的，无药可救了……"于琴站起来，打开门，"老娘不奉陪你了，我出去做头发去……"

于琴走后，老郑坐卧不安，在办公室里焦躁烦闷，来回踱步，不停抽烟。

突然，老郑站住，眼珠子滴溜溜转了半天，最后下定了决心，摸出电话，打给了潘唔能。

潘唔能正在别墅里想事情，他这次回东兴来，根本就不敢出门，对办公室里说还在北京忙乎没回来。

他和梁市长打电话的时候最紧张，这老梁老是喜欢问问北京的天气啊、温度啊之类的，昨天打电话还说想让他去趟大栅栏，那里有一家老北京布鞋店，出售的布鞋很出名。老梁让他回来之前走一趟，捎带几双布鞋回来，说是要送给岳父岳母穿。

"这老丈人的事情比自己老子的事情重要啊，呵呵……老婆嘟哝了好几次了，非得要那家的，拜托唔能老兄了……"梁市长打着哈哈。

老潘有苦说不出，只得诺诺答应："行，没问题，梁市长，我走之前一定买了带回去。"

放下电话老潘就发愁，这可咋办？琢磨了半天，只得悄悄安排王军的一个手下，专程去一趟北京，买10双布鞋回来。

真他妈的晦气，折腾一趟就为了几双布鞋，还不够来回飞机票的。老潘很懊丧。

不过想一想，这也不是件坏事，起码说明老梁对自己在北京出差是深信无疑的，而且，委托自己买东西，正好是说明了他对自己的信任。

老潘无聊地躺在沙发上，心情有些忧郁，自己这些日子和软禁有什么区别啊，闷死了，都不敢出去见太阳。唉——郁闷！

本来在憋闷的房间里心情就不好，又加上这些日子事情连续失利——刚子北上，一去无影踪，活不见人死不见尸；王军和四秃子至今没有消息；安排一个中间人雇佣的杀手他妈的是个窝囊废，老徐至今安然无恙，那杀手却不见了踪影，估计是被东兴警方的追捕吓破了胆子……

如果那杀手就此逃走倒不要紧，潘唔能现在担心的是他被警方抓获，那可就坏事了。

目前，自己的耳目和帮手都莫名其妙地要么失踪，要么进去，想找个人说话都难，还好有一个老郑。

憋闷加上惊惧，还有忧虑，让潘唔能的心情很低落，只能靠溜冰来解除乏闷和忧郁。

　　然而，溜完冰，暂时的兴奋和性欲发泄之后，代之的是更加愁苦的抑郁和悲怆，心里仿佛陷入无边的愁苦的深渊，还有极度的疑虑和恐慌。

　　更可怕的是，老潘不时梦见李燕披头散发、张牙舞爪向自己来索命。

　　每每想起这些，老潘就没了做爱的兴趣，宁愿自己一个人在沙发上躺一会儿。

　　正在这时，老郑来电话了。

　　"潘市长，您在别墅里？"老郑说。

　　"废话，我不在别墅里在哪里？"老潘不耐烦地说。

　　"好，我过去一趟，有要事和您说。"老郑说。

　　"行，来吧。"老潘正烦闷。

　　20分钟后，老郑出现在潘唔能的别墅前。

　　停车后，老郑习惯性地向周围看了一眼，别墅区里很安静，车也很少，只有别墅附近30米距离，有一辆白色的帕萨特停在那里，车上坐着两个人，其中一个在闭目养神。

　　老郑没有在意，敲门进去，坐下。

　　老潘无精打采地看着老郑："空手来的，没给我带个女人来？"

　　"呵呵……这还是大白天，您就想活动了？"老郑笑了。

　　"我在这鬼地方，哪里还有什么白天黑夜，都他妈一个样……"潘唔能无聊地说，"待会去给我找个女人来，老子得活动活动……"

　　"昨晚你没活动？宋佳不是昨晚伺候你的吗？"老郑笑着说。

　　"宋佳啊，没意思了，这会儿正在上面睡呢，你想的话就上去玩玩去吧……"

　　老郑有些动心了，咽了咽唾沫，他早就垂涎宋佳的姿色，只因为是潘唔能的女人，有贼心没贼胆。这会儿听潘唔能这么一说，淫心顿起，面露喜色："真的？真的可以玩？"

　　"当然是真的，这女人很耐久，妈的，溜上冰，我自己伺候不了她……"潘唔能说，"你要想伺候好她啊，不溜上几口，看来是不行的……"

　　"这——"老郑有些犹豫，玩女人他是可以瞒着于琴的，这溜冰，于琴是能看出来的，再说了，自己已经戒了好几个月了，要是一复吸，前功尽弃了。

　　正在犹豫间，宋佳打扮得板板正正从楼上下来："潘哥，我先回去了。"

　　宋佳昨晚溜了不少冰，潘唔能忙乎了一夜也没有满足她，她睡了一觉之后，急于回去，找局长泻火。

"别走了，"老潘一挥手，"留下吧，和郑老板玩一玩，郑老板可是个好手，早就很喜欢你了……"

宋佳看了老郑一眼，媚笑了一下："郑总好！那我先上楼，等你了。"

说完，宋佳又转身上了楼。

"先烤好冰，等会儿郑老板要溜几口再……"潘唔能在后面叮嘱道。他突然感觉很刺激，打算待会儿在门外偷窥……

老郑本想阻止，可又禁不住宋佳那惹人的身段，白皙的皮肤，妖媚的脸蛋，也就算默认了，身体内升起一股热气。

"对了，光说这事，还没说正事呢，你找我什么事？"潘唔能说。

"嗯……张伟回东兴了！"老郑说。

"哦……"老潘有点意外，"你怎么知道的？你看见了？"

"他到我公司来玩了，还和我说了会儿话！"老郑说。

"这小子有种啊，敢回来……那他回来了，四秃子和王军呢？刚子呢？"

"不知道啊，他没说，"老郑说，"不过，我听他说了，说要复仇，要一个一个算账……"

"嗯……这个小东西，很牛啊，不知天高地厚，自投罗网……"潘唔能晃悠着脑袋，"看来，我得采取我的计划了……"

"我担心他是冲你来的，所以，我赶紧过来报告你……"老郑讨好地说。

潘唔能沉吟了一会儿，笑了："行，不错，这事我有数了……郑总，你这么做很好，我得奖赏你，把我玩过的女人奖给你玩，你可以玩一天，呵呵……怎么样，我大方吧……好了，那小骚货估计等急了，这可是市长和局长玩过的女人，档次比较高的，你也算是有福气，上去吧，估计她把冰给你烤好了……弄上几口，逍遥吧，爽死你……"

老郑脑子里充满了情欲，早就按捺不住了，把于琴的叮嘱和警告早就抛到了九霄云外，和潘唔能打个招呼，就冲上楼去。

"妈的，这么猴急啊！"潘唔能嘟哝了一句，然后凝神思考起老郑刚才说的事情。

考虑了一会儿，潘唔能拨通了王英的电话"老婆，我还在北京出差没回去，你去办这么一件事，你通知王军、四秃子和刚子的家属，明天……不，今天下午，到各自辖区的派出所去报案，就说被人绑架了……"

王英正在打麻将，一听这事，忙答应了："好，知道了，我打完这把，就通知他们的家属。"

王英玩起来公而忘私，连自己亲弟弟的事都不大放在心上。

也难怪，王军和黑社会天天混在一起，打架、被绑走的事情发生好几次了，王英也习惯了。

安排完这事，潘唔能琢磨，是不是再找个人去报警，说在逃犯张伟回来了呢？

想了半天，潘唔能觉得还是先等等，等报案之后，看情况再说。

在楼下又坐了一会儿，潘唔能带着兴奋和好奇的心理，悄悄走上楼，要去看看老郑和宋佳的表演。

走上二楼，悄悄推开卧室的门，房间里充满熟悉的香臭味，老郑刚溜完冰，宋佳正跪在老郑腿间，老郑正舒服地闭眼养神……

潘唔能兴奋得不得了，心里不由得一阵酸楚，突然有一阵强烈的刺激，身体迅速有了反应……

一会儿，老郑将宋佳扔到床上，迅速脱光自己的衣服，又将宋佳的衣服三下两下剥光，然后急不可耐地上去……

老潘在门缝里激动地看着，浑身血脉贲张……

终于，老潘忍不住了，推门扑了上去："我来了……"

……

老潘终于累趴了，在宽大而凌乱的大床上进入了梦乡。

老郑看时间不早，要回去。

宋佳两腿发软，勉强穿好衣服，要搭老郑的车回去。

老郑对宋佳的表现很满意，对溜冰后做爱的感觉很惬意，原来升天的感觉又回来了。

老郑和宋佳亲密地搂在一起出了老潘的别墅，把睡得像死猪一样的老潘留在了别墅里。

老郑和宋佳相约，以后再在一起活动，宋佳爽快地答应了。

"郑老板到底是年轻，功夫了得……"宋佳妩媚地看着老郑。

"宋小姐天姿国色，今日能有幸相会，也是我的一大美事，可惜，今日不能独享，弄了个二打一……"老郑心里有些不爽，这老潘不仗义，明明说送给自己玩的，却又中途杀进来。

老郑不喜欢别人抢自己的食物。

"郑哥，没关系，咱们以后有的是机会，下次咱们约好，另外找个地方，我保证让你爽……"宋佳温柔地挎着老郑的胳膊。

"好，好久没溜冰了，特别是和你做，感觉太爽了，唉……多么美丽的人生啊……"老郑感慨道。

"是啊，自从有了冰，这人生就变得多姿多彩了，我活了30多岁，这才知道前30年白活了，世上竟然还有这等美事……"宋佳也附和着说。

"呵呵……要注意适量，不要用大了，太多对身体有害……"老郑说。

"呵呵……看你说的，这玩意儿用上就控制不住量了，没感觉的时候就想吸几口，吸完就感觉上天了……"宋佳说。

"嗯……这倒也是……"老郑答应着，想起了于琴对自己的警告，心里抽搐了一下，但是，随即又想起白日溜冰后做爱的感觉，心里刚刚涌起的清醒迅速被巨大的白色迷雾所掩埋……

做好保密工作，控制住量，不会有事的！老郑安慰自己。

两人边说边走出了潘唔能的别墅，走到车跟前。

老郑打开大奔的车门，宋佳先坐了进去。

上车前，老郑又习惯地扫视了一下四周，夜晚的别墅区，更加祥和安静，柔弱的灯光在绿荫中若隐若现。

老郑看到，30米开外那辆白色的帕萨特还停在那里，只是看不清车上有没有人。

这么长时间，这车怎么老停在这里，老郑有些犯嘀咕。

老郑上车，发动车子，打开车灯，正好照射到那辆白色的帕萨特车上。

老郑赫然看到，车子前面依然坐着那两个人。

老郑一边发动车子往前驶，一边寻思，他觉得这两个人有些可疑……

突然，老郑好像想起来什么，头皮一阵发炸！

第三十八章 影子战术

张伟回到车上的时候，何英正等得不耐烦，见张伟回来，不禁嘟哝道："有多少话可以说的？是不是于琴在上面，老郑不在，你见了于琴又走不动了？"

张伟哭笑不得："何英，你这个醋坛子，到这个时候还吃醋，还怀疑我啊……"

何英自嘲地笑笑："哼哼……习惯了吧，虽然已经知道无权干涉你的自由了，可是，还是忍不住这么说……你说，是不是老郑不在，于琴在上面？所以你流连忘返……"

张伟忍俊不禁："两口子都在，你放心了吧……"

何英："呵呵……都在啊，你和他们两口子有什么好说的，我看都不是什么好东西，臭味相投便称知己……"

"不能这么说，于琴和老郑不一样，于琴对我不错，对陈瑶也不错，当然，她和老郑是两口子，有些事情肯定是要站在一起的。但是，她貌似没有帮老郑干什么坏事，相反，我当初被追杀的时候，于琴紧急帮助，提供了车辆，我现在开的那辆切诺基，就是陈瑶买了于琴的……"张伟边发动车子边对何英说。

"哦……原来于琴对你是真的有什么想法啊，是不是？阿伟。"何英似笑非笑地看着张伟。

"这个我不知道，但是，我对她没有想法……"张伟边开车边说，"对我有想法的女人多了，难道我都得和她们有一腿？"

"哼……你这个小淫虫，还能不吃腥？"何英笑看张伟。

"好，不说那让人心跳的往事，我说啊，阿英，我发现我那伙计马大军同志，对你好似有些意思，你感觉到没有？"张伟装作漫不经心地样子说。

"他对我有意思，和我有什么关系？就好像你刚才说的，喜欢我的人多了，难道

326

我都得照应着？"何英一副无所谓的态度。

张伟闻听，心中有些安慰："嗯……这个大军同学很好的，人不错，品质好，有能力……"

"你什么意思？"何英瞪着张伟，"你是不是很希望我和你的铁哥们好？是不是希望你的前女朋友成为你铁哥们的女人？你是不是很想把我快速嫁出去？"

"我——"张伟一时回答不出，"我——"

"你什么你？我看你就是犯贱！没事找事！我的事不用你操心，我愿意爱谁就爱谁，我愿意嫁谁就嫁谁，我不想出嫁，谁也管不到我……"何英赌气地说道，"你们越忙乎我的事，我就偏不理会，我看你们能把我怎么着……"

张伟一听何英说"你们"，知道何英指的是自己和陈瑶，看来陈瑶的一片苦心，自己的良苦用心，何英基本摸个差不多了。

"……莹莹我暂且不说，就说你，张伟大人，你少在我面前给我装，装出一副热乎一副忙乎的样子，你真的希望我和马大军好？你心里真的想让我跟了马大军？你们男人的心理，特别是你的心思，别以为我一点都不知道……"何英翻翻眼皮，"马大军喜欢谁是他的事，我喜欢谁是我的事，这事以后你少给我掺和……听见没有！"

"是！"张伟声音洪亮地回答，心里突然感觉很敞亮。

"好了，不说这事了，说说你见到老郑，什么情况？"何英看着张伟。

"没什么情况，我见了这狗日的就像见了老朋友一样，两人亲热地互致问候，问长问短，亲密无间的友谊依然是那么牢固。"张伟笑嘻嘻地说，"我就是临走的时候敲了他们两口子一下，其他时间都很好的，大家都在叙旧……"

"怎么敲的？没敲出漏洞来吧？"何英问张伟。

"你就对我这么不放心啊，好像我是三岁的小孩子一样，真烦人……"张伟有些不耐烦，"我就是随意说了句话，说有恩报恩，有仇报仇，凡是欠下我和我的亲人们的血债，我都要还……嘿嘿……出来混，早晚是要还的……"

"嗯……"何英放下心来，"你这话可是说重不重，说轻不轻啊，就看他们怎么琢磨了，哈……做贼的人，心里会忐忑不安的，这老郑啊，作恶多端，差点把王炎害死……差点把你和陈瑶害死……我恨死这个坏蛋了，这样的人最可恶，比那绑架你的刚子还可恶……"

"绑架我的人那叫恶人，老郑这样的人叫小人……小人比恶人更可恶，更可恨，更卑鄙……"张伟说，"别看今天我和他称兄道弟，总有一天，我叫他求生不得，求死不能……"

"行，你够狠，我同意！"何英说，"大男人就要这样，此仇不报非君子，和这样的小人，不要讲什么仁慈宽恕，在这个事情上，不要都听莹莹的，她太善……这年头，马善被人骑，人善被人欺，该出手就要出手，我支持你……"

张伟笑了："嘿……小娘们，看不出，还有点气魄，以前你可不是这样的……"

"哼哼，我这是打磨出来的，在你们北方混，不强硬点，早就被同行挤压死了，被小混混敲诈光了……"何英得意地说，"我是想透了，这年头，马善被人骑，人善被人欺，该出手就要出手……"

张伟点点头："嗯……你一个女人家，出来混，很不容易啊，这几个月，你真的是受苦了……你不说，其实我也知道你在瑶北过得很艰难的……"

何英最致命的弱点就是听不得张伟的软话，张伟这么一说，何英心里一阵暖意，一阵感动，眼睛直发潮……

你真的是我前世的冤家，上辈子我欠了你的，今生要来偿还……何英心里默默地说了一句。

"阿英，我想去看看老高！"张伟突然说了一句。

"哦……"何英有些意外，"你——你怎么想起去看他？"

"没什么，就是想去看看，人到了这个份上，所有的恩怨也都没了，再记着那些冤仇，也没意思了，"张伟说；"莹莹也专门嘱咐我去看看，毕竟，高强是我的前老板，我在宁州没有工作的时候，是他收留了我，给了我一个饭碗……毕竟，高强是南南的爸爸……"

何英低头不语。

"这样吧，我送你回去，我自己去看他。"张伟说。

"不要，我不离开你，你进去看，我还是在外面等着。"何英抬头说道，"我告诉你，只要我在东兴，只要我们还没有完全安全，你就别想单独溜，你就得和我在一起……"

"行了，好了，我知道了，烦人，没自由了……"张伟不耐烦而又无奈地说着，开车往高强住院的医院而去。

"你别不服，莹莹和我了，只要你在这边不听话，就立马让你回瑶北……"何英口气很硬，"在这一点上，没有可以商量的余地……"

"好了，我知道了，唉——"张伟叹了口气，"你们这两个女人啊……有时候，我感觉爱也是一种负担，一种拘束，把我束缚死了……"

"错，小伙子，你要正确理解，你应该这么想，这爱啊，是一种呵护，一种体贴，一种思念，一种牵挂……"何英抿嘴笑了一下，"两个美女关心你，你知足吧，身在福中不知福，要是你那哥们大军啊，早就幸福死了……"

"嘿嘿……以后，我得学着关心你们，爱心真诚回报，不能只索取，不奉献……"张伟扭头看了一眼何英，"其实，我现在想想，我们以前在一起的时候，我对你太差了，除了叱骂你就是嘲笑你，你却默默承受，从不敢反驳……那时，我对你太不公平了，真的很对不住你……"

"别说了，过去的都过去了，不是你对不住我，是我对不住你，对不住你和莹莹，不然，我能主动退出？你以为我是多么高尚的人？我告诉你，也就是因为莹莹，否则，换了任何人我都不会退出的……如果不是莹莹，我们现在说不定已经开始筹备婚礼了，你妈妈说不定已经开始在我耳边唠叨抱孙子了……"何英说，"毕竟，我和莹莹是从小到大的姐妹感情，毕竟，我曾经深深伤害过莹莹，这次，我是绝对不能再伤害莹莹的……"

张伟扭头深深地看了一眼何英："阿英，你不错！好人！"

"好人？屁！"何英撇撇嘴唇，"我不想当好人，我就想做现实生活中的人，现实的人……我祝福你和莹莹，但是我依然还爱你，我依然还会继续疼你，继续对你好……这不是说改变就能改得了的，这是心里的东西，不听使唤的……或许，等有一天，我觉得我心里终于不再爱你了，我会走我自己的路的，我会开始考虑再找一个男人……"

"这一天会有多久？"张伟看着何英。

"不知道，或许明天，或许后天，或许……到我死的时候也还没有来到……"

"唉——"张伟叹了口气，"你说，这要是在解放前多好啊，男人可以多娶几个，要是能行，我把你也收编了，多好啊……"

"你做梦去吧，想弄个东宫西宫啊……"何英笑了，"以后的生活，没有男人我一样能过，只要有儿子和我做伴，我就很知足了，儿子是我全部的精神支柱……再说了，找个别的男人，还不一定会疼南南……南南有你这个干爹，还有莹莹这个干娘，你们都这么疼他，我和南南都知足了……"

说话间，到了高强住院的医院，开到住院楼门前，何英告诉了张伟病房号码："去吧，我在这里等你。"

"你不过去看看高强？"张伟问何英。

"不了，我来看过了，最近因为南南的事情，我和他们家关系弄得很僵，犯不着我和你再一起出现在他们面前，没事找事……"何英说，"那老太太很刁钻，小心点……"

张伟笑笑："我有数，你放心，我保证让他们对我客客气气。"

何英温情地一笑："傻小子，去吧。"

张伟刚走进住院大楼，何英就坐在车上摸出手机，拨通了陈瑶的电话："莹莹，到目前为止，张某人很听话，表现不错……刚拜访完老郑两口子，这又去看高老大去了……"

陈瑶："呵呵……那不错啊，一些顺利否？"

"一切顺利……南南怎么样了？晚上睡觉听不听话？"

"很乖，现在正在办公室的沙发上玩呢，过会儿我带他去公园玩……晚上睡觉还行，就是得小手摸着一个，嘴巴叼住一个，才能睡觉，不然，就打滚，睡不着……"

"呵呵……这孩子成习惯了，得慢慢给他改掉……"

"算了，等孩子大了自然就会好的，再说了，孩子缺乏母爱，这回有母爱了，也得好好弥补一下不是？"

"嗯……也是，我发现大人小孩你都能伺候好，这小男孩听你的，大男孩也听你的，我终于知道，张伟对我和你的一个显著差别了，你确实比我更适合张伟。"

"什么显著差别？"

"你能镇住张伟，我就不行！"

"此话怎讲？"

"我和他在一起的时候，他从来都是大爷，我是丫鬟，他要怎么样就怎么样，我不敢管他，也管不了他，他吹胡子瞪眼根本就不听我的，对我想训就训，想骂就骂，就像脱缰的野马……可是，他在你面前呢，乖乖的，很听话，从来不敢冲你怎么样，也不敢乱发熊……就是你不在跟前，我拿你的鸡毛当令箭，都很管用，他扑扑愣愣不服的时候，我把你往外一搬，他立马就老实了……唉——莹莹，我是看出来了，看来你是真的比我更适合他，你就是他的训手，他到了你手里，就是温顺的小绵羊……"

"哈哈……"陈瑶大笑，"阿英，你太夸张了，这家伙在我手里也有不服的时候，不过，总体上还是可以的……这几天在东兴，你可得把他看牢了，他万一再冲动惹出什么事来，可是很危险的……那潘唔能、那老郑，哪一个都能玩死他……他初出茅庐，太嫩了……"

"我知道，你放心，我一直跟着他的。"

"那就好……我当然对你很放心的……"

陈瑶和何英打电话的时候，张伟已经出现在高强的病房里。

高强依旧躺在那里沉睡，高老太太和高强的妹妹在病房里陪护。

见到张伟进来，她们一起抬头看着张伟。

"阿姨，高姐，你们好，我是高总的老部下，今天代表原来中天旅游的同事们，来看望高总！"张伟站在高强病床前，恭敬地对她们说。

高老太太和高强的妹妹忙站起来表示感谢。

张伟注视着高强，两眼紧闭，呼吸均匀，在沉睡中。

"他一直就这么睡着？"张伟问高强的妹妹。

"是的，大脑遭受严重震荡，里面几乎成了一锅粥，医生说是植物人，就要这么一直躺下去……"

"不能治好吗？"

"不好说，植物人被唤醒的例子是有的，但是几率毕竟很小……"

"哦……"张伟看着自己的这个老对头，如今竟落得这般田地，心里一股同情油然而生，曾经对高强的怨恨和仇视，这会儿都消失殆尽。

张伟默默看了半天高强，转身从公文包里摸出一个信封，递给高强妹妹："这是我们中天的老员工集体的一点心意，大家也帮不上什么忙，闻听高总的不幸，都很着急，集体凑了这10万元钱，都在这卡上，密码是6个8……希望能对高总的康复有所帮助……"

高老太太和高强妹妹不收，高老太太说："大家的心意我们领了，你们能记得高强，我们就很感激，这钱我们不能收，一个是我们家里钱还算充足，治疗还够；第二，你们大家赚钱也不容易，都要养家糊口，都要生存发展……这钱带回去还给大家，就说我心意领了，拜谢大家了……"

张伟很为难："阿姨，高姐，这可是大家的一片心意，你们不缺钱，我们知道，可是，这钱寄托着大家对高总的祝福和祈祷，也算了却大家的一桩心事，你们不收，我回去也不好交代，大家也会老觉得心里是个事，都会很不安的……"

张伟讲得情真意切，很诚恳。

二人一看，也就答应了，接过信封，连连致谢。

然后，张伟告辞离去。

从医院里出来，张伟长舒了一口气，看完高强，也算是了却了自己的一桩心事，也算是完成了陈瑶的交代。

张伟上车，对何英说："好了，我又圆满完成了一项任务……"

东兴市政府大楼小会议室，梁市长正在主持召开一个市长办公会，市公安局的局长也被梁市长点名要求列席会议。

"诸位，今天召集在家的各位副市长开这个会，主要是布置省长来视察的事情，大家除了按照各自的分工做好工作之外，还要格外注意安全工作，要特别加强对安全工作的领导……"梁市长目光炯炯，环视小会议室的与会者，"最近我们东兴的天气不大好，出了一个特大爆炸案，明显带有黑社会性质的爆炸案，这给东兴的社会治安造成了极大的被动局面，给市民的正常生活带来了极大恐慌。同时，也给这次省长来视察带来了安全隐患，所以，我们召开这次会议，特意把安全问题提到议事日程，提到一个前所未有的高度来抓……"

"请问司徒浪子同志，这个爆炸案的侦破到底到了什么程度了？这可是梁市长亲自督办的案件，全市人民关注的案件……"常务副市长待梁市长讲完话，直接问坐在会议室角落里的公安局长。

司徒浪子是公安局长的名字。

"是啊，这案子要是不能快速侦破，如何向全市人民交代……"其他几位副市长也附和着。

司徒浪子看了一眼梁市长，梁市长装作没有看见司徒浪子的目光，眼神散漫地注视着大家。

"嗯……这个……"司徒浪子稍微犹豫了一下，接着就流利地说道："此案在梁市长的亲自督办下，正在有条不紊地进行中，至于侦破到了什么程度，因为牵扯到案情的复杂性和保密性，所以不能在这里讲述，请各位领导理解……但是，有一点，我可以保证，梁市长下的死命令，10天之内侦破此案，我们公安局保证能完成任务……"

"死者的身份到底是谁？干什么的？这个不用保密吧？"常务副市长又问。

"目前还没有查出死者的身份，因为车子在爆炸的过程中燃烧殆尽，尸首分离，粉身碎骨了，目前技侦人员正在根据搜集到的现场碎片进行分析、判断……"司徒浪子直截了当地回答，眼角瞥了一下梁市长。

"到现在还不知道死者的身份，怎么破案？怎么按期完成梁市长的指示？我看，这牛皮吹大了……"常务副市长用嘲笑的口气说，"真是佩服咱们市公安局的工作效率，佩服……"

其他几位副市长也小声议论起来："是啊，真是荒唐，这么久了，还弄不明白死者是谁……"

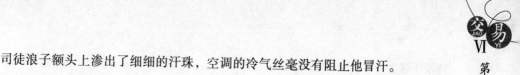

司徒浪子额头上渗出了细细的汗珠，空调的冷气丝毫没有阻止他冒汗。

梁市长微微一笑，看了大家一眼，然后沉稳地说："司徒局长不要有过大压力，我这人，安排工作，考察工作，向来是看结果不看过程，我不管你用什么办法，不管你中间进度如何，只要在规定期限内给我破了案子就行，案子破不了，我拿你司徒浪子是问……"

司徒浪子连连点头："是，梁市长，我明白。"

然后，梁市长又安排了一下其他的事宜，接着宣布散会。

散会已经是晚上9点，梁市长示意司徒浪子到他办公室里去。

一进办公室，梁市长示意司徒浪子关好门，然后笑呵呵地看着他："局长大人，不错，你今天的回答很好，暂时还不能对这几位副市长说实话，万一有哪一个告诉了唔能兄，咱们就被动了……"

司徒浪子也笑了："我明白，所以就那么回答了……不过，我还真怕那几位领导再继续追问……再问，我可真的紧张了……"

"所以，我就把话题接过来，岔开了。"梁市长坐到沙发上，示意司徒浪子也坐下，"怎么样？四秃子和王军那边进展如何？现在这两个人是突破口，说实在的，我很怀疑这两个人和潘唔能之间的秘密活动和交易，我怀疑他们不仅仅是假日旅游这一件事上有合作，很可能，有更重要的合作交易……"

司徒浪子点点头："我明白您的意思，现在这两人都还是死死咬定只和假日旅游有关，别的就不交代，不过，我这熬大鹰战术也快把他们弄垮了，等他们精神垮了，就好办了……我就不信，他们是铁人……"

"那刚子呢？交代什么了没有？"

"交代了，说是受潘唔能委托去救他小舅子，说他小舅子被张伟绑架到北方去了，他是去救人的……还只叫冤枉，说自己也是受害者……是见义勇为，说张伟是绑匪，应该把他抓起来……"司徒浪子笑着说。

"呵呵……有意思，他们原来怀疑是张伟把人绑走了……那刚子被我们秘密关押，唔能兄更加摸不透形势了……"梁市长笑了笑。

"是啊，很有意思，刚才在开会前，我接到汇报，说今天下午，四秃子、王军和刚子的家人，都分别到所在辖区派出所报案，说人失踪了，说可能是被绑架了……"

"哈哈……你的人怎么办的？"

"正儿八经接待受理的，下面办事的人什么也不知道啊，都认认真真接待、记录、询问……对了，报案者都提供了一个共同的线索，说张伟有重大嫌疑……"司徒浪子说。

梁市长说："嗯……这倒是个好事，起码可以安定他们，不至于打草惊蛇，那你的人没有布置破案事项？"

"我安排了，说先受理报案，将三起案子统一移交给市刑警支队办理，然后，我告诉他们，把案子放那里，等我通知……"

"好！就这么办！那边稳住他们，这边加紧审问，重点还是四秃子和王军，软的硬的一起上，一定要把嘴巴给我撬开……时间可是很紧了……"梁市长眼睛盯着司徒浪子，"我的局长大人，要有紧迫意识，书记那边我可是一直在顶着呢，万一书记要是被人暗示了什么，那可就不大好玩了……"

"是，我明白，梁市长，我今晚连夜赶到丽水，监督审讯……"司徒浪子说完站起来要走。

"别忙，一起吃点夜宵再走，我还是要笼络笼络你的人心嘛，来点小恩小惠给你……"梁市长说着打开秘书早已送过来的盒饭，"将就下吧，等案子破了，我请你去香港，咱们好好耍耍……"

两人正吃着，司徒浪子的电话响了，接完电话，司徒浪子对梁市长说："郊区别墅那边有新的情况！"

"说！"梁市长边吃边说，头都没抬。

"昨晚一个女人进了别墅，到今晚才出来，中午一个男的进了别墅，到晚上和那女人搂在一起出来的，8点多钟才离开……"司徒浪子说。

"查明这男女的身份了吗？"梁市长抬起头来。

"根据车牌号以及跟踪的结果证实，这男人是龙发旅游的老板郑一凡，这女的是旅游局的工作人员，叫宋佳。"司徒浪子说。

"哦……"梁市长点点头，"郑一凡这个家伙，看来是要一条道走到黑了……宋佳，是什么来头？"

"经查实，宋佳是旅游局局长的情妇，后来成为潘唔能的情妇，至于刚才和郑一凡搂抱在一起出来，就搞不明白了，难道是和郑一凡又搞上了？不过，在潘唔能的别墅里，不可能啊，郑一凡没这胆子吧……"司徒浪子有些疑惑。

"我晕——"梁市长笑了一阵，然后问司徒浪子，"那人一直在别墅里吧？"

"根据暗哨监视的结果和手机定位的情况，他一直在别墅里……"司徒浪子说。

"在就好，就让他安安稳稳在里面住着吧，今儿个他还给我电话呢，说我托他买的布鞋他到大栅栏那里买到了，还买了10双……唔能兄这会儿正在北京出差办理公务呢……"梁市长笑呵呵地说。

"您可真会稳住人心，您这么一招啊，他更加放心，更加安稳了……"司徒浪子说道，"我看你就像那侦探福尔摩斯……"

"行了，你别给我戴高帽，什么福尔摩斯，叫梁尔摩斯还差不多……"梁市长摆摆手，"你这几天可得把这事给我抓牢啰，那人给我看住了，要是跑了，我可就对你不客气……"

"明白，您放心，这是一只小鸟，在笼子里，再怎么折腾，也跑不出去的……"司徒浪子说，"还有，那龙发旅游的郑一凡、旅游局的宋佳，我都安排人盯住了……"

"嗯……不错，是要盯住，"梁市长点点头，"还有，那张伟，也要盯住，注意保护好他，防止有人对他下黑手……对了，旅游局的那徐主任咋样了？"

"恢复得不错，能正常讲话了，也能站起来慢慢走动了，下午我安排人找他谈话做笔录了，又核实了一遍情况。"司徒浪子说。

"好，很好！"梁市长一拍手，"我这边材料都整好了，他的全面情况我都看了，这人工作能力不错，文笔很好，对旅游工作很有见地，此人必定要重用，我看，现在的旅游局长也不能用了，估计和唔能兄走得很近……"

"是的，走得很近，而且，不是一般近，"司徒浪子说，"拔出胡萝卜带出泥，我看，潘唔能要是出事，他绝对干净不了……"

"不管他干净不干净，等案子一破，我就提名老徐担任旅游局第一副局长，实在不行，把局长弄到省委党校去学习，让咱们的老徐同志主持工作……"梁市长一挥手，"政府是我的势力范围，提拔一个副县级干部，小事一桩！"

"嗯……梁市长这么做，可是大大树立了正气，弘扬了先进的道德风尚……"

"走，咱们去医院，看看老徐，我要亲自和老徐说会儿话。"梁市长吃完一抹嘴，冲外面喊，"秘书，备车！"

第三十九章 欺行霸市

30 分钟后，老梁和司徒出现在老徐的病房里。

老徐正在屋子里慢慢踱步，顾晓华在旁边搀扶着他。

张伟和何英刚刚离开。

看见梁市长，老徐很激动，忙请梁市长和司徒浪子坐下。

梁市长亲切地握着老徐的手："徐主任，你是我们东兴市公务员的骄傲，是我们机关工作者中的佼佼者，是东兴市民的先进楷模，你的行为，为大家做出了榜样，你是我们学习的好榜样……"

老徐忙谦虚道："梁市长过奖了，谢谢梁市长夸奖，我只不过是做了一个市民应该做的事情，那种场合，那种情况下，换了您，也会这么做的……"

"对，换了我，我也一定会这么做，"梁市长点头赞同老徐的意见，又看着司徒浪子，"浪子，你说呢，换了我们，我们会不会也这么做？"

"会的，梁市长，我们都会这么做，这是人的本能吧……"

"是的，我们都会这么做，但是，我们没有这个机会，而老徐同志遇到了这个机会，这是他的机遇，也是他的光荣。"梁市长说，"一个人的闪光点，往往是在一霎那迸发出来，老徐同志的行为，不是一时的冲动，是多年的优秀思想日积月累的结果，是平日不断提高自己道德修养的结果……"

梁市长的表扬让老徐心里微微有些不安，他没想到自己这么优秀。要不是梁市长说出来，他自己还真没发现。

梁市长和老徐又攀谈了一会儿工作，还询问了老徐的家庭有没有什么困难，把老徐感动得无以复加，自己工作了这么多年，加起来和市长也没说过这么多话啊。

梁市长临走时握着老徐的手，叮嘱顾晓华要照顾好老徐的身体，尽快康复。

"老徐同志安心养伤，等你身体康复后，党和政府还有更重要的工作岗位等着你。"梁市长语重心长地说。

老徐明白了梁市长的意思，自己奋斗了十几年而未能实现的理想，说不定这次要有意外收获了。

老徐向梁市长表示感谢："感谢梁市长的栽培！"

老梁和司徒浪子走后，老徐躺在床上，沉思起来。

"徐哥，我听这梁市长的口气，等你康复出去后，说不定要提拔你个官儿……"顾晓华说。

"嗯……"老徐答应了一声，没有表现出什么高兴和兴奋的神态。

"怎么了？徐哥，难道你不高兴吗？"顾晓华看着老徐。

"哦……高兴，高兴……"老徐敷衍着，心里突然感觉有些莫名的心酸。而且，老徐心里还有一个更大的隐忧，这李燕被炸死，万一挖出背后的凶手，肯定就是东兴政坛的一颗重磅炸弹，要牵连不少人，这其中，自己也脱不了干系。

一想起自己跟随潘唔能期间收受的十几万块钱，老徐心里就不停敲鼓，心里无比矛盾。他很希望潘唔能倒台完蛋，但是，又害怕潘唔能完蛋，自己也跟着进去。一旦牵扯到钱的问题，就要进检察院，到时候就是梁市长也保不了自己。

老徐忽喜忽忧，在床上凝神思虑。

老郑离开潘唔能的别墅区，把宋佳送回家之后，心神不定、失魂落魄地回到办事处，一屁股坐在宿舍的沙发上，眼神里充满了惊惧，额头都是汗。

于琴不在，问了于林，说是和朋友在外面喝茶。

老郑点燃一支烟，猛吸了几口，反复寻思琢磨刚才那两个人，越想越肯定，这两人不是张伟的人，就是公家的人，一定是冲着潘唔能来的。张伟应该没那么大的能量。既然不是张伟的人，那就一定是公家的人。

一想到这一点，老郑两腿不禁打颤，公家的人监视老潘干吗？难道是绑架张伟、陈瑶的事暴露了？还是老潘经济上、生活上出事了，公安局或者检察院的人开始监视了？

难道，老潘这棵大树要倒？如果他真的要倒，自己应该如何脱身？这个时候，是继续跟着老潘呢，还是反戈一击，建立功勋？

老郑紧张地琢磨起来，脑子里不由又冒出了梁市长……

陈瑶正在办公室里喝茶，马大军队长来访。

大军进来的时候，南南正撅着屁股在宽大的沙发上拿大顶，陈瑶正边喝茶边坐在对过的沙发上欣赏南南的表演，不时被逗得笑出声来。

"嫂子好，在忙吗？"大军推门进来。

看见大军进来，陈瑶放下水杯，抱起南南，招呼大军："大军来了，坐！刚忙完，正在逗小朋友玩呢……"

马大军坐下来，看着南南，伸出手指拨弄了一下南南的腮帮："哇塞，这小家伙，这么可爱，谁的？"

"我的！"陈瑶抱着南南，亲着南南嫩嫩的小脸蛋，"我儿子，可爱不？"

"啊——你儿子？"大军吃了一惊，"那他爸爸是？"

"他爹是张伟，他娘是我，嘻嘻……"陈瑶让南南坐在自己腿上摇晃着，对南南说："南南，警察叔叔来了，叫叔叔好……"

"警察叔叔好，"南南声音响亮，又回头看着陈瑶，"娘娘，警察叔叔好像一只大狗熊啊，我想叫他狗熊叔叔……"

"哈哈……"陈瑶被南南逗得前仰后合，大军也憋不住地哈哈大笑。

笑毕，大军看着陈瑶："嫂子，这——我可从没有听说你俩有孩子啊，再说了，你和张伟不才刚认识不到一年，这孩子咋就这么大了？"

"呵呵……这是我小姐妹何英的孩子，"陈瑶把南南放到沙发上，让他在那里蹦跶，边对大军说，"我是他干娘，张伟是他干爹……"

"哦……"大军明白过来，"何姐的孩子，何姐有家庭了……"

说话间，大军流露出遗憾和失望的神情。

陈瑶看着大军说："何英有儿子了，不过，何英是单身，这孩子是单亲家庭……"

"哦……"大军眼睛一亮，"真的？"

"当然，假了包换！"陈瑶注视着大军，"他妈妈可是个大美女啊，怎么样，这次和张伟去南方，见到传说中的美女了吗？"

"见到何姐了，见到了，"大军点头，"见到一大堆美女，王炎、丫丫、何英……"

"何英漂亮不漂亮？"

"真好看啊，看她那样子，怎么也不会相信是做妈妈的人了，太漂亮了……"大军由衷地赞赏道。

"呵呵……大军，你可真会说话。"陈瑶微笑着，"我这何英姐妹啊，不光人长得好，这性格、脾气、人品，都没得说，还很有能力，看，这家旅行社，日进斗金，她就是老板，我现在不过是在替她打理……"

"可真不简单，我刚才在楼下，看到客人很多啊，业务很繁忙，电话声不断……"大军说，"门口停着好几辆豪华大巴，好像都是从南方来的客人……"

"是的，这天马旅游现在专做南方客人地接，南方人有钱的多啊，你们这瑶北，有钱人少，消费观念又落后，出去旅游的少，所以，天马旅游就重点做地接了……"陈瑶说。

"旅游我不懂，不过，你们天马旅游就在我们三中队的辖区，如果有什么事，嫂子你及时和我联系，一般来说，在瑶北地界，小小不然的事，不管是白道还是黑道，问题不大……"大军说。

"我们不是在那派出所的辖区吗？怎么又在你的三中队辖区呢？"

"呵呵……职能不同，重叠管理，各有分工，我们主要是办案子，派出所的职能就多了……"

"那所长职务你竞争得咋样了？"陈瑶问。

"没咋样，需要业绩，别的不说，光钱这一项就把我卡死了，要是单纯看业绩，我还真不逊于他们。"大军笑笑。

"哦……你和张伟是兄弟，兄弟之间，不要太计较钱的事，你有难处，张伟出手帮助是应该的，不要太在意……"

"不是，嫂子，不是钱的事，我琢磨啊，这混官场，太累了，一步一步往上爬，没有止境啊，这山看着那山高。何时是个头呢？我寻思来寻思去，突然觉得没意思了，干脆，由领导安排吧……再说了，我干这刑警好几年了，虽然清苦一点，但是也算是有感情了，如果不能调整，这也算是命中注定我要干一辈子刑警吧……"大军说。

陈瑶说："大军，你说得很有道理，如果想活得快乐轻松，就不要有太多太强烈的欲望和要求，如果太好胜，一心想要出人头地，有太多太高的欲望，那就要付出更多的精力和物力，要付出更多的代价，要失去很多开心和轻松，还有快乐……"

大军说："嫂子言之有理，其实啊，我这人喜欢水到渠成，我当官的欲望不是很强烈，当然还是有，谁不想当官？只不过我不想为了一个职务级别活得那么累……要是换了张伟这小子啊，他提拔一定比我快，他这家伙，做什么事情都喜欢做老大，喜欢做最好的……这一点，我比不上他……"

陈瑶笑了，说："你们俩的性格不同，这是性格决定的，性格决定命运……不能说你比不上他，而是你们的性格各有特点，各有长处，不能要求所有的人都走一个模式的道路，像你，与世无争，就很好啊，活得轻松加愉快。不像张伟，就是操心受累的命，闲不住，落后不得，拼搏起来，没有尽头，没有停止的时候……其实啊，像这样的性格，更能给女人以安全感……"

"嫂子，你分析得很透彻，张伟这小子啊，将来必定是我们这一帮同学里做得最好的……"大军听了陈瑶的分析，很高兴，伸手过去，抱起南南，"南南，叫叔叔——"

"狗熊叔叔好！"南南捏了捏大军的鼻子，又爬到大军的腿上玩，突然伸手摸到大军的腰间，"狗熊叔叔，南南要玩这个——"

大军一看，南南摸到自己腰间的手枪了，正在用手抠枪套。

大军忙抱起南南："乖，小家伙，这是真家伙，手枪，可不能玩，要走火的……"

南南不依，大声嚷嚷："不行，不嘛，我要玩，南南要玩狗熊叔叔腰里的手枪……"说着，南南嘴巴一撇，就要哭出来。

陈瑶也吓了一跳，忙把南南抱过来："乖儿子，这可使不得，这是叔叔抓坏蛋用的，小孩子不能玩的，很危险的……"

"我不，我不，我就不，"南南在陈瑶胳膊里挣扎着，小胳膊扑着去抓大军的衣服，"我就要玩嘛，狗熊叔叔能玩，我就能玩，给我玩玩嘛……"

眼看南南要号啕大哭，大军灵机一动，身手抱过南南："南南，叔叔腰里的这个太小了，不好玩，叔叔带你去买一个大的，黑猫警长用的大枪，好不好？"

南南一听，马上就破涕为笑，拍着小手："好，好，狗熊叔叔，走，出去给南南买大枪……"

大军抱起南南，对陈瑶说："嫂子，我这会儿正好没事，我带南南出去玩玩去……"

"让你破费，多不好意思，"陈瑶客气了一句，又叮嘱南南，"出去要乖，要听叔叔的话……"

"听见了，娘娘再见！"南南急不可耐，拍着大军的肩膀，"狗熊叔叔，快走，快走！"

大军抱着南南，和陈瑶打了一个招呼，就出门了。

大军和南南走后，陈瑶到一楼营业厅，巡视各个岗位。

营业厅内，最忙的要数接待柜台后面的计调部，南方六市的北上旅游团络绎不绝，带团的导游忙着交接任务。

陈瑶看完各部的工作，走到计调部后面墙壁上的一块大白板前，上面写着最近几日将要接的团队，包括来源、时间和人数。

上面的内容每日都有新加，地接到的团就擦去。

陈瑶抱着胳膊，饶有兴趣地看着，嘴里轻轻念叨："宁州，后天3个团，150人；嘉兴，明天2个团，120人；杭州，老年人旅游团，80人……"

"陈姐，忙死了……"小花在后面伸了个懒腰，"哎呀，我这边又刚接了金华的一个大团，100人，这周四的……咱们的导游人数还是很紧张啊……"

陈瑶回过头，拍拍小花的肩膀："没关系，我们招聘的10名兼职导游马上就到位，保证足够……"

小花点点头，嘿嘿一笑："陈姐，我发现你比俺表姐厉害多了，你这一来啊，业务从天而降，倾盆大雨一般啊，这降的岂止是客户啊，这掉的都是银子啊……"

"呵呵……你表姐一样厉害，只不过，她以前的心思没有放在这业务上，她要是用心做啊，比我强……"陈瑶微笑着说，"这个月大家的奖金还算不错，都能超过工资……下个月，会更好……"

小花佩服地看着陈瑶："太好了，俺正好没有钱花了，这几次杨杨进城，还都是他请客的……等发了奖金，俺请他搓一顿……"

"呵呵……杨杨现在工资可不低啊，出差跑外，油水大大的，你使劲揩他油就是……"陈瑶笑呵呵地说着，其实她知道张少杨手里能花的钱并不多，3000元而已。

张少杨和小郭他们一帮公司管理人员，在张伟那边的工资都不低，杂七杂八，每月都在万元以上，就连吴洁做内务，一个月都有3000元的基本工资。这在瑶北，顶得上一个国家公务员科级干部的收入了。

同时，张伟那边给公司全体人员都买了"五金"，确保大家无后顾之忧。

张少杨花钱大手大脚，陈瑶不想让他养成坏习惯，就安排张伟吩咐公司财务，每月只给张少杨发3000元，其他的都给他存到存折上去。

张伟一口答应照办，亲自办好，把存折放到陈瑶那儿保存。

"这钱我给你保管，等你成家结婚用！"陈瑶告诉张少杨，"不能让你养成纨绔子弟大把花钱的毛病……"

张少杨不敢当面和陈瑶犯犟，诺诺点头称是，背地里唉声叹气："唉——这3000元，还不够我和小花吃上几顿海鲜的……"

张伟也不敢和陈瑶争执，暗地里又很同情小舅子，经常塞给他三千五千的救济。张少杨每次都喜滋滋地笑纳了。

当然，这事只有张伟和张少杨知道，连小花都不知道。

"是啊，杨杨这家伙老是带我去吃海鲜，我一个劲嫌贵，他不在乎呢，说他手里零花钱都在 5000 以上……"小花说。

"哦……有这等事？"陈瑶皱皱眉头，"5000 以上？怪了……"

"什么怪了？5000 还多吗？他现在每月收入可是过万啊，他亲口告诉我的……"小花说。

"喔……不多，不多，"陈瑶念叨着，摇摇头，"咦——这家伙，难道还有外快？可别是真的揩了自家的油……"

陈瑶边唠叨边在营业厅里踱步。

正在这时，营业厅的门被推开了，一个光亮的脑袋出现在陈瑶的视野里。

韩天来了，一身横肉，一晃一晃的，冲陈瑶走来。

"陈总，你好，我是专程来拜访……"韩天伸手作揖。

"韩老板来了，请到会客室一坐！"陈瑶微笑着发出邀请。

"别忙，看看你的火爆生意……"韩天肥大的脑袋转悠着，看着各个部室繁忙的景象，"陈总，发了啊，赚大了，这么忙乎啊……"

"哪里啊，都是空忙乎，不见效益……"陈瑶笑看韩天。

韩天的大脑袋一会儿转悠到大白板前，盯住不动了，靠近仔细看，边念叨："我的神……乖乖……这么多团啊，这么密集的团啊，这么多人啊……乖乖……你们真的是发大财了……"

陈瑶边继续邀请韩天去会客室并笑着说："没利润，我们就是做点数量，赚不了几个钱的！"

"我晕——就这数量，就这个密度，利润再微薄，也发了……啧啧……"韩天边摇头边随陈瑶进了会客室，一屁股在沙发上坐下，"陈总，今儿个老哥来是专程求救兵来了……"

陈瑶不动声色，坐在旁边的沙发上："韩老板财大气粗，是做大买卖，开发大景区的，我们小小旅行社，怎么比得上呢，哪里还犯得着来我们这儿搬救兵，韩老板见笑了……"

"别，可别，可别这么说，"韩天摆摆手，"陈总，我是明人不说暗话，打开天窗说亮话，直说了吧，你这里的客人越来越火爆，这东兴全市做旅游的，没有不知道的，你这里的南方客人比其他所有旅行社加起来的总和还要多两倍，这大家都是有数可查的……我今儿个来，就是让陈总施舍一点，救济一点，分一杯残羹给兄弟尝尝……"

"呵呵……韩老板夸大了，夸张过度了，我们这里哪有你说的这么火啊，呵呵……"陈瑶不卑不亢地说，"再说了，大家合作做生意，哪里有施舍、救济、残羹之说呢，韩老板是大手笔，我们这点小客人，哪里会放在你的眼里……"

"大妹妹，陈总，你就别寒碜我了，我那地下大峡谷，现在都快成地下古墓了，越是旺季游人越少，你这里那么多客人，无论如何你得帮我一把，给我弄一部分客人去……"韩天说，"我的票价对其他旅游团队是 6 折，我给你按 3 折，这样你也会赚得更多……"

"对不起，韩老板，这不是钱的问题，这是人命关天的问题，安全责任重于泰山，你的地下河漂流有好几个安全隐患，我之前就和你说过，也给你建议过，但是你们一直没有进行整改。我不能为了钱，就拿游客的生命开玩笑，所以，你这个忙，我不能帮！"陈瑶表情严肃。

"什么安全隐患？你看我们今年出人命了吗？撞死淹死人了吗？你这简直是杞人忧天，因噎废食，太夸张了……"

"不出人命不代表没有安全隐患，等出了事情，就晚了，到时候，亡羊补牢，也来不及了……我要求的合作伙伴是必须百分之百的安全，这是合作的首要前提，否则，没得商量！"陈瑶的语气很坚决。

"那——陈总是确定不给我这个面子啰？"韩天脸色阴沉下来。

"不是我不给你面子，而是你韩老板不给我面子，我们合作的前提这么简单，就是你们整改好，没有安全隐患，韩老板为什么就是不肯整改呢？如果整改好了，我们是很乐意和韩老板进行合作的……"陈瑶毫不退让。

"整改？说得轻巧，要花钱的，大姐，你给我钱？你借钱给我，我去整改！"韩天的语气有些无赖。

"本人没有这个义务，本公司也没有这个责任！"陈瑶语气有些发冷。

"本公司？哼，你不说我还忘记了，你又不是这公司的老板，我不和你谈，何英呢，何老板呢，我和她谈，她说了算……"韩天瞪眼看着陈瑶。

"我告诉过你，何老板去南方有事情，在她不在期间，我全权管理公司，管理天马旅游，这期间公司的一切事物，我说了算！不需要找何老板请示！"陈瑶的眼光毫不示弱，她对这个被自己的男人炒了鱿鱼的前老板实在是没有什么好印象。

"你——"韩天猛地站起来，"你这个南蛮子，小南蛮，够狂的，在瑶北地界，敢对我韩天这么撒野的人还没出生呢……哼——走着瞧！"

韩天气焰很嚣张，心里很气愤，这个臭娘们太不好打交道了，看来还是得找何英。不过，在何英回来之前，得想个办法制服这小娘们，不给她一点厉害看看，她不知道老子的威力。

不过，韩天又想起那晚看到陈瑶和张伟在一起的情景，这陈瑶难道和张伟有一腿？不可能，张伟是个穷光蛋，这女人这么俊，咋会看上张伟呢！

又一想，就算张伟给她撑腰，自己现在有平三这个大后台，在瑶北谁也不怕，更别说张伟这样的瘪三了……

韩天愤怒地站起来，恨恨地看了陈瑶一眼，摔门而去。

"韩老板走好，不送——"陈瑶在身后不紧不慢地说道。

陈瑶其实一点都不想得罪韩天，她知道强龙难压地头蛇这个道理，但是，这旅游安全是第一位的，实在是没有办法，她不能拿游客的安全开玩笑，就是赚再多的钱，也不行，这一点上，绝对不能有一丝一毫的让步。

有些人想得罪得罪不了，有些人不想得罪却无法回避。陈瑶心里一阵叹息，边想边无奈地上楼，回到办公室里。

第四十章｜检举揭发

东兴，梁市长办公室。

"梁市长，根据老徐提供的情况，这个被炸死的李燕确实是潘唔能的情妇，李燕的工作是潘唔能安排的，编制是潘唔能找人事局编委要的，车子和房子是潘唔能出钱给买的……"司徒浪子在向梁市长汇报，"老徐说了说他对李燕的死因表示怀疑，因为李燕曾经提出要潘唔能离婚，弄得潘唔能和老婆大动干戈……"

"嗯……很好，这个情况很重要，看来老徐了解潘唔能的很多信息，要注意挖掘，越多越好……"梁市长轻松地坐在宽大的老板转椅里，"老徐同时是我们的活证据，要保护好，开发好，利用好……"

"还有，老徐说，那龙发旅游郑老板的老婆于琴董事长，和潘唔能关系密切，二人很可能有那种关系……"司徒浪子说。

"哦……这倒奇怪了，这老郑和唔能兄到底是怎么回事，一会儿两个人一起玩一个女人，一会儿自己的老婆被唔能玩，这关系，越来越复杂了……"梁市长骂了一句。

司徒浪子不禁笑起来："这的确是有点乱！"

正说着，秘书进来："梁市长，龙发旅游的郑一凡老板在外面求见，说有重要情况要向您反映！"

听说郑一凡前来，梁市长心里有些意外，寻思了一下对秘书说："请他进来。"

一会儿，郑一凡进来了，冲梁市长点头招呼："梁市长好！"

梁市长冲老郑微笑着点点头，然后介绍司徒浪子："郑老板，这是咱们市公安局局长司徒浪子同志。"

老郑一听，心里猛地一缩，忙伸出双手和司徒浪子握手："司徒局长，久闻大名，如雷贯耳，打黑除恶，为民造福，是我们投资商的保护神啊……"

司徒浪子装作不识，对老郑说："你是？"

"哦……你看，我忘了介绍我自己……"老郑笑着忙去掏名片。

"郑老板，不用掏名片了，我给介绍。"梁市长对司徒浪子说，"这位就是咱们东兴市旅游界最大的招商引资项目，龙潭景区的开发商，郑一凡先生。"

"哦……郑先生，久仰，久仰……"司徒浪子龇牙一笑，露出金灿灿的大黄牙，"欢迎啊，欢迎，欢迎郑先生来东兴投资兴业，我们这里可是投资者发财致富的乐土……"

"是啊，是啊，有市政府的正确领导，有公安局的保驾护航，我们在这里可是如鱼得水……"老郑笑着说。他觉得司徒浪子的两颗大金牙分外显眼，琢磨是多少纯度的。

"那你们谈吧，我先回去了，梁市长！"司徒浪子看着梁市长。

"行，你先回去吧，"梁市长边往外送司徒浪子边压低嗓门，分贝正好达到让老郑听见的程度，"那事你给我抓紧办，那人你给我盯紧啰，他的喽啰都给我查清啰……他属于省里管的干部，省公安厅那边你抓紧汇报上去，让他们尽快来人……我这边，随时调度……"

老郑听得心惊肉跳，坐在那里两腿直发抖，他似乎从这话里预感到了什么。

司徒浪子边走边点头答应："梁市长您放心，只要是有牵扯的，一个也跑不掉，我现在正在进一步侦查中……"

"听说省纪委已经下来人了……"梁市长和司徒浪子走到了门外，声音越来越小。

老郑心里扑通扑通跳个不停，不停地吞咽口水。

片刻，梁市长回来了，边关上办公室的门边和善地看着老郑："郑老板今儿个怎么有空啊，呵呵……有什么事情吗？"

"哦……我……我没什么事……"老郑忙说。

"哦……那就好，没事来坐坐，也欢迎……"梁市长微笑着在椅子上坐下，看着老郑，"生意最近还好吧？"

"还好，还好！"老郑忙说。

"嗯……还好就行，我不怕你们投资老板赚钱多，只要是正当的钱，赚得越多，我越欢迎……"梁市长边说边看看时间，"你看，你这刚来，我又要出去了，我一会儿要出去办点事……"

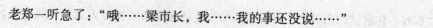

老郑一听急了："哦……梁市长，我……我的事还没说……"

"哦……郑老板，你不是没事吗，这会儿又有事了？"梁市长微笑着。

"嗯……这个，我……我有事，我有事想向您汇报，刚才我和秘书就说了……"老郑急忙说。

"什么事情呢？"梁市长漫不经心地问，"你说吧！"

"就是，就是上次您安排秘书找我的事，当时我没有想起来有什么事，现在，现在，我现在想起来了……"老郑磕磕巴巴地说。

老梁心里暗喜，脸上装作无所谓的态度："哦……你是说我让秘书搞的那调查啊，那事儿都弄完了，都完结了，怎么？你那里还有什么情况需要补充的？"

老郑一听，忙说："是啊，是啊！我要反映被敲诈勒索的情况……"

"那你就直接找秘书说下吧，秘书会给你办理的。"梁市长看着老郑，轻描淡写地说，"还有事情吗？"

老郑一看老梁满不在乎，心里发怵了，这信息现在已经没价值了，老梁根本就不稀罕了，一急，忙说："有，还有！"

"什么情况？"

"我……我要检举揭发……"老郑说。

"哦……检举揭发？"老梁看着老郑，"你要检举谁，揭发谁啊？"

"潘副市长！"老郑心一横，说了出来。

"潘副市长？这可是我们的市级领导啊，你可要想好了，郑总！"梁市长表情严肃，"潘副市长正在北京出差办理公务，你检举揭发可要有证据，不能凭空乱说的……"

"是，是，我有足够的充足的证据，书面的，视频的，都有，"老郑忙说，"而且，他不在北京，他早就悄悄回来了……"

"这样吧，郑总，你回去，把你知道的情况写一个材料，附上证据，然后直接交给我的秘书，回头我转给相关部门……"梁市长说，"希望你的材料能有新意，要是那些陈谷子烂糠，写都不用写了……"

"是，是，"老郑连连点头，"我一定把我知道的全部写出来。"

"对，我希望能在你这里看到新东西，"梁市长说，"即使是牵扯到你的，我也会想办法替你消掉，不会让你有麻烦的，而且，我还可以给你保证，你绝对不会受到任何打击报复，不但如此，我们还要将你保护起来……"

老郑擦擦额头的汗："感谢市长，我明白了！"

"那好，你这就回去弄吧，弄好了，给我电话，我会安排专人去取，我这里，你以后不要过来，有事直接和我秘书联系。"梁市长说。

"那好，那我这就回去弄！"老郑起身告辞。

老郑走后，梁市长笑了，摸起电话打给司徒浪子："老郑要开始反戈一击了，这人我们要利用好，他知道的情况很多，你那边安排人把他保护起来，一方面是保护，另一方面也是监视，这家伙心眼很刁，还要防着他……"

"是，我这就安排！"司徒浪子说。

"我考虑了一下，浪子，目前我们工作的中心还是要放在四秃子和王军身上，说白了，我现在就是怀疑他们俩捣鼓的这个爆炸案。越来越多的线索表明，这爆炸案的背后主使人就是那个人。但是，我们需要证据，需要证人，迫切需要，你要高度重视，一定要撬开这两个人的嘴巴，这事很急，不能再拖了……"梁市长的口气很急，"没有确凿的证据，就不能给省公安厅汇报，就无法动他……"

"我明白，我再去一趟丽水……"司徒浪子也有些发急，用了这么多的招数，这两个人交代了一些别的问题，就是没有交代和爆炸案有关的任何线索。

"唉——你去吧，也只能再继续辛苦你了……"梁市长叹了口气，"现在最大的卡子就是在这里，这个卡不突破，等于我们之前的工作没有做，小打小闹的事情是扳不倒他的……"

交代完，梁市长拨通了他省纪委同学的电话："那事你们开始查了吗？"

"举报信早就接到了，之前也接到过不少，不过都证据不充分，事实不清楚，这次的举报信很详实，很具体，但数目不大……这纪委每天都接到很多举报官员贪污受贿的举报，这查不查，查谁，不是我们办案的人说了算，要向上汇报。必须服从领导……"对方在电话里说，"潘唔能的事情，领导安排先进行秘密调查，这调查完，办不办，还要看领导的批示……"

梁市长点点头："行，有什么事你及时给我通个信……"

"那是自然，大家在官场混，都不容易，提心吊胆、战战兢兢的，我可是指望你能在东兴扶正呢，到时候我到东兴去，也有个奔头……哈哈……"

"还仰仗你这家伙多支持啊，这次这事，你可得帮我盯牢了，这事很重要。"

"嗯……老梁啊，这事我觉得不是那么简单，要是后面就那老大一个是很简单……可是，我担心啊，这后面……这潘唔能也不是吃素的，我听说他和省里的某些领导是有密切来往的……这事你还是要做五五开的打算……"

"嗯……我明白！"老梁心里一阵发沉，心里更加下定了打开爆炸案缺口的决心。

张伟和何英一起在医院旁边的公园里散步，张伟隐隐约约觉得后面有人在盯梢。

一定是老郑告诉了老潘，老潘派人盯上自己了。张伟暗暗琢磨，装作系鞋带，低头往后一看，果然是两个穿 T 恤的小伙子在离自己 50 多米远的地方溜达。

看见张伟停下低头，两人装作若无其事的样子站在那里聊天。

张伟一眼就看出这俩人是跟踪自己的。

要是自己一个人，他回头解决这两个人还真不当一回事。可是，何英和自己在一起，行动起来会很不方便，弄不好会伤了何英。

"何英，不要回头，向前看，继续走……"张伟边说边往前走，拉了拉何英的胳膊。

"啊——"何英吓了一跳，"怎么了？"

"我们被人跟踪了，我估计是潘唔能的人。"张伟沉着地说着，伸手揽住何英的腰，"千万别回头，跟我走……"

何英有些心慌，挽住张伟的胳膊："那，我们往哪里走？"

"不要害怕，有我在，没有人会伤害你，"张伟沉声说道，"听我的，就这样跟我走……"

何英不再说话，紧张地挽住张伟，跟着张伟往马路边走去。

张伟边走边凭直觉知道那两个人跟上来了。

张伟装作悠闲的样子，和何英在马路边晃晃悠悠地散步。

突然，过来一辆黄色的出租车空车。

张伟突然一拉何英的胳膊，加速走到马路边，伸手拦住出租车，打开后车门先让何英进去，接着自己钻进前面。

"快！师傅，抓紧开车！"张伟上车急促地对出租车师傅说。

"去哪里？"出租车师傅问。

"随便，往前走就是，要快！"张伟边说边回头，他看到那两个人也拦住了一辆绿色的出租车。

"要快？那咱们就上高架，高架快！"出租车师傅边开车边说，"前方就是高架入口！"

"行，上高架！"张伟说，边回头看到那两人乘坐的出租车正赶上来。

"好嘞！坐好了！"师傅一踩油门，出租车快速上了高架。

刚上高架，张伟回头看到那辆出绿色的租车也跟了上来，而且距离越来越近。

"师傅，你看到后面那辆绿色的出租车没有？"张伟扭头对那师傅说。

"看到了，那是我一哥们开的，我认识那开车的，干吗？有事？"

张伟摸出5张老人头，放到驾驶台前面："师傅，这车上有人在跟踪我，如果你能把你这哥们甩掉，这5张就归你了……"

驾驶员看了看张伟，又从后视镜里看了看何英惊慌的脸色，觉得他们不像是坏人，想了想，他们倒像是出来偷情的，说不定这后面是这女人的丈夫在跟踪。

唉——难得一对有情人，出来偷情还担惊受怕，这个忙，我得帮。再说，还有5张老人头。

主意已定，驾驶员把5张老人头一把就抓过去装起来："行，没问题，这钱归定我了，您就等好吧！"

说着，他一踩油门，加速往前。

"嘿——你还真有把握！"张伟看他的样子，乐了。

"当然，这后面的我哥们是我的徒弟，驾照刚拿了不到半年，而且，是从乡下来东兴不久，市区的路况也不熟悉……"驾驶员得意地说，"您二位坐好了，咱要下高架了……"

说着，黄色的出租车在前方下了高架，在市区的大街小巷转来转去，不仅没有红灯阻拦，也没遇到堵车。

走来走去，半小时后，张伟再回头看，绿色的那出租车不见了。

"哈哈……老哥，真有你的！"张伟哈哈大笑，"走，咱们进那个巷子。"

出租车慢慢驶进一条窄马路。

这时，驾驶员的电话响了："师傅，你跑哪里去了？我找不到你了！"

"干吗，小子，胡子还没长齐，就想跟踪我？我想甩你，很容易，你车上的乘客急了吧……哈哈……"

"是啊，急坏了，你快告诉我你在哪里，我过去找你！我车上的乘客是……"

"别说了，我知道是干吗的，就这么点事，犯得着吗？真是的……算了吧，现在你别找我了，晚上收工后我请你吃夜宵，你就拉着你的乘客满大街转悠得了，还能多挣钱……"说完，驾驶员扣死了电话。

张伟笑了："行，师傅，不错，够意思！"

驾驶员看了看张伟："老板你出手这么大方，咱要是干不好这活，那还能混吗？"

张伟笑笑，和何英下了出租车。

等出租车走后，张伟对何英说："咱们分开走，你直接打车回家，我在外面先转悠一下……"

何英不答应，张伟火了："他们是冲我来的，你和我在一起，只能是增加累赘，拖累我，两个人都跑不了，你回家，我自己行动利索些，等确保没有危险了，我就回去，回王炎那边……"

一看张伟真发火了，何英也不敢犯犟了，乖乖拦了一辆出租车离去。

张伟出了巷子，这才发现自己在一个破旧的小区里面，几座陈旧的宿舍楼，周围环境非常乱，到处是苍蝇乱哄哄地飞。

张伟皱皱眉头，转过一个楼拐角，刚要走出去，一扭头，猛然发现前方一个熟悉的面孔正向自己走过来。

张伟心中一凛，急忙转身，站在一棵大树背面。

张伟想起来，这人是四秃子的手下，那次打砸假日旅游，拿凳子砸小郭头，被自己一脚踹倒的那个人，因为他脸上有一道长长的疤，所以当时印象很深刻。

疤子显然没有发现张伟，正拿着手机，边走边低头发短信息。

待疤子走过去，张伟从树后走出来，正欲离去，突然想起了什么，又折返身，悄悄跟着疤子后面。

疤子拐了一个弯，直接进了一个破旧的楼洞。

张伟悄悄弯身接近，跟着进了楼洞。

楼洞里黑乎乎的，一股霉味扑面而来。

疤子嘴里哼着小曲，边上楼梯边继续发手机短信。浑然不知后面跟着一只傻熊。

到了三楼，疤子哼哼唧唧地敲门，敲了半天没反应，接着骂骂咧咧掏出钥匙开门。

刚打开门，疤子还没迈进去，张伟已经飞身上来，一把卡住疤子的脖子，一手推门进去，接着顺手将门关死。

"啊——"疤子被张伟的大手卡住，差点没喘过气来，等张伟的手稍微松开，一扭头，看见张伟，吓得大叫一声。

张伟打开房灯，房间里一片狼籍，地上都是垃圾，酒瓶子到处都是，卧室里几张单人床，旁边几个落地电风扇。

"小子，还认得我不？"张伟用力一捏。

"啊——认得，认得，大哥，饶命，大哥，饶命！"疤子深知张伟的厉害，忙求饶。他做梦也想不到，张伟怎么会突然出现在这里。虽然四秃子下了追杀令，但是，此刻，他哪里敢有这个想法呢，能保住自己就算不错了。

张伟从地上捡起一段红色的电线，将疤子手脚捆了个结实，扔到床上："不老实，乱喊叫，我就把你扔楼下去！"

"不敢，大哥，不敢！"

"四秃子呢？"

"四哥，他，他不见了，听说，不是被你绑架了吗？"

"放你娘的屁，我哪里绑架他这厮！王军呢？"

"王军也听说是被你给绑架了……"疤子说。

"你诬陷老子啊还是给老子戴高帽？"张伟拿一根小木棍一戳疤子的腰间穴位，疤子疼得打滚，满头冒汗。

"大哥，你饶了我，我真的是这么听说，他们两个人都不见了，刚子带人去北方绑架你去了，说是要把四哥和王军救回来……"

"哦……原来真有这等事？"张伟捉摸不透了，挠挠头皮，站起来，到其他房间去转悠看看。

在隔壁房间，张伟突然发现了一堆东西，眼睛一亮，心里一个寒噤。

张伟回来，把疤子提到隔壁房间，往地下一扔："说，这是干吗的？"

"这个……"

疤子不说。

张伟把脚踩在疤子的胸口，一用力："你不说，我今天弄死你……"

"啊——"疤子疼得大叫起来，"我说，我说，这是造炸弹用的……这都是雷管，那边是定时器……"

"谁弄过来的？"

"王军弄过来的，这不关我事啊，是王军买了带过来的，四哥让我们在这里做的，这是剩下的……"

"剩下的？做好的弄哪里去了？"

疤子猛然发现自己说多了，可后悔来不及了。

张伟拿起一根雷管："说不说……"

疤子吓坏了："我说，做好的，做好的……炸了！"

"做好的怎么炸了？说！"张伟拿着雷管靠近疤子。

"做好的定时炸弹炸了！"疤子吓得魂飞胆丧。

"炸什么用了？"张伟的心里一阵猛跳，语气愈发急促。

"炸汽车了！"疤子一下子摊在地上，"这事是王军和四哥安排的，不关我事……

大哥千万保密，可别往外说啊……"

张伟心里激动和兴奋不已，妈的，得来全不费工夫！

张伟强压住内心的激动："妈的，你也知道怕死啊，我再问你，这房子里有几个人？"

"两个，除了我，还有一个专门负责做炸弹，负责安装到汽车上的技师，他出去了！"

"很好，你态度很好，提出表扬！"张伟很得意，把雷管小心翼翼地放好，抓起扔在地上的一条内裤，揉成一团，塞到疤子嘴里，"乖，别出声，安静躺一会儿，呵……"

然后，张伟安静地坐在客厅里，等技师回来。

20分钟左右，技师回来了，自然很顺利地落入了张伟的手掌。

张伟将二人捆绑好，正在琢磨该怎么办，何英来电话了："阿伟，笑死了，快回家吃饭吧，刚才跟踪我们的两个人不是坏人，是梁市长派了专门保护我们的！他们俩被出租车拉着逛遍了东兴市，刚和我联系上呢！"

"哈哈——原来如此啊，把俺好吓！"张伟哈哈大笑，"好的，我很快就回去。"

然后，张伟从手机找出那天梁市长留给自己的电话，拨通了梁市长的电话："梁市长，您好，我是张伟！"

"哦……小张啊，呵呵……小伙子，有事情吗？"梁市长正在办公室里为爆炸案的事情发急。

"有事啊，我把爆炸案的罪犯抓到了，抓了两个，您派人来提走吧！"张伟说。

"什么?！真的!?"梁市长一下子从椅子上站起来，"你敢确定真的是爆炸案的嫌疑人？你是怎么发现的？"

"确定以及肯定，我是现场人赃俱获，这里剩下的雷管、定时器都在呢，具体操作人员和技术人员也都在呢，四秃子的部下……"张伟笑嘻嘻地说，"我是被你的人追出来……至于具体过程，回头再说，你安排人来提货啊，我还得回去吃饭呢……"

"太好了！太好了！"梁市长连声说道："你在哪里？什么地方？我马上让公安局的人去接应你！"

张伟也懵了，这是什么地方？

张伟拉出疤子嘴里的内裤："喂，这是什么地方……"

第四十一章 手到擒来

梁市长正在山重水复疑无路的时候，张伟给了他一个惊喜，这小子竟然逮住了俩爆炸案的罪犯。

老梁真是喜出望外！意外收获啊！张伟竟然摸到了爆炸案罪犯的老巢，人赃俱获！

关键的是，抓获的这俩小马仔是四秃子的部下，这才是最重要的。

梁市长火速给司徒浪子打了电话，司徒浪子正在丽水看守所和王军四秃子熬大鹰，接到老梁的电话，兴奋异常，忙安排一个副局长带人过去，并且特别嘱咐，把人直接带到丽水来，不要在东兴停留。

有这两个人，司徒浪子心里踏实多了，人赃俱获，不怕四秃子和王军不开口。而且，不仅仅是开口的事情，关键是要交代出后台来，这才是梁市长最挂心的，也是司徒浪子最急需的。

梁市长心里一下子敞亮了很多。这么多日夜的艰辛劳作，进展却很迟缓，最重要的突破口不能打开，这让他心里一直有点打鼓。他知道自己是在进行一场赌博，胜者王侯败者寇，如果搞砸了，惊动了那边，自己不会有什么好果子吃的。

而且，省纪委自己的同学说的话，多少让他有些踌躇，纪委那边查出高官都是有计划的，要上面批准才可以的，并不是有多少就抓多少。再说，自己安排的举报材料能否打动上面的心，还难说。如果老郑能提供多一点，详实一点的材料，或许还有指望。

但是，这爆炸案就不同了，这是人命关天的事，只要查实了，谁都无法保下来，想保也保不了。只要证据确凿，就直接上报省公安厅，然后再通过市委上报省委，血淋淋的案件，谁敢压瞒？

张伟抓到的两个喽啰肯定是不知道幕后人的，要挖出幕后人，就得在王军和四秃子身上下功夫，这是案件的最大最关键的突破口。有了这些人赃，何愁他们不开口。

老梁打心眼里赞赏张伟，这小子还真行，歪打正着，一个人逮住了两个，还抄了老窝。怪不得四秃子被他踢断了肋骨呢。

老梁开始喜欢上了这个北方愣头小子。

话说老郑一回去就在办公室里奋笔疾书，开始手写潘唔能的劣行材料。

老郑怀着正义和正气的心态，脑子里从头开始回忆，边对比着大信封里的证据，核对着数据，开始了对潘唔能的血泪控诉和指责。

正写着，于琴回来了，看老郑这架势，说："老大，干吗呢？亲自动手写信了，写情书？给哪个骚货写的？"

"给老梁写的！"老郑吩咐于琴关上门，继续埋头写作。

"给他写情书？你他妈的变态啊。"于琴边说边伸头看。

"老子再不写就完了，"老郑把手里的笔一放，"老潘要有事了，我不能和他再搅和了，我得立场分明，不能站错队，跟错人……"

"那你之前干吗了？"于琴说："那时候人家找上门来动员你，你装，这会儿又想通了？"

"此一时彼一时，你懂什么，那时候有那时候的道理，现在有现在的原因，"老郑看着于琴，"那时候只要我提供一点信息可以，现在我说少了都过不了关，唉……我得把竹筒子使劲往外倒，不然老梁不会点我的……"

于琴坐到老郑跟前："喂——这次别再弄错了队，跟错了人，瞧清楚了……"

"我知道，我看得很清楚了，你知道不知道，老潘家已经被监视了……"老郑说。

于琴吃了一惊："你敢肯定？"

"当然，我亲自看到了，而且，我也被监视了，"老郑神情紧张地说，"只要我开车出去，就会感觉到有车在跟踪我，我试了几次，都是这样。"

"妈的，把你列入老潘的阵营了，谁让你和他走那么近呢？"于琴说，"一定是老梁的人监视你的，不是公安的就是检察院的……"

"所以，我要抓紧好好表现，反戈一击，迷途知返，幡然醒悟，"老郑晃晃手里的笔，"我要把我知道的东西都写出来，光写那点破事，老梁不稀罕了，他手里有不少东西了，我得提供点独家的东西……我要全部写出来，我不但要靠这些东西洗清我自己，我还要立功，要他们把我当成是潜伏在老潘身边的余则成……"

"扑哧"，于琴笑出来，"厚颜无耻的东西，你助纣为虐，狼狈为奸，残害忠良，还想做余则成，我看啊，你就是典型的小人，奸诈狡猾……"

"滚，少拿老子开涮，我这是在配合领导工作，做的是大事情、好事情，铲除社会毒瘤……"老郑一本正经地说道，"梁市长是很支持我，鼓励我的……"

"好吧，就算你是在做好事，算你改邪归正，浪子回头……"于琴笑呵呵地说，"对了，你敢肯定老潘这次一定能完？老潘可是有后台背景的，后台很硬的，比老梁结实！"

"我觉得老潘这次在劫难逃了，"老郑若有所思地说，"从我最近感觉出来的变化和判断，以及那天我听老梁和司徒局长的私聊，我认为，老潘这次要倒！"

"说说看！"于琴看着老郑。

"老潘家出现监视的人，我之所以被跟踪，这绝对不是张伟作为，这绝对是政府的力量。"老郑说，"老潘对外说在北京，其实老梁早就知道他回来了，只不过在要弄他而已，我那天和梁市长说起老潘在东兴的事情，老梁一点都不意外，这说明，老梁对老潘的行踪是了如指掌的，已经开始采取暗中行动了……"

于琴认真地听着，点点头："有道理！"

"还有，据我得到的消息，前些日子的爆炸案的死者，你知道是谁吗？"

"谁？"

"李燕！"

"李燕!?"于琴吃了一惊，"怎么会是她？你怎么知道是李燕的？"

"我托人从公安内部打听到的，这消息目前对外界封锁……为什么封锁？你琢磨琢磨？"老郑说，"还有，老徐是那天爆炸案的当事人，很可能知道被炸死者的身份，结果老徐前两天差点就被暗算杀死，现在有特警24小时在病房门口……"

"你……你说的是……你是说……爆炸案的幕后凶手是……"于琴结结巴巴地说。

"虽然没有证据，但是，咱们琢磨就应该能琢磨出来，李燕和谁好？谁包养的李燕？李燕逼谁离婚，非要转正？"老郑说，"外人不知道，内人只要知道死者是李燕，基本就能猜出个大概，李燕刚毕业的小姑娘，涉世不深，有什么仇恨要杀死她？有什么人会杀死她？想想就明白了……这公安故意封锁死者的身份，是为什么？还不是为了稳住老潘，怕打草惊蛇！"

于琴点点头，擦擦额头的冷汗："你狗日的脑瓜子真会分析！"

"何止如此，这四秃子和王军的失踪，我一开始也被老潘误导了，以为是张伟干的，这两天我一琢磨，这事儿不对，一是张伟这人不大可能干这种事，不大符合他的性格，二是，张伟没那么大的能量和胃口，一下子把两个人都吞进去，他绑架了干吗？杀死？估计可能性不大。他要真杀死了那俩人，也不会出现在东兴。三是刚子这事，10多个人去北方绑架张伟和陈瑶，结果莫名其妙都不见了……和王军、四秃子一样，都是活不见人，死不见尸……我觉得这事很蹊跷，老潘认定是张伟所为，但是张伟现在逍遥自在地在东兴溜达，根本就不像是绑架了他们的样子，我判断，这事后面大有来头，弄不好，这事是老梁的人干的，可能性很大，目的还是一个，稳住老潘……老潘是高官，省里管辖的高官，没有百分之百的把握，是不会动手的，老梁也是个老油条，混迹政场多年，他很明白这个道理……"老郑嘴巴滔滔不绝，"王军和四秃子是老潘的爪牙，爆炸案这事，极有可能是他们干的，波哥以前还说过，王军打听买雷管的事情……只要是他们干的，幕后指使人一定是老潘，只要是老潘，老潘就一定完蛋，板上钉钉，铁的事实，谁也救不了他……。

于琴听得入神了，半晌说："狗日的，你分析得很对，你这么一说，我觉得老潘这次真的要完了，别的不说，就光凭这李燕的事，就一定能把他办进去……你还写这材料干吗？没用了！"

"这你就不懂了，凡事要从两面考虑，万一爆炸案的事王军和四秃子就是不交代，找不到证据是老潘干的呢？那不就白费了？我这是推波助澜，给他来个双保险，就是没有爆炸案，光凭我写的东西，加上证据，也能把老潘直接放倒；再说了，我这么弄，也能博得梁市长的青睐，别到最后大家论功行赏的时候，我排不上号，还落得个牵连进去，那咱们就都惨了！"老郑抖落了一下手里的纸，"我不会打字，你也不会，待会我写完了，你让于林打印一下……"

于琴说："嗯……行，不管这次的动机是什么，我还是支持你的，我本来还担心这张伟报复你的事，如果你这里立功扳倒老潘，说不定张伟会放你一马……"

老郑摇摇头："收购假日旅游的事，张伟可能会放过去，也就是等于多坑了他们几十万，大不了我给他们点钱；王炎被抓进去受辱和他与陈瑶被绑架的事，他不知道便罢了，要是知道了，绝对不会罢休的，他必定会找我报仇。这人太重情义，陈瑶和王炎受了这么大罪，他能罢休？不过，从目前的情况判断，他还不知道我告密的事，如果老潘能被直接扳倒，那就好了，就让这事成为永久的秘密……其实，我不怕张伟别的，我就是讨厌他动不动就动武，妈的，打人很疼的，有本事咱们玩心眼啊……唉，秀才遇上兵，有理讲不清……"

于琴笑了："男人都是要文武兼备，你这样的，说是个男人，可那气度，那胆量，我看连个女人都不如……"

"去，去，去，臭娘们，净寒碜老子，滚出去，我得干正事……"老郑冲于琴摆摆手，"我写完喊你，你叫于林进来。"

于琴刚要出去，突然用鼻子靠近老郑的嘴巴使劲嗅了嗅，接着突然一伸手卡住老郑的脖子："你嘴里什么味道？说，你是不是又溜冰了？"

老郑心里一阵狂跳，脸色煞白，用力拿开于琴的手，装作一副委屈的样子："臭婊子，老子哪里去溜冰了？你胡说什么？"

于琴又使劲嗅了嗅："郑一凡，这味道不是冰是什么？你狗日的是不是活腻了，说，老实交代，不说，我让你死得很难看……"

老郑害怕了，他知道，如果于琴知道自己溜冰的事，自己真的死定了，于琴现在可是在公司里执掌财政大权，要自己滚蛋，易如反掌。

老郑横下一条心，打死也不招。

"我绝对没有溜冰，我冤枉啊，老婆，"老郑忙说，"我就是去老潘那边的时候，他溜得满屋子烟雾，我可能待得太久了……"

"真的？骗人死你全家！"于琴说。

"真的，骗人全家死光光！"老郑一急，连父母都不顾了，急忙发誓。

"哦……"于琴将信将疑，"那你口里怎么还有这么重的味儿？"

"我这不忙着弄这事吗，哪里来得及刷牙呢？我呼吸的那种烟雾太多……"老郑一看，忙趁热打铁，"我哪里还敢再吸这玩意，好不容易戒掉的，我傻啊，不知道爱护自己的身体……"

于琴看老郑的表情，不像是假的，站起来："老娘就相信你一次，以后你不准再在那种环境里待久了，被动吸毒伤身体也很厉害。"

"还以后，你没看见我这正在和他诀别吗，我要和他划清界限，一刀两断，一了百了，我以后也要坚决做个好人，先过了这一关再说……"老郑说。

"嗯……那好吧，你这一关要是能过去，也算你有福气了，老潘和你密谋的事情太多，还有老高，老高已经废了，你还没有废，但愿老潘出事不会牵扯到你……多争取立功表现吧，写得详细点，把受贿、赌博、吸毒、涉黑的事全部写进去，写得越详细越好，再附上咱们手里的证据，书面的加视频的，我就不信他能跑得了……"

"还有玩女人……残害良家妇女……"老郑说，"也都写进去！"

"妈的，你是不是也打算把我写进去？说我和老潘有男女关系？"于琴瞪了一眼老郑，"是不是我不给你戴绿帽子你不舒服？要不要我再给你戴上一顶？"

"胡扯什么，我当然不会写你，我想写老潘迫害陈瑶的事情，一来是加重老潘的罪过，二来呢，还能博取陈瑶的好感……"老郑说，"妈的，我这绿帽子恐怕不仅仅是老潘给我戴过吧，这兔崽子张伟，是不是也给我戴了？"

"你少他妈胡扯，张伟没有给你戴，要不是他意志坚决，也就戴上了。老娘我把持不住想勾引他，他这家伙不动心，说不能对不住你，不能给你戴绿帽子。"于琴撇撇嘴，"我本把绿帽子给你放头上了，他又摘下来了……"

老郑气急败坏。

于琴不屑地说："你大惊小怪什么，比起你给我戴的绿帽子，我算是对你客气的了……过去的不说了，今后谁都不准犯规，如果谁犯规，哼……鱼死网破……还有，你写老潘迫害陈瑶的事情，玩女人的事情，我可以给你提供一些事实和证据，包括详细的过程和细节……"

老郑被于琴说了一通，闷头不语。

"好了，你写吧，我去给你做饭去，老大！"于琴换了个口气："怎么说你也是我男人，我骂你打你都是在疼你，我还得好好伺候你……再过段时间，咱就得开始要孩子了，唉……有了孩子，这家，就像个家了，我也像个女人了……"

老郑一阵心跳，想起了宋佳，想起了那销魂的感觉，脑子里一阵激烈的碰撞。

看着于琴出去，关好门，老郑抽了几口烟，又开始凝神思虑，奋笔疾书。

哈尔森家，吃过饭，张伟和大家一起在客厅里聊天。

张伟把抓获那两个爆炸案疑犯的过程讲述了一遍，大家听得入了神，感觉既离奇又真实，同时，还觉得很惊心，没想到这惊天大爆炸的人和事离自己是如此之近。

讲完后，张伟舒服地半躺在沙发上看电视，丫丫在旁边黏糊着张伟说话，边给张伟捶肩膀。

张伟的脑子还在思考着问题，对丫丫的话敷衍应付着。

张伟脑子里一直盘旋着：王军和四秃子到哪里去了？

从四秃子的马仔说的话来看，包括潘唔能都以为这王军和四秃子被自己给绑了，刚子之所以北上，就是带着解救他们两人和绑架自己和陈瑶的双重目的。

潘唔能认为四秃子和王军被自己绑架这事并不奇怪，因为这两人和自己有仇。不过，这傻鸟也太高估自己的能量了，老子有这么大本事，也不用被逼出走，离开东兴了。

那么，王军和四秃子到底是被谁绑架走了呢？黑道还是……

张伟脑海里突然想起了梁市长，是不是这家伙先下手，觉察到爆炸案的某些线索，把这两人悄悄秘密关押了呢？

那么，又是谁指使制造了爆炸案，炸死了李燕？又是谁指使小胡子要杀死老徐？潘唔能果真在北京，这一切都和他无关？还是他在北京遥控这一切？或者，他根本就没有离开东兴，一直龟缩在某一个地方指挥着这些罪恶的活动……

张伟苦苦冥想，潘唔能一日不除，自己和周围的人就一日不能安宁，陈瑶就不能摆脱潘唔能的阴影。

"哥——干吗呢？眉头皱得这么厉害。"丫丫伸出手指，揉了揉张伟的眉心，"别皱眉头，像个老头子，心不老人先老了……"

"你哥刚立了一个大功，抓获了两个坏人，正琢磨如何去领奖，能获得什么奖励呢！"何英也过来，坐在张伟旁边，笑呵呵地说。

"这种功咱不立也罢，这种奖励咱不要，这是拿命玩，抓坏人有警察，你操的什么心？"王炎过来训斥张伟，"怪不得陈姐说你四肢发达，头脑简单，傻熊一只！就知道动用武力，冲动做事……"

三个女人围着张伟数落个不停，张伟只是嘿嘿笑，并不还口。

等她们说累了，张伟看着何英："阿英，陪我出去走走。"

"干吗？到哪里去？"何英站起来，张伟极少主动邀请自己出去活动，这次邀请让她很开心。

"出去你就知道了，别问这么多，溜达溜达！"张伟站起来。

何英点点头："是，不问了，老大。"

"喂——你俩出去玩，不许在外过夜，早回来，否则，我给陈姐汇报！"丫丫不知道张伟和何英的从前，看何英和张伟关系这么亲密，心里不停犯嘀咕，担心何英钻了空子，她心里可是最喜欢陈瑶的。

丫丫这么一说，何英脸上有些尴尬："那算了，我不出去了，你自己出去吧。"

"丫丫，你胡说什么！"张伟训斥了丫丫，又转头冲何英笑，"我不叫你一起出去，怕你打我小报告啊，嘿嘿……丫丫不懂事，胡说的，不要在意……"

王炎拉了拉丫丫的小辫子："傻丫头，你不懂，别乱说话！"

然后，王炎冲张伟和何英说："去吧，注意安全。"

何英这才随张伟出门。

出了门，何英郁郁地说："在你妹妹眼里，还是莹莹亲啊，唉，这嫂子就是嫂子啊……要是我不退出，丫丫也会这么对我的，肯定和我很亲的……"

"你这家伙，想的就是多，丫丫是随口说的，不要放在心上，她不了解我和你和陈瑶之间的关系和过去，她看我们老是在一起，晚上又出来，自然担心我们……嘿嘿……"

"哼……你放心，我不会怪丫丫的，这死丫头，差点做了我小姑子，现在可好了，心都拐到莹莹那边了，不和我近乎了……"

"你什么都喜欢细琢磨，唉，你这个性格啊，总是改不了。"张伟笑笑，"在我眼里，最亲的人，除了莹莹，就是你了……"

"这么说，我是你第二个最爱最亲的人？"何英眼睛发亮，"这么说，你是爱我了……"

"别误会，我对陈瑶的爱和对你的爱不是一回事，我对陈瑶的爱是男女性情之爱，是情爱，对你的爱是朋友之爱，是友爱，"张伟说，"别打我马虎眼啊……"

何英努努嘴："嗯……知道了……不说这个了，去哪里溜达……"

"去医院，看老徐！"张伟说，"我去陪陪老徐，你去和顾晓华啦啦呱。"

何英觉得张伟有些异常："这都晚上了，你怎么又突发奇想去医院，明天早上去不一样吗？"

"你不知道我这人喜欢说干就干啊，我想到哪里就去哪里……"张伟说着，拉着何英走到停在附近的那辆轿车旁边，冲执勤的那位便衣打了个招呼："大哥，我俩要去医院，能不能送俺们过去？"

"没问题，走，请上车！"这便衣特警下午已经知道了张伟抓获俩爆炸嫌疑犯的事情，见了张伟格外客气，看张伟的眼神里充满了佩服和欣赏。

张伟再一次体会到，尊重来自于实力，无论干哪一行，都是这样。

到了医院，老徐正躺在床上和顾晓华聊天，精神不错，见到张伟和何英，很高兴。

何英和顾晓华聊天，张伟坐到老徐床边，和老徐说话。

"徐哥，我今天抓了俩四秃子的部下，交给梁市长了。"张伟说，"这俩是爆炸案的帮凶，是狗腿子的马前卒，我还发现了爆炸案的证据，剩余的雷管和定时器什么的……"

老徐看着张伟："哦……他们说四秃子是在为谁办事了吗？"

"没有，他们是小卒子，是不知道的，"张伟看着老徐，"其实，徐哥，这事儿咱们都能估计个大约摸……"

"呵呵……小张，凡事要讲证据，必须要有确凿的证据，人命关天的大事，约摸是不行的。"老徐笑笑，"虽然我们觉得一定是，但是没有证据，白搭……"

"嗯……四秃子和王军失踪了，他们怀疑是我干的，说是我绑架的，不过，我没干啊，这个事情很奇怪……"张伟说，"还有，他们都说老潘在北京开会……"

"是的，他是在北京开会，开完会又办理公务，我听到的情况是这样。"老徐说。

"嗯……我想去证实一下，"张伟悄声对老徐说："我现在怀疑要害你的那人就是他派出来的，虽然现在公安审理到什么程度还不知道，但是依我的直觉，老潘想干掉你，因为你知道得太多了……"

老徐打个寒噤，看着张伟："你想怎么办？"

"我想去摸他的老巢，去证实下他到底在哪里，然后，再伺机行事……"张伟瞅了一眼在外面阳台和顾晓华说话的何英，压低嗓门对老徐说，"我需要你告诉我，他的老巢在哪里？具体的位置……"

老徐沉默了，犹豫了，他一方面担心老潘会害自己，又担心老潘会咬出自己。

寻思了半天，老徐终于下了决心，摸过床头的纸和笔，写下了一个地址，交给张伟："如果他真的在东兴，那么必定在这里！"

张伟高兴地接过来，装进口袋："太好了！"

"还有，你得小心，注意安全，他现在溜冰溜得多疑恐惧，天天疑神疑鬼，老是担心有人要杀他……"老徐低声告诫张伟，"那别墅四周有警报器，还有安装的机关……他有私藏的手枪，五四式，还有不少子弹，我亲眼见过……你最好不要打草惊蛇，侦查到他的去向，及时向梁市长汇报……"

张伟自有主意，冲老徐点点头："徐哥，你放心，我有分寸！"

第四十二章 | 夜战熬鹰

回到哈尔森家中，大家都睡了，只有丫丫还在客厅的沙发上等候张伟和何英。

见到他们回来，丫丫放心了，轻松地上楼去睡觉了。

何英看着张伟苦笑："你妹妹对莹莹真够忠诚的！铁杆粉丝！"

张伟耸耸肩膀："哈哈……还说丫丫，你对莹莹不也是很忠诚吗，天天把我看得死死的！"

何英撇了撇嘴巴："哼，螳螂捕蝉，黄雀在后……不说了，睡觉去，老老实实去睡觉，不准乱折腾，听见没！"

"是，休息，睡觉，拜拜，晚安！"张伟快步上楼，跑进自己房间。

张伟躺在床上，很快就睡了。

等到四周一片静寂，张伟突然醒过来，一骨碌爬起来，看看时间，凌晨2点。

张伟悄悄起床，穿上一身黑色的夜行衣，穿上轻便的旅游鞋，带上纸和笔，又从壁橱里摸出一个小巧的工具箱，蹑手蹑脚下楼，打开别墅的后门，迅速消失在夜色里。

张伟按照老徐写的地址，直接去了郊区潘唔能的那座别墅。

沉沉的夜色中，黎明前的黑暗笼罩着这座别墅。

张伟无声地穿行在别墅周围的竹林和灌木中，在围绕别墅查看了一圈之后，隐蔽地接近后门。

就着后门的灯射出的微弱灯光，张伟掏出纸和笔，仔细地画起来……

画完后，张伟打开工具箱，带上黑色的皮手套，拿出钳子，开始寻找报警机关……

此刻，在梁市长办公室里，灯火通明，老梁和秘书正在焦急等待。

秘书看看时间，说："梁市长，这都半夜2点多了，要不，您先休息会，我值班，有什么消息我随时给您汇报！"

"不——"梁市长一挥手，"我不困，我就在这里等，我就等司徒浪子给我承诺的今晚撬开那俩人嘴巴的消息，时间不能再拖了……"

秘书见劝不动老梁，只得作罢，给老梁的水杯又放了一点茶叶，加上热水。

"那个郑一凡的材料，送出去了吗？"老梁看着秘书，突然想起来这事。

老郑下午刚上班就把材料和证据弄好了，密封在一个大信封里，老梁派秘书去取的。

老梁看了老郑的材料，大为兴奋，大鱼原来在老郑这里，老郑这反戈一击，太明智了，太有力了！

同时，老梁也大吃一惊，这唔能兄可真能作，五毒俱全了。看到潘唔能欺男霸女的恶劣行径，梁市长恨得牙根发疼，怪不得张伟和陈瑶要背井离乡，这唔能太他妈霸道了，欺人太甚了！

看到潘唔能和黑道勾结的细节，老梁恍然大悟，原来这唔能真是黑白两道通吃的。

看到潘唔能的澳门豪赌和大肆受贿，老梁想起市委书记曾经赞扬潘唔能可以做常务副市长的话，一拍桌子："幸亏是管旅游，要是做了常务副市长，那还了得！"

看到潘唔能玩女人的花招和数量，老梁心里很是气愤。

看完材料，老梁一刻都没有停留，安排秘书火速将材料送到省纪委。

"送出去了，"秘书回答，"我安排我小姨子亲自去的，她晚上在杭州给我回话了，说已经送给您的那位同学了！"

"好，好，"老梁点点头，又皱皱眉头，"这家伙怎么不给我来电话呢？"

"要不，您给他去个电话，问问这事……"

"不行，绝对不行，我绝对不能给他电话，只能等他电话，说不定，他此刻正不方便接呢……"

"您的意思是？"

"省纪委办案，开夜车是常事。还有，紧急事务，紧急汇报，紧急会议，也是有的……"老梁说，"我们下午送去的材料，无疑是一枚重磅炸弹……我估计今晚省里会有人睡不好觉了……"

秘书不懂，看着老梁："您这话是什么意思？"

"呵呵……你还年轻，不懂，等等你就明白了……"老梁笑笑，"两边都不来电话，急死我了，有一边能给我报个喜也是好的啊……"

秘书说："会的，一定会的，说不定两边都会有好消息的。"

梁市长说："嗯……但愿吧，咱们这是双管齐下，能有一边开花就行，这郑一凡是个人物，心眼不少，看到风头不对，火速靠拢，此人不可小视，如果没有他的这个材料，我们在省纪委那边就算是白做功了……"

"他是怎么样发现风向不对的呢？我们的工作可都是一直在秘密进行啊。"

"这世上没有不透风的墙，泄露点口风也难免，反而能让我们更加有利。不然，这郑一凡怎么能站到我这边来……这种见风使舵的家伙是最可怕的，此人可以团结，但绝对不能信任……用完就扔到一边去……"老梁鄙夷地说，"说到男人，我最厌恶的就是郑一凡这样的人，我最欣赏的是张伟这样的，铮铮铁骨好男儿，够劲!"

"是的，这张伟确实是个汉子，自己敢孤身深入虎穴抓到疑犯，真是了不得!"秘书赞叹道。

"他还敢把黑老大踢断肋骨，哈哈……这小子身手一定是不错的!"老梁笑起来。

"据我所知，张伟和老郑好像有些私人恩怨。"秘书说，"我在调查走访的时候，听说老郑乘人之危收购了假日旅游，还大大地压了陈瑶一把，来了个落井下石，坑了陈瑶不少钱……还有，我听老徐说，张伟的妹妹王炎被警察侮辱，张伟和陈瑶被刚子他们绑架险些丧命，都是老郑给提供的信息……按照这张伟的性格脾气，恐怕他不会善罢甘休的……"

"私人恩怨，我们不管，你放心，张伟和老郑干架，吃不了亏，只要别和老郑斗心眼就行，这斗心眼啊，我看张伟和陈瑶加在一起，也斗不过老郑……"梁市长说。

"我看，张伟和老郑的一战在所难免，就看是他们怎么斗了……"秘书说。

"我倒希望是明斗，有冤伸冤，有仇报仇，痛痛快快打他个狗日的，爽快，哈哈……只要别打死人，到时候出了事我给兜着……保证不会让这小子进去，顶多赔点医药费……"梁市长哈哈大笑。

"您这是在鼓动打架斗殴啊，呵呵……"秘书说，"他们之间的事情很复杂，不是我们想象的那么简单，老郑的老婆，对张伟和陈瑶是有恩的……"

"哦……"老梁点点头，"那这事是有点复杂，下手还真不大好下!"

正说着，老梁的手机急促地响起来。

老梁一把抓过手机："喂，是我，什么情况，快说!"

电话是老梁省纪委的同学打来的。

"我就知道你这会儿没睡，在等我消息!"同学说，"我接到你安排送来的东西，立马向纪委书记作了汇报。综合以前的情况，纪委书记也不敢做主，又立刻带着我去了大领导那里，领导偏偏又不在……我们在他家一直等到半夜12点，他才回来，这不，刚给他汇报完……"

老梁知道同学说的那大领导是谁，急忙问道："老大怎么说的？"

同学说："老大听我汇报了详细的情况，又仔细看了卷宗，最后，脸色耷拉着，只说了8个字……"

"哪8个字？"老梁屏住了呼吸。

"证据不足，暂缓调查！"

"啊——"老梁呆了，"还证据不足？要多少才是个足？暂缓调查？什么意思？要暂缓多久？"

同学说："暂缓多久，不好说，短了一个星期，长了呢，没个头……"

"我晕——"老梁说了一句，"为什么会这样？"

"老同学，你也不是官场新手了，你应该明白是怎么回事，打个比方，你是市委书记，下面的副县长要是经济上有问题，市纪委想办他，请示你，而这副县长和你有剪不断理还乱的私人关系，你会不会批准纪委办案？你会不会批准检察院办案？没有市委书记点头，市纪委和检察院敢不敢办副县级的案子？这不明摆着是一回事吗？"同学开导老梁，"这组织性纪律性是必须要有的……"

老梁明白了："嗯……我知道你的意思了，我明白里面的道道了……"

"此路不通，你手里不是还有一条路吗？那个命案不是在吗？这个案子一旦有了证据，没人敢扛着，这是硬刀子……一旦省公安厅认定了事实，谁也保不了他……"同学进一步开导。

"嗯……看来只有如此了……"老梁说，"那……省里那边，不知道是我指使上告的吧？"

"应该是不知道，只要你那边捂住口风，我这边是绝对不会透出去的。举报材料都严格封存了，不经纪委书记批准，任何人不得私自开启……"同学说。

"那就好！"梁市长担心怕这事惊动市委书记，这老家伙省里的关系还是很硬的，比自己强多了。

老干部的厉害老梁是知道的，得罪了老家伙，没有好果子吃。

"以后我会和你打电话联系，一般时候你不要和我打电话，我现在是用另一个手机号码和你打的，我刚到家！"同学说。

"嗯……好的，我知道了！"

"我看这边你先别动心思了，抓紧你那边吧，当然，要是你那边打开了突破口，他嘴巴一开，为了立功赎罪，把这边的一交代，就另当别论了，这些材料或许立马就成了铁证……这事就难说了……说不定，会拉倒一大批……"同学说。

"嗯……好，我明白了！"老梁说。

和同学打完电话，老梁看着秘书："去弄夜宵，饿死了！"

秘书忙出去弄夜宵。

老梁现在把唯一的全部希望寄托在司徒浪子那边了。张伟已经抓获了现场的人赃，撬开四秃子和王军的嘴巴应该不是一件难事了，咋这么久还没有消息呢？

如果司徒浪子在自己跟前，老梁真想狠狠骂他一顿，这办案效率也太低了。

一会儿，秘书弄了夜宵过来，两人一起吃完。

看看时间，凌晨3点了。

老梁越来越失去了耐心，摸起电话，正想打过去臭骂司徒浪子一顿，电话突然响了，司徒浪子打过来的。

"解决了……"电话里传来司徒浪子筋疲力尽的声音，"梁市长，全部解决了……"

老梁大大松了口气，浑身一软，靠在沙发里："你——慢慢说，说与我听！"

"小胡子的中间人抓到了，招了！暗杀老徐，是潘唔能指示的，手下花钱找的杀手，因为老潘怕老徐说出死者的情况。他一直以为我们没有找到死者的身份……"司徒浪子说，"那家伙弄了液态氰化钾，打算用注射器打到老徐的滴液器里，被何小姐发现未能得逞，逃跑时又扎伤了何小姐……"

"嗯……很好，继续！"老梁说。

"刚子也彻底交代了，也是老潘指使的，去瑶北一是解救四秃子和王军——老潘一直以为四秃子和王军是被张伟绑架走的……二是干掉张伟，绑架陈瑶，老潘一直垂涎陈瑶的姿色，想了很多伎俩都没有得逞，这次打算绑架来，强行霸占，长久关押，供他发泄兽欲……没想到，被瑶北警方识破，进入了瑶北警方的天罗地网，人质被救，他们全部被抓……而老潘到现在还不知道这事，还以为是张伟把刚子也吃进了……"

"不错，继续说。"

"我的那三个败类部下，治安科的警察，在检察院也交代得很具体了。那科长受老潘之托，想抓获张伟在瑶北的一个叫丫丫的妹妹。老潘有两个目的，一个是想通过她找到张伟的藏身地，另外呢，听说那丫丫很漂亮，德国留学回来的，老潘还想玩一玩……结果呢，弄巧成拙，抓错了人，抓了王炎，导致王炎的未婚夫哈尔森先生找到您……"

"幸亏弄巧成拙，不然，还引不出这么多事情，还打不开这缺口，"老梁说，

"嗯……不错，现在，该说说关键的了……"

"这两个小子嘴巴真硬，软硬都不吃，熬大鹰也不说，一口就咬定什么也没做……幸亏张伟抓获了那俩小子，还有那作案工具，一对证，四秃子先扛不住了，交代了，说是王军找的他，王军提供的雷管和定时器，他安排小弟和技术员操作并实施的。至于王军是受谁指使，他说确实是不知道，连要炸的人和车，他开始也不知道，直到爆炸前几个小时，才通知他那车的型号和车牌号码，以及停放的位置，至于车上的人有几个，是谁，他一概不知，王军也不让他问……事成后，王军给了他50万……还有，四秃子还说，砸假日旅游、追杀张伟，是潘唔能及其老婆王英的指使……王英是醋坛子打翻，怀疑陈瑶和潘唔能有那事，潘唔能是想除掉张伟，为霸占陈瑶扫清障碍……"

"具体作案过程、时间、地点、方法都招了吗？"

"都招了，四秃子那俩马仔将全部的作案过程都招了，十分详细具体，幸亏了张伟这小子……"

"王军呢？后来怎么样了？"

"王军承认是自己提供的作案工具，也承认是自己提供的资金，指使四秃子炸死了李燕，他说，李燕和自己是男女朋友关系，因为李燕骗了他很多钱，又看上了香港大老板，甩了他，所以他报复杀人……"

"哟——够仗义啊，姐夫给他姐姐戴绿帽子，小舅子替姐夫擦腚，真他妈的顽固……"

"在大量物证面前，他的说法——被击破，但他还是嘴硬，就一口咬定是自己干的……没办法，我动用了家法……"司徒浪子说。

"结果咋样？"老梁说，"继续说，我听着！"

"自然是成功了，一开口就刹不住，全招了……"

"说，不要停！"

"李燕是大地旅游的高强老板给潘唔能介绍认识的一个女大学生，今年刚毕业，学旅游的。一见面，就被潘唔能喜欢上了。那李燕呢，因为要找工作，就答应了潘唔能……潘唔能给弄了编制，安排到旅游局营销中心上班……结果，李燕这女孩子胃口太大，看潘唔能对他好，悄悄录制了和潘唔能吸毒做爱的视频，威胁潘唔能离婚，和她结婚……潘唔能哪里敢离婚呢，他发家是靠他老丈人，老头子虽然退了，但余威还在，再说，还有他老婆，他老婆可是知道潘唔能很多事情的……没办法，潘唔能就找到了王军，决定除掉李燕……为了稳住李燕，潘唔能给李燕买了房子，买了高级轿车，又答应尽快离婚和她结婚……李燕被稳住之后，潘唔能就安排王军

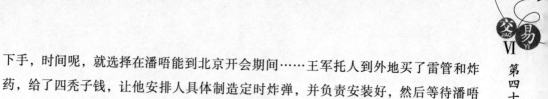

下手，时间呢，就选择在潘唔能到北京开会期间……王军托人到外地买了雷管和炸药，给了四秃子钱，让他安排人具体制造定时炸弹，并负责安装好，然后等待潘唔能的指令……潘唔能在北京期间，下达了爆炸令，于是，就发生了那惊天动地的一幕……此案很明确，潘唔能属于雇凶杀人！"

"好，很好！"老梁边踱步边说，"明天上午9点，不，就是今天早上9点，你到我办公室，和我一起去找市委书记，专门汇报此案！"

"嗯，我这就往回赶，这边我安排好人员善后！"

"还有，一上班，你安排得力可靠的人，抓紧去省城，到省公安厅汇报此案，请省厅来人办理案件！"

"这——是不是先等给市委书记汇报完再上报省厅？"司徒浪子有些迟疑。

"你们公安的办案程序是这样的吗？"老梁有些不悦。

"那倒不是，可以直接上报的，办案独立！"司徒浪子直接回答。

"这不就是了，有我在，你怕什么，到时候就说是我安排的，去省公安厅和给市委书记汇报同时进行！"老梁果断地说。

"好！我马上就安排人，天一亮就出发，一到上班时间，就直接去省厅汇报！"司徒浪子说："就是不知道上面会不会批准？"

"嗯，这个事情这样办就行，带好审讯记录，到时候省厅会往上汇报的，不用我们操心！"

"这倒也是，刑事案件，就事论事，牵扯面很小，阻力也小，再说，这案子是惊天大案，省厅一直很关注，能破案，巴不得赶紧抓人结案……"司徒浪子说。

"好了，我在办公室等你，你回来后直接来我办公室吃早饭，我安排人买好伺候你……在我办公室打个盹，9点，咱就去找老大……你带好相关材料……"

"嗯……我先在车上睡一会儿，困死了……"司徒浪子打个哈欠，"你也休息会儿吧，3个小时后见！"

放下电话，老梁兴奋得不困了，对秘书说："把我里间橱子里的白酒拿出来，正好有现成的花生米，陪我喝一盅！"

秘书也很高兴，拿出酒，给老梁倒上："好啊，梁市长，您终于可以放下心来好好休息一下了。"

"哎——哪里啊，这才是万里长征走了第一步，后面的路还长着呢，这只不过才是一个引子而已……"老梁感慨地摇摇头，端起酒杯，一口干掉，"与人斗，其乐无穷……累啊……"

第四十三章 噩梦缠身

在梁市长忙乎的当口，张伟也没有闲着，他蹲在潘唔能别墅的后门口，借着微弱的灯光，把这座别墅的结构画了一个完整的图，然后，将图放好，准备天亮后仔细琢磨。

然后，张伟摸出工具，开始琢磨潘唔能别墅的警报装置，边溜达边观察，很快找到了警报装置的电源线。

别墅的一楼没有灯光，二楼一个房间的灯还亮着。

张伟小心翼翼地将警报器电源线一一切断。

接着，张伟悄悄爬上一楼的窗台，抓住窗台顶部的平台，一个引力向上，窜上了二楼的阳台，接近那亮灯的房间窗户。

张伟悄悄将脑袋靠近窗户。

窗户拉着窗帘，张伟悄悄从缝隙中看去，原来这是一间书房，潘唔能正独自坐在房间里的一张椅子上发呆，穿着睡衣，赤脚，手里握着一把手枪，不停在比划着各种射击姿势，一会儿又把枪对准自己的脑袋……

张伟心里一紧，这家伙该不会是要自杀吧。

张伟的担心是多余的，潘唔能把枪对准了自己一会儿，目光呆滞地看着窗户，看着张伟的方向……

张伟有些紧张，他该不会是发现了自己？

正琢磨间，潘唔能突然站起来，岔开双腿，两手握枪，突然对准了张伟……

张伟的头一下子懵了，这狗日的发现自己了，要枪毙自己！

张伟脑袋冒汗，一动也不敢动。

"啪——"随着潘唔能嘴里的嘟哝声音，潘唔能扣动了扳机，枪发出了一声空响。

张伟一场虚惊，是空枪！潘唔能没发现自己。

接着，潘唔能坐到书桌前，拉开抽屉，摸出几发黄澄澄的子弹，安到枪里。

接着，潘唔能把枪拿在手里，又比划了半天，然后放进睡衣的口袋，下楼去了。

张伟急忙溜下来，贴在一楼的客厅玻璃处，从落地窗帘的缝隙里看去。

一会儿，一楼的灯亮了，潘唔能下楼，坐到沙发前，茶几上摆放着冰壶和烤好的锡纸。

潘唔能自己开始烤冰溜冰，一会儿仰头，嘴里喷出一股一股的浓烟……

吸了半天，潘唔能又站起来，将客厅的所有灯都打开，来回踱步，手不时伸到睡衣口袋里去摸摸手枪。

张伟潜伏了一会儿，看看天就要亮了，悄悄伏身离去。

回到哈尔森家，张伟悄悄从后门进来，上楼，何英的房间就和自己相邻，不能弄出动静来。

别墅里黑咕隆咚的，张伟大概摸索着找到房间，轻轻推开门，灯也没开，脱掉夜行衣，直接就上床。

刚摸上床，张伟突然摸到一个软乎乎热乎乎的身体。

张伟吓了一跳："咦——"

对方显然也吓了一跳："谁——"

接着，房灯打开了。

张伟一看，晕倒，床上的人是何英，自己摸黑走错了房间，跑到何英的床上了。

看到是张伟，何英放下心来。

一看张伟脱得只剩下三角裤头，何英的呼吸不由加快，脸色绯红："阿伟，你——"

张伟大窘，自己的大腿这会儿正压着何英赤裸的大腿，何英也是只穿了一件薄如蝉翼的睡衣，里面空荡荡的，乳房的轮廓清晰可见。

张伟忙下来，站在地上："我——我走错房间了！"

说完，张伟赶紧捡起地上的夜行衣。

"咦——那是什么？"何英看见张伟手里的衣服，坐起来，"怎么回事？你哪里来的黑色的衣服？怎么脱到我这里来了？"

"没——没什么——你睡吧，这是我的新式睡衣，我刚才上卫生间穿的，结果，回来走错房间了……"张伟边说边退出去，顺便帮何英关掉了房灯，又关房门，"继续睡吧，晚安。"

身后传来何英迷迷糊糊的声音："神经病啊，穿这种睡衣，像是职业杀手出去作案用的……深更半夜的……"

好险，差点暴露了。张伟暗自庆幸，急忙窜进自己的房间，将夜行衣藏好，爬到床上。

睡下后看看手机，凌晨4点了。

张伟刚要睡觉，手机来短信了，一看，却是陈瑶的。

这是咋的了，深更半夜，自己不睡，难道陈瑶也不困。

陈瑶："傻熊，我好想你！"

张伟回复过去："姐，怎么还不睡？"

一会儿陈瑶回复过来："咦？你真的还没睡着啊？"

张伟："什么叫真的还没睡？什么意思？"

陈瑶："我刚做梦醒过来，梦见你穿了一身黑色的衣服，像个侠客，出去溜达了好久，这会儿刚刚回到房间……我觉得心里不大踏实，老挂念你，就忍不住给你发了短信……"

张伟闻听吓了一跳，陈瑶难道还有遥感功能？忙回复："你这梦真有意思，你没梦见我进了哪个房间？"

陈瑶："进了你自己的房间啊，怎么？你还想走错房，上错床？"

张伟一愣："不，不，没有，奇怪啊，你怎么会做这样的梦呢？你梦见我出去干吗了？"

陈瑶："梦见你出去杀潘唔能了，到他的别墅里去报仇，梦见潘唔能冲你开枪，你身上有血……我这会儿心还在跳呢，吓死我了……"

张伟心中大惧，陈瑶难道真有先知先觉之功能？不可能，回复道："姐，只是做梦而已，我正在房间里好好睡觉呢，去卫生间刚回来，正好你就给我来短信了……对了，姐，被炸死的是李燕，凶手是四秃子的人，提供爆炸物的是王军……我怀疑，这幕后主使就是潘唔能……"

陈瑶："哦……可怜的李燕，做了牺牲品，潘唔能作恶多端，估计报应就要到了。"

张伟："王军和四秃子已经失踪多日，潘唔能怀疑是我绑架的，所以才派人去北方绑架我们，我怀疑，这王军和四秃子被梁市长的人悄悄秘密抓捕了……"

陈瑶："嗯……不管什么情况，你不许乱动乱逞能，抓坏人有人民政府，有公安，你老老实实待住，不准去出风头，我听何英说，你还抓住了两个爆炸案的凶手，你可真能啊，不要命了……"

张伟："莹莹，我一直很老实的，我一直都和何英在一起啊，那天是巧合，被我正巧遇上了，不然，我上哪里去抓呢？"

陈瑶："那就好，听话最好，如果不听话，我不会轻饶你！"

张伟："嗯……我知道了，我其实呢，就是想让潘唔能赶快得到报应，伸张正义……"

陈瑶："又来了，你少逞能，你自以为是，自大自狂，你以为你是谁？潘唔能早晚是要有报应的，就是暂时得不到报应，也逃不长久的，你想干吗？你想单枪匹马去报仇？幼稚！"

张伟："没有啊，没有，我——我就是说说而已，何英整天和我在一起，我还能干吗？真的是，太不相信群众了！"

陈瑶："嗯……好吧，俺相信你，相公！别委屈了，乖乖……嘻嘻……不过，真奇怪，我怎么会做那么一个噩梦呢？"

张伟："俺娘说咧，做梦都是和现实相反的，这正好说明我是平安无事的……"

陈瑶："嗯……但愿吧，希望你能平安回来，小祖宗，我在这边可是整天提心吊胆呢……你打算什么时候回来？"

张伟："等几天吧，等老徐康复了，我就回去，也用不了几天的，他最近恢复很快……"

陈瑶："家里的活你也不管了，这伞人经贸和新中天旅游你也不问了，我现在自己一个人打理三家公司，累死我了……"

张伟："老婆大人辛苦，回去我好好犒劳犒劳你！"

陈瑶："咋个犒劳法？"

张伟："喂饱你，撑死你！"

陈瑶："嘻嘻……恐怕你是这些日子饿坏了吧？"

张伟："嘿嘿……你不想？"

陈瑶："我这些日子忙死了，打理3家公司，还得带孩子，哪里有这么多心思想这些……"

张伟："南南好玩不？"

陈瑶："好玩啊，现在和大军打得火热，大军天天用糖衣炮弹腐蚀南南，南南现在见了大狗熊叔叔就高兴得不得了……唉……咱们要是也有个这样的儿子，多好啊!"

张伟:"面包会有的,一切都会有的,别着急,宝贝,等明年,我保准让你肚子大起来,咱们的小宝宝就会来到人间的……"

陈瑶:"傻熊,我好想好想给你生个孩子,生一个我们的孩子……"

张伟:"少安勿躁,慢慢来嘛,这生孩子又不是一天两天的事,现在有个南南先陪你玩着,就当咱自己的儿子养,正好也积累积累育儿经验。"

陈瑶:"南南每天晚上都要我的奶,摸一个吃一个,可惜,没有奶水……"

张伟:"这小子,老子的专利被他侵占了,那可是老子晚上的老巢……"

陈瑶:"呵呵……等你回来,就归你了……"

张伟:"杨杨和小花咋样了?"

陈瑶:"很顺利,浓情似火,如胶似漆,打得火热……哎——对了,我正想问你个事,那杨杨的工资不是给他办了个存折放我这里了,那财务每月都往这折上存钱,每月就给杨杨剩 3000 零花,可是,我看这杨杨和小花的花销很大,听小花说,杨杨出手很大方,不像是一个月 3000 零花钱的模样……"

张伟听了心里暗笑,自己给杨杨塞了不少零花钱,虽然不多,一个月也得有个三千五千的。

张伟:"哦……这是杨杨的个人私生活,你管这干吗?或许杨杨有私房钱呢!"

陈瑶:"你这是什么话,我是他姐,我当然要管他,他现在单身,留这么多钱干吗?我并不是心疼钱,我是要他养成节俭的习惯,我对他说是替他保管,留着给他娶媳妇,那是给他压力和责任感,其实,他结婚成家的钱,我早就给他留好了……"

张伟:"哦……"

陈瑶:"我在想啊,这小子是不是利用带车出差办公务,揩公司的油了?要是这样,那问题就严重了,这可不是一个小事情,钱不多,但是性质严重!"

张伟憋不住想笑:"嗯……你说的这个问题我会高度重视的,我回去后就进行认真的核查,如果发现他有违规行为,我就找她姐姐算账……弟不教,姐之过……"

陈瑶:"哼,干吗找我?你这个当大哥的,带不好小弟,还找我?打算咋找我算账?"

张伟:"要了你的老命……在床上……"

陈瑶:"哈哈……呸——做梦去吧……"

张伟:"嘿嘿……公司最近咋样?"

陈瑶:"很好啊,两个字:火爆。南方的旅游团蜂拥而至,嘿嘿……"

张伟："我是问我的，我的两个公司……"

陈瑶："你的更好啊，伞人经贸订单稳定，利润丰厚，生产热火，质量上乘，老段和小郭一老一小配合十分默契，生产基地稳步扩展，专业村数量增加，种植基地开始规模化发展，产供销一条龙的模式初步形成，公司加基地，基地带农户的链条越来越牢固……新中天把假日旅游的一整套管理运作模式几乎照搬过来，全方位规范化运作，你的总经理妹夫做事稳重持重，典型的守家型，业务发展得很扎实，组团北上的数字在 6 个城市中名列第一……老大，你真的发了，财源滚滚，照这个速度，你不到一年就超过我了……你就真的是张老大了……"

张伟听了满心欢喜："说什么呢？老婆，我不是张老大，你才是老大，这公司是我们俩的，等规范之后，法人就是你，你还是董事长，我做你的总经理……你做老大……"

陈瑶："嘿嘿……老大是你啊，你永远是我的老大，我永远是你的女人……"

张伟："好乖的女人，我就喜欢这么乖……"

陈瑶："哼……满足了你的征服欲了，是不是？你们男人啊，都喜欢征服，不管是在床上还是在工作上……"

张伟："是的，我就是喜欢征服，在床上我征服你，在事业上我征服所有的难关，在生活中我征服所有的坎坷……奋斗无止境，拼搏无休止……"

陈瑶："嗯……不错，像个男人，男人就得这样，我很欣赏你哟，张老大……"

张伟："嘿嘿……天要亮了，莹莹，睡会儿吧，白天你还要忙碌呢。"

陈瑶："东兴的天就要亮了，我这边瑶北的天还是黑的呢……唉，都是这梦折腾的，搅和了你这么长时间……"

张伟："不要多想，梦都是相反的预兆，睡吧……"

陈瑶："嗯……早安，亲爱的！"

和陈瑶发完短信，张伟出了一身冷汗，陈瑶难道和自己有心灵感应，竟然能梦见这个东西。

张伟虽然嘴巴上答应了陈瑶，但是，他心里还是有自己的主意，他决心要亲自擒获这个恶魔，亲自掏出他的所有肮脏和无耻，将他送交人民审判。

不这么做，不足以平息张伟心中的屈辱和仇恨。

满怀复仇的熊熊火焰，张伟进入梦乡。

梁市长在办公室喝酒一直到天亮，一直到司徒浪子赶到他办公室，时间是 6 点整。

司徒浪子在路上睡了 3 个小时，赶过来精神头很旺，一见梁市长茶几上的酒和菜，毫不客气地坐下，拿起筷子就吃。

"行，吃吧，这就算是我奖赏你的满汉全席，"梁市长笑哈哈地说，"你小子这次是立功了，不错，提出表扬！"

"去省公安厅汇报案情的人我已经安排好了，即刻出发，上班时间到省厅，一刻也耽误不了。"司徒浪子边吃花生米边说。

梁市长拍拍司徒浪子的肩膀："前段时间是秘密羁押，不算，这现在呢，马上就申请批准逮捕，正好符合法律手续……你们可一定要看好了，绝对不让无关人员接近……"

"嗯……我专门安排了，特殊关押，不经我批准，任何人不得探视，包括家属……"司徒浪子说，"还有，对老郑和宋佳的监视跟踪，是不是可以撤销？"

"嗯……撤销吧！老郑现在也幡然醒悟了，回头是岸嘛……宋佳，无所谓了……"

"那对老潘的监视呢？"

"继续严密监视，等待省公安厅人员来部署统一行动……省厅的人大概什么时间能到？"

"按照惯例，省厅要先往上汇报，批准后马上就会来人。"司徒浪子说。

"你估计这案子上头会不会批准？从你们公安多年办案的惯例和事例出发来考虑……"梁市长盯着司徒浪子。

"这是刑事案子，一定会批准，没有人敢阻拦，毕竟，这案子影响太大了，而且，刑事案子的好处是就案办案，不会牵扯更多的人……"司徒浪子肯定地说。

"哦……"梁市长点点头，心里放宽了一些，"行，那就好，来，喝酒，吃饭，休息一会儿，咱们去给老大汇报！"

"还有，根据监视的情况来看，老潘的情况比较稳定，一直在那别墅里不露面，昨天有人提溜着一大堆纸盒子进去了，看外面的包装，是布鞋……"司徒浪子说。

"呵呵……唔能兄给我从北京买的布鞋送到了。"梁市长笑了。